David Ignatius

Die Wurzeln der Hölle

Roman

Aus dem Amerikanischen von Bernhard Schmid

List Verlag München

Die Originalausgabe »Agents of Innocence« erschien 1987 im Verlag
W. W. Norton & Company, New York und London

Umschlagentwurf: Design Team, München
Umschlagmotiv: Bombenanschlag in Beirut: Ein verletztes Opfer
wird von Helfern weggetragen (Foto: dpa Frankfurt)

ISBN 3-471-77873-X

Satz: Typodata GmbH, München
Druck und Bindung: May & Co., Darmstadt

Für Eve und Elisa
und all die nicht genannten Freunde,
die mich von ihrem Wissen
über den Nahen Osten profitieren ließen –
in der Hoffnung, es würde sich dadurch
etwas zum Guten wenden.

Die hier erzählte Geschichte ist ein Werk der Phantasie. Auch wenn sie vor dem Hintergrund des Nahen Ostens angelegt ist, sind sämtliche Charaktere, Szenen, Unterhaltungen und Ereignisse das Produkt der Phantasie des Autors. Die Handlung spielt in einem imaginären Libanon, der mit dem wirklichen Land nicht zu verwechseln ist.

Grauen und Grube und Garn
über dich, Erdbewohner!
Wer vor dem Grauen flieht,
fällt in die Grube;
wer aus der Grube kommt,
fängt sich im Garn.
Denn die Schleusen der Höhen öffnen sich,
und die Grundfesten der Erde erbeben.

Jesaja 24:17–18

TEIL I

PROLOG

Beirut; April 1983

Beirut; April 1983

Fuad hörte die Bombe zweimal. Was ihm noch lange danach im Gedächtnis blieb, war der Nachhall der Explosion, der ihn eigentlich erst erreichte, nachdem er die Detonation bereits den Bruchteil einer Sekunde zuvor über das Telefon gehört hatte. In diesem Augenblick, der Vergangenheit und Zukunft in sich vereinte, mußte Fuad an Rogers denken, und er sprach ein Gebet.

Fuad war eben dabei, von einem Restaurant namens Au Vieux Quartier in Ost-Beirut aus in seinem Hotel im Westteil der Stadt nachzufragen, ob jemand eine Nachricht für ihn hinterlassen hatte, als es über den Hörer kam: das Donnern einer selbst für Beiruter Verhältnisse ungewöhnlich lauten Explosion, das mit Lichtgeschwindigkeit durch die Telefondrähte gerast war. Eine Tausendstelsekunde später, eben der Zeit, die die Schallwellen gebraucht hatten, um vom Westen in den Osten zu gelangen, hörte er das Donnern im anderen Ohr.

»Eine Bombe!« rief der erschrockene Hotelportier ins Telefon.

»Können Sie erkennen, woher der Rauch kommt?« fragte ihn Fuad. Es entstand eine Pause, als der Portier auf die Straße hinauslief um nachzusehen.

»Von der Corniche her«, sagte der Portier atemlos, als er wiederkam. »Aus der Nähe der Amerikanischen Botschaft.«

»Was für eine Farbe hat der Rauch?«

»Weiß«, sagte der Portier.

»Ya'Allah!« entfuhr es Fuad. Mein Gott!

Weißer Rauch deutete auf eine wirklich große Explosion hin. Eine Bombe, die mit solcher Gewalt und Geschwindigkeit detonierte, daß sie der Luft in weitem Umkreis den Sauerstoff entzog, wodurch die weiße Rauchfahne entstand.

Fuads erster Impuls drängte ihn, aus dem Restaurant zu stürzen, um Rogers aufzuspüren – tot oder lebend. Aber dann gewann seine Disziplin die Oberhand. Um ein Uhr dreißig hatte er einen Treff mit einem Kurier, der ihm wichtige Informationen überbringen sollte. Einen Augenblick lang versuchte er sich vorzustellen, was Rogers wohl sagen würde, wenn sie sich am Abend im Restaurant Ararat trafen und er ihm sagte, daß es ihm selbst an einem chaotischen Tag wie diesem gelungen war, das Dokument zu beschaffen, nach dem Rogers verlangt hatte.

Fuad setzte sich an die Bar, um auf seinen Kontaktmann zu warten. Alle sprachen über die Explosion. Haben Sie sie gehört? Sie war wirklich laut! Der Barmann warf ein, daß die Bombe in West-Beirut hochgegangen sein mußte, woraufhin alle nickten und sich etwas beruhigten. West-Beirut lag auf der anderen Seite. Das war ein anderes Universum. Fuad sagte nichts. Er bestellte sich ein Glas Mineralwasser, an dem er schweigend nippte.

Der Barmann und seine Freunde setzten ihre Unterhaltung fort. Fuad hörte unauffällig zu. Fast schien es, als gehörte er in diese Umgebung. Obwohl er ein sunnitischer Moslem war, sah er aus wie irgendeiner der christlichen Geschäftsleute, die an der Bar saßen. Wie sie trug er einen Seidenanzug und zündete sich seine Zigaretten mit einem goldenen Feuerzeug an. Die Araber haben ein spezielles Wort für diese Art von Tarnung. Sie nennen das *taqiyya*. Es bedeutet, daß es erlaubt ist, andere zu täuschen und im Verborgenen zu bleiben, wann immer es nötig ist. Wenn sich ein Moslem in einer Gruppe von Christen befindet, dann sollte er sich auch für einen Christen ausgeben. Was spielt das schon für eine Rolle? Wahrheit ist ein dehnbarer Begriff.

Ein Libanese steckte seinen Kopf zur Tür herein und rief dem Barmann zu: »L'Ambassade Américaine!« Der Geräuschpegel der Gespräche über die Bombe stieg deutlich an. Ein Anschlag auf die Amerikanische Botschaft! Fuad spürte, wie sich sein Magen verkrampfte. Er versuchte an etwas anderes zu denken, aber jeder Gedanke führte zurück zur Botschaft und zu Rogers. Um sich zu beruhigen, versuchte er in Gedanken die Namen Allahs aufzuzählen: Der Mitleidsvolle. Der Gnädige …

»Die Marines werden schon wissen, was zu tun ist!« sagte der Barmann wissend. Einige seiner Kunden stimmten ihm zu.

Nein, das werden sie nicht, dachte Fuad. Das war ja das Problem. Zwar standen 2000 Marineinfanteristen auf dem Flughafen, aber keiner konnte sich erklären wozu. Als Fuad vor sechs Monaten ein Mitglied der hiesigen CIA-Station gefragt hatte, was denn die Marines hier im Libanon bewerkstelligen sollten, hatte ihm der junge CIA-Beamte erklärt, daß es lediglich darum ging, ›Präsenz zu demonstrieren‹. ›Präsenz zu demonstrieren‹, hatte Fuad nachdenklich mit dem Kopf nickend wiederholt, da er dem jungen CIA-Mann nicht zu nahe hatte treten wollen. »Natürlich.« Vielleicht wußte Rogers, was zu tun war.

Fuad rauchte eine Zigarette nach der anderen und starrte aus dem Fenster. Um Punkt ein Uhr dreißig traf sein Kontaktmann, ein würdiger kleiner Herr namens Khoury, ein und fand Fuad vor dem Restaurant auf der Lauer liegend. Fuad manövrierte den Mann in ein Seitengäßchen, nahm das Dokument entgegen, um sich sogleich wieder hastig zu verabschieden. Dann raste er in Richtung West-Beirut zu den Trümmern der Amerikanischen Botschaft.

Bomben bringen in Beirut immer eine Menge Leute auf die Straße, und als Fuad um zwei Uhr dreißig ankam, wogte die Menge immer noch die Corniche entlang in Richtung der Botschaft. Das Gebiet war durch einen Kordon abgeriegelt, und Fuad mußte einem Wachtposten der libanesischen Armee seinen amerikanischen Paß zeigen, um so nahe heranzukommen, daß er das Gebäude sehen konnte.

Was er sah, trieb ihm die Tränen in die Augen. Es schien, als sei dem Gebäude das Fleisch weggerissen worden und das schwache Skelett darunter zum Vorschein gekommen. Viele der Überlebenden standen noch in kleinen Gruppen davor, viel zu benommen, um irgend etwas zu unternehmen. Als Fuad auf ihre Gespräche lauschte, setzte er sich ein Bild zusammen von dem, was passiert war.

Die Leute in der Botschaft hatten die Explosion überhaupt nicht gehört. Das erste, was sie mitbekamen, war ein Blitz aus heiterem Himmel, dann eine ungeheure Druckwelle, die erst die Fenster eindrückte und dann sie selbst, die sie noch immer auf ihren Stühlen saßen, gegen die Wände der Büros schleuderte. Es war, als seien sie in eine Zentrifuge geraten, sagten die Überlebenden. Staub und Glassplitter schienen in Zeitlupe durch die Luft zu fliegen.

Als alles zur Ruhe gekommen war, dachten die meisten zuerst, die Botschaft sei von einer Granate getroffen worden. Einige, die schon Angriffe dieser Art durchgemacht hatten, blieben flach auf dem Boden liegen und warteten auf den nächsten Einschlag. Andere arbeiteten sich mit pochendem Blut in den Adern in einem schier wahnsinnigen Versuch, die Türen ihrer Bürosafes zu schließen, wie Supermänner durch Schutt und Trümmer.

Die Eingangshalle der Botschaft bot im Augenblick ein Abbild der Hölle: ein rußgeschwärztes Trümmerfeld voller Rauch und Staub. Draußen herrschte das Chaos, als Krankenwagen, Feuerwehr, Soldaten der libanesischen Armee und vom Flugplatz eintreffende Marineinfanteristen vor der ausgebombten Botschaft aufeinandertrafen. Die Marines hatten rund um die Botschaft Verteidigungsstellung bezogen. Die jungen Soldaten befingerten übernervös und hohläugig die Abzüge ihrer automatischen Waffen, während ihre Blicke die wachsende Menge der schaulustigen Libanesen durchforschten.

Hinter ihnen, in der Ruine der Botschaft, klaubten Bergungsarbeiter Leichenteile aus dem Schutt.

Fuad überlegte, ob er einen der Botschaftsangehörigen, die wie erstarrt vor dem Gebäude standen, nach Rogers fragen sollte, entschloß sich aber dann, es bleiben zu lassen; so etwas wäre ein grober Verstoß gegen die Sicherheitsvorschriften gewesen. Und zudem war er sich nicht sicher, ob er die Wahrheit jetzt schon wissen wollte. So trieb er sich statt dessen im Schatten herum. Als er so am Meer stand, überkam ihn ein eisiges Gefühl; so kalt, daß er einen Augenblick lang erschauerte.

Fuad fragte in seinem Hotel nach, ob jemand eine Nachricht für ihn hinterlassen hatte, da er dachte, Rogers könnte vielleicht eine verschlüsselte Botschaft hinterlegt haben, aber es war nichts da. Ein letzter Rest an Hoffnung führte ihn in das Hotel, in dem

Rogers gewohnt hatte, einem anonymen Gebäude, weit ab vom Schuß in einer Nebenstraße der Rue Hamra. Er löcherte den Portier mit Fragen. Befand sich Mr. Rogers auf seinem Zimmer? Hatte er irgendwelche Nachrichten hinterlassen? War er ausgegangen? War irgend jemand in seinem Zimmer gewesen?
Der Portier weigerte sich, auch nur eine einzige Frage zu beantworten, bis ihm Fuad schließlich 100 libanesische Pfund in die Tasche seines Jacketts schob.
Rogers sei nicht zurückgekommen, sagte der Portier. Aber vor einer Stunde seien drei Männer aus der Botschaft gekommen, die es sehr eilig gehabt hätten. Sie seien auf Rogers' Zimmer gegangen, hätten seine Siebensachen zusammengepackt und in ein Auto verfrachtet, das vor dem Hotel auf sie gewartet hatte.
Sie hätten die Rechnung bezahlt und gesagt, Mr. Rogers sei ausgezogen.

TEIL II

Beirut; Herbst 1969

Kapitel 1
Beirut; September 1969

Tom Rogers stieg aus der Maschine der Middle East Airlines direkt in ein Bild aus Tausendundeiner Nacht. Die neuen Bürotürme und Apartmenthäuser West-Beiruts funkelten in der Nachmittagssonne; die etwas klein geratenen Gepäckträger hasteten geschäftig hin und her, schrien einander zu und gaben mächtig an, während sie das Gepäck von hier nach da wuchteten; in einiger Entfernung – ihr Hupen war laut genug, um Tote aufzuwecken – stand eine lange Schlange Autos und Lkw Stoßstange an Stoßstange auf der Straße, die vom Flughafen in die verzauberte Stadt führte.

Rogers trug seine zweijährige Tochter Amy zärtlich auf dem Arm. Sie war in Oman krank geworden und immer noch schwach. Rogers machte die Unfähigkeit des omanischen Arztes dafür verantwortlich. Hier in Beirut, davon war Rogers überzeugt, würde Amy wieder gesund werden. Hinter Rogers, an der Hand ihren achtjährigen Sohn Mark, kam seine Frau Jane. Sie war eine strahlende Erscheinung mit pechschwarzem Haar und seidigem Teint; selbst in dem einfachen grauen Rock und der roten Bluse, die sie während des langen Fluges getragen hatte, wirkte sie elegant.

Die Luft war mild und aromatisch, erfüllt von einem Hauch Olive und Minze. Es war Frühherbst, der Beginn jener langen, herrlichen Jahreszeit vor dem Winter. Rogers hielt seine Tochter gegen seine Brust gebettet, als er sie zu dem rotweißen Middle-East-Airlines-Bus hinübertrug, der sie zum Flughafengebäude bringen sollte. Die anderen Passagiere lächelten, als sie ihre Plätze Rogers' Frau und den Kindern überließen. Ein Mann bot Rogers' Sohn ein Bonbon an.

»Wir haben Kinder gerne«, sagte der Mann auf Englisch, als spreche er für die gesamte arabische Welt.

»Schokran«, sagte Rogers' Sohn, das arabische Wort für ›dankeschön‹ benutzend. Die Passagiere strahlten. Wie niedlich. Wie unschuldig.

Rogers lauschte auf das Raunen der arabischen Stimmen im Bus: am häufigsten war der libanesische Akzent; aber es gab auch einige mit palästinensischem und ägyptischem. Die meisten der Stimmen sprachen davon, wie gut es tat, wieder in Beirut zu sein. Ein Mitreisender hätte auf den Gedanken kommen können, bei Rogers handelte es sich um einen Collegeprofessor, der sich mit seiner Familie im Libanon aufhielt, um einige Semester an der Amerikanischen Universität in Beirut zu unterrichten, oder um einen amerikanischen Journalisten, der von einer der großen amerikanischen Zeitungen nach Beirut geschickt worden war. Er war groß und schmal und trug einen abgetragenen Cordsamtanzug. Er machte einen leicht unordentlichen Eindruck: das dichte, dunkle, nicht allzu ordentlich gekämmte Haar; sein weißes Hemd, das am Kragen leicht durchgescheuert war; und an einem der Ärmel seines Jacketts fehlte ein Knopf. Er hatte sich eine Lesebrille aufgesetzt, um die Zollformalitäten zu studieren; eine Halbbrille mit Schildpattgestell, die ihm auf der Mitte des Nasenrückens saß, so daß es den Anschein hatte, als schaute er ständig über die Gläser hinweg. Als Rogers aus dem Busfenster auf die Hügel jenseits des Flughafens starrte, zeigte sich keinerlei Ausdruck auf seinem Gesicht. Der Blick eines Mannes, der in Gedanken, wenn nicht gar in Gedankenlosigkeit, verloren war.
Der Bus setzte die Passagiere am Hauptgebäude ab. Rogers präsentierte an der Paßkontrolle einem libanesischen Polizisten seinen Diplomatenpaß. Der Polizist sah ihn an und lächelte das schmale, korrupte Lächeln, das den Einwanderungsbeamten der ganzen Welt zu eigen war. Rogers konnte fast das Klicken des Verschlusses hören, als irgendwo eine Kamera sein Bild festhielt. Er musterte das Gesicht des Polizisten und fragte sich einen Augenblick lang, wie viele verschiedene Nachrichtendienste sich wohl ein Stück von ihm gekauft hatten.
Vor dem Terminal winkte Rogers eines der jämmerlichen Taxis heran. Er sagte dem Fahrer in forschem Arabisch, daß er zum Sarkis-Gebäude in Minara wollte, einem Stadtviertel in der Nähe des alten Beiruter Leuchtturmes. Das, so sagte er den Kindern, würde ihr neues Zuhause sein.

»Wie Sie wünschen«, sagte der Fahrer auf Englisch. Er war völlig entgeistert, einen Amerikaner – der Mann mußte Amerikaner sein, seiner Körpergröße und den Schuhen mit Schnürsenkeln nach zu urteilen – die Landessprache sprechen zu hören.

Rogers bestach gleich am ersten Tag den Hauswirt mit genau der Summe, die ihm der Verwaltungsbeamte der Amerikanischen Botschaft empfohlen hatte. Der Mann bedankte sich überschwenglich und gewöhnte sich an, Rogers mit dem Ehrentitel *Effendi* anzusprechen. Auch dem Türsteher steckte Rogers ein kleines Bestechungsgeld zu, da dieser für das Glück und die Sicherheit seiner Familie noch weit wichtiger war. Er war ein dunkelhäutiger Mann, der vor einigen Jahrzehnten aus Assiut im oberen Ägypten in den Libanon gekommen und nicht wieder weggegangen war. Er hatte es gerne, wenn man ihn mit dem ägyptischen Wort für Türsteher ansprach: *Bawab*.

Die Wohnung war geräumig und hell. Vom Grundriß her war sie wie eine Villa angelegt, mit großem Wohn- und Eßzimmer, in denen man Gäste empfangen konnte; um diese beiden Räume reihten sich die Schlafzimmer, eine Bibliothek und ein Zimmer für das Hausmädchen. Den Mittelpunkt der Wohnung bildete eine große, gegen Fliegen vergitterte Terrasse mit Blick auf das Mittelmeer. Von dieser Terrasse aus konnte man den Fischern zuschauen, die jeden Morgen in ihren Skiffs aufs Meer hinausfuhren, und man hörte das Tosen der Wellen, die 200 Fuß weiter unten gegen die felsige Küste schlugen. Es war eine Wohnung, in der eine Familie angenehm und stilvoll wohnen konnte – eben auf libanesische Art.

Jane unternahm mit den Kindern Streifzüge, auf denen sie das Viertel auskundschafteten. Es gab einen Smith's Markt an der Rue Sadat, der in Dosen, Töpfen oder getrocknet sämtliche Gewürze, Zutaten und Nahrungsmittel der ganzen Welt zu führen schien. Einige Türen weiter gab es einen Eismann, der arabisches Speiseeis verkaufte, süßer als Zucker und von Konsistenz und Geschmack her fast wie Pudding. In einer Gasse war ein kleiner Laden, in dem es Kaffee gab, nach arabischer Art mit

Gewürzen gemischt. An einem Sommertag schien die gesamte Rue Sadat nach Kardamom zu riechen.
Auf der anderen Straßenseite befand sich ein Blumenladen, in dem es die denkbar schönsten Blüten zu kaufen gab: Orchideen und Rosen, Iris und Gladiolen. Der Besitzer war ein stämmiger sunnitischer Moslem; er war völlig kahlköpfig und hatte Erscheinung und Auftreten eines türkischen Ringers. Es war ein ziemlich ungereimter Anblick: dieser mächtige Bulle von einem Kerl, der den Damen von Beirut ihre Blumen einwickelte.
Bald nach Rogers' Ankunft begann im moslemischen West-Beirut die Herbstsaison. Die Geschäfte auf dem Place des Canons glitzerten vor Lichtern, und eine Flutwelle von Selbstbeweihräucherung und guter Laune trug die ganze Stadt mit sich fort. Dies war die Zeit, in der man wie toll Parties gab: Ein prominenter libanesischer Arzt, der für Aramco arbeitete, gab im Hotel Phoenicia ein Abschiedsfest für sich selbst. Er verließ das Land, der arme Mann, um nach Saudi-Arabien zu gehen, und erhielt von allen Seiten Beileidsbekundungen. In Koreitem, einem sunnitischen Viertel, begannen die moslemischen Damen des Beiruter Frauen-College mit den Proben für ihr alljährliches Konzert mit weihnachtlicher Musik, während der Internationale Frauenclub von Beirut mit einem ähnlich ökumenischen Geist seine Herbsttour durch Kirchen und Moscheen plante.
Auf der Rue Hamra, dem großen Boulevard des neuen Libanon, drängten sich die Kauflustigen und spähten durch die Schaufenster auf die aktuelle Mode aus Paris, die Schuhe aus Italien, die Bücher aus London und New York. Das war das Viertel, in dem das neue Geld des Libanon herrschte und wo die Mittelschicht hinströmte, um sich Chic, Kultur und Ansehen zu kaufen. In den Geschäften sprach man Französisch, vielleicht etwas Englisch, aber mit Sicherheit nicht Arabisch, das eine Kultur repräsentierte, der die Libanesen mit aller Gewalt zu entkommen trachteten.
»Les déracinés« nannten die alten Feudalherren die jungen Männer gerne, die von den Bergen heruntergekommen waren, um dieses neue Beirut zu bauen. Die Entwurzelten. Sie bewohn-

ten eine Stadt, die ihre Leinen losgemacht hatte und jetzt glücklich und selbstvergessen in die Zukunft trieb.

Das Beirut des Jahres 1969 war eine Grenzstadt, deren Einwohner sich gerne als den letzten Außenposten Europas sahen, obwohl es auf der Landmasse Asiens liegt, an der Grenze zu Islam und Orient. Die Stadt war ein Schmelztiegel, in dem zwei Kulturen – die östliche und die westliche – aufeinandertrafen und wie das Aufeinanderprallen zweier Meeresströmungen einen dampfenden und sinnenfrohen Strudel bildeten.
Da sie an der Grenze lebten, spürten die Libanesen die Erschütterungen der 60er Jahre aus beiden Richtungen. Die arabischen Zeitungen berichteten atemlos über die neuesten unglaublichen Meldungen aus Amerika: Ein Mensch auf dem Mond. Der Mord an Sharon Tate. Hippies. Vietnam. Die Schlagzeilen vermittelten einem ein Gefühl des Umbruchs und der Rebellion im Nabel der Welt, was den Menschen an der Peripherie sowohl ein Gefühl der Macht als auch des Schreckens einflößte; als wären sie Bauern, die zusehen mußten, wie das feudale Herrenhaus niederbrannte.
Die Beirutis nannten ihre Stadt gerne ›das Paris des Orients‹, aber oft erschien es einem eher als das Hongkong Europas. Beirut hatte eine Qualität, die man in der Dritten Welt oft findet, eine Tendenz zur protzigen Zurschaustellung und zur unfreiwilligen Selbstparodie. Ein libanesischer Gastgeber versorgte seine saudischen Freunde lieber mit zwei üppigen Huren als nur mit einer einzigen. Der armenische Schneider an der Rue Hamra kriegte spitz, daß er mehr Anzüge verkaufte, wenn er seine Preise anhob und jedes Kleidungsstück als ›spezielles‹ Modell anpries, anstatt billiger zu verkaufen. In den Maschinen der Middle East Airlines waren die Sitze der ersten Klasse immer ausgebucht, während die Touristenklasse fast leer war. Das libanesische Motto schien zu lauten: Etwas, das zu tun wert ist, ist es auch wert, übertrieben zu werden.
Eine Schlagzeile in einer der hiesigen Zeitungen vermittelte einem die Stimmung im Land: »Superplan Der Libanon In

Traumland Verwandelt Enthüllt. Projekt Angeblich Leicht zu Realisieren.« Der Plan bestand darin, Autobahnen auf Pfeilern zu bauen, um mit dem Ansturm des Verkehrs in der Stadt fertig zu werden. Das Ganze würde die schwindelerregende Summe von 350 Millionen Dollar kosten; eine hoffnungslose Summe für eine Nation, die nicht einmal genug Steuern einzutreiben vermochte, um eine Müllabfuhr einzurichten.

Die Libanesen selbst fanden das alles recht amüsant. Außenstehende jedoch verstanden die Zeichen zu lesen, die die meisten Beirutis einfach ignorierten. Der bürokratische Apparat der Regierung war so korrupt geworden, daß er schon Schwierigkeiten hatte, jene Dienstleistungen durchzuführen, für welche die Beamten sich Schmiergelder ausbaten. Die alte Aristokratie war so zynisch geworden, daß sie sich radikaler Parolen ebenso bediente wie bewaffneter Schlägerbanden, wenn es darum ging, sich die politische Macht zu erhalten; und sie entfesselte dadurch Kräfte, die das Regime zu Fall zu bringen drohten.

Die Palästinenser, darin waren sich alle einig, waren ein Problem. Sie waren das Steinchen im libanesischen Mosaik, das nicht so recht passen wollte. Ihre bewaffneten Leute wurden von Tag zu Tag dreister; in West-Beirut saßen sie in den Cafés an der Rue Hamra und verbargen nicht einmal die Schußwaffen, die ihnen klobig aus dem Hosenbund ihrer Bluejeans ragten. Es war ein Problem, das niemand so recht anzupacken wußte; alles, was man tat, war, in den gesamtarabischen Chor der Schmähungen gegen Israel miteinzustimmen.

Die palästinensischen Flüchtlinge, jene ungeladenen Gäste auf der libanesischen Selbstbeweihräucherungs-Party, lebten in einer Reihe von Lagern am Rande Beiruts, die man als den ›Elendsgürtel‹ bezeichnete. Die Sabras und die Schatillas, zwei landbesitzende sunnitische Großfamilien, hatten nach libanesischer Art eine Methode gefunden, von dem Zustrom zu profitieren. Sie boten den Flüchtlingen in der Nähe des Beiruter Flughafens ungenutztes Land zum Kauf, auf dem diese sich, je nachdem, blechgedeckte Hütten oder verputzte Häuser bauen konnten.

Diese Lager wurden bald allen Flugreisenden zu einem vertrauten Bild: Die Jets der Middle East Airlines kamen in einer Rechtskurve vom Mittelmeer herein, setzten hoch über den Geschäften und Cafés der Rue Hamra zum Landeanflug an, und bevor ihre Räder schließlich im Paris des Orients aufsetzten, tosten sie so dicht über die Elendsquartiere von Sabra und Schatilla hinweg, daß die rachitischen Häuser zu erzittern schienen.

Kapitel 2
Beirut; September 1969

Rogers mußte eine Woche warten, bevor er den Stationschef, Frank Hoffman, zu sehen bekam, der auf Dienstreise in Saudi-Arabien war. Er war neugierig darauf, seinen neuen Chef kennenzulernen, der den Ruf hatte, ein Mann zu sein, der in einer Organisation, die Diskretion und Anonymität über alles stellte, kein Blatt vor den Mund nahm.
Hoffmans Sekretärin, eine Frau in den Fünfzigern namens Ann Pugh, blickte Rogers finster an, als er das Büro des Stationschefs betrat.
»Sie kommen fünf Minuten zu spät«, sagte sie. Miss Pugh ging zu einer schweren Eichentür hinüber und klopfte zweimal. Von der anderen Seite antwortete ein Knurren. Mit einem elektronischen Summen tat sich die Tür auf und gab den Blick auf Hoffman frei, der hinter seinem Schreibtisch saß.
Hoffman war klein und stämmig, hatte ein fleischiges Gesicht und eine kahle Stelle in der Mitte seines Schädels. Er sah eher wie ein FBI-Agent aus als wie ein CIA-Mann – und redete auch so.
»Sie sind also mein neuer Falloffizier«, wandte er sich mit einem fragenden Blick an Rogers.
»Tom Rogers«, sagte der jüngere Mann und trat mit einem ausgestreckten Arm an den Schreibtisch. Hoffman grunzte etwas und schüttelte ihm die Hand.
»Jedenfalls sehen Sie wie einer aus«, sagte Hoffman und musterte seinen neuen Falloffizier. Hoffmans Unsicherheit

wegen seines Übergewichts drückte sich zum Teil in sarkastischen Bemerkungen gegenüber jedem aus, der nicht so dick war.
»Setzen Sie sich«, bellte er. Rogers setzte sich auf eine pralle, rote Ledercouch.
»Nun denn ...«, sagte der Stationschef und wühlte sich durch die Papiere auf seinem Schreibtisch. »Ihr Tarnjob ist der eines politischen Referenten.«
»Sehr verbunden«, sagte Rogers. Um seine letzte Tarnung als Konsularreferent in Oman aufrechtzuerhalten, hatte Rogers die Hälfte eines jeden Tages damit zugebracht, Visumanträge zu bearbeiten. Davor, in Khartum, war seine Tarnung die eines Wirtschaftsreferenten gewesen, und er hatte sich einen Teil des Tages durch irgendwelche Import-Export-Verträge arbeiten müssen. Die Tarnung als politischer Referent war die einfachste und beste in jeder Botschaft, da die üblichen Erfordernisse dieser Aufgabe sich nicht sonderlich von denen eines Nachrichtenoffiziers unterschieden.
Hoffman brachte eine Schachtel Lucky Strikes zum Vorschein. »Sie rauchen doch wohl nicht Pfeife, hoff' ich«, brummte er. »Ich kann diese pfeiferauchenden Professorentypen nämlich nicht ausstehen.«
»Ich nehme eine Zigarette«, sagte Rogers.
Hoffman gab ihm eine Lucky. Rogers nahm ein Streichholz aus einer Schachtel auf dem Schreibtisch und riß es an der Sohle seines Schuhs an.
»Zündet man sich in Yale so seine Streichhölzer an?« fragte Hoffman.
»Ich war nicht in Yale«, sagte Rogers. Hoffman fing an ihm auf die Nerven zu gehen.
»Gut«, meinte der Stationschef. »Es gibt also noch Hoffnung.«
»Hier steht, daß Sie ganz allein das Politbüro im Süd-Jemen infiltriert haben«, sagte Hoffman nach einer Weile, während er auf ein Blatt Papier starrte. »Stimmt das?«
Rogers lächelte zum ersten Mal. Es war äußerst unwahrscheinlich, daß eine solche Information auf einem Blatt Papier geschrieben stand – noch dazu in einer offenen Akte.

»Ich hatte einige recht nützliche Kontaktleute«, sagte Rogers.
»Erzählen Sie mir doch keinen Scheiß«, sagte Hoffman.
»So ungefähr haben Sie schon recht«, gab Rogers zu. »Ich habe vor einigen Jahren in Aden einen der Revolutionsführer angeworben. Er entpuppte sich als Goldmine. Je näher er der Macht kam, desto gesprächiger wurde er.«
»Und warum?« fragte Hoffman.
»Weiß ich auch nicht«, sagte Rogers. »Die Leute reden eben gerne.«
»Bockmist.«
»Vielleicht war ich seine Versicherungspolice«, sagte Rogers. »Vielleicht haßte er die Russen. Ich weiß nicht warum, aber er hat mir seine Lebensgeschichte erzählt. Wie er in Moskau Unterricht in revolutionärer Strategie bekommen hat. Wie der KGB ihm beibrachte, wie man nach einer Machtübernahme eine Geheimpolizei aufbaut. Der Mann war ein wandelndes Lehrbuch für sowjetische Geheimdienstarbeit.«
»Soooo?« fragte Hoffman, der immer noch auf die angebliche Akte starrte. »Ich meine, was steckt dahinter?«
Rogers schwieg. Er dachte an seinen jemenitischen Agenten, der jetzt ein hoher Funktionär des Landes war, das man in Volksrepublik Jemen umbenannt hatte.
»Nichts«, sagte Rogers. »Außer daß die Russen nicht so dumm sind, wie sie aussehen.,«
Hoffman kniff die Augen zusammen und sah Rogers scharf an. Dann lachte er. »Das können Sie laut sagen!« meinte er. »Und um das herauszufinden, haben Sie drei Jahre gebraucht?«
Rogers entspannte sich. Die Inquisition schien vorüber zu sein.
»Na schön, mein Freund«, sagte Hoffman, »Sie verstehen Ihr Geschäft. Lassen Sie mich Ihnen eine Vorstellung davon geben, was wir hier so treiben.«
Er reichte Rogers eine dicke Akte mit dem Stempel ›Streng Geheim‹ und dem unmöglichen und höchst bürokratischen Titel ›Direktiven angeschlossene Missionen betreffend‹. Dieses Dokument, das zu Hause in Langley erarbeitet worden war, setzte die Prioritäten der Station.

»Lesen Sie das später«, sagte Hoffman. »Ich sage Ihnen, was Sie wissen müssen, und das ist folgendes: Beirut ist ein Drei-Manegen-Zirkus. Wir haben hier ein bißchen von allem. Wir haben eine Reihe libanesischer Politiker, die gierigste Bande von Dreckskerlen, die mir je über den Weg gelaufen ist und die der Mühe nicht wert wäre, wenn sie nicht alle und jeden in der arabischen Welt kennen würden. Wir haben einige Agenten aus Drittländern – Ägypter, Syrer, Irakis –, die wir über die Beiruter Station führen. Und dann haben wir hier noch das übliche Katz-und-Maus-Spiel mit der hiesigen Sowjetbotschaft.«
Hoffman machte eine Pause.
»Außerdem haben wir einige Palästinenser, die seit Jahren in unseren Büchern stehen; aber das sind die ausgefuchstesten Roßtäuscher, die Sie in diesem ganzen, versauten Teil der Welt finden können.«
»Und hier kommen Sie ins Spiel«, sagte Hoffman mit einem breiten Grinsen. »Sobald Sie sich eingewöhnt haben, möchte ich, daß Sie die Palästinenser-Abteilung übernehmen.«

Bei ihrer nächsten Begegnung, drei Tage darauf, zeigte sich Hoffman etwas entspannter. Er spielte geistesabwesend mit einem der Stifte auf seinem Schreibtisch, indem er ihn immer wieder in die Luft schnellte und auffing.
»Machen wir ein Spielchen«, sagte der Stationschef. »Nehmen wir an, es will Sie einer aus dem Weg räumen. Was unternehmen Sie dagegen?«
»Ich komme ihm zuvor«, sagte Rogers.
»Falsch! In diesem Teil der Welt ist dann der Bruder des Knaben hinter Ihnen her und bringt Sie um; damit sind Sie trotzdem tot.«
»Ich heuere jemanden an, der ihn für mich umbringt«, sagte Rogers.
»Schon besser, aber immer noch falsch. Die richtige Antwort lautet: infiltrieren! Haben Sie kapiert? Infiltrieren!«
Rogers nickte.
»Treiben Sie jemanden auf, der den Mörder kennt. Jemanden,

der sich mit ihm auf vertrautem Fuß bewegen kann, der weiß, wohin er geht, mit wem er verkehrt, was er zum Frühstück ißt. Können Sie mir folgen? Und *diesen* Burschen bringen Sie dann dazu, Ihnen zu flüstern, wann der andere vorhat, auf Sie loszugehen, damit Sie Zeit haben, ihm aus dem Weg zu gehen. Verstehen Sie das?«

Rogers nickte. Dieser Hoffman begann ihm zu gefallen.

»Mein Freund«, sagte der Stationschef. »Wenn Sie dieses Spielchen auch im richtigen Leben beherrschen, dann kommen wir hier prima über die Runden. Und das ist nämlich genau das, was wir mit einigen dieser lästigen Elemente hier vorhaben, die das Töten von Amerikanern für einen netten Zeitvertreib halten. So wie Ihre Freunde, die Palästinenser.«

Jetzt waren sie also schon ›seine‹ Freunde! Rogers nahm das zur Kenntnis.

»Machen wir einen Ausflug«, sagte Hoffman und erhob sich mit einem Mal von seinem Stuhl. »Ich zeige Ihnen die Stadt.«

Er summte nach seiner Sekretärin, grunzte das Wort ›Wagen‹ ins Telefon, nahm Rogers beim Arm und führte ihn zur Tür hinaus und das Treppenhaus hinunter. Die beiden boten einen komischen Anblick: der kleine, dickliche Hoffman in seinem ausgebeulten Anzug, der den hochgewachsenen jungen Mann am Arm durch die Gegend bugsierte. Im Erdgeschoß hielt Rogers auf den Vordereingang zu. Hoffman riß ihn mit einem Ruck am Arm herum und schleppte ihn zu einem Nebenausgang, vor dem ein schwarzer Chrysler wartete.

»Nimm dir den Tag frei, Sami«, meinte Hoffman zu dem libanesischen Fahrer. Er rutschte in den Fahrersitz.

»Steigen Sie ein«, sagte er zu Rogers. Als beide Türen zu waren, nahm Hoffman eine automatische Pistole aus einem Schulterhalfter und verstaute sie im Handschuhfach. Rogers, der innerhalb der Büroräume selbst noch nie eine Waffe getragen und im ganzen Geheimdienst auch nie jemanden kennengelernt hatte, der das tat, schloß daraus, daß Hoffman ein Exzentriker war.

»Ich möchte Ihnen einen meiner Freunde vorstellen«, sagte Hoffman. »Auch so ein patentes Bürschchen wie Sie.«

Hoffman knallte einen Gang in den Chrysler und brauste aus dem Seitengäßchen auf die Corniche hinaus in Richtung Westen. Er umfuhr die Landspitze unterhalb des Leuchtturms, ließ das Bain Militaire rechts liegen und sauste vor sich hinsummend mit 100 Sachen die Mittelmeerküste entlang.

Als sie an einen direkt am Strand gelegenen Rummelplatz kamen, sprang er auf die Bremse, bog schwungvoll nach links in eine Seitenstraße und parkte den Wagen so, daß man ihn von der Corniche aus nicht sehen konnte.

»Steigen Sie aus«, sagte er zu Rogers.

Ein großes Riesenrad drehte sich verschlafen in der Morgensonne, und für Kinder gab es noch einige kleinere Bahnen und Karussells. Der Rummelplatz war so gut wie ausgestorben.

»Mögen Sie Zuckerwatte?« fragte Hoffman. Rogers sagte ihm, daß dem nicht so sei.

»Schade. Die hier ist ausgezeichnet. Eine hiesige Spezialität.«

Hoffman ging voraus und hielt auf ein kleines Gebäude im Schatten des Riesenrades zu. Es war ein kleines Freiluftcafé; außer dem alten Mann, der an einem der Tische saß und türkischen Tabak aus einer Wasserpfeife rauchte, war es leer.

Als der Alte seine Gäste sah, nahm er das Mundstück der Pfeife von den Lippen, kam zu Hoffman herüber und küßte ihn auf beide Wangen. Zu Rogers' Erstaunen revanchierte sich Hoffman mit der gleichen Geste.

Der Alte verschwand hinten im Café. Keiner von beiden hatte auch nur ein Wort gesagt.

»Rauchen Sie?« fragte Hoffman und deutete auf die Pfeife.

»Nein, danke«, sagte Rogers.

»Bleibt um so mehr für mich«, meinte der Stationschef und nahm einen tiefen Zug aus der vor sich hin glimmenden Pfeife. Hoffman saß zufrieden da, saugte hin und wieder am Mundstück der Pfeife, sagte aber nichts.

Nach fünf Minuten kam der Alte zurück und brachte Kaffee, worauf er ein weiteres Mal verschwand. Die Sonne war warm und vom Mittelmeer her kam eine angenehme Brise. Hoffman blieb weiterhin stumm.

Rogers fragte sich, ob es sich hier um eine Art Prüfung handeln sollte. Sie waren etwa zehn Minuten im Café, als Rogers in der Ferne eine Gestalt erspähte, die alleine am Strand spazierenging. Es war ein junger Araber, elegant und gut gebaut; er trug eine Sonnenbrille.
Im gleichen Augenblick warf Rogers einen Blick auf Hoffman und sah, daß der Stationschef die Hände hinter dem Kopf verschränkt hatte, als würde er sich strecken – oder jemandem ein Zeichen geben.
Langsam näherte sich der junge Mann dem Strandcafé.
»Das ist der Bursche, mit dem ich Sie bekannt machen will«, sagte Hoffman. »Er heißt Fuad.«

Der junge Mann betrat das Café. Hoffman hieß ihn willkommen und besorgte die Vorstellung.
»Fuad, ich möchte Ihnen John Reilly vorstellen«, sagte er und deutete auf Rogers.
»Guten Tag, Mr. Reilly«, sagte der Araber. Er schien absolut nicht nervös zu sein, fast unnatürlich gelassen.
»Nennen Sie mich John«, sagte Rogers. Er haßte Arbeitsnamen, und schon gar solche, die sich ein anderer für ihn ausdachte.
Der Araber setzte sich und nahm seine Brille ab. Rogers bemerkte einen leidenschaftlichen, fast haßerfüllten Blick in seinen Augen. Offensichtlich waren es jedoch nicht die Amerikaner, die er haßte.
»Wir haben Fuad kennengelernt, als er an der Amerikanischen Universität in Beirut studierte«, sagte Hoffman. »Wir schätzen ihn sehr.«
Rogers nickte mit dem Kopf und lächelte. Fuad nickte mit dem Kopf und lächelte. Die Szene war sehr orientalisch.
»Fuad ist während der letzten Jahre in Ägypten gewesen und hat für eine libanesische Handelsfirma gearbeitet und sich nebenbei ein bißchen mit linker Politik beschäftigt.« Hoffman ließ seinen Blick langsam durch das Café und über den Strand dahinter schweifen; er vergewisserte sich, daß sich niemand näherte; dann fuhr er fort.

»Während er in Ägypten war, hielt Fuad sporadischen Kontakt mit unserer Organisation aufrecht und versorgte uns mit einer Reihe von interessanten Berichten. Besonders zu schätzen wußten wir seine Berichterstattung über die Aktivitäten der Palästinenser in Ägypten.

Jetzt denkt Fuad daran, wieder in den Libanon zurückzukehren«, sagte Hoffman. »Wir halten das für eine ausgezeichnete Idee.«

Hoffman lächelte Fuad an, der das Lächeln dieses Mal nicht erwiderte.

Es entstand eine Pause. Ein Dampfer bewegte sich langsam über den Horizont.

Rogers meldete sich zu Wort – auf arabisch.

»Die Ägypter haben ein Sprichwort, was Seereisen anbelangt«, sagte Rogers in umgangssprachlichem Arabisch und machte eine Geste in Richtung des Schiffes.

»Sie sagen: ›Es ist besser, das Furzen von Kamelen zu hören als das Beten der Fische.‹«

Fuad neigte den Kopf, als wäre er sich nicht ganz sicher, ob er richtig verstanden hatte; dann lächelte er.

»Die Ägypter haben ganz recht«, sagte Fuad.

»Bockmist«, brummelte Hoffman.

»Die Ägypter haben da noch ein Sprichwort, das mir gefällt«, fuhr Rogers auf arabisch fort. »Es ist eine Warnung an all jene, die meinen, sie verstünden die arabische Welt.«

»Und wie lautet das?« fragte Fuad.

»›Wir setzen uns der Gefahr aus, wenn wir uns mit unserem eigenen Ratschlag zufriedengeben.‹«

»Laßt uns mal einen Augenblick zur Sache kommen«, sagte Hoffman. »Ich habe nämlich was Besseres zu tun, als mit anzuhören, wie ihr beide euch Volksweisheiten erzählt – und das in einer Sprache, die nicht meine Muttersprache ist.«

Rogers zündete sich eine Zigarette an, bot Fuad eine an und lehnte sich auf seinem Stuhl zurück, um Hoffman zuzuhören.

»Fuad, ich will, daß Sie sich in Beirut noch einmal mit Mr. Reilly treffen und daß ihr beiden euch dann ernsthaft über die Palästi-

nenser unterhaltet«, sagte der Stationschef, jetzt ganz bei der Sache.
»Ich will, daß Sie für ihn dasselbe tun, was Sie vor zwei Monaten für mich gemacht haben. Namen, Geschichten, politische Aufzeichnungen, ein Who's Who der Leute, die man in Kairo kennen muß. Ich will, daß Mr. Reilly ein so vollständiges Bild von den Anführern der Guerillaorganisationen bekommt, wie es nur möglich ist.«
Fuad nickte.
Hoffman zog eine Karteikarte im Format 12 × 7 aus einer seiner Taschen. Darauf stand getippt die Adresse einer Wohnung in West-Beirut, eine Uhrzeit und zwei kurze Sätze. Er gab Fuad die Karte.
»Gehen Sie in drei Tagen zu dieser Adresse, um zehn Uhr morgens. Mr. Reilly wird dort auf Sie warten. Sagen Sie Ihre Parole, und er antwortet Ihnen mit der seinen; dann läßt er Sie hinein. Wenn Ihnen jemand folgt, oder wenn Sie aus irgendeinem Grund nicht kommen können, dann gehen Sie am nächsten Tag noch einmal hin, und zwar um vier Uhr nachmittags. Haben Sie das?«
Fuad nickte ein weiteres Mal.
»Haben Sie auswendig gelernt, was auf der Karte steht?«
»Ja«, sagte Fuad.
»Dann geben Sie sie mir wieder.«
Der junge Araber warf noch einen letzten Blick auf die Karte und gab sie dem Stationschef zurück.
Hoffman stand auf. Keiner war aufgefordert, etwas zu sagen, also sagte keiner etwas.
Fuad stand auf und drückte Rogers fest die Hand.
Der Araber wandte sich an Hoffman. Er legte als Geste der Aufrichtigkeit eine Hand aufs Herz, schüttelte Hoffmans Hand, drehte sich um und ging.
Als Rogers zusah, wie der junge Araber langsam über den Strand spazierte, stellte er fest, daß der Mann wie ein geborener Agent aussah. Sein Aussehen war gepflegt und schwer bestimmbar: mittlere Größe, weder dick noch dünn, genau die Art von

glattem, gepflegtem Gesicht, an das man sich immer nur fast erinnerte, aber eben doch nicht ganz. Es gibt Gesichter, die geradezu eine Landkarte des Charakters sind. Fuads Gesicht dagegen war eine leere Tafel, mit seiner glänzenden Bräune ohne Linien und Falten: ein Bild von einer Reise durch die Wüste, die keine Spuren hinterließ.

Hoffman zündete die Pfeife wieder an. Nachdem er noch einige Minuten länger an der Hookah gepafft hatte, legte er das Mundstück zur Seite.

»Interessanter Bursche«, sagte Hoffman. »Er ist davon überzeugt, daß es Amerikas Schicksal ist, die Araber zu befreien! Weiß Gott, warum der so an uns glaubt, aber er tut's.«

»Ist er verläßlich?« fragte Rogers.

»Das herauszufinden liegt an Ihnen, mein Junge. Denn von diesem Augenblick an ist er Ihr Agent.«

Rogers lachte und schüttelte den Kopf.

»Weiß er, daß er in Ihren Büchern geführt wird?«

»Mehr oder weniger«, sagte Hoffman. »Lassen Sie uns gehen.«

Sie gingen schweigend zum Wagen zurück. Als die Türen geschlossen waren, wandte sich Hoffmann an seinen neuen Falloffizier.

»Sie sollten da über Fuad etwas wissen, was nicht in den Akten steht«, sagte der Stationschef. »Sein Vater wurde vor einigen Jahren ermordet. Er glaubt, daß der Mann, der seinen Vater umgebracht hat, ein libanesischer Kommunist war.«

»Und, war er einer?« fragte Rogers.

»Ich habe keinen Grund, daran zu zweifeln«, sagte der Stationschef. »Aber wen kümmert es, was ich denke? Tatsache ist, daß Fuad es glaubt.«

Rogers traf sich mit Fuad in einer Wohnung mit Blick aufs Meer in Rauche; es handelte sich dabei um eine aus dem halben Dutzend konspirativer Wohnungen, die die CIA in Beirut unterhielt.

Das Apartment war in jenem grellen Stil eingerichtet, an dem viele Araber Geschmack finden und der von Inneneinrichtern als

»Louis Farouk« verspottet wird. Spiegel mit Goldrahmen; viel zu prall gepolsterte Sofas in Pink und Gelb, denen büschelweise die Füllung aus dem Bezug sproß; lackierte Kaffeetischchen. Rogers kam früher als vorgesehen und sah sich in der Wohnung um. Sie war abscheulich; genau die Art von Dekor, mit der man einen Beduinen aus der Wüste beeindrucken konnte, nicht aber einen Cum-laude-Absolventen der Amerikanischen Universität Beirut. Es klopfte an der Tür, dann folgte der rituelle Austausch der Parolen.

»Sind Sie heute beschäftigt?« fragte Fuad.

Rogers fand die Parole dumm und kaum der Mühe wert, aber er sagte die abgesprochene Antwort auf.

»Nein, im Moment habe ich ein paar Minuten Zeit.«

Rogers öffnete die Tür, schüttelte Fuad die Hand und führte ihn zu einem der Pastellsofas.

»Nochmals guten Tag, Fuad«, sagte Rogers.

»Guten Tag, Mr. Reilly.«

Fuad bewegte sich mit der Geschmeidigkeit einer Katze durch den Raum. Er trug die Kleidung eines jungen libanesischen Playboys. Ein Jackett mit breitem Revers, das an der Taille gerafft war; Leinenhosen; einen dazu passenden Wildledergürtel; Wildlederschuhe, und die unvermeidliche Ray-Ban-Sonnenbrille. Der Aufzug mußte ihn einen Monatslohn gekostet haben, dachte Rogers.

Die Vorhänge der Wohnung waren zugezogen, und der Raum war dunkel. Als er sich auf die Couch setzte, nahm Fuad die Sonnenbrille ab und starrte Rogers mit der konzentrierten Neugierde eines Menschen an, der sein Leben in die Hände eines anderen legt. Zwei Dinge fielen einem an Rogers auf. Das erste war die Körpergröße des Amerikaners. Er war gut einszweiundachtzig; ein Riese nach arabischen Maßstäben; eine Größe, die man hier gemeinhin mit kurdischen Ringern oder tscherkessischen Leibwächtern assoziierte. Das zweite war seine Zwanglosigkeit. Der lose Sitz seiner Kleidung, die abgewetzten Krägen seiner Hemden, die Art, wie er aus dem Fenster starrte, wenn er eine Zigarette rauchte. Diese Kombination ließ ihn als die

Verkörperung jenes Bildes erscheinen, das sich der Araber von Amerika machte: groß und entspannt, Macht und Intimität zugleich ausstrahlend.
Die Wirtschafter von der Beiruter Station hatten den Raum sorgfältig ausgestattet. Das Tablett auf dem Tisch war mit Zigarettenschachteln vollgepackt, drei verschiedene Sorten – eine geradezu arabische Geste der Gastfreundschaft. Obst und etwas zu trinken gab es im Speiseschrank. Fuad nahm die Schachtel, die ihm am nächsten lag – eine Packung Larks – und zündete sich die erste von vielen Zigaretten an. Rogers goß süßen arabischen Tee in zwei Glastassen und plauderte vor sich hin. Er fragte nach Fuads Familie, sprach von seiner eigenen Frau und seinen Kindern, erkundigte sich nach der politischen Situation in Ägypten. Als sie mit den Präliminarien fertig waren, kam Rogers zur Sache.
»Sagen Sie mir, was Sie über die Anführer der palästinensischen Guerillas wissen. Welche sollten wir kennenlernen?«
»Verzeihen Sie, Mr. Reilly«, sagte Fuad. »Aber diejenigen, die Sie kennenlernen sollten, sind die, die sich nicht mit Ihnen unterhalten werden.«
Da hat er recht, dachte sich Rogers. Aber er sagte nichts, sondern wartete darauf, daß Fuad fortfuhr.
»In Ägypten bin ich zwei Sorten von Palästinensern begegnet«, fuhr Fuad fort. »Es gibt die traditionellen Führer, die, die man kaufen kann; die sind nicht zu gebrauchen. Und es gibt eine neue Gruppe – die Fedayeen –, die man nicht so leicht kaufen kann, die aber die arabische Welt wie ein Vulkan erschüttern. Aber Sie haben da ein Problem. Die neuen sind Revolutionäre. Sie erhalten ihre Ausbildung und ihre Waffen aus Moskau. Warum sollten die mit den Amerikanern sprechen?«
»Jeder will mit den Amerikanern sprechen«, sagte Rogers. »Wenn ich in meinem Geschäft etwas gelernt habe, dann ist es das.«
»Ich bin sicher, Sie haben recht, Mr. Reilly«, sagte Fuad vorsichtig.
»Sagen Sie mir etwas über die Fatah«, sagte Rogers.

»Das ist die größte der Guerillagruppen.«
»Ja, ja, das weiß ich. Sagen Sie mir etwas über ihre Anführer.«
»Zuerst ist da der Alte Mann«, sagte Fuad. »Eigentlich ist er gar nicht so alt, aber jeder kennt ihn unter diesem Namen. Er ist ein sehr komplizierter und verschlagener Mensch. Vielleicht ist es unvermeidlich, daß ein Volk ohne Land sich einen Anführer wie ihn wählt – einen ohne Moral. Der Alte Mann wird jedem sagen, was er hören will. Er bekommt Geld von den Saudis und Waffen aus Moskau. Seinen saudischen Freunden sagt er, daß er ein frommer Moslem ist, und seinen sowjetischen Freunden sagt er, daß sein einziger Gott die Revolution ist. Dieser Mann mag Ihnen wie ein Narr vorkommen, aber Sie sollten ihn nicht unterschätzen.
Dann gibt es da Abu Nasir. Er ist der Kopf ihres Geheimdienstes. Ein sehr kluger Mann. Der ägyptische Nachrichtendienst, der Moukhabarat, hat Angst vor ihm. Man hat versucht, den Nachrichtendienst der Fatah unter Kontrolle zu bekommen, indem man ein Dutzend von Abu Nasirs Leuten ausbildete. Es hat nicht funktioniert. Die Ausbildung hat sie nur noch gefährlicher gemacht.
Und es gibt andere. Der Mann, den sie den Diplomaten nennen und der in Kuwait lebt. Er ist gerissen, reich, hat gute Verbindungen zu saudischen und kuwaitischen Geschäftskreisen. Er glaubt, daß er die Fatah besser führen würde als der Alte Mann; und es stört ihn auch nicht, das auszusprechen. Dann gibt es da noch Abu Namli, der die schmutzigen Operationen erledigt. Er ist ein kluger Politiker, aber er redet zuviel. Alles, was er macht, übertreibt er: Er ißt zuviel, er raucht zuviel; er trinkt zuviel. Er ist gefährlich. Er ist ein Mörder.«
Rogers machte sich einige Notizen, wenn auch hauptsächlich, um beschäftigt zu wirken. Das Tonbandgerät lief, und er würde am nächsten Vormittag die Abschrift zu lesen kriegen.
»Die interessanteste Person in der Fatah ist jemand, von dem Sie wahrscheinlich noch nie etwas gehört haben«, sagte Fuad.
Rogers legte seinen Füller weg und hörte zu.
»Er ist erst siebenundzwanzig, aber er ist schon jetzt der Lieb-

ling des Alten Mannes. Ich habe ihn vor zwei Jahren in Kairo kennengelernt bei einer Konferenz über palästinensische Politik, und wir haben uns die halbe Nacht lang unterhalten. Ich habe gehört, daß er seitdem in der Fatah große Karriere gemacht hat.
Er ist kompliziert. Auf arabisch würden wir sagen *mua'ad*. Sein Vater war ein berühmter palästinensischer Kämpfer, der von den Juden umgebracht wurde. Ein Teil von ihm möchte wie sein Vater sein – ein Märtyrer werden und den Familiennamen aufrecht erhalten. Aber ein anderer Teil verwirft die Welt seines Vaters als rückständig und korrupt. Deshalb ist er ein interessanter Mann. Er ist ein moderner Palästinenser, der aus der kränkelnden arabischen Kultur ausbrechen will. Er liebt alles, was aus dem Westen kommt: Autos, Frauen, Technik. Alles, was modern ist.« Fuad schwieg einen Augenblick.
»Sprechen Sie weiter«, sagte Rogers.
»Sie verstehen vielleicht nicht, was ich sagen will, aber er verhält sich nicht wie ein Palästinenser. Er prahlt nicht; er ist kein Großtuer. Er erzählt keine Lügen wie der Alte Mann und der Rest der Fatah-Führer. Er hat nicht, wie die anderen Araber, das Gefühl, weniger wert zu sein als die Israelis und sich schämen zu müssen. Für ihn sind sie einfach der Feind, nichts weiter.
Ich habe ihn in Kairo einmal eine Ausgabe der *Jerusalem Post* lesen sehen. Ich weiß nicht, wo er sie her hatte, aber nur jemand mit sehr viel Mut würde so etwas tun. Er sagte mir, die Israelis seien recht klug, weil sie wüßten, wie man die Presse benützen müßte, um die Juden in Europa und Amerika zu erreichen. Die Palästinenser sollten von ihnen lernen, sagte er. Keiner sonst in der Fatah würde es wagen, so etwas auszusprechen.
Ich hatte ein seltsames Gefühl, als ich mich mit ihm unterhielt; so als würde ich mit jemandem Schach spielen, der seine Züge bis zum Schluß des Spiels im voraus geplant hat.«
»Wie heißt er?« fragte Rogers und versuchte, nicht allzu interessiert zu klingen.
»Jamal Ramlawi.«
»Vielleicht«, sagte Rogers, »könnten Sie Ihre Bekanntschaft mit Jamal Ramlawi etwas auffrischen.«

Kapitel 3
Beirut; September 1969

Als am nächsten Morgen die Abschrift seiner Unterredung mit Fuad fertig war, ging Rogers damit ein paar Türen weiter in Hoffmans Büro. In einem Begleitschreiben bat er um die Erlaubnis, die nötigen Schritte zur Sondierung einer potentiellen Informationsquelle innerhalb der Fatah einleiten zu dürfen.

»Er ist beschäftigt«, sagte Hoffmans Sekretärin, Ann Pugh.

»Er sollte sich das noch heute ansehen«, sagte Rogers. »Sobald er es einrichten kann.«

Miss Pugh neigte ihren Kopf zur Seite und bedachte Rogers mit einem boshaften Blick, als wollte sie sagen: Für wen zum Teufel halten Sie sich eigentlich? Sie war eine altgediente CIA-Bürokraft, die im Laufe ihrer nahezu zwanzigjährigen Dienstzeit mehr streng geheimes Material in die Hände bekommen hatte als ein Dutzend Falloffiziere zusammengenommen. Sie war Hoffman, den sie als eine Art Verwandten im Geiste betrachtete, absolut treu ergeben und stand auf Kriegsfuß mit jedem, der etwas von seiner Zeit zu beanspruchen suchte – und das galt vor allem für frisch eingetroffene Falloffiziere.

Eine halbe Stunde später jedoch rief sie Rogers mit Hilfe des Summers und sagte ihm, daß Hoffman einige Minuten Zeit hätte. Rogers ging sofort zu ihm ins Büro.

»Was soll ich mit dem ganzen Scheißkram hier?« fragte Hoffman, als Rogers eintrat, und fuchtelte mit der umfangreichen Abschrift des Gesprächs herum. »Sie erwarten doch nicht etwa von mir, daß ich das alles lese oder?«

»Nein, Sir«, sagte Rogers. »Ich möchte von Ihnen lediglich einen kleinen Angelausflug genehmigt haben, der sich aus dem ergibt, was mir Fuad gestern erzählt hat.«

»Kostet mich das Geld?« erkundigte sich Hoffman. Eine CIA-Station benötigte für jede Operation, die mehr als 10000 Dollar kostete, eine Genehmigung vom Hauptquartier.

»Nicht mehr als ein üblicher Einsatz.«

»Bringt es mich in Schwierigkeiten?« fragte Hoffman.

»Absolut nicht«, sagte Rogers.
»Ich genehmige nichts, wozu es meine Genehmigung braucht«, sagte Hoffman. »Kapiert?«
Rogers bejahte.
»Wenn wir uns soweit verstehen, dann haben Sie meine Genehmigung. Gehen Sie zu meinem Stellvertreter, wenn Sie irgend etwas Besonderes brauchen. Und sagen Sie mir nicht noch einmal, daß ich diesen gottverdammten Papierkram lesen soll. Ich hab schon genug um die Ohren.«

Fuad suchte Jamal zwei Tage später in einem kleinen Büro in einem Gebäude im Fakhani-Distrikt auf, der nördlich des Lagers Sabra lag. Die Gegend lag im Gebiet der Fatah und wurde von Kommandos in engen Bluejeans und italienischen Mokassins patrouilliert.
In einem Vorzimmer nannte Fuad seinen Namen einem unrasierten Mann, der zwar allem Anschein nach ein Sekretär war, aus irgendeinem Grund jedoch eine Pistole im Hosenbund stecken hatte. Fuad setzte sich auf eine schmuddelige Couch und wartete. Auf einem Kaffeetischchen vor ihm stand ein Aschenbecher von der Größe einer Radkappe, in dem wohl Hunderte von Zigarettenkippen liegen mochten.
Fuad war versucht zu rauchen, aber er überlegte es sich anders und holte seine Kummerperlen hervor. Aus dem eigentlichen Büro hörte er gelegentlich Stimmengemurmel.
Nach einigen Minuten ging die Tür auf und eine atemberaubende blonde Frau in einem ledernen Minirock kam heraus. Eine Deutsche, dachte Fuad.
Sie kicherte und schien eben dabei, den obersten Knopf ihrer Bluse zuzuknöpfen. Sie trug keinen BH und hatte Probleme mit dem Knopf. Sie ging an Fuad vorbei, drehte sich zu ihm um und winkte ihm kurz zu. In ihrer Hand hielt sie, wie Fuad bemerkte, ihren Slip.
»Sie können jetzt hineingehen«, sagte der Mann im Vorzimmer.
Jamal saß in einem Stuhl, die Hände hinter seinem Kopf und die Füße auf dem Schreibtisch.

»Tut mir leid, daß du warten mußtest«, sagte der Palästinenser und drehte seinen Stuhl in Fuads Richtung.
Auf den ersten Blick sah er eher wie ein Europäer aus als wie ein Araber. Er hatte helle Augen und war sauber rasiert, ohne den sonst üblichen arabischen Schnurr- oder Vollbart. Alles an ihm war schwarz: schwarze Jeans, ein schwarzes Hemd, das fast bis zur Taille offen war, und über dem Stuhl hing eine schwarze Lederjacke.
Fuad begann sich zögernd vorzustellen; er erwähnte, daß sie sich in Kairo kennengelernt hatten, aber Jamal unterbrach ihn.
»Ich weiß, wer du bist«, sagte er und stand auf.
Der Palästinenser griff nach seiner Lederjacke, nahm seine Pistole aus dem Schreibtisch, steckte sie in die Jackentasche und ging auf die Tür zu.
»Ich habe Hunger«, sagte er. »Gehen wir etwas essen.« Der Mann im Vorzimmer, der sich als Leibwächter entpuppte, trottete hinterdrein.
Jamal sagte dem Fahrer, er solle sie zu einem Restaurant namens Faisal's in der Rue Bliss, gegenüber der Amerikanischen Universität von Beirut, bringen. Fuad war begeistert. Er hatte während seiner Studentenzeit eine Menge Zeit damit zugebracht, im Faisal's zu sitzen, Zigaretten zu rauchen und mit seinen Kommilitonen über Politik zu diskutieren. Faisal's war in Beirut als der Treffpunkt jener Intellektuellen berühmt, die in den 30er Jahren die Renaissance der arabischen Kultur eingeleitet hatten. Die Linken verehrten das Lokal noch immer als die Geburtsstätte des arabischen Nationalismus.
Auf der anderen Straßenseite befanden sich die Pforten der AUB, in die die protestantischen Missionare, welche die Universität ein Jahrhundert früher gegründet hatten, eine Inschrift eingeschnitzt hatten: »Ihrer soll das Leben sein und das im Überfluß.« Ein edler Gedanke. Faisal's war gut geeignet, seine Bekanntschaft mit Jamal aufzufrischen; der ideale Platz, um brüderlich über das Leid der arabischen Nation sprechen zu können.

»Ich nehme an, du arbeitest für die Amerikaner«, sagte Jamal gelassen, kaum daß sie sich im Restaurant gesetzt hatten. Fuad spürte das Trommeln seines Herzens in der Brust, aber sein Gesicht blieb ausdruckslos.

»Warum sagst du das?« antwortete ihm Fuad.

»Weil es die Wahrheit ist«, sagte Jamal.

Sie schwiegen eine ganze Weile.

»Als wir uns in Kairo kennengelernt haben«, sagte Jamal, »hast du mir erzählt, daß du ein Mitglied des Kongresses für die Unabhängigkeit der arabischen Kultur wärst. Ich hatte von dieser Organisation noch nie gehört, und so habe ich einen Freund vom ägyptischen Moukhabarat danach gefragt. Der fragte die Russen, und die sagten ihm, daß es sich um eine amerikanische Deckorganisation handelte. Ich fand das interessant, sprach darüber aber nicht mit dir. Warum sollte ich? Ich dachte, vielleicht weiß dieser junge Libanese nicht, wer diese Gruppe wirklich leitet.

Gestern dann erfuhr ich, daß ein alter Palästinenser, von dem jeder weiß, daß er ein amerikanischer Agent ist, sich überall in Fakhani nach der Adresse meines Büros erkundigte. Und so erwartete ich also Besuch. Ich freue mich, daß es jemand ist wie du – ein Freund – und keiner von diesen miesen Hunden, die die Russen hinter uns herschicken.«

Jamal strich sich eine Strähne seines langen, schwarzen Haares zurück, die ihm über die Augen gefallen war. Er zog eine Packung Marlboros aus der Tasche seiner schwarzen Lederjacke, bot Fuad eine an, und steckte sich selbst eine an.

»Ich werde es nicht mehr erwähnen«, sagte Jamal mit einem Augenzwinkern. »In Beirut arbeitet jeder für irgend jemanden. Warum also nicht für die Amerikaner? Keine Angst. Ich habe meinen Leuten nichts gesagt. Wie sagt doch das ägyptische Sprichwort: ›Uns gehört das Haus und was darin zur Sprache kommt.‹«

Fuad wechselte das Thema. Er sprach über das Wetter. Er sprach über Ägypten. Alles was ihm so einfiel. Erst nach vielen Stunden stellte er schließlich erleichtert fest, daß man nicht vorhatte, ihn umzubringen.

Als Fuad Rogers von dem Gespräch Bericht erstattete, war der Amerikaner wütend über das Sicherheitsleck. Er merkte sich vor, Hoffman dafür sorgen zu lassen, daß man den unfähigen Agenten feuerte, der Jamals Adresse in Erfahrung gebracht hatte. Außerdem hielt er Fuad einen Vortrag über Tarnung.
Je mehr Rogers über das Treffen der beiden nachdachte, desto stutziger machte ihn Jamals Verhalten. Warum sollte ein wichtiger palästinensischer Funktionär, der genau wußte, daß er mit einem CIA-Agenten sprach, mit ihm zum Essen gehen und ihm dann versprechen, Stillschweigen darüber zu bewahren? Warum sollte er von den sonst üblichen Diffamierungen der amerikanischen Nahostpolitik absehen?
Dafür schien es nur zwei Möglichkeiten zu geben: Entweder war Jamal ein Provokateur und versuchte, Fuad in eine kompromittierende Lage zu bringen, oder er ermutigte ihn, in Kontakt zu bleiben. Rogers entschied, es sei das Risiko wert, herauszufinden, was von beidem zutraf. Er gab Fuad 5000 Dollar in bar aus der ›Eventualitätenkasse‹ der Station und sagte ihm, er solle in der Nähe des Palästinenserviertels eine Wohnung mieten.
»Wir wollen doch mal sehen, ob Jamal gerne einige neue Freunde hätte«, sagte Rogers.

Kapitel 4
Beirut; Oktober 1969

Gegen Ende von Tom und Jane Rogers' erstem Monat in Beirut rief Sally Wigg, die Frau des Botschafters, an.
»Jane!« sagte die Frau des Botschafters. Sie sprach sehr laut und mit einem Enthusiasmus, aus dem deutlich hervorging, wieviel Vergnügen sie daraus zog, das Leben der anderen Botschaftsehefrauen zu organisieren.
»Ja, Mrs. Wigg.«
»Jane! Wir geben am Samstag abend ein Dinner! Wir erwarten Sie beide um acht. Also bis dann.«

Sie legte auf, ohne auf eine Antwort zu warten. Eine Stunde darauf rief eine Protokollsekretärin aus der Botschaft an, um ihr mitzuteilen, daß es sich um ein förmliches Beisammensein handelte.

Jane Rogers war eine vernünftige Frau. Sie hatte eine gute Privatschule besucht und anschließend das College in Mount Holyoke. Sie wußte, daß sich die Welt für einen Augenblick zu drehen aufhörte, wenn in einem Außenposten wie Beirut die Frau des Botschafters rief. Also tat sie das einzig Vernünftige. Sie ging los und kaufte sich bei einem Modeschöpfer in der Rue Hamra ein neues Abendkleid.

»Ein Präventivschlag«, sagte Rogers, als Jane ihm von der Einladung erzählte.

Rogers, der Botschaftern nebst ihren Ehefrauen zutiefst mißtraute, klaubte resigniert die Mottenkugeln aus seinem Smoking. Er hatte ihn vor gut zehn Jahren gekauft, als er das Ausbildungsprogramm der Agentur abgeschlossen hatte. Ein Freund hatte ihm gesagt, ein Smoking sei für einen Agenten in Übersee ein Muß. Förmliche Abendgesellschaften seien ein idealer Ort, um sich nach potentiellen Agenten umzusehen, lautete der Rat seines Freundes.

Das hatte sich für Rogers ziemlich absurd angehört, aber er hatte sich den Smoking trotzdem gekauft. Es war ein schöner Anzug mit flottem, eingekerbtem Revers und gutem Seidenfutter. Rogers hatte ihn in all den Jahren kaum je getragen. Die Arbeit beim Geheimdienst hatte, wie er zu seiner Freude feststellte, ziemlich wenig mit dem Besuch von Abendgesellschaften zu tun.

»Sie sehen umwerfend aus, meine Liebe!« tönte Mrs. Wigg, als sie die beiden an der Türe begrüßte. »Gut für Sie!«

Sie hörte sich an wie die Direktorin einer Mädchenschule, die eine neue Schülerin für ein Tor beim Hockeyspiel lobt.

»Und Tom! Wie *schön*, Sie kennenzulernen!«

Mrs. Wigg klimperte mit den Wimpern, während sie Rogers begrüßte. Sie waren schwarz und von der Tusche verkrustet. Sie

beugte sich leicht vor, als sie ihm die Hand schüttelte, wobei das Dekolleté ihres Abendkleides eine ganze Menge Busen enthüllte.
Rogers sah ihr geradewegs in die Augen und dankte ihr für die freundliche Einladung.
Botschafter Wigg tauchte aus der Bar auf, um sie zu begrüßen, einen dunklen Highball in der Hand. Er hatte buschige Augenbrauen und eine tiefe, sonore Stimme.
»Freut mich, daß Sie kommen konnten«, sagte er zu Jane.
»Willkommen in der Familie, Tom«, sagte er zu Rogers mit einem Augenzwinkern. »Ich betrachte in unserer Botschaft ja gerne *alle* als zur Familie gehörig.«
Ein Botschafter, der gerne Stationsleiter wäre, dachte Rogers, als er dem Botschafter die Hand schüttelte.
»Lassen Sie mich Sie allen vorstellen«, sagte der Botschafter und eskortierte sie in das riesige Wohnzimmer.
»Phil Garrett, meinen Stellvertretenden Missionschef und seine Frau kennen Sie ja.« Man schüttelte sich die Hand.
»Und Roland Plateau, den französischen Geschäftsträger, und seine Frau Dominique.« Der Franzose küßte Jane Rogers die Hand. Seine Frau lächelte kokett.
»Und ich freue mich, Ihnen General Fadi Jezzine, den Chef des Deuxième Bureau der libanesischen Armee vorstellen zu dürfen, und Madame Jezzine.« Allseitiges Verbeugen und Kopfnicken.
»Mr. Rogers ist unser neuer politischer Referent«, sagte der Botschafter, und seine Augenbrauen bewegten sich in rascher Folge auf und ab. Jeder im Raum lächelte wissend.
Rogers, der nicht darauf brannte, seine Tarnung gleich in seinem ersten Monat in Beirut auffliegen zu lassen, tat sein Bestes, um den Eindruck eines lässig-eleganten Mitglieds der politischen Abteilung zu vermitteln. Er wollte, es wäre noch jemand von der Station da, der ihm moralische Unterstützung angedeihen ließe; aber er war alleine. Hoffman ging, wie es schien, nicht zu Abendgesellschaften.
Rogers' Unbehagen legte sich, als er die Frau des französischen Diplomaten auf sich zuschlendern sah. Sie war eine attraktive

Frau mit dunklem Haar, sehr sinnlich, ihr Alter war sehr schwierig zu bestimmen, aber sie befand sich wohl irgendwo auf dem langen Weg zwischen dreißig und fünfzig. Ihr Kleid war am Rücken ausgeschnitten und enthüllte eine tiefe Bräune, die nur das Produkt monatelangen entschlossenen Sonnenbadens sein konnte.

»Comme il fait beau aujourd'hui!« sagte Dominique Plateau, und begann mit riesengroßen Augen über das Wetter zu sprechen. Ja, in der Tat, sagte Rogers. Es sei ein schöner Tag. Er nahm sich einen Gin Tonic von einem Silbertablett und beschloß, Beirut zu genießen.

Als man sie allen vorgestellt hatte, nahm Mrs. Wigg Jane und Mrs. Garrett, die Frau des Stellvertretenden Missionschefs, beiseite und drängte sie in eine Ecke des Raumes. Unter einem großen Gemälde, das ein wohlhabender libanesischer Amerikaner gestiftet hatte und Szenen aus Khalil Gibrans *Der Prophet* darstellte, setzten sie sich auf eine Couch.

»Jane! Für was interessieren Sie sich denn so, meine Liebe?« fragte die Frau des Botschafters. Die Frau des Stellvertretenden Missionschefs, die in der Eigenschaft einer Konrektorin hier zu sein schien, nickte nachdrücklich.

»Bücher, würde ich sagen«, antwortete Jane. Die beiden Damen hörten es mit steinernen Gesichtern.

»Und dann natürlich die Kinder.« Die beiden schauten finster drein.

»Und ... für Tennis.«

»Hmm«, machte die Frau des Botschafters. Jane schien die Frage also wenigstens teilweise richtig beantwortet zu haben.

»Doppel?« fragte Mrs. Wigg.

»Ja, ich spiele eigentlich recht oft Doppel. Obwohl es in Oman meist so heiß war –«

»Also dann, morgen früh!« schnitt ihr die Frau des Botschafters das Wort ab. »Um neun Uhr!«

Mrs. Wigg erhob sich von der Couch und lächelte Jane zähneknirschend zu.

»Ich freue mich darauf«, sagte sie; sie ließ Jane und Bianca Garrett auf der Couch zurück und kümmerte sich um ihre anderen Gäste.
Jane wartete darauf, daß die ältere Frau etwas sagte; als von dieser Seite nichts kam, drängte sie selbst voran.
»Bianca ...«, begann sie.
»Binky«, korrigierte sie die andere Frau. Sie tätschelte sich das Haar, das von einer Lackschicht wie ein Helm auf ihrem Kopf gehalten wurde.
»Sind Sie schon lange in Beirut, Binky? Wir sind eben erst angekommen.«
»Ich kann Ihnen sagen, daß Sie ziemliches Glück haben«, sagte Mrs. Garrett.
»O ja«, sagte Jane. »Beirut gefällt uns sehr gut.«
»Ich meine wegen des Tennis«, sagte die ältere Frau. »Sie brauchen sich keine Gedanken darüber zu machen, ob Sie gut spielen. Sie spielt fürchterlich. Aber es ist ein guter Start für Sie.« In ihrer Stimme schien ein Hauch von Eifersucht mitzuschwingen.
»Und Sie sind noch nicht einmal eine von uns«, fügte Mrs. Garrett hinzu.
»Verzeihen Sie«, sagte Jane. »Ich bin nicht sicher, ob ich Sie richtig verstehe.«
»Ach, nun kommen Sie aber«, sagte Binky und lehnte sich mit einem verschwörerischen Flüstern zu Jane hinüber. »Jeder hier weiß doch, daß Tom kein Beamter des Auswärtigen Amtes ist. Das ist kein Geheimnis, und warum sollte es auch eines sein? Sie sind hier unter Freunden.«
Jane errötete so plötzlich und so tief, daß es ihr vorkam, als stünden ihre Wangen in Flammen.
»Sie haben wirklich schreckliches Glück, daß Toms Chef nicht hier ist. Der Dicke, Hoffman. Er ist ein Ekel. Und seine Frau Gladys ist gar noch schlimmer. Ich habe gehört, sie hat einen Abschluß von einer Sekretärinnenschule. Keiner von uns hier mag die Hoffmans. Er ist so *laut*.«
Jane räusperte sich.

»Sieh mal einer an!« bemerkte Bianca Garrett zu sich selbst, als hätte sie eben ein Rätsel gelöst. »Deshalb sind Sie wahrscheinlich auch hier! Weil Frank Hoffman nicht hier ist.«

Jane Rogers, deren Unbehagen von Minute zu Minute wuchs, winkte einem Kellner.

»Ich will Ihnen etwas verraten, meine Liebe«, sagte Bianca Garrett im Flüsterton. »Ich habe selbst einmal für Sie-wissen-schon-Wen gearbeitet, als Chiffrierkraft in Lagos und Addis Abeba. Da habe ich auch meinen Phil kennengelernt.« Sie zwinkerte mit dem Auge und nahm sich einen weiteren Drink vom Kellner, der eben mit seinem Silbertablett angekommen war.

»Glauben Sie also ja nicht, daß ich nicht weiß, wie der Hase läuft«, fuhr Binky fort. »Und wenn ich Ihnen einen Rat geben darf. In einem Posten wie diesem hier, wo das gesellschaftliche Leben den halben Spaß ausmacht, sollten Sie auf keinen Fall abseits stehen und sich nur an Ihre kleine Gesellschaft aus dem fünften Stock halten. Treten Sie ja nicht gegen den Botschafter an. Und um Himmels willen, legen Sie sich nicht mit seiner Frau an.«

Jane, die noch nie auch nur einer Menschenseele außerhalb der Agentur gegenüber zugegeben hatte, womit sich ihr Mann den Lebensunterhalt verdiente, stammelte einige Worte und wechselte das Thema.

»Wir sind auf der Suche nach einem guten Arzt für die Kinder«, sagte sie liebenswürdig. »Könnten Sie uns nicht jemanden empfehlen?«

Mit einem weiteren Augenzwinkern rezitierte ihr Binky eine Liste von annehmbaren praktischen Ärzten.

Schließlich läutete die Glocke und signalisierte, daß es Zeit zum Essen war. Als sich Binky Garrett von der Couch erhob, lehnte sie sich, etwas unsicher auf den Beinen, an Jane und vertraute ihr einen letzten Rat an.

»Es sieht hier alles ziemlich zivilisiert aus«, sagte sie. »Aber Sie und Tom sollten nicht vergessen, daß schon hinter dem nächsten Hügel die Indianer lauern. Auf der Suche nach Skalps. Und weißen Frauen!«

Sie stürzte ihren Drink hinunter, und schon war sie fort.

Während des Dinners saß Rogers zwischen der Frau des libanesischen Armeegenerals und der Frau des französischen Geschäftsträgers. Beide wandten sie sich nahezu einstimmig an ihn, kaum daß man sich gesetzt hatte, und äugten kokett zu dem eben in der Stadt eingetroffenen, großen und attraktiven Amerikaner hinauf.

Das Protokoll obsiegte, und Rogers wandte sich an die Frau des libanesischen Generals. Sie war eine Blüte des christlichen Teils der libanesischen Gesellschaft: Tochter einer der großen Familien, die einen Teil der libanesischen Berge beherrschten. Sie kleidete sich im Stil Ost-Beiruts, sah aus wie eine kunstvolle Porzellanpuppe, und ihre Frisur zeugte von ebensoviel Aufwand wie ihre Maniküre; in ihrer Konversation gab sie sich weiblich kokett, war jedoch gleichzeitig auch klug und beinhart.

»Also, wer ist dieser Mr. Rogers, der da zur Amerikanischen Botschaft gestoßen ist?« fragte sie und musterte dabei Rogers' Gesicht.

Rogers lächelte und zupfte seinen schwarzen Querbinder zurecht. Er erzählte ihr ein wenig über sich selbst: Wo er aufgewachsen war, wo er vorher gedient hatte, was ihm an Amerika gefiel.

»Sagen Sie«, forderte Madame Jezzine ihn auf, »wie ist es nur möglich, in einem so demokratischen Land zu leben? Ich habe das noch nie verstehen können. Wie kann man auch nur irgend etwas organisieren, wenn es kein Oben und kein Unten gibt, wenn jeder gleich ist? Ist das nicht sehr verwirrend?«

»Ganz und gar nicht«, sagte Rogers. »Wir Amerikaner haben keine Geschichte. Also steht es uns frei, uns selbst so zu schaffen, wie es uns gefällt.«

Rogers lächelte die Libanesin an und trank einen Schluck Wein. Madame Jezzine, die ihr Glas bereits ausgetrunken hatte, winkte dem Kellner wegen eines neuen.

»Ich finde, das klingt ziemlich anstrengend«, sagte sie. »Hier im Libanon ist das ganz anders, wie Sie bald feststellen werden. Hier wissen wir von jedem ganz genau, wer er ist. Wenn einem ein Mann seinen Namen und den seines Dorfes nennt, dann weiß man alles, was es über ihn zu wissen gibt. Und wenn man von seinem Dorf in das nächste auf der anderen Seite des Hügels fährt, dann betritt man eine völlig neue Welt. Es gibt eine andere Religion, andere Gebräuche, einen anderen Akzent, manchmal sogar andere Worte.

Hier in Beirut haben wir großen Spaß daran, die Aussprache unserer Cousins vom Lande nachzuahmen«, fuhr Madame Jezzine fort.

»Zum Beispiel?« fragte Rogers.

»Nehmen Sie Zahle, im Bekaa Tal. Einer unserer Freunde stammt von dort; er heißt Antun – Toni –, und er spricht wie ein Primitiver; wie ein Höhlenbewohner.« In den Augen der Aristokratin tauchte ein schalkhaftes Glitzern auf.

»Passen Sie auf, ich mache es Ihnen vor«, sagte Madame Jezzine. Und mit lauter Stimme gab sie einen vulgären arabischen Ausdruck zum besten, so wie ihn einer aus der Gegend von Zahle aussprechen würde.

Mit einem Mal war es still im Raum. Rund um die Tafelrunde wandten sich Köpfe in ihre Richtung.

Glücklicherweise verstand Botschafter Wigg, der andere Tischnachbar der Libanesin, kaum ein Wort Arabisch.

»Das klingt interessant!« sagte er laut, wobei er die Augenbrauen auf und ab bewegte.

Madame Jezzine wandte sich ihm mit einem wohlwollenden Lächeln zu und sagte, daß es sich dabei um eine libanesische Redensart handelte, die bei den Leuten auf dem Land sehr populär sei, jedoch keinerlei Bedeutung habe. Der Botschafter lachte herzhaft, um an dem Witz teilzuhaben; dann verwickelte er Madame Jezzine in eine ernsthafte Unterhaltung über Kinder.

Zu diesem Zeitpunkt etwa spürte Rogers eine leichte Berührung an seinem Bein. Es war die Frau des französischen Diplomaten, die nach ihrer Serviette griff, die ihr unter den Tisch gefallen war. Rogers hob sie ihr auf und begann eine angenehme und kokette Unterhaltung auf Französisch, in der das Thema Kinder nicht ein einziges Mal zur Sprache kam.

Gegen Ende des Essens wandte sich Madame Jezzine wieder an Rogers.
»Finden Sie nicht auch, daß es ein Skandal ist, was die Palästinenser mit unserem Land machen?«
»Wie bitte?« sagte Rogers.
»Ich sagte«, wiederholte die Libanesin viel lauter als zuvor. »Ich finde, es ist ein Skandal, daß die Palästinenser den Libanon übernehmen.«
Wieder herrschte Totenstille im Raum. Der Botschafter war zu erschrocken, um etwas zu sagen.
Rogers versuchte die Situation zu retten.
»Die Palästinenser können es ja gerne versuchen, ein so kompliziertes Land wie dieses zu übernehmen.« Einige der Anwesenden lachten nervös.
»Nein, ich meine es, wie ich es sage!« fuhr Madame Jezzine fort. Sie war entschlossen, auf ihrer Meinung zu beharren.
»Kein Mensch wagt es auszusprechen. Die Palästinenser haben die Politiker gekauft. Sie haben die Journalisten gekauft. Jetzt kaufen sie die libanesische Armee!«
Sally Wigg erhob sich.
»Ich glaube, im Salon wartet schon der Kaffee auf uns«, sagte sie eisig.
»Aber es stimmt!« insistierte Madame Jezzine über den Tumult hinweg, den die Leute verursachten, als sie sich von ihren Stühlen erhoben und auf den Salon zubewegten. In eben diesem Augenblick kam Bianca Garrett zu ihnen herüber und schlug der Frau des libanesischen Generals vor, mit ihr die Damentoilette aufzusuchen, um sich ein wenig frisch zu machen.

Rogers unterhielt sich im Salon mit General Jezzine über Belanglosigkeiten, wie zum Beispiel wer den libanesischen Nachrichtendienst leitete. Er versprach dem General einen Besuch, wenn er sich etwas eingewöhnt hätte. Der Zwischenfall mit Madame Jezzine schien über Brandy und Zigarren in Vergessenheit geraten zu sein. Als die Rogers' sich jedoch bei ihrer Gastgeberin verabschiedeten, bedachte Mrs. Wigg Rogers mit einem scharfen Blick, als wollte sie sagen: Das war Ihre Schuld, junger Mann. Attraktive Männer, die mit älteren Frauen flirten, fordern ja Katastrophen geradezu heraus.

Kapitel 5
Beirut; Oktober 1969

In den Augenblicken vor dem Einschlafen dachte Rogers noch an seine Frau. Er spürte das angenehme Kitzeln ihres glänzenden schwarzen Haares an seinem Hals und ihren Busen auf seiner Brust. Er hatte soviel Weichheit gerne. Andere Botschaftsehefrauen erschienen Rogers zäh wie Schuhleder. Sie übernahmen das Gruppengehabe der Mädchenschulen, an denen sie ihre Erziehung erhalten hatten, gaben verschwenderische Parties, tranken zuviel, redeten zuviel. Sie drängten ihre Männer, Einzelheiten ihrer Arbeit zu erzählen und tratschten untereinander über das Leben an der Botschaft.

Jane war anders. Sie wagte sich nie auch nur in die Nähe von Rogers' Arbeit. Wenn jemand aus der Botschaft auf das Thema zu sprechen kam oder danach fragte, an was ihr Mann eben arbeitete, lachte sie und sagte ganz offen: »Ich weiß es nicht. Ich frage ihn nie danach.«

Sie hatten einander kennengelernt, als Rogers in Amherst zur Schule ging, in den fünfziger Jahren. Jane ging in Mount Holyoke zur Schule. Sie war ein konzentriertes, fleißiges Mädchen, das alle Verabredungen abschlug, um am Wochenende lernen zu können. Ihr Hauptfach war Englisch, und sie sprach mit Rogers in jenen Tagen gerne über Themen wie ›New Criticism‹ und die verschiedenen Arten der Ambiguität in der Dichtung, oder ob Charles Dickens tatsächlich der größte Romancier war, der je gelebt hat.

Rogers lernte sie auf einer Schulparty kennen und mußte sie einen ganzen Monat lang um eine Verabredung bitten, bevor sie schließlich einwilligte. Sie entsprach dem Traummädchen der fünfziger Jahre: schmale Taille, kurvenreiche Figur, und ihr dunkles Haar ließ ihre Haut weißer als Elfenbein wirken. Rogers verliebte sich bei ihrer ersten Verabredung Hals über Kopf und erzählte seinem Zimmerkameraden, daß er eben das Mädchen gefunden hätte, das er heiraten würde. Sie war noch Jungfrau, und Rogers war nach Herzenslust hinter ihr her, halb enttäuscht, wenn sie seine Hand unter ihrem Kleid wegstieß und halb erfreut darüber.

Jane verliebte sich in Rogers langsam, aber unsterblich, mit der Leidenschaft einer Frau, die sich im Leben nur einmal verliebt. Rogers erschien ihr reifer als die Collegejungs, mit denen sie bis dahin ausgegangen war. Er sah gut aus, er wußte, was er wollte, war gelegentlich schweigsam und sehnte sich nach Dingen außerhalb der engen, an eine einzige Klasse gebundenen Welt von Amherst und Neu England; ihn trieben Kräfte zum Erfolg, die Jane nicht verstand. Sie zog ihn bei einer ihrer ersten Verabredungen damit auf, daß er ein bisher unbekanntes Beispiel für Ambiguität sei. Aber nach und nach lernte sie, ihm zu vertrauen, und dieses Vertrauen – nachdem sie es ihm erst einmal geschenkt hatte – war grenzenlos.

Sie heirateten an einem strahlenden Julitag in dem auf die Reifeprüfung folgenden Sommer in einer Episkopalkirche in Morristown, New Jersey. Obwohl die beiden das perfekte Ivy-League-Paar abzugeben schienen – der brillante junge Mann aus Amherst und die sittsame Anglistin aus Mount Holyoke –, überbrückte die Ehe doch eine in jenen Tagen noch ziemlich breite gesellschaftliche Kluft zwischen Protestanten und Katholiken. Er war ein irisch-stämmiger Katholik, Sohn eines Polizeihauptmannes aus Springfield, Massachusetts. Sie war eine Yankee-Episkopale, Tochter eines ehemaligen Nachrichtenoffiziers des Heeres, der es gern hatte, wenn man ihn mit ›Oberst‹ ansprach und jeden Tag zur Arbeit bei einer Finanzmaklerfirma in die Wall Street pendelte. Die Eltern beider Parteien waren argwöhnisch und hatten die Stacheln ausgefahren.

Das was Rogers antrieb, hatte seine Ursachen zum Teil in der unsicheren Position eines irischen Katholiken – einer ›Harfe‹, wie die kultivierten, konservativen Bostoner sie zu bezeichnen pflegten –, der Zugang zum Hof der Yankee-Elite gefunden hatte. Rogers hatte immer das Gefühl, ein Außenseiter zu sein. Je mehr Zeit er in der Welt des neuenglischen Establishments zubrachte, desto mehr fühlte er, daß er nicht dazu gehörte. Diese Sehnsucht hatte Rogers von Springfield nach Amherst getrieben, ein Weg so lang und eisig, als durchquerte man schwimmend die Irische See. Und diese Sehnsucht trieb ihn schließlich auch zur CIA.

Rogers' Laufbahn beim Nachrichtendienst begann wenige Monate nach seiner Hochzeit. Wie die meisten Rekruten der fünfziger Jahre war er zuerst von einem seiner Professoren am College entdeckt worden, der ihn dazu ermutigt hatte, einen bestimmten Regierungsbeamten aufzusuchen, dessen Titel und Behörde zu keinem Zeitpunkt näher spezifiziert wurden. Voller Enthusiasmus ging er nach Washington, stand drei Wochen lang allen möglichen Unfug durch, bei dem es darum ging, für wen er nun arbeiten und wie diese Arbeit eigentlich aussehen sollte, bis man ihm schließlich eine Stellung anbot. Das war 1958, zu einer Zeit, in der ein frisch Angeworbener noch davon träumen konnte, die enorme Macht der USA zu benutzen – heimlich und subtil –, um diese Welt ein bißchen besser zu machen. Rogers wußte nicht, was er sonst hätte tun sollen. Er hatte keine Lust, auf die Universität zu gehen und Jura zu studieren. Ebensowenig wollte er an der Wall Street oder der Madison Avenue arbeiten. Der Gedanke zu reisen sagte ihm zu. Also wurde er Spion.

Janes Vater, der Oberst, spürte, daß etwas im Busch war, als Rogers ihn kurz nach seinem Eintritt in das Ausbildungsprogramm der Agentur über Weihnachten in Morristown besuchte.

»Was machst du beruflich?« fragte ihn der Oberst.

»Regierungsarbeit«, sagte Rogers.

»Welche Behörde?« fragte der Oberst.

»Wie meinst du das?« antwortete Rogers.

»Ich meine, wo arbeitest du?«

»Oh«, machte Rogers. Es enstand eine lange Pause. »Ahm, im Außenministerium.«

»Unfug!« sagte der Oberst. Sie sprachen nie wieder darüber, aber der ältere Mann schien hocherfreut, und Rogers hatte von diesem Augenblick an seine uneingeschränkte Zustimmung.

Rogers begann seine Laufbahn bei der CIA mit einer Mischung aus Ehrgeiz und Idealismus. In jenen Tagen war die Agentur eine Sache, bei der man Gutes tun *und* es zu etwas bringen konnte. Rogers brachte all die grundsätzlichen Voraussetzungen für einen guten Führungsoffizier mit – die Motivation, die Intelligenz, das intuitive Gespür dafür, wie man andere manipuliert. Und noch eines hatte er: den Stachel unter seinem Sattel, der ihn sich nie ganz wohlfühlen oder zufrieden sein ließ.

Im Nahen Osten landete er fast durch Zufall. Die Agentur bot interessierten Neulingen zweijährige Arabischkurse. Die einzig wirklich notwendige Qualifikation schien darin zu bestehen, daß man noch nie vorher in dieser Region tätig gewesen war. Rogers, der so gut wie nichts über Araber oder Israelis wußte, wurde als Idealkandidat angesehen. Er ergriff die Gelegenheit auf der Stelle beim Schopf. Der Nahe Osten war von Springfield, Massachusetts, so weit entfernt, wie Rogers es sich nur erträumen konnte.

Vom ersten Tag an liebte Rogers seine Arbeit und zeichnete sich darin aus. Sein Vater, der Polizeihauptmann, hatte seinem Sohn einst anvertraut – als sei es ein großes Geheimnis –, daß er jedesmal ein zutiefst glücklicher Mensch war, wenn er seine Uniform anlegte. Rogers teilte dieses Geheimnis. Er betrachtete seine Arbeit – die bloße Aufgabe, Agenten anzuwerben und Informationen zu sammeln – als erhebende Beschäftigung, die Pflichterfüllung und Vergnügen in gleichem Maße in sich vereinte. Was, so fragte er sich zuweilen, könnte ein Mann sonst noch wollen?

Während der ersten Jahre überlebte Rogers' Ehe einige schwere Prüfungen. Der schlimmste Augenblick, unauslöschlich in sein Gedächtnis eingraviert, war ihre Ankunft in Khartum Mitte Sommer 1961.

Ein Monat schlafloser Nächte hatte Jane geschwächt und ausgelaugt. Sie hatte erst vier Wochen zuvor ihr erstes Kind zur Welt gebracht und wollte bis zum Herbst warten, wenn es kühler wäre, bevor sie in den Sudan weiterreisten. Aber Rogers bestand darauf, daß zum Warten keine Zeit sei. Er wurde in Khartum gebraucht. Es gab Gerüchte über einen prosowjetischen Putsch. Er hatte das Gefühl, nicht dort zu sein, wo etwas los war.

In drückender Julihitze waren sie in Khartum gelandet und hatten ihre Koffer in einem von der Botschaft gestellten Haus ausgepackt, in dem es nicht einmal eine Klimaanlage gab. Als sie die Türe aufmachten, huschte eine Eidechse über eine Wand des Wohnzimmers davon, und in der Küchenspüle gab es riesige Käfer. Rogers erinnerte sich an diese erste Nacht in Khartum – Jane stillte das Baby in der fürchterlichen Hitze; der Schweiß lief ihr über die Brüste, während das Kind saugte und schrie: ein Alptraum. Bevor er in jener Nacht einschlief, hörte er noch Janes Schluchzen aus dem Bad, und er schwor sich, die Schrekken dieses ersten Auftrags irgendwie wiedergutzumachen. Es war ihm nie richtig gelungen.

Khartum war das erste Kind. Oman war das zweite. Jetzt, in den ersten Monaten in Beirut, vermieden Rogers und seine Frau es immer noch, darüber zu sprechen, was ihrer Tochter in Oman zugestoßen war. Es war zu schmerzlich, zu sehr Symbol all dessen, was Jane im Nahen Osten so entsetzliche Angst einflößte.

Jane war mit allem fertig geworden. Sie lernte mit den Entbehrungen der arabischen Welt zu leben. Sie lernte Arabisch, las immer wieder ihre geliebten englischen Romane und ging in der Welt ihrer Kinder auf. Umgeben von der Heuchelei des Nachrichtengeschäfts, blieb sie auf gewisse Art zart und verletzlich – und ebenso idealistisch, wie es ihr Mann ihrer Meinung nach war.

Im Lauf der Jahre wuchs die Faszination, die der Nahe Osten für Rogers hatte. Er war ein Araber, mit dem Herzen ebenso wie mit dem Kopf. Er beherrschte die Sprache flüssig, verstand die seltsamen Rituale und Nuancen dieser Kultur und bedauerte die Dummheit und das Leid der Araber. Er spürte den Nahen Osten wie ein körperliches Gefühl auf seiner Haut: von der feuchten, dampfigen Luft Dschiddahs am Roten Meer, wo einem im

Hochsommer die Kleidung wie nasse Lappen am Körper klebte, bis zu den trockenen Wüstengebieten vor Kairo, wo einem während der winterlichen Staubstürme der Sand in Mund und Rachen knirschte.

Im Gegensatz zu vielen seiner Kollegen, die ihre Zeit in Übersee hauptsächlich nur absaßen, um die Chancen einer Beförderung zu Hause im Hauptquartier zu vergrößern, wollte Rogers für immer im Ausland bleiben. Er war am glücklichsten, wenn er sich durch die Wildnis von Dhofar im Oman arbeitete, um einen Stammeshäuptling zu besuchen, oder wenn er in einem Salon in Aden saß und *qat* kaute, während er bis spät in die Nacht mit einem marxistischen Revolutionär über arabische Politik diskutierte.

Rogers versuchte, wenn auch nicht immer mit Erfolg, seine Arbeit nicht zu romantisieren. Er erinnerte sich daran, daß es im Grunde ein Kampf um Kontrolle war – Kontrolle über seine eigenen Emotionen ebenso wie die anderer Menschen. Aber tief in seinem Innern war auch eine Rastlosigkeit – jener Dorn unter dem Sattel, der zum Teil dafür verantwortlich gewesen war, daß er sich überhaupt zum Nachrichtengeschäft hingezogen gefühlt hatte. In Rogers gab es so viele Schichten der Selbstkontrolle, daß die Leute für gewöhnlich die Sehnsucht und die Leidenschaftlichkeit in ihm nicht sahen. Aber es gab sie.

Jane sah sie und ließ sie ihm. Wenn sie sich um ihren Gatten sorgte, dann deshalb, weil er zu hart arbeitete. Sie war die Art von Frau, die sich an einem Menschen, den sie liebte, keine charakterlichen Mängel vorstellen konnte.

Kapitel 6
Beirut; November/Dezember 1969

Die CIA, die für alles ein System hatte, hatte auch eine langwierige Prozedur, wenn es darum ging, einen potentiellen Agenten einzuschätzen.

Der erste Schritt, so sagte man jedem frischgebackenen Falloffizier, sei das ›Ausmachen‹ eines potentiellen Agenten, der Zugang zu nützlichen Informationen hatte. Dann begann eine oft langwierige Periode der ›Entwicklung‹, während der man den angehenden Rekruten beobachtete und ermutigte und während der auf beiden Seiten Vertrauensbande geknüpft wurden. Zu guter Letzt kam dann die ›Einschätzung‹, der Zeitpunkt, zu dem sich der Führungsoffizier entscheiden mußte, ob er einen formellen Vorschlag unterbreiten sollte, den Kandidaten als kontrollierten Agenten anzuwerben oder nicht.
Lautete die Antwort ja, dann trat das nächste bürokratische Verfahren in Kraft, das unter der Bezeichnung ›Operationsgenehmigung des Hauptquartiers‹ geführt wurde. Der Falloffizier vervollständigte die Akte mit detaillierten biographischen Informationen über den Rekruten, einschließlich eines Fragebogens zur persönlichen Vergangenheit. Rogers hatte immer den Verdacht gehabt, daß man sich bei dieser lästigen Maßnahme an der Aufnahmeprozedur der Yale Universität orientiert hatte.
Die Operation Jamal war noch kaum über die ›Ausmachungs‹-Phase hinausgediehen. Aber bevor er weitere Schritte in die Wege leitete, traf Rogers einige grundlegende Sicherheitsvorkehrungen, um Fuad, sich selbst und die Agentur für den Fall, daß etwas schiefgehen sollte, abzuschirmen.
Er skizzierte Fuad einen neuen Katalog von Verhaltensmaßregeln. Fuad sollte sich von der Amerikanischen Botschaft und – abgesehen von Rogers, seinem Falloffizier – von jedem bekannten amerikanischen Beamten fernhalten. Er sollte auf der Stelle in seinem Hotel, auf der Straße und am Telefon Anti-Überwachungsmaßnahmen durchführen. Die Station würde die sowjetische Botschaft im Auge behalten, ob es irgendwelche Anzeichen dafür gab, daß man dort von Jamal über Fuads Identität unterrichtet worden war. Der Verbindungsoffizier der Station würde außerdem diskret die Aufzeichnungen über die vom Deuxième Bureau, dem Nachrichtenzweig der libanesischen Armee, angezapften Telefone überprüfen.
Jamals Schweigen über Fuads Verbindung zu den Amerikanern

würde als bestes Zeichen für seine ernsthaften Absichten gelten. Man würde mit der Operation nur weitermachen, wenn man sicher sein konnte, das Jamal Fuads Identität nicht verraten hatte.

In der Zwischenzeit, so betonte Rogers, sollte Fuad streng seine Tarnung leben. Er war ein sunnitischer Moslem mit libanesischer Staatsbürgerschaft und stark linksorientierten Ansichten. Er hatte in Ägypten gelebt, wollte aber aus familiären Gründen nach Beirut zurückkehren. Er traf sich mit Funktionären der Fatah, weil er die palästinensische Revolution als den einzigen Weg zur Befreiung aller Araber unterstützte.

Sollte die Operation in irgendeiner Phase auffliegen und Fuads Status im Libanon gefährdet sein, so verbürgte sich Rogers dafür, daß er seine Umsiedelung mit Endziel USA arrangieren würde. Mit diesem Netz von Sicherheitsmaßnahmen im Rücken fühlte sich Rogers wohler in seiner Haut. Er machte nicht gerne Fehler, vor allem nicht, wenn er dabei seine Agenten irgendwelchen Risiken aussetzte.

Der nächste Schritt, entschied Rogers, sollte darin bestehen, auf einen zweiten Treff mit Jamal hinzuarbeiten. Wenn der Palästinenser einwilligte, sich ein weiteres Mal mit Fuad zu treffen, obwohl er um seine Verbindungen zur Regierung der Vereinigten Staaten wußte, dann hatten sie vielleicht einen Fisch an der Angel.

Rogers versüßte den Köder für das zweite Treffen. Mit Erlaubnis Hoffmans und der Nahost-Abteilung zu Hause in Langley gab er Fuad einen Entwurf des gegenwärtigen US-Friedensplans für den Nahen Osten und sagte ihm, er solle ihn Jamal übergeben.

Es handelte sich dabei um Kleinkram. Der gleiche Entwurf hatte bereits bei den Regierungen des Libanon, Ägyptens, Jordaniens und Israels die Runde gemacht. Ja, man hatte sogar schon eine Version davon zur *New York Times* durchsickern lassen. Genaugenommen waren Fatah-Funktionäre bereits dabei, den Plan mit der Begründung anzuprangern, daß ihre Forderungen

nach einem unabhängigen Palästinenserstaat darin unberücksichtigt blieben. Nur den Text selbst hatten sie noch nicht zu Gesicht bekommen. Rogers hoffte, eine ›durchgesickerte‹ Kopie des Plans würde Jamal davon überzeugen, daß die Amerikaner die Palästinenser ernst nahmen. Unter Revolutionären war, wie Rogers längst mitbekommen hatte, der Hunger nach Ansehen oft ebenso groß wie der Drang zur Macht.
Fuad und Jamal trafen sich dieses Mal im Quo Vadis, einem italienischen Restaurant am Rande des Beiruter Bordellviertels. Der Palästinenser kam in einem roten Ferrarikabriolett, an dessen Steuer dieselbe vollbusige Blondine saß, die Fuad in Fakhani aus dem Büro hatte kommen sehen. Jamal küßte sie auf den Mund, und der arme Shia-Junge, der die Autos parkte, sah ihm voller Neid dabei zu. Dann kam Jamal die Treppe herauf ins Restaurant geschlendert.
Fuad schüttelte den Kopf, als er diesen großartigen Auftritt durchs Fenster verfolgte. Sein palästinensischer Freund war nicht gerade ein Mann, dem Diskretion über alles ging. Das wird ihn noch eines Tages den Kopf kosten, dachte Fuad, während er zusah, wie Jamal in den Speisesaal stolzierte.
Als sie sich gesetzt und ihre Zigaretten angezündet hatten, kam Fuad zur Sache.
»Du hattest natürlich recht, was meine Freunde anbelangt«, sagte Fuad gelassen. Er wollte das Wort ›Amerikaner‹ nicht aussprechen.
»Natürlich«, sagte Jamal. Er hatte bereits ein Auge auf eine Brünette auf der anderen Seite des Raumes geworfen.
»Ich habe ein Geschenk von meinen Freunden«, sagte Fuad. Er nahm eine Morgenausgabe der proägyptischen arabischen Zeitung *Al-Anwar* zur Hand, die er unter dem Arm gehabt hatte, und legte sie auf den Tisch. In dieser befand sich das amerikanische Dokument.
Jamal nahm die Zeitung und öffnete sie weit genug, um auf dem Dokument die Worte ›Außenministerium der Vereinigten Staaten‹ lesen zu können. Der Palästinenser lächelte wie ein kleiner Junge mit seinem neuen Spielzeug.

»Gute Nachrichten!« sagte Jamal und deutete auf die Zeitung. Er rief nach dem Kellner und bestellte eine Flasche Wein. Ausgelassen machten sich die beiden über eine Mahlzeit aus Spaghetti und Kalbfleisch her. Jamal trank fast die ganze Flasche Château Musar alleine und erzählte Geschichten über die Heldentaten seines Vaters im Kampf gegen die Israelis. Der Palästinenser schien phantastischer Laune zu sein, und als Fuad ihm vorschlug, sich in einer Woche wieder zu treffen, willigte er sofort ein.

»Was ist los mit diesem Burschen?« überlegte Rogers laut, nachdem ihm Fuad einige Stunden später Bericht erstattet hatte. »Entweder Ihr Freund Jamal ist dabei, sich selbst anzuwerben – ich meine, er springt uns ja geradezu in die Arme –, oder er betreibt seine eigene Operation gegen uns.«
Rogers steckte sich eine Zigarette an. Er machte den nervösen Eindruck eines Mannes, der eben zum ersten Mal erkennt, daß jemand die Absicht haben könnte, ihn aufs Kreuz zu legen.
»Jamal liebt zwar das Auffällige«, sagte Fuad, »aber er ist nicht dumm.«
Rogers ging im Raum auf und ab. Vor der Bar hielt er inne, goß sich einen Whisky ein, stellte das Glas aber wieder hin.
»Ich frage mich«, sagte Rogers, »ob die Möglichkeit besteht, daß unser neuer Rekrut glaubt, *er* sei dabei, *uns* anzuwerben?«
Fuad schnalzte mit der Zunge. So beantworteten Libanesen Fragen, auf die sie keine Antwort hatten.
»Aber ich will Ihnen ein Geheimnis verraten«, sagte Rogers. »Es ist völlig egal, was Jamal glaubt. Solange er unser Spiel nur mitspielt.«

Als er an diesem Abend in die Botschaft zurückkehrte, leitete Rogers einige diskrete Erkundigungen in die Wege. Die Antworten kamen einige Tage später von einem libanesischen Agenten, der in der Registratur des Deuxième Bureau arbeitete.
Der libanesische Geheimdienst hatte, wie sich herausstellte, eine dicke Akte über Jamal Ramlawi. Er war allem Anschein nach

Sicherheitsoffizier mit ziemlich weitreichenden Befugnissen. Er wurde von seinen Untergebenen gefürchtet und respektiert. Er war, genau wie Fuad gesagt hatte, der Schützling des Alten Mannes, der ihn zu Zusammenkünften der obersten Fatah-Führer einlud und sich um seinen Rat bemühte. Der Alte Mann, so hieß es, baute Jamal als Führer einer jüngeren Generation der Fatah auf, als einen, der problemlos mit der neuen Welle von palästinensischen Exilanten arbeiten konnte, die in Europa oder irgendwo in der arabischen Welt studierten oder arbeiteten.

Das Beweismaterial deutete stark darauf hin, daß Jamal bei allem, was er tat, die Zustimmung des Alten Mannes hatte.

Es gab noch eine weitere interessante Kleinigkeit. Jamal hatte den Ruf, ganz verrückt auf Sex zu sein. Gegenwärtig hatte er eine Affäre mit einer blonden Deutschen, der Geliebten eines sehr reichen, aber nicht mehr ganz taufrischen libanesischen Bankiers.

Der dritte Treff, eine Woche nach dem Essen im Quo Vadis, verlief diskreter. Man traf sich zu einer vorher vereinbarten Zeit in einem Park auf dem Gelände der Amerikanischen Universität in Beirut. Der Geruch des Meeres vermischte sich hier mit dem Aroma der Eukalyptusbäume und der Pinien.

Dieses Mal brachte Jamal selbst eine Überraschung mit. Er schlug einen regelmäßigen Kontakt zwischen sich selbst, als Vertreter der Fatah, und Fuad, als Vertreter der Vereinigten Staaten, vor. Sinn und Zweck eines solchen Kontaktes wäre es, ›Angelegenheiten von beiderseitigem Interesse‹ zu diskutieren, ein Satz, der sich auf arabisch ebenso vage anhörte wie im Englischen. Er sagte, das Arrangement sollte als ›Liaison‹ geführt werden, so wie die Kontakte, welche die US-Botschaft mit anderen Botschaften und Organisationen in der Stadt unterhielt.

Fuad, der von Rogers sorgfältig auf das Treffen vorbereitet worden war, antwortete, daß er nicht befugt sei, so wichtige Angelegenheiten, wie Jamal sie da unterbreitete, zu diskutieren.

»Ich bin hier um zuzuhören«, sagte Fuad. »Nur um zuzuhören!«
»Das ist nicht genug«, sagte der Palästinenser. »An einer einseitigen Unterhaltung sind wir nicht interessiert.«
»Vielleicht ist das, was ihr sucht, möglich«, antwortete Fuad. »Aber ich habe es nicht in der Hand, so etwas zu genehmigen. Um ein solches Arrangement zu treffen, mußt du direkt mit einem Angehörigen der Amerikanischen Botschaft sprechen.«
Nun war es an dem Palästinenser, sich zu sträuben.
»Unmöglich! Mit einem amerikanischen Agenten? Verlang' nicht zu viel, mein Lieber!«
Der Palästinenser hielt eine kurze Ansprache über die Falschheit von Zionisten und Imperialisten.
Fuad hörte geduldig zu und schloß das Treffen schließlich mit einer vorher eingeübten Masche.
Die Amerikaner hätten ein Zeichen ihres guten Willens angeboten, indem sie ein Dokument zur Verfügung gestellt hätten, das sich mit Angelegenheiten befaßte, die für die Palästinenser von Bedeutung waren. Jetzt sei es an der Zeit, daß sich die Fatah revanchierte. Bevor man weitergehe, sagte Fuad, bräuchten die Amerikaner irgendein Zeichen für Jamals guten Willen.

Die Antwort kam am 1. Dezember 1969 in Form einer Ansprache, die Jamal vor einer Versammlung von Studenten der libanesisch-arabischen Universität in Beirut hielt. Die örtliche Presse war eingeladen, und am nächsten Tag schickte die Beiruter Station Kopien sämtlicher Artikel an das CIA-Hauptquartier in Langley, wo sie auf beträchtliches Interesse stießen.
Die Rede als solche war schon ungewöhnlich. Außer dem Alten Mann sprachen Fatah-Funktionäre sonst nur selten öffentlich. Das erstaunlichste aber war der Ton der Rede. In jenen Tagen bestanden Äußerungen der Fatah für gewöhnlich aus grimmigen Ausbrüchen revolutionären Unwillens. Jamals Rede jedoch hörte sich ganz anders an. Der junge Palästinenser schien zu signalisieren, daß er ein verantwortungsbewußter, vernünftiger Mann sei, der durchaus bereit war, über Geschäfte zu reden.

»Die Kommandogruppen werden die Souveränität des Libanon respektieren«, zitierten die Zeitungen Jamal. »Fatah wird ihren Leuten verbieten, in libanesischen Städten und Dörfern bewaffnet aufzutreten.«

Die Analytiker in Langley werteten diese Aussage als Versuch, den Vereinigten Staaten und ihren konservativen arabischen Freunden zu versichern, daß die Kommandos nicht darauf aus waren, den Libanon zu zerstören. Die Aussage selbst war nachweislich falsch. Die Leute der Fatah verletzten Jamals Edikt, was das Tragen von Waffen anbelangte, im gleichen Augenblick, da ihm die Worte über die Lippen gingen. Trotzdem war es interessant, daß er es überhaupt ausgesprochen hatte.

»Da die Fatah die größte Kommandoorganisation ist, hat sie eine große Verantwortung gegenüber der öffentlichen Meinung der ganzen Welt«, sagte Jamal. »Wir studieren jede Operation sehr genau und vergewissern uns, daß keine Zivilisten zu Schaden kommen.« Das hörte sich nach einem ziemlich vagen – und nicht besonders überzeugenden – Versprechen an, daß die Fatah sich mit terroristischen Aktionen im Ausland zurückhalten wollte.

Jamal wurde von jemandem aus dem Publikum nach den Beziehungen der Fatah zu Moskau gefragt. Seine Antwort wurde zu Hause in Washington mit besonderer Sorgfalt studiert.

»Die Kommandos machen mit der Sowjetunion nicht Geschäfte, als wenn wir ihr angegliedert wären«, sagte er. Kein Mensch zu Hause wußte, was das bedeuten sollte.

»Ist der Kerl echt?« fragte Hoffman, nachdem er die Abschrift von Jamals Rede gelesen hatte.

»Was er gestern gesagt hat, war zum größten Teil Unsinn«, erwiderte Rogers. »Aber der Mann selbst meint es ernst.«

»Woher wollen Sie wissen, daß der uns nicht aufs Kreuz legt?«

»Ich weiß es nicht«, sagte Rogers. »Aber mein Instinkt sagt mir, daß er mit uns ins Geschäft kommen will.«

»Ihr Instinkt? Hören Sie, Junior, erzählen Sie mir nichts von Instinkt. Instinkt kann Sie in diesem Teil der Welt das Leben

kosten. Einen Scheißdreck ist der hier wert. Soweit ich das sehe, geben wir diesem Kerl Dokumente, und er schwingt Reden.«
Rogers versuchte nicht so zu klingen, als würde er sich verteidigen.
»Er hat getan, was wir von ihm verlangt haben. Und das war ein Zeichen seines guten Willens. Ich bin dafür, den nächsten Schritt zu probieren.«
»Der wäre?«
»Der wäre die Art von Beziehung zu erforschen, die er uns anbietet, indem wir Fuad als Mittelsmann benutzen.«
»Na schön, mein Freund«, sagte Hoffman. »Wie wir bei uns im Spionagegeschäft immer sagen: ›Es ist dein Arsch.‹ «
Rogers nickte. Er hätte vor Freude am liebsten salutiert.
»Übrigens«, fügte Hoffman hinzu. »Für den Fall, daß Sie es vergessen haben, für diese kleine Nummer brauchen wir die Erlaubnis vom Hauptquartier. In Oman sind Sie mit dieser Lawrence-von-Arabien-Kacke vielleicht durchgekommen, aber nicht hier!«
Rogers dankte seinem Chef.
»Haben Sie schon mit V & S gesprochen?« fragte Hoffman.
V & S war das Direktorium für Verwaltung und Dienstleistungen, eine Haushaltsorganisation, die die Operationen der Agenten unterstützte. Sie hatte ein eigenes Außendienstbüro in Beirut und tätigte in der Hauptsache Finanztransaktionen auf dem libanesischen Devisenmarkt.
Rogers sagte ihm, daß er es noch nicht getan hatte.
»Nun, das sollten Sie lieber tun, denn wenn dieser kleine Plan jemals funktioniert, dann werden Sie jede Menge Hilfe brauchen. Sichere Wohnungen und Überwachungsausrüstung, Kuriere und Reisegeld. Ganz zu schweigen von dem dicken Sümmchen Bargeld, das es uns kosten wird, unseren kleinen Freund von der Fatah einzukaufen.«
Rogers starrte auf den Boden.
»Es ist ein interessanter Plan«, sagte Hoffman. »Ich werde mein Bestes tun, um die Genehmigung durchzukriegen.«

Kapitel 7
Beirut; Dezember 1969

Die Wetterlage zu Hause in Langley war nicht günstig für neue Operationen im Nahen Osten. Auf den Chefetagen der Agentur war man zu sehr mit Vietnam und Laos beschäftigt. Die Chefanalytiker, die die nationalen Nachrichtenbeurteilungen herausgaben, betrachteten die palästinensischen Guerillas als vorübergehendes Phänomen, das zwar ärgerlich, aber letztlich zu vernachlässigen war.

Die wirklichen Probleme im Nahen Osten, so beteuerten die alten Hasen beharrlich, waren dieselben, mit denen sich die Agentur schon die letzten fünfzehn Jahre über herumgeschlagen hatte: Nasser aus Ägypten, der bei der Agentur unter dem Kryptonym BRUDER lief, und seine endlosen Flirts mit Washington und Moskau; das militante Regime in Syrien, das die Vereinigten Staaten 1956 mit der Operation WACHSAM zu stürzen versucht hatten, was eine lange Kette von Schlägen und Gegenschlägen ausgelöst hatte; und der König von Jordanien, der in Agenturdepeschen als NORMAN bezeichnet und zum Teil mit CIA-Mitteln unterstützt wurde, was über eine versteckte Operation mit dem Codenamen NOBEEF lief.

Aber dem Chef der Nahost-Abteilung, der Rogers als seinen Protegé betrachtete, gefiel die Idee. Er hieß Edward Stone und war ein stämmiger Ex-Militär. In seinen vielen Dienstjahren war Stone zu der Ansicht gelangt, daß die Analytiker so gut wie immer falsch lagen, wenn sie alle einer Meinung waren.

Stone bat Hoffman, ein Kabel nachzuschicken, das ihm erklären sollte, warum die Agentur sich beim Sammeln von Nachrichten über palästinensische Guerillagruppen stärker engagieren sollte. Damit, so Stone, wäre es ihm vielleicht möglich, dem Stellvertretenden Direktor der Planungsabteilung, wie der Kopf der geheimen Dienste offiziell hieß, das Projekt zu verkaufen.

Hoffman setzte ein Kabel auf, in dem er die objektiven Faktoren skizzierte, die die Fatah zu einem geeigneten Ziel für eine Infiltration auf höchster Ebene machten.

Erstens, so der Stationschef, wurden die Kommandos von Tag zu Tag ein größerer Machtfaktor im Libanon. Im vergangenen Monat hatte sich der Alte Mann heimlich mit dem Kommandeur der libanesischen Armee in Kairo getroffen und eine Übereinkunft unterzeichnet, die den Guerilleros die Verantwortung für die Polizeigewalt innerhalb der palästinensischen Flüchtlingslager übertrug und ihnen erlaubte, von bestimmten Gebieten im Süd-Libanon aus militärische Operationen gegen Israel zu führen. Das ›Kairoer Abkommen‹, wie es genannt wurde, war ein katastrophaler Schritt für die Regierung des Libanon, da es die Oberhoheit des Libanon über die Kommandogruppen unterminierte. Es waren Gerüchte im Umlauf, denen zufolge einige Offiziere der libanesischen Armee, die geholfen hatten, das Abkommen auszuhandeln, von der Fatah bestochen worden waren.

Eine logische Folge des Kairoer Abkommens, so merkte Hoffman an, war, daß der libanesische Geheimdienst, das Deuxième Bureau, sein Agentennetz aus den Flüchtlingslagern abziehen und seine Operationen gegen die Fedayeen einschränken würde. Auch das war eine Katastrophe. Das Deuxième Bureau hatte, wenn es auch von den libanesischen Christen kontrolliert wurde, seine Agenten in allen moslemischen Sekten und politischen Parteien. In den Lagern Sabra und Schatilla hatte es an jeder Straßenecke Informanten stehen. Wenn man diese abzog, so warnte Hoffman, dann wäre die beste Informationsquelle über die Palästinenser verschwunden.

Zweitens, erklärte Hoffman, gab es diplomatische Gründe, die es sinnvoll machten, sich einen heimlichen Draht zur Fatah zu halten. Die Vereinigten Staaten hatten sich auf eine ernsthafte Bemühung eingelassen, den arabisch-israelischen Konflikt durch Verhandlungen zu lösen. Die neue amerikanische Regierung unterhielt Kontakte zu allen Beteiligten – außer zur PLO.

Drittens, meinte der Stationschef, würden die Guerillas von Tag zu Tag gefährlicher. Als sie 1964 gegründet worden war, war die PLO eine zu vernachlässigende Größe gewesen, ein Propagandaforum, das die Ägypter unterstützt hatten, um die hitzköpfigeren unter den Palästinensern unter Kontrolle zu haben. Die Organisation hatte sich jedoch durch die Revolutions- und Guerillakriegsethik der Fatah verändert. Sie war, wie Hoffman sagte, zur ›geladenen Kanone‹ geworden.

Bisher, so betonte Hoffman, seien die Guerillaaktionen der PLO zum Lachen gewesen. Die täglichen Kommuniqués der Fatah waren Werke arabischer Dichtkunst, die mit Phantasieschlachten und nichtexistenten Angriffen gegen die Israelis prahlten. Aber die arabischen Zeitungen druckten diese Kommuniqués, und die Schlagzeilen verstärkten die mystische Aura der Guerillakämpfer. »Fatah-Truppen Löschen Israelische Patrouille Aus«, »PLO-Kommandos Zerstören Motorisierte Einheit der Israelis im Jordantal«, »Kommandos Schießen Israelischen Jet Ab, Greifen Mehrere Siedlungen An«. Die Propagandisten der Fatah logen schamlos. Einige Tage zuvor, so merkte der Stationschef an, hatten sie die Verantwortung für den Tod eines israelischen Obersten übernommen, indem sie behaupteten, er sei von einer Landmine der Fatah getötet worden, während er in Wirklichkeit bei einem Autounfall ums Leben gekommen war.

Das Problem, so schloß Hoffman, war, daß die Führung der PLO sich keineswegs von ihrer eigenen Rhetorik ins Bockshorn jagen ließ. Man wußte dort, daß ein Guerillakrieg gegen die Israelis auf lange Sicht aussichtslos war, und so sah man sich nach anderen Waffen um. Die einzige, die von ihrem Standpunkt aus wirksam schien, war der Terrorismus.

Als Anhang zu diesem Kabel legte der Stationschef den Text eines vor kurzem veröffentlichten Kommuniqués der radikalen Palästinensischen Volksbefreiungsfront bei, das den Titel trug: »Letzte Warnung an die Welt, sich von Israel fernzuhalten«. Das Dokument enthielt eine nicht gerade subtile Drohung, Flugzeuge zu entführen. Es verkündete: »Reisen Sie nicht nach Israel! Bleiben Sie neutral! Gehen Sie auf Nummer sicher! Bleiben Sie weg!«

»Der Stellvertretende Direktor der Planungsabteilung meint, er versteht nicht, was er eigentlich genehmigen soll«, sagte Hoff-

man, als er die Antwort auf sein Kabel las. »Normalerweise würde ich ihm sagen, er soll mich am Arsch lecken, aber in diesem Fall ist was dran an dem, was er sagt.
Um ehrlich zu sein, ich bin mir selber nicht ganz sicher, ob ich weiß, was er da genehmigen soll, und ich habe das verdammte Kabel schließlich selber abgeschickt! Haben Sie also etwas Geduld, wenn ich Ihnen ein paar dumme Fragen stelle.«
Rogers nickte.
»Handelt es sich hier um die Anwerbung eines Agenten?«
»Nein«, sagte Rogers. »Noch nicht.«
»Um was handelt es sich dann?«
»Unsere Quelle nennt es eine ›Liaison‹.«
»Ach ja? Na, das ist jedenfalls schon mal Bockmist, und Sie können ihm ausrichten, daß ich das gesagt habe. Und in der Zwischenzeit, was sollen wir Langley sagen, was wir hier draußen machen?«
Rogers überlegte einen Augenblick.
»Sagen Sie ihnen«, sagte Rogers, »daß wir in der Entwicklungsphase von etwas stecken, von dem wir hoffen, daß es eine Infiltration der Führungsspitze der Fatah wird. Zum jetzigen Zeitpunkt verwenden wir einen libanesischen Agenten als Talentsucher.«
»Nicht schlecht«, sagte Hoffman. »Hört sich fast plausibel an.«
Und genau das war es, was der Stellvertretende Direktor der Planungsabteilung Anfang Dezember 1969 genehmigte.

Kapitel 8
Beirut; Dezember 1969

Bis Weihnachten waren es nur noch wenige Wochen. Die halbe Botschaft, so schien es, hatte vor, über die Feiertage Heimaturlaub zu nehmen. Die andere Hälfte schmiedete Pläne, um in Botschaftsangelegenheiten nach Paris oder London reisen zu können.

Botschafter Wigg gab in der ersten Dezemberwoche eine üppige Weihnachtsparty. Damit war man zwar ein wenig früh dran, aber die Wiggs gehörten zu den vielen, die das Land verlassen wollten, um Urlaub zu machen. Mrs. Wigg organisierte außerdem in den ersten Dezembertagen einen Sternsingerzug aus Botschaftsfrauen und deren Kindern. Aus Versehen zogen sie jedoch in einem Viertel von Haus zu Haus, in dem ausschließlich Moslems wohnten; so war der Empfang weniger enthusiastisch, als man sich erhofft hatte.

Einige Tage nach der Party bei den Wiggs ließ sich Jane einen Termin bei der Frau des Botschafters geben. Sie hatte eine Idee und wollte Mrs. Wiggs Segen dafür. Jane trug ihr bestes Seidenkleid, als sie sich auf den Weg zur Residenz des Botschafters machte, und versuchte nach besten Kräften einen guten Eindruck zu machen.

Eigentlich war es ja nur ein bescheidener Vorschlag. Wäre es nicht eine schöne Geste, schlug Jane vor, wenn einige der Botschaftsfrauen – anstatt sich in den wohlhabenden Ausländerghettos von West-Beirut abzukapseln – eine sinnvollere Rolle in der Gemeinschaft spielen würden? Vielleicht konnten sie es einrichten, die eine oder andere freiwillige Tätigkeit zu übernehmen. In der Art, wie es zu Hause die jungen Frauen aus besseren Kreisen in der Junior League machten.

»Woran haben Sie dabei gedacht, meine Liebe?« erkundigte sich Mrs. Wigg.

»An das Makassed Hospital«, sagte Jane. »Ich habe gehört, daß man dort Hilfe schrecklich nötig hätte.«

»Wo ist das doch gleich wieder?« fragte Mrs. Wigg.

»In West-Beirut«, antwortete Jane und fügte etwas leiser hinzu. »In der Nähe des Flüchtlingslagers Sabra.«

Mrs. Wigg schien nicht zu hören.

»Ist das nicht ein moslemisches Krankenhaus?« fragte sie.

»Ja, ich glaube schon.«

»Und was sind die Patienten?«

»Moslems«, sagte Jane. »Zum größten Teil Palästinenser. Eben die können sich keine privaten Krankenhäuser leisten, verstehen

Sie. Deshalb sind sie auf Wohlfahrtskrankenhäuser wie das Makassed angewiesen.«

»Haben Sie gesagt Palästinenser?« fragte Mrs. Wigg mit erhobener Stimme.

»Ja, obwohl ich nicht ganz verstehe, was das für eine Rolle spielen sollte.«

»Das ist völlig ausgeschlossen, meine Liebe«, sagte Mrs. Wigg mit Entschiedenheit. »Sie sollten wirklich gescheiter sein.«

Jane schwieg. Sie sah Mrs. Wigg an, überlegte einen Augenblick und fragte dann ruhig: »Warum?«

»Warum?« donnerte Mrs. Wigg. »Warum? Ich bin doch sehr erstaunt, daß Sie das fragen müssen! Muß ich Sie daran erinnern, daß wir hier nur geduldete Gäste der libanesischen Regierung sind. Das Problem mit den palästinensischen Flüchtlingen ist deren Sache, nicht unsere. Nach allem, was ich weiß, hat die libanesische Regierung keinesfalls die Absicht, diese Flüchtlinge dazu zu ermutigen, sich im Libanon niederzulassen, indem man ihnen im Manhasset Hospital freie medizinische Versorgung zuteil werden läßt.«

»Makassed«, korrigierte Jane.

»Wie auch immer.«

»Verzeihen Sie«, sagte Jane. »Aber gerade darum geht es doch. Diese Palästinenser können sonst nirgendwo hin. Ihre Mütter und ihre Babys müssen medizinisch versorgt werden, ganz egal in welches Land sie gehören.«

»*Kein Wort mehr!*« fuhr ihr Mrs. Wigg über den Mund. »Die Antwort lautet nein.«

Jane griff nach ihrer Handtasche.

»Ich hoffe, Sie überlegen es sich noch«, sagte sie.

»Das werde ich sicher nicht tun«, sagte Mrs. Wigg. »Ich bitte Sie, dieses Thema nicht mehr anzuschneiden. Es wäre mir nicht recht, mich deswegen in die Karriere Ihres Mannes einzumischen. Aber ich habe Sie gewarnt.«

»Blödsinn!« sagte Rogers am Abend, als ihm Jane von dieser Unterhaltung erzählte. »Ich bin froh, daß du der alten Schachtel

Bescheid gestoßen hast.« Was Mrs. Wiggs verschleierte Drohung seine Karriere betreffend anbelangte, so versicherte Rogers seiner Frau, daß sie das nicht ernst zu nehmen brauchte. Der einzige Mensch in Beirut, dessen Meinung für Rogers' künftige Laufbahn beim Geheimdienst zählte, war Frank Hoffman. Und der konnte Mrs. Wigg nicht ausstehen.
Die Angelegenheit bedeutete jedoch das Ende der gesellschaftlichen Laufbahn der Rogers' in Beirut. Zu gesellschaftlichen Anlässen der Botschaft luden die Wiggs sie nur noch ein, wenn es unumgänglich war. Und falls Mrs. Wigg etwas von Janes Lebensmittel- und Geldgeschenken an das Makassed-Krankenhaus erfuhr, so ließ sie sich das jedenfalls nicht anmerken.

Rogers verbrachte die erste Dezemberwoche damit, sich noch einmal alles anzusehen, was er im Archiv über die Fatah, den Alten Mann, die Nahostpolitik und die Geschichte der palästinensischen Guerillaorganisationen finden konnte. Er sah überarbeitet aus; er blieb zu lange im Büro und traf zu früh dort ein. Jane war klug genug, ihn nicht zu fragen, was nicht stimmte. Das war genau die Frage, die sich Rogers selbst so verbissen zu beantworten suchte.
Nichts war los; zumindest nichts, was Rogers hätte sehen können. Aber er hörte nicht auf, alles nach dem verborgenen Fehler abzuklopfen.
Eines Tages am Spätnachmittag, nachdem Rogers die Fragestellungen – wie es schien – zum hundertsten Mal durchgekaut hatte, schaute er in Hoffmans Büro vorbei. Die Sekretärin hatte gnädigerweise bereits Schluß gemacht.
»Was kann ich für Sie tun?« fragte Hoffman. Der einsetzende Winter gab seinen Wangen ein fast feuchtfröhliches Aussehen.
»Ich habe da eine Frage an Sie«, sagte Rogers. »Woher sollen wir wissen, ob wir Fuad trauen können?«
»Was fragen Sie das mich?« sagte Hoffman. »Er ist Ihr Agent.«
»Vielleicht. Aber ich habe ihn nicht rekrutiert. Nicht ich habe ihn in Ägypten geführt; und ich arbeite erst seit zwei Monaten mit ihm.«

Hoffman, der sah, daß Rogers nicht in der Stimmung für eines ihrer üblichen Geplänkel war, hielt sich mit seinem Sarkasmus etwas zurück.

»Na schön. Eine gute Frage. Können wir Fuad trauen?«

»Verstehen Sie mich nicht falsch«, sagte Rogers. »Ich habe keinen speziellen Grund, ihn zu verdächtigen. Bis jetzt war er ein mustergültiger Agent. Aber da ist etwas an ihm, das ich irgendwie nicht verstehe. Irgend etwas Rätselhaftes, als würde er hinter einer Maske arbeiten.«

»Das kommt daher, daß er Araber ist«, sagte Hoffman. »Diese Leute werden mit Masken geboren.«

»Trotzdem«, sagte Rogers. »Ich würde gerne mehr über ihn wissen, bevor wir da weitermachen.«

»Wann wurde er zum letzten Mal geschüttelt?« fragte der Stationschef.

»Laut Akte war das vor vier Jahren; bevor er nach Ägypten ging.«

»Jesus, Maria und Josef! Das ist lange her. In vier Jahren kann eine Menge passieren.«

»Genau das habe ich mir auch gedacht«, sagte Rogers.

»Na schön, dann zum Teufel mit ihm! Schütteln Sie ihn noch mal.«

Am nächsten Morgen lud Rogers den libanesischen Agenten ein, mit ihm in der bestausgestattetsten der sechs konspirativen Wohnungen, einer Villa in den Bergen mit Blick auf Beirut und das Meer, zu Abend zu essen.

Die Villa lag wie ein Adlerhorst über einer steilen Straße, die sich in Haarnadelkurven die Hänge des Mount Lebanon hinaufwand. Rogers chauffierte selbst in einer botschaftseigenen Limousine. Der Wagen erkletterte die Hügel und Kämme wie die Sprossen einer Leiter, und jede neue bot eine weitere und noch malerischere Aussicht auf Beirut, das unten in der Dunkelheit funkelte. Während das Fahrzeug höher und höher kletterte, wurde die Luft feucht und süßlich vom Duft des Mooses und der Pinien.

Eine junge Frau vom Sicherheitsbüro war bereits in der Villa eingetroffen und hatte das Abendessen zubereitet. Der eigentliche Grund ihrer Anwesenheit bestand jedoch darin, einen Lügendetektortest durchzuführen. Sie hatte den Polygraphen in einem diskreten, cremefarbenen Koffer mitgebracht.

Fuad kam auf die Minute pünktlich. Im Dunkeln sah er klein und irgendwie schwächlich aus. Seine Haut, die unter Sonnenlicht geradezu zu strahlen schien, sah bei Nacht blaß aus.

Rogers begrüßte ihn herzlich, aber der Libanese schien auf der Hut zu sein. Als er das Haus betrat, fiel sein Blick sofort auf den cremefarbenen Koffer, der im Flur stand; dann bemerkte er die Frau aus dem Sicherheitsbüro, die wie auf Abruf neben der Anrichte stand.

»Sie vertrauen mir nicht, Mr. Reilly?« fragte Fuad.

»Nicht mehr und nicht weniger als bisher«, sagte Rogers. Er führte Fuad in ein großes Zimmer, von dem aus man einen Blick über ganz Beirut hatte. Weit hinten lagen die Lichter von Jounie, die ankernden Schiffe in der Bucht von St. Georges und die sternenbeleuchtete Küste vor West-Beirut.

»Y'Allah! Dann lassen Sie uns beginnen«, sagte Fuad. »Wenn es Zeit ist, wieder einmal die Lügendetektormaschine zu benutzen, ich bin bereit. Ich habe nichts zu verstecken.«

Rogers steckte sich eine Zigarre an. Er hatte irgendwie erwartet, daß Fuad sich weigern würde, sich dem Test zu unterziehen, was der Operation auf der Stelle ein Ende gemacht hätte.

»Wir machen den Test später«, sagte Rogers. »Im Augenblick würde ich gerne noch etwas mehr über Sie hören, ohne Sie an irgendwelche Drähte anzuschließen.«

Sie unterhielten sich bis zwei Uhr morgens. Fuad breitete die Geschichte seiner Jugend aus. Meter für Meter. Rogers hörte zu, paffte an seiner Zigarre und maß Fuads Geschichte an seinen eigenen Vorstellungen von dem, was einen verläßlichen Agenten ausmachte.

»Wir sind wie Spiegel«, sagte der Libanese, als er mit dem Erzählen begann. »Wir reflektieren das, was uns gegenüber steht.«

»Ich bin nicht sicher, ob ich Ihnen folgen kann«, sagte Rogers.
»Ich will damit sagen, daß ich ein Produkt meiner Umgebung bin. Meine Loyalitäten wie mein Haß wurden mir vor langer Zeit eingeprägt.«
»Erzählen Sie«, ermunterte ihn Rogers.
Fuad holte seine Kummerperlen heraus, fand dann jedoch, daß sie ein Zeichen von Unruhe und Aberglauben seien und legte sie auf den Tisch.
»Ich wurde in einem Dorf namens Saadiyat al-Arab geboren, zwölf Meilen südlich von Beirut und zwei Meilen vom Meer entfernt«, sagte er.
»Es als Dorf zu bezeichnen, ist schon ziemlich übertrieben. Eigentlich war es nichts weiter als eine Tankstelle, ein Laden und ein paar Dutzend Häuser. Das einzige, was es ungewöhnlich machte, für libanesische Verhältnisse jedenfalls, war, daß es an der falschen Stelle lag. Es war ein moslemischer Außenposten an einer Straße zwischen zwei Dörfern mit maronitischen Christen: Saadiyat, direkt am Mittelmeer, und Dibbiye in den Hügeln.«
»Und ihr wart in der Mitte«, sagte Rogers.
Fuad nickte. Er schaute ernst drein, als läge ihm viel daran, daß Rogers die Geschichte, die er zu erzählen hatte, auch verstand.
»Als ich ein Kind war, umschloß die Religion mein Leben wie die vier Himmelsrichtungen. Auf beiden Seiten, in Saadiyat und Dibbiye, waren die Christen. Auf der anderen Seite des Hügels, in Jahiliyeh, waren die Drusen. Die einzigen anderen Sunniten außer uns lebten auf einem Hügel in Burjain. Die Schiiten waren im Süden, Sidon und Tyre. Und in Beirut saßen die Herrscher, die sich keinen Deut um unsere kleine sunnitische Enklave inmitten eines christlichen Gebiets kümmerten.
Die politischen Führer des Dorfes schienen in jenen Tagen so fest und ewig zu stehen wie die Sterne am Himmel. Vielleicht war dem auch so, denn es gibt sie alle noch. Wir nannten sie die *zaim*. Die großen Männer. Sie waren allesamt große Lügner und Halunken.

Mein Vater war Beamter bei der libanesischen Polizei, die bei uns Polizei für Innere Sicherheit hieß, damit es sich etwas großartiger anhörte. Sie wurde von den Sunniten beherrscht, und mein Vater bekam seinen Posten durch einen Onkel in Beirut. Das Hauptquartier für unseren Bezirk lag in Damour, einige Meilen weiter die Küste hinauf. Mein Vater hatte nicht einmal ein Büro in Saadiyat; nur sein Motorrad und eine Khakiuniform. Aber er war trotzdem der wichtigste Mann in unserem Dorf.«

Rogers überlegte, ob er Fuad sagen sollte, daß auch sein Vater Polizist gewesen war, entschied sich aber dann dagegen. Was zu diesem Zeitpunkt zwischen ihm und Fuad vonnöten war, war Distanz und nicht Vertraulichkeiten.

»Auf Grund seiner Arbeit«, fuhr Fuad fort, »freundete sich mein Vater mit einigen der christlichen Familien an, die einige Kilometer weiter in Dibbiye lebten. Sonntags nahm mich mein Vater oft mit in das Haus des reichsten Mannes von Dibbiye, den wir Emile-Bey nannten. Er hatte ein großes Anwesen oben auf dem höchsten Hügel der ganzen Gegend. Die Fischer aus Saadiyat behaupteten, daß sie das rote Ziegeldach von Emile-Beys Haus bis weit auf das Meer hinaus sehen konnten.

Emile-Bey kümmerte sich um meine Bildung. Vielleicht weil ich ein armer Moslemjunge war und er ein reicher Maronit, dem das Sektierertum im Libanon nicht gefiel; vielleicht aber auch, weil er keinen eigenen Sohn hatte. Ich weiß nicht warum. Jedenfalls gab er mir persönlich Arabisch-, Französisch- und schließlich Englischunterricht.

Als ich vierzehn war, richtete er es ein, daß ich auf eine Schule einige Kilometer weiter in einem Dorf namens Mischrif gehen konnte; man unterrichtete dort auf Englisch. Er sagte, die Ära der Franzosen im Libanon sei vorbei. Die Ära der Amerikaner stehe vor der Tür.«

»Hatte er damit recht? Was meinen Sie?« fragte Rogers.

»Wir werden sehen.«

»Stimmt«, sagte Rogers. »Wir werden sehen.«

»Ich ging gern auf diese Schule«, fuhr Fuad fort. »Die anderen

Schüler waren um so vieles kultivierter als ich. Sie waren gut angezogen und einige von ihnen waren schon im Ausland gewesen. Ich sprach gern englisch mit ihnen. Das wurde uns zu einer Art Snobismus. Wenn arme arabische Jungs aus Mischrif in der Nähe waren, dann sprachen wir immer englisch. Die müssen uns dafür gehaßt haben.

Als ich dann die weiterführende Schule besuchte, hatte ich angefangen, mein Dorf zu hassen. Ich verabscheute den Moukhtar, den Anführer des Dorfes, weil seine Zähne schlecht waren und er immer Speisekrümel im Bart hatte. Ich schämte mich meiner Schwestern, die verheiratet waren und schon zu viele Kinder hatten, und meiner Cousins, die arm und dumm waren. Aber am meisten schämte ich mich wegen der Rückständigkeit des Lebens in unseren arabischen Dörfern.

Sie können nicht wissen, was es zu jener Zeit bedeutete, ein junger Araber zu sein und davon zu träumen, sein eigenes Volk von soviel Dummheit zu befreien. In der Schule war das unser einziges Thema. Wir drängten uns um das Radio, um Nasser aus Kairo sprechen zu hören – auf einem Sender, der sich die Stimme der Araber nannte. Wir schwänzten die Schule, als Inam Raad und Antun Saade, zwei berühmte syrische Nationalisten, nach Mischrif kamen und vor einer öffentlichen Versammlung sprachen. Damals begann ich zu glauben, daß die Antwort für die Araber Amerika war.«

»Warum?« fragte Rogers.

»Ich weiß nicht«, sagte der Libanese. »Vielleicht weil Amerika so makellos zu sein schien. Und so weit weg.

Warum auch immer, damals entschloß ich mich dazu, auf die Amerikanische Universität in Beirut zu gehen. Emile-Bey ermutigte mich und bot mir an, sich an den Kosten für mein Studium zu beteiligen. Und er tat noch etwas anderes.«

»Was war das?« fragte Rogers.

»Er schickte mich nach Amerika, als Geschenk für meinen Schulabschluß; gleich im folgenden Sommer nach der Reifeprüfung. War das eine Reise! Der Flug dauerte nahezu siebzig Stunden mit dem Propellerflugzeug. Wir landeten in Paris,

Dublin, Neufundland und New York. Ich hatte das Gefühl, in einer anderen Welt gelandet zu sein.«

»Wo haben Sie in Amerika gewohnt?«

»Bei einer amerikanischen Familie, die mit Emile-Bey befreundet war. Eine Arzt-Familie. Es war das Paradies. Sie hatten einen Swimming-pool und Obstgärten. Sie nahmen mich mit ins Kino und auf Camping-Ausflüge in die Berge. Können Sie sich vorstellen, wie das war? Für einen arabischen Jungen, dessen Kindheitserinnerungen aus Staub und Schlamm und Hühnern im Hof bestanden? Als ich Ende des Sommers wieder in den Libanon zurückkam, hatte ich mich verliebt.«

»In wen?«

»In Amerika.«

Fuad machte eine Pause. Er wandte seinen Blick von Rogers ab auf das Fenster und die Lichter des unter ihnen liegenden Beirut.

»Bekomme ich einen Drink«, fragte Fuad.

»Klar doch«, sagte Rogers. »Was hätten Sie gerne?«

»Whisky.«

Rogers kam mit zwei großen Gläsern aus der Küche zurück.

»Sie sprachen eben davon, daß Sie sich in Amerika verliebt hatten«, sagte Rogers.

»Der Libanon muß ganz schön eifersüchtig gewesen sein«, sagte Fuad. »Denn er rächte sich bald darauf.«

»Was ist passiert?«

»1964, als ich auf der Amerikanischen Universität in die Oberstufe ging, rief mich eines Tages der Vertrauenslehrer in sein Büro und sagte mir, daß mein Vater umgekommen sei – in einem politischen Streit; man hatte ihn umgebracht. Er sagte mir, daß es für mich zu gefährlich sei, nach Saadiyat al-Arab zurückzugehen und daß ich einige Tage in Beirut bleiben sollte. Er bot mir seine Hilfe an.«

»Was tat er?«

»Er gab mir Geld.«

»Und was sonst noch?«

»Er brachte mich mit jemandem aus der Botschaft zusammen,

der, wie er sagte, Nachforschungen anstellen könnte, was mit meinem Vater passiert war.«
»Und haben die von der Botschaft etwas herausgefunden?«
»Sie haben alles herausgefunden.«
»Was war passiert?«
»Das Ganze war sehr libanesisch. Es hatte einen Streit zwischen zwei Politikern aus dem Ort gegeben. Der Vertreter des drusischen Parlamentsabgeordneten für unseren Landkreis und der Vertreter des maronitischen Abgeordneten waren sich wegen eines Falles von politischer Protektion in die Haare geraten. Es ging um die Frage, ob der Auftrag für das Pflastern der Straße zwischen Saadiyat und Dibbiye an einen moslemischen oder an einen christlichen Bauunternehmer gehen sollte.
Mein Vater hatte sich, obwohl er Moslem war, auf die Seite der christlichen Firma gestellt. Der Mann war ein Freund von Emile-Bey, und er leistete gute Arbeit. Am nächsten Tag, als mein Vater sein Motorrad startete, explodierte eine Bombe. Die Regierung wollte keinen Skandal; also vertuschte man den Vorfall. Der Mann, der die Bombe gelegt hatte, wurde nie gefaßt.«
»Wer hatte es getan?«
»Hier hat mir die Botschaft geholfen. Sie sprachen mit ihren Kontaktleuten in der drusischen Organisation und identifizierten den Mann, der die Bombe eingebaut hatte. Sie schickten mir sogar ein Bild von ihm. Sein Name war Marwan Darazi.«
Fuad machte eine Pause.
»Da ist etwas in der Geschichte, wo ich mir nicht sicher bin, ob ich es Ihnen erzählen soll«, sagte der Libanese.
»Sie sollten mir alles erzählen«, sagte Rogers.
»Okay. Das war das erste Mal, daß ich Mr. Hoffman traf. Er war der Mann aus der Botschaft, der mir das Bild von Darazi brachte, dem Mann, der meinen Vater ermordet hatte. Mr. Hoffman sagte mir, daß man die Sache überprüft und dabei herausgefunden hätte, daß der Mann ein Kommunist war.«
Rogers fühlte, wie sich sein Magen verkrampfte.
»*War* er ein Kommunist, dieser Mann, Darazi?«

»Ja.«
»Woher wissen Sie das?«
»Weil Mr. Hoffman es mir gesagt hat.«
»Was hat Mr. Hoffman Ihnen sonst noch gesagt?«
»Er sagte mir, daß ich die Wahl hätte. Ich könnte mich an dem Mann auf die libanesische Art rächen, indem ich ihn umbrachte. Oder ich könnte meine Rache auf die amerikanische Art bekommen, indem ich mitarbeitete, die Leute zu vernichten, die Darazi geschaffen hatten – die Kommunisten.«
»Und was haben Sie getan?«
»Ein wenig von beidem«, sagte Fuad. »Libanesisch und amerikanisch.«
»Sie haben Darazi umgebracht?«
»Nein, ich habe ihn nur verwundet. Aber ich habe unseren Familiennamen reingewaschen.«
»Was geschah dann? Waren dann nicht Darazis Angehörige hinter Ihnen her?«
»Mr. Hoffman half mir, aus dem Land zu kommen, nach Ägypten. Er besorgte mir dort Arbeit.«
»Und dann?«
»Sie kennen den Rest«, sagte Fuad. »Ich bin ein Agent. Ich arbeite für Sie. Ich stehe zu Ihren Diensten.«
Rogers holte tief Luft und atmete langsam wieder aus. Er sah dem jungen Araber in die Augen.
»Ist das alles wahr, was Sie mir da erzählt haben?« fragte Rogers.
»Ja«, sagte Fuad.
»Arbeiten Sie außer für mich noch für jemand anderen?«
»Nein.«
Rogers sah ihm wohl noch gut fünfzehn Sekunden in die Augen. Fuad zuckte nicht mit einer Wimper. Rogers schätzte den Mann ein und wandte seinen Blick schließlich ab. Irgend jemandem muß man in diesem Geschäft doch vertrauen, dachte er sich. Wenn nicht, wo lag dann der Sinn?
»Trudie«, rief Rogers in den anderen Raum hinüber, wo die Technikerin noch immer mit dem Polygraphen wartete.
»Es wird schon spät. Wir schütteln ihn ein andermal.«

Kapitel 9
Beirut; Dezember 1969

Rogers drückte Fuad die Hand, dankte ihm und sagte ihm auf arabisch gute Nacht.

Die geheime Beziehung zwischen dem CIA und dem stellvertretenden Chef des Fatah-Nachrichtendienstes schlug Ende Dezember 1969 eine erste zarte Wurzel. Selbst an den Standards des Spionagegeschäfts gemessen war das Ganze eine ebenso verstohlene wie sperrige Angelegenheit.

Beim Planen seines Eröffnungszuges ging es Rogers um zwei Dinge. Dem Palästinenser mußte klar sein, daß Fuad ein Agent der CIA war und Rogers sein Führungsoffizier. Außerdem mußte der Palästinenser seinen guten Willen Rogers persönlich signalisieren; auch wenn er sich jetzt noch weigerte, sich mit Rogers zu treffen. Eine geheime Beziehung mußte nach Rogers' Ansicht so unkompliziert wie möglich beginnen. Andernfalls verstrickte sie sich bald hoffnungslos in jenem Netz von Verwirrungen und Betrug, das zwangsläufig Teil der Geheimdienstwelt war. Außerdem wollte Rogers Jamal persönlich sehen, um diesem 27jährigen Palästinenser in die Augen zu schauen und seinen Charakter abzuschätzen.

Das Arrangement war einfach. Jamal und Fuad würden sich in einem Straßencafé vor dem Strand Theater, einem Kino in der Rue Hamra, treffen. Rogers würde langsam an dem Café vorbeigehen.

Wenn Rogers näherkam, sollte Fuad Jamal mit einem vorher abgesprochenen Satz ein Zeichen geben, und Jamal sollte seinen Arm auf Fuads Schulter legen. Es wäre klar, daß diese Geste bedeuten würde: ›Fuad ist mein Kontaktmann‹; und sie würde Jamals Bereitschaft andeuten, mit der CIA ins Geschäft zu kommen. Im Prinzip erklärten sich beide Seiten bereit, Informationen auszutauschen; auf Details wollte man sich jedoch nicht festlegen.

Jamal verlangte, daß der Treff von keiner der beiden Seiten überwacht werden sollte. Er selbst würde niemanden aus seinem eigenen Gefolge von Mitarbeitern und Leibwächtern mitbringen. Tatsache war, daß er nur einen Menschen über den Treff informiert hatte – eine Person, die er nur als den ›Alten Mann‹ bezeichnete.

»Ganz schöne Scheiße«, meinte der Stationschef, als er von Jamals Forderung erfuhr, daß das Rendezvous in der Rue Hamra nicht überwacht werden sollte.

»Sagen Sie ihm, daß wir einverstanden sind und legen Sie ihn dann aufs Kreuz. Wenn der meint, daß wir uns da auf einen Blindflug einlassen, ist er verrückt.« Rogers protestierte kurz, gab dann aber nach. Er gestand sich ein, daß Betrug nun einmal ein Teil des Geschäfts war. Trotzdem hatte er ein ungutes Gefühl dabei, eine Beziehung, die auf Vertrauen basierte, mit einer Lüge zu beginnen.

Hoffman kommandierte ein kleines Team von Agenten dazu ab, die Gegend zu überwachen. Einer sollte sich auf der anderen Straßenseite an einem Schuhputzstand postieren. Ein anderer sollte in einem Café westlich vom Treffpunkt an der Ecke Rue Hamra und Rue Nehme Yafet sitzen. Ein weiterer wäre etwas östlich davon in einem Auto, das an der Ecke Rue Hamra und Rue Jeanne d'Arc parkte. Der Stationschef bestand darauf, das Rendezvous aus verschiedenen Blickwinkeln zu fotografieren, so daß man greifbares Beweismaterial hatte, das Rogers, Fuad und Jamal zusammen zeigte. Er richtete es so ein, daß ein Fotograf aus einem Bürofenster auf der anderen Straßenseite Aufnahmen schoß und ein anderer aus einem geparkten Wagen.

»Wir brauchen ein bißchen Kontrolle über diesen Burschen«, sagte Hoffman nüchtern. »Ein bißchen was auf der Bank, für den Fall, daß es ihm einfällt, ein Spielchen mit uns zu spielen.«

Das Rendezvous wurde auf zwei Uhr nachmittags festgelegt. Jamal kam zu spät, und Rogers befürchtete schon, die Operation wäre geplatzt, bevor sie überhaupt angefangen hatte. Aber um zwanzig nach zwei traf Jamal ein, setzte sich zu Fuad an einen Tisch und begann mit ihm zu plaudern.

Der Palästinenser war elegant wie immer. Er trug den Kragen seiner Lederjacke hochgeschlagen, um sich vor dem Biß des Winters zu schützen. Die obersten Knöpfe seines Hemdes jedoch hatte er offen gelassen.
Während Jamal mit Fuad sprach, schweifte sein Blick über die Rue Hamra. Der Palästinenser schien ebenso begierig darauf, Rogers zu Gesicht zu bekommen, wie der Amerikaner darauf brannte, ihn zu sehen.
Rogers begann langsam von der Ecke der Rue Nehme Yafet aus die Straße hinaufzubummeln. Er starrte zur Markise des Strand Theaters hinauf, in dem diese Woche *Eisstation Zebra* lief; dann wandte er den Kopf in Richtung des Cafés.
Jamal hatte seinen Arm fest auf Fuads Schulter.
Dann passierte etwas, was nicht im Drehbuch stand. Jamal starrte Rogers geradewegs in die Augen und nickte mit dem Kopf.
Rogers ging weiter. Als er um die Ecke der Rue Jeanne d'Arc bog, stieß er einen kleinen Freudenschrei aus – verhalten, aber hörbar.

TEIL III

Januar–März 1970

Kapitel 10
Washington; Januar 1970

Der Direktor der CIA saß schon so lange auf seinem Posten und hatte schon so viele bürokratische Kriege hinter sich, daß man ihn einfach ›den Direktor‹ nannte; als hätte es nie einen anderen gegeben. Er gehörte in die Konferenzräume der höchsten Geheimdienstgremien wie Fred Astaire in einen Ballsaal. Er war so elegant, so selbstsicher, so perfekt besetzt für seine Rolle, daß man, selbst wenn er einmal einen Schritt verpaßte, nicht sicher sein konnte, ob dahinter nicht eine Absicht steckte. Oder vielleicht hatte auch der Choreograph einen Fehler gemacht.

Ein Teil der Anziehungskraft des Direktors bestand darin, daß sein Aussehen so haargenau dem entsprach, was er sein wollte. Bei so manchen Leuten steht ihr Äußeres auf Kriegsfuß mit dem Bild, das sie von sich haben. Nicht so beim Direktor. Er war eine hochgewachsene, patrizierhafte Gestalt mit schütterem Haar und römischem Profil, der über das nützliche Talent verfügte, in entwaffnendem Maße offen zu klingen, ohne irgend etwas Unüberlegtes von sich zu geben. Nach einer herausragenden Laufbahn in der Agentur hatte er sich die für einen Direktor des Zentralen Nachrichtendienstes notwendigen Überlebenstechniken angeeignet. Er wußte, daß die Wahrung eines guten Verhältnisses zum Präsidenten oberste Priorität hatte; dann kam der Kongreß und dann die Presse. Wenn diese Aufgaben erledigt waren, leitete sich die Agentur seiner Meinung nach von selbst. Obwohl man ihn für einen der mächtigsten Beamten Washingtons hielt, wußte der Direktor selbst sehr wohl um die Grenzen seiner Macht. Er diente, solange er die Gunst des Präsidenten hatte. Seine Aufgabe bestand darin, die Schmutzarbeit zu erledigen und die Verantwortung zu übernehmen, wenn etwas schief ging. Und natürlich darin, seinen Mund zu halten. Diese Aufgaben erledigte er bis zur Vollkommenheit. Einigen seiner Kollegen erschien er wie die Bürokratenversion eines britischen Butlers: intelligenter und besser erzogen als sein Herr, aber immer gehorsam, respektvoll und diskret.

Was der Direktor auf den Tod nicht vertragen konnte, waren Überraschungen, besonders, wenn sie während einer Konferenz im Weißen Haus auftauchten. Und so war ihm Ende Januar 1970 besonders unbehaglich zumute, als ihm die ›Cousins‹ (wie sie sich selbst gerne nannten) vom britischen Geheimdienst einen besonders unberechenbaren Ball zuspielten.

Es passierte auf einer Konferenz des Nationalen Sicherheitsrates, in Anwesenheit des britischen Premierministers, der in jener Woche in Washington zu Besuch weilte. Das Ganze fand im ›Krisenraum‹, einer engen, fensterlosen Krypta im Keller des Westflügels des Weißen Hauses, statt. Der Raum war mit einem langen Teakholz-Konferenztisch ausgestattet, den eine Putzfrau mit höchstem Unbedenklichkeitszeugnis jeden Morgen auf Hochglanz polierte; ein Dutzend gut gepolsterte Chefsessel hätten die führenden Köpfe der Nation bei der Planung des Dritten Weltkriegs nicht auf Komfort verzichten lassen müssen; Kommunikationseinrichtungen sowie diverse audio-visuelle Gerätschaften versetzten einen in die Lage, auf der Stelle Informationen aus jedem Teil der Welt zu erhalten; entlang der Wände standen Stühle für jene Mitarbeiter, denen es zwar erlaubt war, bei derartigen Konferenzen zugegen zu sein – sie erledigten auch den Löwenanteil der Arbeit –, die jedoch nicht das Privileg genossen, mit am großen Tisch zu sitzen.

Der britische Premier war ein gewichtiger Mann, dem die besten Weine aus Burgund und Bordeaux im Laufe der Jahre Gesicht und Figur verwüstet hatten. Als das Wort an ihn fiel, hielt er eine kurze Ansprache über das Besondere an einem besonderen Verhältnis, in der es ihm gelang, in weniger als fünf Minuten nicht weniger als dreimal Winston Churchill zu zitieren.

Zur beträchtlichen Überraschung des Direktors begann der britische Staatschef sodann eine Diskussion der Krise, die sich eben drohend in Jordanien abzuzeichnen begann – diesem ansonsten kaum beachteten haschemitischen Königreich, dessen befreundeter, prowestlicher Monarch von palästinensischen Guerillas bedroht wurde.

»Wir sind der Ansicht, daß sich in Jordanien eine *äußerst* prekäre Lage entwickelt hat«, sagte der Premier.
Die Amerikaner unter den Anwesenden sahen einander fragend an.
»Der König von Jordanien hat uns um Rat gebeten, und zwar in *äußerst* dringlichem Wortlaut. Und wir sind ganz offengestanden ratlos, was wir ihm sagen sollen.«
Der Präsident machte an dieser Stelle eine Kopfbewegung in Richtung des Direktors, so als wollte er sagen: Würden Sie mir bitte erklären, um was zum Teufel es hier eigentlich geht?
Der Direktor ergriff das Wort.
»Der König macht sich ständig über irgend etwas Sorgen«, sagte er. »Ich halte ihm nun schon seit fast einem Jahrzehnt das Händchen, und es macht mir nichts aus, Ihnen zu sagen, daß er ein Jammerlappen ist.«
»Ein was?« fragte der Präsident, der von einem Mitarbeiter abgelenkt worden war, der ihm etwas ins Ohr geflüstert hatte.
»Ein Jammerlappen, und ich werde Ihnen ein Beispiel geben, um es Ihnen zu beweisen«, sagte der Direktor. Leuten, die autorisiert waren, sie zu hören, erzählte er für sein Leben gern Geheimnisse.
»Wir arbeiten seit zwei Jahren daran, den König mit den Israelis an einen Tisch zu bringen. Es ging hin und her, ja und nein. Sie können sich das ja vorstellen. Schließlich gelang es uns, zwischen dem König und dem israelischen Premier ein Treffen auf einem Schnellboot im Golf von Aqaba zu arrangieren. Nur die beiden. Wir stellten das Boot, und ich brauche ja nicht erst darauf hinzuweisen, daß wir alles mithörten. Wissen Sie, worüber der König fast die ganze Zeit sprach? Daß die Araber ihm an den Kragen gehen würden, wenn er je einen Friedensvertrag unterzeichnen würde. Der Mann ist ein Jammerlappen, wie ich Ihnen schon sagte.«
Der Präsident räusperte sich. Es war dies ein Zeichen, daß er ungeduldig wurde. »Entschuldigen Sie«, sagte er. »Aber die Frage ist doch: Hat der König von den Palästinensern etwas zu befürchten oder nicht?«

»Nach unserer Einschätzung der Lage hat er das nicht«, antwortete der Direktor. Er faßte in einigen wenigen Sätzen die aktuelle nachrichtendienstliche Einschätzung der Lage zusammen. Das wesentliche seiner Rede war, daß es sich bei den palästinensischen Guerillas um einen Haufen Gesindel handelte, eine kaum organisierte Gruppe, die von der jordanischen Armee ordentlich Prügel beziehen würde, sollte es je zu einem Bürgerkrieg kommen.

Der britische Premier mischte sich wieder ein.

»Wir teilten diese Meinung – bis vor kurzem, als wir eine Reihe höchst interessanter Dokumente in die Hände bekamen.«

Der Premier überreichte dem Präsidenten Kopien dieser Dokumente. Einer seiner Mitarbeiter überreichte gleichzeitig dem Direktor einen zweiten Satz. Es handelte sich um eine Sammlung von einigen internen Fatah-Dokumenten – aus dem Arabischen ins Englische übertragen –, die Pläne für eine neue Regierung in Jordanien umrissen. Bei einem der Dokumente handelte es sich um eine handgeschriebene Note des Alten Mannes an einen jordanischen Politiker, in der er diesem ganz unverblümt den Posten eines Premiers in diesem neuen Regime anbot.

»Was hat es damit auf sich?« fragte der Präsident, indem er sich mit einem vorwurfsvollen Blick an den Direktor wandte.

»Unsere Berichte besagen nichts Gegenteiliges«, sagte der Direktor in einem Versuch, Zeit zu gewinnen. »Ich zögere etwas, in Einzelheiten zu gehen, aus offensichtlichen Gründen, aber ich widerspreche unseren britischen Freunden nicht, wenn sie sagen, daß die Palästinenser sich mit der Absicht tragen, den König von Jordanien zu stürzen. Diese Information, wenn Sie mir gestatten, ist beileibe kein Geheimnis. Um sie bestätigt zu bekommen, brauchen Sie nur Radio zu hören. Da verkünden sie das Tag für Tag.

Es handelt sich hier lediglich darum, was wir *unternehmen* sollen.« Der Direktor betonte das Wort *unternehmen*, um klarzustellen, daß es sich hier um ein Gebiet handelte, auf dem der britische Beitrag höchstwahrscheinlich ohnehin recht bescheiden ausfallen würde.

»Ganz genau«, sagte der britische Premier. »Oder um noch genauer zu sein, was *Sie* unternehmen sollten, da wir selbst im Begriff sind, unsere Streitkräfte aus dem östlichen Bereich des Suezkanals abzuziehen.«

Der Präsident warf einen Blick auf einen seiner Mitarbeiter, sah dann auf seine Uhr und räusperte sich.

»Stenograph«, flüsterte der Mitarbeiter. Ein Marinesoldat in einer Ecke des Raumes nahm Block und Stift zur Hand.

»Der König von Jordanien ist ein Freund der Vereinigten Staaten, und wir haben die Absicht, unseren Freunden beizustehen«, sagte der Präsident. Er nickte einmal mit dem Kopf, als wäre damit die Angelegenheit ein für allemal erledigt.

Die Konferenz wandte sich einer Erörterung der NATO-Strategie in Mitteleuropa zu, die sämtliche Teilnehmer ebenso langweilte wie verwirrte; selbst die aufmerksam zuhörenden Mitarbeiter, die sich an der Wand des Konferenzraumes reihten.

Als der Direktor an diesem Tag das Weiße Haus verließ, schäumte er vor Wut über den hinterhältigen britischen Anschlag. Ganz offensichtlich hatten die Tommys dem König von Jordanien versprochen, sich für ihn stark zu machen. Unerhört! Der Direktor merkte sich vor, dem Mann vom MI6 in Washington in Zukunft das Leben schwer zu machen. Und in Gedanken begann er ein scharf formuliertes Memorandum an den Stellvertretenden Direktor der Planungsabteilung aufzusetzen, in dem er ihm mitteilte, daß er im Fall Jordanien *versagt* hatte.

Als er in sein Büro im siebten Stock des CIA-Hauptquartiers zurückkam, verlangte der Direktor nach Edward Stone, dem Chef der Nahost-Abteilung der geheimen Dienste. Zum Teil tat er dies, um Stones Chef, den Stellvertretenden Direktor der Planungsabteilung zu rüffeln, zum Teil aber auch, weil er sich im Lauf der Jahre angewöhnt hatte, auf Stones Urteilsvermögen zu vertrauen.

Stone war ein beinharter alter Soldat, ein intellektueller Krieger in der Tradition George Marshalls, der sich in den vierziger

Jahren als Nachrichtenoffizier in London seine Sporen verdient hatte, als er zusammen mit den Briten daran arbeitete, feindliche Spionagenetze zu entwirren. Die vielen Jahre, die er in London gelebt hatte, hatten Stone ein geradezu britisches Aussehen verliehen: Er hatte eine gesunde Gesichtsfarbe und silbergraues Haar, das jederzeit ordentlich gekämmt war; er bevorzugte schwere Wollanzüge und Hosen mit Aufschlägen; er trug robuste, auf Hochglanz polierte Oxfords, die er sich alle paar Jahre bei einem Schuster in der Jermyn Street in London kaufte; außerdem trug er einen Regenschirm, selbst wenn es nicht regnete. In seinem Büro hing an einer der Wände in einem schmucklosen Holzrahmen ein frei nach Nietzsches *Jenseits von Gut und Böse* zitiertes Motto: »Starre nicht zu lange in den Abgrund, auf daß der Abgrund nicht zurückstarre.«

Stone meldete sich sofort im Büro des Direktors zur Stelle und stand steif vor dessen Schreibtisch.

»Ich komme gerade aus dem Weißen Haus«, sagte der Direktor müde und gequält.

»Ich mußte dem Präsidenten gegenüber so tun, als hätte ich eine Ahnung davon, was innerhalb der PLO vor sich geht, obwohl ich in Wirklichkeit nicht die geringste Ahnung habe, was in der PLO vor sich geht. Ich kann Ihnen versichern, daß ich es gar nicht schätze, in eine solche Position zu geraten.«

Stone machte ein bekümmertes Gesicht.

»Haben wir irgendwelche Leute in diesen Guerillagruppen?« fragte der Direktor.

»Niemanden von besonderem Nutzen«, sagte Stone. »Wir haben vor Jahren eine Handvoll Palästinenser in Beirut und Amman gekauft, aber die versorgen uns nicht gerade üppig.«

Der Direktor runzelte die Stirn und trommelte mit seinem Füllfederhalter gegen die Schreibtischplatte.

»Wir sind dabei, in Beirut eine vielversprechende Operation ins Rollen zu bringen«, erlaubte sich Stone einzuwerfen. »Einer unserer besten jungen Offiziere drüben versucht im Moment einen führenden Mann der Fatah zu rekrutieren. Es könnte sich da um einen wirklich großen Fang handeln, aber es handelt sich da um die Art Operation, die Zeit zum Reifen braucht.«

»Wir haben keine Zeit«, sagte der Direktor mit leicht erhobener Stimme.

»Wir müssen einen von diesen Burschen rekrutieren«, sagte er, als wäre von einer gegnerischen Tennismannschaft die Rede. »So schnell wie möglich! Es ist mir egal, was dazu nötig ist, was es kostet oder wer sich darüber aufregt!«

Der Abteilungsleiter nickte.

»Es gibt da ein kleines Problem, über das ich Sie aufklären muß«, sagte Stone.

»Und das wäre?«

»Unsere Beziehung mit dem Fatahfunktionär ist momentan als eine ›Liaison‹ eingestuft.«

»Als Liaison?« fragte der Direktor ungläubig. »Ich möchte nicht hoffen, daß Sie damit eine ›Nachrichtenliaison‹ meinen, wie wir sie mit den Briten und den Franzosen haben!«

»Ich fürchte genau das«, sagte Stone.

»Das ist doch kompletter Wahnsinn! Ich habe nicht die Absicht, mit diesen Radaubrüdern irgendwelche Informationen auszutauschen. Ich will einen Agenten! Einen, den wir bis über beide Ohren im Sack haben!«

»Das ist selbstverständlich unser Ziel bei diesem Fatah-Mann. Aber wir sind noch nicht so weit. Bis jetzt macht er seine Geschäfte mit uns nur über Mittelsmänner.«

»Stone«, sagte der Direktor, der sich den alten Schuljungenbrauch bewahrt hatte, alle Leute nur mit ihren Nachnamen anzusprechen, »ich will eine Infiltration. Und zwar bald.«

Stone nickte.

»Genau das«, sagte der Direktor. »Treiben Sie die Sache voran!«

Als Stone das Büro verlassen hatte, gratulierte sich der Direktor zu seiner schauspielerischen Leistung. Er malte sich die Flutwelle von Aktivitäten aus, die durch diese kurze Unterredung ausgelöst werden würde: die Telegramme, die Konferenzen und die nebulösen Kontakte, die – wenn man Glück hatte – schließ-

lich dazu führen würden, daß ein Strom von Informationen in sein Büro zurückfloß.
Das war das wirkliche Geheimnis der CIA, wie der Direktor glaubte. Nicht etwa das exotische Handwerk, das man hier ausübte, sondern die Tatsache, daß sie so ziemlich genauso funktionierte wie alle übrigen Zweige der Bundesregierung. Es handelte sich um das Stecknadelsystem: ein großer Körper, der von einem kleinen Kopf im Weißen Haus befehligt wurde. Der Präsident gab einen Befehl oder brachte, wie etwa heute, während einer Sitzung eine Sorge zum Ausdruck, und der Befehl hallte durch den Regierungsapparat wie das Grollen des Donners. Direktoren riefen die Abteilungsleiter zu sich, die ihren Stationschefs kabelten, die ihre Falloffiziere aufmarschieren ließen – und so weiter, bis der gesamte mächtige Regierungsapparat mobil gemacht hatte, um sich mit einem Erlaß des Präsidenten zu befassen, den dieser höchstwahrscheinlich längst wieder vergessen hatte.

Der Direktor wandte sich einem praktischeren Problem zu: Wie vermied man es, daß irgendwelche aus der Operation ›Fatah‹ gewonnenen Informationen den Israelis in die Hände gelangten? Über die sichere Leitung telefonierte er mit dem Stellvertretenden Direktor der Planungsabteilung. Nachdem er ihm wegen des Fiaskos in Jordanien die Leviten gelesen hatte, kam er zur Sache. Er hatte die Infiltration der Fatah mit Stone abgesprochen und wollte, daß sie höchste Dringlichkeitsstufe erhielt.
»Wir werden uns darum kümmern«, sagte der Stellvertretende Direktor der Planungsabteilung, der es gar nicht gerne hatte, wenn der Direktor etwas hinter seinem Rücken machte.
»Jetzt nicht mehr«, sagte der Direktor. »Stone wird mir in dieser Sache persönlich Bericht erstatten. Er wird Sie auf dem laufenden halten.«
»Dagegen muß ich protestieren –« sagte der Stellvertretende Direktor der Planungsabteilung.
»Das wäre reine Zeitverschwendung«, sagte der Direktor.

»Und noch etwas zu dieser Fatah-Sache. Ich will, daß Sie uns KUDESK vom Leibe halten.«
»Na schön«, kam die matte Stimme des Stellvertretenden Direktors über die Leitung.
Es war dies eine höfliche Art anzudeuten, daß man sich die Israelis vom Leibe halten sollte. KUDESK war der Deckname für die Gegenspionageabteilung der CIA. Zusätzlich zu ihrer Hauptaufgabe, dem KGB ins Handwerk zu pfuschen, hatte die Gegenspionage die Sonderaufgabe, eine Liaison mit der Mossad aufrechtzuerhalten. Diese besondere Arbeitsteilung hatte sich zum Teil aus persönlichen Verbindungen des KUDESK-Chefs zu israelischen Nachrichtenleuten entwickelt, die noch in die vierziger Jahre zurückreichten. Außerdem handelte es sich dabei um einen wohlüberlegten Versuch, die Nachrichtenarbeit aufzuteilen, das heißt jene CIA-Leute, die sich mit den Arabern befaßten, von jenen zu trennen, die sich um die Israelis kümmerten. Auf diese Weise hoffte man die Gefahr undichter Stellen zu reduzieren.
»Wir geraten sonst in ein ganz schönes Schlamassel«, sagte der Direktor.
»Wie meinen Sie das?« fragte der Stellvertretende Planungschef.
»Wenn die Israelis herausfinden, daß wir einen Agenten in der Spitze der PLO haben.«
»Jawohl, Direktor. Ein ziemliches Schlamassel.«
»Also werden wir dafür sorgen, daß sie es nicht spitzkriegen.«
Der Direktor legte den Hörer auf und legte das PLO-Problem zur Seite. Ein Mitarbeiter brachte ein Kabel aus der Saigoner Station, das die neueste Katastrophe in Vietnam zusammenfaßte. Der führende vietnamesische Agent innerhalb eines CIA-Spionagenetzes, das sich bis nach Kambodscha hinein erstreckte, war eine Woche zuvor verschwunden. Der aktuelle Nachrichten-Bericht besagte, daß man ihn in Hanoi entdeckt habe. Der gesamte Ring war damit höchstwahrscheinlich aufgeflogen. Die Nacht der langen Messer würde noch folgen.

Stone setzte ein dringendes Kabel an Hoffman auf. Es besagte, daß das Projekt ›Fatah‹ Unterstützung von ›höchster wiederhole höchster‹ Stelle habe und sofort in einer Blitzaktion über die Bühne gehen sollte. Die Genehmigung des Hauptquartiers für die Rekrutierung sei auf dem Weg, kabelte Stone, und der ganze notwendige Papierkram würde so schnell wie möglich nachgeschickt werden.
»Das Ganze ist als Operation mit kontrolliertem Agenten zu leiten, nicht als Liaison«, schloß Stone. »Erbitte so schnell wie möglich Vorlage eines Rekrutierungsplanes.«

Kapitel 11
Beirut; Januar 1970

»Das ist wieder mal klassisch!« sagte Hoffman am nächsten Tag, als er Stones Kabel las, das der Spionageoperation gegen die Fatah höchste Priorität einräumte.
»Den einen Monat wollen sie von den Palästinensern nichts wissen, und wir müssen sie erst auf den Kopf hauen, um überhaupt was genehmigt zu kriegen; und im nächsten Monat ist die PLO die heißeste Kiste seit Oleg Penkovsky.
Sehen Sie,« vertraute Hoffman Rogers an, »und deswegen sitzen *die* im siebten Stock, und wir stehen hier draußen und schaufeln den Dreck weg. Weil die *eine Ahnung* von diesen Dingen haben.«
»Warum ist das Frontbüro auf einmal so interessiert?« fragte Rogers. »Und warum soviel Betonung auf Kontrolle?«
»Keine Ahnung«, sagte Hoffman. »Das ist Ihr Problem. Aber ich erkenne einen Brand mit höchster Alarmstufe, wenn ich einen sehe! Lassen Sie sich also von Ihrem alten Kameraden einen freundschaftlichen Rat geben: Verbocken Sie das nicht!«
Einige Stunden später, als Rogers sich den Fall durch den Kopf gehen ließ, klangen ihm Hoffmans Worte noch immer in den Ohren. Jetzt hatte er all die Unterstützung, von der er nur

träumen konnte. Das einzige, was ihm fehlte, war ein Plan, der umgehend und sicher zur Anwerbung von Jamal als amerikanischen Agenten führte.

Das Problem an sich, so beruhigte sich Rogers, war ihm vertraut. Saudis, Omanis, Jemeniten, Sudanesen, alle hatten sie ihn im Lauf der Jahre mit der gleichen Frage konfrontiert: Wie kriegt man einen potentiellen Agenten dazu, eine Linie zu überschreiten, die er nicht überschreiten will? Wie zwingt man ihm seinen Willen auf und stellt Kontrolle her? Soll man ihn kaufen? Soll man seinen Widerstand brechen, indem man nach seinen Schwachstellen gräbt und diese ausnutzt? Oder soll man versuchen, ein Vertrauensband, eine persönliche Beziehung herzustellen?

Rogers ließ in Gedanken seine bisherige Laufbahn vorüberziehen: Trotz all des Trainings in Sachen Betrug verdankte er seine Erfolge als Führungsoffizier meist der Tatsache, daß er offen und geradeheraus gewesen war. Das eigentlich Wunderbare am Nachrichtengeschäft waren nicht die technischen Spielereien oder die zweifelhaften Operationen. Es bestand in der einfachen Tatsache, daß die Menschen gerne reden. Der alte Politiker erzählt gerne Kriegsgeschichten. Der junge Revolutionär will einem erklären, wie er die Welt zu verändern gedenkt. Sie sollten einem solche Sachen nicht erzählen, aber sie tun es trotzdem immer wieder. Und jeder von ihnen, auf der ganzen Welt, schätzt das Ohr eines interessierten Amerikaners. Das war es, was an diesem Geschäft Spaß machte.

Diese sanfte Methode schien unglücklicherweise in diesem Fall nicht das zu sein, was Langley wollte. Die wollten etwas Schnelles und Schmutziges. Rogers entschloß sich zu einem Plausch mit Hoffman.

»Lassen Sie uns rausgehen und was trinken«, schlug Hoffman vor, als Rogers am späten Nachmittag in seinem Büro vorbeischaute. »Ich kenne da genau den richtigen Laden. Die Schwarze Katze!«

Die Schwarze Katze war ein schäbiger Stripschuppen in einer

engen Seitenstraße der Rue Hamra. Drinnen war es düster, und Rogers brauchte einige Sekunden, um sich an die roten Lichter und die Wolken aus Zigarettenrauch zu gewöhnen. Als sich seine Augen darauf eingestellt hatten, erkannte er eine lange Theke, vor der ein halbes Dutzend übergewichtiger europäischer Frauen in verschiedenen Stadien des Ausgezogenseins auf Barhockern saß. Auf der Bühne, leuchtend unter blauem Scheinwerferlicht, lag eine Frau – völlig nackt – und liebkoste eine Gummischlange.

»Das Beste an dem Laden hier«, sagte Hoffman, während er seinen bulligen Körper an einem der pausbackigen Barmädchen vorbeizwängte, »ist, daß kein Mensch auf den Gedanken kommen würde, uns hier zu suchen.«

»Das andere gute ist«, fügte er flüsternd hinzu, »daß er uns gehört. Fragen Sie mich nicht warum, aber vor ein paar Jahren schien es eine gute Idee zu sein. Jedenfalls heißt das, daß uns hier keiner zuhört. Außer unseren eigenen Leuten.«

Es waren noch einige andere Gäste da, meist Araber in langen, weißen Gewändern. Einer von ihnen saß in einer Ecke und versuchte angetrunken den Büstenhalter eines der Animiermädchen zu öffnen.

»Saudis!« sagte Hoffman verächtlich. »Saudis zu erpressen ist so simpel, daß sie einem fast schon leid tun.«

Die Ankunft der beiden Amerikaner hatte die Frau auf der Bühne dazu animiert, ihren Flirt mit der Gummischlange etwas aggressiver zu gestalten. Sie zog sie langsam zwischen ihren Beinen hindurch und liebkoste dann nacheinander ihre Brüste mit der Zunge der Schlange. Der Kopf der Frau reflektierte das blaue Licht. Sie war zwar nackt, wie Rogers bemerkte, aber vor ihrem Gesicht hatte sie einen kleinen schwarzen Schleier. Der geheimnisvolle Orient.

»Jesses!« sagte Hoffman, als er sich die Reihe müder Frauen ansah, die sich auf die Theke stützten und halbherzig verführerische Gesten in ihre Richtung machten.

»Diesen Mädels sollten sie Futtersäcke umhängen! Erinnern Sie mich morgen daran, daß ich ein neues Team engagiere.«

Sie bestellten sich etwas zu trinken und lehnten einige Angebote der Mädchen an der Bar, sich zu ihnen zu setzen, ab. Die Frauen zogen sich an die Theke zurück und setzten ihre Plaudereien untereinander fort.

»Also, worüber wollten Sie mit mir sprechen?« fragte Hoffman.

»Über den Fall«, sagte Rogers.

»Welchen Fall?«

»Sie wissen schon«, sagte Rogers. »*Den Fall.*«

»Ah! Na schön. Schießen Sie los.«

»Ich glaube, wir haben da ein Problem«, begann Rogers. »Der Bursche, hinter dem wir da her sind, ist ein Patriot. Er ist nicht daran interessiert, für uns zu arbeiten; er will *mit uns* arbeiten. Zum Wohl seines Volkes.«

»Dann sorgen Sie dafür, daß es ihn interessiert«, sagte Hoffman. »Finden Sie einen Punkt, an dem wir den Hebel ansetzen können.«

»Ich bin nicht sicher, ob das der richtige Weg ist.«

»Schauen Sie, mein Junge«, sagte Hoffman. »Dieses Geschäft ist so einfach. Komplizieren Sie es nicht. Sie suchen sich einen, von dem Sie glauben, daß er Ihnen helfen kann. Sie nehmen ihn bei den Eiern. Dann drücken Sie ordentlich zu. So einfach ist das.«

Rogers schwieg.

»Machen Sie mal Pause!« sagte Hoffman und deutete auf die Bühne. Eine neue Tänzerin war hereingekommen. Sie führte einen großen Hund an der Leine.

»Das ist ja ekelhaft!« sagte der Stationschef und wandte sich ab, nachdem er eine gute Minute mit völliger Hingabe zugeschaut hatte.

»Himmel noch mal! Wo kriegen wir nur diese Mädchen her?«

Hoffman zündete sich eine Zigarette an; dann bemerkte er, daß er bereits eine andere brennen hatte.

»Ich stimme Ihnen zu, daß unser Geschäft einfach ist«, sagte Rogers und machte dort weiter, wo sie stehengeblieben waren. »Aber ich sehe es anders. Jemanden anzuwerben hat für mich mehr damit zu tun, daß man ihn dazu kriegt, das zu tun, was man will, als ihn einfach zu etwas zu zwingen, was er nicht tun will. Ich habe vor langer Zeit gelernt, daß es einfach ist, Menschen zu manipulieren – wenn man weiß, was man von ihnen will und ihnen nicht auf die Nase bindet, warum man so freundlich zu ihnen ist.«

Hoffman richtete sich auf seinem Stuhl auf und starrte mit zusammengekniffenem Auge in Rogers' Richtung.

»Sagen Sie das noch mal«, sagte er.

»Bei mir«, fuhr Rogers fort, »funktioniert das folgendermaßen, wenn ich Macht über jemanden haben will: Man trifft sich mit einem, den man als Agent haben will, unterhält sich mit ihm über seine Familie, seine politische Haltung. Er fühlt sich geschmeichelt. Man ist ein Amerikaner aus der Botschaft. Er ist immer noch auf der Hut, weil man ja ein Spion sein könnte, aber man geht die Sache langsam an. Man ist höflich, diskret. Man bringt ihm ein Geschenk für sein Kind mit.

Dann geht man hin und besucht ihn ein zweites Mal. Es ist ihm nicht ganz angenehm, einen wieder zu sehen. Aber was soll er tun? Er ist Araber; er muß höflich sein. Sie besuchen ihn ein drittes Mal. Und dann tun Sie ihm einen Gefallen. Nichts Spektakuläres, aber eine nette Geste. Er steht in Ihrer Schuld. Er weiß das, aber keiner spricht es aus. Es ist einfach Freundschaft, Gastfreundschaft. Dann besucht man ihn ein viertes und fünftes Mal, und man dirigiert das eine oder andere kleine Geschäft in seine Richtung. Er fühlt sich gut. Er macht gern Geschäfte mit einem.«

»Genau«, sagte Hoffman. »Und dann nehmen Sie ihn bei den Eiern.«

Rogers mußte unwillkürlich lachen.

»Darf ich Ihnen eine Geschichte erzählen?« fragte Rogers.

»Sicher. Solange keine Hunde drin vorkommen.«

»Vor einigen Jahren, während des Bürgerkriegs im Jemen, brauchte ich ganz dringend einige Informationen. Es gab da einen Scheich, von dem ich glaubte, daß er sie mir liefern könnte, aber er galt allgemein als absolut feindselig gegenüber dem Westen und als nicht rekrutierbar.

Ich dachte, ich versuche es trotzdem einmal. Also fuhr ich zwei Tage durch die Wüste, um ihn zu besuchen. Ich ging allein und unbewaffnet. Ich war mir noch nicht einmal darüber im klaren, warum ich überhaupt hinging. Als ich ankam, war ich erschöpft. Der Scheich gab mir Kaffee und verpflegte mich. Es war das mindeste, was er tun konnte. Wir begannen uns zu unterhalten. Er konnte es einfach nicht glauben, daß ich fließend Arabisch sprach. Immer wieder rief er seine Bediensteten, damit sie mich bestaunten. Ganz offensichtlich arbeiteten die Russen immer mit Dolmetschern. Wie auch immer, wir blieben die ganze Nacht auf, unterhielten uns und kauten *qat*. Bis zum Morgen war der Bursche – ohne es zu merken – ein Mitarbeiter der CIA geworden. Er versorgte mich über ein Jahr lang mit Leckerbissen.«

»Wir haben in unserem Geschäft einen Namen für das, worüber Sie da sprechen«, sagte Hoffman. »Wir nennen es einen ›Rapport‹.« Er betonte das Wort auf eine gezierte Weise.

»So wie ich das sehe, halten Sie nicht viel davon«, sagte Rogers.

»Um ehrlich zu sein, ein ›Rapport‹ ist für mich das gleiche wie ein schlaffer Schwanz. Aber es ist Ihr Fall.«

»Was raten Sie mir?« fragte Rogers.

»Wir sollten probieren, Ihren Mann irgendwie zu fassen zu kriegen. Wir überwachen ihn ein bißchen, zapfen ein paar Leitungen an, machen ein paar Bilder. Mal sehen, mit wem wir es zu tun haben. Wenn wir was in die Finger kriegen, greifen wir zu. Wenn nicht, werden wir schon sehen.«

Hoffman besah sich noch einmal die billig aufgedonnerte Besatzung der Schwarzen Katze.

»Ich mache Ihnen einen Vorschlag«, sagte der Stationschef. »Machen wir, daß wir aus diesem Bums hier rauskommen.«

Hoffman kümmerte sich persönlich um Jamals Überwachung. Er bestand darauf, die Einzelheiten selbst in die Hand zu nehmen, obwohl Rogers protestierte.

Hoffman liebte Überwachungen. Er betrachtete sie als die

reinste Form der Nachrichtenarbeit, als ein Straßenballett, dessen Schönheit in der Präzision und der Ökonomie seiner Choreographie lag. Es bereitete ihm eine Riesenfreude, zu sehen, mit wie wenigen Leuten pro Überwachungsteam er eine angemessene Kontrolle des Objekts aufrechterhalten konnte. Dann saß er in seinem Büro mit einer Karte des abzudeckenden Gebietes und studierte sie wie ein Schachproblem, ob er nicht hier oder da einen Mann abziehen konnte. Er zeichnete kleine Diagramme, um die effektivste Art zu illustrieren, einen Verdächtigen zu überwachen, der etwa einen Laden mit mehreren Ausgängen betrat, oder wenn es darum ging, jemanden zu verfolgen, der Taxis oder Busse nahm und immer wieder die Richtung änderte, um seine Verfolger abzuschütteln. Hoffman betrachtete sich als einen Maestro der Straße.

In Rogers' Augen war das reine Pedanterie. Es war der Teil Hoffmans, der ihn einem FBI-Mann am ähnlichsten machte.

Nach und nach wurde die Überwachung Jamals auf die Beine gestellt. Eine lockere Überwachung seiner Bewegungen Tag und Nacht, damit man ein allgemeines Bild davon bekam, wohin er ging und mit wem er verkehrte. Eine sorgfältige Überwachung seines Büros, sowohl akustisch als auch optisch. Ein Spezialteam, eigens aus Europa eingeflogen, zapfte das Telefon an und baute in der Decke ein Mikrophon ein. Und indem man die Wand eines angrenzenden leeren Büros durchbohrte, gelang es, eine kleine Kamera in die Wand zu setzen – nicht größer und nicht auffälliger als ein Fliegendreck –, die ausgezeichnete Aufnahmen machte.

Fuad gegenüber verschwieg Rogers die Überwachungsmaßnahmen ebenso wie die neue Dringlichkeitsstufe der Operation. Bei ihren Treffs, zweimal die Woche, beschränkte er sich darauf, Handwerkliches zu besprechen. Sie einigten sich auf die Standorte mehrerer toter Briefkästen in der Innenstadt Beiruts, in denen man schnell und diskret Botschaften hinterlegen konnte. Sie gingen Evakuierungsmaßnahmen durch, um Fuad und Jamal in einem Notfall so schnell wie möglich aus Beirut herauszubringen. Rogers hielt Fuad dazu an, seine Tarnung als propalästinensischer libanesischer Geschäftsmann auszubauen, indem er sich auch mit anderen Funktionären der Fatah abgab. Jeder zusätzliche Fatah-Mann in Fuads Bekanntenkreis, so betonte er, sei ein zusätzlicher Schutz für Jamal.

Die Überwachungsberichte begannen einzugehen. Die Verfolger, die hinter Jamal her waren, beschrieben ihr Objekt als arabischen Playboy. Er blieb bis in den frühen Morgen in Discotheken und Nachtclubs, fast immer in Gesellschaft schöner Frauen. Er wachte erst spät am anderen Vormittag auf, oft im Bett einer jungen Dame, ging nach Hause in seine Wohnung, um sich zu duschen und zu rasieren, und kam dann gegen elf Uhr vormittags ins Büro.

Er war wurzellos, fast bohemienhaft, was seinen Lebensstil betraf; er trieb zwischen seinem Büro und diversen Wohnungen von Freunden, Mitarbeitern und Geliebten hin und her. Fast alle seine Mahlzeiten nahm er in Restaurants ein; und immer hatte er ein dickes Bündel Banknoten dabei. Das seltsamste an seinem Lebenswandel, so berichteten die Überwacher, war, daß er gelegentlich nachmittags in die Bibliothek der Amerikanischen Universität Beirut ging und las. Nur las! Wissenschaftliche Bücher, politische Magazine, Musikzeitschriften. Bücher über Amerika und die Sowjetunion. Sogar Bücher über Israel.

Dann war da noch etwas, sagten die Überwacher: Er kaufte für sein Leben gerne Geschenke, je teurer, desto besser. Auf dem Wege zu einer Verabredung ging er oft in einen Laden und kaufte für seinen Gastgeber etwas Obst, Blumen oder Süßigkeiten, ja sogar Bücher. Zuweilen ging er zu teuren Damenausstattern in der Rue Hamra und kaufte Geschenke für seine Freundinnen: flaschenweise Parfum, ein Dutzend Seidenschals, ein halbes Dutzend goldener Ohrringe.

»Eines kann ich Ihnen über unseren Bubi sagen«, meinte Hoffman, nachdem die Überwachung einige Wochen am Laufen war.

»Und das wäre?« fragte Rogers und glaubte die Antwort bereits zu kennen.
»Dieser Bursche steht auf Weiber!«
Rogers stöhnte.
»Nein, wirklich! Kommen Sie her. Schauen Sie sich diese Bilder hier an. Wenn dieser Bursche den Leuten sagt, daß er im Büro *hart* arbeitet, dann meint er das wörtlich!«
Über Hoffmans Schreibtisch ausgebreitet waren etwa ein Dutzend Hochglanzfotografien, die man aus Hunderten von anderen ausgewählt hatte; sie waren mit der in Jamals Bürowand versteckten Kamera gemacht worden.
»Werfen Sie mal einen Blick auf das hier«, sagte Hoffman. »Das ist Mädel Nummer eins.«
Er reichte Rogers ein Foto, das eine junge blonde Frau mit sehr großen Brüsten zeigte, die alle viere von sich gestreckt auf einem Schreibtisch lag. Ihre Bluse war offen und ihr Rock bis über die Taille hochgeschoben. Auf ihr lag Jamal.
»Was für eine Ausrüstung!« meinte Hoffman. »Dieses Mädel hat vielleicht ein Paar Superdüsen!«
»Superdüsen?« fragte Rogers, der diesen Ausdruck noch nie gehört hatte.
»Ja, Sie Schlauberger. Superdüsen. Überlebensgroß.«
Hoffman nahm ein anderes Bild zur Hand und betrachtete es. »Hier bläst sie ihm einen!« verkündete er. »Jawollja. Kein Zweifel. Die Kleine nuckelt ihm einen ab! Da gibt es Hausmacherwurst!«
»Ich habe schon verstanden«, sagte Rogers und nahm Hoffman das Bild aus der Hand. Es zeigte die blonde Frau, wie sie auf dem Boden kniete und den Palästinenser fellierte, der lächelnd die Augen geschlossen hatte.
»Schluck's ja nicht runter, Lady! Das könnte explodieren!« rief Hoffman.
»Wissen Sie, daß wir über diese Frau bereits eine Akte haben?« sagte Rogers, der sich dumm vorkam, sich diese obszönen Fotos anzuschauen.
»Eine Wuchtbrumme!« antwortete der Stationschef.

»Sie ist eine Deutsche«, fuhr Rogers fort. »Sie fährt einen roten Ferrari und führt einem libanesischen Millionär den Haushalt. Und das hier ist wohl ihre Freizeitbeschäftigung.«
»Außerordentliche junge Frau«, sagte Hoffman. »Sensationell. Kein Wunder, daß die Deutschen den Krieg verloren haben. Die waren viel zu ausgepumpt.«
Er widmete sich wieder dem Stapel Fotografien und grub darin herum, bis er gefunden hatte, was er suchte.
»Na schön. Hier ist Mädel Nummer zwei«, meinte er.
»Hier haben wir erst mal einen kleinen Schnappschuß zum kennenlernen.« Die Fotografie zeigte eine dunkelhaarige Frau in einem modischen Kleid mit dem Rücken zur Kamera. Sie war eben dabei, Jamal, der seine Hand unter ihrem Rock hatte, leidenschaftlich zu küssen.
Hoffman sah sich bereits das nächste Bild an. »Wau, wau!« bellte er. Er reichte Rogers das Bild. Es zeigte die dunkelhaarige Frau völlig nackt auf dem Stuhl vor dem Schreibtisch kniend. Jamal war dabei, sie von hinten zu nehmen. Die Frau war schlank und ihr Körper war tief gebräunt. Sie schien Europäerin zu sein, aber sie hielt den Kopf gesenkt, was eine eindeutige Identifizierung unmöglich machte.
»Lächeln! Sie sind hier im Fernsehen!« sagte Hoffman und reichte Rogers ein weiteres Bild.
Das zeigte noch einmal dieselbe Frau, dieselbe Szene. Nur daß sie dieses Mal nach oben schaute. Ihr Kopf war der Wand zugewandt, so daß sie, ohne es zu wissen, direkt in die Kamera starrte. Ihre Augen waren weit aufgerissen, und ihre Lippen waren verführerisch geschürzt.
Dieses Gesicht kenne ich doch, dachte Rogers. Ich weiß, ich habe es schon einmal gesehen.
»Mehr!« rief Hoffman, aber Rogers ignorierte ihn.
Vor seinem geistigen Auge sah Rogers ein anderes Bild. Es war das Gesicht einer Frau, die während einer Dinnerparty scheu zu ihm aufsah, während sie ihre Serviette vom Boden aufhob.
»Mein Gott!« entfuhr es Rogers. »Das ist die Frau des französischen Geschäftsträgers!«

Hoffman frohlockte. »Ich liebe diesen Beruf«, sagte er und grinste übers ganze Gesicht. »Gemahnt er uns nicht ständig zur Bescheidenheit, indem er uns die ganze Bandbreite menschlicher Narreteien und Verwerflichkeit vor Augen führt. Die Menschen sind wirklich zu den *erstaunlichsten* Dingen fähig!«
Hoffman rief seinen Stellvertreter, der gleichzeitig Operationschef war, zu einer kurzen Besprechung, um diese neueste Information zu diskutieren.
»Also, Kinder«, sagte Hoffman. »Die erste Frage lautet: Gibt es was, was wir von den Franzmännern wissen wollen? Wir haben da nämlich eine perfekte Gelegenheit, einen gewissen französischen Diplomaten in die Wüste zu schicken, dem es sicher ein bißchen peinlich wäre, wenn er erfahren würde, daß sich seine Frau von einem palästinensischen Terroristen in schwarzer Lederjacke nageln läßt.«
»Und daß es ihr auch noch Spaß macht«, sagte der Operationschef, der eben das Bild studierte.
»Ich denke, wir sollten das Hauptquartier an unserem Spaß teilhaben lassen«, sagte Hoffman. »Schicken Sie das hier per Diplomatenbeutel nach Hause, aber pronto.«
»Mach ich gerne«, sagte der Operationsleiter. »Und in der Zwischenzeit – hätten Sie nicht vielleicht die Telefonnummer der Dame?«
»Werden Sie endlich erwachsen«, sagte Hoffman.
»Die zweite Frage«, fuhr der Stationschef fort, »ist, was wir mit dem Pferdeschwanz machen.«
»Jamal«, warf Rogers ein, den der Verlauf der Dinge in zunehmendem Maße erschreckte.
»Richtig. Weil wir da ein ernsthaftes Problem auf der Hand haben. Entweder der Bursche rammelt sich zu Tode, oder ein eifersüchtiger Ehemann bringt ihn uns um. So oder so, er ist kein besonders dankbares Sicherheitsrisiko.«
»Ist er verheiratet?« fragte der Operationschef.
»Nein«, sagte Rogers.
»Jammerschade«, sagte der Operationschef. »Da ist es natürlich schwieriger, ihn zu erpressen.«

»Interessiert es den Alten Mann, daß er jede europäische Braut nagelt, die sich in Beirut auftreiben läßt?« fragte Hoffman.
»Das bezweifle ich«, sagte Rogers.
»Was ist mit seiner Mutter?«
»Chef«, sagte Rogers. »Kann ich Sie einen Augenblick unter vier Augen sprechen?«
»Ja, sicher«, sagte Hoffman. Er wandte sich an den Operationschef.
»Macht es dir was aus, einen Moment nach draußen zu gehen, Pete? Unser Mr. Rogers hier hätte da etwas ›Privates‹, das er gerne mit mir besprechen würde.«
Der Stellvertreter warf Rogers einen finsteren Blick zu und ging hinaus.
»Schießen Sie los«, sagte Hoffman, als der andere draußen war.
»Ich meine, wir sollten vorsichtig mit diesen Fotos umgehen. Sie werden den Franzosen stecken, daß wir Jamal überwachen. Und wenn der ganze Schlamassel vorbei ist, kann es uns passieren, daß wir uns selbst mehr Schwierigkeiten aufgehalst haben als dem französischen Diplomaten. Und was Jamal anbelangt, wenn Sie glauben, den können Sie mit obszönen Fotos erpressen, müssen Sie verrückt sein. Der zeigt sie bestenfalls seinen Freunden.«
»Jetzt aber mal halblang!« sagte Hoffman. »Ich stecke Ihnen das ja nicht gern, aber Fotos wie die hier sind die Muttermilch unserer besonderen Art von Geschäft. Ich habe nicht die Absicht, sie wegzuwerfen.«
»Das verlange ich ja gar nicht«, sagte Rogers. »Aber es wäre mir lieber, wenn Sie etwas langsamer täten.«
»Damit Sie *was* tun können?«
»Damit ich persönlichen Kontakt mit Jamal aufnehmen kann. Das ist die einzige Möglichkeit. Andernfalls ist das ganze ein Schuß ins Dunkel.«
»Hmmm«, machte Hoffman. Endlich schaute er mal nachdenklich drein.
»Hat Jamal Ihnen nicht schon mal gesagt, daß er sich nicht mit Ihnen treffen will?« fragte der Stationschef.

»Ja«, sagte Rogers.
»Nun, der überlegt sich das aber nicht anders, bloß weil Sie ihn höflich darum bitten. Genau das versuche ich Ihnen zu erklären: Bei dem brauchen Sie einen Hebel!«
»Lassen Sie es mich auf meine Art versuchen«, sagte Rogers. »Ich habe da die eine oder andere Idee.«
»Na schön«, sagte der Stationschef, nachdem er einen Augenblick lang überlegt hatte. »Wie wir von der Personal-Abteilung immer sagen: Es ist Ihr Arsch.«

Kapitel 12
Amman, Jordanien; Februar 1970

Rogers' erster Plan war einfach; er würde es mit einem Trick versuchen. Er beschloß den nächsten Treff zwischen Fuad und Jamal, der laut Plan in einigen Tagen stattfand, abzuwarten und unangemeldet dort aufzukreuzen. Er würde bereits in der konspirativen Wohnung warten, wenn Jamal dort eintraf, würde ihn auf die Couch setzen und darauf bestehen, daß er direkt mit einem Amerikaner zu verhandeln hätte. Das Schlimmste, was passieren konnte, war, daß die Beziehung auf der Stelle in die Brüche ging, was allemal besser wäre, als monatelang zu warten, um dann feststellen zu müssen, daß Jamal gar nicht die Absicht hatte, das Spiel mitzuspielen.
Der festgesetzte Tag kam. Der Treff sollte in einer Wohnung in Ramlet el-Baida, in der Nähe der Küste, stattfinden. Rogers kam früher als vorgesehen in die sichere Wohnung, wartete auf Fuad und sagte ihm, daß man den Plan ein wenig abgeändert hatte. Sie würden sich an diesem Tag beide mit Jamal treffen. Er erklärte nicht warum, und Fuad fragte nicht.
Rogers und Fuad saßen fünf Stunden lang in der freudlosen Wohnung, rauchten Zigaretten und warteten auf den Palästinenser. Er kam nicht.
Rogers befürchtete, man habe sie hintergangen. Seine Befürch-

tungen wurden jedoch von einer Information zerstreut, die am nächsten Tag eintraf. Die Beiruter Station hatte von einer Quelle aus dem Deuxième Bureau erfahren, daß eine Reihe führender Fatah-Funktionäre – einschließlich Jamal – in aller Eile nach Amman abgereist waren, wo sich irgendeine Krise zwischen der PLO und den Jordaniern zusammenbraute.

Einzelheiten der Krise erfuhr man aus Depeschen der CIA-Station in Amman. Am 9. Februar hatte der König per Erlaß den palästinensischen Kommandos in Amman das Tragen von Waffen in der Öffentlichkeit untersagt. Außerdem stellte der Erlaß den Kommandos die Bedingung, Ausweise mit sich zu führen und Nummernschilder an ihre Fahrzeuge zu montieren. Die Forderung des Königs hörte sich recht bescheiden an. Aber in der aufgeladenen Atmosphäre Jordaniens, einem Land, in dem die PLO-Kommandos zu einem regelrechten Staat im Staat geworden waren, stellten sie eine glatte Kriegserklärung dar.

Es handelt sich um einen Bluff, dachte Rogers, als er die Depeschen las. Es muß ein Bluff sein. Der König kann jetzt unmöglich eine endgültige Auseinandersetzung wollen.

Die Führungsspitze der Fatah jedenfalls schien durchaus auf eine Konfrontation zu brennen. Der Auslandsradiodienst, die Radio-Abhöreinheit der CIA, fing in der Nacht vom 9. Februar ein Kommuniqué eines Fatah-Senders in Kairo auf. In der bemühten Syntax der Revolution hieß es darin: »Für die Massen ist die Zeit gekommen zu handeln und schnell zu handeln, nicht nur um der erneuten Verschwörung ein Ende zu bereiten, sondern um den Verschwörern eine endgültige Niederlage beizubringen.«

Das bedeutete, wenn der König einen Krieg haben wollte, so sollte er ihn haben.

Als Rogers in Gedanken die Einzelteile zusammensetzte, erkannte er, daß die Krise in Jordanien eine brauchbare Gelegenheit darstellen könnte. Sie bedeutete Bewegung, und Bewegung – in fast jeder Form – war günstig. Bewegung veränderte die Konstellation eines Spiels und schaffte Raum, in dem man operieren konnte. Eine politische Krise dieser Art war noch besser, da sie Öffnungen schuf, die zu normalen Zeiten nicht entstanden.

Der Trick bestand darin, den rechten Zeitpunkt zu berechnen, sagte sich Rogers. Den Augenblick abzupassen, in dem das Zielobjekt keine andere Wahl hätte, als durch eben die Tür zu gehen, die man ihm öffnete.

Rogers entschloß sich dazu, Jamal nach Amman zu folgen. Er schickte Fuad alleine im Auto voraus und buchte für sich selbst einen Platz in einer MEA-Maschine auf den Namen Edwin Roberts. Derselbe Name stand in dem kanadischen Paß, den Rogers in seinem Diplomatenköfferchen hatte.

In einer weniger verrückten Welt würde der MEA-Flug von Beirut nach Amman ungefähr dreißig Minuten dauern. Die Maschine würde von Beirut aus geradewegs nach Süden fliegen, über dem nördlichen Teil Galiläas in den israelischen Luftraum gelangen, die biblischen Städte Nazareth und Tiberias überfliegen, in der Nähe der Stadt Ajlun über den Jordan schweben, um dann in Amman zu landen. In der tatsächlichen Welt des Nahen Ostens im Jahre 1970 jedoch nannten arabische Karten Israel noch nicht mal beim Namen; seinen Luftraum zu überfliegen kam gar nicht in Frage. Die Karten nannten es ›Besetztes Palästina‹, und der Flug Beirut-Amman machte einen langen Umweg über Syrien.

Als die Maschine sich auf Amman zubewegte, ließ Rogers seinen Blick aus dem Fenster über die trostlose Landschaft Jordaniens schweifen. Jordanien war schon zu seinen besten Zeiten nichts weiter als ein trockenes, staubiges Land, in dem sich felsige Hügel und trockene Plateaus mit sandigen Wüsten abwechselten. Aber im Winter war es noch schlimmer, weil Staubstürme über das ungeschützte Land fegten und beißende Winde um die Kuppen der Hügel fauchten. In Amman war es an jenem Tag bitterkalt, und die Luft war so voller Staub, daß sich in Rogers' Rachen ein kleiner Sandkasten zu bilden begann, kaum daß er aus dem Flugzeug gestiegen war.

Als Rogers an diesem Nachmittag des 11. Februar mit dem Taxi in Amman eintraf, fand er die Stadt in Aufruhr. Die Kommandos widersetzten sich dem Verbot des Königs, Waffen zu tragen, ganz offen, und hatten an den Eingängen zu den palästinensischen Lagern, die es rings um die Stadt gab, Straßensperren errichtet. Die jordanische Armee hatte ihrerseits Kontrollpunkte an den vier großen in die Stadt führenden Straßen errichtet. Man stoppte dort sämtliche Kommandos und weigerte sich, sie passieren zu lassen, wenn sie ihre Waffen nicht abgaben. Rogers wartete über eine Stunde in einer langen Schlange von Fahrzeugen an einem der Kontrollpunkte entlang der Straße, die vom Flughafen in die Stadt führte.

Amman ist eine auf sieben Hügeln gebaute Stadt. Die Souks und die Moscheen des alten arabischen Viertels lagen in einer Niederung in der Stadtmitte. Die Einwohner Ammans, viele von ihnen Palästinenser, wohnten auf den umliegenden Hügeln in Häusern aus weißem Stein, die wie Stufen aus den felsigen Hügeln gehauen zu sein schienen. Das internationale Viertel, in dem die eleganten Hotels und Läden sowie die Amerikanische Botschaft lagen, zog sich über einen Hügel namens Jebel Amman. Das Hauptquartier der Palästinenser befand sich auf der Kuppe des benachbarten Hügels, dem Jebel Hussein. An ihn schloß sich das weitläufige Flüchtlingslager Al-Hussein an.

Rogers ließ sich an jenem Abend in Richtung einer konspirativen Wohnung am Jebel Hussein fahren. Er kam am palästinensischen Kontrollpunkt zum Fedayeen-Viertel vorbei, indem er seinen kanadischen Paß vorzeigte, und eine Geschäftskarte, die besagte, daß er Bauunternehmer war. Er gab die Adresse einer kleinen Baufirma an, bei der er einen Termin zu haben behauptete.

Bei der konspirativen Wohnung handelte es sich um eine kleine, weiße Steinvilla an einer Straße, die den Hang des Jebel Hussein entlangführte. Die Straße hieß Jaffa Street, benannt nach der Küstenstadt des alten Palästina, und lag nur wenige Blocks vom Militärhauptquartier der Fatah entfernt.

Fuad war bereits dort, als Rogers eintraf. Er hatte seine Sonnenbrille abgenommen und wartete auf dem Steinfußboden sitzend in dem fast völlig leeren Haus und versuchte sich zu entspannen. Er machte ein heiteres Gesicht, wie einer, der endlich eine Aufgabe angegangen war, die er seit langem erwartet und gefürchtet hatte.

Heute ist Fuads Reifeprüfung, dachte Rogers. Er befindet sich an einem gefährlichen Ort und hilft seinem Führungsoffizier eine Operation auszuführen. Er gehört jetzt zum Team.

»Was gibt es zu essen?« fragte Rogers.

»Thunfisch und Crackers«, sagte Fuad, der die kargen Vorräte des Hauses bereits in Augenschein genommen hatte.

»Dann nehme ich einmal Thunfisch mit Crackers, bitte«, sagte Rogers. Er suchte in der Küche herum und fand einige Dosen Foster's Australian Lager. Während er sein Bier trank, fragte er sich, wer wohl vor ihnen das Versteck benutzt hatte, und warum in aller Welt die Leute einige Dosen Bier von der anderen Seite des Globus dagelassen hatten.

Es gab einen Radioapparat im Haus. Rogers stellte ihn auf den BBC World Service.

Der Alte Mann weilte zu Besuch in Moskau, war zu hören, um sowjetisch-palästinensische Aktionen im Nahen Osten zu diskutieren. Fuad murmelte auf Arabisch irgend etwas Geringschätziges über den Palästinenserführer.

Das sind schlimme Nachrichten für den König, dachte Rogers. Der Alte Mann hatte seinen Einsatz gemacht, indem er seine Gönner in Moskau besuchte.

»Eine Kostprobe palästinensischen Terrors«, fuhr der Sprecher fort, »bekamen heute die Einwohner von München, als drei Mitglieder der PLO auf dem Münchner Flughafen Handgranaten in eine Gruppe von Passagieren warfen, die auf einen Lufthansaflug wartete, wobei eine Person ums Leben kam und zwölf weitere verletzt wurden.«

Rogers drehte das Radio lauter. Die Dinge geraten außer Kontrolle, dachte er.

»Der Münchner Polizei fiel eine ungewöhnliche Mitteilung in die Hände, die der Führer der Gruppe in der Absicht geschrieben hatte, sie den Passagieren eines israelischen Jets vorzulesen.

Polizeiquellen zufolge lautet die Mitteilung wie folgt: ›Guten Abend, meine Damen und Herren. Hier spricht der stellvertretende Kommandeur der 112. Einheit der Märtyrer-Omar-Sastadi-Division der Aktionsgruppe zur Befreiung Palästinas. Im Namen der palästinensischen Revolution übernehmen wir das Kommando über dieses Flugzeug und geben ihm den Namen Palästina II.‹ Laut Aussage der deutschen Polizei weiß man bisher nur wenig über die Sastadi-Gruppe.«

»Bockmist«, sagte Rogers lauter als die Stimme aus dem Radio. »Nichts weiß man über diese Gruppe, weil es keine solche Gruppe gibt.«

»Mein lieber Mr. Reilly, Sie verstehen die Denkweise der Araber nicht«, sagte Fuad. »Wenn wir bekanntgeben, daß eine Operation der 112. Einheit einer Organisation stattgefunden hat, von der noch kein Mensch gehört hat, dann deshalb, weil wir meinen, daß die Leute annehmen, diese Organisation habe noch 111 andere Einheiten. Selbstverständlich würde das kein einziger Araber glauben. Kein Araber glaubt auch nur ein Wort von dem, was ihm ein anderer sagt. Aber wir halten den Rest der Welt für dumm.«

»Und jetzt zu den Fußballergebnissen«, fuhr der Nachrichtensprecher fort. »In der vierten Liga trennten sich Hartlepool und Wigan null zu null; Doncaster gewann gegen Cardiff mit zwei zu eins.«

»Schalten Sie aus«, sagte Rogers.

»Und in der schottischen Liga trennten sich Partick Thistle und Queen of the South mit eins zu zwei; Aberdeen erreichte gegen Celtic ein zwei zu zwei; die Hibernians verloren mit null –«

»Schalten Sie aus«, sagte Rogers noch einmal. Die Stimme aus dem Radio verstummte.

Um acht Uhr abends hörten sie das Knattern von Gewehrfeuer aus dem östlichen Teil der Stadt, in der Nähe des Jebel al-Taj. Offenbar handelte es sich um einen Zusammenstoß zwischen der jordanischen Armee und den Kommandos.

Eine Stunde später erbebte die Gegend von Jebel Hussein vom

Donnern großkalibriger automatischer Waffen. Rogers konnte vom Fenster aus eine Garbe Leuchtspurgeschosse sehen, die vom Hausdach des jordanischen Innenministeriums kam. Die Antwort kam in Form ratternden Sperrfeuers zweier innerhalb von Jebel Hussein postierter Maschinengewehre.

»Jetzt wissen wir, warum es Jamal so eilig hatte, hierherzukommen«, sagte Rogers, vorsichtig über das Fensterbrett spähend.

Unter sich auf der Jaffastraße sah Rogers einen Jeep mit montiertem Maschinengewehr in halsbrecherischem Tempo die Straße heraufrasen. Ein dunkelhaariger Kommandomann stand aufrecht im hinteren Teil, die Beine gespreizt, und schwenkte seine Hüften im Rhythmus der Stöße des Fahrzeugs; er hielt die Griffe des Maschinengewehrs mit beiden Händen und schwenkte es auf der Lafette. Eine sinnliche, fast erotische Umarmung dieser tödlichen Waffe; ein Bild, das Rogers von da an immer mit Guerillakämpfern assoziierte: die Posen eines eitlen, aber letztendlich machtlosen Volkes.

»Kommen Sie her und sehen Sie sich die Show an«, sagte Rogers. »Die Fedayeen sind im siebenten Himmel.«

»Sie sind Kinder«, sagte Fuad. »Wenn ich mir Kinder ansehen will, dann gehe ich auf den Spielplatz.«

Das Krachen der automatischen Waffen hielt die ganze Nacht hindurch an, ebbte aber gegen Morgen etwas ab.

Als er aufwachte, begann Rogers den Plan in die Tat umzusetzen, den er sich während der letzten beiden Tage zurechtgelegt hatte. In hübschen arabischen Buchstaben schrieb er eine Nachricht, versiegelte sie und gab sie Fuad.

Die Nachricht lautete: »Ein Freund mit wichtigen Informationen wird mittags auf dem Nasser-Platz warten. Wenn Sie die Informationen haben wollen, folgen Sie ihm.«

Rogers wandte sich an Fuad und instruierte ihn mit wohlüberlegten Worten.

»Gehen Sie mit diesem Brief in die Ramleh-Straße 49 und klopfen Sie dort an die Tür. Ein kahlköpfiger Araber wird Ihnen

öffnen. Sagen Sie ihm, Sie hätten eine Nachricht für Jamal Ramlawi im Militärhauptquartier der Fatah am Nasser-Platz, Ecke Khaled-Ibn-Walid-Straße.«
»Was, wenn er mich fragt, von wem die Nachricht ist?« wollte Fuad wissen.
»Er wird nicht fragen.«
»Wer ist er?« fragte Fuad, der alles bis in die kleinste Einzelheit wissen wollte.
»Ein Freund, der seit vielen Jahren mit uns in Kontakt steht und für den es kein Problem ist, sich unter den Kommandos zu bewegen.«
»Aber wird es für Jamal nicht gefährlich sein, diese Nachricht zu bekommen?«
»Nein«, sagte Rogers und lächelte über die vielen Fragen, die plötzlich aus dem sonst so schweigsamen Fuad purzelten.
»Jamal ist Nachrichtenoffizier, und die Aufgabe eines Nachrichtenoffiziers besteht doch wohl darin, Informationen zu sammeln. Das ist seine Arbeit.«
»Und was ist, wenn etwas schief geht?«
»Nichts wird schief gehen«, sagte ihm Rogers. Er legte Fuad seine beiden großen Hände auf die Schultern, als wollte er ihm für die bevorstehende Aufgabe Mut machen.
»Wenn Sie die Nachricht überbracht haben, kehren Sie nach Beirut zurück«, sagte Rogers. »Hier sind fünfhundert Dollar für die Reise.« Er gab Fuad das Geld und begleitete ihn an die Tür. Der Libanese trat in den kühlen Februarmorgen hinaus. Wie besonnen er geht, dachte Rogers. Er geht mit der Zuversicht eines Mannes, der bei jedem Schritt fühlt, daß er sein Schicksal erfüllt.

Rogers räumte die konspirative Wohnung auf. Er sammelte einige Papierabfälle zusammen, die die Bewohner des Hauses als Amerikaner identifizieren könnten – den Deckel eines Streichholzbriefchens mit einer Reklame für ein Restaurant in New York, eine ziemlich abgegriffene Ausgabe der *International Herald Tribune* –, und verbrannte alles in der Küchenspüle. Er überprüfte seine Brieftasche, um sich zu vergewissern, daß sie

ausschließlich Dokumente enthielt, die seine kanadische Tarnidentität belegten.
Um halb zwölf verließ Rogers das Haus. Er ging langsam, den Kopf gesenkt, die Jaffastraße hinunter. Die Stadt schien sich nach dem Schußwechsel der vergangenen Nacht wieder beruhigt zu haben. Einige der Straßensperren waren beseitigt worden.
Als Rogers eine Nebenstraße überquerte, riefen ihm zwei palästinensische Teenager nach. Rogers' Herz schlug wie ein Hammer gegen den Amboß. Auf Arabisch rief er: »Tod dem Verräterkönig und seiner ganzen Familie!« Einer der beiden Jungen brüllte eine ähnliche Parole zurück, und die beiden gingen weiter.
An der Ecke zum Nasser-Platz, dem Schauplatz des nächtlichen Maschinengewehrgefechts, sah Rogers ein halbes Dutzend kleiner Kinder die Steinhäuser entlangkriechen, welche die Straße säumten. Alle paar Schritte machten sie einen Satz, um kleine Gegenstände vom Boden aufzulesen. Sie waren die Straßenfeger, die die leeren Patronenhülsen von der Schlacht der vergangenen Nacht auflasen. Der Kupfermantel der leergeschossenen Hülsen würden ihnen auf dem Souk einige Piaster einbringen.
Es war kurz vor Mittag, als Rogers am Eingang zum Nasser-Platz ankam. Noch immer hing der Geruch des Pulvers in der Luft. Die Straßen waren nahezu leer. Um Punkt zwölf Uhr trat er aus der Ameena-Bint-Wahab-Straße, ging zur Hälfte über den Platz und setzte sich dort auf eine Steinbank. Direkt ihm gegenüber stand ein blechgedecktes Gebäude, in dem die Militärkommandantur der Fatah untergebracht war.
Er hatte das Gefühl, zu sehr aufzufallen, und wünschte sich, es wären mehr Leute und mehr Betrieb um ihn. Er sah einen Mann aus einem der Häuser treten und in der Khaled-Ibn-Walid-Straße verschwinden; 100 Meter weiter sah er einen anderen Mann, einen blinden Straßenhändler, der geschmuggelte amerikanische Zigaretten verkaufte. Am Rande des Platzes saß eine Frau mit einer Einkaufstasche und ruhte sich aus. Etwa alle zwanzig Sekunden rumpelte ein Auto oder ein Lkw vorbei.
Rogers sah zu einem der oberen Fenster des Fatah-Hauptquar-

tiers 50 Meter vor ihm hinauf. Er glaubte, eine Gestalt zu erkennen, ganz in schwarz, die aus dem Fenster starrte. Er stand auf und ging einige Schritte auf das Gebäude zu. Langsam zählte er bis zehn, während er seinen Puls gegen seine geschlossenen Augenlider klopfen spürte. Dann wandte er sich um und ging den Weg, den er gekommen war, zurück, quer über den Platz und in die Ameena-Bint-Wahab-Straße. Hatte Jamal die Nachricht erhalten?

Rogers ging möglichst langsam. Als er in den Schatten eines Gebäudes gelangte, blieb er stehen und wandte sich um. Niemand folgte ihm. Er wartete fünfzehn Sekunden im Schatten, dann ging er einen halben Häuserblock weiter. Er hatte Angst, sich umzudrehen. Nicht etwa weil der Falsche hinter ihm sein könnte, sondern weil womöglich niemand hinter ihm war. Er holte eine Zigarette aus der Tasche und wandte sich um, um sie anzuzünden.

Und da sah er einen Mann in einer schwarzen Lederjacke auf sich zuschlendern.

Bingo! sagte er leise vor sich hin.

Jamal kam auf Rogers zu und fragte ihn, ob er eine amerikanische Zigarette hätte.

»Marlboro«, bot Rogers ihm an.

Der Palästinenser nahm sich eine Zigarette und zündete sie sich an.

»Welche Information haben Sie für mich, mein Freund?« fragte Jamal.

»Kommen Sie mit mir an einen ruhigeren Ort, wo wir uns ungestört unterhalten können«, antwortete ihm Rogers.

»Nein, hier«. Es hörte sich an, als ob das sein letztes Wort wäre.

»Na schön«, sagte Rogers. »Die Nachricht, die ich für Sie habe, ist diese: Der König wird seinen Erlaß über das Tragen von Waffen zurücknehmen.«

»Der König wird nachgeben?« fragte Jamal zweifelnd.

»Ja«, sagte Rogers. »Er wird nachgeben.«

Jamal sah ihn argwöhnisch an. Er wischte sich eine Strähne seines Haares aus den Augen.

»Wann?« wollte der Palästinenser wissen.
»Das weiß ich nicht.«
»Woher haben Sie diese Information?« fragte der Palästinenser.
»Ich habe sie eben«, sagte Rogers. »Mehr kann ich Ihnen nicht sagen.«
Der Palästinenser machte einen langen Zug an seiner Zigarette.
Wenn wir hier noch länger herumstehen, fallen wir auf, dachte Rogers.
»Es gibt da noch andere wichtige Dinge, die ich mit Ihnen besprechen muß«, sagte er.
»Nicht hier«, sagte der Palästinenser. »Nicht in Amman.«
»Wo dann?«
»Irgendwo anders.«
»Wo?« insistierte Rogers.
»Ich werde Ihnen eine Nachricht zukommen lassen.«
»Wann?«
»Wenn ich wieder in Beirut bin.«
Er nahm sich noch eine Zigarette und verschwand.
Rogers war noch in derselben Nacht wieder in Beirut – müde, aber in gehobener Stimmung.

Zwei Tage später gab der König eine Pressekonferenz, auf der er bekanntgab, daß er seinen Erlaß, der den Fedayeen das Tragen von Waffen in der Öffentlichkeit untersagte, ›einfrieren‹ wollte. Die Konfrontation sei die Folge eines Mißverständnisses gewesen, erklärte der jordanische Monarch. »Unsere Macht ist ihre Macht, und ihre Macht ist die unsere«, sagte er über die Fedayeen.
Der König hatte kapituliert.
Eine Woche später ließ Jamal, wieder zurück in Beirut, durch Fuad ausrichten, daß er sich mit Rogers Anfang März in Kuwait treffen würde.

Hoffman hörte sich Rogers' Bericht von seiner Begegnung mit Jamal in Amman an und bat ihn dann, ihm alles noch einmal zu erzählen.
»Ich habe da eine Frage an Sie, Sie Kanone«, sagte Hoffman, nachdem er sich die Erklärung ein zweites Mal angehört hatte.

»Woher zum Teufel konnten Sie wissen, daß der König den Schwanz einziehen würde? Ich habe das in keinem der Kabel gesehen.«
Rogers machte ein dummes Gesicht.
»Um ehrlich zu sein, ich wußte es nicht. Aber es schien mir eine sichere Wette zu sein.«
»Sie verarschen mich wohl!« sagte Hoffman. »Wollen Sie damit sagen, daß Sie diese Operation auf eine Eingebung hin aufs Spiel gesetzt haben?«
»Es war mehr als eine Eingebung«, sagte Rogers. »Die Wahrscheinlichkeit war groß.«
Hoffman musterte seinen jungen Falloffizier mit einer Mischung aus Verwunderung und neuem Respekt.
»Sie sind verrückter, als ich gedacht habe«, sagte Hoffman. »Um genau zu sein, Sie sind fast so verrückt wie ich!«
Rogers nahm das als Kompliment.
»Jamal glaubt also, die CIA hätte mitgeholfen, Druck auf den König auszuüben, damit er seine Repressalien zurücknimmt?« fragte der Stationschef.
»Schon möglich«, sagte Rogers mit der Spur eines Lächelns. »Aber ich bezweifle, daß er derart leichtgläubig ist.«

Einige Tage darauf ließ Hoffman Rogers zu sich rufen.
»Raten Sie mal, wer eben die Koffer packt, um unser sonniges Beirut zu verlassen?« fragte der Stationschef mit einem Glitzern in den Augen.
»Ein gewisser französischer Diplomat.«
»Scheiße«, meinte Rogers.
»Warten Sie. Es ist nicht so, wie Sie denken. Die Frau war's!«
»War was?« fragte Rogers. »Was ist passiert?«
»Sieht so aus, als hätte Madame Plateau eines Tages die Wut darüber gepackt, daß ihr Gatte ein derartiges Arschloch ist; sie hat ihm alles erzählt. Daß sie sich von einem palästinensischen Guerilla die Seele aus dem Leib stoßen läßt und das auch noch genießt. Hat ihn wohl gefragt, was er davon hält. Offensichtlich hat sie ihm nicht gesagt, wer es ist, weil die Halsabschneider vom

SDECE in ganz West-Beirut herumfragen, um es herauszukriegen. Der Geschäftsträger war so wütend, daß er sie verprügelte. Sie mußten sie ins Krankenhaus bringen. Ganz Beirut spricht von nichts anderem.«

»Was passiert mit den beiden?« fragte Rogers.

»Dem französischen Botschafter ist das ganze mucho peinlich. Es sind die Franzosen, die die Frauen der *anderen* bumsen, nicht anders rum. Wie auch immer, schaut gar nicht gut aus für Mr. und Mrs. Poilu. Man hat sie eben zu einer ausführlichen Unterredung nach Hause zurückbeordert. Sieht mir ganz nach bye bye Beirut aus.«

»Und die Fotografien?« fragte Rogers.

»Ich hab es nicht übers Herz gebracht, sie dem Franzosen zu geben. Dem Kerl geht es im Moment schon schlecht genug. Er braucht nicht auch noch das Lächeln auf dem Gesicht seiner Frau zu sehen. Viel hätten wir aus ihm sowieso nicht herausquetschen können. Selbst wenn wir ihm gedroht hätten, die Bilder in die *An Nahar* zu bringen.

Da ist noch etwas«, fügte Hoffman hinzu. »Wenn Sie sich mit Ihrem palästinensischen Freund treffen, dann sagen Sie ihm, er soll seinen Lümmel gefälligst für eine Weile in der Hose lassen. Die Leute nehmen den Sex in diesem Teil der Welt ziemlich ernst. Wenn man hier die Ware betatscht, muß man sie auch kaufen.«

Kapitel 13
Kuwait; März 1970

Rogers traf drei Tage vor dem Termin in Kuwait ein. Er wollte ein Gefühl für die Örtlichkeiten bekommen, einen Blick auf die sichere Wohnung werfen, für Essen und Trinken sorgen und sich emotionell auf die Begegnung vorbereiten. Das alles glich ein bißchen dem Training kurz vor einem Basketballspiel: Es machte einen wohl kaum zu einem besseren Spieler, aber es beruhigte die Nerven.

Kuwait war ein flacher, kleiner Sandkasten am westlichen Zipfel des Persischen Golfs. Es verfügte über drei hervorstechende Merkmale: riesige Ölvorkommen, die das kleine Scheichtum zum Land mit dem höchsten Pro-Kopf-Einkommen der Welt machten; eine Klasse von Händlern und Kaufleuten, deren Tradition über mehrere Jahrhunderte zurückreichte, und die Kuwait den Anschein einer kaufmännischen Elite verlieh und die Demütigungen der Beduinenkultur ersparte; und einen riesigen Zustrom von Wanderarbeitern, der Kuwait zu einem wichtigen Durchgangslager für die palästinensische Revolution machte.

Kuwait war in vieler Hinsicht ein häßliches Land, und der Ölboom hatte es nicht schöner gemacht. Während des Sommers herrschte eine grimmige Hitze – über 50 Grad im Juli; es war so heiß, daß einem die Luft die Lunge zu versengen drohte, so daß man sie nur in kleinen Happen einatmen konnte. Kuwait Stadt lag direkt an der Küste; hier war die Hitze nicht jene trockene Backofenhitze der Wüste, sondern die feuchte Hitze eines Dampfbades. Jetzt, Mitte März, während des kurzen kuwaitischen Frühlings, waren die Temperaturen jedoch noch nicht so schlimm. Aber egal, welche Jahreszeit man gerade hatte: Das ganze Land schien nach dem Öl zu riechen, das es im kuwaitischen Burganfeld so reichlich gab, daß es von selbst aus dem Boden sprudelte – man brauchte nicht einmal zu pumpen.

Als Rogers vom Flughafen in die Stadt fuhr, fand er sich inmitten einer Orgie der Geldverschwendung. Überall entstanden neue Gebäude, die so schnell und billig hochgezogen wurden, wie die britischen und amerikanischen Baufirmen es nur schafften. Auf der Fahd-al-Salem-Straße, kurz vor dem Stadtzentrum, verursachten Bulldozer, Betonmischer und Kipp-Lastwagen – allesamt damit beschäftigt, so schnell wie möglich weitere häßliche Gebäude aus dem Boden zu stampfen – ein Verkehrschaos. Ihm fiel auf, daß die Kuwaitis durch die Bank große amerikanische Benzinsäufer fuhren: Cadillacs, Lincolns, Oldsmobiles, Buicks; je größer und protziger desto besser.

Die Kuwaitis schienen sehr wohl zu verstehen, daß es diese monströsen Fortbewegungsmittel waren, die ihnen ihren Wohlstand gebracht hatten. Obwohl es dem Land an modernen Straßen fehlte, gab es fast so viele Automobile wie Menschen, und das Zentrum von Kuwait Stadt glich einem riesigen Parkplatz. Als der Verkehr zum Stillstand kam, saßen die Kuwaitis in ihren Velour-gepolsterten Karossen, die elektrisch betriebenen Fenster geschlossen, die Klimaanlage auf vollen Touren, und genossen den geologischen Glücksfall, der sie – zumindest vorübergehend – zum reichsten Volk der Erde gemacht hatte.

Kurz nach seiner Ankunft schaute Rogers beim Chef der hiesigen Station vorbei. Der Mann hieß Egbert Jorgenson, und er leitete in einem der überfüllten Flügel der Botschaft eine kleine Drei-Mann-Station – er selbst, ein Operationsoffizier und eine Chiffrierkraft.

Jorgensons Tarnfunktion war die eines Landwirtschaftsreferenten. Eine unsinnige Tarnung, da es in ganz Kuwait keine nennenswerte Landwirtschaft gab; aber das schien das geringste von Jorgensons Problemen zu sein. Er war ein kleiner, konzentrierter Mann mit einer lauten Stimme und einem ewig besorgten Blick in den Augen.

»He, großartig, Sie wieder mal zu sehen. Was macht die Familie? Was verschlägt Sie denn nach Kuwait?« fragte Jorgenson in einem einzigen langen Satz, als er Rogers in sein Büro führte.

»Das kann ich Ihnen nicht sagen, Bert«, sagte Rogers liebenswürdig. »Tut mir leid.«

»Ja, sicher, ich weiß. Na schön«, sagte Jorgenson und setzte eine verletzte Miene auf.

»Wie steht's bei Ihnen?« fragte Rogers. »Was tut sich denn so?«

»Wollen Sie mich auf den Arm nehmen? Jede Menge! Wissen Sie, daß die Sowjets hier jetzt auch eine Botschaft haben? Die machen mich glatt verrückt! Hatte noch nie so viel zu tun. Tag und Nacht.«

Rogers erkundigte sich, was denn für spezielle Schlachten des Kalten Krieges dieser Tage in Kuwait geschlagen würden.

»Medien!« sagte Jorgenson mit Nachdruck. »Die Russen haben Leute von den hiesigen Zeitungen auf ihrer Gehaltsliste. Alles In-

der aus Kerala, die die Redaktion und das Layout besorgen. Der KGB-Mann hier versorgt sie mit Artikeln, die irgendein Clown in Moskau schreibt, und die bringen das Zeug, wie es ist. Verbatim. Wort für Wort! Die Kuwaitis merken das nicht mal. Die lesen die Zeitung sowieso nicht. Aber den Palästinensern gefällt es.
Sie müssen sich diesen Scheiß einmal ansehen. Sie werden es nicht glauben!« sagte Jorgenson.
Er wieselte zu einem Aktenschrank hinüber, schloß die oberste Schublade auf und brachte eine dicke Mappe mit Zeitungsausschnitten zum Vorschein.
»Schauen Sie sich das an!«
Er reichte Rogers einen Artikel mit der Überschrift: »Kreml Bemüht Sich Menschen Mehr Häuser Zu Geben.«
»Ist das zu glauben? Wenn das kein Juwel ist! Schauen Sie sich den hier an.« Jorgenson zog einen anderen Artikel heraus mit der Überschrift: »Afro-Asiatische Völker Protestieren Gegen Amerikanische Nahost-Politik.«
»Unglaublich! Wer denkt sich bloß diese Titel aus? Joe Stalin? Warten Sie: Ich habe noch mehr«, rief Jorgenson aus. Er war mittlerweile beträchtlich in Fahrt geraten und reichte Rogers Artikel auf Artikel mit Überschriften wie »Kim-Il-Sungs Massive Unterstützung des Bewaffneten Antizionistischen Kampfes« oder »Imperialismus Schuld an Lebensmittelknappheit im Sudan«.
»Diese Russen schrecken vor nichts zurück!« sagte Jorgenson, vor Unmut schier am Bersten. »Und diese Keraler drucken diesen Mist für ein paar Denare die Woche. Es ist zum Heulen. Kein Wunder, daß wir auf der ganzen Welt im Schlamassel stecken.
Glücklicherweise«, fügte Jorgenson mit einem schlauen Lächeln hinzu, »habe ich selber auch ein paar Keraler. Wir sind dabei, in diesem Spielchen mitzumischen, so nach und nach. Wollen Sie was von dem sehen, was wir so unter die Leute bringen?«
»Sind Sie sicher, daß Sie mir das zeigen dürfen?« fragte Rogers.
»Na klar doch. Wen interessiert das schon?«
Jorgenson nahm eine andere Mappe aus dem Aktenschrank, um

einiges dünner als die erste, und öffnete sie mit einer schwungvollen Geste.
»Schauen Sie sich das hier an«, sagte der Chef der Kuwaiter Station.
Er reichte Rogers einen Artikel mit der Überschrift: »Harte Fakten über Luftverschmutzung« und einen weiteren mit dem Titel »Ölreserven Alaskas enorm«; dann eine lange Titelgeschichte mit dem Thema »Werden die USA zur Freiwilligen-Armee übergehen?«
»Das Zeug ist raffiniert gemacht«, sagte Jorgenson. »Ich bekomme es aus Langley. Zur Abwechslung mal ein kleiner Dreh in die proamerikanische Richtung. Was halten Sie davon?«
»Großartig«, sagte Rogers, dem es fast die Sprache verschlagen hatte. »Wirklich großartig.«

Rogers stellte bald fest, daß Kuwait ein Musterbeispiel an Heuchelei war. Es war ein islamisches Land, in dem den Menschen theoretisch das Trinken von Alkohol verboten war. Wenn Rogers jedoch in der Halle seines Hotels an den Kuwaitis vorbeikam, die dort auf den Couches ihr Nickerchen machten, dann konnte er in ihrem Atem den Whisky riechen. Abends sah er an der Straße den Arabischen Golf entlang Schwärme betrunkener Gastarbeiter aus Indien und Ceylon.
Offiziell ging das islamische Kuwait auch mit dem Sex sehr prüde um. Und doch erfuhr Rogers von einem geschwätzigen Hotelangestellten, daß Stewardessen während eines Aufenthalts vor dem Rückflug nach London in einer Nacht 1000 Dollar verdienen konnten, indem sie sich um kuwaitische Herren kümmerten. Selbst die örtliche englischsprachige Zeitung schien geradezu sexbesessen. Jeden Tag brachte sie auf Seite 8 Pin-up-Bilder halbnackter Frauen. Am Tag, als Rogers eintraf, war das Mädchen von Seite 8 eine vollbusige Blondine in Strapsen und schwarzen Strümpfen. Die Bildunterschrift lautete: »Man trägt wieder Gürtel.«
Die einzigen, die hier einen fleißigen und disziplinierten Eindruck machten, waren die Palästinenser, die in den Ministerien,

Schulen und Krankenhäusern Kuwaits das Gros der Arbeit erledigten. Die palästinensische Bevölkerung wurde auf ungefähr 200 000 geschätzt – der kuwaitische Emir war viel zu nervös, als daß er die genauen Angaben der Volkszählung zu veröffentlichen wagte –, und sie unterstützte in überwältigendem Maße die Fatah. Die Kommandogruppe verlangte von der unschlüssigen kuwaitischen Regierung zwei Dinge: das Recht, eine siebenprozentige Steuer auf das Einkommen aller in Kuwait arbeitenden Palästinenser zu erheben; und die Zusage, sämtlichen Palästinensern – von einigen wenigen Ausnahmen abgesehen – kuwaitische Pässe zu verweigern, so daß die große Masse von ihnen staatenlos und somit militant blieb.

Genaugenommen war die Fatah in der Diaspora Kuwaits geboren. Der Alte Mann hatte während der fünfziger Jahre hier gearbeitet. Ebenso der ›Diplomat‹ und Abu Nemli. Rogers ließ Jorgenson bei einem Polizisten nachfragen, den man als Informant im Innenministerium hatte, und erfuhr, daß auch Jamal sich in Kuwait aufgehalten hatte. Er war Mitte der sechziger Jahre von Kairo aus hierhergekommen, um sich der Bewegung anzuschließen. Jetzt war die Bewegung den Kinderschuhen entwachsen, und Jamal kehrte zurück.

Einen Tag vor dem Treff bekam Rogers über die Kuwaiter Station ein Kabel aus Langley, das als strengste Verschlußsache deklariert war. Es war eine Nachricht vom Operationschef für den Nahen Osten, einem aggressiven jungen Karrieremacher namens John Marsh, der Rogers als Rivalen betrachtete.

Das Kabel strotzte vor unverlangten Ratschlägen. Rogers sollte den Treff in Kuwait dazu benutzen, die Basis für eine künftige »kontrollierte Operation« zu legen, riet man ihm. Um eine Grundlage für eine solche Kontrolle aufzubauen, sollte er den Agenten auf Schwachstellen abtasten, an denen man Druck ansetzen konnte.

Nach dem Treff, so befahl Marsh, sollte Rogers der Nahost-Abteilung über die Machbarkeit folgender Alternativen Bericht erstatten: finanzielle Anwerbung, mit einem Hinweis auf die

Summe, die dazu nötig wäre; und Erpressung durch die Drohung, die Bänder und Fotos zu enthüllen, welche die Zusammenarbeit des Agenten mit der CIA dokumentierten.

»Kontrolle ist bei dieser Operation alles«, mahnte Marsh im letzten Abschnitt.

Rogers zerriß die Depesche, verbrannte sie und spülte die Asche die Toilette hinunter. Er ließ den Kryptographen Langley eine kurze Antwort übermitteln. Sie lautete: »C/NA/OPN. Text Nrt. nicht erhalten. Übermittlung verstümmelt. Bte um Wiederholung. Rogers.«

Er zog aus seinem Hotel aus, mietete sich unter dem Namen Frank Worth einen Wagen und machte sich auf den Weg in Richtung der sicheren Wohnung, wo ihn niemand – nicht einmal die Hexenmeister aus Langley – stören würden.

Kapitel 14
Kuwait; März 1970

Rogers entfloh dem hektischen Durcheinander von Kuwait Stadt in einer großen amerikanischen Limousine, die so sanft auf ihrer Federung dahinschwebte wie ein Boot auf dem Kamm einer Welle. Als er die Außenbezirke der Stadt erreichte, hielt er an, machte eine Wende und fuhr dann die gleiche Strecke wieder zurück, um zu sehen, ob man ihn verfolgte. Niemand folgte ihm. Einer der Vorteile der Arbeit im Nahen Osten war, daß man nur lax oder gar nicht überwacht wurde. In der arabischen Welt schienen die Sowjets ebenso faul zu sein wie ihre arabische Kundschaft.

Er schaltete das Radio ein. Ein örtlicher arabischer Sender spielte eine Nummer von Fayrouz, einer libanesischen Sängerin, die man im gesamten Nahen Osten verehrte. Das Lied erzählte die Geschichte eines Mädchens, das einsam und verlassen an der Straße stehend auf einen Geliebten wartete, der niemals kam.

»Ich liebte dich im Sommer ... Ich liebte dich im Winter«, sang Fayrouz mit bebender Stimme. Das waren die Klänge der arabi-

schen Welt, dachte Rogers. Eine sentimentale Geschichte um gebrochene Versprechen.
Als er südwärts die Küste des Persischen Golfs entlangfuhr, beobachtete Rogers eine atemberaubende Veränderung der Landschaft.
Zum westlichen Horizont hin erstreckte sich die arabische Wüste in den sanften Wellenbewegungen des Meeres an einem ruhigem Tag. Aber anstatt weiß und öde zu sein wie im Hochsommer, war die Wüste jetzt ein dünner, grüner Teppich, der mit den blauen Blüten der Disteln und dem Gelb der Gänseblümchen gesprenkelt war. Die Wirkung war die eines pointillistischen Gemäldes, bei dem der Maler auf den sandigen Hintergrund die Triebe von Kräutern und Sträuchern getüpfelt hatte.
In Kuwait herrschte der Frühling; jene kurze Jahreszeit zwischen dem Regen des Februars und der Hitze des Mais, in der die Wüste aufblühte. In diesem kurzen Frühling entflohen die Kuwaitis gerne der Stadt, um ihre Vorfahren, die Beduinen, nachzuahmen. Alle paar Kilometer sah Rogers die sich im Wind blähenden Klappen eines Campingzelts, neben dem oft genug eine chromglänzende moderne Version davon parkte; eine Szene, die immer auf eine Kuwaiter Familie auf Wüstenurlaub schließen ließ. Weiter von der Straße entfernt standen die zerlumpten Zelte der echten Beduinen, die – unberührt vom Lauf der Zeit – mit ihren Schafen und Kamelen durch den Ozean aus Sand zogen.
Das Radio knisterte vor statischen Entladungen. Rogers drehte am Knopf, um einen Sender mit besserem Empfang zu finden. Schließlich hörte er eine bekannte Stimme, die in perfektem, moduliertem amerikanischem Englisch sprach:
»... außerdem ist es allgemein bekannt, daß die Völker Afrikas und Asiens entschieden gegen die Pläne sind, die in Washington ausgeheckt werden, um weiterhin Krieg gegen die Völker Indochinas zu führen. Nach Verlautbarungen gewisser Kreise erzielen die amerikanischen Monopolkapitalisten, wie allgemein bekannt, riesige Profite aus diesem militärischen Abenteuer. Eine konkrete Analyse der Situation ...«

Radio Moskau! Rogers drehte weiter am Sendersuchlauf. Es war bemerkenswert, daß – egal, wo man sich im Nahen Osten gerade befinden mochte – Radio Moskau immer das kräftigste Sendesignal hatte. Rogers sann über den Satz mit der ›konkreten Analyse‹ nach. Was sollte das genau bedeuten? Wollen sie einem damit weismachen, daß an ihrer Analyse etwas dran sei?
Schließlich fand Rogers einen anderen Sender. Es war eine Stimme, die in lautem Arabisch sprach, mit dem Rhythmus und im Tonfall eines Menschen, der durch eine Flüstertüte schrie.
»… handelt es sich beim Zionismus um eine politische Bewegung, die organisch mit dem Imperialismus verbunden ist und die jedem Befreiungsversuch und allen progressiven Kräften der Welt entgegensteht. Er ist rassistisch in seiner Natur, aggressiv, expansionistisch und kolonialistisch in seinen Zielen sowie faschistisch in seinen Methoden. Israel ist das Instrument der zionistischen Bewegung und eine geographische Basis für den Weltimperialismus, strategisch in die Mitte des arabischen Vaterlandes gesetzt, um die Hoffnungen der arabischen Nation zu bekämpfen …«
Radio Bagdad.
Rogers stellte das Radio ab.
Einige Meilen hinter der Stadt Mina Abdulla bremste er den großen Wagen ab und bog von der Hauptstraße auf einen sandigen Weg ein, der die Küste entlangführte. Der Weg wurde von einer unregelmäßigen Reihe von Strandhäusern gesäumt, die wohlhabende Kuwaitis und Leute aus dem Westen während der moslemischen Wochenenden – Donnerstag und Freitag – als Landsitz benutzten. ›Chalets‹ nannten die Kuwaitis diese Häuschen am dampfenden Persischen Golf.
Vor einem dieser Häuschen – einem bescheidenen grauen Bungalow, der auf dem Papier einem der Direktoren der Americo-Kuwaiti Oil Company gehörte – parkte Rogers seinen Wagen.
Die Innenausstattung war gefällig, aber leicht ausgeblichen wie die eines alten Motels. Hinter einer lederbespannten Hausbar hatte jemand mit viel Sinn für Ordnung eine Reihe von Flaschen aufgebaut: Whisky, Gin, Wodka und Brandy; im Kühlschrank

fand Rogers, aufeinandergestapelt, Teller mit arabischen und amerikanischen Gerichten; auf dem Küchentisch stand ein Korb, in dem sich frisches Obst türmte; auf dem Herd stand ein Topf voll frischem Kaffee.

Ein muffiger Geruch beherrschte das Haus. Rogers öffnete die Fenster, um die Meeresbrise hereinzulassen. Dann ging er in das große Schlafzimmer, öffnete ein Fach, das hinter einem Gemälde in der Wand versteckt war, und überprüfte das Aufzeichnungssystem. Es handelte sich um ein durch Stimmen aktiviertes Tonbandgerät, das automatisch alles aufzeichnete, was in irgendeinem der Räume des Hauses gesprochen wurde. Es gab noch ein zweites Aufnahmegerät, das an einer anderen Stelle versteckt und für Notfälle bestimmt war; Rogers überprüfte auch das.

Schließlich machte er es sich in einem Lehnstuhl im Wohnzimmer bequem und schlief über einem Buch mit dem Titel *Arabian Sands* ein – den Memoiren eines obskuren britischen Arabisten.

Als er am nächsten Tag aufwachte, zog sich Rogers für das Treffen mit Jamal seinen Lieblingscordsamtanzug an. Statt der sonst üblichen Schuhe trug er jedoch ein Paar extravaganter Cowboystiefel, die ihm vor Jahren einmal seine Frau geschenkt hatte und die ihm seiner Meinung nach in den Jahren darauf immer wieder Glück gebracht hatten. Dann setzte er sich in einen Sessel und wartete auf den Palästinenser.

Jamal traf am späten Nachmittag ein. Er fuhr einen roten Buick LeSabre, der eine große Staubwolke aufwirbelte, als er vor dem Bungalow am Strand zum Stehen kam.

Rogers, der Jamal in seiner üblichen schwarzen Lederjacke erwartet hatte, war überrascht, ihn in einem adretten braunen Geschäftsanzug zu sehen. Sein langes schwarzes Haar, das für gewöhnlich zerzaust war, hatte er aus der Stirn nach hinten an den Kopf gekämmt. Er sah aus wie ein junger Collegeabsolvent auf dem Weg zu einem Vorstellungsgespräch.

Wachsam näherte sich Jamal der Tür. In seiner Miene entdeckte Rogers leise Anzeichen von Zweifel und Unschlüssigkeit.

»Kommen Sie herein«, sagte Rogers und zog den Palästinenser händeschüttelnd ins Haus. Nachdem er monatelang auf dieses Treffen mit Jamal gewartet hatte, wollte er ihn nicht in der letzten Minute wegen irgendwelcher Bedenken verlieren.
»Kadimta ahlan wa wata'ta sahlan«, sagte Rogers, den formellen arabischen Gruß benutzend, der bedeutete: Sie kommen als Mitglied der Familie; Sie gehen auf dem Boden von Freunden. Während er den Gruß aussprach, legte er eine Hand über sein Herz.
Jamal antwortete nicht. Sorgfältig durchsuchte sein Blick den Raum.
»Setzen Sie sich. Machen Sie es sich bequem. Lassen Sie mich Ihr Jackett aufhängen.«
Der Palästinenser schüttelte verneinend den Kopf. Rogers musterte ihn gründlich und bemerkte die leichte Ausbuchtung unter der rechten Achsel des Jacketts.
»Bitte«, sagte Rogers, »keine Waffen.«
Er wartete darauf, daß Jamal die Pistole ablegte. Als er es nicht tat, sprach Rogers gelassen weiter.
»Es ist eine schlechte Art, eine Freundschaft zu beginnen, mein Haus mit einer Waffe zu betreten. Besonders da ich selbst keine Waffe habe, mit der ich Sie bedrohen könnte.«
Jamal kniff die Augen zusammen, als wollte er Rogers' Größe schätzen. Der Amerikaner sah in seinen Cowboystiefeln noch größer aus als gewöhnlich.
Rogers hielt den Atem an.
Jamal zog sein Jackett aus, ganz langsam, und gab so den Blick auf das Schulterhalfter mit der automatischen Pistole frei.
»Ich bitte um Entschuldigung«, sagte der Palästinenser. Er nahm die Pistole vorsichtig aus dem Halfter. Sie war jetzt direkt auf Rogers gerichtet. Einen Augenblick lang kam Rogers der Gedanke, der Palästinenser könnte schießen. Aber dann legte er die Waffe geräuschlos auf den Tisch.
»Ich bitte um Entschuldigung«, wiederholte der Palästinenser. »Ich habe immer eine Waffe bei mir. Das wird einem zur Gewohnheit.«

Rogers atmete auf. Er bot Jamal eine Zigarette an. Der Palästinenser bestand jedoch darauf, daß Rogers eine der seinen nahm. Schweigend saßen die beiden einen Augenblick lang da und rauchten ihre Marlboros.
»Ich muß Ihnen zuerst eine Frage stellen«, sagte Jamal. »Haben Sie ein Tonbandgerät im Haus?«
Rogers überlegte einen Augenblick, bevor er antwortete. Ohne Ehrlichkeit, sagte er sich, hat hier Vertrauen keine Chance.
»Ja«, sagte Rogers und sah seinem Gast geradewegs in die Augen. »Das ist eine Routinemaßnahme.«
»Stellen Sie es bitte ab«, sagte Jamal.
Rogers überlegte einen weiteren langen Augenblick.
»Das kann ich nicht«, antwortete er schließlich. »Ich könnte natürlich so tun, als würde ich es abstellen, aber das würde automatisch ein zweites System in Gang setzen, das für Situationen wie diese vorhanden ist. Das Tonbandgerät gehört zu unserem Geschäft.«
Jamal schwieg eine ganze Weile. Er wandte sich ab und starrte auf das Meer hinaus, damit Rogers sein Gesicht nicht sehen konnte. Schließlich drehte er sich wieder um.
»Wir könnten einen Spaziergang durch die Wüste machen«, sagte Jamal.
»Ein annehmbarer Kompromiß«, sagte Rogers. Er suchte eine Decke und füllte eine Thermosflasche mit Kaffee.

»Ich habe Ihnen etwas mitgebracht«, sagte Jamal, nachdem sie sich eine halbe Meile vom Haus entfernt in den Sand gesetzt hatten.
Er reichte Rogers ein Blatt Papier mit einer sauber getippten Liste von fünf arabischen Namen. Neben jedem der Namen stand ein zweiter Name und eine Nummer.
Jamal sah Rogers nicht an, als er ihm die Liste gab. Die Transaktion war ihm unangenehm; genauso unangenehm, wie es ihm gewesen war, das Sicherheitshaus zu betreten. Er fühlte sich in zwei verschiedene Richtungen gezogen: Sein Kopf sagte ihm, dieser Treff mit dem amerikanischen Nachrichtenoffizier würde

der Sache der Palästinenser dienen; sein Herz sagte ihm, daß er einen Verrat beging.

»Ich stelle Ihnen diese Liste zur Verfügung, weil man mich dazu autorisiert hat«, sagte der Palästinenser mit fester Stimme.

»Was sind das für Leute?« fragte Rogers und sah sich die Namen und Nummern genauer an. Die Liste war auf einfachem weißem Papier getippt, auf dem keinerlei Angaben ihren Ursprung hätte verraten können.

»Es sind Mitglieder der Gruppe, die vorigen Monat in München das Flugzeug zu entführen suchten. Es sind die Komplizen der drei Männer, die man verhaftet hat. Diese fünf hier reisen mit falschen irakischen Pässen. Auf dieser Liste stehen ihre richtigen Namen, ihre falschen Namen und die Nummern ihrer Pässe.«

»Sind sie Mitglieder der Fatah?«

»Nein«, sagte Jamal. »Es sind alles Angehörige der Demokratischen Front zur Befreiung Palästinas.«

Rogers nickte. Die DFLP war die Kommandogruppe mit den engsten Bindungen zur Sowjetunion.

»Sie sagten, man hat Sie autorisiert, mir diese Liste auszuhändigen«, sagte Rogers. »Wer hat Sie dazu ermächtigt?«

»Der Alte Mann.«

»Und warum?«

»Weil die Fatah internationale terroristische Operationen ablehnt. Sie sind die Taktik von Wahnsinnigen und Provokateuren. Terrorismus schadet unserer Sache.«

Rogers sah ihn neugierig an. Er fand Jamals Verlegenheit überzeugender als das, was er da sagte.

Die beiden Männer saßen nebeneinander auf der Decke, die Beine unter sich gekreuzt, und starrten nach Westen in Richtung der untergehenden Sonne. Das Grün des Frühlings wurde im schwindenden Licht um einige Schattierungen satter.

Rogers goß Jamal eine Tasse Kaffee ein. Das Aroma des Kaffees wirkte in der Wüstenluft geradezu berauschend. Während er sich selbst auch eine Tasse eingoß, versuchte er für sich zu entscheiden, ob er dem Palästinenser glauben sollte. Er wußte, was die Spezialisten zu Hause in Langley zu der Terroristenliste sagen würden. Daß es ein billiges Geschenk war. Daß die Palästinenser wohl davon ausgegangen waren, die Münchner Polizei hätte diese Informationen längst durch die Verhöre der drei Bombenwerfer erhalten. Daß es sich dabei ganz offensichtlich um eine Kriegslist handelte, die Jamal nur noch verdächtiger machte anstatt vertrauenswürdiger. Rogers kannte die Argumente der Spezialisten, weil er sie schon in Dutzenden von anderen Fällen zu hören bekommen hatte. Für gewöhnlich lagen die Spezialisten jedoch seiner Erfahrung nach daneben. Da sie zu Hause in Langley saßen, sahen sie die Nervosität auf dem Gesicht eines Agenten nicht, wenn er sich das erste Mal mit seinem Falloffizier traf – ebensowenig wie sie den angewiderten Blick sahen, wenn er die ersten Schritte in Richtung einer Zusammenarbeit tat. Sie wußten nicht um die Nuancen, welche die eine Person glaubwürdig machten und die andere zu einem eindeutig faulen Kunden.

Rogers beobachtete Jamals Unbehagen und wollte ihm etwas Aufmunterndes sagen. Er erinnerte sich an eine Passage eines arabischen Dichters namens Al-Moutannabi, die er ein Jahrzehnt zuvor auf der Sprachenschule auswendig gelernt hatte.

In dieser Passage war vom Schicksal die Rede, und Rogers zitierte sie Jamal in klassischem Arabisch, der Sprache des Koran.

»›Wir sind den Pfad des Lebens so gegangen, wie er uns vorgegeben ward, so wie es einem Manne ziemt, des Schritte Gott selbst fügte.‹«

Jamal starrte Rogers an. Er machte einen verkrampften und unglücklichen Eindruck, als würde er jeden Augenblick explodieren.

»Ich bin kein Spion!« sagte der Palästinenser plötzlich. »Ich bin nicht Ihr Agent! Das ist nicht mein Schicksal!«

»Selbstverständlich nicht«, sagte Rogers.

»In allem, was ich tue, leitet mich der Alte Mann.«

»Ich verstehe«, sagte Rogers.

»Gut«, sagte Jamal.

Die beiden schwiegen. Nachdem der Palästinenser seiner Frustration Luft gemacht hatte, schien er sich etwas erleichtert zu fühlen.
»Weiß außer dem Alten Mann noch jemand in der Fatah, daß Sie hier sind?« fragte Rogers schließlich.
»Nein«, sagte Jamal.
»Das ist vernünftig«, sagte Rogers. Es entstand eine erneute Pause. Na schön, dachte Rogers. Wenigstens ist jetzt klar, was er zu tun *glaubt*. Er hielt sich für einen Abgesandten der obersten PLO-Führung an die Vereinigten Staaten. Für einen Informationskanal, nicht für einen Agenten. Wenn er sich durch diese Erklärung besser fühlt, dann laß ihm seinen Glauben. Rogers erinnerte sich an einen Rat, den ihm vor über zehn Jahren einer seiner Ausbilder gegeben hatte. Es spielt keine Rolle, ob ein Agent ein doppeltes oder dreifaches Spiel spielt; man muß nur wissen, was für ein Spiel er spielt.
»Sie sollten sich nicht schämen, mit uns zu sprechen«, wagte Rogers zu sagen. »Ganz so schlimm, wie Sie vielleicht glauben, sind wir auch wieder nicht.«
»Wie sollte ich mich nicht schämen? Mich mit einem amerikanischen Spion heimlich in der Wüste zu treffen! Das ist eine Schande. Aber machen Sie sich keine Sorgen. Wir Araber haben uns an Schande gewöhnt. Sie ist für uns wie Muttermilch. Wir ernähren uns von ihr.«
Das Licht des Nachmittags schwand.
»Wo in Palästina sind Sie geboren?« fragte Rogers.
»Ich bin im Irak geboren. Mein Vater ist 1941 dorthin ausgewandert, um für die Deutschen zu arbeiten.«
»Es gibt ein arabisches Sprichwort«, sagte Rogers. »›Wenn sie in Bagdad schwanger wird, wird sie in Beirut niederkommen.‹ Vielleicht ist das Ihre Geschichte.«
Jamal lachte. »Sie kennen zu viele arabische Sprichwörter. Gehört das zu Ihrer Ausbildung als Spion?«
»Ein Hobby«, sagte Rogers.
Jamal zündete sich eine Zigarette an, wobei er das Streichholz in der hohlen Hand vor dem Wüstenwind schützte. Er fuhr sich

mit der Hand durch sein pechschwarzes Haar, so daß es in der Wüstenbrise wehte.
Was für ein eitler Mensch, dachte Rogers. Hübsch. Klug. Ein geborener Spion.
»Ich bin ein Mensch, der kaum etwas von seinem eigenen Land gesehen hat«, sagte Jamal, seine Geschichte wieder aufnehmend. »Wir sind 1945 aus dem Irak nach Palästina zurückgekehrt, aber wir sind nicht lange geblieben. Mein Vater wurde 1948 von einer israelischen Bombe getötet, und meine Mutter floh mit mir; erst nach Beirut, dann nach Kairo. 1964 machte ich meine Reifeprüfung an der Universität Kairo. Seitdem bin ich immer umgezogen: nach Kuwait, nach Beirut, nach Amman, nach Europa. Ich bin wie das Bob-Dylan-Lied: A rolling stone.«
»Sie hören Bob Dylan?« fragte Rogers.
»Ich bin ein Kind der sechziger Jahre«, sagte Jamal. »Ein Blumenkind.«
Jetzt hör aber auf, dachte Rogers. Aber in gewisser Hinsicht hatte er ja recht. Er hatte etwas an sich, das den Geist dieser Zeit verkörperte. Das lange Haar, die Sexualität, die Weltlichkeit, die er während seiner Reisejahre durch den Nahen Osten und Europa in sich aufgesaugt zu haben schien.
»Ich möchte Ihnen eine Frage stellen«, sagte der Palästinenser. »Warum geben Sie sich so viel Mühe, sich mit mir zu treffen?«
Rogers überlegte einen Augenblick. Sag ihm die Wahrheit, sagte er sich dann.
»Die Regierung der Vereinigten Staaten möchte einen direkten Kontakt zu Ihnen herstellen. Man hat mich autorisiert, jede Maßnahme zu treffen, die ich für angemessen halte.«
»Aber warum sind Sie während der Kämpfe nach Amman gegangen? Man hätte Sie entführen oder töten können.«
»Wollen Sie eine ehrliche Antwort?« fragte Rogers.
»Natürlich.«
»Weil ich fühlte, daß die Operation mißlingen würde, ohne eine persönliche Geste von mir, ohne etwas, was Ihre Vorstellungen über meine Organisation herausfordern würde. Aber wie auch immer, es war nicht wirklich gefährlich. Niemand im Nahen

Osten würde es wagen, einem Repräsentanten der Vereinigten Staaten etwas zu tun.«
»Das ist, was ich an den Amerikanern so mag«, sagte Jamal. »Sie sind so naiv. Und so aufrichtig.«
Rogers lächelte.
»Das ist wahr«, antwortete er. »Wir sind naiv. Aber in diesem Teil der Welt, wo jeder so weltklug ist, ist das vielleicht gar keine so schlechte Eigenschaft.«
»Was wollen Sie damit sagen?« fragte Jamal.
»Ich bin jetzt seit zehn Jahren in der arabischen Welt«, antwortete Rogers. »Ich habe zugesehen, wie alles schlimmer wurde. Ich habe gesehen, wie die Araber zu Krüppeln wurden, erniedrigt von ihren Feinden, und nicht einmal ihre Freunde trauen ihnen über den Weg. Und immer schieben sie alles, was schief läuft, auf die Israelis.«
Jamal nickte. Es war wahr. Wer wollte das bestreiten?
»Aber die Israelis sind nicht schuld an der Tragödie der Araber«, fuhr Rogers fort. »Ich gebe den Arabern selbst die Schuld. Sie sind verdorben worden. Durch das Geld, durch die Russen, durch zu viele Lügen. Ich glaube allen Ernstes, daß die einzige Antwort für die Araber – und vor allem für die Palästinenser – bei den Vereinigten Staaten zu finden ist. Und ich glaube, daß wir – Sie und ich – diese Geschichte ändern können.«
Jamal schnalzte mit der Zunge.
»Ich meine es ernst«, sagte Rogers.
»Was reden Sie da?« wollte Jamal wissen.
»Ich sage Ihnen, daß Sie und ich, wir persönlich, mithelfen können, die Geschichte des Nahen Ostens zu verändern.«
»Wie?« antwortete Jamal. »Unmöglich!«
»Ich meine genau das, was ich gesagt habe. Ich glaube, daß die geheime Verbindung zwischen Ihnen und mir – zwischen der Fatah und den Vereinigten Staaten – die Geschichte dieses Teils der Welt verändern kann.«
»Ihre Worte mögen aufrichtig sein«, sagte der Palästinenser. »Aber Ihr Traum hat keine Chance.«
Die Sonne war inzwischen untergegangen, und die Wüste wurde

kühl. Die beiden Männer erhoben sich von der Decke und gingen zusammen zurück zu dem Haus am Strand.
»Haben Sie Whisky im Haus?« fragte Jamal. »Ich bin ein verdorbener Araber.«

Rogers goß Jamal einen doppelten Scotch ein und einen weiteren für sich selbst. Einen Augenblick lang dachte er an das Aufnahmegerät; dann dachte er sich, zum Teufel mit Langley. Er schaltete ein Radio ein, das im Wohnzimmer in der Nähe des Mikrofons stand. Das dürfte die Leute, die die Abschrift anzufertigen hatten, ganz schön verrückt machen, sagte er sich. Stundenlang arabische Balladen und Gesänge aus dem Koran.
»Kommen Sie heraus auf die Terrasse«, sagte er zu Jamal.
Der Palästinenser wußte diese Geste zu schätzen. Er brachte die Flasche Whisky mit.
»Wie sollen wir also die Geschichte verändern?« fragte Jamal an seinem Whisky nippend, während er das Spiel des Mondlichts auf dem ruhigen Wasser des Golfs beobachtete.
»Indem wir Frieden machen«, sagte Rogers.
»Nach wessen Bedingungen? Unseren oder denen der Zionisten?«
»Weder noch«, sagte Rogers. »Denen der Vereinigten Staaten von Amerika.«
»Für euch Amerikaner ist das Wort ›Frieden‹ eine Droge. Es lullt euch in den Schlaf, und ihr glaubt, das geht auch allen anderen so, wenn sie das Wort hören. Aber dem ist nicht so!«
»Es liegt ein amerikanischer Friedensplan auf dem Tisch«, sagte Rogers. »Ich habe Ihnen eine Kopie geschickt.«
»Ja, und der Alte Mann hat sich gefreut, sie zu bekommen. Aber die Sowjets haben ihm, als er im vorigen Monat in Moskau war, gesagt, daß der amerikanische Friedensplan gestorben sei.«
»Da könnten sie recht haben, wenn sie die gegenwärtige Fassung meinen«, sagte Rogers.
Jamal sah ihn mit echtem Erstaunen an. Im Nahen Osten war ein solches Maß an Aufrichtigkeit ziemlich selten.
»Die Situation ist noch nicht reif«, fuhr Rogers fort. »Die Ägypter und die Israelis sagen uns privat, daß sie an Verhand-

lungen interessiert sind. Aber sie befinden sich mitten in einem Abnutzungskrieg entlang des Suez-Kanals. Zum jetzigen Zeitpunkt würden wahrscheinlich beide lieber kämpfen, als Frieden zu schließen.«

»Das sagt der Alte Mann auch«, antwortete Jamal. »Er wartet auf den nächsten Krieg.«

»Das tun wir auch«, sagte Rogers. »Das ist die bittere Wahrheit über den Nahen Osten. Die Gelegenheiten für kreative Diplomatie kommen immer erst nach den Kriegen.«

»Menschen, die im Krieg gedemütigt werden, können keinen Frieden machen«, sagte Jamal. »Die Araber müssen dieses Mal gewinnen.«

Rogers goß Jamal ein weiteres Glas Whisky ein und eines für sich selbst.

»Nehmen wir einmal an, daß es nach dem nächsten Krieg Friedensverhandlungen gibt«, sagte Rogers. »Würde sich die Fatah bereit erklären, an diesen Verhandlungen teilzunehmen?«

»Das kommt ganz darauf an«, antwortete der Palästinenser.

»Auf was?« drängte Rogers.

Jamal lachte.

»Sie stellen Fragen, als wäre ich ein Außenminister«, sagte er. »Aber ich habe noch nicht einmal ein Land.«

Sie machten eine Pause, um zu essen und zu trinken. Die Flasche Whisky war bald leer, und sie öffneten eine neue. Es war bereits nach Mitternacht, als sie sich dem heikelsten Thema zuwandten: dem in Jordanien zwischen dem König und den Kommandos drohenden Konflikt.

Jamal stellte Fragen, um die amerikanische Position zu verstehen.

»Wenn es in Jordanien einen richtigen Bürgerkrieg gibt, werden sich die Vereinigten Staaten dann einmischen?« fragte er.

»Das kann ich nicht beantworten«, sagte Rogers.

»Nehmen Sie an, es gäbe eine konstitutionelle Monarchie mit einem Premierminister. Würde Amerika eine solche Regierung anerkennen?«

»Auch das kann ich nicht beantworten«, sagte Rogers.

»Nun, was *können* Sie mir sagen?« fragte ihn Jamal.

Rogers sprach sehr umsichtig. Man hatte ihn detailliert darauf vorbereitet, wie er auf Fragen zur Situation in Jordanien antworten sollte.
»Die Vereinigten Staaten sind der Meinung, daß die Probleme des palästinensischen Volkes nicht auf Kosten Jordaniens gelöst werden sollten. Der König ist ein loyaler Freund der Amerikaner, und die Vereinigten Staaten werden ihn unterstützen, indem sie geeignete Maßnahmen treffen, um sein Königreich zu schützen. Wir hoffen, daß die Fatah verantwortungsbewußt handeln wird, um eine Konfrontation zu vermeiden. Fatah sollte nicht an der Entschlossenheit der Amerikaner zweifeln, was die jordanische Frage anbelangt.«
Jamal hörte aufmerksam zu. Rogers vermutete, daß er versuchte, sich diese Aussage einzuprägen.
»Hätten Sie das gerne schriftlich?« fragte Rogers.
»Bitte«, sagte der Palästinenser. Er machte ein verlegenes Gesicht dabei, als hätte man ihn inmitten seiner eigenen Spionageoperation ertappt.
Rogers zog sich ins Schlafzimmer zurück und holte aus seiner Aktentasche zwei Blatt Papier. Er gab Jamal dasjenige, auf dem die Position Amerikas zu Jordanien erklärt wurde – fast wortwörtlich identisch mit dem, was er eben gesagt hatte.
Jamal las den Text mehrere Male durch.
»Das sieht mir ganz so aus, als wollten Sie uns sagen, wir sollen uns zum Teufel scheren!« sagte der Palästinenser.
»Nein«, sagte Rogers. »Aber vielleicht sagen wir euch, ihr sollt in den Libanon gehen.«
»Und dann?«
»Im Namen des Präsidenten sichere ich Ihnen zu, daß die Vereinigten Staaten die legitimen Rechte und Ambitionen des palästinensischen Volkes respektieren und eine gerechte Lösung des palästinensischen Problems in all seinen Aspekten suchen werden; eine Lösung, die auf den Prinzipien basiert, die in Resolution 242 der Vereinten Nationen bekannt gemacht sind.«
»Eine Kopie, bitte.«

Rogers reichte ihm das zweite Blatt Papier, das die amerikanische Position zum Palästinenserproblem bekanntgab.
»Was bedeutet diese Erklärung?« fragte Jamal.
»Wir werden das zusammen herausfinden«, sagte der Amerikaner, selbst mehr als nur ein wenig neugierig.

Die Sonne schnellte in einer raschen rosafarbenen Explosion an den östlichen Rand des Persischen Golfes und kletterte dann majestätisch inmitten von satten Rot- und Goldtönen an den Himmel. Rogers und Jamal beobachteten diesen herrlichen Anblick von ihren Liegestühlen auf der Terrasse des Bungalows am Strand aus, wo sie noch immer saßen und türkischen Kaffee tranken.
»Was genau wollen Sie von mir?« fragte Jamal und nippte an seinem Kaffee.
»Wir wollen Sicherheitsunterstützung. Wir wollen über terroristische Operationen Bescheid wissen, die das Leben von Amerikanern gefährden könnten. Wir wollen mehr von dem, was Sie mir eben mitgebracht haben: Namen, Daten, Paßnummern, Decknamen. Sie behaupten, Sie sind gegen internationale terroristische Unternehmungen. Dann helfen Sie uns!«
»Was schaut für die Fatah dabei heraus?«
»Das Versprechen, daß die Amerikaner mithelfen werden, das Palästinenserproblem zu lösen. Wenn Sie ehrlich sind, dann werden Sie erkennen, daß dies die einzig realistische Chance darstellt, Ihre Ziele zu erreichen.«
»Wie werden Sie mich vor den Israelis schützen?« fragte Jamal.
»Das werden wir nicht. Das ist Ihr Problem. Aber wir garantieren Ihnen, den Umstand, daß Sie unser Kontaktmann sind, geheim zu halten. Wenn Sie sich einverstanden erklären, sich weiterhin mit mir zu treffen, werden um Ihre Identität nur vier Leute wissen: ich, der Stationschef in Beirut, mein Abteilungsleiter und der Direktor der CIA. Jeder von uns wird sein Bestes tun, diese Operation zu schützen.«
»Und wenn Sie einen Fehler machen?«

»Wir machen keine Fehler«, sagte Rogers. »Ich habe in zehn Jahren keinen einzigen Agenten verloren.«
»Ich bin nicht Ihr Agent!« sagte Jamal scharf.
»Natürlich nicht«, antwortete Rogers rasch. Einen Augenblick lang dachte er, er hätte es versiebt.
Jamal rieb sich die Augen. Im weichen Licht des Morgens sah er jünger und verletzlicher aus als am Tag zuvor.
»Werden Sie mit uns zusammenarbeiten?« fragte Rogers. Er war jetzt ganz und gar Geschäftsmann, und es war an der Zeit, das Geschäft endlich unter Dach und Fach zu bringen.
»Es ist nicht allein meine Entscheidung. Ich muß das erst mit dem Alten Mann diskutieren.«
»Das ist nicht genug. Ich brauche eine Antwort!«
»Sie haben Sie bereits.«
»Wie lautet sie?« sagte Rogers und erhob die Stimme.
»Sie lautet nicht nein.«
»Sprechen Sie es aus!«
»Ja«, sagte Jamal endlich. »Ich werde mit Ihnen zusammenarbeiten. Wenn der Alte Mann es genehmigt.«
»Werden Sie ihm alles über unser Treffen erzählen?«
»Fast alles. Aber nicht alles. Es gibt da das ein oder andere, was er nicht verstehen würde.«
»Dann kommen wir also ins Geschäft«, sagte Rogers und schüttelte Jamal die Hand.
Er lehnte sich in den Stuhl zurück, legte seine Glücksbringerstiefel auf das Geländer der Terrasse und sah zu, wie die Sonne am Himmel weiter nach oben wanderte.

TEIL IV

März–Mai 1970

Kapitel 15
Beirut; März 1970

Yakov Levi notierte sich Rogers' Rückkehr nach Beirut auf einer der Karteikarten, die er in einer Schachtel in seinem Büro aufbewahrte. Er trug die Daten der Reise ein und schrieb dazu »Kuwait«. Der Eintrag folgte einem anderen unter dem Stichwort »Amman«. Die Information kam von einem Kontaktmann auf dem Flughafen, der ihm Passagierlisten und nötigenfalls auch Fotografien einzelner Passagiere besorgte.

Das ist schon rätselhaft, dachte sich Levi. Warum macht Rogers diese Reisen? Was macht er? Mit wem trifft er sich?

Levi rieb sich an solchen Rätseln auf; und nicht nur an ihnen. Er war ein kleiner, drahtiger Mann mit dunklem Gesicht und einer Miene, in der sich schier endloses Unbehagen spiegelte. Seine Familie stamme aus Marseille, pflegte er seinen Freunden zu sagen; auf Korsika habe er einige entfernte Verwandte. Er war ein nervöser Mann mit einem Reizmagen und kaute den ganzen Tag über Magenpillen, in der vergeblichen Hoffnung, sie würden die Spannungen lösen, die ihm die Eingeweide zerfraßen.

Yakov Levis Problem war, daß er gar nicht existierte. Zumindest nicht in Beirut. Es gab in der ganzen Stadt nicht einen Menschen mit diesem Namen. Statt dessen gab es einen Franzosen, einen Import-Export-Kaufmann namens Jacques Beaulieu, und Levi lebte in dessen Haut. Der weltmännische Monsieur Beaulieu arbeitete in einem Büro in der Rue de Phénice in West-Beirut, einige Blocks vom St. Georges Hotel. Auf der Messingplakette stand ›Franco-Libanesische Handelsgesellschaft‹. Bei dieser handelte es sich um eine rührige kleine Import-Export-Firma, die einigen Profit abwarf, wie man so hörte, und deren Stab aus einer Handvoll gescheiter junger Männer und Frauen bestand, die allesamt feine Manieren hatten, Französisch, Englisch und Arabisch sprachen, und im Libanon einen weitläufigen Bekanntenkreis hatten. Die Angestellten der Firma bereisten ausgiebig die arabische Welt, und sie hatten den Ruf, bei Geschäftsabschlüssen großzügige Provisionen zu bezahlen.

Levis Import-Export-Firma war in Wirklichkeit die Beiruter Mossad-Station. Seine Familie hatte tatsächlich einst in Marseille gelebt, war jedoch längst nicht mehr dort. Die Überlebenden waren jetzt in Israel zu Hause. Alle außer Yakov Levi, der sich Beaulieu nannte. Er war Jude und lebte heimlich inmitten von Arabern, die ihm nach dem Leben trachteten; und er lebte in andauernder Angst. Eine Angst, die so tief und beständig war, daß sie in seinen Körper eingegangen war und durch seine Venen floß. Seit drei Jahren war er in Beirut, und Tag für Tag standen seine Schaltkreise unter Hochspannung. Vor einigen Monaten hatte man ihm zum Ende des Jahres einen phantastischen Schreibtischposten zu Hause in Aussicht gestellt, aber er glaubte nicht daran. Er hielt das für eine Lüge, mit der man ihn dazu brachte, es noch einige Monate länger in der Hölle auszuhalten. Die Mossad-Station in Beirut, die bloße Tatsache, daß eine solche existierte, war eines der wahren Geheimnisse in einer Stadt, in der Tratsch und Spionage einen Lebensstil darstellten. Die Station hatte seit 1951 von verschiedenen Standorten aus operiert. Die Amerikaner hatten nicht die geringste Ahnung, wo sie sich befand, und das gleiche galt für das Deuxième Bureau oder irgend sonst jemanden. Die Israelis, die für die Francolibanesische Handelsgesellschaft arbeiteten, hüteten sich, auch nur einer Menschenseele etwas über ihre wahre Identität oder ihre eigentliche Tätigkeit zu sagen.

Sie waren die Augen und Ohren Israels in der arabischen Welt. Sie bedienten tote Briefkästen, fungierten als Kuriere, sahen sich nach potentiellen Agenten um, sondierten das Terrain. So schlugen sie etwa die Rekrutierung des einen oder anderen Libanesen oder Palästinensers vor, übernahmen jedoch niemals die eigentliche Anwerbung oder Führung. Das war zu gefährlich. Eine falsche Bewegung, und mit der Tarnung der Station wäre es aus. Derartige Aufgaben überließen sie Mossadoffizieren aus Europa, für die es keinerlei Problem darstellte, sich in Paris oder Rom mit Agenten zu treffen, von diesen Informationen entgegenzunehmen und ihnen ihr Gehalt zu bezahlen. Die Handvoll Mossadoffiziere im Libanon lebte unter einer so tiefen Tarnung,

daß sie es selbst untereinander vermieden, sich über ihre eigentliche Arbeit zu unterhalten.
Der eine Teil von Levis Aufgabenbereich bestand darin, die Amerikaner im Auge zu behalten. Die Nachrichtenoffiziere unter ihnen zu identifizieren, ihnen nachzuspüren, herauszubekommen, was sie hinter dem Schleier der offiziellen amerikanischen Politik im Nahen Osten insgeheim so unternahmen. Levi war für diese Aufgabe wie geschaffen. Er glaubte so gut wie nichts, was man ihm sagte, und am allerwenigsten glaubte er den Amerikanern.
Levi beobachtete Tom Rogers seit mehr als sechs Monaten. Er hatte sich davon überzeugt, daß er ein Falloffizier der CIA war, aber so etwas herauszufinden war nicht schwer. Alles was man zu tun hatte, war, die Liste der Diplomaten durchzugehen und sich an den Fingern abzuzählen, wer nicht dazupaßte; diejenige Person herauszupicken, deren Lebenslauf nicht ganz stimmig war; einer, der in der einen Botschaft Konsularreferent gewesen war und in der nächsten Wirtschaftsreferent und jetzt im politischen Referat arbeitete. Oder man suchte nach Ungereimtheiten in seinem gesellschaftlichen Leben: da ging ein politischer Referent nicht zur Weihnachtsfeier des Chefs des politischen Referats der Botschaft. Oder man nahm sich, für den Fall, daß man immer noch ratlos war, die Liste des Auswärtigen Dienstes vor, die vom Außenministerium in Washington herausgegeben wurde. Mit eiskalter Präzision listete man hier die CIA-Leute unter diplomatischer Tarnung als ›Reserve‹-Offiziere des Auswärtigen Dienstes auf und nannte sie ›FSRs‹ – Foreign Service Reserves – im Gegensatz zu den ausgewachsenen ›FSOs‹, den Foreign Service Officers.
Das war vielleicht eine Tarnung! dachte sich Levi. Nur die Amerikaner konnten es sich leisten, derart schludrig zu sein. Sie waren reich und mächtig. Und sie waren keine Juden.
Auf dem Weg zu seinem Büro in der Rue de Phénice kam Levi an der großartigen Fassade der Amerikanischen Botschaft an der Corniche vorbei. Er hatte sich angewöhnt, zum fünften Stock hinaufzuschauen, wo die Angestellten der CIA arbeiteten, und

sich vorzustellen, was sie in diesem Augenblick wohl dachten oder taten. Bei einigen von ihnen war das kein Problem. Die Führungsoffiziere, die mit den libanesischen Politikern arbeiteten, waren solche Tölpel, daß ihre Fußspuren in der ganzen Stadt zu sehen waren. Andere, wie der neue Mann, Rogers, waren vorsichtiger. Sie sahen, zumindest von weitem, so aus, als wären sie fähig genug, Mossad-Offiziere abzugeben. Genau das machte Levi Sorgen; und es bereitete ihm Magenschmerzen.

Die Palästinenser zu beobachten war der andere Teil von Levis Aufgabenbereich. In gewisser Hinsicht war das einfacher, als die Amerikaner im Auge zu behalten. Es war fast zu simpel. Es lagen einfach zu viele kleine Informationen in der Luft, und es gab zu viele Spuren zu verfolgen. Die Palästinenser waren Aufschneider. Anstatt zu versuchen, ihre militärischen und nachrichtendienstlichen Operationen geheim zu halten, prahlten sie mit ihnen. Und sie rauften sich darum, sie zu kontrollieren. Levi machte es sich zur Routine, die Schießereien in Fakhani zu überprüfen, weil darin oft rivalisierende Fatah-Offiziere verwickelt waren, die sich um die Kontrolle über bestimmte Einheiten oder Operationen duellierten – oder einfach um Geld. Levi verachtete die Palästinenser. Dieser Haß war ein Teil der Kräfte, die ihn vorwärtstrieben. Die Palästinenser waren so durch und durch korrupt. Und sie wurden von den anderen Arabern, die eine Heidenangst vor ihnen hatten, verwöhnt. Um reich zu werden, brauchte ein PLO-Funktionär nur eine Bande abgerissener Flüchtlinge an einem Ort wie Quatar oder Abu Dhabi zusammenzutrommeln, den dortigen Emir wissen zu lassen, daß sich da etwas zusammenbraute und auf den Eingang der Zahlungen zu warten. Es war so einfach, PLO-Funktionäre zu kaufen, daß Levi sich zuweilen fragte, ob man, anstatt Krieg zu führen, den arabisch-israelischen Konflikt nicht vielleicht besser dadurch lösen sollte, den ganzen Haufen einfach aufzukaufen.

Er beobachtete die Palästinenser mit einer angsterfüllten Faszination; und er haßte, was er sah; und sein Haß wiederum verstärkte seine Neugierde auf die Natur seiner Feinde. Ihre sexuellen Gewohnheiten faszinierten ihn. Der Alte Mann, zum Beispiel, hatte angeblich noch nie mit einer Frau geschlafen. Mit wem schlief er dann? Levi wollte glauben, daß er es mit kleinen Jungs machte. Das wäre genau das Richtige gewesen, einfach perfekt. Levi brauchte Beweismaterial, um seine Theorie zu untermauern, aber wo sollte er suchen? Er konnte schlecht nach Fakhani gehen und kleine Jungs fragen, ob sie schon einmal von einem Mann in Guerillauniform belästigt worden waren.

Und dann gab es da noch die Playboys, die jungen Männer des sogenannten Geheimdienstes der Fatah. Da war zum Beispiel Abu Namli, der seinen Whisky kistenweise kaufte, der mit fetten Packen Dollarnoten in den Hurenhäusern von Zeituny aus und ein ging und sich zwei oder drei Mädchen auf einmal kaufte. Dann war da Abu Nasir, kühl und asketisch; er benutzte Frauen für andere Aufgaben; wie etwa zum Bombenlegen.

Und dann war da noch Abu Nasirs Assistent, ein junger Mann mit einem auffälligen Lebensstil namens Jamal Ramlawi. Levi war davon überzeugt, daß Ramlawi der mysteriöse Palästinenser in dem kürzlich bekannt gewordenen Skandal um die Frau des französischen Diplomaten war. Es gab keinen Beweis, aber es gingen viele Gerüchte um. Verschiedene Agenten hatten sogar eine dunkelhaarige europäische Frau in der Nähe von Jamals Büro in Fakhani gesehen. Es mußte Ramlawi sein. Er war in Beirut als Schürzenjäger berüchtigt. Kein Nachtclub, kein Bistro in der Stadt, in dem man ihn nicht kannte. Sein Verhalten war geradezu verwegen. So verwegen, daß Levi sich fragte, als er sich das Problem durch den Kopf gehen ließ, ob die Mißachtung, die der junge Palästinenser für alles an den Tag legte, was andere Menschen lieber als Geheimnis behandelten, nicht ein viel größeres Geheimnis verbergen könnte. Das wäre eine Möglichkeit. Levi merkte sich vor, eine neue Karteikarte in der Palästinenserkartei anzulegen; und damit zu beginnen, ein wachsameres Auge auf Ramlawis Reisen zu haben.

Levi erinnerte sich noch vage an die Zeit, in der er keine Angst gehabt hatte. Das war noch, bevor er in die Mossad eingetreten war, als er nichts weiter als ein einfacher Soldat gewesen war. Als alles, was man ihm zum Wohle des Staates Israel abverlangte, darin bestand, das Risiko auf sich zu nehmen, im Krieg ein einziges Mal zu sterben. Als Nachrichtenoffizier war er bereits viele tausend Male gestorben.

Levi erinnerte sich gerne daran, wie er in den israelischen Nachrichtendienst eingetreten war. Diese Erinnerung war eine Art, sich selbst zu kneifen, immer wieder einmal daran zu denken, daß er einmal ein anderes Leben geführt hatte.

Er hatte in der Armee gedient. Das war nichts Ungewöhnliches. Jeder Israeli geht zum Militär. Aber er war besonders tüchtig und besonders gescheit, und so hatte man ihm gestattet, zu den Fallschirmjägern zu gehen, was seine Eltern mit Stolz erfüllt hatte. Und bei den Fallschirmjägern war er so gut, daß man ihm nahelegte, der Spezialtruppe beizutreten, wo er Truppführer wurde.

Vielleicht hatte er damals zum ersten Mal Angst gehabt. Levi war mit einem Team von Israelis über dem südlichen Sudan abgesprungen, um mitzuhelfen, den Bürgerkrieg zwischen den Moslems im Norden und den Christen im Süden zu schüren. Israel stellte Waffen und Ausbilder für die aus dem Süden. Dahinter steckte die Theorie, daß das von Moslems dominierte Regime in Khartum nicht viel würde tun können, um Nasser in Ägypten bei seinem Krieg gegen Israel zu helfen, wenn es von internen Machtkämpfen lahmgelegt würde. Bei diesem Auftrag beschränkte sich der Schrecken jedoch noch auf die wenigen Minuten vor dem Absprung. Danach war alles ganz einfach: Entweder man kam durch oder man kam um.

Nach einem Jahr bei der Sondereinheit quittierte er den Militärdienst und ging auf die Universität. Er hatte genug; er hatte seine Pflicht getan. Einige Monate später klingelte das Telefon. Gehen Sie morgen zu einer Adresse im Zentrum von Tel Aviv. Keinerlei Erklärungen, außer daß es etwas mit der Armee zu tun hatte. Vier Tage lang stellte man ihm Fragen, um auch das kleinste Detail seiner Lebensgeschichte zusammenzukriegen. Der Hintergrund seiner Familie in Frankreich; alte Adressen und Telefonnummern in Marseille; alte Paßnummern sowie Namen und Adressen von verstorbenen Verwandten. Eine ehemalige Freundin rief an, um sich zu erkundigen, ob er etwas angestellt habe, da ein Untersuchungsbeamter ihr einen ganzen Tag lang Fragen über ihn gestellt hätte.

Und dann die große Kriegslist. Er wurde zu Fortbildungszwekken wieder zum Militär einberufen. Ein dreimonatiger Nachrichtendienstkursus für Fortgeschrittene. Na gut. Schön. Kein Problem. In Israel ist jeder beim Militär. Dann ein weiterer Kursus. Diesmal für das höhere Nachrichtenwesen, bei weit höherem Gehalt, dem Gehalt eines Hauptmanns der israelischen Armee, das in jenen Tagen ein kleines Vermögen darstellte. Zu diesem Zeitpunkt wurde ihm langsam klar, was da vor sich ging. Zu den in diesem Kursus behandelten Unterrichtsfächern gehörten verdeckte Nachrichtenübermittlung, Sprengstoffe, Ausbildung an Faustfeuerwaffen und wie man in einer Stadt operierte.

Und schließlich die Förmlichkeiten der Reifeprüfung. Eines Nachts holte man ihn aus dem Bett und brachte ihn zum Flughafen, wo man ihm einen falschen französischen Paß und 10 Dollar zusteckte, ihn in ein Flugzeug setzte und nach Frankfurt flog. Als er aus dem Flugzeug stieg, gab man ihm noch eine Adresse und sagte ihm, er sollte sich in zehn Tagen dort melden. Bis dahin stand er auf eigenen Beinen, ohne Deutschkenntnisse, mit 10 Dollar in der Tasche. Er mußte in einem fremden Land länger als eine Woche überleben, ohne seine Identität preiszugeben.

Was machte er also? Er überlebte. Er stahl ein Auto und fuhr damit durch Deutschland. Den Leuten sagte er, er sei ein französischer Student auf Semesterferien. Er schlug sich durch, indem er Geld stahl. Börsen, Brieftaschen. Sein Haß auf die Deutschen kam ihm dabei zugute. Zehn Tage später fuhr er in einem braunen Mercedes bei der Adresse vor, die man ihm gegeben hatte; in neuer Garderobe und den Lippenstift seiner deutschen Freundin auf der Wange. Er war einer der wenigen Rekruten, die bestanden. Einige der anderen Jungs hatten im Gebüsch in der Nähe des Flughafens übernachtet, sich ihre Mahlzeiten aus Mülleimern zusammengesucht und nach zwei

Tagen voller Verzweiflung in der Israelischen Botschaft angerufen. Sie hatten nicht wie Levi das Zeug zum Überleben. Vielleicht hatten sie nicht genug Angst.

Man sagte ihm: Gut, du hast überlebt. Du bist einer von uns. Geh nach Frankreich, nach Marseille. Laß dich dort nieder. Verschwinde von der Bildfläche. Belege einige Kurse an der Universität. Bau dir eine Identität auf. Beantrage einen Paß. Das ist legal; schließlich bist du in Frankreich geboren. Hier sind die nötigen Dokumente. Jeden Monat traf auf einem Nummernkonto in Nizza Geld ein. Das Ganze glich einem langen Urlaub, bis schließlich der französische Paß in der Post lag. Einige Tage darauf kam eine Mitteilung von einem Führungsoffizier der Mossad – und mit ihr die schreckliche Angst.

Levi begann als Kurier zu arbeiten; er erledigte Aufträge hinter dem Eisernen Vorhang. Er reiste als französischer Geschäftsmann und bediente tote Briefkästen und Agenten in Warschau, Prag, Litauen, Kiew oder Moskau. Er überbrachte Geld, Mitteilungen und Aufträge für Mossad-Agenten im Ostblock. Bei den meisten von ihnen handelte es sich um Juden; Menschen, die ebensoviel Angst hatten und ebensosehr zum Überleben entschlossen waren wie Levi selbst. Bei einem raschen Treff in einem Warschauer Bahnhof oder beim Anrempeln eines Passanten in einer Moskauer U-Bahn-Station übernahm er ihre Informationen; oder er holte in Bratislava einen Satz Dokumente aus einem im Abflußrohr einer Regenrinne versteckten Metallbehälter. Seine Reiserouten waren präzise geplant, bis auf die Minute vorprogrammiert. Jede Kontaktaufnahme war auf einen präzisen Zeitpunkt festgelegt; mit einem zweiten Versuch 24 Stunden später an einer anderen Stelle, für den Fall, daß der Agent nicht erschien oder der tote Briefkasten leer war.

Alles, was ihm von diesen Reisen wirklich im Gedächtnis geblieben war, war die Angst. Der Schweiß, der ihm unter dem Hemd den Körper hinunterlief, wenn er in der Schlange vor der Paßkontrolle stand, der innere Kampf um die Kontrolle über seine Stimme, wenn ihn ein Polizist auf dem Weg zu einem Agenten anhielt, um ihn zu fragen, wohin er denn wolle. Eine

solche Angst, daß er an nichts anderes denken konnte, als daran, das alles zu überstehen und am Leben zu bleiben. Und wenn er dann endlich die Grenze überschritt und lebendig herauskam, dann ging er zurück nach Marseille, um wie ein Verurteilter darauf zu warten, das Ganze ein weiteres Mal zu tun.
Er war sehr gut. Einer der besten. Das war Levis Fluch. Das hatte ihn auch nach Beirut gebracht.

Wir machen Druck auf die Nähte, sagte der Chef der Mossad-Station in Beirut seinen jungen Offizieren oft und gerne. Druck auf die Nähte eines Kleidungsstücks, das bereits dabei ist, auseinanderzufallen. Die arabische Welt ist ein Mythos. Es gibt keine Araber. Es gibt Christen und Moslems, Palästinenser und Syrer und Libanesen, Sunniten, Schiiten, Drusen, Maroniten, Melchiten, Alawiten, Kopten und Kurden. Sie leben in Traumländern, die von den europäischen Kolonialherren geschaffen wurden. Das Gewebe ist soweit, aus dem Leim zu gehen, sagte der Chef der Mossad-Station immer wieder. Der falsche Faden des Arabertums wird nicht einmal mehr eine Generation halten. Schaut euch nur den Libanon an, sagte er immer wieder.

Der Chef der Station war ein Mann namens Ze'ev Avidor. Levi hatte den größten Respekt vor ihm. Nach und nach kam er, wie das vielen jüngeren Offizieren passierte, zu der Überzeugung, daß es Avidor war, der sie alle am Leben hielt. Wenn Avidor nicht wäre, dachte Levi, dann würden sie alle durch die Straßen von Beirut gehen und die Hatikva, die israelische Nationalhymne, singen. Avidor war rastlos, nachdenklich, verspielt und heimlichtuerisch. Er hatte eine durchscheinende Haut, ein Gesicht, das leicht gerötet und voller Sommersprossen war; und sein Kopf war kahl und er kämmte sorgfältig die ihm noch verbliebenen Haarsträhnen über seine Glatze. Er sah aus wie ein pedantischer und korrekter französischer Geschäftsmann. Sein Französisch war beinahe makellos, wenn ihm auch eine Andeutung eines anderen Akzents – vielleicht eines holländischen – aus längst vergangener Zeit anhaftete.

Avidor lud Levi eines Abends im Frühjahr 1970 zum Abendessen ein. Erinnerte sich Levi, als er an jenem Abend an der Haustüre klingelte, daß an diesem besonderen Abend etwas Spezielles anlag? Und war er vielleicht überrascht, die anderen Leute der Station im Haus des Chefs zu sehen? Zu den anderen Gästen gehörte eine junge Frau, die als Kurier arbeitete, wenn sie nicht gerade Briefe tippte oder Rechnungen losschickte, sowie ein Paar in den Mittvierzigern, das sich um Wanzen und Kameras und den Rest der Überwachungsausrüstung kümmerte.
Levi kapierte zuerst nicht, was an jenem Abend in Avidors Wohnung vor sich ging. Er sah, wie Avidors Frau ans Fenster ging und sorgfältig die Jalousien zuzog; aber das war eigentlich ganz normal. Er sah, daß am Eßtisch noch ein Platz frei war, aber vielleicht erwartete man noch jemanden zum Essen. Erst als er sich den Tisch wirklich genauer ansah, erkannte er, was Avidor getan hatte. Auf dem Tisch standen ein Teller mit drei Wecken Matzebrot, eine gebratene Hachse, ein Petersilienzweig, ein Teller mit Salzwasser, der obere Teil eines Meerrettichs, ein gekochtes Ei und ein Teig aus Äpfeln und Nüssen.
Avidor ist verrückt, dachte Levi. Es ist zu gefährlich, hier Passah zu feiern. Es wird uns jemand sehen. Es wird uns jemand hören. Aber Avidor kam mit einem breiten Grinsen aus der Küche. Auf dem Kopf trug er seine Jarmulke; er gab auch Levi und dem anderen männlichen Gast eine.
»Würde bitte jemand das Radio einschalten«, sagte Avidor.
Levi drehte am Knopf. Das Gerät war auf die Stimme der Araber in Kairo eingestellt; der Sender wiederholte eine Rede von Präsident Nasser, die bereits eine Woche alt war. Der ägyptische Führer sprach monoton über die Leistungsfähigkeit der ägyptischen Industrie.
»Danke«, sagte Avidor.
Man verdunkelte die Lichter, und Avidors Frau zündete die Kerzen an. Mit Tränen in den Augen hörte Levi zu, wie Avidor mit leiser Stimme die traditionelle Segnung der Kerzen rezitierte; kaum mehr als ein Flüstern und doch übertönte es das Leiern von Nassers Rede.

Baruh Atah Adonai Eloheinu …
»Indem wir Gott lobpreisen, sagen wir, daß alles Leben heilig ist. Indem wir festliche Lichter anzünden, erhalten wir die Heiligkeit des Lebens.«
Levi weinte. Ebenso der Kryptograph. Aber Avidors Stimme war kräftig und voller Hoffnung.
»Mit jenem heiligen Licht, das wir entzünden, erhellt sich die Welt zu größerer Harmonie. Wir preisen dich, o Herr, unser Gott, majestätischer Herrscher über alles Leben, der unser Leben mit Geboten heiligt und uns bittet, das heilige Festtagslicht anzuzünden.«
»Setzt euch alle«, sagte Avidors Frau.
Levi blickte auf den Tisch. Die Matze lag da, weil man auf der Flucht aus Ägypten keine Zeit gehabt hatte, gesäuertes Brot zu backen; die zarten Kräuter des Frühlings symbolisierten das Grün der Hoffnung und der Erneuerung, das in das Salzwasser der Tränen getaucht wurde; der Maror, die bittere Meerrettichwurzel, die für die Bitterkeit des Lebens in Ägypten stand und die noch größere Bitterkeit und die Pein der 2000 Jahre des Exils in der Diaspora. Und der süße Teig aus Äpfeln und Honig, der Mörtel, mit dem wir unsere Träume bauen.
Dieses eine Mal glaubte Levi zu verstehen, was er hier in Beirut machte, und er erinnerte sich daran, daß er tatsächlich an einer sehr langen Reise teilnahm.

Kapitel 16
Beirut; März 1970

Als Rogers aus Kuwait zurückkam, traf er Hoffman in einer besonders üblen Laune an. Einige Tage zuvor war es im Libanon zwischen den christlichen Milizen und den palästinensischen Kommandos zu einer Krise gekommen.
Wie bei so vielen anderen Gelegenheiten im Libanon handelte es sich auch diesmal um das alte Wie-du-mir-so-ich-dir-Spiel.

Christliche Schützen hatten aus dem Hinterhalt auf einen palästinensischen Leichenzug geschossen, während dieser auf der Überlandstraße von Beirut nach Damaskus durch das Dorf Kahhaleh zog. Die Christen behaupteten, die Trauernden hätten illegal Waffen getragen. Palästinensische Kommandos aus dem Flüchtlingslager Tal Zaater übten Vergeltung, indem sie eine benachbarte christliche Vorstadt angriffen. Das Gewehrfeuer hatte auf andere Teile übergegriffen, und jetzt befürchtete man, die Kämpfe könnten eskalieren.

In Hoffmans Büro brannte noch Licht, als Rogers auf dem Rückweg vom Flugplatz an der Botschaft vorbeischaute. Der Stationschef sah erschöpft aus. Er war verschwitzt, unrasiert, hatte eine Zigarette im Mund, eine Tasse Kaffee in der einen Hand, den Telefonhörer in der anderen.

»Wie schön, daß Sie mal bei uns reinschaun«, sagte Hoffman mit ausgesuchter Höflichkeit, als er aufgelegt hatte.

Rogers spürte, daß er in Ungnade gefallen war, wußte allerdings nicht ganz warum.

»Wenn es Ihnen nicht zu viel Mühe macht«, fuhr Hoffman fort, »vielleicht könnten Sie uns dann bei einer kleinen Nachrichtensammlung zur Hand gehen, bevor sich dieses ganze beschissene Land in Rauch auflöst.«

Rogers begann sich zu entschuldigen, aber der Stationschef fiel ihm ins Wort.

»Sparen Sie sich das für den Kaplan«, sagte Hoffman.

»Was um alles in der Welt ist los?« wollte Rogers wissen.

»Das, mein lieber Junge, hängt ganz davon ab, mit wem Sie sprechen. Wenn Sie den Innenminister fragen, dann haben wir es mit ›unzuverlässigen Gerüchten über Unruhen unter der Bürgerschaft gewisser Gegenden‹ zu tun. Wenn Sie Leute aus Dikwana fragen, dann ist da ein gottverdammter Krieg im Gange. Also, suchen Sie sich was aus.«

»Brauchen Sie Hilfe?« fragte Rogers.

»Wie rücksichtsvoll von Ihnen zu fragen«, sagte Hoffman und fiel wieder in seinen sarkastischen Ton von vorhin zurück. »Wenn es Sie nicht zu stark in Anspruch nimmt nach Ihren

Reisen, dann könnten Sie sich vielleicht mit Ihrem jungen Freund bei der Fatah in Verbindung setzen und herausfinden, was in Gottes Namen da drüben vor sich geht. Wenn man bedenkt, daß wir am Rande eines Bürgerkriegs stehen. Wenn es nicht zu viele Umstände macht, selbstverständlich.«
»Betrachten Sie es als erledigt«, sagte Rogers. »Sobald ich ihn erreichen kann.«
»Dann ist da noch was, Sie Kanone«, brummte Hoffman. »Das Hauptquartier beschwert sich über irgendein klugscheißerisches Kabel, daß Sie angeblich von Kuwait aus losgeschickt haben. Stone hat uns beiden eine höfliche Note auf Agenturchinesisch geschrieben. Ich gebe Ihnen eine kurze Übersetzung: Wenn Sie sich noch mal so eine Nummer leisten, dann tritt er Ihnen in den Arsch! Kapiert?«
Rogers nickte gehorsam. Deshalb also ist Hoffman so aufgebracht, dachte er sich.
»Übrigens«, rief Hoffman aus, als Rogers schon halb den Korridor hinunter war. »Wie war Ihre Reise?«

Jane Rogers saß im Wohnzimmer und las den Kindern vor, als ihr Gatte nach Hause kam. Sie trug einen Tweedrock und einen leichten Pullover. Im Licht der Leselampe hatte ihr Gesicht die kräftigen Kontraste eines Chiaroscurogemäldes: das Haar schwarz und tief im Schatten, die Haut weiß und leuchtend.
Jane war überglücklich, ihren Gatten zu sehen. Rogers hatte nicht angerufen, um ihr zu sagen, wann er nach Hause käme. Er tat dies nur selten, aus Sicherheitsgründen. Sie umarmte ihn ausgiebig, und als es Zeit war, ihn loszulassen, drückte sie ihn noch einmal fest an sich.
»Wir waren die letzten Tage über ein wenig nervös«, sagte sie, als die Kinder außer Hörweite waren.
»Nach dem, was Frank sagt, hattet ihr hier etwas Feuerwerk«, sagte Rogers, der sich bereits schuldig zu fühlen begann.
»Vor zwei Tagen haben wir auf der Corniche Schüsse gehört. Der Bawab unten sagt, es sei nur eine Hochzeitsfeier, aber das sagen sie einem immer. Dann kam Binky Garrett aus der Bot-

schaft vorbei und riet uns, abends ja zu Hause zu bleiben und uns einen Vorrat an Lebensmitteln anzulegen.«
»Binky ist nicht zurechnungsfähig«, sagte Rogers.
Rogers bemerkte erst jetzt, daß die Wohnung einem Luftschutzbunker glich. Die Vorhänge waren dicht zugezogen und die Speisekammer war bis oben hin mit Konserven vollgestopft. Im Korridor stapelten sich drei Kisten Mineralwasser.
»Ich habe wahrscheinlich etwas zu heftig reagiert«, sagte Jane.
Rogers versuchte zu sagen, daß es ihm leid tat, aber die Worte wollten nicht kommen. Er blieb stumm; die Reue darüber, seine Familie in der Gefahr im Stich gelassen zu haben, ließ ihn schweigen.
»Sind die Kinder in Ordnung?« fragte Rogers schließlich.
»Denen geht's prima«, sagte Jane.
»Mark?«
»Dem geht's gut. Er hat nur seinen Daddy vermißt.«
»Und Amy? Wie geht es Amy?«
Rogers' Herz geriet ins Rasen, als er ihr diese Frage stellte. Das einzige, was ihm auf dieser Welt wirklich Angst einjagte, war die Gesundheit seiner zweijährigen Tochter.
»Der geht's besser«, sagte Jane. »Der Arzt sagt, daß sie schon über dem Berg ist.«
»Gott sei Dank!« sagte Rogers. Einen Augenblick lang verspürte er ein Gefühl der Leichtigkeit, als hätte man ein Gewicht von seinem Körper genommen. Aber er wollte den guten Nachrichten nicht so ganz trauen, und seine Zweifel zeigten sich auf seinem Gesicht.
»Sie ist im anderen Zimmer«, sagte Jane. »Geh und schau selber nach.«
Rogers ging in Richtung des Kinderzimmers, das in leuchtenden Farben gestrichen und mit allem möglichen Spielzeug vollgestopft war. Er hatte eine Tüte mit Geschenken bei sich, die er in Kuwait gekauft hatte.
»Daddy ist da«, rief Rogers in Richtung des Kinderzimmers.
»Was hast du uns mitgebracht?« rief Mark.
Der Junge raste auf seinen Vater zu. Er trug eine Baseballmütze

der Boston Red Sox und ein T-Shirt mit dem Aufdruck »Amherst 198?«

Amy wackelte etwas langsamer hinterdrein. Sie war ein hübsches Kind mit blondem Haar, einem offenen Lächeln und roten Wangen. Sie trug ein weißes, mit Blumen besticktes Sommerkleidchen. Sie lief mit den kantigen, krummbeinigen Schritten eines Kleinkindes. Auf dem halben Weg zu ihrem Vater purzelte sie auf den Teppich.

Rogers zuckte zusammen. Er hob sie auf und umarmte sie.

»Völlig gesund ist sie noch nicht«, erklärte Jane. »Aber es geht ihr besser.«

»Amy«, sagte Rogers. »Hier ist ein Geschenk für dich.«

Er griff in die Tasche und gab ihr eine handgemachte Puppe, die er in Kuwait gekauft hatte; sie trug Kleider im arabischen Stil, eine Haremshose und einen Schleier. Das Mädchen nahm die Puppe in die Hände und begann ihr die Kleider auszuziehen. Als sie die Hose wegzog, rutschte ihr die Puppe aus den Fingern und fiel zu Boden.

Rogers hob die Puppe vom Boden auf und gab sie seiner Tochter behutsam zurück.

»Du wirst sehen«, sagte Jane. »Sie ist schon viel stabiler.«

Rogers gab seinem Sohn ein Reklameposter der kuwaitischen Fußballnationalmannschaft, auf dem »Unser Kamel ist ein Gewinner!« stand.

»Toll!« sagte Mark, der bereits ein kleiner Fußballfan war.

Rogers brachte es nicht übers Herz, seinem Sohn zu sagen, daß die kuwaitische Fußballnationalmannschaft des Jahrgangs 1970 eine der schlechtesten der Welt war; schlecht sogar nach dem bescheidenen Standard des Persischen Golfs. Ihr Kamel war, um genau zu sein, alles andere als ein Gewinner.

»Also wer führt die libanesische Fußballiga an?« fragte Rogers seinen Sohn, der jeden Morgen in der Zeitung die Tabellen studierte.

»Die Drusen!« sagte der Junge. »Mit einem Punkt.«

»Was ist mit den Schiiten?« fragte Rogers. Bevor er weggefahren war, hatten sie die Liga angeführt.

»Auf dem dritten«, sagte sein Sohn.
Was für ein Land, dachte Rogers. Die Religion war derart tief in das Leben dieser Nation eingeprägt, daß sie sogar den Sport beherrschte. Wenn man irgendeinen Fußballfan fragte – selbst einen aus der Grundschule wie Mark –, dann zerlegte er die erste Division der libanesischen Fußballiga in religiöse Sekten: eine Mannschaft drusischer Moslems, eine Mannschaft schiitischer Moslems, zwei Mannschaften aus sunnitischen Moslems aus West-Beirut, drei Mannschaften maronitischer Christen aus Ost-Beirut, eine griechisch-orthodoxe Mannschaft, eine sunnitische aus Tripoli, eine maronitische Mannschaft aus Zgharta und zwei armenische Mannschaften, eine davon politisch links, die andere rechtsgerichtet.
Mark sah seinen Vater besorgt an.
»Daddy, wird die Fußballiga weiterspielen, wenn es Krieg gibt?«
»Red kein Zeug«, sagte ihm Rogers. »Es wird keinen Krieg im Libanon geben. Wer hat dir denn diesen Floh ins Ohr gesetzt?«
»Niemand«, sagte Mark. Er sah erleichtert aus.
Nachdem die Kinder zu Bett gegangen waren, gab er Jane ein Armband, das er im Gold-Souk von Kuwait gekauft hatte. Er legte es ihr so zärtlich wie möglich ums Handgelenk.
»Laß uns was trinken«, sagte Jane.
Rogers kam mit einem Glas Wodka mit Orangensaft für seine Frau wieder und einem großen Glas Whisky für sich selbst. Er setzte sich auf die Couch. Jane kuschelte sich an ihn.
»Ich fühle mich schuldig, daß ich euch immer alleine lasse«, sagte Rogers.
»Na prima. Das solltest du auch! Du warst ein Mistkerl, uns hier allein zu lassen.«
Sie runzelte die Stirn, dann küßte sie ihren Mann zärtlich auf die Wange.
»Wo hat Mark dieses ganze Gerede von einem Krieg aufgeschnappt?« fragte Rogers.
»Das hört man überall. In der Schule. Auf dem Markt. Das war es, was einem eigentlich Angst gemacht hat. Gleich als die

Kämpfe losgingen, schien jeder sofort automatisch zu denken, daß alles noch viel schlimmer werden würde.«

»Was haben die Leute gesagt?«

»Gerüchte, Tratsch. Du kennst ja die Araber; wie sie immer daherreden. Nun, dieses Mal hatten sie ja wirklich etwas zum Reden, und sie konnten gleich gar nicht mehr aufhören. Der Blumenmann in der Rue Sadat meinte, daß die Moslems in der libanesischen Armee nicht auf die Palästinenser schießen würden, wenn es zu einem Kampf käme. Er sagte, sie würden sich weigern, Befehle von christlichen Offizieren entgegenzunehmen. Ich fragte ihn, woher er das wüßte, aber er zwinkerte mir nur zu. Und die christlichen Frauen in Smith's Lebensmittelladen waren genauso. Alle behaupteten sie, sie hätten Freunde in Ost-Beirut, die jemanden bei den christlichen Milizen kennen. Als ich sie fragte, was denn passieren würde, schnalzten sie nur mit der Zunge. Was bedeutet das?«

»Das kommt ganz darauf an«, sagte Rogers. »In diesem Fall bedeutet es wahrscheinlich, daß sie nichts wußten, es aber nicht zugeben wollten.«

»Sie meinten, die Krise sei noch nicht vorbei«, sagte Jane.

»Wer sagt das?«

»Na, die Frauen bei Smith's.«

»Ahhh«, Rogers lachte. »Verläßliche Quellen also.«

»Es ist komisch«, fuhr sie fort. »Dieses Land ist für mich so ruhig, so friedlich und modern. Ich habe nie gemerkt, daß es unter der Oberfläche so viele Spannungen gibt; erst in den letzten Tagen.«

Rogers drückte sie an sich. Dies schien ein Abend für Umarmungen zu sein.

»Laß uns zu Bett gehen«, sagte Jane.

Sie liebten sich zärtlich, und Rogers versuchte im Bett zum Ausdruck zu bringen, was er ihr hatte sagen wollen, aber nicht über die Lippen gebracht hatte. Sie waren schon fast eingeschlafen, als Rogers noch einmal fragte:

»Was hat der Arzt wegen Amy gesagt?«

»Ich habe es dir doch gesagt«, sagte Jane schläfrig. »Sie ist auf

dem Weg der Besserung. Und in einigen Monaten ist sie wieder so gut wie neu.«
»Glaubst du ihm?« fragte Rogers.
»Dieses Mal glaube ich es wirklich«, sagte Jane. Sie fühlte sich warm an, so an seine Seite gedrückt, wie eine Katze.
Rogers zündete sich eine Zigarette an und dachte an Amy.
»Verzeihst du mir, was passiert ist?« fragte er. Er bekam keine Antwort. Sie war eingeschlafen.

Für Rogers war das, was Amy passiert war, eine Metapher für alles, was im Nahen Osten so schlimm und erschreckend war. Es hatte als mysteriöse Krankheit angefangen, die niemand zu verstehen schien geschweige denn zu behandeln wußte. Rogers hatte sich nie in seinem Leben hilfloser gefühlt oder größere Angst gehabt.
Es hatte eines Tages in Oman angefangen; Amy war gerade achtzehn Monate alt. Sie hatte Schwierigkeiten mit dem Gehen gehabt – sie war viel langsamer, als Mark es gewesen war – und lernte nur allmählich, in der Wohnung herumzukrabbeln. Und dann fiel sie eines Tages hin. Sie rappelte sich auf und fiel wieder hin. Zuerst schien das ganz lustig – so hilflos und süß wie sie war –, aber es passierte immer wieder, und am nächsten Tag war es Rogers und seiner Frau klar, das etwas nicht stimmte. Dann begann Amy Sachen fallen zu lassen. Kekse, Spielzeug, ihre Flasche.
Sie gingen zu einem Kinderarzt. Sein Name war Dr. Abdel-Salaam Fawzi. Er war Ägypter, lebte aber seit vielen Jahren in Muskat. Sämtliche reichen arabischen und europäischen Familien brachten ihre Kinder zu ihm.
Rogers erinnerte sich an jede Einzelheit dieses schrecklichen Tages, als sie in Dr. Fawzis Klinik gegangen waren und die Diagnose hörten. Es war heiß, und das Wartezimmer roch nach Knoblauch und Zigarettenrauch. Die Schwester hatte Rogers und seine Frau in das Sprechzimmer des Arztes gerufen, als seien sie Gefangene, die ihr Urteil erwarteten. An Dr. Fawzis Wand sah Rogers einen Doktorgrad von der Amerikanischen Univer-

sität Beirut hängen; daneben andere Diplome verschiedener medizinischer Organisationen in Oman und eine persönliche Referenz des Emirs von Abu Dhabi.

»Bitte setzen Sie sich«, sagte der Arzt. Er war ein förmlicher Mann in einem dreiteiligen Anzug, trotz der Sommerhitze. Er erinnerte Rogers an alte Bilder von ottomanischen Beamten aus der Zeit der Jahrhundertwende: würdig und ordentlich trugen sie ihre beste Garderobe wie Uniformen der Respektabilität, von ihren arabischen Wurzeln zugleich geadelt und peinlich berührt. Dem Doktor hätte nur noch ein roter Fes gefehlt, um das Bild zu vervollkommnen.

»Ich habe eine Reihe neurologischer Tests bei Ihrer Tochter durchgeführt«, sagte Dr. Fawzi feierlich. »Lassen Sie mich Ihnen die Bandbreite der Möglichkeiten erklären, die für ihre Schwierigkeiten verantwortlich sein könnten.

Die einfachste Erklärung ist, daß sie einen Rückfall in ihrer Entwicklung durchmacht. Das kommt bei Kindern manchmal vor. Manche laufen nicht, bevor sie nicht drei oder vier Jahre alt sind, aber als Erwachsene geht es ihnen durchaus gut. Ziemlich gut. Es könnte sich also um ein vorübergehendes Problem handeln, das wieder verschwindet.«

Jane atmete tief ein. Rogers versuchte sich gegen das zu wappnen, was noch kam.

»Es gibt noch andere Möglichkeiten«, sagte Dr. Fawzi.

»Und die wären?« fragte Rogers.

»Nun, lassen Sie mich sehen«, sagte der Doktor, um Zeit zu gewinnen. Wie vielen Arabern war es auch ihm zuwider, schlechte Nachrichten zu überbringen.

»Der Möglichkeiten sind da einige. Zu ihnen gehört Polio. Was selbstverständlich heutzutage heilbar ist.«

»Amy ist geimpft worden«, sagte Rogers.

»Ja, natürlich«, sagte der Doktor. »Das schließt Polio aus.«

»Was sonst noch?« fragte Rogers.

»Nun, in Fällen wie diesem, in denen unerklärliche motorische Störungen auftreten, können wir nicht einige der ernsteren Krankheiten ausschließen.«

»So wie?« drängte ihn Rogers.
»Eine Dystrophie der Muskeln«, sagte der Doktor. Jane erschauerte.
»Was sonst noch?« fragte Rogers.
»Ein Tumor«, sagte der Doktor.
»Ein Gehirntumor?«
»Ja, es könnte ein Gehirntumor sein. Möglicherweise.«
Jane sah aus, als würde sie in Ohnmacht fallen.
»Wie steht es mit irgend etwas Ansteckendem?« fragte Rogers. »Oder vielleicht hat sie etwas gegessen.«
»Ich glaube nicht, daß das sehr wahrscheinlich ist«, sagte der Doktor rasch. »Nicht im heutigen Nahen Osten. Diese Dinge kommen wirklich viel häufiger in Asien oder Afrika vor als in der arabischen Welt.«
Wenn er jetzt an die eitle und defensive Haltung des Doktors dachte, überkam Rogers von neuem der Zorn.
Mit Amy wurde es immer schlimmer. Dr. Fawzis Verhalten wurde von Tag zu Tag feierlicher. Die Symptome, so sagte er, ließen auf ein schwerwiegendes neurologisches Problem schließen. Sie fragten Freunde in der Botschaft, was sie tun könnten, aber niemand hatte einen brauchbaren Vorschlag. Dr. Fawzi war immerhin jedermanns bevorzugter Kinderarzt.
Damals begann Rogers zu denken: Das ist meine Schuld. Ich habe meine Familie hierhergebracht, habe sie in dieses elende Land geschleppt, während ich damit beschäftigt war, den Retter der Welt zu spielen. Meine Arbeit wird nicht den geringsten Erfolg haben, und meine kleine Tochter wird sterben.
In seiner Verzweiflung war Rogers in das örtliche Krankenhaus in Muskat gegangen. Er sah sich die Namen der hier praktizierenden Ärzte an und fragte, wo sie ihre Ausbildung gemacht hatten. Schließlich trieb er einen jungen Omani auf, Dr. Tayib, der sein Studium in Amerika, an der Universität von Boston, absolviert hatte. Er suchte den jungen Mann auf, stellte sich als Beamter der Amerikanischen Botschaft vor und erklärte, was mit seiner Tochter passierte. Ob er bereit wäre, ihn nach Hause zu begleiten, um sie sich anzusehen, fragte Rogers.

Dr. Tayib kam noch am gleichen Abend. Er war ein reservierter junger Mensch, Sohn eines omanischen Armeeoffiziers, der beim Studium sehr gut abgeschnitten hatte. Es war schwierig, in der arabischen Welt Medizin zu praktizieren, sagte er, da die Leute so oft logen, was ihre Symptome anbelangte.
Er untersuchte die Kleine. Es gab neurologische Probleme, kein Zweifel, sagte er. Aber es gab da eine relativ einfache Möglichkeit. Hatte der andere Doktor sie erwähnt?
»Was denn für eine?« fragte Rogers.
»Larva migrans in den Eingeweiden«, sagte der Doktor.
»Was ist das?« fragte Jane.
»Spulwürmer«, sagte Dr. Tayib. »So nennt man sie im allgemeinen. Sie fressen sich in das Gewebe und können monatelang am Leben bleiben, ja sogar jahrelang. Wenn man sie nicht behandelt, können sie ins Gehirn wandern. Das ist es, was im Moment bei Ihrer Tochter passieren könnte.«
»Wie könnte sie sich die geholt haben«, fragte Jane.
»Normalerweise bekommt man sie, indem man Dreck ißt«, sagte der Doktor.
»Dreck?« fragte Rogers.
Dreck. Der Dreck des Nahen Ostens, dieser unfruchtbaren, umnachteten Gegend auf dem Globus, in der Rogers freiwillig sein Leben verbrachte.
»Spielt sie im Freien?« fragte der Doktor.
»Ja«, sagte Jane.
»Und kommen an die Orte, wo sie spielt, auch oft Hunde?«
»Ja«, sagte Jane. »Sie sucht sie immer. Sie hat Hunde sehr gerne.«
»Und besteht die Möglichkeit, daß diese Hunde dort, wo sie spielt, defäkiert haben?«
»Ich nehme es an«, sagte Jane.
»Möglicherweise ist das die Erklärung«, sagte der omanische Arzt. »Larva migrans in den Eingeweiden. Wir müssen selbstverständlich einige Tests durchführen. Eine Biopsie der Leber. Das wird sehr unangenehm sein, aber ich würde es nachdrücklich empfehlen.«

»Ja, bitte«, sagte Rogers.
»Ich kann dafür Sorge tragen, daß Ihr Hausarzt die Tests überwacht«, sagte der Omani.
»Nein!« sagte Rogers. »Auf keinen Fall. Ich möchte, daß Sie meine Tochter behandeln.«
Der Omani protestierte, es wäre sehr umständlich, den Arzt zu wechseln. Aber Rogers drang in ihn, und schließlich gab er nach.
»Doktor«, sagte Jane argwöhnisch. »Sind diese Spulwürmer heilbar?«
»Aber ja«, sagte der Doktor. »Es kommt oft vor, daß innerhalb von sechs oder zwölf Monaten eine völlige Genesung eintritt.«
Jane brach in Rogers' Armen zusammen. Rogers hatte immer noch zu viel Angst, um die gute Nachricht zu glauben.

Die Diagnose des omanischen Arztes erwies sich als richtig. Amy litt tatsächlich an Spulwürmern. Der Doktor verschrieb ihr die angemessene Medizin, und sie begann auf die Behandlung anzusprechen.
Aber es gab Komplikationen politischer Art. Dr. Fawzi, der Ägypter, war wütend auf den jungen omanischen Arzt, weil er sich in den Fall eingemischt hatte. Er stellte bei der zuständigen Kammer einen Antrag, dem jungen Doktor die Approbation zu entziehen. Später, als die Rogers' Oman in Richtung Beirut verließen, hörten sie, daß Dr. Fawzi mit Hilfe einiger seiner wohlhabenden Patienten Druck auf das örtliche Krankenhaus ausübte, um den jungen Doktor aus seiner Stellung zu entfernen.
Rogers war zornig. Aber der Amerikanische Botschafter in Muskat bestand darauf, daß er sich da nicht noch weiter einmischen sollte. Das Ganze sei eine örtliche Angelegenheit.
Jetzt, in Beirut, ging es Amy langsam besser. Es war wie eine Gnadenfrist. Wie in einer der Geschichten aus dem Alten Testament, in denen sich Gott eine schreckliche Strafe ausdenkt, aber schließlich aus unerfindlichen Gründen doch noch einlenkt.

Am nächsten Morgen ging Rogers früh ins Büro, um Jamal eine Nachricht zukommen zu lassen. Er zeigte Hoffman einen Entwurf davon; der wiederum zeigte ihn dem Botschafter, der an den diensthabenden Beamten im Außenministerium kabeln ließ. Als die kurze Mitteilung von den verschiedenen Ebenen der Bürokratie freigegeben worden war, tippte sie Rogers auf ein Blatt Papier ohne Briefkopf, das er in einen einfachen weißen Umschlag steckte.

Die Nachricht lautete: »Die Vereinigten Staaten fordern die Führer der christlichen Milizen dringend auf, in der gegenwärtigen Krise Zurückhaltung zu üben. Die Vereinigten Staaten fordern die Fatah auf, ebensolche Zurückhaltung zu zeigen.«

Rogers heftete noch ein Begleitschreiben an Fuad bei, in dem er ihn instruierte, die Mitteilung an Jamal weiterzugeben, damit er sie dem Alten Mann überbrachte. Er bat Fuad außerdem, Jamal nach Einzelheiten über die militärische Situation in Beirut zu befragen.

Die Mitteilung war einfach, aber die Prozedur der Übermittlung wurde durch Sicherheitsmaßnahmen kompliziert. Ein Kurier der Botschaft nahm den Brief und warf ihn in den Briefkasten der »Trans-Mediterran Spedition«, einer fiktiven Firma, die als Büro ein einzelnes Zimmer im Starco-Gebäude im Zentrum von Beirut unterhielt. Ein libanesischer Vertragsagent trug ihn von dort zu einem toten Briefkasten in einer Gasse des Souks Tawile. Dann rief der Kurier Fuad von einem öffentlichen Telefon aus an und teilte ihm mit Hilfe eines vorher vereinbarten Codes mit, daß ihn eine Nachricht erwartete.

Fuad holte die Nachricht ab und rief Jamal an. Mit Hilfe eines anderen Codes traf er eine Verabredung, die in einer Stunde in einem stark besuchten Café stattfinden sollte. Drei Schichten waren zwischen dem amerikanischen Falloffizier und dem Palästinenser gelegt worden. Wenn das System funktionierte, dann blieben die einzelnen Glieder der Kette unsichtbar.

24 Stunden später meldete sich Fuad bei Rogers zurück. Sie trafen sich in einer Wohnung in der Nähe der Rue Hamra und betraten das Gebäude in fünfzehnminütigem Abstand durch

verschiedene Eingänge. Fuad händigte Rogers eine kurze, in sauberer arabischer Schrift geschriebene Mitteilung von Jamal aus, die den Wortlaut eines arabischen Sprichworts zitierte, das Rogers noch nicht kannte.

Die Mitteilung lautete in ihrer ganzen Länge: »Sie kamen, um die Ziege zu melken. Sie ließ einen Darmwind entweichen.«

»Was zum Teufel soll das heißen?« wollte Rogers wissen.

Fuad sah seinen Falloffizier mißbilligend an. Er nahm seine Sonnenbrille ab. »Ich nehme an, es heißt, daß diese spezielle Ziege keine Milch für Sie hat.«

»Ich verstehe immer noch nicht«, sagte Rogers. »Übersetzen Sie das Ihrem amerikanischen Freund mal.«

»Ich denke, Jamal will sagen, daß Sie die falsche Person um Informationen über den Zwischenfall in Kahhaleh angegangen sind; und deshalb bekommen Sie eine grobe Antwort«, sagte Fuad.

»Großartig!« sagte Rogers. »Das ist ja ungemein nützlich. Sonst noch etwas?«

»Wir haben uns einige Minuten über die Lage unterhalten«, antwortete Fuad.

»Was hat Jamal gesagt?«

»Er sagte, daß er nach seiner Rückkehr nach Beirut mit den militärischen Führern der Fatah gesprochen hat. Diese sagten ihm, daß die Fatah keine Schuld träfe. Die Christen hätten die Krise provoziert. Er sagte, die Fatah habe von Anfang an Zurückhaltung an den Tag gelegt; und sie brauche keine Ratschläge von den Amerikanern.«

»Das ist die Parteilinie«, sagte Rogers. »Das hätte ich auch in der Zeitung lesen können.«

»Jamal sagt, daß es wahr ist. Er hat auch noch etwas anderes gesagt. Eine der Splittergruppen der PLO versucht die Lage auszunützen. Sie haben letzte Nacht christliche Stadtteile mit Granaten beschossen, und sie werden es wieder versuchen. Er sagte, daß der Alte Mann gegen die Extremisten sei und daß sie diejenigen seien, über die Sie sich Sorgen machen sollten und nicht über die Fatah.«

»Wenn es nur die Spinner sind, dann wird sich das wieder einrenken«, sagte Rogers.
»Wahrscheinlich«, stimmte Fuad zu.
»Hat sich Jamal über meine Nachricht geärgert?«
»Bis ihm das Sprichwort mit der Ziege einfiel. Dann hat er sich beruhigt. Er sagte, Sie sollten das in Ihre Sammlung aufnehmen.«
Rogers informierte Hoffman über die eingegangenen Nachrichten und setzte ein Kabel für Langley auf. Die Krise im Libanon würde sich verziehen, besagte das Kabel. Die PLO-Gruppe mit der größten Feuerkraft, die Fatah, wollte keine Konfrontation. Andere Splittergruppen der Palästinenser versuchten die Situation auszunutzen, aber ohne Unterstützung der Fatah konnte die libanesische Obrigkeit sie leicht im Zaum halten.
»Nicht schlecht«, meinte Hoffman. »Vielleicht ist Ihre kleine Operation doch nicht ganz wertlos. Aber ich würde unserem Romeo raten, mit seiner Prognose richtig zu liegen. Denn wenn er nicht recht hat, dann stecken wir in ernsthaften Schwulitäten. Auf der Seite der Christen gibt es einige Leute, die Zeter und Mordio schreien. Sie wollen die Flüchtlingslager in Schutt und Asche legen, und wir sagen ihnen, sie sollen halblang machen.«
»Ich traue unserem Mann«, sagte Rogers. »Abgesehen davon ist er alles, was wir haben.«
»Schicken Sie das Kabel ab«, sagte ihm Hoffman.
Die Beiruter Station stand am nächsten Tag ausgezeichnet da, als das Gewehrfeuer rund um das Flüchtlingslager von Tal Zaatar aufhörte, und der libanesische Innenminister, ein Moslem, eine Erklärung abgab, laut der die Krise vorüber war.

Kapitel 17
Beirut; April 1970

Rogers brauchte mehrere Wochen, um den Fragebogen zur persönlichen Vergangenheit zu vervollständigen, mit dem er offiziell den Vorschlag unterbreitete, Jamal als Agenten zu verpflichten. Die eigentliche Arbeit war bereits getan. In Beirut, Amman und Kuwait war der Kontakt hergestellt worden. Jamal, wie immer sein Status auch sein mochte, lieferte bereits brauchbare Informationen. Aber dergleichen interessierte die Bürokraten wenig. Deren Triumph bestand darin, die geheimnisvollen und oftmals geradezu erhabenen persönlichen Verbindungen, die die Welt der Nachrichtendienste kannte, in einen ordentlichen Papierfluß zu verwandeln.

Rogers verabscheute diese Art von Papierkram. Der Fragebogen zur persönlichen Vergangenheit war ein langatmiges Dokument, das aus Sicherheitsgründen noch einmal in mehrere Abschnitte unterteilt war. Teil I bestand aus einem siebenseitigen biographischen Überblick, ähnlich dem Lebenslauf, den jeder normale Arbeitssuchende einem potentiellen Arbeitgeber präsentieren würde. Er enthielt den Namen des Betreffenden, das Geburtsdatum und die Heimatanschrift, die Namen seiner Eltern, seinen Bildungs- und Ausbildungshintergrund und seine Hobbys; außerdem sagte er etwas über seine Trinkgewohnheiten, falls vorhanden auch über Drogenprobleme, und gab einen Abriß über sein Sexualleben. In diesem ersten Teil benutzte man durchgehend die tatsächlichen Namen.

Teil II des Fragebogens enthielt die eigentlich interessanten Einzelheiten über den Mann als Agenten. Er erklärte, wie der Betreffende ausgemacht und eingeschätzt worden war, wie die Informationen aus Teil I zusammengetragen worden waren, und vor allem, wie ihn der Führungsoffizier zu verwenden gedachte. Er stellte eine Art Spielplan für den modus operandi dar, der skizzierte, wie der Agent geführt werden sollte und welche Informationen man sich von ihm erhoffte. Teil II nannte den Agenten nur mit einem Kryptonym. Die getrennten Teile des Fragebogens wanderten in die Hauptakte des Agenten in der zentralen Registratur; diese nannte man die »201er Akte«. Theoretisch hatten Leute mit Zugang zu den wirklichen Namen der Agenten keinen Zugang zu ihren Operationsakten und umgekehrt.

Die CIA hatte viele dieser Buchhaltungsgewohnheiten zusammen mit vielen anderen Einzelheiten über die Führung eines

Geheimdienstes von den Briten ausgeborgt. Die Briten jedoch nahmen das Geschäft mit der geheimen Nachricht bei weitem ernster als die Amerikaner. In ihren Anfangszeiten benutzten sie nicht einmal Codewörter in ihren Operationsaufzeichnungen und zogen es vor, wo immer es möglich war, Nummern einzusetzen. Rogers hatte von einem SIS-Mann gelesen, der vor Jahren wegen einer Mißachtung der Sicherheitsvorschriften getadelt worden war. Sein Verbrechen hatte darin bestanden, in einer Nachricht ans Hauptquartier Berlin als die Hauptstadt des Landes anzugeben, das im SIS-Jargon lediglich als »12000« bezeichnet wurde.

Dem Fall wurde ein Kryptonym aus sechs Buchstaben zugeteilt. Agenten im Libanon hatten alle Namen, die mit »PE« begannen. Jamal Ramlawi wurde im Agenturchinesisch ein Agent mit dem Codenamen PECOCK.

Das Bild, das sich für PECOCK aus dem biographischen Material ergab, ließ vermuten, daß er das Drum und Dran zu einem ganz bemerkenswerten Agenten hatte. Die Amerikaner hätten sich wirklich kein interessanteres Objekt für eine Anwerbung wünschen können.

PECOCK, so konnte man in der Akte lesen, war eine Art palästinensischer Aristokrat mit jener rund um die Welt für die Kinder prominenter Familien typischen Selbstsicherheit und Verachtung für konventionelle Verhaltensweisen. 1964, nachdem er an der Universität Kairo die Reifeprüfung gemacht hatte, hatte er in Ost-Jerusalem der Gründungssitzung der Palästinensischen Befreiungsfront, PLO, beigewohnt. Bei dieser Zusammenkunft hatte er einige der Führer der Fatah angesprochen, die damals nichts weiter als ein kleines Untergrundnetz mit Basis in Kuwait gewesen war, und hatte sie gebeten, beitreten zu dürfen. Einige der Älteren hatten versucht, ihn statt dessen zum Studium zu überreden, aber davon wollte er nichts hören. 1965 zog er nach Kuwait um. Wegen seiner unkonventionellen Umgangsformen und seiner außergewöhnlichen Sprachbegabung setzte man ihn gerne als Kurier in Europa ein.

Wie so viele Aristokraten zog es den jungen Mann in Richtung Nachrichtendienst. Vielleicht langweilte ihn die sichtbare Welt. 1967 zog er nach Amman und arbeitete unter Abu Namli, für den er Neuanwerbungen der Fatah einer genauen Prüfung unterzog. Im folgenden Jahr erboten sich die Ägypter, der Fatah heimlich beim Aufbau eines Sicherheitsdienstes zu helfen. PECOCK gehörte zu jenen zehn Fatahleuten, die Mitte 1968 für sechs Wochen zu einem Ausbildungskursus in Geheimdienstarbeit nach Kairo gingen. Der Kurs befaßte sich mit der Anwerbung und Kontrolle von Agenten, mit Überwachungs- und Verhörtechniken sowie der Abfassung von geheimen Nachrichtenberichten und Einschätzungen.
Die zehn Absolventen des Kurses in Kairo kehrten Ende 1968 wieder nach Jordanien zurück und bildeten den Kern einer jungen Geheimdienstorganisation der Fatah, der man den Namen Jihaz al-Rasd oder »Überwachungsapparat« gab. Wie viele Geheimdienste war er in zwei Teile geteilt: Der eine war verantwortlich für die Gegenspionage, der andere hatte die Aufgabe, Informationen zu sammeln und spezielle Operationen durchzuführen. Der Chef des Rasd war von 1969 an Mohammed Nasir Makawi, genannt »Abu Nasir«. PECOCK war einer seiner drei ranghöchsten Mitarbeiter. Auf Grund seiner Beziehung zum Alten Mann, der den hübschen, jungen Palästinenser wie einen Sohn behandelte, hielt man Jamal für den einflußreichsten.
Warum, so fragte sich Rogers, setzte der Alte Mann nur so großes Vertrauen in Jamal? Warum hatte er ausgerechnet diesen relativ jungen und unerfahrenen Nachrichtenoffizier mit der Verantwortung für die empfindlichsten Operationen der Fatah betraut? Vielleicht, weil der Alte Mann keinem seiner eigenen Altersgenossen trauen konnte, von denen jeder ein potentieller Rivale war.
Mißtrauen war in der arabischen Welt ein allgegenwärtiges Gefühl, davon war Rogers überzeugt. Dies war eine Welt der Stiche in den Rücken, eine Kultur, die an die Maxime glaubte: »Fürchte deinen Feind einmal, fürchte deinen Freund tausend-

mal.« Die Bande der Freundschaft zwischen arabischen Männern waren intensiv, hielten aber nicht lange. Vertraulichkeiten wurden grundsätzlich verraten, Vertrauens- und Treuegelöbnisse wurden gebrochen. Man braucht sich nur den Islam selbst anzusehen. Innerhalb weniger Jahre nach dem Tode des Propheten Mohammed bekämpften sich seine Anhänger bereits und schmiedeten Mordpläne gegeneinander. Jede arabische Politik war seither von diesem Problem heimgesucht worden. Mißtrauen und Rivalität waren so kraß, daß es schwierig war, irgend jemandem lange genug zu vertrauen, um etwas Haltbares wie etwa eine politische Partei oder gar eine Nation aufzubauen. Ein arabischer Mann vertraute nur einem anderen Mann bedingungslos: seinem Sohn. Selbst seine Brüder waren potentielle Rivalen. Der Alte Mann hatte keinen Sohn; aber er hatte Jamal.

Der Rest des zweiten Teils des Fragebogens gab einen Überblick über Operationsdetails. Es war offensichtlich, daß Agent PECOCK Zugang zu Fatahs wichtigsten Geheimnissen hatte. Die einzige Frage war, wie man ihn führen sollte.

Hier sprach Rogers eine Empfehlung aus, von der er wußte, daß sie im Hauptquartier einige Aufregung schaffen würde. Es wäre besser, PECOCK anfänglich als Mitarbeiter einzustufen und nicht als kontrollierten Agenten. Man sollte ihn zu dem Glauben ermutigen, die CIA betrachte ihn nicht als amerikanischen Agenten und akzeptiere seine Definition der Beziehung als ›Liaison‹ zwischen zwei potentiell zur Zusammenarbeit bereiten Geheimdiensten. Rogers zitierte aus den Gesprächen in Kuwait. Er gab zu bedenken, daß der junge Palästinenser immerhin vom Alten Mann selbst dazu aufgefordert worden war, mit den Vereinigten Staaten zusammenzuarbeiten. Es sollte den Anschein haben, die Agentur akzeptiere das alles. Sie solle PECOCKs Position stärken und die Fiktion eines auf Gegenseitigkeit beruhenden Verhältnisses fördern, indem man ihn mit einem regelmäßigen Fluß von zweitrangigen Informationen versorgte, die der Fatah von Nutzen sein könnten. Die Wahrscheinlichkeit, PECOCK letztendlich auf die übliche Art anzuwerben, zu bezahlen und als kontrollierten Agenten zu führen, war groß. Aber nur, wenn die Agentur sich in Geduld fassen würde.

»Wir sollten nicht gierig werden«, betonte Rogers in einer Depesche an Stone, die den Fragebogen begleitete. »Die Operation könnte einbrechen, wenn wir von Anfang an auf völliger Kontrolle und Zuverlässigkeit bestehen. Wir sollten keinen Versuch unternehmen, PECOCK zu kaufen oder zu kompromittieren; und wir sollten zu diesem Zeitpunkt auch nicht von ihm verlangen, sich einem Lügendetektor-Test zu unterziehen.«

Fürs erste, so schlug Rogers vor, sollte man diskret mit dem Palästinenser umgehen. Der libanesische Vertragsagent, der ihn entdeckt und mitgeholfen hatte, den Fall aufzubauen, sollte weiterhin als Kurier und Mittelsmann fungieren. Seine Tarnung als libanesischer Linker mit stark propalästinensischen Sympathien würde es ihm gestatten, bei der Fatah ein und aus zu gehen, ohne Verdacht zu erregen. Rogers sollte sich regelmäßig mit PECOCK treffen, aber wann immer es möglich war, außerhalb des Libanon.

Rogers legte Zusammenfassungen seiner Sitzungen mit Jamal in Kuwait sowie Resümees von Fuads Treffen mit ihm in Beirut bei. Er gab die umfangreiche Akte Hoffman, der sie sich ansah und nach Langley schickte.

»Das Spiel können Sie schon mal abschreiben«, warnte Hoffman Rogers, bevor er den Fragebogen auf die Reise schickte. »Mich haben Sie ja fast überzeugt, daß Sie einen Agenten anwerben können, der eigentlich gar kein Agent ist. Aber die werden Sie nicht überzeugen.

»Warum nicht?« fragte Rogers. »Was ich da vorschlage, ist absolut sinnvoll. Wir werden dabei kriegen, was wir wollen, ohne das Risiko einzugehen, die Operation zu versieben.«

»Weil die dämlich sind«, sagte Hoffman. »Und zwar so dämlich, wie es eben nur wirklich clevere Leute sein können.«

»Warum?« fragte Rogers, aufrichtig verwirrt.

»Irgendwas muß in Yale mit den Leuten passieren«, antwortete

Hoffman, während er mit einem Streichholz in seinen Zähnen herumstocherte.
»Sie kriegen dort die Überzeugung mit, daß wir es nur einigen wenigen Leuten wie ihnen zu verdanken haben, wenn das Chaos auf dieser Welt noch nicht ganz hoffnungslos ist. Die glauben, die Probleme dieser Welt sind hauptsächlich auf den Umstand zurückzuführen, daß wir nicht genug Regeln und Richtlinien haben – und gebildete Herren, um sie durchzusetzen; und da kommen dann sie ins Spiel. Sie sind die Regelmacher, die gegen Chaos und Unordnung Wache stehen. Und deshalb werden die zu Ihrem Vorschlag nein sagen.«
»Warum?«
»Weil er gegen die Regeln verstößt!«
»Aber was ich vorschlage, hat doch Hand und Fuß.«
»Verschwenden Sie Ihren Atem nicht an mich, Kleiner«, sagte Hoffman. »Ich bin hier bloß einer der Angestellten.«

Kapitel 18
Washington; April 1970

Drei Wochen später wurde Rogers nach Washington beordert. Die Leute von der Operationsgenehmigung konnten sich nicht mit seinem Aktionsplan anfreunden. Das gleiche galt für John Marsh, den Operationschef der Nahost-Abteilung; er hatte Stone gedrängt, Rogers zu »Konsultationen« nach Hause zu beordern.
Es war dies der erste wirkliche Rückschlag, dem sich Rogers in seiner Karriere gegenübersah, die bis dahin aus einer stetigen Reihe von Erfolgen und Belobigungen bestanden hatte. Hoffman versuchte ihm zu versichern, daß es zum Spiel gehörte, nach Hause beordert zu werden – nichts weiter als ein Durchgangsritus in der Mitte einer Karriere. Die aus dem Frontbüro nahmen einen nicht ernst, bevor sie einen nicht auf den Teppich geschleift hatten, um einem die Leviten zu lesen. Wie auch

immer, sagte Hoffman, wenn Rogers auf Nummer Sicher hätte gehen wollen, dann hätte er sich einen anderen Beruf aussuchen müssen.
Hoffman hatte Takt genug, nicht hinzuzufügen: Ich habe es Ihnen ja gleich gesagt. Aber Rogers konnte ihn das auch so denken hören.
Rogers hatte Angst vor dieser Reise. Zu Hause bei Jane war er gereizt, und in den letzten paar Nächten, die er mit ihr zusammen verbrachte, verhielt er sich abweisend; sogar den Kindern gegenüber war er rastlos und launisch. Er konnte es nicht haben, wenn andere im nachhinein etwas besser wissen wollten als er; vor allem dann nicht, wenn es sich um Leute handelte, die selbst schon seit Jahren keinen Agenten mehr angeworben hatten. Ebensowenig paßte es ihm, daran erinnert zu werden, daß er längst nicht mehr am Anfang seiner Karriere stand und nicht mehr das Wunderkind war, das sich den Angriffen von Leuten aus dem Hauptquartier ausgesetzt sah, die in ihm eine Bedrohung oder einen Rivalen sahen. Rogers hielt sein Leben gern ordentlich in Schubladen verteilt. Die größte, mit der Aufschrift ›Arbeit‹, war ihm jetzt mit einem Mal in Unordnung geraten.

Auf dem Flug versuchte sich Rogers zu entspannen. Er gestattete sich einige Drinks. Er dachte an die sportlichen Leistungen seiner High-School-Zeit. Er schwelgte in Erinnerungen an alte Freundinnen. Er ließ einige der Nachrichtenoperationen an sich vorüberziehen, für die man ihn in der Vergangenheit belobigt hatte.
Auf dem Flug von Paris nach Washington begann Rogers eine Unterhaltung mit einer attraktiven Französin, blond und blauäugig, etwa Mitte dreißig.
Sie hatte eine aufwendige Frisur und trug ein kostspieliges Tweed-Kostüm. Wenn sie sich bewegte, glaubte Rogers das Rascheln ihrer Unterwäsche zu hören.
Rogers fragte die Frau, warum sie nach Amerika reiste. Geschäftlich oder zum Vergnügen?
»Zum Vergnügen«, sagte die Frau, wobei sie die einzelnen

Silben des Worts dehnte. Rogers hörte das Geräusch von Seide und Satin, als sie es sich in ihrem Sitz bequem machte.
»Haben Sie schon Pläne?« fragte sie Rogers.
»Wir werden sehen«, sagte die Frau.
Sie sei die Frau eines französischen Industriellen, erklärte sie. Ein Apartment auf der Isle Saint-Louis, zu viele Parties, zu viele Verpflichtungen. Sie habe von Paris die Nase voll und sehne sich nach einem Urlaub in Amerika.
Rogers fand die Frau überwältigend attraktiv. Wenn sie sich vornüber lehnte, um ihm etwas zu sagen, sah er den feinen Puder ihres Make-ups, den Glanz ihres Lippenstifts und ihre vollen Brüste. Ihr Auftreten entsprach auf den Punkt genau der Vorstellung, die man sich von einer Frau machte, die sich ein kultivierter und wohlhabender Herr zum Vergnügen hielt.
Als sie aus dem Flugzeug stiegen, fragte Rogers sie, ohne genau zu wissen warum, nach dem Namen ihres Hotels.
Die Frau errötete und wandte ihren Blick ab, sagte aber leise »Das Madison«. Sie reichte ihm eine Karte mit ihrem Namen: Véronique Godard.
»Darf ich Sie anrufen?« fragte Rogers, als er die Karte entgegennahm.
»Wie Sie wollen«, sagte die Französin. Sie schloß die Augen, während sie es aussprach.

Rogers war in einem billigen Hotel in Arlington abgestiegen, in dem die Agentur Leute einquartierte, die vorübergehend wegen anderweitiger Verpflichtungen zu Hause waren. Er hatte sich einquartiert, einige Freunde angerufen, um seine Ankunft bekanntzugeben, und einen Spaziergang über die Key Bridge nach Georgetown gemacht.
Er saß in einer Bar und versuchte sich klar darüber zu werden, ob er die Frau aus dem Flugzeug anrufen sollte. Er kam sich komisch vor, sich überhaupt so eine Frage zu stellen. Er war monogam, und zwar ebenso aus Gründen des persönlichen Wohlergehens wie seiner eigenen Sicherheit. Die Überzeugung, daß er glücklich verheiratet war, hatte eine zentrale Stellung in

seinem Wohlbefinden. Aber er verspürte momentan eine Rastlosigkeit, einen Drang nach Abenteuer und Verhängnis, einen Impuls, wie man ihn zuweilen auf einem hohen Balkon verspürt, wenn man sich über das Geländer beugt.
Spring! sagte er sich. Die Französin tauchte vor ihm auf, zwischen weichen Kissen und weißen Laken auf ein Bett drapiert.
Er ging ans Telefon und wählte die Nummer des Madison. Ich werde sie zum Essen einladen, dachte er sich. Wer weiß, was sich daraus ergibt? Wir gehen zusammen essen. Ein unschuldiger Flirt.
»Hotel Madison. Guten Abend«, sagte der Mann am Hoteltelefon.
»Das Zimmer von Madame Godard, bitte«, sagte Rogers. Er war nervös wie ein Teenager auf seiner ersten Verabredung.
Das Telefon klingelte.
Was sollte er sagen, wenn sie abnahm? Tag. Sie haben mir völlig den Kopf verdreht. Sie gehen mir nicht mehr aus dem Sinn. Nein, das ganz sicher nicht. Er würde sich etwas ausdenken, wenn sie abnahm.
Das Telefon klingelte weiter.
Rogers' Handflächen wurden naß. Er hörte eine Stimme. Es war der Mann vom Schaltpult des Hotels.
»Tut mir leid, Sir, es antwortet niemand.«
Rogers ging an die Bar zurück und trank einen weiteren Whisky. Er wartete eine halbe Stunde und rief noch einmal im Hotel an. Das gleiche nervöse Warten. Wieder keine Antwort.
Er entschloß sich, im Jean-Pierre, seinem französischen Lieblingsrestaurant in der K-Street zu Abend zu essen. Als er dort ankam und die weich gepolsterten Bänkchen und die zarten Aquarelle an der Wand sah, rief er noch einmal im Hotel an.
»Madame Godard, bitte.«
»Einen Augenblick, bitte«, sagte der Mann am Schaltpult. Wieder klingelte es.
»Allo …«
Die Stimme eines Mannes. Im Hintergrund glaubte Rogers die Stimme einer Frau zu hören, die sang.

»Allo?«
Der Mann hatte einen französischen Akzent.
Vielleicht ist es nur der Pikkolo, dachte sich Rogers.
»Guten Abend«, sagte Rogers. »Ist Madame Godard zu sprechen?«
»Un instant«, sagte der Mann auf Französisch.
»Ja?« sagte die Stimme einer Frau.
»Véronique«, sagte Rogers. »Hier ist Tom, der Mann aus dem Flugzeug.«
»Wer?« fragte die Stimme.
»Der Mann aus dem Flugzeug«, wiederholte Rogers.
»O ja. Hallo«, sagte sie mit gedämpfter Stimme. Sie klang verlegen.
»Ich dachte mir, Sie hätten heute abend vielleicht Zeit, mit mir zu essen«, sagte Rogers.
Sie senkte ihre Stimme fast zu einem Flüstern. »Nicht heute abend. Ich habe schon etwas vor. Vielleicht ein andermal.«
»Ja, vielleicht«, sagte Rogers und wußte im gleichen Augenblick, daß er sich nicht mehr melden würde.
»Ich freue mich, daß Sie angerufen haben«, sagte die Frau mit einer Stimme, die kaum zu hören war. Rogers stellte sie sich vor, wie sie im Bademantel dastand und ins Telefon flüsterte, während ihr Liebhaber eifersüchtig im Zimmer auf und ab ging. Das gab ihm eine perverse Art von Genugtuung, die allerdings nicht lange vorhielt. Immerhin hatte der Franzose Madame Godard.
»Ich finde Sie sehr schön«, sagte Rogers. Jetzt war schon alles egal. Er konnte sagen, was er wollte.
Sie lachte kurz auf; ein Lachen, das gleichzeitig bescheidenen Protest und weitere Verführung darstellte.
»Auf Wiedersehen«, sagte Rogers.
Er warf einen traurigen Blick auf das Telefon; dann legte er auf.
»C'est dommage«, sagte Rogers zum Oberkellner, als er auf seinen Platz zurückkehrte. Der Kellner lächelte genüßlich.
Rogers bestellte Kalbsmedaillons mit Kastanienpüree, eine Spezialität des Hauses. Nachdem er den größten Teil einer Flasche Burgunder geleert hatte, fragte er sich, ob es oben im Himmel

vielleicht einen Engel gab, der trotz der Seitensprünge seiner Phantasie dafür sorgte, daß er seiner Frau treu blieb. Er versuchte sich an den Rat zu erinnern, den ihm vor langer Zeit in der Schule ein Priester gegeben hatte. War der Wunsch nach Ehebruch in den Augen Gottes das gleiche wie der Akt selbst? Mit Sicherheit nicht. Aber er konnte sich einfach nicht mehr genau erinnern. Vielleicht wurde er alt.

Um neun Uhr morgens traf ein Pendelbus im Hotel ein. Er hatte mattierte Fenster, so daß ein zufällig den George Washington Parkway entlanggondelnder KGB-Agent nicht sehen konnte, wer sich da auf den Weg zum CIA-Hauptquartier machte. Der Bus lieferte Rogers im Keller des Gebäudes ab. Er passierte die Sicherheitskontrollen und stieg in den Aufzug zu jenem Flügel, in dem der Stellvertretende Direktor der Planungsabteilung und seine Lakaien ihre weltweiten Eskapaden ausheckten. Eine Sekretärin in einem äußeren Vorzimmer begrüßte Rogers, servierte ihm Kaffee und führte ihn dann einen Korridor hinunter. Das Hauptquartier sah so sauber und gesund aus. Irgend jemand hatte Rogers mal gesagt, man hätte den Bau absichtlich wie einen Universitäts-Campus angelegt. Ein Ort, an dem Leute Pfeife rauchten und Seminare besuchten. Wie weit war dieses Bild doch von der Welt entfernt, in der er lebte, dachte er.

»Das Problem bei Ihrem Operationsplan ist, daß keinerlei Planung dabei ist«, sagte John Marsh.

Rogers hörte sich das ausdruckslos an. Er saß mit Marsh und Stone in einem der Konferenzzimmer. Der Raum war mit Fotografien früherer Chefs der Geheimen Dienste dekoriert. Eine Galerie von aus Stein gemeißelten Gesichtern, abgewogenen Urteilen und steifen Ohren.

»Ich dachte, diese Fragen wären schon vor einem Monat geklärt worden, und jetzt höre ich, daß dem nicht so ist«, fuhr Marsh fort.

Marsh gab zu Rogers einen interessanten Kontrast ab. Er war kleiner, ordentlicher, disziplinierter, skrupelloser. Während Rogers in seinem Cordsamt-Anzug einen entspannten und legeren Eindruck machte, kleidete sich Marsh mit dem Anspruch eines Filialleiters bei Amerikas erstem Herrenausstatter. Er trug einen blauen Nadelstreifenanzug, ein weißes Hemd mit geknöpftem Kragen, der sich keinen Deut mehr rollte, als es sich gehörte, eine gelbe Krawatte, gestreifte Hosenträger und ein Paar Mokassins mit Quasten. Sein Haar war streng gegen den Kopf gekämmt. Hätte Marsh einer gesagt, er sei glatt und hart wie eine Gewehrkugel, er hätte sich wahrscheinlich geschmeichelt gefühlt.

»Auch auf die Gefahr hin, unbescheiden zu klingen«, machte Marsh weiter, »ich muß darauf hinweisen, daß das zentrale Problem im Persönlichen Fragebogen das gleiche ist, auf das ich Toms Aufmerksamkeit mit meinem Kabel nach Kuwait zu lenken versuchte. Ich spreche von dem, das – sagen wir mal – verlorenging.« Er schalt Rogers in der knappen, blutlosen Art, in der ein Lehrer einen nicht besonders hellen Schüler zur Rechenschaft zieht.

»Es sollte eigentlich nicht nötig sein, jemanden mit Toms Erfahrung und Ansehen daran zu erinnern ...«

Rogers bemerkte, daß man in der dritten Person von ihm sprach. Er hatte einen Augenblick lang gute Lust, Marsh mit der Faust ins Gesicht zu schlagen.

»... daß das Wesen einer jeden erfolgreichen Nachrichtenoperation die Kontrolle ist.«

»Ein unkontrollierter Agent gleicht einem ungelenkten Geschoß«, fuhr Marsh fort. »Wir haben keinen Ansatzpunkt, keinerlei Handhabe, sein Verhalten zu manipulieren. Der unkontrollierte Agent kann in jedwede Richtung davonlaufen, die ihm gerade paßt, kann mit jedem sprechen, wie es ihm paßt, kann entweder tun, was wir von ihm verlangen oder auch nicht – wie es ihm gerade einfällt. Meiner Meinung nach ist es besser, sich von vornherein nicht mit einer solchen Person einzulassen, ganz egal, auf welch hervorragendem Platz er sitzen mag, weil das Potential für Unheil einfach zu groß ist. Ich betrachte es als wesentlich, besonders in einer Organisation wie der Fatah, die bereits völlig von den Sowjets infiltriert ist, nur mit Leuten zu arbeiten, die wir disziplinieren können.«

Als er seine Abhandlung beendet hatte, nahm Marsh ein blütenweißes Leinentaschentuch aus seiner Brusttasche und betupfte sich damit den Mund. Rogers stellte fest, daß er mit einem vor Jahren über Marsh gefällten Urteil ganz recht gehabt hatte: Marsh war ein aufgeblasener Esel.
Rogers lieferte eine kurze Rechtfertigung seiner Empfehlungen im Falle PECOCK, indem er dieselben Argumente wiederholte, die er im Persönlichen Fragebogen angegeben hatte. Er sprach ruhig und mit Bedacht und versuchte wie er selbst zu klingen und nicht wie eine verunstaltete Ausgabe von Marsh.
»Kontrolle wäre sicherlich vorzuziehen«, sagte er. »Wenn sie im Rahmen des Möglichen stünde. Aber ich glaube nicht, daß dies hier der Fall ist. Zumindest nicht zum gegenwärtigen Zeitpunkt. Wir haben es da mit einem Mann zu tun, der an der Spitze seiner Organisation steht und an seine Sache glaubt. Er ist kein Abtrünniger. Er ist kein Gauner. Er ist kein Perverser. Wenn wir Kontrolle haben wollen, dann sollten wir uns jemanden suchen, der weniger wichtig und dafür verletzlicher ist. Jemanden, der für Druck empfänglicher wäre.«
»Das ist Defätismus«, schalt ihn Marsh. »Sie nehmen einfach an, daß Sie den Agenten nicht mit einem finanziellen Köder anwerben können, obwohl Sie es – nach eigenem Eingeständnis – noch gar nicht wirklich versucht haben.«
Du Narr, dachte Rogers. Du würdest einen potentiellen Agenten nicht mal erkennen, wenn er dich in den Arsch beißen würde.
Rogers wandte sich an Stone.
»Alles, was ich tun kann, ist, um Ihr Vertrauen zu bitten«, sagte Rogers. »Das mag unprofessionell klingen. Aber ich kenne diesen Fall, und ich weiß, was bei diesem Agenten funktionieren wird; und ich hoffe, Sie werden meinem Urteil vertrauen.«
Stone, der den beiden jüngeren Männern bisher schweigend zugehört hatte, machte nun selbst den Mund auf.
»Wir haben es hier mit einem schwierigen Fall zu tun«, sagte der Abteilungsleiter. »Wir alle hier haben großen Respekt vor Toms Arbeit, und auch das Material, das er uns über die Palästinenser

beschaffen kann, brauchen wir dringendst. Aber unser Bedürfnis ist nicht groß genug, daß wir uns auf eine unsichere Operation einlassen sollten.«

Marsh nickte beifällig.

»Ich möchte mir einen oder zwei Tage Zeit nehmen und mir die Punkte durch den Kopf gehen lassen, die wir hier besprochen haben und mit ein paar Leuten reden, die gescheiter sind als ich«, schloß Stone. »Ich lasse Sie meine Entscheidung so schnell wie möglich wissen.«

Die Besprechung war zu Ende.

Stone bat Rogers, noch einen Augenblick zu bleiben. Als Marsh den Konferenzraum verließ, hörte er den Abteilungsleiter Rogers für den Abend zu einem Essen in seinem Club einladen.

Das Abendessen war ein Ritual, das Stone in seinen Anfangstagen in der Offiziersmesse der Vorkriegsarmee ins Leben gerufen, während des Krieges in London gehegt und in den Jahren seither mit Agenten, Falloffizieren und Freunden in der ganzen Welt aufrechterhalten hatte. Stone betrachtete ein Abendessen als Drama in drei Aufzügen, und er liebte jede Einzelheit der gesamten Vorstellung – jeden Gang, jeden Drink, jedes Häppchen Konversation, um es exakt auszudrücken.

Rogers traf um Punkt halb acht im Club der Athener ein. Es handelte sich um ein Backsteingebäude im Zentrum von Washington, bullig und solide wie ein viktorianischer Bankier.

»Kann ich Ihnen behilflich sein?« erkundigte sich der Türsteher und hielt Rogers diskret im Foyer an. Der Mann hatte sich einige tausend Gesichter eingeprägt. Er kannte jedes einzelne Mitglied. Und was noch wichtiger war: Er wußte, wer nicht Mitglied war; und so empfing er jede Person dieser letzteren Kategorie mit der gleichen höflichen, aber entschiedenen Anfrage: »Kann ich Ihnen behilflich sein?« In diesem Fall führte der Türsteher Rogers in die Halle, in der Stone in einem Ledersessel am Kamin saß und Zeitung las.

Stone erhob sich und eskortierte seinen Gast eine großartige Treppe hinauf in den Salon im zweiten Stock, wo ein weiteres

Kaminfeuer loderte und zwei große Ledersessel auf sie warteten. Ein betagter schwarzer Kellner in einem weißen Jackett kam und nahm ihre Getränkebestellungen entgegen.
»Einen trockenen Martini«, sagte Stone.
Rogers, von der Flut der Begegnung mitgespült, bestellte das gleiche. Sie unterhielten sich eine Dreiviertelstunde über Belanglosigkeiten, sprachen über ihre Familien, über aktuelle Ereignisse, Tratsch auf der unteren Ebene der Agentur.
Ein Kellner brachte die Speisekarten, und die beiden Männer bestellten Steaks. Stone wählte eine Flasche Bordeaux aus der Weinliste. Um genau acht Uhr fünfzehn erhob sich der ältere Mann aus seinem Fauteuil und führte seinen Gast in den Speisesaal im vierten Stock, an vielen Quadratmetern gestärkten weißen Leinens vorbei an einen Ecktisch. Die Konversation während des Essens kam ein wenig genauer auf den Punkt, befaßte sich mit Ereignissen im Nahen Osten, dem Leben in der Beiruter Station, den Aufs und Abs der Agentur.
»Wie geht es eigentlich meinem alten Freund Frank Hoffman?« fragte Stone, nachdem die beiden ihre Steaks gegessen und den größten Teil des Weins getrunken hatten.
»Ich wußte nicht, daß Sie beide Freunde sind«, sagte Rogers. Er konnte sich eine solche Freundschaft kaum vorstellen.
»O ja, in der Tat«, sagte Stone. »Frank hat mich in Europa mal davor bewahrt, einen schlimmen Fehler zu begehen. Ich bin ihm heute noch dafür dankbar.«
»Was war das für ein Fehler?« fragte Rogers.
»Die Einzelheiten sind heute schon ein wenig verschwommen«, sagte Stone. Wie bei vielen CIA-Offizieren traf sein Erinnerungsvermögen eine sorgfältige Auswahl. Er war in der Lage, sich ganz präzise Fakten ins Gedächtnis zu rufen, die dazu nötig waren, ein aktuelles Problem anzupacken – und alles andere zu vergessen.
»Erzählen Sie mir davon«, drängte ihn Rogers. »Das würde mich interessieren.«
»Wir waren nach dem Krieg zusammen in Deutschland«, erklärte Stone. »Frank war mein Sicherheitsmann. Es war noch nicht lange her, daß er vom FBI zum CIA übergewechselt war.«

»Er war also wirklich beim FBI.«
»Aber ja. Wußten Sie das nicht? Deshalb besteht er auch darauf, immer eine Waffe zu tragen.«
»Er spricht nicht viel über seine Vergangenheit, oder wenigstens nicht mit mir«, sagte Rogers. »Was ist in Deutschland passiert?«
»Wir versuchten damals einige Agentenringe der Abwehr wieder aufzubauen. Die Deutschen hatten einen besonders tüchtigen Burschen in Prag sitzen. Es gelang uns, ihn zu einem Plauderstündchen in den Westen zu schaffen. Hoffman und ich haben einen Abend mit ihm verbracht.
Ich war mächtig beeindruckt nach dem Gespräch. Er war ein ungeheuer cleverer Kerl, der weitläufige Kontakte unterhielt und die Russen zu verabscheuen schien. Er schien mir ein ausgezeichneter Kandidat. Aber Hoffman gefiel er gar nicht.«
»Warum nicht?«
»Er wollte erst eigentlich nicht damit herausrücken. Er sagte nur immer wieder, daß ihm an diesem Agenten etwas faul vorkam. Schließlich erklärte er dann, daß dieser tschechische Agent schon deshalb unzuverlässig sei, weil er kein Patriot war. Jeder Tscheche, der für die Nazis gearbeitet hätte, sei ein zweifelhafter Charakter, behauptete er. Wenn einer einmal sein eigenes Volk verraten hatte, um für die Deutschen zu arbeiten, dann konnte er genausogut uns verraten. Ich sah das anders. Ich war der Meinung, wir könnten ihn für unsere Zwecke benutzen.«
»Wer hatte recht?«
»Hoffman, natürlich. Der Tscheche war tatsächlich ein fauler Kunde. Auf Grund von Franks Bedenken, setzten wir ihn nicht bei sicherheitsgefährdeten Operationen ein. Aber wir behielten ihn etwa ein Jahr auf der Gehaltsliste, bis wir von einem KGB-Überläufer, der in Prag gedient hatte, erfuhren, daß eben dieser Tscheche sich an sie gewandt hatte. Wir hatten großes Glück. Die ganze Geschichte hätte in einer Katastrophe enden können. Hoffman weigerte sich, dafür irgendeine Anerkennung anzunehmen. Er meinte, er hätte lediglich Glück beim Raten gehabt.«
Rogers dachte einen Augenblick über die Geschichte nach und überlegte, bevor er seine Frage stellte.

»Was würde heutzutage passieren?« fragte Rogers vorsichtig.
»Wie meinen Sie das?« wollte Stone wissen.
»Ich meine, was würde heutzutage passieren, wenn jemand Widerspruch gegen eine Operation einlegen würde, weil er spürt, daß an ihr etwas faul ist.«
»Ahhh«, machte Stone. »Eine gute Frage. Aller Wahrscheinlichkeit nach würde man ihn auf der Stelle nach Hause beordern – zu Konsultationen.«
Rogers war sich nicht sicher, ob Stone scherzte.
»Die Zeiten haben sich geändert«, sagte Stone. »Die kleine und erfahrene Organisation, der Hoffman und ich damals beigetreten sind, existiert heute eigentlich nicht mehr. Sie ist durch Bürokratie ersetzt worden; und eine große Bürokratie hat ihre eigenen Regeln, ihren eigenen Pulsschlag. In den alten Tagen war es noch möglich, seinen Instinkten und Ahnungen zu vertrauen, weil man genau gesagt sonst nichts hatte, mit dem man hätte arbeiten können. Es gab noch keine gesammelten Fälle oder einen Erfahrungsschatz, von dem man hätte zehren können. Heute haben wir das alles.
Das Traurige daran«, fuhr Stone fort, »ist, daß es nicht viel Sinn hat, diese Veränderungen zu bedauern. Genausogut könnte man den Lauf der Zeit bedauern. Wenn Organisationen wachsen, verändern sie ihren Charakter. Sie entwickeln ihre eigenen Systeme und ihre eigenen Methoden. Es entsteht eine bürokratische Kultur, die jene belohnt, die nach ihren Regeln spielen und die bestraft, die sich nicht daran halten.«
»Schade«, sagte Rogers.
»Schade, aber unvermeidlich. Das ist eben der Lebenszyklus von Bürokratien. Geschmeidig in der Jugend. Steif in mittleren Jahren. Schwach und hinfällig im Alter. Organisationen sind da wie jede andere Art von Lebewesen. Ihr stärkster Instinkt ist der zu überleben und sich fortzupflanzen. Vielleicht sind die Probleme in einer Geheimorganisation wie der unseren größer, weil unsere bürokratische Kultur von der Außenwelt abgeschlossen ist. Aber im Grunde unterscheiden sie sich nicht.«
»Was schlagen Sie vor?« fragte Rogers.

»Risiken einzugehen. Sich gegen den Wind zu lehnen«, sagte Stone. »Auf die richtigen Ratschläge hören und die falschen ignorieren.«
»Wie erkennt man den Unterschied?«
»Lassen Sie uns das Dessert bestellen. Was meinen Sie?« sagte Stone.

Nachdem das Gedeck für den Nachtisch abgeräumt war, kam Stone endlich auf das Geschäftliche zu sprechen. Er führte Rogers in eine Art kleines Séparée im dritten Stock, bestellte beim Kellner zwei Weinbrand und schloß die Tür. Er bot Rogers eine Zigarre an – eine Cohiba, Castros Hausmarke, aus Kuba eingeschmuggelt – und zündete sich selbst eine an. Das war das Signal, daß nun der ernste Teil des Abends beginnen würde.
»Ich sehe in Ihnen den fähigsten Falloffizier, den wir im Nahen Osten gegenwärtig haben«, begann Stone herzlich. »Ich sehe in Ihnen außerdem einen verwandten Geist und ein Beispiel dafür, was an unserem Geschäft das Beste ist. Aus diesen Gründen liegt mir sehr viel daran, daß Sie mit Ihrer augenblicklichen Operation Erfolg haben.
Der Ablauf der Aktion, wie Sie ihn vorschlagen, ist unorthodox, wie uns unser Freund, Mr. Marsh, heute vormittag mit so großem Aufwand erklärt hat.«
Stone hob seine Augenbrauen leicht, als er den Namen aussprach, als wollte er damit sagen, daß auch er seinen Operationsoffizier zuweilen für einen Esel hielt.
»Ohne jetzt Marshs Schlußfolgerungen bekräftigen zu wollen, halte ich es für wichtig, daß Sie verstehen, warum er so eindringlich über Kontrolle gesprochen hat. Er hat da recht. Kontrolle ist die Seele all dessen, was wir tun. Vielleicht haben Sie die Passage aus *König Lear* im Kopf, in der Edgar bemerkt, daß ›Reifsein alles ist‹?«
Rogers nickte bejahend.
»Nun, in unserem Geschäft, könnten wir ganz gut sagen: ›Kontrolle ist alles.‹ Kontrolle über uns selbst und über andere.«

»Lassen Sie mich Ihnen eine kurze Geschichte erzählen, um zu verdeutlichen, was ich sagen will. Sie handelt von Commander Mansfield Cumming, einem unserer illustren Vorfahren im britischen SIS, der als erster das Amt eines ›C‹ übernahm. Man sieht ihn heute als einen Exzentriker, einen überspannten Kerl, der seine Korrespondenz in grüner Tinte signierte und geistesabwesend auf sein Holzbein trommelte.«

»Sein Holzbein?«

Stone nickte und fuhr fort.

»›C‹ hat kaum einem je erzählt, wie er sein Bein verloren hat, aber einer seiner Freunde erzählte die Geschichte Jahre nach Cummings Tod in seinen Memoiren. Eines Tages, 1915 in Frankreich, fuhren der Alte und sein Sohn in der Gegend spazieren. Ihr Auto prallte gegen einen Baum und überschlug sich; der Sohn wurde tödlich verletzt und ›C‹s Bein wurde eingeklemmt. Der Vater hörte die Hilferufe seines Sohnes, aber er konnte sich nicht aus dem Wrack des Wagens befreien, um ihm zu Hilfe zu kommen. In seiner Verzweiflung nahm er sein Taschenmesser heraus und hackte auf sein Bein – sein eigenes Bein! – ein, bis er es völlig abgetrennt hatte.«

»Mit einem Messer?«

»Mit einem Taschenmesser. Dann kümmerte er sich um seinen sterbenden Sohn.«

Rogers atmete tief durch. Stone nahm einen Schluck aus seinem Weinbrandschwenker.

»Ich denke an dieses bemerkenswerte Beispiel für Tapferkeit und Selbstdisziplin, wann immer ich über die Bedeutung der Kontrolle in Nachrichtenoperationen nachdenke. Wir müssen uns selbst unter Kontrolle haben – und im höchstmöglichen Maße auch unsere Agenten –, ebenso absolut und kaltblütig wie ›C‹ an jenem Tag.«

Stone leerte sein Glas Weinbrand und klingelte nach einer weiteren Runde. Als diese kam, schloß er sorgfältig die Tür und machte es sich wieder in seinem Sessel bequem. Er wandte sich der nächsten Phase seiner Argumentation zu, so methodisch, als drehte er eine Karte in einem Blackjack-Spiel um.

»Kontrolle ist allerdings nicht die einzige Tugend«, sagte Stone mit einem Lächeln. »Verläßlichkeit ist ebenso wesentlich, und das ist nicht dasselbe wie Kontrolle. Ich bin der Meinung, daß einige unserer ›Puristen‹ diese Unterscheidung oft vergessen. Lassen Sie mich Ihnen ein Beispiel geben. In diesem Geschäft müssen wir uns mit einer ganzen Palette verschiedenartiger Menschen abgeben ...« Stone breitete seine Hände weit vor sich aus. »... Von dem Mann *hier* drüben, der sich weigert, für einen zu arbeiten, bis man ihn zur Zusammenarbeit zwingt, bis zu dem Mann *dort* drüben, der mit Ihnen spricht, weil er Ihr Freund ist und Ihnen vertraut. Den ersten ›kontrollieren‹ Sie, den zweiten nicht. Aber welcher von beiden ist verläßlicher?«

Rogers ließ sich die Frage durch den Kopf gehen. Er glaubte die Antwort zu kennen.

»In unserer Welt«, fuhr Stone fort, »ist Verläßlichkeit unweigerlich eine Frage von vielen verschiedenen Graustufen: Um sich die Aufgabe, Leute zu beurteilen zu erleichtern, empfehle ich oft, *zwei verschiedene* Maßstäbe anzulegen: Der erste ist die Qualität und die Zuverlässigkeit der Informationen, die der Agent beibringt. Wenn es sich um gute Informationen handelt, dann übersehen die Leute in der Regel die operationellen Details, unter denen sie beschafft wurden. Das zweite Maß besteht darin, praktische Tests anzustellen, die in der Lage sind, den guten Willen eines Agenten deutlich zu machen. Bitten Sie ihn, etwas Spezielles für Sie zu tun. Sagen Sie ihm, Sie bräuchten eine ganz spezielle Information, die nur er Ihnen beschaffen kann. Wenn er tut, was Sie von ihm verlangen, dann können Sie anfangen, Vertrauen in ihn zu entwickeln.«

Stone lächelte selbstzufrieden und deckte seine letzte Karte auf. »Das bringt mich zu unserer aktuellen Frage, die Ihren Agenten bei der Fatah betrifft. Die Informationen, die wir bisher von ihm bekommen haben, sind solide. Sehr vielversprechend. Wie Sie sagen, es ist vielleicht in diesem Stadium unmöglich, ihn zu kontrollieren. Aber wie können wir Herrn Marshs Bedenken entkräften, von meinen eigenen mal ganz abgesehen, und zu einem größeren Maß an Verläßlichkeit und Vertrauen kommen?«

»Indem wir ihn auf die Probe stellen«, sagte Rogers.
»Ganz genau. Ich denke, wir sollten uns für Ihren Mann eine kleine Prüfung einfallen lassen und sehen, wie er reagiert. Es sollte sich dabei um etwas handeln, das für seine Organisation von ebenso großem Interesse wäre wie für die unsere, so daß er sich nicht wie ein Verräter vorzukommen braucht.«
»Haben Sie irgendwelche Vorschläge?« fragte ihn Rogers.
»In der Tat, ja. Ich habe einen Vorschlag. Nach dem zu urteilen, was ich der 201er Akte unseres Agenten entnommen habe, glaube ich in der Demokratischen Befreiungsfront Palästinas ein angemessenes Ziel zu sehen. Wir haben es da mit einer radikalen prosowjetischen Gruppierung zu tun, die terroristische Operationen durchführt, mit denen sie die Fatah unterläuft und ihre Stellung innerhalb der PLO gefährdet. Ihr Mann teilt unsere Ansicht ganz offensichtlich, da er ja bereits Informationen über diese Gruppe an Sie weitergegeben hat. Nun, ich denke, Sie sollten ihm sagen, daß wir weiter gehen wollen. Wir wollen in den Beiruter Büros der Befreiungsfront ein Mikrofon unterbringen, und wir brauchen dabei seine Unterstützung.«
»Es ist einen Versuch wert«, sagte Rogers. »Aber ich muß Ihnen sagen, daß ich das für einen ziemlich gewagten Schritt halte.«
»Das ist kein angemessener Grund, es erst gar nicht zu versuchen«, sagte Stone.
»Jawohl, Sir«, antwortete Rogers. »Wie lange werden die Technischen Dienste für die nötigen Arbeiten brauchen?«
»Ehrlich gesagt«, sagte Stone etwas kleinlaut, »wurden die Arbeiten bereits erledigt. Ich habe einige Leute von den Technischen Diensten gebeten, sich des Problems anzunehmen. Sie haben einen erstklassigen Plan. Einen Briefbeschwerer in der Form einer Karte von Palästina, der ein Mikrofon mitsamt Sender enthält. Ihrer Meinung nach muß der PLO-Mann, der diesem Ding widerstehen kann, erst noch geboren werden.
Alles, was Ihr Mann zu tun hat, ist, das Mikrofon im Büro des Burschen unterzubringen, der die Befreiungsfront anführt. Er kann es ihm zum Geschenk machen, es nach einem Besuch aus Versehen vergessen oder es heimlich in das Büro schmuggeln.

Ganz wie er mag. Es handelt sich wirklich um eine ganz einfache Operation. Fast ohne jedes Risiko. Weit weniger als das, was wir sonst so von unseren Agenten verlangen.«

»Was, wenn er nein sagt?« fragte Rogers. Er wollte die Antwort gar nicht hören.

»Dann haben wir da ein kleines Problem«, sagte Stone.

»Marsh wird dann vorschlagen, einen direkteren Versuch zu unternehmen, die Kontrolle herzustellen.« Stone machte eine Pause und zeigte ein trauriges Lächeln. »Ich werde seinen Vorschlag höchstwahrscheinlich unterstützen.«

»Einverstanden«, sagte Rogers. »Ich werde mein Bestes tun.«

»Sie können sich unser kleines Spielzeug morgen früh abholen«, sagte Stone. Sein Schauspiel in drei Aufzügen war endlich komplett.

Kapitel 19
Kairo; Mai 1970

Das nächste Treffen in Ägypten abzuhalten, war Jamals Idee gewesen. Rogers hielt das für verrückt. Warum sollte man ein angeblich geheimes Treffen mitten im feindlichen Territorium abhalten, wo einen Tausende von Schnüfflern des ägyptischen Moukhabarat umwimmelten? Warum sollte man mitten ins Zentrum des sowjetischen Einflußbereichs im Nahen Osten reisen?

Jamal jedoch versicherte ihm, daß sie in Ägypten sicher wären. Er sagte Fuad, daß er den ägyptischen Sicherheitsdienst von seiner Ausbildungszeit her kannte. Er wußte, wie sie Telefone anzapften und Überwachungen durchführten. Sie seien Stümper. Rogers sollte sich keine Sorgen machen. Rogers hatte den Eindruck, Jamal wollte unbedingt seine eigene Tüchtigkeit als Nachrichtenoffizier unter Beweis stellen. Widerstrebend willigte er ein, sich in Kairo mit ihm zu treffen, und packte wieder einmal seine Koffer.

Sie hatten das Treffen auf Anfang Mai festgesetzt, wenn Jamal in Fatah-Angelegenheiten in Kairo zu sein hatte. Fuad gab Jamal die Adresse einer gesicherten Wohnung der CIA in der Kairoer Vorstadt Heliopolis. Es handelte sich um ein Apartment in einer ruhigen Straße in einer von koptischen Christen bewohnten Gegend, in der das Nasser-Regime wenig Freunde hatte. Jamal sollte sich zu dieser Wohnung begeben, das vereinbarte Paßwort aufsagen und dann hineingehen. Für den Fall, daß niemand antwortete, sollte er am nächsten Tag eine Stunde früher wiederkommen und es noch einmal versuchen. Sein Problem bestünde darin, sich auf dem Weg zum Treffpunkt nicht beschatten zu lassen, teilte Fuad Jamal mit. Der jedoch machte sich über solche Vorsichtsmaßnahmen nur lustig.

Rogers kam in ein Ägypten, das dem Ende von Gamal Abdel Nassers Regierungszeit entgegenhumpelte. Er hatte den Eindruck, den Umkleideraum einer Baseballmannschaft zu betreten, die zwanzig Spiele in Serie verloren hatte. Die Ägypter überlebten mit Hilfe ihres sonnigen Temperaments. Die Träume und Illusionen von Nassers Revolution waren durch den 67er Krieg zerschmettert worden, der Nassers Prahlereien bezüglich der arabischen Militärmacht als armselige Lügen entlarvt hatte. Die gutmütigen Ägypter jedoch vergaben ihrem Führer alles. Wenn er sprach, schrien die Massen noch immer: »Nasser! Nasser!« Übersetzt bedeutet der Name: »Sieg! Sieg!« Vielleicht war es als Witz gedacht.

Eine dünne Tünche des Nasserschen Sozialismus lag über Ägypten, aber sie warf überall Blasen und schälte sich an den Rändern. Darunter lagen die Reste einer ganzen Reihe von Kulturen – der britischen, französischen, ottomanischen, beduinischen, römischen, griechischen: Jede neue Invasionswelle, die seit den Tagen der Pharaonen über Ägypten hinweggegangen war, hatte etwas zurückgelassen. Auf dem Weg zum Tahrir-Platz im Geschäftszentrum der Stadt hatte Rogers den Eindruck, die Zeit sei hier in mehreren Jahrhunderten zugleich stehengeblieben. Über ihm befanden sich die Fassaden im französischen Stil der alten Geschäftsgebäude, deren reich verzierte Simse und Schlußsteine unter all dem rußigen Schmutz kaum zu sehen waren; vor ihm gingen die Bürokraten und Geschäftsleute des modernen Ägypten und wischten sich den Schweiß von der Stirn; dort, wo es Schatten gab, standen die *fellahin*, die Bauern aus den Dörfern des Nildeltas, in Lumpen und barfuß, die ihre Notdurft unter Gelächter und derben Witzeleien in Einfahrten und auf Türschwellen verrichteten; rundum dröhnte unablässig der Lärm hupender Autos, Waren feilbietender Händler und in wohlklingendem ägyptischen Arabisch schäkernder Passanten.

Rogers war im Nile Hilton abgestiegen, einem großen amerikanischen Hotel am Fluß, das paradoxerweise zum bevorzugten Aufenthaltsort des Präsidenten Nasser geworden war. Das Hotel war eine Oase inmitten des ansonsten im Chaos versinkenden Kairo. Ägyptische Romanciers kamen wegen der Klimaanlage ins Café des Hotels, um dort inmitten der Kühle und Ruhe ihre Bücher zu schreiben; moslemische Bräute gaben in der übervölkerten Lobby ihre Hochzeitsempfänge und erröteten bei den vom Chor zum Besten gegebenen Geschichten aus der Hochzeitsnacht. Das Hotel war der Ort, an dem sich ganz Kairo traf, um seine gesellschaftlichen Kontakte zu pflegen.
Rogers kam einen Tag vor dem Treffen an und übte sich darin, die Überwachungsteams des Moukhabarat abzuschütteln; jene kleinen Männer in den ausgebeulten Anzügen, die in Trauben vor dem Hotel herumlungerten. Er stellte bald fest, daß dies kein Problem war, und überlegte sich, ob Jamal vielleicht doch recht gehabt hatte.
Am Tag des Treffens schlüpfte Rogers zur Hintertür des Hotels hinaus und ging einige Häuserblocks die Kasr-el-Nil-Straße bis zum Talat-Harb-Platz, wo er sich ein Taxi heranwinkte. Er ließ das Taxi nach Dokki auf der anderen Seite des Flusses fahren. Dort hielt er an, sah sich nach Überwachern um und nahm dann ein anderes Taxi zurück ins Zentrum. Dort wechselte er noch einmal die Autos, bevor er sich in Richtung Heliopolis bewegte. Als er schließlich in der Nähe der sicheren Wohnung ankam, ließ er sich vom Taxifahrer einen Häuserblock vor seinem eigent-

lichen Ziel absetzen und ging den Rest des Wegs zu Fuß, wobei er zweimal stehenblieb, um nach kleinen Männern in ausgebeulten Anzügen Ausschau zu halten.

Jamal traf ganz nach Plan eine Stunde später ein. Rogers erkannte ihn kaum. Er war wie ein *bawab* angezogen, ein bescheidener Türsteher; er trug eine schmutzige, graue *gallabiya*, kotige Ledersandalen und einen turbanartigen Schal, der seinen Kopf und den größten Teil seines Gesichts bedeckte. Er bot einen Anblick voller Widersprüche: das dunkle, glänzende Haar und die schönen Filmstargesichtszüge in die Lumpen eines Bettlers gehüllt. Rogers fand die Aufmachung etwas komisch und sagte ihm das.

»Ich rechne mit dem Snobismus der Geheimpolizei«, sagte Jamal. »Denen würde nicht im Traum einfallen, daß es sich lohnen könnte, einen, der so angezogen ist, zu verfolgen.«

»Ich hoffe, Sie haben recht«, sagte Rogers und trat ans Fenster. Die Vorhänge waren zugezogen, um eine Überwachung von der anderen Straßenseite her zu verhindern, was den Raum trotz der Mittagszeit fast völlig verdunkelte. Rogers zog den Vorhang ein wenig zur Seite. Die Straße sah ruhig aus. In dem Gebäude auf der anderen Seite der Straße sah er Frauen und Kinder. In einer der Wohnungen saß ein junger Mann alleine am Fenster, las in einer Zeitung und schaute hin und wieder müßig aus dem Fenster. Er sah harmlos aus. Rogers ließ den Vorhang wieder fallen.

Er bot Jamal einen Whisky an. Der Palästinenser lächelte und lehnte ab; Tee wäre ihm lieber. Einige Minuten lang tauschten sie Belanglosigkeiten aus. Jamal schien versessen darauf, endlich zum Geschäft zu kommen. Aus den Falten seiner staubigen *gallabiya* zog er zwei Blatt Papier, die dicht mit arabischen Schriftzeichen bedeckt waren, und reichte sie Rogers mit einer schwungvollen Gebärde. Die Zurückhaltung, die er in Kuwait an den Tag gelegt hatte, war verschwunden.

»Der Alte Mann schickt den Vereinigten Staaten seine Grüße«, sagte Jamal.

Rogers legte als Zeichen des Dankes seine Hand aufs Herz.

»Was steht auf diesen Papieren?« fragte er.
»Das ist ein Teil unserer Sicherheitszusammenarbeit«, sagte Jamal, immer noch strahlend.
»Erzählen Sie mir etwas darüber«, bat Rogers. Das Tonbandgerät war eingeschaltet. Er wollte eine Aufzeichnung für Stone.
»Wir geben euch die Namen von acht Leuten, die sich zur Zeit in einem Ausbildungslager im Süd-Libanon aufhalten. Es handelt sich um vier Palästinenser, zwei Deutsche und zwei Italiener. Sie studieren dort Techniken, die man bei Flugzeugentführungen benützen könnte. Die Volksfront für die Befreiung Palästinas unterhält das Lager, aber einer der Ausbilder arbeitet für uns.«
»Warum geben Sie uns diese Informationen?« fragte Rogers.
»Dem Alten Mann mißfällt der Umstand, daß Europäer darin verwickelt sind«, erklärte Jamal.
Die Ansicht, daß es für Palästinenser in Ordnung war, Flugzeuge vom Himmel zu sprengen, nicht aber für Europäer, mutete Rogers als eine merkwürdige Art von Rassismus an. Aber er hielt den Mund.
»Die zweite Seite ist die nützlichste«, sagte Jamal mit dem wissenden Lächeln eines Anwalts oder Rechnungsprüfers, der sich mit einem Klienten berät.
Die zweite Seite enthielt detaillierte Angaben über die Reisepässe, die für die acht Männer von der Dokumentenabteilung der PLFP vorbereitet worden waren. Die vier Palästinenser sollten mit echten algerischen Pässen reisen, die beiden Deutschen und die beiden Italiener mit falschen Pässen ihrer Heimatländer. Die Namen und die Nummern der Pässe waren feinsäuberlich aufgelistet.
»Danke«, sagte Rogers.
Rogers war zufriedener, als er offen eingestehen wollte. Dieses Dokument war eine Goldgrube. Es würde den westlichen Geheimdiensten gestatten, die Terroristen von dem Augenblick an zu verfolgen, in dem sie das Ausbildungslager im Libanon verließen; man konnte ihre Kontakte mit anderen Operatoren in Europa und dem Nahen Osten überwachen und die Leute in Gewahrsam nehmen, bevor sie jemanden umbrachten.

Der Amerikaner fürchtete sich vor dem, was er als nächstes zu tun hatte.
»Die Namen und die Paßnummern sind soweit ganz gut«, sagte Rogers in wohlabgewogenem Tonfall. »Aber sie sagen uns nicht alles, was wir wissen wollen. Sie sagen uns nur, wer versuchen wird, Flugzeuge zu entführen und damit die palästinensische Revolution in Mißkredit bringt. Aber sie sagen uns nicht wann und wo. Deshalb müssen wir jetzt weitergehen. Es tut mir leid, Sie zu drängen, Jamal, aber wir müssen uns jetzt auf eine neue Ebene in unserer Sicherheitszusammenarbeit begeben.«
Jamal sah ihn argwöhnisch an. Die Begeisterung war ihm wie aus dem Gesicht gewischt. Seine Lippen waren aufeinandergepreßt und seine Nasenflügel zitterten.
Rogers nahm den Briefbeschwerer aus seiner Tasche.
»Das hier ist ein einfaches Gerät, das uns helfen kann, viele Leben zu retten. Ich werde Ihnen erklären, wie es funktioniert –«
»Aaacch!« Jamal schnitt ihm das Wort mit einem scharfen Ausruf ab. Es war fast schon ein Schrei, ein Laut, den jemand ausstoßen könnte, um ein Geräusch zu übertönen, das er nicht hören wollte.
»Unmöglich! Das ist absolut unmöglich! Ich habe Ihnen in Kuwait erklärt, daß ich nicht euer Spion sein werde!«
Jamal schrie fast. Rogers war hin- und hergerissen zwischen Anteilnahme für den Palästinenser und der Sorge um den Lärm, den er machte.
»Schhhhh!« machte Rogers.
Er trat ein weiteres Mal an das verdunkelte Fenster und zog den Vorhang ein klein wenig zur Seite, um nachzusehen, ob der Lärm jemandem aufgefallen war. Nach kaum einer Sekunde ließ er den Vorhang wieder fallen.
Rogers stöhnte leise auf und biß sich auf die Lippen. Er wandte sich an Jamal und redete mit einer auf geradezu unheimliche Weise ruhigen Stimme auf ihn ein.
»Mein Freund«, sagte Rogers. »Ihre Probleme fangen eben erst an.«

In einer Wohnung auf der anderen Seite der Straße hatte Rogers den gleichen jungen Mann gesehen, den er zuvor schon gesehen hatte. Immer noch am selben Platz, und er gab immer noch vor, in einer Zeitung zu lesen. Es war so offensichtlich. Warum hatte Rogers das nicht gleich durchschaut? Der Mann auf der anderen Seite war ein Beobachter, und er beobachtete die konspirative Wohnung. Irgendwie, trotz all der Vorsichtsmaßnahmen, hatte sie der ägyptische Moukhabarat unter Beobachtung gestellt.

Rogers atmete einmal tief durch. Er sah Jamal in die Augen.

»Es gibt einen Fluchtplan«, sagte er kühl. Bei der Einrichtung der Wohnung hatte man an diese Art von Eventualität gedacht. Er führte Jamal in ein Schlafzimmer und deutete auf einen einfachen Geschäftsanzug und einen breitkrempigen Hut im Schrank.

»Ziehen Sie das so schnell wie möglich an«, sagte Rogers.

Der Palästinenser gehorchte wortlos.

»In der Jackettasche ist eine Sonnenbrille«, sagte Rogers. »Setzen Sie sie auf.«

Rogers fiel auf, daß Jamal immer noch die Bauernsandalen trug. Im Schrank waren keine Schuhe. Auch egal! Es mußte eben so gehen! Rogers führte den Palästinenser an die Wohnungstür.

»Hören Sie mir genau zu und tun Sie genau das, was ich sage. Wenn Sie diesen Anweisungen genau folgen, dann gibt es keinen Grund, warum jemand herausfinden sollte, daß Sie hier gewesen sind.

Gehen Sie die Treppe zwei Stockwerke hinunter in den Keller. Unten am Ende des Treppenhauses ist eine Tür. Die Tür führt zu einem Tunnel, der unterirdisch in den Keller des Nachbargebäudes führt. Wenn Sie aus dem Tunnel kommen, gehen Sie ganz ruhig die Treppe hinauf an die Haustüre. Die führt auf eine geschäftige Straße, in der die Straßenbahn von Heliopolis eine Haltestelle hat. Die Haltestelle ist dreißig Meter vom Gebäude entfernt. Warten Sie in der Einfahrt, bis Sie tatsächlich eine Straßenbahn kommen sehen. Dann gehen Sie rasch hinaus und steigen Sie ein.

Wenn Sie in die Innenstadt kommen, nehmen Sie einen Bus vom

Tahrir-Platz in Richtung Giza. Gehen Sie in einen der Clubs in der Pyramiden-Straße, wo die Huren den ganzen Tag über arbeiten. Gehen Sie hinein und bleiben Sie bei einem der Mädchen, solange Sie nur können. Geben Sie ihr ein Trinkgeld, so daß sie sich an Sie erinnert. In der Tasche des Jacketts müßte Geld sein.
Wenn Sie nach Beirut zurückkommen, wird Fuad Kontakt mit Ihnen aufnehmen. In der Zwischenzeit versuche ich herauszufinden, was hier passiert ist.
Irgendwelche Fragen?«
Jamal sah Rogers an, als sähe er ihn zum ersten Mal. Er schüttelte schweigend den Kopf. In seinen Augen sah man den Respekt des Berufskollegen und so etwas wie Ehrerbietung; der Blick eines jungen Offiziers, der seinem Vorgesetzten gehorcht. Rogers öffnete entschlossen die Tür und spähte in den Korridor. Es war niemand zu sehen.
»Machen Sie schon!« sagte er, und schon war Jamal fort.
Rogers wartete eine Viertelstunde und folgte dann demselben Fluchtplan. Nur daß er wegen seines Alibis nicht ins Bordell in die Pyramiden-Straße ging. Er ging in die Amerikanische Botschaft.

Vier Tage später gelang es der Kairoer Station, von ihrem besten Agenten innerhalb des ägyptischen Moukhabarat einen Bericht zu dem Zwischenfall in Heliopolis zu bekommen. Der Schaden war geringer, als Rogers befürchtet hatte. Es war das Apartment gewesen, das man beobachtet hatte, nicht Rogers oder Jamal. Wegen eines Schnitzers auf seiten der Kairoer Station war die sichere Wohnung nicht so sicher, wie sie es hätte sein sollen.
Der Moukhabarat hatte Fotografien von jedem, der das Gebäude betreten hatte. Man hatte im Fall von Rogers eine vorläufige Identifizierung vorgenommen, da sich die Ägypter an ihn noch aus seinen Tagen im Süd-Yemen erinnerten. Die andere Person, die in der einfachen arabischen Kleidung gekommen war und das Gesicht verhüllt hatte, bereitete ihnen mehr Kopfzerbrechen. Auf den Bildern war kaum etwas zu erkennen.

Die Ägypter hatten vorläufig angenommen, Rogers habe sich mit einem Mitglied der ›Ikhwan Muslimin‹, der Moslemischen Bruderschaft, getroffen, die verbittert gegen das Nasser-Regime opponierte. In Kairo und Alexandria waren in den letzten vierundzwanzig Stunden ein halbes Dutzend Mitglieder der Ikhwan verhaftet worden. Man hatte sie gefoltert, um Informationen über die Kontakte der Gruppe zur CIA zu bekommen. Einige waren unter Beteuerung ihrer Unschuld gestorben.

Rogers haßte Schnitzer. Das vermasselte Treffen in Heliopolis ging zwar nicht auf sein Konto, aber das war nur ein geringer Trost. Er hatte Pech gehabt. Rogers, der an das Glück glaubte, sah sich nicht gerne als einen Unglücksraben.

Das Schlimmste an einer verpatzten Operation war die Manöverkritik, die unweigerlich folgte. Der Zwischenfall in Heliopolis zog eine Kette von Anfragen, Memoranda und Empfehlungen nach sich. Marsh höchstpersönlich kam nach Beirut und Kairo geflogen und brachte eine Woche damit zu, jeden, der ihm über den Weg lief, zu befragen und zu maßregeln. Die Leute von der Gegenspionage schickten ihren eigenen Mann, der eine gesonderte Untersuchung durchführte. Ein großer, geradezu leichenhaft magerer Mann, der ungewöhnlich geheimnisvoll tat und in den unpassendsten Augenblicken vom Forellenfischen redete. Man nahm an, daß er einen eigenen Bericht verfaßte, aber niemand bekam je einen zu Gesicht.

Gegen Ende Mai hatte sich der Staub zu legen begonnen. Der Schaden war beträchtlich; Rogers hoffte jedoch, daß er sich in Grenzen hielt, da er um die Operation fürchtete.

Die erste Frage, die sich die Spezialisten stellten, war die, ob Rogers' Tauglichkeit als Führungsoffizier im Nahen Osten durch die vorläufige Identifizierung in Heliopolis zerstört worden war. Die Antwort lautete nein. Die Ägypter und die Sowjets hatten Rogers schon vor Jahren als Nachrichtenoffizier eingestuft; jetzt hatten sie eben einen Beweis mehr.

Die zweite Frage war, ob Jamals Kontakt zur CIA aufgedeckt worden war. Aber sämtliche Informationen, die bei der Agentur eingingen, deuteten darauf hin, daß die Ägypter tatsächlich der Meinung waren, Rogers habe sich mit einem Mitglied aus dem moslemischen Untergrund in Ägypten getroffen. Der Umstand, daß es dem Moukhabarat unmöglich war, Material aufzutreiben, das eine solche Beziehung bestätigte, schien ihnen nur noch mehr Sorgen zu bereiten.

Die dritte Frage war, wie die Adresse der konspirativen Wohnung aufgeflogen war. Handwerkliche Pfuscherei. Ein ägyptischer Unterstützungsagent hatte, wie sich herausstellte, die Wohnung von einem Mann gemietet, der einen Cousin im Sicherheitsdienst hatte. Ein junger als Kairoer Geschäftsmann getarnter Offizier, der die Anmietung der Wohnung überwacht hatte, war Gerüchten zufolge bereits dabei, seine Koffer zu packen.

Die Kritik ging allerdings nicht an Rogers vorbei. Zumal er seine Inquisitoren eigenhändig mit dem Beweismaterial versorgte, das sie benötigten. Als er an jenem Tag aus der Wohnung in Heliopolis geflohen war, hatte er noch schnell die Tonbandaufzeichnung seiner mißglückten Sitzung mit Jamal mitgenommen. Während einer nachträglichen Analyse in Kairo spielte Marsh das Band immer und immer wieder ab, vor allem die kurze Passage am Ende, in der Rogers die Abhöroperation vorschlug.

»Das hört sich ja fast an, als hätten Sie sich entschuldigen müssen«, sagte Marsh, als er sich das Band anhörte. »Sie brauchen sich nicht zu entschuldigen, wenn Sie von jemandem verlangen, für die Vereinigten Staaten von Amerika zu arbeiten! Das ist ein hartes Geschäft, und für Sentimentalitäten haben wir keinen Platz!«

Rogers hielt den Mund. Aber später, als er Marsh in seinem Leinenkreppanzug einen von Hoffmans Lieblingssätzen zitieren hörte, fuhr er zusammen.

»Es ist an der Zeit, diesen Palästinenser endlich an den Eiern zu nehmen und ordentlich zu drücken!« sagte der Mann aus Langley. Aus dem Mund von Marsh hörte es sich noch mieser an; und zudem ziemlich unglaubwürdig.

Rogers konnte Marshs Hauptvorwurf nicht entkräften: Ein Versuch, eine Wanze zu installieren, war gescheitert, weil der Führungsoffizier keine Kontrolle über seinen Agenten gehabt hatte. Der Agent hatte geglaubt, er könne nein sagen.
Rogers drängte darauf, noch einige Monate Geduld zu haben. »Wir müssen warten, bis die Wunden verheilt sind«, sagte er Marsh. »Die Beziehung braucht Zeit um zu reifen. Zuviel Druck könnte sie im Augenblick völlig zerstören.«
Aber seine Argumente langweilten ihn selbst in zunehmendem Maße. Er hatte sie bereits ein dutzendmal vorgebracht. Zu diesem Zeitpunkt hörten sie sich selbst in seinen Ohren saft- und kraftlos an. Gib es zu, sagte er sich selbst, du hast versagt.
Marsh hörte ihm mit der aufreizenden Höflichkeit eines Mannes zu, der weiß, daß er die bürokratische Schlacht gewonnen hat und sich daran nicht auch noch zu weiden braucht.
Du blutloser Bastard, dachte Rogers, als er sich anhörte, wie Marsh sich bei ihm für all die Zeit und die harte Arbeit bedankte, die er investiert hatte, um das Fundament für diesen Fall zu legen.

Schließlich kam ein Kabel von Stone mit dem Schlimmsten: Die Auswertung von PECOCK sollte vorübergehend eingestellt werden, um die Meinung ranghöchster Mitglieder der Nahost-Abteilung und des Stellvertretenden Direktors der Planung abzuwarten. Sie würden die weitere Entwicklung des Falles selbst in die Hand nehmen.
Der nächste Schritt wäre dann ein Treffen zwischen dem Agenten und einem ranghöheren Mann aus dem Stab der Nahost-Abteilung. Beirut sollte die Vorbereitungen abwickeln. Das Treffen sollte in kontrollierter Umgebung, vorzugsweise in einem NATO-Land, stattfinden. Der Falloffizier, der in der Anfangsphase des Falles mitgearbeitet hatte – womit Rogers gemeint war –, sollte beim nächsten Treffen mit PECOCK nicht zugegen sein.

TEIL V

Juni–September 1970

Kapitel 20
Beirut; Juni 1970

Als Rogers nach dem Malheur in Kairo wieder in Beirut eintraf, hatte bereits der libanesische Wahlkampf begonnen. Im August sollte ein neuer Präsident gewählt werden, und beide Lager prophezeiten im Falle eines Sieges der anderen Seite den Untergang des Libanon. In einem beunruhigenden Ausmaß hatten beide Seiten recht.

Im libanesischen Wahlsystem spiegelte sich der Zustand der ganzen Nation. Es basierte auf einer ungeschriebenen »Übereinkunft«, auf die sich die führenden Politiker 1943 geeinigt hatten, als Frankreich den Libanon in die Unabhängigkeit entlassen hatte. Diese Übereinkunft sah vor, den Christen das größte Stück des Kuchens zu geben – die Präsidentschaft und eine Mehrheit der Sitze im Parlament –, und jeder anderen religiösen Gruppierung im Land zumindest ein kleines Häppchen zuzugestehen.

Die Parlamentssitze eines jeden Wahlkreises wurden proportional zur Stärke der religiösen Sekten verteilt. Die Wähler im Shouf-Distrikt im Südosten von Beirut waren aufgefordert, drei Maroniten, zwei Sunniten, zwei Drusen und einen griechischen Katholiken zu wählen. Die Wähler von Zahle, im Bekaa Tal, mußten einen Maroniten, einen Sunni, einen griechischen Katholiken und einen Griechisch-Orthodoxen bestimmen. Ähnliche Vorschriften gaben auch in den übrigen Wahlkreisen des Landes den Ton an. Religiöse Diskriminierung wurde vom parlamentarischen System nicht nur geduldet; sie war obligatorisch.

Das libanesische System der Präsidentenwahl vermählte das Sektierertum des Parlaments mit der zweiten großen politischen Tradition des Landes: der Korruption. Der Präsident wurde vom Parlament gewählt, nicht vom Volk direkt, was bedeutete, daß alle sechs Jahre eine wahre Bestechungsorgie über die Bühne ging, wenn die eifrigen Parlamentsabgeordneten ihre Stimmen für die Präsidentenwahl meistbietend versteigerten. Was die Wahl von 1970 so unheilvoll erscheinen ließ, war der Umstand, daß in jenem Jahr die beliebtesten Bestechungsmittel in Waffen- und Munitionslieferungen für die illegalen Milizen bestanden, die überall im Land wie Pilze aus dem Boden schossen.

Rogers verbrachte eine Reihe von lustlosen Wochen im Büro und beschäftigte sich mit Routinearbeiten. Aufgaben, die er sonst ignoriert oder delegiert hatte, schienen ihn jetzt ganz und gar in Anspruch zu nehmen. Jeden Morgen traf er schon früh ein und las den Depeschenverkehr mit Washington der vergangenen Nacht; eine langweilige und unbefriedigende Tätigkeit. Er verbrachte Stunden damit, die Berichte der Agenten durchzugehen, die unter seiner Oberaufsicht standen. Die Überwachungslisten und Beschattungsberichte der Station sah er gar zweimal durch. Wenn ihn jemand gefragt hätte, ob ihn etwas bedrückte, dann hätte er eine solche Unterstellung glattweg von sich gewiesen.
Zu Hause war er unruhig und ungehalten, selbst seinem Sohn gegenüber. Die wilden Balgereien und Ballspiele mit seinem Sohn, die Rogers sonst genoß, bereiteten ihm jetzt Kopfschmerzen. Wenn Mark ihn jetzt testete, ob er auch wußte, wer die libanesische Fußballiga anführte, antwortete Rogers teilnahmslos: »Ich weiß es nicht.«
Rogers ging unmittelbar nach dem Essen in sein Arbeitszimmer, um zu lesen. Aber wenn die Tür sich hinter ihm geschlossen hatte, stellte er oft fest, daß seine Energien bestenfalls für Zeitungen und Magazine ausreichten. Depressionen waren für Rogers etwas Neues, und deshalb brachte ihn die Begegnung mit einer solchen völlig aus dem Konzept. Seine bisherige Laufbahn hatte ihn nicht auf einen Mißerfolg vorbereitet.
Jane Rogers, die ihren Mann noch nie in einer derart anhaltenden Melancholie erlebt hatte, hatte nicht die geringste Ahnung, wie sie darauf reagieren sollte. Wenn sie bei Cocktails zusammensaßen, wartete sie für gewöhnlich darauf, daß von ihm der zündende Funke kam, daß er über eine kleine Begebenheit aus seiner Arbeit sprach oder etwas, was er auf dem Nachhauseweg gesehen hatte, oder über einen Ausflug, den sie alle zusammen aufs Land unternehmen würden, oder darauf, daß die Konversa-

tion sonst irgendwie aufflackerte. Aber der Funke kam nicht, und so saß Jane schweigend da, ihr Glas in der Hand und fragte sich, was wohl nicht stimmte. Sie fragte ihn natürlich nicht danach. Das wäre gegen die Regeln gewesen.
Jane versuchte schließlich verschiedene Eröffnungen, um ihren Mann aus seiner grauen Stimmung zu reißen. Sie begann von sich aus Konversation mit ihm zu machen, plauderte mit ihm über Theater und Romane und die neuesten Nachrichten der Damen aus Smith's Lebensmittelladen. Sie experimentierte in der Küche, bereitete raffinierte libanesische Mahlzeiten mit Knoblauch und Joghurt zu. Sie kaufte sich sogar ein Sex-Handbuch in einer Buchhandlung in der Rue Hamra, und – seinem Ratschlag folgend – holte sie ihren Mann eines Abends in einem Regenmantel von der Arbeit ab, unter dem sie absolut nichts anhatte. Im Auto auf dem Nachhauseweg öffnete sie den Gürtel des Regenmantels und ließ ihn gerade so weit aufklaffen, daß die Wölbungen ihrer Brüste und Oberschenkel sichtbar wurden. In dieser Nacht liebten sie sich stürmisch, begannen bereits im Treppenhaus damit, noch bevor sie in ihrer Wohnung waren, und Jane dachte, sie hätte ein Heilmittel gefunden.
Aber am nächsten Morgen kehrten die Leere und das Gefühl, versagt zu haben, wieder in Rogers zurück. Jane wünschte sich, er wäre nicht so höflich und würde sein Unglück endlich herausschreien. Aber auch das wäre gegen die Regeln gewesen.
Was Rogers in diesen Wochen vor der völligen Verzweiflung bewahrte, war seine Tochter Amy. Ihre Gesundheit beschäftigte ihn mehr als alles andere. Er ging mit ihr zum Arzt, maß jeden Morgen ihre Temperatur und ihren Puls, testete mit einem silbernen Hämmerchen ihre Reaktionen. Und er war überglücklich, wenn die Ergebnisse all dieser Tests die Aussagen des Doktors bestätigten. Sie war auf dem Weg der Besserung. Rogers hatte das Gefühl, daß seine Tochter an manchen Tagen der einzige Mensch war, den er wirklich sehen wollte. Er saß dann abends da, hielt sie im Schoß und wiegte sie behutsam in den Schlaf. Zuweilen nahm er sie sogar mit in sein Arbeitszimmer und ließ sie auf dem Boden spielen, während er las. Es war,

als hätten sich Amys Krankheit und seine eigene seelische Wunde in seiner Vorstellungswelt miteinander verbunden und seien zu Auswüchsen ein und desselben Übels geworden.
Jane entschloß sich, diese schwierige Zeit durchzustehen. Sie gab Rogers Zeit, vor sich hinzubrüten, verlangte wenig von ihm und wartete darauf, daß sich die Wolken verzogen.
Als sie an einem dieser trübsinnigen Abende wach im Bett lag, kam Jane das Bild eines Schiffs im Nebel in den Sinn. Es war jenes Boot, das ihre Eltern vor Jahren einen Sommer lang für eine Kreuzfahrt vor der Küste Maines gechartert hatten. Im dichten Nebel hörte sie das Geräusch der Wellen, die sich an der felsigen Küste brachen, und das Dröhnen der Nebelhörner anderer Schiffe und dann wieder das gelegentliche Klappern einer Boje, die die Fahrrinne markierte. Aber sie konnte beim besten Willen nichts sehen, was weiter als einige Schritte entfernt war, so dicht war der Nebel. Sie sah ihren Vater, der auf den Schiffskompaß starrte, ab und zu einen Blick auf eine Karte warf und den Kurs bis zum nächsten Fixpunkt hielt. Er murmelte leise vor sich hin, während er das Boot auf Kurs zu halten versuchte.
Ich weiß, wo ich gerne wäre, hatte ihr Vater gebrummelt, aber ich weiß nicht, wo ich bin. Diese in den Nebel vor der Küste Maines gemurmelte Bemerkung traf die Wahrheit genau auf den Kopf, dachte sich Jane. Man hörte und spürte die Welt um sich herum, aber nichts war zu erkennen. Man tat sein Bestes, seinen Kurs nach sicheren Berechnungen zu steuern, aber man hatte noch nicht einmal die Gewißheit, daß man sich in die richtige Richtung bewegte.

Rogers ignorierte Fuad. Der libanesische Agent war Teil einer Operation, die gestorben war, so weit es Rogers betraf. Er genehmigte Fuads Spesenabrechnungen und unterzeichnete jede Woche einen Bericht für die Rechnungsprüfer; ansonsten ließ er Fuad links liegen. Nach einigen Wochen wurde Fuad schließlich unruhig und hinterließ in einem der toten Briefkästen eine Nachricht, in der er um einen Treff mit seinem Falloffizier bat.
»Hab ich etwas falsch gemacht«, fragte Fuad, als sie sich trafen.

»Warum ignorieren Sie mich?«

»Tut mir leid«, sagte Rogers. »Ich hatte ziemlich viel zu tun.«

Fuad nickte. Rogers war in seinen Augen eine so überlebensgroße Figur, daß es ihm nicht in den Sinn kam, daß der Amerikaner selbst Probleme haben könnte. Es wäre Fuad leichter gewesen, sich vorzustellen, daß die Sonne einmal nicht aufgehen könnte.

»Ich stehe zu Ihren Diensten«, sagte Fuad. »Wenn es irgendein Projekt gibt, um das ich mich kümmern soll, ich bin bereit.«

Rogers hörte den Eifer und die Loyalität in Fuads Stimme und war beschämt. Agenten sind wie Kinder, mußte er denken. Sie sind völlig von ihrem Falloffizier abhängig, wenn es um Arbeit geht, um Schutz und Überleben. Sie können nicht mehr alleine leben. Der Teil in ihnen, der einmal unabhängig war, ist während der Anwerbungsprozedur zerstört worden.

»Fuad«, sagte Rogers in einem so gebieterisch wie möglich klingenden Ton. »Da ist etwas, was Sie für mich tun sollen.«

»Was ist das, Effendi?« fragte Fuad. Er schaute bereits wieder glücklicher drein.

»Ich werde eine Weile sehr viel mit anderen Aufgaben zu tun haben. Und so werde ich mich nicht mit Jamal treffen können. Ich habe andere Leute gebeten, mir da auszuhelfen.«

Fuad nickte. Er war enttäuscht, versuchte sich aber nichts anmerken zu lassen.

»Ich möchte, daß Sie für mich auf Jamal aufpassen«, fuhr Rogers fort. »Vergewissern Sie sich, daß er angemessen geschützt wird; daß er genug Leibwächter um sich hat; daß er nicht zu viel Geld ausgibt; daß er sich gegenüber niemandem eine Blöße gibt. Verstehen Sie, was ich meine.«

»Ja, Effendi«, sagte Fuad. Seine Haltung hatte sich verändert. Er war wieder der alte.

Auf Rogers traf das nicht zu. Nachdem er sich aufgerafft hatte, sich um Fuad zu kümmern, verfiel er wieder in seine Teilnahmslosigkeit. Um die Wahrheit zu sagen, sein Gespräch über Jamal hatte ihn nur noch unglücklicher darüber werden lassen, daß seine Rolle in der Operation mit einem Fehlschlag geendet hatte.

Hoffman, der mitangesehen hatte, wie Rogers' Melancholie von Tag zu Tag wuchs, stellte schließlich fest, daß es ihm reichte. In dieser Station gab es nur Platz für *eine* Primadonna, und dieser Posten war bereits von ihm selbst besetzt. Eines Nachmittags Ende Juni ließ der Stationschef Rogers zu sich ins Büro kommen.

»Setzen Sie sich, mein Junge«, sagte Hoffman, als Rogers hereinkam. »Hören Sie mir jetzt genau zu, denn ich werde Ihnen jetzt drei wichtige Worte sagen, die in Ihrer Laufbahn noch eine große Rolle spielen werden.«

»Jawohl, Sir«, sagte Rogers gehorsam.

»Illegitimi non carborundum«, zitierte Hoffman einen lateinischen Satz.

»Was?« fragte Rogers.

»Illegitimi non carborundum«, wiederholte Hoffman. »Das sind die drei Worte.«

»Und was bedeuten sie?« fragte Rogers.

»Sie bedeuten: ›Laß dich von den Mistkerlen nicht unterkriegen!‹«

»Wo haben Sie das gelernt?« fragte Rogers und nahm sich etwas zusammen.

»In Harvard«, sagte Hoffman.

»Harvard?« sagte Rogers und setzte sich kerzengerade auf seinen Stuhl. »Ich wußte nicht, daß Sie in Harvard waren.«

»War ich auch nicht«, sagte Hoffman. »Ich war in Holy Cross. Aber wir haben gegen Harvard Football gespielt.«

»Und?«

»Und ich habe mir angewöhnt, immer wenn wir in Cambridge gespielt haben, der Kapelle der Harvard-Leute zuzuhören. Sie waren schließlich die ganz Gescheiten, verstehen Sie, und sie sangen auf Lateinisch, bloß um aller Welt zu zeigen, wie gescheit sie waren. Wenn alle anderen sangen: ›Zehntausend Mann aus Harvard‹, dann sangen sie ihre lateinische Nummer: ›Illegitimi non carborundum.‹ Wollen Sie, daß ich es Ihnen vorsinge?«

»Nein, danke«, sagte Rogers.

Hoffman begann aber trotzdem, wippte mit seinem großen

Kopf, bis Rogers schließlich ein Lächeln auf die Lippen kroch.
»Gaudeamus igitur«, sang Hoffman aus Leibeskräften.
»Veritas, non sequitur!« Seine Hände gestikulierten durch die Luft wie die eines Dirigenten.
»Illegitimi non carborundum. Ipso facto!« Als er fertig war, verbeugte er sich leicht in Rogers' Richtung.
»Nicht schlecht«, meinte Rogers.
»Laß dich von den Mistkerlen nicht unterkriegen«, wiederholte Hoffman.
Es folgte ein kurzes stummes Zwischenspiel. Hoffman nahm die Melodie dann wieder auf und summte sotto voce.
»Gottverdammtnochmal!« sagte Rogers mit einem Mal und erhob seine Stimme; endlich erlaubte er sich, auf irgend etwas wütend zu werden, in diesem Augenblick auf Hoffmans gnadenlos gute Laune.
»Was paßt Ihnen denn nicht?« fragte Hoffman.
»Was mir nicht paßt?«
»Korrekt«, sagte Hoffman. »Ihnen.«
»Ist das nicht offensichtlich?« antwortete Rogers. »Die versuchen mir meinen Fall wegzunehmen!«
»Mein Junge, die *versuchen* das nicht«, sagte Hoffman. »Die *sind schon dabei*, Ihnen Ihren Fall wegzunehmen. Das ist schon passé. Aus. Vorbei. Kaputt. Also werden Sie endlich gescheit und hören Sie auf, sich selber leid zu tun.«
»Danke«, murmelte Rogers. »Das hilft mir wirklich sehr.«
»Es könnte schlimmer sein, mein Junge. Die hätten Sie auch feuern können.«
»Das hätten sie wahrscheinlich auch tun sollen«, sagte Rogers. »Ich habe sie im Stich gelassen – vor allem Stone.«
»Vergessen Sie Stone.«
»Er hat versucht mir zu helfen. Als ich vor einigen Monaten nach Washington ging, nahm er mich zum Abendessen in seinen Club mit und hielt mir einen langen Vortrag über Kontrolle und Selbstkontrolle. Er hatte ganz recht.«
»Haben Sie gesagt, er hat Ihnen einen Vortrag über Selbstkontrolle gehalten?«

»Ja.«
»In diesem kleinen Vortrag hat er Ihnen nicht zufällig seine kleine Geschichte über den ›C‹ der Briten erzählt, oder? Wie der sich mit einem Taschenmesser das Bein abgesäbelt hat, was?«
»Genau, das hat er getan«, sagte Rogers. »Was ist damit?«
»Großer Gott im Himmel!«
»Was ist los?«
»Nichts«, sagte Hoffman. »Außer daß die ganze Geschichte von vorne bis hinten Bockmist ist.«
»Tatsächlich?«
»Jawoll! ›C‹ hat sein Bein bei einem Autounfall verloren, das stimmt, aber er hat es sich nicht selber abgeschnitten. Diese Legende verbreiten die Briten jetzt schon seit 50 Jahren. Stone erzählt sie jedem! Es ist seine Lieblingsgeschichte. Aber wahr ist sie trotzdem nicht. Also kapieren Sie endlich. Keiner ist vollkommen. ›C‹ nicht. Stone nicht. Sie nicht.«
Rogers schüttelte den Kopf. Er hatte keine Ahnung, wer die Wahrheit sprach: Stone, Hoffman oder womöglich keiner von beiden.
»Wollen Sie einen Rat von mir?« fragte Hoffman.
Rogers antwortete nicht.
»Mein Ratschlag lautet: Pfeifen Sie auf die Kerle; auf die ganze Bande.«
»Sehr hilfreich«, sagte Rogers.
»Nein, im Ernst«, sagte Hoffman. Das war ein Wort, das Rogers ihn noch nie hatte benutzen hören. »Ich meine, Sie könnten mal eine Abwechslung von der Palästinenser-Abteilung brauchen. Ein bißchen verschnaufen. Vergessen Sie, wie gemein Ihre Kollegen aus dem Frontbüro Sie behandelt haben. Lassen Sie die die Sache ruhig eine Weile lang vermasseln. Wie hört sich das an?«
»Ich will keinen Urlaub, wenn Sie das von mir verlangen.«
»Hören Sie, Sie Klugscheißer, wenn Sie glauben, ich kann meinen besten Mann entbehren, bloß weil er eine Persönlichkeitskrise durchmacht, dann vergessen Sie das schleunigst.«
Auf Rogers' Gesicht zeigte sich ein aufflackerndes Interesse.
»Woran ich gedacht habe«, fuhr Hoffman fort, »ist, daß Sie einige Zeit auf der anderen Seite verbringen, in Ost-Beirut, bei

den Christen. Schauen Sie sich dort um. Knüpfen Sie einige Kontakte. Schauen Sie mal, was sich da drüben so tut. Irgendwas ist da am Kochen – oder ich will nicht Nathan M. Pusey heißen!«
»Was soll das sein?« fragte Rogers.
»Eine Art geheime Untergrundbewegung, zum Beispiel.«
»Was in aller Welt soll das heißen?«
»Wenn ich das wüßte, bräuchte ich Sie ja nicht hinzuschicken, oder?«
»Haben Sie nicht schon einige Leute in dieser Richtung?«
»Alles zweite Garnitur.«
»Ich weiß nicht«, sagte Rogers, immer noch auf der Hut.
»Aber ich! Außerdem ist das kein Vorschlag, sondern ein Befehl.«
»Jawohl, Sir«, sagte Rogers. Als er das sagte, machte er in Gedanken bereits Inventur darüber, was er für die Aufgabe alles benötigen würde, die Hoffman ihm eben beschrieben hatte.
»Ich brauche Zugang zu einigen Akten. Und ich muß wissen, wer bereits auf unserer Gehaltsliste steht, damit wir die gleichen Leute nicht zweimal einkaufen.«
»Genehmigung erteilt«, sagte Hoffman.
»Danke.«
»Aber ich kann Ihnen eine Menge Ärger ersparen, indem ich Ihnen gleich die simple Wahrheit stecke. Und die besteht darin, daß unsere Agenten in Ost-Beirut ein Haufen überdimensionaler Arschlöcher sind, die nur eines richtig können – nämlich Geld abstauben.«
»Wo wollen wir also anfangen?«
»Wenn ich Sie wäre«, sagte Hoffman, »würde ich mal bei unserm geschätzten Kollegen vom libanesischen Deuxième Bureau, General Fadi Jezzine, vorbeischauen.«
»Warum gerade bei dem?« fragte Rogers. Das Bild, das er sich während des Abendessens beim Botschafter von General Jezzine gemacht hatte, war das eines eleganten, ernsthaften Mannes im Smoking, der Rogers das politische und wirtschaftliche System zu personifizieren schien, das dem Libanon die Luft zum Atmen nahm.

»Weil es keine Leichen in den Kellern der Christen gibt, die der General nicht kennt«, sagte Hoffman.

»Und wem gehört er selbst?«

»Jedem«, antwortete Hoffman. »Und niemandem. Der gute General verkauft seine Informationen an uns, an die Israelis, die Syrer, die Ägypter. Der Mann ist ein regelrechter Supermarkt. Für jeden hat er was. Und das bedeutet, daß ihn keiner je vollkommen in der Tasche hat. Und außerdem hat er die allererste Regel im Nachrichtengeschäft kapiert.«

»Und die wäre?«

»Die wäre: Niemals was verschenken! Wenn Sie eine Nachricht haben, dann verkaufen Sie sie oder tauschen sie. Aber verschenken Sie sie nicht.«

»Wie soll ich irgend etwas Neues aus ihm herauskriegen?«

»Das ist Ihr Problem«, sagte Hoffman. »Übrigens, wenn Sie bei ihm selber kein Glück haben, versuchen Sie's doch mal bei seiner Frau. Sie ist ein richtiger Feuerwerkskörper.«

»Ich weiß.«

»Sie kennen die Dame?«

»Flüchtig«, sagte Rogers. »Ich saß einmal auf einer Dinnerparty neben ihr: Sie betrank sich und zog über die Palästinenser her.«

»Exzellent.«

Rogers wandte sich um, um das Büro zu verlassen.

»Gaudeamus igitur!« rief Hoffman hinter ihm her.

»Was soll das heißen?« fragte Rogers.

»Laßt uns froh und munter sein.«

Kapitel 21
Ost-Beirut; Juli 1970

Rogers stürzte sich auf seinen neuen Auftrag, als hätte er die Absicht, ein neues Leben anzufangen. Er verbrachte seine Tage in Ost-Beirut unter der christlichen Elite, knüpfte neue Kontakte und erneuerte alte. Einige Wochen nach seiner Unterredung mit Hoffman hatte er sich eine Einladung zum Mittagessen im Haus der Jezzines in den Bergen nordöstlich von Beirut erschlichen.

Der Lunch fand an einem sonnigen Sommertag statt, der Rogers heiß schien, als er seine Wohnung in West-Beirut verließ. Mit seinem leichten Sommeranzug, einem Hemd mit offenem Kragen und den Cowboy-Stiefeln war er leger gekleidet. Als er in der Nähe des Dorfes, in dem die Jezzines wohnten, die Berge erreichte, wurde die Luft kühler, und Rogers wünschte, er hätte sich einen Pullover mitgebracht.

Das Dorf an den Hängen des Mount Lebanon war für die Ankunft eines besonderen Gastes hergerichtet worden. Quer über die Hauptstraße hing eine Lichterkette, deren Lampen matt und kaum sichtbar im Mittagslicht vor sich hinbrannten; libanesische Flaggen wehten von vielen der Steinhäuser. Als Rogers die Straße hinauffuhr, bemerkte er, daß sich hinter den Fenstern einiger Häuser Gesichter bewegten, die ihm lautlos entgegenstarrten.

Das Dorf war die angestammte Heimat des Jezzine-Clans. Ihre Villa thronte von einem Zedernhain geschützt auf dem höchsten Hügel der Gegend. Als Rogers sich dem Haus näherte, fand er sich mit einem Mal vor einer Straßensperre. Sie war von Bauernburschen in Schwarz bemannt, die automatische Waffen trugen. Sie hielten ihn an und fragten nach seinem Paß. Als sie festgestellt hatten, daß er der wichtige amerikanische Besucher war, den man für diesen Tag erwartete, ließen es sich die Bewaffneten nicht nehmen, Rogers die restlichen hundert Meter zum Haus zu chauffieren.

Die Jezzines ließen ihn warten, wie vorauszusehen war. Rogers vertrieb sich die Zeit damit, Zigaretten zu rauchen und die Magazine aus Paris zu lesen, die auf dem Tisch im Salon lagen. Schließlich, exakt dreißig Minuten nach Rogers' Ankunft, tauchte General Jezzine aus dem privaten Teil des Hauses auf, um ihn zu begrüßen. Der General trug einen weißen Leinenanzug und rauchte eine Havanna.

»Wie schön, daß Sie gekommen sind«, sagte Jezzine. »Es ist eine große Ehre für mich, ein so hervorragendes Mitglied Ihrer Organisation in meinem Hause zu haben.« Seine Sprache war präzise und sein Ton wohlabgewogen. Er hatte eine Art zu sprechen, die es seinem Mund gestattete, die Worte zu formen, während der Rest seines Gesichts vollkommen unbeweglich blieb; vor allem seine Augen, die Rogers ohne auch nur mit einer Wimper zu zucken anzustarren schienen.

Sie unterhielten sich einige Minuten lang über Belanglosigkeiten. Jezzine zeigte Rogers seine Waffensammlung, die in einem Schaukasten an der Wand untergebracht war. Dann schlenderte er zu dem riesigen Panoramafenster, das den Salon dominierte, und zeigte ihm in der Ferne das Tal, in dem er als Junge mit seinem Vater auf die Jagd gegangen war und wo er jetzt mit seinen eigenen Söhnen jagte. Der General warf einen kurzen Blick auf Rogers' Stiefel und wandte sich geringschätzig ab.

Nach einiger Zeit kam ein Diener mit Tee, der in kleinen Glastassen serviert wurde, die zur Hälfte mit Zucker gefüllt waren.

»Haben Sie schon einmal von ›La Dactylo‹ gehört, Mr. Rogers?« fragte der General, nachdem er an seinem Tee genippt hatte.

Rogers schüttelte den Kopf.

»Wie Sie wissen, bedeutet das auf Französisch ›Die Schreibkraft‹. Hier in meinem Land hat es jedoch eine besondere Bedeutung. Ist Ihnen diese zufällig bekannt?«

»Nein«, sagte Rogers.

»Es ist der Spitzname, den die libanesischen Journalisten dem Deuxième Bureau gegeben haben. Der Name entbehrt nicht einer gewissen Logik. Sehen Sie, manchmal, da lasse ich den Besitzer einer unserer libanesischen Zeitungen zu mir in mein Büro nach Yarze kommen und gebe ihm die eine oder andere Information. Ich sage ihm, die Bank von Monsieur So-und-So, des palästinensischen Millionärs, ist in Schwierigkeiten, oder daß ein bestimmtes Ministerium wegen finanzieller Unregelmäßigkeiten sein Budget überzogen hat. Der Besitzer der Zeitung, wenn er ein vernünftiger Mann ist, geht mit dieser Information zu seinem Herausgeber und sagt ihm, er soll sie drucken. Wenn der Herausgeber wissen will, woher sie stammt, dann sagt ihm der Besitzer: Von ›La Dactylo‹.«

»Von der ›Schreibkraft‹«, sagte Rogers.

»Ja. Exakt. Jedermann weiß, was das bedeutet. Es bedeutet, daß die Geschichte von mir kommt, vom Nachrichtendienst der Armee, von der Geheimpolizei. Und das genügt. Die Geschichte wird gedruckt. Sie preist den einen Politiker, der im Interesse der Nation handelt, und sie tadelt den anderen, der dies nicht tut.«

Rogers nickte. Er war sich nicht sicher, worauf Jezzine mit seinem Vortrag hinauswollte.

»Manchmal«, fuhr der General fort, »stellt ›Die Schreibkraft‹ eine Information zur Verfügung, die nicht von uns stammt, sondern aus der Amerikanischen Botschaft. ›La Dactylo‹ tippt sie trotzdem, und sie erscheint in den Beiruter Zeitungen. Und von hier aus kann sie über Pressedienste in die ganze Welt geschickt werden.«

»Ein effizientes System«, bemerkte Rogers.

»Das ist es in der Tat. Und eines, das – wenn ich das einmal ganz unbescheiden hinzufügen darf – nur auf Grund der Effizienz und des Könnens des libanesischen Nachrichtendienstes möglich ist.«

»Und der Fügsamkeit der Herausgeber«, sagte Rogers.

General Jezzines Mund lächelte. Der Rest seines Gesichts blieb eingefroren. »Es zeugt auch von der Effizienz des Deuxième Bureau«, sagte er.

»Wieso?«

»Weil ›La Dactylo‹ seine Klientel versteht. Wir wissen, daß alle Libanesen eine Schwäche gemeinsam haben. Um es unverblümt zu sagen, man kann sie kaufen. So ist hier das Leben. Wir sind ein armes, kleines Land, in dem die Verdienstmöglichkeiten nicht sehr zahlreich sind. Unser Volk lebt von seinem Einfallsreichtum. Die Menschen verkaufen das wertvollste, das sie besitzen – ihre Loyalität – demjenigen, der am meisten bietet. Es

ist nicht unser bewunderungswürdigster Charakterzug, mag sein, aber es ist verständlich.
Unglücklicherweise können wir vom Deuxième Bureau es uns nicht leisten, uns die Loyalität aller unserer Bürger zu erkaufen. Aber wir haben ein kleines Geheimnis herausgefunden: Man braucht einen Menschen gar nicht selbst zu bestechen, wenn man nur um die Identität desjenigen weiß, *der* ihn besticht. Verstehen Sie, was ich sagen will? Wissen ist tatsächlich Macht. Das ist unsere Methode, und auf diese Art und Weise sind wir in der Lage, fast jeden zu kontrollieren.«
»Ich bin mir nicht sicher, ob ich das richtig verstehe«, sagte Rogers, was nicht ganz der Wahrheit entsprach. Genaugenommen verstand er die Methoden des Büros nur allzu gut. Es manipulierte Wahlen, bevormundete Zeitungen und hörte Telefone ab. Es regierte den Libanon.
»Ich gebe Ihnen ein Beispiel«, sagte Jezzine. »Vor einigen Jahren hielt der Präsident der Republik eine Zusammenkunft mit den Herausgebern sämtlicher großer Zeitungen ab. Er versammelte sie alle um einen Tisch und wandte sich der Reihe nach an sie, wobei er sie mit den Namen jener arabischen Potentaten anredete, die ihnen Geld schickten.
›Wie geht es Präsident Nasser?‹ sagte er zum Herausgeber der Zeitung, die Bestechungsgelder von den Ägyptern erhielt. ›Wie geht es Präsident Assad?‹ fragte er den Herausgeber, der ein Gehalt von den Syrern bezog. Zu dem, dessen Schmiergelder aus Riad kamen, sagte er: ›Wie geht es König Faisal?‹. Und dann kam die Reihe an den Herausgeber unserer angesehensten und unbestechlichsten Zeitung.«
»Und was sagte er zu dem?« fragte Rogers.
»Er sagte: ›Wie geht es der ganzen verdammten Welt?‹«
Rogers lachte über den Witz. Jezzine lächelte und kniff die Augen zusammen, was bei ihm wohl einem homerischen Gelächter gleichkam.
»Sie sehen also«, fuhr Jezzine fort, »solange wir wissen, wer in unserem korrupten kleinen Land wen bezahlt, haben wir fast jeden in der Hand.«

»Aber nicht *jeden*?« erkundigte sich Rogers.
»Leider gibt es auch unter uns Fanatiker, deren Motive nicht so klar sind. Die hungern nach etwas anderem als Geld. Sie wollen Würde, Gerechtigkeit, Dinge, die auf unserer Welt nur schwer zu beschaffen sind. Diese Leute stellen ein größeres Problem dar.«
»Verzeihen Sie mir, wenn ich Ihnen eine unhöfliche Frage stelle«, unterbrach ihn Rogers. »Aber warum erzählen Sie mir das alles?«
»Sie sind sich doch zweifellos darüber im klaren, daß wir bald eine Präsidentenwahl haben«, sagte der General.
»Darüber bin ich mir sehr wohl im klaren«, sagte Rogers.
»Unserer Ansicht nach wird diese Wahl die Zukunft des Libanon bestimmen. Es wird ein Rennen zwischen dem Block, den wir die ›*Nabj*‹ nennen – ein Ausdruck, der sich auf die ›Methode‹ unseres Präsidenten bezieht, der dieses Land die letzten zwölf Jahre hindurch so erfolgreich geführt hat –, und den Kräften der Anarchie, die ihn ablösen würden. Wenn wir verlieren, dann werden die Kräfte der Anarchie an die Macht gelangen – die korrupten Bürokraten und Geschäftemacher, die moslemischen Krawallmacher, die Palästinenser. Wir stehen für Stabilität und Ordnung. Unsere Opponenten stehen für Veränderung und Unordnung. Es ist erschreckend, sich vorzustellen, was passiert, wenn sie gewinnen.«
Der General sah Rogers an, als wartete er auf ein zustimmendes Nicken, das jedoch nicht kam.
»Vielleicht verstehen Sie nicht«, sagte der General. »Wir vom Deuxième Bureau haben eine Formel gefunden, dieses rebellische kleine Land zu regieren. Wir schlagen vor, es wie die Armee zu leiten. Die Generäle sind Christen, ja, das ist wahr. Aber viele der anderen Offiziere sind sunnitische und drusische Moslems. Und als Soldaten haben wir die schiitischen Moslems, die ohnehin nichts anderes wollen, als geführt zu werden. Wer denkt in einer Armee schon an Religion? In der Armee sind wir alle Libanesen – mit einem gemeinsamen Ziel.«
Wieder erwartete der General bei Rogers ein zustimmendes Nicken. Aber es kam noch immer keines.

»Wissen Sie, wie unser Präsident diese kleinen Männer von der Opposition nennt, die vorhaben, uns unser Land zu nehmen?«
»Wie denn?« fragte Rogers.
»Die *frommagistes* – die ›Käseleute‹. Das ist, was wir bekommen, wenn diese Leute die Wahl gewinnen: eine Nation, die von den Käseleuten regiert wird.«
Rogers lächelte. Das heißt also, die Käseleute treten gegen die Ratten an, dachte er sich.
»Was erwarten Sie von uns?« fragte Rogers.
Der General seufzte.
»Unterstützung. Geld. Ich habe die Einzelheiten dessen, was wir benötigen, bereits Ihrem Mr. Hoffman erklärt.«
»Und was hat er Ihnen gesagt?« fragte Rogers.
»Daß die Politik der Vereinigten Staaten darin besteht, bei den Wahlen neutral zu bleiben.«
»Das ist auch mein Verständnis unserer Politik.«
General Jezzine schnalzte ärgerlich mit der Zunge.
»Sie erwarten doch nicht von mir, daß ich das glaube.«
»Es ist aber wahr,« sagte Rogers. »Wir sind neutral. Wir stellen keiner der beiden Seiten Geld zur Verfügung, das versichere ich Ihnen.«
»Dann bin ich beleidigt«, sagte der General eisig. »Ich bin bestürzt, daß Sie so wenig für uns übrig haben.«
Rogers hob den Kopf.
»Warten Sie mal«, sagte der Amerikaner. »Wollen Sie mir damit sagen, Sie sind von Amerika enttäuscht, weil wir nicht versuchen, Ihre Wahlen zu manipulieren?«
»Exakt«, sagte der General. Es sah ganz so aus, als sei er ernsthaft gekränkt.
Rogers hatte gute Lust, laut loszulachen, fürchtete aber, seinen Gastgeber noch mehr zu beleidigen.
»Wissen Sie, was mir Ihr Mr. Hoffman gesagt hat, als ich ihm gegenüber diese Punkte erwähnte?« fragte der General.
»Nein«, sagte Rogers und fragte sich sofort, was für eine Perle der Weisheit ihm der Stationschef angeboten hatte.
»Er sagte mir: ›Machen Sie eine Fliege, Charlie.‹ Genau das waren seine Worte. Sagen Sie mir bitte, was das bedeutet?«

»Es bedeutet nein«, sagte Rogers. »Es ist eine besonders nachdrückliche Art, nein zu sagen.«
Ein peinliches Schweigen entstand.
»Als Sie mich anriefen und mir vorschlugen, mich zu besuchen«, sagte der General schließlich, »hoffte ich, das sei vielleicht Mr. Hoffmans Art, sich zu entschuldigen und mir zu verstehen zu geben, daß er es sich anders überlegt hätte. Sie kommen also nicht, um mir Ihre Unterstützung im Wahlkampf anzubieten?«
»Ganz und gar nicht.«
»Schade«, sagte der General.
Er stand auf und ging zu seinem Gewehrschrank hinüber, nahm eine Schrotflinte heraus und zielte mit ihr auf das Tal.
»Ich bin aus einem anderen Grund gekommen«, sagte Rogers.
»Welchem Grund?« erkundigte sich der General eher reserviert vom Fenster her, während er mit dem Gewehr auf unsichtbare Ziele anlegte.
»Ich werde es erklären«, sagte Rogers. Er erhob sich von der Couch und ging zum General hinüber. Er sprach mit einer besonderen Betonung und in vertraulichem Ton.
»Sir«, begann er. »Die Botschaft macht sich Sorgen um das Anwachsen der Untergrundmilizen bei den Christen. Wir befürchten, daß diese Organisationen Teil einer Gewaltspirale im Libanon sind, die irgendwann einmal nicht mehr kontrollierbar sein wird. Wir nehmen an, daß Sie um diese Organisationen wissen.«
»Natürlich«, sagte der General. »Das ist meine Aufgabe.«
»Wir hoffen, daß Sie unsere Besorgnis teilen.«
»Das ist eine andere Sache«, sagte Jezzine. »Meine Sorge gilt der Zukunft des Libanon.«
»Darf ich Ihnen eine Frage stellen«, sagte Rogers.
Der General nickte mit dem Kopf.
»Warum existieren diese Organisationen überhaupt?« drängte Rogers. »Welchen Zweck verfolgen sie?«
»Sie existieren wegen der gefährlichen Aussichten, von denen ich Ihnen eben erzählt habe. Die Aussicht, daß die Macht der Armee, die vom Deuxième Bureau repräsentiert wird, in der

nächsten Wahl zerstört wird und dieses Land der Gnade seiner Feinde ausgeliefert wird. In diesem Fall wird es absolut notwendig sein, die Schlagkraft der Armee durch private Gruppen zu unterstützen. Gruppen, die in der Lage sind, Dinge zu tun, welche die Armee eines geteilten Landes wie des unseren nicht tun kann.«

»Welche ›Dinge‹ meinen Sie damit?« drängte Rogers.

»Das überlasse ich Ihrer Phantasie. Lassen Sie uns einfach sagen, Dinge, die Teil der Realität eines Krieges sind, die man aber der Öffentlichkeit gegenüber nicht eingestehen kann.«

»Das klingt mir sehr gefährlich.«

»Sie sind kein Libanese.«

»Lassen Sie mich meine Karten auf den Tisch legen«, sagte Rogers. »Die Botschaft würde gerne mehr über diese Untergrundgruppen wissen. Ich bin hierhergekommen, um Sie um etwas zu bitten; nämlich, daß Sie mit uns alle Informationen teilen, die Sie zu diesem Thema haben.«

»Warum stehlen Sie sie uns nicht einfach?« fragte der General.

»Wir wissen, daß Sie Ihre eigenen Agenten in unserer Organisation haben. Sie brauchen Sie nicht einmal zu stehlen. Wir geben Sie Ihnen wahrscheinlich umsonst.«

»Ich spreche nicht von dem, was wir von den Angestellten aus der Registratur bekommen können«, sagte Rogers. »Wir brauchen nicht noch mehr angezapfte Telefone oder gestohlene Dokumente. Wir wollen, was nicht in den Akten steht. Dinge, über die man nicht am Telefon spricht und die man auch nicht aufschreibt; Dinge, die einem höchstens privat anvertraut werden, weil man das Vertrauen einer Person genießt.«

»Unmöglich«, sagte der General.

»Warum?« fragte Rogers.

»Weil ich nicht mit dem einverstanden bin, was Sie tun. Warum sollte ich Ihnen die Symptome zu analysieren helfen, wenn ich die Krankheit selbst heilen will?«

»Was wollen Sie damit sagen?«

»Wenn Sie das Anwachsen von terroristischen Untergrundorganisationen unter den Christen verhindern wollen, dann helfen

Sie unserer Seite, die Wahl zu gewinnen. Wir sind die Alternative zu dieser Art von Anarchie.«
»Das können wir nicht tun«, sagte Rogers. »Ich habe bereits erklärt, daß unsere Politik vorsieht, neutral zu bleiben.«
»Dann weigere ich mich auch, Ihnen dabei zu helfen, die geheimen Waffen zu zerstören, die wir womöglich brauchen, um den Libanon zu schützen.«
Rogers begann erneut zu sprechen. Er brachte die gleiche Bitte mit anderen Worten vor, aber General Jezzine unterbrach ihn.
»Wir werden dieses Thema nicht mehr ansprechen«, sagte er kalt. Sein Verhalten änderte sich so schlagartig und vollkommen, als hätte er sich eben umgezogen.
»Ich denke, es ist Zeit für den Lunch«, sagte der libanesische Nachrichtenoffizier und führte Rogers durch zwei große Eichentüren in ein förmlich gehaltenes Speisezimmer.

Rogers nahm an einem langen Eßtisch Platz, der mit dem schwersten Tafelsilber gedeckt war, das er jemals über einen Tisch gewuchtet hatte. Zu seiner Rechten saß Madame Jezzine. Sie trug ein schwarzes Kleid mit tiefem Ausschnitt und eine schwere goldene Halskette. Das Schmuckstück schimmerte über ihrem Busen, als sollte es darauf verweisen, wem diese Frau gehörte.
Madame Jezzine war genauso charmant und kokett, wie Rogers sie in Erinnerung hatte. Sie setzte die Unterhaltung fort, die sie beide vor fast einem Jahr im Haus des Botschafters begonnen hatten, als seien die dazwischenliegenden Monate nichts weiter gewesen als ein Besuch der Toilette.
»Wir unterhielten uns über die Unterschiede zwischen Ihrem Land und dem Libanon«, sagte Madame Jezzine.
»Sie haben ein gutes Gedächtnis«, sagte Rogers.
»Später fiel mir ein Unterschied ein«, fuhr sie fort, »der Sie vielleicht all die anderen hätte verstehen lassen.«
»Ich würde ihn gerne hören.«
»Ich kann es Ihnen am besten erklären, wenn ich Ihnen einige Fragen stelle. Ja?«

»Bitte«, sagte Rogers.
»Welche Art von Häusern bauten die Pioniere in Amerika?«
Rogers dachte einen Augenblick lang nach.
»Holzhäuser, zum größten Teil«, antwortete er.
»Natürlich! Genau das haben wir in unseren Geschichtsbüchern über Amerika gelesen. Ihre berühmten Pioniere, die den weiten Kontinent erforschten und ihre berühmten Blockhäuser bauten. Sie lebten einige Jahre in einem, dann zogen sie weiter, um sich irgendwo ein neues zu bauen. Das ist unser Amerikabild: ein Land mit Feldern und Wäldern und Häusern aus Holz. Trifft das zu?«
»Ja, ich denke schon«, sagte Rogers. Er fand die Libanesin unwiderstehlich.
»Nun«, fuhr sie fort, »welche Art von Häusern bauen wir Libanesen uns?«
Rogers sah sich die Mauern des Hauses der Jezzines an und schaute zum Fenster hinaus. Jedes einzelne der Häuser war aus dem gleichen Material gebaut.
»Stein«, sagte Rogers.
»Exakt!« sagte Madame Jezzine. »Nun, was sagt Ihnen das über die Libanesen? Es sagt Ihnen, daß wir unsere Häuser für die Ewigkeit bauen. Ein Libanese baut sich das Haus, in dem er einmal sterben wird, in dem sein Sohn und seine Enkelsöhne sterben werden. Vielleicht geht er weg, um in Afrika oder gar in Amerika zu arbeiten. Aber er wird immer zu diesem Steinhaus zurückkehren. Für ihn gibt es auf der ganzen Welt nichts anderes als dieses Haus und sein Dorf.«
»Ich verstehe, was Sie meinen.«
»Tatsächlich?« fragte die Libanesin. »Sind Sie sicher? Stellen Sie sich einen Augenblick lang vor, was dieser Mann in seinem Steinhaus empfinden muß, wenn er mit einem Mal fremde Leute neben sich sieht, die in sein Land gekommen sind und sich im Schatten seines Dorfes ihre eigenen Häuser bauen. Glauben Sie, er wird sich bedroht fühlen?«
»Wer könnten diese Neuankömmlinge sein?« fragte Rogers, obwohl er die Antwort bereits kannte.

»Die Palästinenser natürlich!« sagte Madame Jezzine. »Wie ich Ihnen schon einmal sagte: Sie zerstören unser Land.«
Ihre Unterhaltung wurde von einer attraktiven Frau, die auf der anderen Seite des Tisches neben General Jezzine saß, unterbrochen. Sie war eine Cousine, die für einen Tag zu Besuch gekommen war. Sie trug ein wirklich exquisites Sommerkleid aus Seide und dazu Jade und Perlen.
»Habt ihr heute morgen im Radio die Nachrichten gehört?« fragte sie verschmitzt. Auf ihrem Gesicht zeigte sich ein Ausdruck reinster Boshaftigkeit.
»Nein«, sagte Madame Jezzine.
»In einem palästinensischen Flüchtlingslager ist eine Bombe explodiert.«
»Ist jemand getötet worden?« fragte General Jezzine.
»Malheureusement, nein«, sagte die Cousine. »Vielleicht das nächste Mal.«
Es war als Witz gedacht. Sie lachte und legte mit einer grazilen Bewegung einen ihrer Finger an die Perlenkette an ihrem Hals. Ein Bediensteter kam mit einem Tablett, auf dem sich gebratene Wachteln stapelten, die einer von General Jezzines Söhnen geschossen hatte. Madame Jezzine wandte sich an Rogers und sagte gelassen. »Sehen Sie, was ich meine?«
Rogers nickte.
Rund um den Tisch wurde fröhlich gescherzt. Rogers kam mit einem jungen Mann ins Gespräch, der zu seiner Linken saß und mit der exquisit gekleideten Cousine verheiratet war. Er war ein aalglatter, sorgfältig gepflegter Geschäftsmann, der in Saudi-Arabien arbeitete. Er hieß Elias, und er schien viele politische Kontake im Libanon und im Ausland zu haben. Er machte fast die ganze Mahlzeit hindurch grobe Bemerkungen über die Saudis und deren Rückständigkeit.
Als der Lunch dem Ende zuging, wandte sich Rogers wieder an seine Gastgeberin. Er sprach leise, damit der General seine Worte nicht hören konnte.
»Nehmen Sie einmal an, mir läge daran, die Ansichten der libanesischen Christen besser zu verstehen«, sagte Rogers.

»An wen, würden Sie vorschlagen, sollte ich mich da wenden?«
Madame Jezzine überlegte einen Augenblick lang.
»An meinen Beichtvater«, sagte sie leise. »Pater Maroun Lubnani.«
»Wo kann ich ihn finden?«
»In Kaslik!« tönte eine Stimme von der anderen Seite des Tisches. Es war die des Generals. Auf seinem sonst so ausdruckslosen Gesicht war ein Lächeln zu sehen.

Kapitel 22
Beirut; Juli 1970

Einige Abende darauf fuhr Rogers zur Universität des Heiligen Geistes in Kaslik. Die Fahrt auf der Küstenstraße durch Ost-Beirut und den Hafen von Jounie war eine grandiose Angelegenheit. Der Vollmond legte einen silbernen Balken über das Mittelmeer und warf zarte Schatten zwischen die finsteren Gemäuer des Universitätsklosters. Die schauerliche, in Schwarztönen gehaltene Landschaft glich einem zum Leben erweckten Negativ. Kaslik war ein Symbol der Probleme des Libanon. War die Universität einst ein verschlafenes Religionsinstitut gewesen, so war sie in den letzten Jahren zu einem Zentrum des militanten Widerstands geworden, zu einem Ort, wo Priester und Studenten zusammenkamen, um anstatt theologischer Fragen politische Taktiken zu diskutieren. Das Überleben der Christen stehe auf dem Spiel, argumentierten die Aufwiegler aus Kaslik. Die palästinensischen Kommandos hätten die politische Balance im Libanon zugunsten der Moslems verschoben und damit den geschützten Status der Christen in Gefahr gebracht. Einige der maronitischen Theoretiker gingen gar noch weiter und brachten die höchste aller arabischen Ketzereien vor: Die libanesischen Christen seien wie die israelischen Juden! Beide seien sie kleine Inseln in einem Meer feindlicher islamischer und arabischer

Kultur. Bevor es zu spät sei, sollten die Christen es den Juden gleichtun und über ihre Feinde triumphieren.
Pater Maroun Lubnani empfing Rogers am Tor und begleitete ihn in seine Klosterzelle, einen einfachen Raum, der ein schmales Messingbett, einen Schreibtisch, zwei Stühle und ein Kruzifix enthielt. Pater Maroun war ein stämmiger Mann von der Statur eines Football-Verteidigers. Er trug eine schlichte Kutte mit einem Strick als Gürtel, als wollte er damit sagen: Ich bin ein bescheidener Mönch. Rogers glaubte nicht daran. Er stellte sich dem libanesischen Geistlichen vorsichtig vor, indem er sich lediglich als ein bei der Botschaft angestellter Vertreter der US-Regierung zu erkennen gab.
Pater Maroun machte eine Geste mit der Hand, als wollte er sagen: Jetzt kommen Sie aber! Halten Sie mich für einen Trottel? Er schien jedoch überrascht, als Rogers ihn auf Arabisch ansprach. Er sagte, er ziehe es vor, sich auf Französisch zu unterhalten.
»Sind Sie mit der Geschichte unserer Kirche im Nahen Osten vertraut?« fragte Pater Maroun.
Rogers antwortete ihm nicht, aber es schien ohnehin keine Antwort nötig zu sein. Pater Maroun hatte seinen Text parat.
»Es ist eine, so darf ich wohl sagen, Geschichte des Überlebens. Es ist die Geschichte eines Bergvolkes, das weder bereit war, seinen Glauben noch seine Freiheit aufzugeben.«
Während er sprach, gestikulierte der Priester mit seinen großen dicken Fingern.
»Unsere Vorfahren suchten vor 1300 Jahren nach einem theologischen Disput, in dem sie sich gegen die Byzantiner auf die Seite Roms stellten, in den libanesischen Bergen Zuflucht. Man vertrieb sie aus dem Norden Syriens in diese Berge hier, und ihre Nachfahren sind nie wieder weggegangen.«
Der Priester machte eine Pause.
»Und haben um ihr Überleben gekämpft«, erlaubte sich Rogers einzuwerfen.
Pater Maroun sah ihn mit dem gequälten Ausdruck eines Lehrers an, dessen Vortrag durch einen übereifrigen Schüler unter-

brochen worden war. Er zog die Augenbrauen hoch und fuhr fort.

»Die Maroniten sind nie Krieger gewesen. Wir waren ein Bergvolk, das nur dann kämpfte, wenn es sich zu verteidigen galt. Wir haben andere verfolgte Minderheiten immer mit Freuden in unserer Mitte aufgenommen: Griechisch-Orthodoxe, Melchiten und syrische Christen, Drusen und alawitische Moslems. Im Lauf der Jahrhunderte sahen wir den Aufstieg des Islam und das periodisch wiederkehrende Abschlachten von Christen im Nahen Osten. Die Armenier in der Türkei, die Kopten in Ägypten, die Griechen in Anatolien. Wir sahen, wie Menschen aus ihrer Heimat vertrieben wurden. Die Armenier verloren ihr uraltes Königreich. Die Palästinenser verloren Palästina. Die Juden selbst verließen Israel und waren fast zweitausend Jahre lang fort! Wir aber sind geblieben. Wir sind in unseren Bergen geblieben und haben eine Nation geschaffen – den Libanon –, die unseren Glauben an Freiheit und religiöse Toleranz verkörperte.«

Der Priester schwieg und goß sich und seinem Gast ein Glas Wasser ein.

»Jetzt wird der Libanon angegriffen«, fuhr er dann fort. »Die Schlacht steht erst am Anfang, aber die Dimensionen des Konflikts sind bereits abzusehen. Die Palästinenser haben erkannt, daß sie den Juden ihr Land nicht wieder abnehmen können, und haben beschlossen, sich statt dessen unser Land zu nehmen. Die libanesischen Moslems, die vor ihren arabischen Brüdern Angst haben und heimlich davon träumen, einen islamischen Staat zu regieren, ermutigen die Palästinenser noch, den Libanon zugrunde zu richten. Unsere korrupte Regierung hat so gut wie kapituliert. Sie haben den Fedayeen die Kontrolle über den Süd-Libanon überlassen und gestatten ihren Soldaten mit ihren Waffen auf den Straßen herumzustolzieren. Keine wirkliche Nation würde so etwas dulden! Sogar der König von Jordanien wird den Mut aufbringen und diese Banditen aus seinem Land vertreiben.«

»Und was wird der Libanon tun?«, fragte Rogers. Als er dem

Priester so zuhörte, kam Rogers ein Bild in den Sinn: Er sah einen farbigen Pullover, der am Saum ausgefranst war, und einen Mann, der an einem der langen losen Fäden zupfte.
»Lassen Sie sich nur nicht täuschen!« sagte der Pater und erhob seine Stimme. »Wir Christen werden den Libanon zerstören, bevor wir kapitulieren! Wenn uns die libanesische Regierung nicht unterstützt, dann werden wir diese Regierung einfach nicht mehr beachten. Wenn uns die libanesische Armee nicht verteidigt, dann werden wir unsere eigene Armee aufstellen! Ihr Amerikaner könnt uns davon nicht abhalten. Glauben Sie ja nicht – keine Sekunde lang! –, daß wir daneben stehen und zusehen, wie andere auf unsere Kosten unsere Probleme lösen.«
»Es muß doch einen Weg geben, Ihr Land zu retten, ohne Selbstmord zu begehen.«
Der Priester sah Rogers an und schüttelte wehmütig den Kopf. Wie dumm ihr Amerikaner doch seid, schien sein Gesichtsausdruck zu besagen.
»Wir befinden uns in Todesgefahr«, sagte der Priester. »Wir schauen auf Sie, um Hilfe zu bekommen, wie ein Kind auf seinen Vater schaut. Wir sind Anhänger der Kirche in Rom. Wir sind eine Insel der Freiheit und der Demokratie in der moslemisch-arabischen Welt. Ein Vater, der nicht kämpft, um seine Kinder zu beschützen, verdient keinen Respekt!«
»Und wenn Ihnen der Westen nicht hilft?« fragte Rogers.
»Wir haben andere Freunde, näher bei unserer Heimat; die verstehen unsere Sache und sind bereit, uns zu helfen.«
»Was für Freunde?« wollte Rogers wissen.
»Unsere Freunde sind diskret, und sie erwarten von uns, daß auch wir diskret sind.«
Der Priester war erschöpft. Sein Gesicht war rot angelaufen und seine dicken Finger zitterten. Rogers glaubte dem alten Mann irgendeine Antwort schuldig zu sein.
»Ich kann nicht für meine Regierung sprechen«, sagte Rogers. »Aber ich muß Ihnen ehrlich sagen, und das gilt jetzt für mich persönlich, daß das, was Sie da beschreiben, mir Sorgen macht. Ich fürchte, daß Sie dadurch, daß Sie Privatarmeen schaffen, die

Institutionen des libanesischen Staates schwächen, von denen die Sicherheit Ihres Volkes abhängt.«

»Gehen Sie jetzt«, sagte der Priester. »Ich bin müde. Vor allem bin ich es müde, von Freunden zu hören, daß sie sich um uns sorgen – wenn auch nicht genug, um uns gegen unsere Feinde beizustehen. Vielleicht brauchen wir neue Freunde.«

»Darf ich Sie wieder einmal besuchen, Pater?« fragte Rogers.

Der Priester nickte.

Rogers ließ ihn in seiner Zelle zurück, den Kopf zum Gebet gesenkt.

Yakov Levi fuhr nicht viel später als Rogers auf derselben Küstenstraße nach Kaslik. Er mußte geschäftlich nach Jounie; ein Kunde der Franco-libanesischen Handelsgesellschaft erwartete ihn. Wenn er unterwegs eine Pause einlegte und durch einen Park in Ashrafiyeh spazierte, was war schon dabei? Es war ein schöner Sommertag. Und wenn er zufällig eine Zeitung aufhob, die auf einer der Parkbänke vergessen worden war, war das schließlich kein Verbrechen. Und überhaupt, wem sollte das an einem so angenehmen Tag wie diesem schon auffallen?

Levi fuhr langsam in Jounie ein, einer Hafenstadt, die sich einige Meilen nördlich von Beirut an die Küste einer herrlichen halbmondförmigen Bucht schmiegte. Er parkte seinen Wagen, spazierte den Kai entlang und sah zum Casino de Liban hinauf, das auf einem Hügel am anderen Ende der Bucht lag. Vielleicht gehe ich nach dem Mittagessen ins Casino, dachte Levi. Vielleicht habe ich heute Glück.

Levi sah eigentlich recht harmlos aus: ein kleiner, drahtiger Mann mit lockigem Haar, etwas nervös vielleicht, aber wer war das in jenen Tagen nicht? Er spazierte durch einige der Läden, sah sich um, hielt den Blick aber stets auf die Tür gerichtet. Er ging die Hauptstraße entlang und wechselte dann, als hätte er etwas vergessen, die Richtung. Als er davon überzeugt war, daß ihm niemand folgte, ging er in Richtung Stadtrand. Schließlich gelangte er auf eine kleine, nicht asphaltierte Straße, die einen Olivenhain säumte. An einer kleinen Kultstätte am Wegesrand

blieb er stehen. Es war ein Terracotta-Bildnis der Jungfrau Maria, die von einem hiesigen Künstler handbemalt war, was ihr ein libanesisches Aussehen verlieh. Unter der Figur der Maria aufgereiht standen wie vor einem kleinen Altar Kerzen in Glasbehältern und auf kleine Papierzettelchen geschriebene Gebete. Levi schämte sich. Hier einen toten Briefkasten einzurichten war nicht seine Idee gewesen, sondern der Vorschlag eines Agenten, den er nie zu Gesicht bekommen hatte.
Levi hinterließ ein kleines Stück Papier unter der rechten Kante der Terracotta-Statue. Es handelte sich um eine handgeschriebene Notiz, die Uhrzeiten, Tage und Orte angab.
»24. September, Paris 10:00.« 24. September: der Tag, an dem der Flug von Paris nach Tel Aviv abging.
»8. Oktober, 9:15.« Der Rückflug von Tel Aviv nach Paris.
»331-74-26-85.« Die Nummer der Israelischen Botschaft in Paris, die im Falle eines Notfalls anzurufen war.
Levi sah auf seine Uhr. Es war genau 11:25. Er sah noch einmal über die Schulter und bekreuzigte sich dann, für den Fall, daß ihn jemand beobachtete. Er kam sich lächerlich vor: Ein Jude, der sich an einer staubigen Straße in einem arabischen Land vor einem katholischen Kultbild bekreuzigte. Es war einfach zu absurd. Er setzte seinen Weg fort und kam schließlich wieder in Jounie an, rechtzeitig für seine geschäftliche Verabredung.
Der israelische Nachrichtenoffizier hatte bei dem Heiligenbild am Wegrand eine Botschaft für einen Kontaktmann hinterlassen, der, wie man ihm gesagt hatte, aktiv in der maronitischen Kirche tätig war. Bei der Nachricht handelte es sich um die Kurzfassung der Route für eine Reise nach Israel, die der Kontaktmann in zwei Monaten machen sollte. Die Reise war auf einer Ebene der israelischen Regierung arrangiert worden, die weit über Levi lag. Als offiziellen Grund der Reise würde man einen Besuch der Handvoll maronitischer Institutionen angeben, die es in Israel immer noch gab. Aber der maronitische Geistliche sollte auch anderen Zusammenkünften beiwohnen: Er sollte sich mit einer ganzen Reihe israelischer Regierungsbeamter treffen. Es war ein vielversprechendes Zeichen, sagten

sich die Leute von der Mossad untereinander, daß der maronitische Priester die Kontakte geheimhalten wollte. Das bedeutete nämlich, daß er etwas zu verbergen hatte. Was wiederum hieß, daß er es ernst meinte.

Um die Mittagszeit erschien eine einsame Gestalt auf der staubigen Straße am Olivenhain. Sie trug eine schwarze Kutte, und um ihren Hals hing ein goldenes Kruzifix. In der Hand trug sie ein Brevier, auf dem in Gold ein Name eingeprägt war: »Père Maroun Lubnani – L'Université du Saint-Esprit de Kaslik«. Der Priester ging auf die Kultstätte zu, nahm einen der Zettel an sich, sprach ein kurzes Gebet, und, nachdem er ein Kreuzzeichen gemacht hatte, drehte er sich um und ging auf demselben Weg wieder zurück.

Jenen Sommer gab es einen wahren Schneesturm von Depeschen aus Langley; so viele, daß Rogers es schließlich aufgab, sie alle zu lesen. In Jordanien brach die Hölle auf. Anfang Juni hatten palästinensische Kommandos aus dem Hinterhalt die Wagenkolonne des Königs beschossen und ihn beinahe erwischt. In ganz Amman waren daraufhin schwere Kämpfe ausgebrochen. Am nächsten Tag hatte die Volksfront zur Befreiung Palästinas das Hotel Intercontinental gegenüber der amerikanischen Botschaft gestürmt und dort mit Waffengewalt 38 Geiseln festgehalten.

Die Krise ging vorüber, aber die Amerikaner verzweifelten mehr und mehr. Der König schien gelähmt oder zumindest nicht gewillt, der jordanischen Armee den Befehl zu geben, die Guerillas zu vernichten. Im neuen jordanischen Kabinett war angeblich eine Mehrheit für die Fedayeen. Es gingen Gerüchte um, der Alte Mann treffe sich offen mit führenden jordanischen Politikern, um sie auf ihre Bereitschaft hin abzuklopfen, in einer PLO-Regierung Premierminister zu werden, wenn die Kommandos das haschemitische Regime erst einmal gestürzt hätten. Das Hauptquartier der CIA war mehr denn je versessen darauf, einen Agenten aus der Spitze der Fatah zu rekrutieren. Marsh selbst hatte die Kontrolle über eine Operation übernommen, die das Ziel hatte, Jamal nach dem versiebten Treff in Kairo doch

noch zu rekrutieren. Er würde sich selbst – höchstpersönlich! – mit dem Palästinenser treffen und die Angelegenheit in Ordnung bringen.
Marsh kabelte Hoffman Anfang Juli die Details seines geplanten Treffs mit Jamal. Das Rendezvous sollte in einem Hotel in Rom stattfinden. Zur Unterstützung sollte der Palästinenser von einem Agenten der Beiruter Station begleitet werden. Nach dem Treff in Rom, bei dem erst einmal die Kontrolle sichergestellt werden sollte, würde dann ein neues Arrangement in Kraft treten, was die Leitung der Operation anbelangte.
Hoffman bat Rogers, sich ein letztes Mal mit dem Palästinenser zu treffen, um ihn über die Einzelheiten des Treffs in Rom zu informieren.
Sie trafen sich in dem Sicherheitshaus in Ramlet el-Baida, an der Küste. Jamal kam ohne seine schwarze Lederjacke, ein Zugeständnis an die hochsommerliche Hitze. Er trug ein weißes T-Shirt und Bluejeans, was ihn mehr denn je wie Marlon Brando aussehen ließ.
Rogers schüttelte dem Palästinenser die Hand. Jamal küßte ihn auf beide Wangen. Er schien sich wirklich zu freuen, den amerikanischen Falloffizier zum ersten Mal seit ihres vereitelten Treffs in Ägypten wiederzusehen.
»Als ich Sie das letzte Mal sah«, sagte Rogers, »rannten Sie eine Treppe hinunter – in einem Paar Sandalen und einem Anzug, der Ihnen nicht ganz paßte. Ganz offensichtlich haben Sie die Feuerprobe gut überstanden.«
»Ich habe sie genossen!« sagte Jamal. »Es war wie in einem Cowboyfilm.«
»Nun, ich habe es nicht genossen«, sagte Rogers. Er sah auf seine Uhr.
»Ich habe nicht viel Zeit«, fuhr er fort. »Also hören Sie mir gut zu. Ein hochgestellter Beamter der amerikanischen Regierung will sich mit Ihnen treffen. Er würde gerne die Diskussion fortsetzen, die wir beide begonnen haben.«
»Schön«, sagte Jamal. »Wenn er das Arrangement versteht, zu dem Sie und ich gekommen sind, warum nicht?«

Rogers sagte nichts. Er nahm einen Zettel aus seiner Tasche und reichte ihn Jamal.

»Das hier ist die Adresse eines Hotels in Rom, wo er sich mit Ihnen treffen wird, mitsamt Datum und Zeitpunkt des Treffs. Fuad wird Sie begleiten. Er wird Ihnen das Geld für die Reise geben und die anderen Einzelheiten arrangieren.«

»Wann werden Sie ankommen?« fragte Jamal und zündete sich eine Zigarette an. Er nahm einen tiefen Zug.

»Ich werde nicht kommen«, sagte Rogers. »Ich werde bei dem Treff in Rom nicht dabeisein.«

»Warum nicht?« fragte Jamal.

»Ich bin zu sehr mit anderen Dingen beschäftigt. Und ich denke, es ist wichtig, daß Sie Gelegenheit haben, sich mit dem hohen Beamten allein zu unterhalten.« Rogers hörte sich fast überzeugend an.

Jamal nickte, aber er war nicht zufrieden.

»Ich würde es vorziehen, wenn Sie dabei wären«, sagte er.

»Es gibt keine andere Möglichkeit«, sagte Rogers.

»Warum nicht?« fragte Jamal. »Was hat sich geändert?«

»Nichts«, sagte Rogers. »Beschweren Sie sich nicht darüber, daß Sie sich mit jemandem aus dem Hauptquartier treffen sollen. Das ist ein Zeichen dafür, daß wir es ernst meinen.«

»Aber mein Übereinkommen habe ich mit Ihnen getroffen, nicht mit der amerikanischen Regierung.«

»Das ist dasselbe«, sagte Rogers.

»Was ist mit den Versprechungen aus Kuwait?«

»Hören Sie auf!« fuhr ihn Rogers an. »Sie glauben vielleicht, daß sich die ganze Welt um Sie und den Alten Mann dreht, aber dem ist nicht so. Es passieren noch eine ganze Menge anderer Dinge, und ich habe andere Verpflichtungen. Ich bin kein Babysitter.«

Jamal war verletzt. Die Begeisterung aus seinem Gesicht war einem Ausdruck der Besorgnis gewichen; er schwieg verärgert. Rogers hätte ihn lieber nicht verletzt, aber er sah keine andere Möglichkeit, den Bruch zu bewerkstelligen, der jetzt nötig war.

Jamal erhob sich von seinem Stuhl. Er steckte den Zettel mit den

Instruktionen in die Tasche seiner Bluejeans und ging auf die Tür zu. Er hatte seine Hand bereits auf der Türklinke, als er innehielt und sich noch einmal zu Rogers umdrehte.
»Werden wir uns wieder einmal treffen?« fragte er. In seiner Stimme klang eine kindliche Note an.
»Natürlich«, sagte Rogers. »Seien Sie nicht so melodramatisch.«
»Ich habe ein arabisches Sprichwort für Ihre Sammlung«, sagte Jamal.
»Und wie lautet das?« fragte ihn Rogers.
»›Bewirte einen Beduinen und er wird dir die Kleider stehlen.‹«
Jamal ging zur Tür hinaus. Rogers blieb noch eine Weile alleine in der Wohnung sitzen und kehrte dann zu seinem Papierkram in die Botschaft zurück.

Kapitel 23
Rom; Juli 1970

In Rom war es heiß und schwül. Die Weinstöcke an den Wänden der Villa Borghese schienen dem Verdursten nahe. Die Geschäfte in der Via Frattina schlossen zeitig zur Siesta. Sogar die Eidechsen auf dem Palatinischen Hügel versteckten sich bis zur Dunkelheit unter den Steinen.
Marsh legte besonderen Wert darauf, die Hitze zu ignorieren. Er glaubte, daß physische Empfindungen wie Müdigkeit, Angst oder eben auch Hitze durch Willensanstrengung zu überwinden waren. Mit diesem Gedanken hatte er sich bei seiner Ankunft in Rom eine Sonnenbrille gekauft: eine mit breitem schwarzen Rahmen, wie die Italiener sie gerne trugen. Diese ließ ihn sich kühler fühlen. Das gleiche galt für seine Kleidung, einen blauen Anzug aus tropischer Wolle von einem Schneider aus Hongkong, mit dem er sich angefreundet hatte, während er dort stationiert war. Viele seiner Kollegen hatten Asien in den sechziger Jahren mit Schußwunden verlassen. Marsh war mit einem Koffer voller Anzüge dort abgereist.

»Hat jemand Lust auf eine Partie Tennis?« fragte Marsh seine Lunchpartner. Sie aßen im Il Buco, einem kleinen Straßenrestaurant in der Via Sant'Ignazio in der Nähe des Pantheons. Die anderen Lunchgäste, die in der Mittagshitze schwitzten, sahen den amerikanischen Besucher ungläubig an. Außer einer lebhaften jungen Italienerin namens Anna Armani. Sie war mit einem der Generäle verheiratet, die den Servizio Informazione Difesa leiteten, wie der italienische Geheimdienst damals noch hieß.
»Andiamo!« sagte Anna. Gehen wir! Ihr Mann zwinkerte ihr zu.
Die Frau des Generals holte Marsh eine Stunde später im Hotel Excelsior in der Via Veneto ab und fuhr ihn zu einem Tennisclub im Norden der Stadt. Es war ein elegantes römisches Etablissement mit roten Sandplätzen und Balljungen in weißen Shorts. Als sie sich aufzuwärmen begannen, machte sich ein Ausdruck der Enttäuschung auf Annas Gesicht breit. Obwohl ihr amerikanischer Gast von Kopf bis Fuß in teurer Tenniskleidung steckte, war er ein Spieler von bescheidenen Fähigkeiten. Nachdem sie einen Satz gespielt hatten, schlug Marsh vor, sie sollten eine Atempause einlegen. Als sie beide auf das Clubhaus zugingen, stellte Anna Armani fest, daß ihr Gast leicht hinkte.
»Kriegsverletzung«, sagte Marsh.
Das stimmte auch. Er hatte sich einmal in Saigon ziemlich schlimm den Knöchel verstaucht, als er vor einem Regenschauer davongelaufen war. Die Frau des Generals nickte freundlich und führte ihn in das Clubhaus. Sie massierte den schwachen Knöchel und hielt eine Eispackung darauf. Die Laune des Amerikaners verbesserte sich zusehends.
»Was für ein wunderbares Land!« sagte Marsh, als sie auf der Terrasse des Clubhauses saßen und auf die Plätze und die Hügel von Rom hinausschauten. Er nippte an einem Campari Soda. Die Mittagshitze war vorbei, und die Plätze begannen sich mit Italienern zu füllen: Mitgliedern des Parlaments, prominenten Journalisten leitenden Angestellten der staatlichen italienischen Ölgesellschaft ENI. Anna Armani erklärte, daß der Club hauptsächlich von Leuten frequentiert wurde, die mit der Sozialistischen Partei in Verbindung standen.

»Wissen Sie, was ich an Italien so mag?« sagte Marsh hochtrabend. »Sie können hier alles kaufen. Kleider. Ideen. Menschen. Das ist der Grund dafür, daß dieses Land unter seiner Oberfläche so stabil ist. Weil alles seinen Preis hat!«
»Alles?« fragte Anna kokett.
»Alles außer der Liebe«, antwortete Marsh. Er kam sich äußerst galant vor.
»Vielleicht werden Sie eines Tages hier leben, wenn Sie Italien so lieben.«
»Vielleicht«, sagte Marsh. »Aber die Gegend, über die ich Bescheid weiß, liegt ein bißchen weiter östlich.«
»Ich hoffe, Sie werden sich für Rom entscheiden. Mein Mann sagt, Sie seien ein kluger Kopf.«
»Ach ja, sagt er das wirklich? Er sollte etwas diskreter sein.«
»Ach, kommen Sie!« sagte Anna. »Es ist doch kein Geheimnis, daß Sie ein kluger Mann sind.«
Sie rückte den Eisbeutel auf seinem Knöchel zurecht. Marsh schalt sich selbst. Sei nicht so verklemmt. Ihr Mann weiß doch genug über die CIA, um ein Buch zu füllen.
»Werden Sie lange in Rom sein?« fragte Anna. »Es würde uns freuen, wenn Sie zum Abendessen kommen würden.«
»Ich fürchte, es ist nur eine sehr kurze Reise. Nur ein Treffen eigentlich. Ich werde wahrscheinlich in ein, zwei Tagen wieder abreisen.«
»Wie schade!« sagte Anna. »Wo Sie von so weit herkommen.«
In ihrer Unterhaltung kam eine Flaute auf. Beide starrten sie auf die Tennisplätze hinaus und sahen den Spielern zu, die sich auf Italienisch unterhielten, während sie auf dem roten Sand die Bälle hin und her schmetterten. Marsh bemerkte auf einem der Plätze einen hochgewachsenen Araber. Er war ein vornehm aussehender Mann mit langen Beinen und einer ausgezeichneten Rückhand.
»Wer ist das?« fragte Marsh.
»Ich weiß nicht«, sagte Anna. »Einer der Araber.«
»Leben heute viele Araber in Rom?«
»Die sind überall!« sagte Anna angewidert. »Sie ruinieren die

Preise in den Geschäften. Bald werden die Schilder in den Geschäften der Via Condotti nur noch auf Arabisch sein.«

»Und Palästinenser?« fragte Marsh, der sich dachte, er könnte auch gleich einige Informationen sammeln. »Gibt es viele Palästinenser in Rom?«

»Ich weiß nicht«, antwortete Frau Armani. »Für mich sehen sie alle gleich aus.«

»Finden Sie sie attraktiv?« fragte Marsh.

»Ach!« sagte Anna Armani. »Ich bin eines jener Dinge in Italien, die arabisches Geld nicht kaufen kann.«

Marsh fühlte sich überaus wohl. Über eine Stunde lang plauderte er mit der Italienerin. Sie schien fasziniert zu sein, und außerdem, so dachte sich Marsh, gehörte sie praktisch zur Familie. Aber trotz ihrer Behandlung mit dem Eisbeutel tat sein Knöchel noch immer weh. Auf dem Rückweg zum Hotel hielt Marsh in einem Laden in der Nähe der Via Veneto und kaufte sich einen handgeschnitzten Spazierstock.

Marsh machte auf andere zuweilen den Eindruck eines Narren, aber das war er keineswegs. Von Natur aus schüchtern, hatte er sich durch einen Willensakt beigebracht, extravertiert und enthusiastisch zu sein. Wie viele unsichere Menschen legte er zuweilen eine gewisse Großmäuligkeit an den Tag. Aber er hing an der Agentur wie nur irgendeiner seiner Kollegen. Er hatte nur einfach einen anderen Stil. Marsh war vorsichtiger und handelte weniger instinktiv als einige seiner Kollegen vom Nachrichtendienst. Er war einer jener Menschen, die glaubten, daß man ein Rennen sachte, aber mit Stetigkeit gewann, und er sah sich selbst als den Igel in einem lebenslang nicht enden wollenden Wettlauf mit dem Hasen. Diese methodische Art, an die Dinge heranzugehen, wandte er auch auf seine Agenten an. Er war verbissen unkreativ. Kreativität brachte den Menschen den Tod, sagte sich Marsh. Nach den Regeln zu spielen, hielt sie am Leben.

Das Anwerben von Agenten war ein Geschäft, in dem ›nach Regeln spielen‹ bedeutete, daß beiden Seiten ihre Verträge völlig klar waren: Verträge, die der aalglatten und betrügerischen Welt der Spionage die Ordnung der legalen Welt aufzwangen. Marsh bevorzugte Beziehungen, die klar und offen waren: Ich kaufe Ihre Dienste für einen vorher vereinbarten Preis; im Austausch dafür sind Sie damit einverstanden, gewisses Material zu liefern; wir profitieren beide von dieser Beziehung. Auf diese Art von Arrangement verstand er sich; und er glaubte daran. Jede Seite wußte sowohl um die Risiken als auch um den Lohn. Es war eine Transaktion zwischen Erwachsenen. Was Marsh beunruhigte, waren Beziehungen, die komplizierter waren, weil in ihnen subtilere und weniger ordentliche Motivationen vorherrschten. Diese Beziehungen, die auf so hinfälligen menschlichen Emotionen wie Freundschaft, Respekt oder Loyalität basierten, waren die, die gefährlich waren. Und womöglich weniger moralisch.

Anna Armani erstattete am Abend ihrem Mann Bericht über ihre Unterhaltung mit Marsh. Er rieb sich die Augen und zündete sich eine dicke französische Zigarette an.

»Wie lange bleibt er hier?« fragte General Armani.

»Lange genug für einen Treff. Vielleicht einen Tag.«

Er trifft sich also mit einem Agenten, dachte sich der General.

»An was dachte er denn so alles?« fragte er seine Frau.

»Laß mich überlegen«, sagte Anna. »Er sprach darüber, alles mögliche zu kaufen. Er sprach über Italien. Er erkundigte sich nach einem Araber, der dort Tennis spielte. Er fragte, ob es in Rom viele Palästinenser gebe. Er fragte mich, ob ich sie attraktiv fände. Er scheint sich für Araber zu interessieren.«

»Er denkt also an Araber«, sagte der General.

»Ja, vielleicht. Und an mich. Auch mich hat er im Kopf. Ich denke, er wollte vielleicht mit mir schlafen, war aber zu schüchtern, es mir zu sagen.«

»Ich danke dir, meine Liebe«, sagte General Armani. Er gab ihr einen Kuß auf die Wange und einen Klaps auf den Hintern. Er steckte sich eine weitere Zigarette an und ging ans Telefon.

»Der Amerikaner ist in Rom, um sich mit einem arabischen Agenten zu treffen«, sagte General Armani in knappem Italienisch zu einem seiner Kollegen. »Wir könnten ihn überwachen lassen, aber was hätten wir davon? Schließlich trifft er sich nicht mit einem Italiener.«

Er legte auf. General Armani hatte seine Pflicht getan und die zuständige Behörde informiert.

Aber in Italien ist niemals etwas derart einfach. Der SID war damals in zwei Lager gespalten. Das eine war proarabisch, das andere proisraelisch. General Armani gehörte dem letzteren Lager an. Er hatte es sich zur Gewohnheit gemacht, den Israelis von Zeit zu Zeit kleinere Informationen zukommen zu lassen, von denen er dachte, daß sie sie interessieren könnten. Sie revanchierten sich dafür mit Informationen, die dem General nützlich waren. Es war ein Tauschgeschäft; die allgemein übliche Art des Handels in der Welt der Nachrichtendienste.

»Ich mache einen kleinen Spaziergang, Schatz«, sagte der General. Er schlenderte zu einer Telefonzelle einige Häuserblocks weiter und wählte die Nummer eines israelischen Freundes. Der General wußte, daß das Telefon angezapft war – seine eigenen Leute hörten es ab –, und so dämpfte er seine Stimme und arrangierte ein rasches Rendezvous in einer Bar in der Nähe seines Hauses.

Als der Israeli eintraf, kam General Armani schnell auf den Punkt: ein CIA-Mann namens Marsh war in der Stadt. Er hatte nicht gesagt warum, aber man konnte mit Sicherheit davon ausgehen, daß er sich mit einem Agenten traf. Außerdem konnte man mit einiger Sicherheit davon ausgehen, daß seine Reise irgend etwas mit einem Araber zu tun hatte. Er dachte, das dürfte die israelische Regierung interessieren.

Der Israeli fragte, wo Marsh abgestiegen war und unter welchem Namen er reiste. Aber der General wehrte ab. Es gibt Grenzen, sagte er.

Die Information wanderte in die Akten der Mossad in Tel Aviv. Es war ein Beweisstückchen mehr, um die These zu untermauern, über die die israelischen Analytiker schon oft genug spekuliert hatten, der aber nie jemand intensiver nachgegangen war: die Möglichkeit, daß die Amerikaner geheime Kontakte zu den palästinensischen Terroristen unterhielten. Dieses Thema warf eine äußerst unangenehme Frage auf. Wenn ein Freund mit deinem Feind Geschäfte macht, ist er dann immer noch ein Freund?

An jenem Abend traf Fuad mit Jamal im Schlepptau in Rom ein. Er hatte eine Suite im Hotel San Marco reserviert, einem modernen und anonymen Etablissement auf dem Monte Mario, von dem aus man einen Blick über die Stadt hatte. Als die beiden Araber vor dem Eingang vorfuhren, war die Halle so gut wie leer, und Fuad wurde nervös wegen ihrer Sicherheit. Er zog die Menschenmenge vor. Also sagte er dem Taxifahrer, er solle sie zum Abendessen in die Stadt fahren.

»Wo soll's denn hingehen?« fragt der Fahrer. Jamal mischte sich ein und antwortete auf Italienisch, daß sie zu Sabatini auf der Piazza Santa Maria di Trastevere wollten. Es hatte ganz den Anschein, als sei Jamal bereits in Rom gewesen. Sie kamen kurz vor Mitternacht ins San Marco zurück. Jamal setzte sich in die Cocktail Lounge und hörte sich einen Gitarristen namens Carlo Mustang an, während Fuad die Formalitäten übernahm und auf ihr Zimmer ging. 30 Minuten später rief der Palästinenser Fuad über das Haustelefon an und schlich sich diskret nach oben. Die Hotelleitung hatte in der Annahme, Fuad müßte ein arabischer Ölpotentat sein, zwei Körbe hinaufbringen lassen; einen mit Früchten und einen mit einem Blumenarrangement.

Der Portier rief an und fragte in gebrochenem Arabisch, ob dem Pascha an weiblicher Gesellschaft gelegen sei. Jamal, der an den Apparat gegangen war, sagte begeistert ja.

»Quattro, per favore!«

Fuad überstimmte ihn. Geschäft vor Vergnügen, ermahnte er seinen Schützling. Der Frauen beraubt, mischte sich Jamal einen Whisky Soda an der Minibar und schaltete den Fernseher ein, in dem es amerikanische Cartoons in italienischer Synchronisation gab.

Am nächsten Vormittag um elf kam Marsh und klopfte zweimal an die Tür. »Ist das Mr. Andersons Zimmer?« fragte er.

»Nein«, sagte Fuad. »Aber Mr. Jones ist hier.«
Marsh, dem sehr an solchen handwerklichen Details gelegen war, hatte diese Losung eine Woche zuvor nach Beirut gekabelt. Der Amerikaner betrat feierlich und auf seinen Stock gestützt die Suite und nickte Fuad zu, als sei dieser der Oberkellner eines teuren Restaurants. Jamal stand in einer Ecke des Raumes, wie üblich in schwarzem Hemd und schwarzer Hose. Sein Haar, das noch naß vom Duschen war, hatte er glatt nach hinten gekämmt. Marsh räusperte sich und streckte seine Hand aus.
»Ich repräsentiere den Nationalen Sicherheitsrat«, sagte Marsh. »Ich überbringe Ihnen Grüße vom Präsidenten der Vereinigten Staaten.«
Jamal sagte nichts. Fuad schlug vor, man sollte doch Platz nehmen.
»Meine Regierung ist sehr zufrieden mit der Arbeit, die Sie bisher für uns geleistet haben«, sagte Marsh.
Jamal fiel ihm ins Wort.
»Ich habe nicht für Ihre Regierung gearbeitet«, sagte der Palästinenser.
Marsh spähte ihn über den Rand seiner Brille hinweg an und fuhr dann fort, als hätte er nichts gehört.
»Meine Regierung hofft, daß wir unsere Beziehung vertiefen und klarer definieren.« Er sah Jamal an und lächelte.
»Shu al haki?« sagte Jamal verärgert zu Fuad. Von was redet der Kerl da?
Fuad entschuldigte sich für einen Augenblick und bat Jamal, mit ihm ins Schlafzimmer zu kommen. Sie unterhielten sich etwa eine Minute lang lautstark. Ein arabischer Zuhörer hätte gehört, daß Fuad einige Male einen Satz wiederholte, der bedeutete: Beruhige dich doch! Schließlich kamen die beiden wieder zurück, und die Unterhaltung wurde fortgesetzt.
Marsh drängte weiter, als sei nichts gewesen.
»Wir würden gerne Ihre Einschätzung der Situation in Jordanien erfahren«, sagte Marsh. Jamal wandte sich an Fuad und beantwortete die Frage auf arabisch. Es war als Geste der Verachtung gegenüber dem Amerikaner gedacht, aber an einen Mann wie

Marsh war sie verschenkt. Der nahm an, der Palästinenser spreche nur schlecht Englisch.
»Die Straße nach Jerusalem führt durch Amman«, übersetzte Fuad. »Der König sollte in den Hejaz zurückgehen. Wenn Amerika sich keine Sorgen machen würde, daß der König ausgespielt haben könnte, warum sind Sie dann hier und sprechen mit einem Mann von der Fatah?«
»Hmmm«, machte Marsh. »Das ist nicht besonders hilfreich.«
Er stellte eine weitere Frage; dieses Mal über die Kontakte der Fatah zu sowjetischen Nachrichtendiensten. Wieder gab Jamal eine ausweichende und unvollständige Antwort.
Dann erkundigte sich Marsh nach der Anzahl der Leute, die Jamal in seiner Abteilung des Rasd, der Nachrichtendienstorganisation der Fatah, befehligte. Er hörte sich an wie ein Mann auf einer Cocktail-Party, dem langsam aber sicher der Gesprächsstoff ausging.
»Sehr viele«, sagte Jamal auf Englisch und lächelte den Amerikaner an.
»Einhundert?« drängte ihn Marsh.
»Vielleicht, vielleicht mehr, vielleicht weniger. Ich weiß es nicht.«
Die Diskussion schlängelte sich auf diese Art und Weise eine Dreiviertelstunde lang vor sich hin und brachte nichts, was einer der beiden Seiten von Nutzen hätte sein können. Jamal stellte einige Fragen zur amerikanischen Haltung gegenüber dem Palästinenserproblem, die dem Amerikaner lange und gewichtige Antworten entlockten. Als die Diskussion fortschritt, zog Jamal den Schluß, daß der Amerikaner – obwohl offensichtlich ein Trottel – höchstwahrscheinlich harmlos war. Er vermißte Rogers.
Man bestellte den Lunch. Fuad fing den Kellner an der Türe ab, um zu vermeiden, daß dieser einen Blick in den Raum werfen konnte. Jamal goß sich einen doppelten Whisky aus einer Flasche im Schlafzimmer ein und trank das Glas in wenigen Zügen leer. Marsh brachte einen Trinkspruch auf die Zukunft der amerikanisch-palästinensischen Zusammenarbeit aus. Jamal antwortete

mit einem libanesischen Spruch – Kaysak! –, was wörtlich: ›Dein Glas!‹ bedeutet. Dann lächelte er und wiederholte den Toast, sprach ihn aber ein wenig anders aus. Auf diese Weise ausgesprochen bedeutete das Wort: ›Deine Fotze!‹

Als man gegessen hatte, wandte sich Marsh an Fuad und bat ihn, den Raum zu verlassen. »Wir haben noch einige Dinge zu klären«, sagte der Amerikaner. Jamal protestierte, aber Fuad war bereits an der Tür.

Marsh entnahm seiner Tasche einen kleinen Apparat, der wie ein kleines Tonbandgerät aussah und schaltete ihn ein. Das Gerät gab ein plapperndes Geräusch von sich, als seien da fünf Unterhaltungen auf einmal im Gange.

»Nur zur Sicherheit«, sagte Marsh mit einem Augenzwinkern.

Jamal schnalzte mit der Zunge.

»Lassen Sie uns übers Geschäft sprechen«, begann Marsh. »Wie Sie sicher vermutet haben, bin ich Nachrichtenoffizier. Ich bin mit den Einzelheiten Ihres Falles vertraut, und ich habe die vollständigen Abschriften all Ihrer bisherigen Zusammenkünfte mit uns.«

Jamal zuckte zusammen.

»O ja!« sagte Marsh und nickte nachdrücklich mit dem Kopf. »Wir haben alle diese Zusammenkünfte auf Band!«

Jamal zündete sich eine Zigarette an und schien hinter den Rauchwolken zu verschwinden. Marsh setzte ihm konzentriert nach. »Ich muß Ihnen außerdem mitteilen, daß ich ein leitender Beamter unserer Organisation bin, im Gegensatz zu den Leuten, mit denen Sie bisher zu tun hatten; und ich bin deshalb mit allen Aspekten dieses Falles vertraut.«

»Welcher Fall?« murmelte Jamal. Er fläzte sich in seinen Sessel wie ein Teenager, der eine besonders unangenehme elterliche Standpauke über sich ergehen läßt.

Er hielt den Kopf nach hinten gekippt, so daß er Marsh mit fast geschlossenen Augen fixierte.

»Bin ich zu schnell für Sie?« fragte Marsh.

»Nein«, sagte Jamal und sackte noch tiefer in den Sessel.

»Gut. Nun, meiner Meinung nach hatte unsere Beziehung einen schlechten Start, weil wir die Art unserer Geschäfte nicht deutlich genug geklärt hatten, wie sich das für Geschäftsleute gehört. Unser Geschäft ist es, Informationen zu erwerben. Sie haben Informationen, die für uns von Wert sind. Deshalb gibt es eine Grundlage für eine Beziehung, die für beide Seiten von Vorteil ist. Aber es darf kein Zweifel darüber bestehen – ich wiederhole: kein Zweifel –, wer diese Veranstaltung hier leitet. Es wird ernsthafte Konsequenzen für Sie haben, wenn Sie Ihrem Teil des Handels nicht nachkommen. Wollen Sie, daß ich Ihnen die Einzelheiten dieser Konsequenzen aufzähle?«

Anstatt zu antworten, richtete Jamal sich in seinem Sessel auf und spuckte auf den Boden.

»Lassen Sie das sein!« sagte Marsh scharf. Kontrolliere deinen Agenten, ermahnte er sich.

Der Amerikaner nahm einen ledernen Diplomatenkoffer zur Hand, den er mitgebracht hatte und legte ihn vor Jamal auf den Kaffeetisch. Er drehte ihn in Richtung Jamals und schnappte die Schlösser auf. Der Koffer war mit 100-Dollar-Noten gefüllt, feinsäuberlich gebündelt und gestapelt. Das Geld, das heimlich von einem halben Dutzend Banken in ganz Europa abgehoben worden war, war zerknittert und schmutzig.

»Ich hoffe, daß wir zu einer geschäftsmäßigen Übereinkunft gelangen«, sagte Marsh. »In diesem Koffer befinden sich 100 000 Dollar als Anzahlung. Sie können nachzählen, wenn Sie wollen.« Er nahm eines der Notenbündel in die Hand und ließ es über den Daumen schnarren.

»Wie bei jedem geschäftlichen Arrangement, muß ich Sie bitten, einen Vertrag zu unterzeichnen.« Er nahm ein Blatt Papier aus der Innentasche seines Jacketts und legte es mit der beschriebenen Seite nach oben auf den Tisch neben das Geld. Aus einer anderen Tasche nahm er ein Stempelkissen, um den Fingerabdruck zu nehmen, der seine Quittung darstellen würde.

Jamal zündete sich eine weitere Zigarette an. Die Haut seines Gesichts war gespannt wie ein Ballon, der kurz vor dem Platzen war.

Marsh bemerkte nichts davon. In seiner eigenen Nervosität hatte er den Palästinenser kaum angesehen.

»Wie Sie aus dem Vertrag sehen werden«, fuhr Marsh fort, »schlagen wir vor, Ihnen im Lauf der nächsten drei Jahre eine Summe von drei Millionen Dollar zu bezahlen. Die Zahlungen werden in regelmäßigen Raten auf ein Nummernkonto bei einer Schweizer Bank gehen. Wir haben uns erlaubt, das Konto bereits im voraus zu eröffnen.

»Drei Millionen Dollar!« Marsh wiederholte die Summe wie eine Beschwörungsformel. Mit dieser letzten, plumpen Aufforderung, sich bestechen zu lassen, platzte Jamals Ballon.

Jamal sprang aus dem Sessel, stieß einen arabischen Fluch aus und trat mit dem Fuß nach dem Diplomatenkoffer; die ordentlichen Banknotenbündel verteilten sich über den Boden. Drohend stand er über Marsh. Seine Hände zitterten vor Zorn. Hundert-Dollar-Noten lagen vor Marsh über den Teppich verstreut.

»Du Bastard!« sagte der Palästinenser. »Wenn ich eine Waffe hätte, würde ich dich erschießen!«

Mit diesen Worten ging Jamal ins Schlafzimmer und begann seine Tasche zu packen.

Marsh, der mit einem Mal zu rasen begann, ging ihm ins Schlafzimmer nach und begann ihm mit Erpressung zu drohen. Er sprach über Fotos, Bänder, anklagendes Beweismaterial, das er den Sowjets schicken würde, Haftbefehle, die er veranlassen würde, um Jamal in Italien festnehmen zu lassen, im Libanon, in Jordanien. Als deutlich wurde, daß diese Drohungen keinerlei Wirkung hatten, nahm Marsh das Telefon und wählte eine Nummer, die ihn mit der Telefonzentrale der römischen CIA-Station verband. Mit einigen vorher vereinbarten Codesätzen gab er durch, daß er ein Problem hatte und so schnell wie möglich ein Team zur Unterstützung benötigte.

Jamal ignorierte den Amerikaner. Als er fertig gepackt hatte, ging er rasch an Marsh vorbei auf die Tür zu. Er nahm die Treppe ins Erdgeschoß, schlüpfte durch einen Seitenausgang und entkam in die Hitze des römischen Sommers.

TEIL VI

September 1970–Juni 1971

Kapitel 24
Beirut; September 1970

Rogers war wie erschlagen, als er von dem Treff in Rom erfuhr. Er verspürte eine unsagbare Hilflosigkeit, ähnlich der eines Vaters, der erfährt, daß eines seiner Kinder gestorben war, während es sich in der Obhut eines Fremden befand. In den ersten Wochen danach versuchte er, den Kontakt zu Jamal wiederherzustellen. Er dachte sich verschiedene Strategien aus, aber keine funktionierte. Es war schwierig, jemanden ausfindig zu machen, wenn man nicht zugeben konnte, daß man ihn kannte. Der Palästinenser schwieg und blieb unsichtbar. Die Libanesen hatten keinerlei Aufzeichnungen darüber, daß er nach Beirut zurückgekehrt wäre. Genaugenommen hatte überhaupt niemand eine Aufzeichnung darüber, daß er sich irgendwie bewegt hatte. Er war verschwunden. Damals kam in Rogers der Verdacht auf, daß er Jamal womöglich unterschätzt hatte.
Rogers' unmittelbares Problem war Fuad. Der Libanese war angewidert von dem, was da passiert war, und auch er verschwand für einige Zeit. Schließlich ließ er Rogers eine Nachricht aus Griechenland zukommen – eine Postkarte aus Skiathos –, aber Rogers reagierte nicht darauf. Fuads Verärgerung über die Vereinigten Staaten würde ihm helfen, seine Tarnung zu vertiefen, versicherte Rogers seinem Stationschef. Schließlich kehrte Fuad nach Beirut zurück und warf sich in den Strudel linksgerichteter Politik. Er besuchte Zusammenkünfte der Progressiven Sozialistischen Partei, der Nationalen Syrischen Sozialistischen Partei, der Unabhängigen Nasser-Bewegung. Er beobachtete, sammelte Informationen und erstattete Rogers in regelmäßigen Abständen Bericht. Und er dachte darüber nach, woher es wohl kam, daß die Amerikaner so sehr zu Unfällen neigten.
Die Akte PECOCK wurde fallengelassen. Es gab Treffen und Diskussionen. Das Büro des Stellvertretenden Direktors der Planungsabteilung veranlaßte eine Untersuchung von Marshs Vorgehen bei dem Treff in Rom, die zu dem Schluß kam, daß er den Fall verbockt hatte.

So sehr ihm Marsh auch zuwider war, im Augenblick tat er Rogers leid. Seine Karriere war in der Vorhölle gelandet. Er bat um seine Versetzung in den neu gebildeten Stab, der sich um eine Verbesserung der Beziehungen der CIA zum Kongreß bemühte. Diesem Stab sagte man in der Agentur eine arbeitsreiche Zukunft voraus. Es gab einige Debatten über die Klugheit dieses Schritts, aber Stone bürgte für Marshs Integrität. Rogers genoß es, daß seine eigene Einschätzung des Falles rehabilitiert worden war, aber das nützte ihm jetzt wenig. Der Agent hatte sich aus dem Staub gemacht.

Im August schaute Stone kurz in Beirut vorbei. Ohne auch nur mit einer Silbe einzugestehen, daß seine eigenen Empfehlungen falsch gewesen waren, belobigte er Rogers für seine Geduld und sein Urteilsvermögen. Er kündigte ihm außerdem an, daß er vom ersten September an eine Beförderung und den Aufstieg in eine höhere Besoldungsklasse zu erwarten hatte. Das war Stones Art, zum Ausdruck zu bringen, daß ihm das Ganze leid tat.

Jamal empfand den katastrophalen Treff in Rom auf merkwürdige Art und Weise beruhigend. Für ihn war die Angelegenheit dadurch geklärt. Die Amerikaner schienen wieder einmal dem Stereotyp zu entsprechen. Sie waren arrogant und versuchten einen für ihre Zwecke zu manipulieren; sie interessierten sich für die Araber nur so lange, wie bei ihnen etwas zu holen war. Jamal war überdies froh, die zweideutige Beziehung abgebrochen zu haben, auf die er sich mit Rogers eingelassen hatte. Ihm waren Schwarz und Weiß lieber als Grauwerte.

Der Alte Mann war weniger erfreut, als ihm Jamal durch die kuwaitische Diplomatenpost aus Bonn einen kodierten Bericht über das Treffen zukommen ließ. Der Alte Mann betrachtete den Kanal zu Amerika als Projekt mit höchster Dringlichkeitsstufe. Er schickte Jamal eine Antwort, in der er ihm riet, an seinem Netz in Europa weiterzuarbeiten. Er sollte die Amerikaner fürs erste vergessen. Die Fatah würde über andere Mittelsmänner in London und Amman den Kontakt mit ihnen aufrechterhalten.

Obwohl die Amerikaner es nicht wußten, hielt sich Jamal genau unter ihrer Nase auf. Er war in Europa geblieben, meist in Rom, wo der Sicherheitsdienst der Fatah eine geheime Operationsbasis unterhielt. Der Geheimdienst der Fatah, der Rasd, hatte dort konspirative Wohnungen sowie Geldmittel zur Verfügung, ja sogar ein Dokumentenbüro, das gefälschte Reisepapiere anfertigte. Während des Sommers ging Jamal gelegentlich auf Reisen, vor allem nach Deutschland und Frankreich.

Er baute eine Infrastruktur auf. Die Zentrale in Rom arbeitete unter der Tarnung einer Bar namens Il Principe Rosso in der Nähe der Via Veneto. Sie wurde von einem wohlhabenden Palästinenser aus Kuwait finanziert und gab dem Rasd eine diskrete Möglichkeit, große Summen zu bewegen. Die italienischen Behörden, wären sie neugierig gewesen, hätten angenommen, daß es sich lediglich um ein weiteres römisches Etablissement handelte, das seine Bücher frisierte, um das Finanzamt zu hintergehen. Auf seinen Reisen nach Paris und München weitete Jamal seinen Ring aus. Er entwickelte Kontakte vor Ort und benutzte diese, um Wohnungen anzumieten, Bankkonten zu eröffnen, potentielle ›Talente‹ zu entdecken und um die tausend anderen alltäglichen Dinge zu erledigen, die die Basis für heimliche Operationen bildeten.

Jamal fragte nicht danach, wozu das alles gut war. Der Alte Mann hatte ihm gesagt, daß der Bewegung ein solches Netz eines Tages von Nutzen sein konnte und hatte weitere Fragen mit einer einzigen Handbewegung beiseite gewischt. Auf seinen Rundreisen durch Europa kam Jamal sich zuweilen wie ein Eichhörnchen vor, das Nüsse für einen langen Winter hortete, dessen Einbruch niemand vorauszusagen wußte.

Die Krise in Jordanien hatte sich seit Monaten zugespitzt. Aber die letzte Konfrontation wurde von einem terroristischen Akt ausgelöst, der so närrisch und feuergefährlich war, daß sich selbst Jamal später fragte, ob es sich nicht um einen bewußten Akt der Provokation gehandelt hatte.

Die Volksfront zur Befreiung Palästinas landete am 6. September einen spektakulären ›Coup‹, indem sie gleichzeitig zwei Flugzeuge entführte. Diese brachte sie auf einen Flugplatz in Jordanien, der von der Befreiungsfront in »Flughafen der Revolution« umgetauft worden war. Am 9. September entführte die Befreiungsfront eine weitere Maschine. Die Gruppe hatte damit fast fünfhundert Geiseln, unter denen sich viele Amerikaner befanden.

Diese Flugzeugentführungen wirkten, als hielte man eine Lötlampe in einen Benzintank. Die Flammen explodierten gleichzeitig aus verschiedenen Richtungen. Die Vereinigten Staaten, die den König seit Monaten gedrängt hatten, gegen die Fedayeen vorzugehen, schickten ihre Sechste Flotte in den Raum des östlichen Mittelmeers. Der König – der während der letzten Monate von den Beduinen unter seinen Offizieren verhöhnt worden war, indem sie Büstenhalter auf die Antennen ihrer Panzer banden, um ihre Zweifel an seiner Standhaftigkeit kunzutun – befahl der Armee schließlich, einen harten Gegenschlag zu führen. Es gab das übliche komische Zwischenspiel der Vermittlungsversuche durch die Arabische Liga. Aber schließlich befahl der König seiner Armee am 17. September, mit Panzern und schwerer Artillerie das Feuer zu eröffnen.

Die militärischen Ambitionen der Guerillas waren rasch zerstört. Die jordanische Armee nahm das Hauptquartier der Fatah auf dem Nasser-Platz in wenigen Minuten. Der Alte Mann floh tiefer in den Jebel Hussein, dann auf den Hügel von Ashrafiyeh. Die ersten Stunden verbrachte der Führer der Fatah damit, sich verzweifelt mit seinen politischen Kontaktleuten in Jordanien in Verbindung zu setzen, um einen Waffenstillstand zu arrangieren. Die Fatah hatte keinen Schlachtplan, kein sicheres Hauptquartier, keine verläßlichen Kommunikationseinrichtungen, sondern nur den offenen Funksprechverkehr.

Die ungleiche Schlacht dauerte kaum länger als eine Woche. Sie endete, als der Alte Mann sich in einer Beduinenkluft als Mitglied einer kuwaitischen Vermittlungsdelegation verkleidet schmählich aus dem Staub machte. Die Jordanier räumten noch ein ganzes Jahr danach alles auf, was an Widerstand übriggeblieben war, bis man endlich auch die letzte Truppe besonders hartnäckiger Kämpfer niedermetzelte, die sich in den Wäldern in der Nähe von Jerash und Ajlun im Norden Jordaniens verkrochen hatten.

Der Alte Mann hatte fast bis zum Schluß an einen Sieg in Jordanien geglaubt. Seine Narretei wurde durch Stapel handgeschriebener Anweisungen und Dokumente belegt, die von den Beduinentruppen des Königs während der Schlacht um Amman erbeutet wurden.

Es war eine rührende Sammlung. Ein wie von Kinderhand gemalter Grundriß des Basman Palastes, dessen grobe Skizzen zeigen sollten, wie die Fedayeen den haschemitischen Monarchen in seinen eigenen Gemächern angreifen könnten. Eine ungenaue Karte, die zeigte, wie man ein jordanisches Militärlager an der Straße zwischen Amman und Salt anzugreifen hätte. Eine weitere grobschlächtige Skizze, die demonstrierte, wie man einen jordanischen Stacheldrahtverhau überwand. Listen, die endlos und detailliert die Verantwortlichkeiten der einzelnen Chefs und Untergebenen in dieser höchst bürokratischen Revolution beschrieben. Handgeschriebene Notizen des Alten Mannes selbst, die ihn beim Planen, Betrügen, Manipulieren und Politikspielen zeigten – da er dem König die ganze Zeit über versichert hatte, die Fedayeen hätten keinerlei Absichten bezüglich seines Thrones.

Nachdem alles vorbei war, sammelte der König die belastendsten Dokumente zu einem kleinen Büchlein mit dem Titel *Die Aktivitäten der Fedayeen in Jordanien, 1970*. Das Büchlein wurde nur auf arabisch gedruckt und nie im Westen verbreitet. Aber dafür schickte der König ein Exemplar an jedes der 21 arabischen Staatsoberhäupter. Das Buch war ein Katalog der Betrügereien des Alten Mannes und erklärte zum Teil, warum die anderen arabischen Führer sich zwar noch Jahre danach offiziell zur Sache der Palästinenser bekannten, dem Vorsitzenden der PLO jedoch nie ganz über den Weg trauten.

Der »Schwarze September«, wie die bestürzten Palästinenser die Ereignisse in Jordanien tauften, schien zuerst wie ein Finale, aber in Wirklichkeit handelte es sich um ein Vorspiel. Wie ein Hurrikan war er durch die Spalten und Risse der politischen Welt Arabiens gefegt, und als er vorüber war, sah man die Baufälligkeit und die Exponiertheit ihrer Fundamente. Einer der Fatah-Führer, der die Nachrichtenaktivitäten des Rasd überwachte, schrieb später, daß er dem jordanischen König nach den Ereignissen des Schwarzen Septembers heimlich eine Warnung hatte zukommen lassen:

»Wenn Sie die Fedayeen in ihren letzten Stellungen in Jerash und Ajlun schlagen, werde ich Sie bis ans Ende der Welt und ans Ende meiner Tage verfolgen, um Ihnen die Strafe zuteil werden zu lassen, die Sie verdienen.«

Es muß sich wie eine eitle und müßige Drohung angehört haben. Aber sie war der Beginn eines Alptraums, der den Codenamen »Schwarzer September« bekam.

Kapitel 25
Beirut; Herbst 1970

Hoffman kam am Morgen nach der libanesischen Wahl ins Büro und schwenkte eine Ausgabe der *An nabar*, der führenden Beiruter Zeitung. Eine riesige Schlagzeile quer über den oberen Teil der ersten Seite verkündete: »Die Stimme des Volkes hat gesprochen«. Darunter gab es einen Leitartikel, der den Sieg des neuen Präsidenten pries, der am vorhergehenden Tag vom Parlament mit einer Stimme Mehrheit gewählt worden war.

»Hat man schon mal solche Arschlöcher gesehen?« fragte Hoffman seine vier leitenden Offiziere, als man sich im Konferenzraum zu einem der seltenen Stabstreffen zusammensetzte. Hoffman war miserabel aufgelegt: das Gesicht rot angelaufen, übellaunig, eine Gefahr für jeden, der das Pech hatte, ihm über den Weg zu laufen. Er fuchtelte mit der Zeitung vor Rogers' Gesicht herum.

»Der Kerl gewinnt mit einer Stimme, und die nennen das die Stimme des Volkes!« schimpfte er. »Stellen Sie sich vor, was die gesagt hätten, wenn er mit *zwei* Stimmen gewonnen hätte.«

»Sie sind wohl ein schlechter Verlierer?«

»Ja, verdammt«, sagte Hoffman. »Es hat uns einen Haufen Geld gekostet, die alte Bande von Halsabschneidern aufzukaufen. Jetzt können wir wieder von vorn anfangen.«

»Es ist schon ein bißchen komplizierter, Chef«, warf der leitende politische Analytiker der Station ein. Er war ein knopfäugiger Mann, der aussah, als sollte er einen grünen Schirm über den Augen tragen.

»Ohne Zweifel«, sagte Hoffman. »Alles scheint komplizierter zu sein, als ich glaube. Alles was ich wissen will, ist, wer gewonnen und wer verloren hat.«

»Genau das ist das Problem«, sagte der Analytiker. »Das ist ziemlich schwer zu sagen. Das alte politische Establishment ist aus dem Amt gefegt worden, soviel ist sicher. Das heißt aber nicht, daß es klare Gewinner und Verlierer gibt. Auf den ersten Blick sieht es so aus, als hätten die sunnitischen Moslems gewonnen, da der neue Präsident die Unterstützung der meisten Führer hat. Aber der neue Präsident hat auch die Unterstützung von einigen Anführern der christlichen Milizen, die vom alten Regime unter Druck gesetzt worden waren. Sie sehen, es ist also ziemlich kompliziert.«

»Bockmist«, sagte Hoffman.

»Darf ich mir erlauben, auf das eigentliche Problem dieser Wahl hinzuweisen?« wagte Rogers einzuwerfen.

»O bitte«, sagte Hoffman. »Unbedingt. Auf jeden Fall.«

»Das wahre Problem bei dieser Wahl war, daß keine der beiden Seiten verlieren konnte.«

Hoffman neigte den Kopf, kniff die Augen zusammen, als er Rogers ansah, lächelte mit ausgesuchter Höflichkeit und klatschte geräuschlos in die Hände. Rogers sah den rundgesichtigen Stationschef an. In seinem bequemen, prall gepolsterten Ledersessel sah er aus wie Humpty-Dumpty.

»Nun denn, meine lieben Kinderchen«, sagte Hoffman. »Da Sie

hier alle politisch so unheimlich beschlagen sind, können Sie der Regierung der Vereinigten Staaten vielleicht auszuknobeln helfen, wie wir bei den neuen Führern dieser armseligen Attrappe von einem Land dastehen.«

Es herrschte Schweigen.

»Irgendwelche Freiwillige?«

»Jawohl, Sir«, meldete sich ein neues Mitglied der Station namens York Harding. Er war erst vor zwei Monaten in Beirut angekommen; vorher war er in Vietnam gewesen; er trug sein Haar in einem Bürstenschnitt. York Harding war genau das, was Schüler eine ›Streberleiche‹ nennen.

»Ja, Mr. Harding«, sagte Hoffman.

»Die Wahl des neuen Präsidenten gibt uns eine echte Gelegenheit für politisches Handeln –«

»Die Wahl des Eichhörnchens?« warf Hoffman ein.

»Des Eichhörnchens?« fragte Harding, völlig verdutzt.

»So nenne ich den neuen Präsidenten, Mr. Harding. Und wissen Sie auch warum?«

»Nein, Sir«, sagte Harding.

»Weil er wie ein Eichhörnchen aussieht, Sie Idiot! Er ist ein haariger kleiner Bastard, der immer aussieht, als hätte er die Backen voller Nüsse. Finden Sie nicht?«

»Ja, Sir.«

»Entschuldigen Sie, daß ich Sie unterbrochen habe, Mr. Harding. Ich bitte Sie, fahren Sie fort.«

»Ich denke, die Wahl des, ah, Eichhörnchens verschafft uns eine neue Gelegenheit, im Libanon einen mittleren Weg zu finden. Eine dritte Kraft zwischen den Christen und den Moslems.«

»Eine dritte Kraft, he?« meinte Hoffman und strich sich übers Kinn.

»Ja, Sir.«

»Wie lange waren Sie in Vietnam, Sohnemann?« fragte der Stationschef.

»Achtzehn Monate, Sir«, sagte Harding.

»Und Sie waren dort Referent für politische Aktionen draußen auf dem Land. Haben den Bauern was über Landwirtschaft,

Medizin und Selbstverwaltung beigebracht – und vielleicht ein bißchen was über Meuchelmord nebenbei. Habe ich recht, Harding?«
»Jawohl, Sir.«
»Nun, dann ersparen Sie mir Ihren Bockmist aus Vietnam, wenn's geht, Mr. Harding! Wir mögen hier im Libanon ja Probleme haben, aber wir sind noch nicht in einem Stadium, in dem schon alles verbockt ist. Verstehen sie mich?«
»Ja, Sir«, sagte Harding.
»Und wenn ich die Worte ›dritte Kraft‹ auch nur noch ein einziges Mal höre, dann schmeiß ich Sie eigenhändig aus dem Fenster.«
»Ja, Sir.«
»Und nennen Sie mich nicht immer ›Sir‹, Sie schielender kleiner Hurensohn.«
Rogers sah Harding an. Die Augen des jungen Falloffiziers waren feucht. Rogers meinte, es wäre an der Zeit, den Bullen abzulenken, bevor er seine junge Beute noch schlimmer zurichtete.
»Chef«, sagte Rogers, »ich glaube, an dem, was Harding sagt, ist etwas dran. Durch die Wahl eines neuen Präsidenten tun sich immer Gelegenheiten auf. Lassen Sie uns der Sache ins Auge sehen. Die vorherigen Amtsinhaber leiteten nichts weiter als einen besseren Polizeistaat. Das Land stand unter der Fuchtel des Deuxième Bureau, was uns das Leben natürlich leicht machte. Aber die Libanesen hatten davon offensichtlich den Kanal voll.«
»Alsooo?« sagte Hoffman.
»Also sollten wir der alten Bande keine Tränen nachweinen.«
»Ist ja rührend«, sagte Hoffman. »Ich schäme mich, daß ich so unsensibel war.«
Rogers ignorierte Hoffmans Sarkasmus und drängte weiter.
»Das Problem ist die Polarisierung«, fuhr er fort. »Wenn das mit dem Extremismus unter den Christen und Moslems so weitergeht, dann geht das ganze Land aus dem Leim. Harding hat recht. Die einzige Hoffnung liegt in irgendeiner Art mittlerer

Linie. Worüber wir uns unterhalten sollten, ist, ob wir – die Botschaft – bereit sind, ernsthaft mitzuarbeiten, wenn es darum geht, eine Alternative zum Extremismus zu schaffen.«

»Die Frage, Kinderchen, kann ich euch gleich beantworten«, sagte Hoffman. »Die Antwort lautet nein. N-e-i-n. Unter keinen noch so verdammten Umständen.«

»Das macht die Sache freilich einfach«, sagte Rogers. »Wenn wir uns schon nicht einmischen, um den Guten zu helfen, dann sollten wir wenigstens den Bösen auf die Finger gucken – den Milizen, den Terroristenzellen und den Geheimorganisationen. Wir sollten herausfinden, was sie tun und mit wem sie's tun.«

»Antrag eingebracht«, sagte Hoffman. Ohne darauf zu warten, daß jemand etwas zu sagen hatte, donnerte er mit der Faust auf den Tisch.

»Antrag angenommen!«

Hoffman wandte sich anderen Themen zu: Einzelfragen zu Operationen der Station; Vorschläge, wie man mit den Mitgliedern der neuen Regierung ins Gespräch kommen sollte; Vermutungen darüber, wen der neue Präsident wohl als Leiter des Deuxième Bureau einsetzen würde; eine Diskussion darüber, was Hoffman dem Hauptquartier in seinem Kabel mitteilen sollte, das noch am selben Tag aus dem Haus mußte; und schließlich noch ein von Hoffman selbst erarbeitetes Konzept, mit dem man bei Überwachungen in größeren Menschenmengen – wenigstens theoretisch – eine Person pro Überwachungsteam einsparen würde. Schließlich schob der Stationschef seinen protzigen Sessel vom Tisch weg und vertagte das Treffen.

»Ich danke euch, Kinder«, sagte Hoffman. »Die Klasse kann gehen.«

Das Eichhörnchen, wie Hoffman ihn nannte, übernahm im September sein Amt und machte sich sofort daran, das Deuxième Bureau zu säubern. Das erste, was er tat, war, den Namen zu ändern. Es hieß ab sofort nicht mehr Deuxième Bureau, sondern nur noch ganz schlicht Militärischer Nachrichtendienst.

Ein symbolisches Großreinemachen folgte erst einige Monate später, als der neue Premier, ein mondgesichtiger sunnitischer Moslem, der dicke kubanische Zigarren rauchte und jeden Tag eine frische Nelke im Knopfloch trug, eine Razzia auf die Telefonabhörabteilung des Deuxième Bureau durchführen ließ. Eine besonders berüchtigte Operation der Abhörer, die sich gleich direkt im Hauptgebäude des Fernmeldeamtes im Zentrum von Beirut einquartiert hatten, bestand darin, ständig einige tausend Telefone zu überwachen. Eine himmelschreiende Vergewaltigung der bürgerlichen Freiheiten, darin waren sich alle einig. Sofort weg damit! Bei all dem Enthusiasmus des neuen Regimes dachte allerdings niemand daran, daß die Regierung damit ihr bestes Mittel verlor, den tödlichen politischen Bazillen auf der Spur zu bleiben, die drauf und dran waren, den Libanon zu infizieren.

Gegen Ende des Jahres unternahm das Eichhörnchen den unvermeidbaren letzten Schritt. Er löste General Jezzine als Kopf des libanesischen Geheimdienstes ab, beauftragte das Justizministerium heimlich (wenn auch nicht so heimlich, daß es nicht zum Stadtgespräch von Beirut geworden wäre) mit einer Untersuchung, die feststellen sollte, ob der General mit einigen der beim Deuxième Bureau üblichen Praktiken das Gesetz gebrochen hatte.

General Jezzine, was auch immer für Fehler er haben mochte, war nicht dumm. Er verließ das Land eine Woche, nachdem er gefeuert worden war, um – wie man es nannte – einen Urlaub in Genf anzutreten. Da es allgemein bekannt war, daß er dort ein Haus und ein großes Bankkonto unterhielt, wurde angenommen, daß man den General nicht so schnell zurückzuerwarten bräuchte. Rogers besuchte General Jezzine am Tag vor dessen Abreise in seinem Dorf. Er kam, um eine einfache Bitte vorzutragen. Die Amerikanische Botschaft wollte Zugang zu Jezzines Akten.

Der General gab sich kurz angebunden und ausweichend. Seine Akten wären samt und sonders vom neuen Chef des Geheimdienstes, einem Mann des Präsidenten, konfisziert worden, sagte er. Nicht einmal er selbst hätte noch Zugang zu ihnen. Er hatte nur einige persönliche Papiere mitgenommen, um sicherzugehen, nichts Wichtiges. Und die seien bereits nach Genf eingeschifft worden. Es gab also leider nichts, was er tun konnte, um seinen lieben Freunden, den Amerikanern, zu helfen.

»Ihre Sorge rührt mich«, sagte der General sarkastisch, als er Rogers zur Tür begleitete. »Schade, daß sie nicht ein wenig früher gekommen ist.«

Das Regime des Eichhörnchens versank bald im Sumpf der Korruption. Es war die Rache jener, die der frühere Präsident als die ›Käseleute‹ bezeichnet hatte. Ein Gesundheitsminister, der die Arzneimittelpreise senken wollte, rannte gegen eine Mauer von Freunden des Präsidenten an, die das Monopol über den Arzneimittelmarkt innehatten. Die Pharmaziemagnaten entzogen dem Markt einfach die Medikamente – zum Teufel mit der öffentlichen Gesundheit! –, bis der Minister aufgab und zurücktrat.

Ein Minister für Öffentliche Aufgaben, der den Versuch unternahm, das primitive Straßensystem des Landes zu verbessern, hielt sich nur fünfzehn Wochen. Einen Finanzminister, der die revolutionäre Theorie unterbreitete, die Regierung sollte doch Steuern erheben und ihre Bücher prüfen lassen, ließ man kurzerhand abblitzen. Der eigene Sohn des Präsidenten wurde als Minister für das Fernmeldewesen eingesetzt und begann Bestechungssummen zu fordern, die selbst für libanesische Verhältnisse horrend waren.

Das Motto der Stunde im Libanon hieß, so schnell wie möglich reich zu werden. Die rasende Inflation verwandelte Bauern in Landspekulanten und schuf über Nacht eine neue Klasse von Millionären. Die Regierung wurde zu einem Selbstbedienungsladen. In diesem Klima der Ambitionen und der Raffsucht verloren die Libanesen den letzten Rest ihres Respekts vor den öffentlichen Einrichtungen. Die Öffentlichkeit glaubte nicht mehr daran, daß das, was vom Deuxième Bureau noch übrig war, die Ordnung aufrechterhalten oder daß die Armee die palästinensischen Kommandos in Schach halten könnte. Statt dessen wandten sich die Libanesen in zunehmendem Maße den privaten Milizen zu, die sich überall im Land formierten.

Kapitel 26
Beirut; April 1971

Jane Rogers saß mit ihrer Tochter im Wartezimmer ihres Arztes, als sie ein ihr bekanntes Gesicht entdeckte. Die attraktive Libanesin in dem teuren Seidenkleid auf der Couch neben ihr hatte große Ähnlichkeit mit einer Frau, die sie vor vielen Monaten auf einer Party kennengelernt hatte.

Jane wollte sich ihr schon fast vorstellen, besann sich dann aber eines Besseren. Die Frau trug eine dunkle Brille und las in einem Magazin; die französische Ausgabe von *Vogue*. Vielleicht wollte sie nicht gestört werden. Es ist besser, seine Nase nicht in anderer Leute Angelegenheiten zu stecken; vor allem in der Praxis eines Arztes.

Jane widmete sich statt dessen ihrer Tochter Amy, die mit dem Krimskrams aus der Handtasche ihrer Mutter spielte. Das Kind hatte in den letzten Monaten eine geradezu dramatische Besserung durchgemacht. Die Würmer wären völlig verschwunden, versicherte ihnen der libanesische Kinderarzt. Das gleiche galt für die Symptome der neurologischen Störungen. Amy war geheilt.

Jane warf wieder einen Blick auf die Libanesin und bemerkte, daß sie keinen Ehering trug. Vielleicht war es gar nicht dieselbe Frau.

»Madame Jezzine«, rief die Sprechstundenhilfe. Die attraktive Libanesin schloß ihr Magazin und erhob sich.

Ich hatte also doch recht, dachte Jane. Sie sah Madame Jezzine hinterher, als diese ins Sprechzimmer des Arztes ging. Fünf Minuten später kam die elegante Frau wieder heraus; sie faltete

einen kleinen Zettel zusammen; das Rezept, das ihr der Arzt ausgestellt hatte. Sie steckte es in ihre Handtasche.
»Mrs. Rogers«, rief die Sprechstundenhilfe. Jane stand auf und ging mit ihrer Tochter an der Hand auf die Tür des Sprechzimmers zu. Sie war kaum einige Schritte gegangen, als die Libanesin sie ansprach.
»Jane«, sagte Solange Jezzine mit einem warmen Lächeln. »Es tut mir leid, Sie nicht früher erkannt zu haben. Wie hübsch Sie aussehen.«
»Hallo, Solange«, sagte Jane.
Die Libanesin begrüßte Jane herzlich, indem sie sie auf beide Wangen küßte. Jane fühlte sich nicht ganz wohl ob dieser Wandlung von einer völlig Fremden zu einer Freundin im Zeitraum von nur wenigen Minuten. Sie erwiderte die Küsse der Libanesin freundschaftlich. Als ihre Wangen sich berührten, erhaschte Jane den Hauch eines teuren Parfums hinter ihren Ohren.
»Und was für ein niedliches kleines Mädchen«, sagte Solange und tätschelte Amy auf den Kopf.
»Werden Sie lange brauchen?« fragte Solange und nickte in Richtung des Sprechzimmers.
»Nur eine Minute«, sagte Jane. »Ich lasse mir nur ein neues Rezept ausschreiben.«
»Gut«, sagte die Libanesin. »Dann warte ich. Wir werden zusammen lunchen, meine Liebe.«
»Einverstanden«, sagte Jane und versuchte freundlich zu klingen. Sie warf einen Blick auf ihre kleine Tochter und hoffte, daß Madame Jezzine kein allzu ausgefallenes Restaurant im Sinn hatte, wo man auf Kleinkinder nicht besonders erpicht war.
Jane war gerade solange im Sprechzimmer des Arztes, wie er dazu brauchte, ihr ein neues Rezept für ihre Anti-Baby-Pillen auszustellen, die sie nahm, seit Amy krank geworden war. Sie hatte damals den Entschluß gefaßt, keine Kinder mehr zu bekommen, solange sie im Nahen Osten lebten. Dem Arzt war es lieber, wenn seine Patientinnen persönlich vorbeikamen, um ihre Rezepte erneuern zu lassen, anstatt einfach in der Apotheke

anzurufen. Vielleicht hielt er es für diskreter. Jane hielt es eher für das Gegenteil. Aber warum sich aufregen? Jane hatte ihr Rezept zusammengefaltet und in ihre Börse gesteckt, bevor sie ins Wartezimmer zurückkehrte.
Solange zwinkerte Jane verstohlen zu. Sie erhob sich von der Couch und empfing die Amerikanerin fast wie eine Mitverschwörerin; sie hakte ihren Arm unter Janes. Als sie die Praxis verließen, flüsterte sie ihr ins Ohr.
»Es befreit einen, finden Sie nicht auch?«
»Was meinen Sie?« fragte Jane.
»Die Pille, meine Liebe«, sagte Solange. »Deswegen sind Sie doch hier, oder?«
Jane nickte verlegen. Sie fragte sich, ob sie erklären sollte, daß sie die Pille nicht deshalb nahm, um problemlos Affairen zu haben, wie Madame Jezzines geflüsterte Worte impliziert hatten, sondern aus einem ganz anderen Grund. Sie beschloß jedoch nichts zu sagen. Irgendwie war es auch angenehm, von einer anderen Frau als heimliche Mitverschwörerin angesehen zu werden. Außerdem mußte sie feststellen, daß ihr Madame Jezzines Offenheit durchaus nicht unangenehm war. Sie erschien ihr sehr libanesisch.
»Sie wird die Welt verändern«, flüsterte Madame Jezzine. »Vor allem die arabische Welt.«
Am Randstein vor der Praxis des Arztes stand ein glänzender roter Mercedes-Benz mit weißen Ledersitzen. Ein stämmiger Mann mit dem diskreten Gebaren eines Chauffeurs saß auf dem Fahrersitz. Neben ihm saß eine Asiatin in einem schwarzen Rock und einer weißen Schürze; sie schien das Hausmädchen zu sein.
»Das ist mein Wagen«, sagte Madam Jezzine. »Kommen Sie, steigen Sie ein.«
Jane stieg in den Wagen, in dem es nach Leder, Parfum und dem Rauch der Zigaretten des Fahrers roch. Sie nahm ihre Kleine auf den Schoß, wobei sie mit einem automatischen Griff die Windel auf Feuchtigkeit abtastete.
»Chez les Anges«, sagte Madame Jezzine dem Chauffeur.

Jane erkannte den Namen des Restaurants. Es war ein schickes französisches Bistro in West-Beirut, nicht weit von der Botschaft und direkt am Meer. Es hatte den Ruf, das teuerste Lokal der Stadt zu sein.

»Ich weiß nicht, ob das der richtige Platz für ein Baby ist«, meinte Jane.

»Ist es auch nicht«, sagte die Libanesin. »Wir lassen die Kleine bei Sophie.« Sie deutete auf das Hausmädchen.

Jane war drauf und dran, ihr zu sagen, es sei schon in Ordnung und sie könnten ja ein andermal essen gehen. Das wäre schließlich der Situation angemessen gewesen. Man konnte seine dreijährige Tochter schließlich nicht gut in der Obhut eines fremden Hausmädchens lassen. Aber sie zögerte, und der Grund dafür war, daß sie den Gedanken, mit einer reichen Libanesin im ausgefallensten Restaurant der Stadt zu essen, äußerst reizvoll fand.

»Es wird ihr nichts fehlen, nicht war, Sophie?« fragte Madame Jezzine.

»Ja, Madame«, sagte die Frau. Sie schien aus Indien zu sein, oder vielleicht aus Sri Lanka. Sie sah durchaus vertrauenerweckend aus.

»Vielleicht könnten wir Sie bei uns zu Hause absetzen«, schlug Jane vor. »Würde Sie das stören, Sophie? Meine Reinemachefrau ist da, und sie kann Ihnen helfen, auf das Baby aufzupassen.« Sophie nickte fügsam.

»Perfekt!« sagte Madame Jezzine. »Sagen Sie dem Fahrer Ihre Adresse.«

Jane dirigierte den Mercedes zu ihrem Apartmentgebäude in Minara. Sie brachte Amy und Sophie nach oben und erklärte Sophie die Utensilien aus der Tasche mit den Babysachen. Frische Windeln, ihr Lieblingsspielzeug, die Bücher, das Fläschchen mit Apfelsaft.

»Wenn sie weint, rufen Sie bitte unbedingt im Restaurant an«, sagte Jane.

»Ja, Madame«, sagte Sophie und neigte den Kopf in der unterwürfigen Geste, die für den indischen Subkontinent so charakteristisch ist.

Jane ließ das Kind zufrieden spielend im Kinderzimmer zurück und kehrte zu Madame Jezzine zurück. Als sie die Stufen der Treppe hinuntersprang, verspürte sie ein schwindelerregendes Gefühl von Abenteuer und einer vorübergehenden Befreiung von ihrer Routine als hingebungsvolle Frau und Mutter.
Einige Minuten später fuhren sie vor dem kleinen Gebäude in der Nähe des Hotel St. Georges vor. Der Chauffeur parkte den Wagen und beeilte sich, Madame die Türe zu öffnen.
»Sie können jetzt auch essen gehen, Antun«, sagte sie ihm. »Wir werden einige Stunden beschäftigt sein.«
Die schlichte weiße Fassade des Restaurants versteckte ein exotisches Interieur. Die rückwärtige Wand bestand aus einem riesigen Fenster, das einen atemberaubenden Blick auf das Mittelmeer bot. An den Tischen im großen Speisesaal saßen lauter Geschäftsleute, die sich angeregt über ihre Arbeit und über Geld unterhielten. Ein kleinerer Raum dahinter bestand aus einer Reihe von Nischen entlang der Fenster, die auf das Meer hinausgingen; die Lehnen der Bänke waren so hoch, daß jede Nische fast den Eindruck eines Séparées vermittelte. Daß zwei Frauen alleine in einem Restaurant wie diesem speisten, schien Jane etwas leicht Anrüchiges, aber Prickelndes, an sich zu haben.
»Haben Sie vielleicht eine Nische für uns, Joseph?« fragte die Libanesin den Oberkellner auf Französisch.
»Oui, Madame Jezzine«, kam die Antwort. Sie war offensichtlich eine Stammkundin.
Sie gingen durch den großen Speisesaal, wobei sie die anerkennenden Blicke der Männer auf sich zogen und betraten den kleineren, intimeren Raum. Als sie an den Nischen vorbeigingen, stellte Jane fest, daß in den meisten Männer mit sehr jungen und attraktiven Frauen zu speisen schienen. Jane glaubte zu sehen, wie einer der Männer durch das dünne Gewebe einer Bluse die Brüste seiner Lunchgefährtin streichelte.
Als sie sich gesetzt hatten, beugte sich Madame Jezzine über den Tisch und sprach Jane in dem gleichen verschwörerischen Ton an, den sie auch in der Praxis des Arztes angenommen hatte.
»Sie kennen dieses Restaurant ja sicherlich?« sagte die Libanesin.

»Hierher bringen die Beiruter Männer ihre Mätressen, um mit ihnen anzugeben. Und manchmal für das ein oder andere obendrein.« Sie nickte in Richtung einer Nische in der Nähe, in der der Mann seine Verabredung betatscht hatte.

Solange Jezzine bestellte sich einen Kir. Obwohl es erst Mittag war, viel zu früh, um etwas zu trinken, machte Jane es ihr nach. Das hier war ein Abenteuer, sagte sie sich. Als ihr Solange eine Zigarette anbot, nahm sie sie an, obwohl sie seit Jahren nicht mehr geraucht hatte. Sie hustete nach dem ersten Zug, und Solange lachte über ihre mangelnde Erfahrung.

»Ich fürchte, ich bin ein Neuling«, sagte Jane entschuldigend.

»Sie werden es lernen«, sagte die Libanesin.

Jane war verlegen und war einen Augenblick lang versucht, sich wieder in ihre Identität als Ehefrau und Mutter zu flüchten.

»Haben Sie Kinder?« fragte sie ihre Begleiterin.

»Ja«, sagte Solange. »Aber das ist Jahre her. Es kommt mir fast so vor, als sei das in einem anderen Leben gewesen.«

Bis die Drinks kamen, plauderten sie einige Minuten lang liebenswürdig über Kinder.

»Ich dachte, Sie wollten Beirut verlassen«, wagte Jane zu fragen, als sie ihr Glas erhob. Der Cassis bildete Schlieren im Wein und verdunkelte ihn wie ein plötzlicher Gewittersturm.

»Warum? Wegen der juristischen Schwierigkeiten meines Mannes?« antwortete Solange mit fast brutaler Offenheit.

»Nun ja«, sagte Jane. »Ich habe in der Zeitung gelesen, daß er die Absicht hat, in der Schweiz zu bleiben. Also nahm ich an –«

»Daß ich als treue Frau mit ihm gehen würde«, sagte die Libanesin und beendete damit den Satz für Jane.

»Ja.«

»Jetzt noch nicht«, sagte Solange. »Vielleicht werde ich es irgendwann tun. Sicher werde ich es irgendwann tun. Aber nicht jetzt. Es ist Frühling und das ist die schönste Jahreszeit im Libanon. In Genf hat es letzte Woche noch geschneit. Wußten Sie das? Ich werde später nachkommen. Aber nicht jetzt. Es gibt hier so viel zu tun.«

Sie lächelte auf die charmanteste und bescheidenste Art und

Weise. Als Jane sie so ansah, kam sie zu dem Schluß, daß Männer sie mit Sicherheit unwiderstehlich fanden.
»Und wie geht es *Ihrem* Mann?« fragte Solange dann, wobei sie die Augenbrauen in die Höhe zog.
»Gut«, sagte Jane. »Wunderbar, um genau zu sein.«
»Sie sind eine glückliche Frau, einen solchen Mann zu haben. Ich bin sicher, man hat Sie schon oft gewarnt, aber trotzdem: Passen Sie auf ihn auf!«
»Nein«, sagte Jane. »Um ehrlich zu sein, das hat mir noch niemand gesagt. Warum sollte ich auf ihn aufpassen?«
»Wenn Sie das fragen müssen, dann gehen Sie doch noch einmal an den Nischen hier vorbei.«
Jane war versucht, ihr zu sagen, daß ihr Mann nicht so sei. Aber sie sagte nichts.
»Was halten Sie von den libanesischen Männern?« fragte Madame Jezzine.
»Ich finde sie sehr charmant«, sagte Jane.
Das war keine besonders ehrliche Antwort, dachte sie. Sie nippte ein weiteres Mal an ihrem Kir; dann sprach sie weiter.
»Ich finde sie sehr charmant und sehr sexy, aber man scheint sich nicht besonders auf sie verlassen zu können.«
»Ahaa! Dann nehme ich an, daß Sie sie sehr gut kennen müssen«, sagte Madame Jezzine mit einem Augenzwinkern.
»Ganz und gar nicht«, sagte Jane. »Oder so gut wie gar nicht. Aber ich würde sie gerne besser verstehen lernen. Vielleicht können Sie mir erklären, wie sie sind.«
Was rede ich da? dachte sie. Warum mache ich das?
»Ich kann Ihnen sogar eine ganze Menge erzählen«, sagte Solange. »Aber lassen Sie uns erst den Lunch bestellen.« Sie drückte auf einen Knopf unter dem Tisch, und schon kam ein Kellner, um ihre Bestellung entgegenzunehmen. Es war klar, daß sie auch in den Nischen keine Unbekannte war. Der Kellner zählte die Liste der Spezialitäten auf. Jane bestellte sich das Seezungenfilet Duglère, pochiert, in Weißweinsoße und mit Trauben. Solange bestellte sich einen Hummer, gekocht. Und eine Flasche weißen Burgunder.

»Und Salat«, rief Solange, als der Kellner wegging. »Und Kartoffeln!«
In dem stillen Raum wandten sich einige Köpfe nach ihr um. Madame Jezzine lächelte und zündete sich eine neue Zigarette an.
»Lassen Sie mich Ihnen etwas über arabische Männer erzählen«, meinte Solange mit gedämpfter Stimme. »Das ist ein Gebiet, auf dem ich so etwas wie eine Expertin bin.«
»O fein«, sagte Jane. Sie kicherte, als sie das sagte. Sie kam sich vor wie auf einer Mädchenparty im Studentenheim von Mount Holyoke.
»Wollen Sie *alles* wissen?« fragte Solange und nahm einen Schluck von ihrem Wein.
»Aber ja«, sagte Jane. Sie fühlte sich immer noch wie ein junges Mädchen und war zum Kichern aufgelegt. So muß es wohl in einem Harem zugehen, dachte sie. Frauen, die einander nicht kennen, tauschen Vertraulichkeiten über die Männer aus, die ihr Leben bestimmen.
»Das erste, was man über Araber wissen muß, ist, daß sie von Kindesbeinen an mit jedem schlafen: mit Männern, Frauen, Onkeln, Brüdern, Schwestern, Tanten. Es ist hier im Vorderen Orient sehr heiß, und die Menschen haben nicht viel Stoff auf dem Körper. Und so passiert das eben. Das ist ganz natürlich.«
»Jetzt hören Sie aber auf«, sagte Jane.
»Es stimmt aber«, insistierte Solange. »Einer meiner Liebhaber, übrigens ein Mann, der im ganzen Vorderen Orient bekannt ist, hat mir einmal erzählt, wie er von seiner Tante verführt wurde. Es passierte während der Siesta, als der Wind durch die Vorhänge strich. Die arme Frau bestritt später, daß etwas passiert sei. Sie sagte, sie hätte geschlafen und wäre sich dessen, was da vor sich ging, nicht bewußt gewesen. Aber mein Liebhaber erzählte mir, daß sie an sein Bett kam, seinen Penis in die Hand nahm und ihn streichelte; und dann habe sie die Beine gespreizt und sich auf ihn gesetzt, um ihn sich hineinzustecken.«
Jane lief rot an. Sie spürte das Feuer auf ihren Wangen. Alles, was ihr im Augenblick einfiel, war: »Ach, du liebe Güte!«
»Bringe ich Sie in Verlegenheit?« fragte die Libanesin.

»Nein, nein«, sagte Jane. »Sie beantworten mir genau die Fragen, die ich mich nie zu fragen trauen würde.«
»Schön«, sagte die Libanesin. »Das zweite, was Sie wissen müssen, ist, daß der wichtigste Mensch im Leben eines jeden Arabers seine Mutter ist. Nicht seine Frau, auch nicht seine Geliebte, sondern seine Mutter. Die meisten Araber sehen ihre Mutter jeden Tag. Sie wollen alle auf eigenen Beinen stehen, Männer von Welt sein, aber sie wollen auch bemuttert werden. Und das von jeder Frau, die sich dazu hergibt.«
»Ich glaube, die meisten Männer sind so«, sagte Jane.
»Vielleicht, aber in der arabischen Welt scheint alles irgendwie extremer zu sein; finden Sie nicht?«
»Das stimmt«, sagte Jane. Sie sah sich nach dem Kellner um, der jedoch nirgendwo zu sehen war. Aber anstatt nach ihm zu läuten, nahm sie die Weinflasche lieber selbst aus dem Eiskübel und goß sich und Solange noch ein weiteres großes Glas ein.
»Und was ist das dritte?« fragte sie dann.
»Das dritte ist ... Ich geniere mich, es auszusprechen.«
»Das nehme ich Ihnen nicht ab«, sagte Jane. »Ich kann mir nicht vorstellen, daß es irgend etwas gibt, was Sie in Verlegenheit bringen könnte.«
»Das dritte ist, daß sie wegen ihrer Penisse Angst haben.«
»Was?« fragte Jane und gab vor, nicht richtig verstanden zu haben.
»Sie haben Angst vor dem Beschneiden. Sehen Sie, in der arabischen Welt werden Männer von alters her nicht gleich nach der Geburt, sondern erst im Alter von sieben Jahren beschnitten. Und dann ist das Ritual auch noch eine öffentliche Zeremonie, zumindest bei den Beduinen. Ich hatte einmal einen Liebhaber, einen sehr reichen saudischen Prinzen, der mir erzählt hat, daß er zusehen mußte, wie man das bei seinem älteren Bruder machte und daß der vor Schmerzen laut geschrien hätte. Als er dann einige Jahre später selbst an der Reihe war, lief er dem Scheich davon, genau in dem Augenblick, als der sein Messer ansetzte. Ich bin mir nicht sicher, ob der arme Junge jemals darüber hinweggekommen ist.«

Jane machte so große, unschuldige Augen, während sie diesen Geschichten lauschte, daß sich in der Libanesin mit einem Mal der Verdacht regte, mit den Erfahrungen ihrer amerikanischen Begleiterin könnte es ja wohl nicht so weit her sein – ob sie nun die Pille nahm oder nicht.

»Meine Liebe«, sagte Solange. »Hatten Sie je einen Araber als Liebhaber?«

Jane senkte einfältig den Kopf.

»Um ehrlich zu sein, nein«, sagte sie.

»Möchten Sie gerne wissen, wie sie sind?«

»Im Bett?« flüsterte Jane.

»Ja«, sagte Solange.

»Ich denke schon. Ja, ich denke, ich würde es ganz gerne wissen.«

»Sie geben keinen Laut von sich, während sie einen lieben!« sagte die Libanesin.

»Was?«

»Sie sprechen nie auch nur ein Wörtchen. Sie stöhnen noch nicht einmal. Sie rufen deinen Namen nicht. Man weiß nie, wann sie fertig sind.«

»Warum?« fragte Jane. »Warum sind sie so still?«

»Ich glaube, das kommt daher, daß sie sich schämen. Araber sind sehr sauber, wissen Sie. Das macht der Koran, in dem seitenweise geschrieben steht, wie man sich richtig wäscht. Und vielleicht glauben sie deshalb, daß Sex mit Frauen etwas Schmutziges ist.«

»Etwas Schmutziges?«

»Ja, denn sobald sie es hinter sich haben, laufen sie los und waschen sich.«

»Wirklich?« Janes Erstaunen wuchs mit jedem weiteren Wort dieser Unterhaltung.

»Ja.«

»Und was ist, Sie wissen schon, vorher …?«

»Mit dem Vorspiel?« sagte Solange bereitwillig. »Davon haben die noch nicht mal gehört. So etwas kommt denen nicht mal in den Sinn.«

»Nicht?«
»Ach was«, sagte Solange.
»Aber, entschuldigen Sie, wenn ich Sie so frage, warum nimmt sich dann eine Frau, die noch alle Tassen im Schrank hat, einen Araber als Liebhaber? Es hört sich nicht nach besonders viel Spaß an.«
Solange lächelte. Ihr Gesichtsausdruck glich dem einer vor geheimen Wonnen wohlig schnurrenden Katze.
»Es gibt einige arabische Männer, die anders sind«, sagte Solange.
»Und wie sind die?«
»Ach, meine Liebe«, sagte Solange. »Wie soll ich Ihnen das beschreiben? Sie sind Gottes Entschuldigung für die Unzulänglichkeiten aller anderen. Sie sind, als wären sie Männer und Frauen zugleich. Hart und weich, mit kräftigen Körpern und zärtlichen Händen. Ihre Augen sind so dunkel wie der Himmel in einer mondlosen Nacht. Und sie sind unermüdlich. Wenn es sein muß, schlafen sie den ganzen Tag, um für die Nacht genug Kraft zu haben.«
Solange schloß die Augen, und ihre Stimme verlor sich. Sie denkt an letzte Nacht, dachte Jane. Soweit sie sich erinnern konnte, war dies das erste Mal, daß sie einer anderen Frau gegenüber einen Anflug von Neid verspürte.
Das Essen wurde aufgetragen. Beide Frauen fühlten sich wie ausgehungert. Jane, die normalerweise eine schlechte und verwöhnte Esserin war, stellte plötzlich fest, daß sie die weißen Beeren mit den Fingern von der Seezunge pickte und sie sich eine nach der anderen in den Mund fallen ließ. Solange verschlang ihren Hummer in kleinen Häppchen; sie knackte die Scheren, entzog ihnen das Fleisch vorsichtig mit der Gabel und tunkte es in eine silberne Tasse mit geschmolzener Butter. Um ihr Seidenkleid zu schützen, hatte ihr der Ober eine große, rote Serviette um den Hals gebunden, was ihr exotisches, wildes Aussehen noch betonte.
»Wissen Sie, was mich an arabischen Männern stört?« fragte Jane. »Daß sie zwar ganz verrückt nach Sex sind, aber Angst vor den Frauen haben.«

»Das ist schon möglich«, sagte Solange. Sie saugte an einem der stacheligen Hummernbeine.
»Ich habe mir das erst gestern wieder gedacht«, sagte Jane. »Ich habe einige Männer in der Rue Hamra dabei beobachtet, wie sie über eine Frau aus dem Westen ins Schwärmen gerieten. Sie trug eine maßgeschneiderte Bluse und ein enganliegendes Kleid. Ich nehme an, es war eine Stewardess. Aber es war das Verlangen auf den Gesichtern der Männer, das mir Angst machte.«
»Warum?« fragte Solange. Sie hatte den Hummer beiseite gelegt und betupfte sich mit der Serviette den Mund.
»Weil ich mir dachte: Das ist genau das, was die Araber von uns wollen, vom Westen, meine ich. Sie wollen Sex von uns. Deshalb sind sie so scharf auf die moderne Welt. Unsere Marlboros zu rauchen und unseren Whisky zu trinken, darum geht es ihnen; weil sie glauben, daß sie auf diese Weise zu mehr Sex kommen.«
»Da haben sie auch recht«, sagte Solange. »Wahrscheinlich kriegen sie dadurch auch mehr.«
»Ja, aber was passiert, wenn die arabische Kultur so modern wird, daß auch Frauen mehr Sex haben wollen? Oder wenigstens anfangen, daran zu denken. Ich glaube nicht, daß die arabischen Männer mit diesem Aspekt des modernen Lebens besonders gut zurechtkommen werden; wo sie von vornherein schon eine solche Angst vor den Frauen haben. Was wird dann passieren?«
»Sie werden die entgegengesetzte Richtung einschlagen«, sagte Solange.
»Was wollen Sie damit sagen?«
»Zurück ins finstere Mittelalter«, sagte Madame Jezzine. »Die Araber werden sich gerade so viel von der modernen Welt zu eigen machen, um sich einen heillosen Schrecken zu holen, und dann werden sie in die entgegengesetzte Richtung laufen.«
Jane aß die letzten Bissen ihrer Seezunge. Der Pikkolo erschien aus dem Nichts und räumte die Gedecke weg. Solange bot Jane eine Zigarette an. Jane nahm sie und inhalierte tief und genüßlich.
»Erzählen Sie mir etwas über Ihren Mann«, sagte Solange.

»Ach, du liebe Güte«, sagte Jane. »Was soll ich Ihnen da erzählen? Das würde sich schrecklich sentimental anhören. Ein starker Mann. Er liebt seine Arbeit. Den Nahen Osten betet er geradezu an, aber er liebt auch seine Familie.«

Was rede ich da bloß? dachte Jane. Gehe ich etwa zu weit?

»Und glauben Sie«, fragte Madame Jezzine feinsinnig, »daß Ihr Mann jemals eine Affäre mit einer anderen gehabt hat?«

Jane legte ihre Hand gegen die Stirn. Sie hatte zu viel gesagt. Sie hatte zu viel Wein getrunken. Sie hatte es zugelassen, daß ihre Unterhaltung in verbotene Gefilde abschweifte.

»Nein«, sagte Jane lebhaft. Sie hob den Kopf und lächelte. »Ich glaube nicht, daß er jemals etwas mit einer anderen hatte.«

»Sie glückliches Mädchen«, sagte Solange Jezzine. »Was für ein glückliches Mädchen.«

Jane entschuldigte sich und ging auf die Toilette. Sie machte sich ein wenig zurecht, trug neuen Lippenstift auf, bürstete ihr Haar und ging wieder an den Tisch zurück. Als sie zurückkam, war Solange verschwunden. Jane guckte sich um und entdeckte sie in einer der anderen Nischen. Sie unterhielt sich mit einem gutaussehenden Franzosen. Obwohl der Franzose einer jüngeren Blondine gegenübersaß, hatte er einen Arm um Madame Jezzine gelegt.

Solange kam einige Minuten später zurück. Sie unterhielten sich noch ein wenig über weniger exotische Themen, bis sie schließlich ihren Kaffee tranken und die Rechnung bezahlten. Solange bestand darauf, sich in einigen Wochen wieder mit Jane zu treffen.

»Nächstes Mal möchte ich ein wenig mehr über Ihren Gatten hören. Er ist der einzige attraktive Mann in ganz Beirut.«

Jane fühlte sich ob des Lobs für ihren Mann geschmeichelt und nickte höflich. Später am Tag fragte sie sich dann, ob ihr irgend etwas am Verhalten von Madame Jezzine Grund zur Besorgnis geben sollte. Irgend etwas, das sie ihrem Mann mitteilen sollte. Nein, entschied sie. Sie ist nichts weiter als eine charmante, tratschsüchtige Libanesin, die ganz versessen auf Sex ist.

Kapitel 27
Beirut; 1971

Als das Deuxième Bureau zerfiel, versuchte die CIA die ein oder andere brauchbare Scherbe aus den Trümmern zu klauben. Es liefen so viele wütende und unzufriedene Nachrichtenoffiziere herum, daß für Hoffman und seine Leute das größte Problem darin bestand, sich zu entscheiden, bei welchem von ihnen sich ein Rekrutierungsversuch auszahlen könnte.

Hoffman ignorierte die meisten dieser Leute. Er hatte seine Grundsätze, was das Anwerben von Agenten anderer Geheimdienste betraf: Wirb nicht die zehn Laufburschen an, die draußen auf der Straße Informationen zusammentragen. Rekrutiere den einen Mann der Spitze, der die Organisation leitet. Und bei der derzeitigen Flut an Sonderangeboten fügte Hoffman dem einen weiteren Grundsatz hinzu: Keine libanesischen Agenten mehr, es sei denn, sie haben wirklich wichtige Informationen oder Zugang zu solchen.

Rogers' vordringliches Problem bestand darin, zu den christlichen Milizen durchzudringen. Er konzentrierte seine ganze Aufmerksamkeit auf einen blitzgescheiten jungen Offizier des Heeres namens Samir Fares. Obwohl erst Mitte dreißig, hatte sich Fares den Ruf erworben, einer der fähigsten Nachrichtenoffiziere des Deuxième Bureau zu sein. Er machte den Eindruck eines Intellektuellen: Ansatz zur Glatze; rauchte lieber Pfeife als die im Libanon allgegenwärtigen Zigaretten. Aber er war ein beinharter Agent. Seine gegenwärtige Aufgabe bestand darin, wie Rogers erfahren hatte, Agenten aus Milizkreisen und den geheimen Organisationen Ost-Beiruts anzuwerben.

Rogers entschloß sich, ein Treffen mit Fares zu vereinbaren. Er bat Elias Arslani, einen emeritierten Geschichtsprofessor, der an der Amerikanischen Universität Beirut Fares' Mentor gewesen war, eine Zusammenkunft in seinem Landhaus in den Bergen in der Nähe von Jezzine, im südlichen Libanon, zu vereinbaren. Dr. Arslani war eine der Personen, an die sich die Amerikanische Botschaft wandte, wenn es darum ging, diskret Bekannt-

schaften zu vermitteln: ein Akademiker mit hervorragendem Ruf, eine Säule der griechisch-orthodoxen Gemeinde, ein Mann, der an den Aufbau einer modernen und freiheitlichen arabischen Welt glaubte. Er war kein Agent, noch nicht einmal ein freier Mitarbeiter. Er war ganz einfach und eingestandenermaßen ein Freund der Vereinigten Staaten von Amerika.
An einem Frühlingstag fuhr Rogers nach Süden, vorsichtig die Haarnadelkurven umsteuernd, die sich wie aufgewickelter Zwirnsfaden in Schleifen um die steilen Hügel legten, bis er das Dorf Watani und die große, mit roten Schindeln gedeckte Villa des Professors erreichte. Der Professor, den die Leute aus dem Dorf »Scheich Elias« nannten, empfing ihn an der Haustüre. Er war ein hagerer alter Mann mit aufrechter Haltung in der Uniform eines Levantiner Herrn: gestärktes weißes Hemd, maßgeschneiderter grauer Anzug und roter Fes. Neben ihm stand Samir Fares in einem ausgebeulten leichten Leinenanzug, und man sah ihm an, daß ihm mehr als nur ein wenig unbehaglich zumute war.
Dr. Arslani entschuldigte sich bei seinen Gästen, daß er sie in die Berge hatte reisen lassen. Er führe nur noch gelegentlich nach Beirut, sagte er. Der Zustand der Stadt bedrücke ihn zu sehr. Als Professor habe er daran gearbeitet, im Libanon einen modernen Verwaltungsapparat auszubilden, erklärte der alte Mann. Wenn er jedoch jetzt nach Beirut komme und sehe, was aus der libanesischen Bürokratie geworden sei, dann habe er das Gefühl, sein ganzes Lebenswerk sei umsonst gewesen.
»Alles Taschendiebe«, sagte Dr. Arslani geringschätzig.
An seinem Revers trug der alte Mann noch immer das verblichene Band des libanesischen Verdienstordens, der ihm vor Jahren für seine Dienste an der Republik verliehen worden war. Bei seinem Anblick vermeinte Rogers ein Überbleibsel einer im Verschwinden begriffenen Ära vor sich zu haben. Dr. Arslani entschuldigte sich nach einigen Minuten und überließ Rogers und Fares ihrer Unterredung.
Die Unterhaltung kam nur zögernd in Gang, da keiner der beiden Männer in diesem frühen Stadium ihrer Verhandlung eingestehen wollte, warum er die weite Reise gemacht hatte.

»Wie behandelt Sie das neue Regime?« fragte Rogers.
»Ganz gut«, sagte der libanesische Offizier. »Man bezahlt mir mein Gehalt.«
»Ist jetzt alles sehr viel anders als früher?«
»Wir tun das gleiche«, sagte Fares. »Aber jetzt glauben wir nicht mehr daran.«
»Warum?«
»Weil unsere Aufgabe absurd geworden ist«, sagte Fares. »Unsere Aufgabe besteht darin, für die Sicherheit eines Landes zu sorgen, dessen eigene Bürger ihm nichts mehr zutrauen. Also beschützen wir etwas, das in Wirklichkeit nicht mehr existiert.«
»Warum, glauben Sie, geht dieses Land aus dem Leim?« fragte Rogers. Die Frage war ebenso an sich selbst gerichtet wie an sein Gegenüber.
»Fragen Sie Dr. Arslani«, antwortete ihm der junge Libanese. »Er ist der Professor.«
»Sie haben bei ihm studiert«, fuhr Rogers geduldig fort. »Was würde er Ihrer Meinung nach sagen?«
»Er hat mir einmal ein Buch gegeben, vor Jahren schon«, antwortete Fares. »Es handelte sich um eine Geschichte der Weimarer Republik. Das Buch versuchte zu erklären, warum die Demokratie in Deutschland zusammenbrach. Inflation, Demoralisierung, das Anwachsen des Extremismus. Es war die Geschichte eines Landes, das seinen Kern verloren hatte und deshalb in sich zusammenstürzte. Als mir Dr. Arslani vor fünfzehn Jahren das Buch gab, fragte ich mich warum. Was konnte das wohl mit dem Libanon zu tun haben? Erst jetzt fange ich an zu verstehen.«
»Was hätte ein vernünftiger Deutscher damals tun sollen?« fragte Rogers.
»Wenn er gewußt hätte, was da kam?«
»Ja.«
Fares lächelte; fast grinste er. Er sah, worauf Rogers hinauswollte.
»Er hätte daran gearbeitet, die politischen Institutionen seines Landes zu stärken«, sagte Fares.

»Und wenn das hoffnungslos gewesen wäre?« drängte ihn Rogers.
»Dann wäre er ausgewandert.«
»Wohin? Was glauben Sie?«
Fares lachte.
»Nach Amerika«, sagte er.
»Ja«, sagte Rogers. »Ich stimme Ihnen zu. Genau das hätte ein vernünftiger Deutscher getan.«
Rogers fand, daß ihm der junge Libanese sympathisch war und, was noch weit wichtiger war, daß er ihm vertraute. Die beiden Männer unterhielten sich noch eine Stunde, immer noch in vagen und allgemeinen Worten, bevor sie aus dem geschlossenen Salon auftauchten, um zusammen mit Dr. Arslani auf einer Terrasse mit Blick über die Berge und auf das Meer jenseits der Berge in angenehmer Atmosphäre zu Mittag zu essen.

Rogers und Fares trafen sich noch zweimal, bevor sie zu einer Übereinkunft kamen. Fares war ein Profi, und er hatte keinerlei Illusionen über das, was er da vorhatte. Es war Hochverrat. Der einzige mildernde Umstand, so sagte er Rogers, bestünde in der allgemeinen Entwicklung der Dinge, die darauf hinauslief, daß es in einigen Jahren keine libanesische Nation mehr geben würde, die man verraten könnte.
Rogers erklärte ihm, was er von ihm wollte: Zugang zu der Untergrundbewegung, die sich unter den libanesischen Christen entwickelte.
»Lassen sie mich noch einen Punkt klarstellen«, sagte Fares. »Alles, was ich für Sie tun kann, ist, Ihnen Kontakte zu vermitteln. Ich habe mein eigenes Agentennetz in Ost- und West-Beirut, und ich hoffe, daß Sie mir helfen können, diese Organisationen zu infiltrieren. Aber es wird nicht leicht sein. Die Milizen sind sehr verschwiegen und ihre Mitglieder sind einander äußerst loyal. Es ist, als würde man versuchen, ein Familienmitglied anzuwerben, damit es einem Informationen über seine Brüder liefert. Erhoffen Sie sich also nicht zuviel.«
»Wir müssen unbedingt einen Blick in die Höhle werfen«, sagte

Rogers. »Wir sehen die Schatten an der Wand, aber wir haben keine Ahnung, ob sie von einem Riesen stammen oder von einem Zwerg.«

»Ich weiß, was Sie wollen«, sagt Fares. »Sie wollen wissen, wer die Bomben herstellt.«

»Ja«, sagte Rogers. »Aber wir wollen auch wissen, warum derjenige das tut.«

»Das sind gute Fragen«, sagte Fares.

In Rogers' Ohren hörte sich das an, als wären sie sich einig.

»Ich bestehe auf zweierlei«, sagte Fares, als sie beide dabei waren, die letzten Kleinigkeiten auszuhandeln. Er paffte an seiner Pfeife und blies nach jedem Zug eine Wolke aromatischen Rauchs in die Luft.

»Erstens«, sagte Fares, »verlange ich eine jährliche Rente, die es – für den Fall, daß mir etwas passiert – meiner Frau erlaubt, bequem im Ausland zu leben, und meinen Kindern, ihr Studium in Amerika zu beenden. Und ich möchte, daß dies so gehandhabt wird, daß weder meine Frau noch meine Kinder je erfahren, daß das Geld von Ihnen kommt.«

»Das dürfte kein Problem sein«, sagte Rogers. »Wir machen das öfter, als Sie glauben mögen. Wir haben Rechnungsführer, die die Rente kaufen und ein Treuhandvermögen für Ihre Kinder einrichten können, und Finanzmakler, die sich um das Geld kümmern – alles sehr diskret. Wir haben sogar unsere eigenen Banken außerhalb Amerikas sowie Finanzierungsgesellschaften in der Karibik, die den Papierkram übernehmen. Wie lautet Ihre zweite Bedingung?«

»Die ist etwas komplizierter«, sagte Fares. »Sie mag Ihnen vielleicht etwas seltsam vorkommen, wenn man bedenkt, was ich tue, aber ich liebe mein Land immer noch.«

»Ich finde das nicht seltsam«, sagte Rogers.

»Gut, dann werden Sie verstehen, was ich verlange«, sagte Fares. »Vor einigen Jahren sagte mir der mir übergeordnete Offizier, daß ich eines Tages das Deuxième Bureau leiten würde.«

»Ich hoffe, daß er damit recht hat«, sagte Rogers.
»Ich persönlich bezweifle das. Aber wenn es jemals passieren sollte, dann will ich ein Versprechen, daß Ihre Agentur mich sofort als kontrollierten Agenten entläßt und mir erlaubt, ehrenhaft meinen Dienst zu verrichten.«
Rogers dachte einen Augenblick lang nach.
»Ich kann Ihnen dieses Versprechen geben«, sagte er. »Worauf es ankommt, ist, daß Sie mir glauben.«
Fares sah ihn argwöhnisch an.
»Wir sind nicht das erste Mal in einer solchen Lage«, sagte Rogers nüchtern. Er erklärte, daß solche Fälle überraschend häufig auftraten. Leute, die in ihrer Jugend, zum Beispiel während ihres Studiums in den Vereinigten Staaten oder am Anfang ihrer Laufbahn als Regierungsbeamter, von der Agentur angeworben würden, stiegen unweigerlich in höhere Positionen auf. Manche von ihnen gar bis zur Spitze. Die Agentur war mit diesem Problem schon so oft konfrontiert worden, daß sie sogar einen Begriff für Agenten hatte, die es so weit brachten, daß es peinlich wurde. Man nannte das das »Premierminister-Syndrom«.
»Sie werden mich also nicht verraten«, sagte Fares.
»So ist es«, versicherte ihm Rogers.
»Ich nehme an, daß mich das beruhigen sollte«, sagte Fares und hielt Rogers die Hand entgegen. »Aber selbst Amerika kann die Gesetze der menschlichen Natur nicht aufheben. Sagen wir eben, Sie werden mich nicht verraten, solange es nicht unbedingt erforderlich ist.«

Kapitel 28
Beirut; Mai 1971

»Es gibt da jemanden, mit dem ich Sie bekannt machen möchte«, sagte Fares einen Monat später, als sie im Le Pêcheur in der Nähe des Hafens zu Mittag aßen. Rogers war mit dem Essen fertig,

und während er eine Zigarette rauchte, starrte er auf die in der Bucht von St. Georges vor Anker liegenden Frachtschiffe hinaus, zwischen denen sich die kleinen Boote der Fischer und Schmuggler bewegten.
»Und wer ist das?« fragte Rogers und wandte sich Fares zu. Der libanesische Nachrichtenoffizier trug ein Tweedjackett, das ihn noch mehr wie einen jungen Universitätsprofessor aussehen ließ.
»Es handelt sich da um einen jungen Agenten, den ich aus einer der Ost-Beiruter Geheimorganisationen rekrutiert habe. Er hat sich an mich gewandt, weil ihm irgend etwas Sorgen macht. Er will mir gegenüber nicht ins Detail gehen, und mit irgendeinem anderen vom Deuxième Bureau zu sprechen, weigert er sich. Er behauptet, wir seien von oben bis unten von seinen Leuten infiltriert, und ich fürchte, daß er da recht hat. Aber er ist bereit, sich mit einem Amerikaner zu treffen. Ich nehme an, er sieht darin eine Art Versicherungspolice. Sind Sie interessiert?«
»Auf jeden Fall«, antwortete ihm Rogers. »Aber ich will keine Milizleute auf meiner Lohnliste haben.«
»Ich glaube nicht, daß der Bursche auf Geld aus ist«, sagte Fares. »Da handelt es sich schon um etwas Komplexeres.«
»Was für eine Art Libanese ist er?«
»Ein Verwirrter«, sagte Fares. »Er ist ein gescheiter junger Bursche, einer der besten Studenten der Université de St. Joseph, aber er hat etwas gesehen, was ihm schreckliche Angst macht. Er heißt Amin Shartouni.«
»Wie sind Sie auf ihn gekommen?«
»Sein Bruder ist der Mann der Schwester meiner Frau«, sagte Fares.
»Wie libanesisch«, bemerkte Rogers.
»In ein oder zwei Wochen kann ich ein Treffen arrangieren«, sagte Fares. »Aber ich warne Sie; er ist ein merkwürdiger Bursche.«

»*La puissance occulte!*« flüsterte der junge Mann. Er machte den Eindruck, als quäle ihn irgend etwas. »In der Schule sagen sie uns darüber nichts, aber es handelt sich dabei um die geheime Geschichte des Vorderen Orients!«

Man befand sich in einer Wohnung in Ashrafiyeh. Amin Shartouni sprach mit einer krächzenden, atemlosen Stimme, als hätte ihn ein Fieber gepackt. Er war schmächtig, hatte kurzes, lockiges Haar, und sein Blick ließ seine angestrengte Konzentration erkennen. Seine Haut war pergamentfarben und spannte sich glatt über sein Gesicht. Während er sprach, schüttelte er einen seiner Zeigefinger in die Richtung seiner Zuhörer.
»Was meinen Sie mit ›*la puissance occulte*‹?« fragte Rogers vorsichtig. »Ist das eine Art Organisation?«
»Nein, nein, nein! Natürlich nicht!« rief Amin gereizt. »Sind Sie ein Narr? Es handelt sich nicht um eine einzelne Gruppe. Sie ist die verborgene Macht hinter allen Gruppen und deren Führern.«
»Ich weiß nicht recht, ob ich das verstanden habe«, sagte Rogers sanft; er war sich noch immer nicht darüber im klaren, ob er es hier mit einem Geisteskranken oder einer brauchbaren Hilfskraft für den Geheimdienst zu tun hatte. Er versuchte, den jungen Mann etwas aus sich herauszulocken. »Vielleicht könnten Sie mir etwas detaillierter erklären, was Sie sagen wollen.«
»Na schön«, sagte Amin. »Ich werde Ihnen ein Beispiel geben. In Syrien kam letztes Jahr ein neuer Führer namens Hafez Assad an die Macht. Zu seinem Namen gibt es eine Geschichte. Soll ich sie erzählen?«
Fares nickte.
»Na schön. Der Name seiner Familie war ›al-Wahash‹, was soviel wie ›das Tier‹ bedeutet. Er hieß also Hafez das Tier. Aber er änderte seinen Namen in Assad, was ›der Löwe‹ bedeutet. Und so heißt er jetzt Hafez der Löwe.«
»Was ist mit *la puissance occulte*?« fragte ihn Rogers.
»Darauf komme ich eben«, sagte Amin. »Die Frage ist nämlich, wer die eigentliche Macht hinter Hafez dem Löwen ist. Ist es die syrisch-arabische Baath-Partei? Nein, natürlich nicht! Völlig absurd!« Er schnaubte verächtlich ob der Unsinnigkeit dieses Gedankens.
»Die wahre Macht steckt woanders, von geheimnisvollem Dunkel und von Betrug verschleiert: Assad ist ein Alawit, und die

verborgene Macht hinter ihm ist der Stammesrat der Alawiten. Offiziell existiert ein solcher Stammesrat nicht. Jeder Alawit wird Ihnen sagen, daß es nichts dergleichen gibt. In der arabischen Welt haben wir sogar ein Wort für die Lügen, mit denen wir solche Geheimnisse bewahren. Wir nennen sie *taqiyya*. Aber die Wahrheit sieht so aus: Assads Vater war ein Mitglied des Rates der Alawiten, und es war eben dieser Rat, der Hafez zum Führer der Alawiten und schließlich zum Präsidenten von Syrien wählte! Verstehen Sie?« Er sah den Amerikaner erwartungsvoll an.

»Fahren Sie fort«, sagte Rogers.

»Ahaaa!« machte Amin, hocherfreut, Publikum zu haben. »Als nächstes, nehmen Sie die Drusen. Jedermann nimmt an, daß Djumblatts Familie die Drusen regiert, nicht wahr? Aber das ist eine Illusion! Die wahre Macht ist nicht Kamal Djumblatt, sondern der Geheime Rat der drusischen Würdenträger, der ihn zum Führer gemacht hat. Dieser Rat, in dem neben anderen auch Scheich al-Aql sitzt, unterhält geheime Beziehungen mit den Drusen in Israel und Syrien. Auch das ist ein Beispiel von *la puissance occulte*.«

»Erzählen Sie mir mehr darüber«, bat Rogers. Dieser kleine Derwisch von einem Mann faszinierte ihn von Minute zu Minute mehr.

»Aber gewiß«, sagte Amin. »Nehmen Sie die Schiiten. Die Leute glauben, der mächtigste Schiiten-Führer der Welt sei der Schah von Persien. Warum auch nicht? Er ist der Schah der Schahs! Er hat Geld und Paläste und Panzer! Aber die Wirklichkeit sieht völlig anders aus. Der Schah regiert mit Billigung eines demütigen Mannes in Naif, der die höchste Autorität des schiitischen Islams darstellt. Er führt die Ayatollahs der Ulema an, des Religionsrates der Schiiten. Wenn es den Ayatollahs jemals einfallen würde, dem Schah Scherereien zu machen, dann pufff! Aus mit ihm! Fangen Sie an zu verstehen, was ich mit okkulter Macht meine?«

»Es fängt an zu dämmern«, sagte Rogers. »Aber ich hätte doch gerne ein weiteres Beispiel. Wie ist das mit den libanesischen

Christen? Wie sieht die verborgene Macht aus, die deren Entscheidungen lenkt?«
Ein Ausdruck des Unbehagens legte sich über Amins Gesicht. Rogers wünschte sofort, er hätte die Frage nicht gestellt. Die Hände des jungen Mannes bewegten sich nervös über die Tischplatte, und seine Blicke schnellten zwischen Rogers und Fares hin und her.
»Darüber kann ich nicht sprechen«, sagte er und schüttelte den Kopf.
Das Treffen dauerte noch eine halbe Stunde, aber der junge Mann war argwöhnisch geworden. Rogers versuchte Zeit zu gewinnen, indem er ihm einfache Fragen stellte wie: Wo stammte er her? Wo war er zur Schule gegangen? Wo arbeitete er? Amin antwortete ihm höflich, aber vorsichtig. Als er seine zu Fäusten geballten Hände öffnete, waren die Handflächen schweißbedeckt.
»Für heute haben wir genug geplaudert«, sagte Fares. Er schlug vor, sich in zwei Wochen ein weiteres Mal zu dritt zu treffen. Amins Kopfnicken war kaum wahrzunehmen.

Vor der nächsten Sitzung verbrachte Fares einige Stunden allein mit Amin. Er beruhigte ihn, zerstreute seine Befürchtungen, überredete ihn. Fares kam sich vor wie ein Arzt bei der Behandlung eines Patienten, der durch irgendein Ereignis ein solches Trauma erlitten hat, daß er nicht darüber sprechen kann. Zusammen trafen sie in der konspirativen Wohnung ein, der Doktor und sein Patient.
»Ich glaube, daß Amin heute bereit ist, uns etwas mehr über *la puissance occulte* zu erzählen«, sagte Fares. »Hab ich nicht recht, Amin?« Der junge Libanese nickte.
»Erzählen Sie bitte unserem amerikanischen Freund etwas über die Organisation, der Sie in Ost-Beirut beigetreten sind.«
Sachte, sachte, dachte sich Rogers. Die Vorhänge waren geschlossen, und die Lampen verhängt.
»Ja, ich werde Ihnen etwas über die Gruppe erzählen«, sagte Amin. »Nicht alles, selbstverständlich, aber einiges.«

Rogers nickte, und der junge Mann begann.
»Der Name der Gruppe ist Al-Jabha. Der Name sollte eigentlich geheim bleiben.«
»Al-Jabha?« fragte Rogers.
»Ja«, sagte Amin Shartouni.
»Und was bedeutet das?« fragte Rogers. Er kannte die Antwort, aber darum ging es ihm nicht. »Es bedeutet ›Die Front‹«, sagte Shartouni.
Rogers nickte. Er war der Meinung, daß Verhöre eine Art Rhythmus hatten. Bringe jemanden dazu, dir die erste Frage zu beantworten, dann eine zweite, und es wird sich ein bestimmter Rhythmus entwickeln, wie in einer Trance.
»Bitte fahren Sie fort«, sagte Rogers.
»Al-Jabha wurde irgendwann Ende der sechziger Jahre gegründet; ich weiß nicht genau wann. Ich weiß nicht einmal, wer sie gegründet hat. Als ich einmal den Mann danach fragte, der mich angeworben hat, hat er nur gelacht.«
»Was hat er gesagt?«
»›Les cinq illustres inconnus!‹ Die fünf berühmten Unbekannten. Ein Arzt, zwei Anwälte, ein Ingenieur und ein Versicherungskaufmann. Allesamt Akademiker. Aber ihre Namen wollte er mir nicht nennen. Sein Tonfall ließ mich annehmen, daß hinter diesen Leuten noch andere stehen dürften – größere und mächtigere.«
»Wie hat man Sie für die Organisation angeworben?« fragte Rogers.
»Das ging nach und nach. Zunächst hörte ich von einem der anderen Studenten in St. Joseph von einer Gruppe, die Leute darin ausbildete, mit Waffen umzugehen, für den Fall, daß es Ärger mit den Palästinensern geben würde. Dann trat ein Freund von mir – aus meinem Viertel in Ashrafiyeh – an mich heran. Er sagte mir, daß ich etwas für den Libanon tun sollte und erzählte mir von der Organisation. Als ich sagte, daß mich das interessierte, nahm er mich mit zu einem Mann, dem eine Buchhandlung in der Nähe meiner Wohnung gehört. Dieser Mann sagte mir, daß mich die Al-Jabha seit einiger Zeit beobachtete, und er fragte mich, ob ich interessiert sei. Ich sagte ja.«

»Und was passierte dann?« fragte Rogers. Sachte, sachte.

»Er gab mir eine Nummer – 611 – und sagte mir, daß diese Nummer ab sofort die einzige Identifikation innerhalb der Gruppe sei. Er sagte mir, ich sollte die Nummer niemals aufschreiben. Ich sollte sie mir nur einprägen. Die Nummer des Buchhändlers war 138. Die Nummer meines Freundes war 457. Wir bildeten eine Zelle, wir drei. Das war alles! Ich war dabei! Es gab keine Zusammenkünfte, keine Papiere, nichts.«

»Erzählen Sie uns über Ihre Ausbildung«, sagte Fares.

»Sie fing sofort an. Der Buchhändler sagte mir, ich sollte mich für den nächsten Samstag bereithalten. Er sagte, ich sollte zum Kreisverkehr in Sin el-Fil fahren und nach einem Auto Ausschau halten, das auf der Heckscheibe eine Karte des Libanon hätte und die Worte: ›Libanon den Libanesen.‹ Er sagte, ich sollte diesem Auto in die Berge folgen.«

»War das das Motto der Gruppe?« fragte Rogers.

»Ja«, sagte Amin.

»Gab es noch andere?«

»Ja. Es gab noch ein anderes: ›Die erste Verantwortung ist die gegenüber deiner Nation. Alles andere kommt an zweiter Stelle.‹«

»Und wohin sind Sie von Sin el-Fil aus gefahren?«

»Wir fuhren tief in die Berge nach Kesrouan; zu einem verlassenen Kloster in einem abgelegenen Tal, in dem ich vorher nie gewesen war. Es lag so hoch, daß es für nicht Eingeweihte unmöglich zu entdecken war. Als wir in die Nähe des Ausbildungsplatzes kamen, waren die Wegweiser mit Papier überklebt, so daß wir nicht mit Sicherheit hätten sagen können, wo wir uns befanden.«

Rogers nickte. Na mach schon, mach schon.

»Es waren ungefähr vierzig Leute dort. Sie schienen aus dem ganzen Libanon zusammengekommen zu sein. Ich bildete mir ein, einige der Gesichter erkannt zu haben – eines aus der Schule und ein anderes aus der juristischen Fakultät –, aber ich sprach niemanden an, da ja alles geheim sein sollte. Es gab einen Ausbilder – seine Nummer war 808 –, der uns im Nahkampf drillte und beibrachte, wie man mit automatischen Gewehren umgeht. Es war wie bei den Pfadfindern, nur daß man hier Ernst machte.«

Rogers nickte ein weiteres Mal. Fares saß dabei und paffte an seiner Pfeife.

»Sechs Wochen lang trafen wir uns auf diese Weise jeden Samstag, und jedesmal folgten wir einem Auto an diesen verborgenen Ort in den Bergen. Meinen Eltern sagte ich immer, daß ich auf die Jagd gehe.«

»Haben sie Ihnen geglaubt?«

»Zunächst ja. Um mein Alibi aufrechtzuhalten, hielt ich auf dem Heimweg immer irgendwo an und kaufte einige Vögel, die jemand anders geschossen hatte. Schließlich, glaube ich, bemerkten sie aber, daß da irgend etwas vor sich ging. Aber sie haben nie etwas gesagt, bis heute nicht.«

»Was sagte Ihnen der Ausbilder bezüglich der Ziele der Al-Jabha?« fragte Rogers.

»Während der ersten Wochen sprach man nur ganz allgemein davon, gegen die Palästinenser zu kämpfen. Man sagte uns, daß Ausländer versuchten, unser Land zu übernehmen und seine Identität zu verändern, so daß es wie der Rest der arabischen Welt werden würde. Es war immer nur ganz allgemein davon die Rede, daß der Libanon gegen die Ausländer stand, aber wir wußten, was die Ausbilder meinten.«

»Was meinten sie?« fragte Rogers.

»Daß die Palästinenser Moslems seien und den Christen nach dem Leben trachteten.«

Fares lehnte sich jetzt in seinem Stuhl nach vorne. Er hatte diese Informationssitzung bereits einmal ohne Rogers durchexerziert, und sie war genau an diesem Punkt ins Stocken geraten. Jetzt würden sie Neuland betreten. Er fragte sich, ob der verängstigte junge Libanese fortfahren würde.

»Was passierte in der Ausbildung noch alles?« fragte Rogers sanft.

Amin warf einen mißtrauischen Blick auf Fares.

»Es folgte eine andere Art von Ausbildung«, sagte Amin.

»Was war das für eine Ausbildung?«
»Nach der ersten Runde nahm mich der Ausbilder – 202 – beiseite und sagte, daß er mich gerne bei einem Spezialkurs dabeihaben wollte, der für den inneren Kreis der Gruppe gedacht war.«
»Was haben Sie ihm gesagt?«
»Ich sagte ihm, daß ich mitmachen würde. Ich fühlte mich sehr geschmeichelt, daß er ausgerechnet mich gefragt hatte. Es schien mir eine große Ehre zu sein. Erst in dieser späteren Ausbildung wurde mir langsam klar, was die Gruppe wirklich tat. Das war auch der Zeitpunkt, an dem ich die okkulte Macht zu verstehen begann. Sie müssen nämlich wissen, daß diese Geheimorganisation – Al-Jabha – in Wirklichkeit nur eine weitere Tarnung für eine andere, noch viel geheimere Gruppe war.«
»Wie nannte sich die noch geheimere Gruppe?«
»Sie nannte sich ›Die Wächter des Berges‹.«
»Können Sie uns über diese innere Gruppe etwas sagen?« fragte Fares.
»Ich glaube nicht. Man ließ uns auf das Evangelium schwören, das, was wir erfuhren, nicht zu verraten.«
»Ich möchte, daß Sie es mir erzählen«, sagte Rogers entschlossen.
»Das kann ich nicht«, sagte Shartouni. »Es ist zu gefährlich.«
Rogers war gescheit genug, das Thema zu wechseln, bevor sich der verängstigte junge Mann völlig von der dünnen Schnur befreite, an der sie ihn hielten.
»Vielleicht ein andermal«, sagte Fares.
»Vielleicht«, sagte der junge Libanese.

Nachdem Amin Shartouni den Absolution verheißenden Prozeß der Beichte erst einmal begonnen hatte, konnte ihn nichts mehr halten. Zwei Tage später traf er sich ein weiteres Mal mit Rogers. Wiederum verbrachte Fares vor dem Treffen einige Zeit mit dem jungen Libanesen, streichelte seine wunde Psyche und ermutigte ihn, den Rest der Geschichte zu erzählen. Sie versammelten sich in einer Wohnung in der Nähe von Jounie, in einem

Wohnkomplex auf einer Klippe über dem Meer. Die Sitzung begann am späten Nachmittag, als sich die Sonne auf den westlichen Horizont des Mittelmeeres zu senken begann.

»Heute würde Amin gerne mit seiner Geschichte fortfahren und uns etwas über den inneren Kreis der Al-Jabha erzählen«, sagte Fares. »Ist es nicht so?«

»Ja«, sagte Amin Shartouni.

»Amin hat versprochen, uns heute alles über die Gruppe zu erzählen.«

Shartouni nickte. Rogers lehnte sich in seinem Sessel zurück. Fares zündete sich seine Pfeife an. Amin saß auf einer Couch, das Gesicht dem Meer zugewandt.

»Der Zweck des inneren Kreises besteht darin, Dinge zu tun, welche die libanesische Armee nicht tun kann«, begann der junge Mann. »Die Anführer sagten uns, daß es wegen politischer Probleme der Armee – vor allem der Reibereien zwischen den moslemischen und den christlichen Offizieren – nicht mehr möglich sei, die Maßnahmen zu ergreifen, die nötig werden könnten, wenn es darum ging, die Republik zu verteidigen. Das wäre dann unsere Aufgabe. Sie nannten es ›spezielle Operationen‹.«

»Was brachte man Ihnen in dieser zweiten Runde der Ausbildung bei?« fragte Rogers.

»Man zeigte uns, wie man Bomben machte«, antwortete Amin. Seine Lippen verzerrten sich zu einem merkwürdigen Lächeln, das Rogers noch nie zuvor an ihm gesehen hatte.

»Erzählen Sie uns bitte davon«, sagte Rogers.

»Na ja, wir hatten in der inneren Gruppe einen neuen Ausbilder, der alles darüber wußte, wie man Bomben machte. Er war durch die ganze arabische Welt gereist und kannte alle geheimen Tricks der Kriegsführung.«

»Wie hieß der Mann?« fragte Rogers.

»Er nannte uns keinen Namen«, sagte Amin. »Wir nannten ihn immer nur den ›Bombenmacher‹.«

»Und was brachte er Ihnen bei?«

»Zuerst zeigte er uns, wie man zu Hause Sprengkörper macht.«

»Erzählen Sie mir davon«, sagte Rogers.
»Zuerst waren es ganz primitive Sprengstoffe, die man herstellen kann, indem man ein Pestizid mit einem Kunstdünger mischt. Der Bombenmacher sagte, daß die Stickstoffverbindung im Kunstdünger zusammen mit der Säure des Pestizids einen starken Sprengstoff bilden würde. Er riet uns jedoch davon ab, diese Mixtur zu benutzen.«
»Warum?«
»Weil sie instabil ist. Sie explodiert schon, wenn man sie schüttelt oder fallen läßt.«
»Ich verstehe«, sagte Rogers.
»Der Bombenmacher empfahl uns etwas, was er ›Nitrobaumwolle‹ nannte. Er ließ sie mich in einer Badewanne anrichten. Wir nahmen reine Baumwolle und vermischten sie langsam und vorsichtig mit Salpetersäure. Der Bombenmacher warnte uns, daß uns die ›Nitrobaumwolle‹ gleich in der Badewanne explodieren würde, wenn wir sie zu schnell mischten!«
»Sie stellten diese Nitrobaumwolle also selbst her?«
»Ja«, sagte Amin. »Zuerst war es schwierig, weil meine Hände so stark zitterten, daß die Säure zu schäumen begann. Aber ich lernte es schließlich.«
»Was kam als nächstes?« fragte Rogers.
»Zünder. Der Bombenmacher brachte uns bei, wie man einen simplen Zünder baut. Man fängt mit Schießpulver an. Das kann man aus jeder Patrone kriegen. Dann nimmt man eine Taschenlampenbirne, zerbricht das Glas, gibt das Schießpulver um den Drahtwiderstand und verschließt die Birne mit Wachs. Wenn man die Birne unter Strom setzte: Buuumm! Schon haben Sie einen Zünder!«
Amin lächelte wieder sein spezielles Lächeln. Rogers fragte sich, ob er nicht doch geisteskrank war.
»Das waren aber nur die Grundbegriffe«, fuhr Amin fort. »Wir kamen dann auch zu echten Sprengstoffen: Gelatinedynamit und Melignite und Plastiksprengstoff. Der Bombenmacher sagte uns, die einfachste Art, sich diese anspruchsvollen Sprengstoffe zu beschaffen, bestünde darin, sie vom Militär zu stehlen. Er

sagte, daß aus den Beständen der NATO jedes Jahr tonnenweise Sprengstoff verschwindet, und wenn wir welchen haben wollten, dann bräuchten wir nur einen amerikanischen Soldaten in Europa zu bestechen; der würde uns stehlen, was wir bräuchten. Wenn der hochwertige militärische Sprengstoff nicht nötig wäre, sagte der Bombenmacher, dann sollten wir einfach Dynamit von den Leuten kaufen, die es den Baufirmen verkaufen. Alles, was wir dazu benötigten, um es legal zu bekommen, wäre eine Baugenehmigung! Der Bombenmacher nannte uns auch noch eine andere Quelle, aber er sagte uns, daß die ziemlich gefährlich wäre.«

»Was ist das für eine Quelle?«

»Die Sprengstoffe von den Palästinensern zu kaufen.«

»Was?« entfuhr es Rogers, der sich nicht sicher war, ob er richtig gehört hatte. »Warum sollten die Palästinenser den Christen Sprengstoff verkaufen?«

»Ich weiß nicht«, sagte Amin. »Ich wiederhole nur, was uns der Bombenmacher gesagt hat.«

»Was hat er Ihnen sonst noch gesagt?«

»Er zeigte uns, wie man ferngesteuerte Zünder herstellt. Das war das wirklich Interessante an dem Kurs.«

»Und wie macht man einen ferngesteuerten Zünder?« fragte Rogers. Er spürte, wie sich sein Magen zu verkrampfen begann.

»Zuerst kauft man sich eine ganz einfache Fernsteuerung; eine, wie sie Kinder für Modellflugzeuge oder Schiffe benutzen. Man bekommt sie in jedem großen Spielwarenladen. Der Bombenmacher warnte uns jedoch davor, im gleichen Spielwarenladen mehr als eine Fernsteuerung zu kaufen. Die Leute könnten sonst mißtrauisch werden.«

»Wie funktioniert das?« fragte Rogers.

»In jedem Set befindet sich ein Sender und ein Empfänger. Ersterer ist für die Bodenkontrolle, der andere ist für das Flugzeug selbst. Sie müssen aber darauf achten, die Frequenz zu verändern und sich eine aussuchen, die nicht von Modellbauern oder Funkamateuren benutzt wird. Andernfalls könnte die Bombe Ihnen unter den Händen explodieren, nur weil irgendwo in der Nähe ein Kind mit seinem Modellflugzeug spielt und die Bombe aus Versehen auslöst!«

Rogers nickte.

»Die Geräte haben für gewöhnlich zwei Frequenzen, eine um die Geschwindigkeit des Spielzeugflugzeuges zu kontrollieren, die andere für die Richtung. Sie brauchen zwei Frequenzen, weil diese Ihnen zwei Schlüssel für den Zünder geben. Eine einfache elektronische Übertragung auf der ersten Frequenz öffnet die eine Sperre; ein akustisches Signal – eine Stimme, zum Beispiel – öffnet die zweite Sperre.«

»Und dann?«

»Und dann BUUMMM! Ein ferngesteuerter Zünder eben.«

»Amin«, sagte Rogers leise. »Für was sollen diese Bomben und Zünder benutzt werden?«

Amin ignorierte die Frage. »Wollen Sie, daß ich Ihnen etwas über den Teil der Ausbildung erzähle, der mir am meisten Angst machte?« fragte er.

»Ja«, sagte Rogers.

»Das war die Batterie an den Zünder anzuschließen. Und wissen Sie warum? Wegen der statischen Aufladung! Es können Funken von der Batterie auf den Zünder überspringen, selbst wenn er ausgeschaltet ist. Und dann BUUMMM! Der Bombenmacher hat mir zur Sicherheit einen Trick gezeigt. Bevor man die Drähte der Batterie in die Nähe des Zünders bringt, soll man sie aneinanderhalten, so daß es Funken gibt. Dadurch wird die statische Aufladung aufgehoben.«

Rogers nickte. Wer ist hier verrückt, fragte er sich, dieser arme Junge da oder sein Land?

»Ich hatte Angst davor, die Batterie anzuschließen«, sagte Amin mit einem Schaudern. »Der Bombenmacher ließ es mich immer wieder machen, und meine Hände zitterten und bebten. Aber er sagte, es sei nötig. Alle mußten es machen.«

Amin zitterte ein weiteres Mal, als er sich daran erinnerte.

»Was sonst noch mit dem Empfänger zu tun ist, ist einfach«, fuhr er fort. »Sie brauchen den Zünder bloß mit der Antenne zu verbinden.«

»Der Antenne?«
»Ja, der Autoantenne.«
»Amin!« sagte Rogers etwas lauter. »Für was brauchten Sie die Antenne? Wozu wollten Sie die ferngesteuerten Bomben benutzen?«
»Wissen Sie das nicht?« sagte Amin und neigte den Kopf. »Ist das nicht offensichtlich?«
»Nein«, sagte Rogers.
»Autobomben!«
Rogers fühlte, wie ihm schlecht wurde. Er brachte die nächste Frage nicht über die Lippen.
»Wozu brauchte Ihre Gruppe denn Autobomben?« fragte Fares.
»Weil die andere Seite auch welche hatte. Die Palästinenser.«
»Wie haben Sie das erfahren?«
»Der Bombenmacher hat es uns gesagt.«
»Ja, aber woher wußte er es?«
»Es wußte es, weil ...« Amin begann zu lachen. »Es ist eigentlich irgendwie komisch.«
»Woher wußte er es?«
»Er wußte es, weil er ein paar Monate, bevor er zu uns kam, für die Palästinenser gerbeitet hatte. Er hatte es ihnen selbst beigebracht, wie man Bomben macht. Das war seine Aufgabe, verstehen Sie. Den Leuten beizubringen, wie man Bomben macht!«
Der junge Libanese lachte weiter. Es war ein nervöses Kichern – als würde ein zerschlissener Nerv in ihm vibrieren –, das Gefühle verbarg, die Amin nicht ausdrücken konnte.
»Und wer sollten die Ziele sein?«
»Was?«
»*Wer sollten die Ziele sein?*«
Die Frage rief bei Amin einen weiteren stotternden Lachanfall hervor. Dann herrschte Schweigen, und ein Ausdruck des Schmerzes und der Erschöpfung verzerrte sein Gesicht.
»Das war es ja, was mir zu schaffen machte«, sagte der Junge; sein Gesicht war wie eingefroren. »Der Bombenmacher sagte

uns, daß das völlig egal wäre! Das könnten wir später entscheiden. Er meinte, das wäre kein Problem. Bei Autobomben bräuchten wir keine speziellen Ziele!«
»Warum nicht?« fragte Rogers; er flüsterte nahezu.
»Weil wir nur eine Adresse bräuchten.«
»Eine Adresse?«
»Ja. Einen Straßennamen. Wo wir das Auto parken sollten.«
Der Terroristenlehrling sah Rogers an. Er legte seinen Kopf in die Hände. Weinte er? Lachte er? Es spielte keine Rolle. Fares umarmte den Jungen.
»Stehen noch weitere Ausbildungsstunden beim Bombenmacher auf dem Programm?« fragte Rogers.
»Ja«, sagte Amin. »Noch eine.«
»Braver Junge«, sagte Rogers. »Es war sehr tapfer von Ihnen, zu uns zu kommen und mit uns zu sprechen. Gehen Sie zur nächsten Zusammenkunft. Verhalten Sie sich ganz normal. Und haben Sie keine Angst. Wir werden sicherstellen, daß Ihnen nicht das geringste passiert.«
Der junge Libanese nickte. Fares eskortierte ihn zur Tür, wobei er leise auf Arabisch auf ihn einsprach. Rogers sah ihm zu, wie er zur Tür hinausging, zurück ins christliche Kernland von Kesrouan. Dann wandte er sich an Fares.
»Beschatten Sie ihn«, sagte der Amerikaner.

Kapitel 29
Beirut; Juni 1971

Sie beschatteten Amin Shartouni, bis er sie einige Tage darauf zum ›Bombenmacher‹ führte. Dann beschatteten sie den Bombenmacher.
Hoffman leitete die Überwachung. Es handelte sich, wie er sagte, um das interessanteste und komplizierteste Beschattungsproblem, das ihm je untergekommen war. Wie verfolgt man jemanden mit einem Höchstmaß an Unauffälligkeit, wenn man

seine üblichen Schatten nicht einsetzen konnte? Sich Leute vom Deuxième Bureau auszuborgen, kam nicht in Frage. Die meisten anderen Agenten, die der CIA-Station zur Verfügung standen, wären zu auffällig. Das Ganze war, als wollte man ohne Schachfiguren Schach spielen.

Schließlich stellte er mit Fares' Hilfe ein kleines Team auf die Beine, größtenteils Leute aus Ankara, das eine nicht allzu straffe Überwachung des Bombenmachers aufrechterhalten könnte. Zudem beschafften sie sich Fotografien von ihm und einigen der Leute, mit denen er verkehrte. Die Resultate dieser Pflichtübungen waren verblüffender als alles, was Rogers in dem einen Jahrzehnt seiner Tätigkeit im Nachrichtendienst untergekommen war. Als er das Beweismaterial beisammen hatte, brachte er es Hoffman und informierte ihn über die Einzelheiten.

Hoffman stand am offenen Fenster, als Rogers zur Besprechung kam. Der Stationschef verfütterte krümelweise einen Schokoladeneclair an eine Taube, die auf seinem Fensterbrett gelandet war.

»Die Stunde der Wahrheit?« fragte Hoffman.

»Ja, Sir«, sagte Rogers.

»Aaalso los!« rief Hoffman. Mit einer tänzerischen Schrittfolge, nicht unähnlich derjenigen, wie sie der Komiker Jackie Gleason berühmt gemacht hatte, sauste er an seinen Schreibtisch zurück. Als Rogers ihn so sah, fragte er sich, ob der Stationschef womöglich exzentrischer wurde, als sich das für einen Regierungsbeamten gehörte.

»Das ist der Mann, den alle den ›Bombenmacher‹ nennen«, begann Rogers.

Er reichte Hoffman eine körnige Fotografie, die aus großer Entfernung mit einem leistungsstarken Objektiv aufgenommen worden war. Sie zeigte einen schwergewichtigen Araber mit Stoppelbart und Schnauzer. Auf dem Kopf hatte er eine kahle Stelle, und er trug eine Brille mit dicken Gläsern. Unter den Augen hatte er große Tränensäcke, und er sah aus, als litte er an permanenter Schlaflosigkeit. Allem Anschein nach trug er ein teures Seidenhemd, das am Hals offenstand. Da er übergewichtig war, zog der Stoff an den Knöpfen. Um seinen Hals gehängt und im Filz seiner Brusthaare vergraben trug er einen größeren Goldbarren.

»Das ist also das Angesicht des Bösen«, sagte Hoffman. »Sieht meiner Ansicht nach nicht anders aus wie jeder x-beliebige Fettsack.«

Rogers gab Hoffman das nächste Foto.

»Das hier ist ein Bild des Apartmenthauses, in dem er wohnt«, sagte er. Das Foto zeigte ein modernes Gebäude mit Kindern im Hof und Wäschestücken auf den Balkons.

»Wo ist das?« wollte Hoffman wissen.

»West-Beirut«, sagte Rogers. »In einer Nebenstraße der Corniche Mazraa, in der Nähe der Palästinenserlager.«

»Haben Sie nicht gesagt, der Bursche sei Christ«, fragte Hoffman.

»Ist er auch«, sagte Rogers.

»Nun, warum zum Kuckuck lebt er dann inmitten einer Horde von Palästinensern?«

»Weil er Palästinenser ist.«

»Jetzt hören Sie, Rogers. Versuchen Sie ja nicht, mich zu verarschen. Ich warne Sie.«

»Tu ich nicht«, sagte Rogers.

»Na, was ist er dann jetzt? Ein Christ oder ein Palästinenser?«

»Er ist beides. Das versuche ich Ihnen doch beizubringen. Er ist palästinensischer Christ. Seine Familie stammt aus Bethlehem.«

»Oh«, meinte Hoffman.

»Sein richtiger Name ist Youssef Kizib. Vor zehn Jahren hat er an der Universität Kairo Elektrotechnik studiert; und er war der beste Student seines Jahrgangs, mit Abstand. Seine Lehrer erinnern sich noch an ihn. Er war der Schüler, der einem einfach alles bauen konnte. Er arbeitete an seiner Doktorarbeit, als er in Ägypten Ärger mit dem Moukhabarat bekam. Man hatte ihn im Verdacht, mit einer der palästinensischen Untergrundgruppen zusammenzuarbeiten. 1964 floh er in den Libanon; seitdem ist er hier; abgesehen von gelegentlichen Ausflügen nach Cannes, wo er sich aufführt wie ein Pascha.«

»Attraktiver Bursche«, sagte Hoffman.
»Aber jetzt kommt der interessanteste Teil«, sagte Rogers. Er reichte Hoffman ein anderes grobkörniges, ebenfalls mit Teleobjektiv geschossenes Foto. Es zeigte den Bombenmacher in einem spärlich beleuchteten Raum. Neben ihm standen Amin Shartouni und einige andere junge Libanesen.
»Das ist der Bombenmacher mit seinen jungen christlichen Schülern; alles Libanesen«, erklärte Rogers. »Wir sind ihm in die Berge gefolgt, dorthin, wo sie ihre Übungen abhalten. Das Bild hier zeigt ihn bei seiner letzten Unterrichtsstunde.«
»Und was wurde unterrichtet?« fragte Hoffman.
»Wie man Bomben bastelt, die im Futter eines Koffers versteckt sind und explodieren, wenn ein Flugzeug eine bestimmte Höhe erreicht.«
»Wozu in Dreiteufelsnamen müssen libanesische Christen das wissen?« fragte Hoffman.
»Müssen sie wahrscheinlich gar nicht«, antwortete Rogers. »Aber es steht auf dem Lehrplan.«
»Arschloch«, sagte Hoffman, als er einen weiteren Blick auf das unförmige Gesicht mit dem Stoppelbart warf.
»Raten Sie mal, wo das nächste Bild aufgenommen wurde?« sagte Rogers und reichte Hoffman ein weiteres Foto. Es zeigte die graue Fassade eines modernen Bürogebäudes auf einem Hügel mit Blick über den Libanon. Im Vordergrund des Bildes stand ein kleiner Mann in Armeeuniform.
»Ich gebe auf«, sagte Hoffman, ohne sich das Bild anzusehen.
»Das ist das Hauptquartier des Heeresnachrichtendienstes; vormals bekannt als Deuxième Bureau. Der Mann im Vordergrund ist ein Major der libanesischen Armee und zufällig ein Cousin des Präsidenten.«
»Des Eichhörnchens?«
»Ja, Sir.«
»Und?« fragte Hoffman.
Rogers reichte ihm das nächste Bild. Es zeigte den gleichen libanesischen Nachrichtenoffizier in einem Café und zwar in angeregter Unterhaltung mit dem Bombenmacher.

»Wir haben die beiden vor einer Woche zusammen fotografiert. Dann haben wir angefangen uns umzusehen. Sieht ganz so aus, als unterhielte Kizib regelmäßige Beziehungen zu einigen Mitgliedern des Heeresnachrichtendienstes. Die wissen genau, was er bei den libanesischen Christen vorhat; und wenn Sie mich fragen, dann haben die ihm ihren Segen gegeben. Er kriegt von ihnen einen Teil seines Sprengstoffs.«

»Jetzt lassen Sie mich das mal klarstellen«, sagte Hoffman. »Wir haben hier also einen Palästinenser, der einem Haufen libanesischer Christen beibringt, wie man andere Palästinenser ins Jenseits befördert, und das mit dem Segen der libanesischen Armee.«

»Mehr oder weniger«, sagte Rogers. »Aber das beste kommt erst noch.«

Rogers reichte Hoffman das nächste Schwarzweißfoto. Es zeigte den Bombenmacher in einer engen Straße, die auf beiden Seiten von unschönen Schlacksteingebäuden flankiert wurde.

»Das hier wurde im Flüchtlingslager Tal Zaatar aufgenommen«, erklärte Rogers. »Unser Mann macht einem weiteren Kränzchen von Freunden seine Aufwartung. Raten Sie mal, wer die sind?«

»In Tal Zaatar müssen sie wohl Palästinenser sein«, sagte Hoffman.

»Korrekt«, antwortete Rogers. »Er besucht hier einen der Leute, die sich bei der Fatah um den Nachschub kümmern. Wir nehmen an, daß er im Auftrag seiner West-Beiruter Freunde dort vorsprach, um raketengetriebene Granaten – RPGs – für eine der christlichen Milizen einzukaufen. Das ist vier Tage her; wir sind also noch dabei, die Einzelheiten zu überprüfen. Aber so wie wir das Geschäft bisher rekonstruieren können, erklärte sich der Fatah-Mann bereit, Kizib 100 RPGs für 800 libanesische Pfund das Stück zu verkaufen. Allesamt aus den Munitionsdepots der Fatah.«

»Jetzt wollen Sie mich aber wirklich verscheißern«, sagte Hoffman. »Ein Palästinenser von der Fatah verkauft Granaten an die Christen, damit die hergehen und damit Palästinenser umbringen?«

»Sie haben's erfaßt«, sagte Rogers.

»Haben Sie etwas Geduld mit mir«, bat Hoffman. »Erklären Sie mir mal, *warum* der Bombenmacher diese abscheulichen Dinge tut.«

»Er tut's für Geld«, sagte Rogers. »Und weil es ihm Spaß macht.«

Darauf gab es nichts mehr zu sagen.

Rogers hatte eine Vision von Waffenarsenalen, die man überall in den Kellern der Stadt anlegte: hausgemachte Splitterbomben für den Einsatz in Wohngebieten; raketengetriebene Granaten, um damit über die Grenzen zwischen Ost- und West-Beirut hinwegzuschießen; Autobomben für Moscheen und Kirchen, Gewehre, mit denen Heckenschützen unschuldige Zivilisten abschossen, nur weil sie zufällig der falschen Religion angehörten; Pistolen mit Schalldämpfern, um hartnäckige Politiker zu beseitigen; und während die Milizen überall heimliche Militärübungen abhielten, waren die Schurken, die dieses Land regierten dabei, den letzten Piaster aus einem sterbenden System zu pressen. Und mitten drin, im Auge des Hurrikans, der den Libanon zerstörte, stand eine kleine Gruppe von Profis wie der Bombenmacher, die vor jeder Flagge salutierten, aber unter keiner segelten, die für Ideologien nur Verachtung übrig hatten und ihre Dienste jedem verkauften, der bereit war, ihren Preis zu bezahlen.

»Die Frage«, sagte Rogers, »ist, was wir dagegen tun sollen?«

»Das ist in der Tat die Frage«, sagte Hoffman. »Und glücklicherweise habe ich die Antwort darauf.«

»Die lautet?«

»Wir werden nichts dagegen tun!«

Rogers starrte ihn an, wie vom Donner gerührt.

»Das meinen Sie doch nicht etwa im Ernst«, fragte er.

»Wollen wir drauf wetten?«

»Aber um Himmels willen, Frank«, rief Rogers, und seine ansonsten ruhige Stimme wurde eindringlich.

»Wir sollten etwas tun, bevor die Dinge außer Kontrolle geraten.«
»Wie zum Beispiel?«
»Ganz simple Maßnahmen. Ein Programm für die Medien, das die moderate politische Meinung stärkt. Sicherheitshilfe für das, was vom Deuxième Bureau noch übrig ist. Kontakte zwischen palästinensischen und christlichen Führern. Wir könnten noch Leute anwerben, um diesen Räuberbanden da draußen auf die Finger zu schauen. Was weiß ich! Aber tun sollten wir etwas.«
»Mein Junge«, sagte Hoffman. »Verzeihen Sie mir, wenn ich das sage, aber das ist eine typisch amerikanische Reaktion. Man sieht ein Problem am Horizont; ergo will man es lösen. Ich verstehe das völlig. Ich teile Ihre Befürchtungen. Aber vergessen Sie's! Onkel Sam wird die Probleme in diesem versauten kleinen Land nicht lösen! Also brauchen wir auch unsere Zeit erst gar nicht damit zu verschwenden, es zu probieren.«
»Aber das hier ist ernst!« insistierte Rogers. »Ein befreundetes Land fällt auseinander. Da muß es doch etwas geben, was wir tun können!«
»Ja, es gibt in der Tat etwas«, sagte Hoffman. »Wir können uns gottverdammtnochmal da raushalten! Wir können unser Bestes tun, dafür zu sorgen, daß so wenig Amerikaner wie möglich zu Schaden kommen, wenn diese kleine Pappmachée-Demokratie auseinanderfällt.«
Rogers starrte finster in eine andere Richtung.
»Wir sind nicht die Heilsarmee«, fuhr Hoffman fort. »Einige unserer Kollegen neigen dazu, das manchmal zu vergessen. Wie etwa vor ein paar Jahren, als den Leuten die sentimentale Schnapsidee kam, in einem anderen kleinen Katzendreck von einem Land die Demokratie retten zu wollen. Erinnern Sie sich?«
Rogers gab keine Antwort.
»Ich helfe Ihnen auf die Sprünge«, sagte Hoffman. »Die Hauptstadt heißt Saigon.«
»Was ist mit dem Bombenmacher?« fragte Rogers leise. »Gibt es nicht irgend etwas, was wir gegen ihn unternehmen könnten?«
»Sagen Sie's mir«, sagte Hoffman. »Was *können* wir gegen ihn unternehmen?«

Eine lange Pause entstand. Rogers hatte die Worte auf der Zunge: Ihn umbringen! Den wahnsinnigen Bastard der Möglichkeiten berauben, noch mehr Bomben zu bauen. Bringen wir ihn einfach um. Aber er brachte es nicht über die Lippen; und er wußte im gleichen Augenblick, daß Hoffman recht hatte. Es gab nichts, was sie tun konnten, außer sich da herauszuhalten.
»Die Welt zu retten gehört nicht zu unseren Aufgaben«, sagte Hoffman dem jüngeren Mann. »Wir sind weder Priester noch Attentäter.«
Rogers mußte an ein libanesisches Sprichwort denken, das ihm ein drusischer Freund beigebracht hatte. Es war dabei, eine Art libanesisches Nationalgebet zu werden, und vielleicht war es auch Rogers' Gebet. Das Sprichwort lautete: ›Küß die Hand, die du nicht beißen kannst, aber flehe Gott an, sie zu brechen.‹

Eines Abends gegen Ende jenes Sommers saß Rogers zu Hause über einem Buch. Es klopfte an der Tür, dann hörte er ein Plumpsen, als würde etwas Schweres gegen die Tür geworfen; dann das Trampeln von Füßen, die über die Treppe hinunter und zum Vordereingang aus dem Haus liefen.
Jane war der Tür am nächsten. Sie war aufgestanden, um auf das Klopfen hin zu öffnen, aber Rogers hielt sie zurück und ging selbst. Er spähte vorsichtig durch den Spion, konnte aber nichts sehen. Neugierig schob er den Riegel zur Seite und öffnete, um sicherzugehen, daß niemand draußen war.
»Oh, mein Gott«, stammelte er.
Er schloß die Tür und befahl Jane, auf der Stelle mit den Kleinen ins Kinderzimmer zu gehen und dort zu bleiben. Rasch rief er den Sicherheitsoffizier der Botschaft an. Dann ging er wieder an die Wohnungstür.
Dort auf dem Boden, direkt auf der Schwelle, lag die Leiche Amin Shartounis. Sein Gesicht war grausig verzerrt; als wäre es mitten im letzten Angstschrei versteinert. Getrocknetes Blut bedeckte Mund und Kinn und hatte sein Hemd verkrustet. Neben ihm lag etwas auf dem Boden. Im spärlichen Licht des Korridors hatte Rogers das Ding im ersten Augenblick gar nicht

gesehen. Es sah aus wie ein Stück Fleisch, roh und rot. Er bückte sich und schaute es sich genauer an; dann schwappte eine Welle von Übelkeit in ihm hoch.
Es war die Zunge des Jungen. Man hatte sie ihm aus dem Mund geschnitten – als Warnung.

Der Bombenkrieg begann einige Monate später, als eine Reihe von Explosionen Beirut erschütterten. Die Bandbreite der Ziele, die sich die Bombenleger ausgesucht hatten, war groß: von einer Apotheke, die einem Führer der rechtsgerichteten Phalangistenpartei gehörte, bis zu den Büros einer linken, proirakischen Zeitung.
Was die Libanesen vor allem mit Schrecken erfüllte, war, daß die Anschläge so wahllos und anonym waren. Die Palästinenser schienen die wahrscheinlichsten Täter, da sie ein Interesse daran hatten, den Libanon zu destabilisieren. Aber es gab auch andere Theorien. Einige beschuldigten die Jordanier, die den Libanon zwingen wollten, gegen die Fedayeen ebenso hart vorzugehen, wie es der König getan hatte. Andere beschuldigten die Israelis, da auch sie den Libanon zu einer härteren Gangart gegenüber den Palästinensern drängten. Aber die unheimliche Tatsache blieb bestehen, daß niemand mit Sicherheit sagen konnte, wer es getan hatte und daß keiner je zur Rechenschaft gezogen wurde. Die Bombenattentate schufen im ganzen Libanon ein Klima der Instabilität und sorgten für das Gefühl, daß da irgendwo im Dunkel etwas Schreckliches vor sich ging.

Kapitel 30
Damaskus; Juni 1971

Yakov Levis letzte Mission sollte ihn nach Syrien bringen. Sein Befehl lautete, vier tote Briefkästen zu bedienen: einen in Aleppo, einen in einem abgelegenen Dorf südlich von Homs, zwei in Damaskus. Es war dies der Auftrag, vor dem den

Mitgliedern der Beiruter Mossad-Station am meisten graute. Levi hatte gehofft – ja darum gebetet –, daß seine Zeit in Beirut um sein würde, bevor die Reihe wieder an ihm wäre. Aber er hatte kein Glück.

Avidor, der Stationschef, spendierte Levi am Abend, bevor er nach Syrien abreiste, ein Essen. Sie fuhren in zwei Autos nach Chtaura, das auf halbem Weg zur Grenze liegt, und aßen dort in einem libanesischen Restaurant. Auf diese Weise hielt der Chef Levi so lange wie möglich das Händchen, bevor er ihn ziehen ließ. Während des Essens unterhielten sie sich auf Französisch. Avidor lachte und scherzte über das Leben, das Levi in einigen Monaten daheim in Israel führen würde. Die Mädchen am Strand. Das laute Gerede und das Gelächter in den Straßen. Alles, was es sonst noch dort zu sehen und zu hören gab; und dann noch die Kameradschaft jener anderen Organisation, die der Chef nicht beim Namen nannte.

Die Organisation hatte Levi das Blau des Himmels versprochen. Wenn er nach Tel Aviv zurückkehrte, würde er Leiter einer Abteilung in der Sektion *Tzomet* – ›Nahtstelle‹ – werden, die sich mit dem Sammeln und der Analyse von Nachrichtenmaterial befaßte. Sein Spezialgebiet wäre die Analyse von Informationen über die palästinensischen Guerillagruppen. Obendrein winkte ihm eine nette Gehaltserhöhung und eine Anzahlung auf eine neue Wohnung in Herzlyia. Wie hörte sich das an? Machte das nicht alles ein wenig erträglicher? Aber was sie ihm im Grunde sagten, war nichts anderes als: Bleib dran! Reiß dich noch ein paar Monate zusammen, dann kannst du deine Magentabletten für immer in der Schublade verschwinden lassen. Wir versprechen dir, dich wieder nach Hause zu bringen.

In dem Restaurant in Chtaura stocherte Levi im Essen herum. Er schob das Humous mit einem Stück Pita auf seinem Teller hin und her. Er schnitt sein Kibbeh in immer kleinere Stückchen, aß aber nur die Piniennüsse und die Gewürzlammfüllung. Er sah zum Erschrecken aus. Müde, mit den Nerven herunter. Und dabei hatte er seinen Einsatz noch nicht einmal angetreten.

Nach dem Essen umarmte der Stationschef Levi.

»Ich sehe Sie in einer Woche«, sagte er.
»Insha 'Allah«, sagte Levi; und es war nicht einmal wirklich als Scherz gedacht. So Gott will!
Der Chef fuhr nach Beirut zurück. Levi ging auf sein Zimmer in einem kleinen Touristenhotel in Chtaura und fiel in einen unruhigen Schlaf. In der Morgendämmerung weckte ihn der Lärm zweier Taxifahrer, die sich um eine Fuhre stritten. Die beiden brüllten einander derart lautstark und aufgebracht an, daß Levi, während er sich rasierte, befürchtete, einer von ihnen könnte zu schießen anfangen. Ein Polizist kam dazu, und der Kampf endete. Levi frühstückte und machte sich auf den Weg zur Grenze.

Noch vor 9 Uhr vormittags war Levi an der Grenze. Syrische Zollbeamte in Khakiuniform befragten die Reisenden und durchsuchten ihre Autos. Aber sie waren nicht das Problem. Die eigentliche Gefahr waren die Sicherheitsoffiziere an der Paßkontrolle.
Levi ging ein letztes Mal in Gedanken seine Liste durch, als er den Wagen vor dem Kontrollpunkt zum Stehen brachte. Er war Jacques Beaulieu, bis in den letzten Winkel seines Gehirns. Im Geiste sah er die zu seiner Tarnidentität gehörenden Bilder an sich vorüberziehen, als würde er sich Schnappschüsse anschauen. Seine fiktiven Eltern, Brüder und Schwestern und die Freunde aus Marseille. Er wußte, wie jeder einzelne von ihnen aussah: Haarfarbe, Augenfarbe, Größe, Gewicht. Für ihn war das ein Spiel; er glich darin einem Blinden, der sich die Konturen und Farben seiner Welt selbst erfand.
Mit seiner geschäftlichen Tarnung tat Levi sich leichter, da sie den Tatsachen entsprach. Der Mann mit dem Paß auf den Namen Jacques Beaulieu betrieb seine Geschäfte im gesamten Mittelmeerraum; es gab Hunderte von Leuten, die das hätten bestätigen können. Er kam nach Syrien, um einen Vertrag über den Export von landwirtschaftlichen Produkten auszuhandeln. Das entsprach der Wahrheit; er hatte die Papiere in seinem Aktenkoffer – den Vertrag getippt und zur Unterschrift bereit.

Er war ein Kaufmann. Das war alles. Wer wollte ihm das Gegenteil beweisen? Seine Identität umschloß ihn glatt und eng wie ein Seidenhandschuh.
Levi parkte seine Citroën-Limousine. Er stieg aus und ging zum Büro der Paßkontrolle hinüber. Er stellte sich in die kürzeste Schlange. Innerhalb einer Minute – viel zu schnell – stand er vor dem Fenster. Er spürte, wie ihm die Knie weich wurden, als er dem Beamten der Paßkontrolle in die Augen sah. Er beruhigte sich, indem er sich die Schnappschüsse seiner fiktiven Eltern ins Gedächtnis rief.
»Papiere!« knurrte der syrische Beamte. Er war unrasiert; an seinen Lippen klebte eine Zigarette.
Levi reichte ihm seinen französischen Paß sowie seine libanesische Aufenthaltsgenehmigung. Theoretisch erlaubte ihm die Aufenthaltsgenehmigung nach Belieben in Syrien ein- und auszureisen. Das war einer der Vorteile, den der Anspruch der Baath Partei auf die Oberherrschaft über Groß-Syrien mit sich brachte. Die Existenz einer separaten Nation namens Libanon wurde offiziell nicht anerkannt. Aber das war reine Theorie.
Der Grenzbeamte musterte Levi mißtrauisch. Nur keine Panik, sagte sich Levi. Die machen das immer so. Der Posten sah in ein dickes Buch voller arabischer Schriftzeichen. Scheiße! Warum die Verzögerung? Nach was suchte er? Stand Levi auf der Überwachungsliste? Der Sicherheitsbeamte sah Levi ein weiteres Mal durch fast geschlossene Augenlider an. Gegen seinen Willen, trotz all seiner Vorbereitungen, zitterte Levi. Er biß sich fest auf die Lippen und steckte die Hände in die Taschen, damit der Beamte nicht sehen könnte, wie sie zitterten. Das überstehe ich nicht, sagte er sich. Das ist *die* eine Fahrt zuviel. Ich bin ein toter Mann.
Der Beamte schrieb etwas in ein Buch. Levi sah zur Seite. Scheiße! Scheiße! Jetzt passierte es.
Aber Levi irrte sich. Der Posten gab ihm seine Papiere zurück und winkte ihn weiter. Der Mann in der Schlange hinter ihm drängte sich an das Fenster. Levi entschuldigte sich auf Französisch. *Pardon, pardon.* Er ging zu seinem Citroën zurück

und fuhr ihn zu der Schlange vor der Zollkontrolle. Der schlimme Teil war vorbei, sagte er sich. Die Leute vom Zoll waren nur billige Halsabschneider. Manchmal wollten sie bestochen werden. Aber sie hatten es nicht auf Levis Leben abgesehen.

Levi kam ungeschoren durch, indem er den Mann vom Zoll eine Stange französischer Zigaretten ›konfiszieren‹ ließ. Er hatte immer einige Stangen mehr dabei, als er brauchte; zur Ablenkung ungeratener Polizisten. Dann war er auch schon durch. Er entspannte sich auf dem gut gepolsterten Fahrersitz seines Citroën und spürte, daß ihm der Schweiß aus den Achselhöhlen zu beiden Seiten den Körper hinunterlief. Er hatte eine weitere Stunde seiner Ewigkeit der Angst überlebt.

Levi fuhr nach Osten in Richtung Damaskus, dann auf der großen Autobahn nach Norden auf Aleppo zu. Er war ein französischer Geschäftsmann auf Geschäftsreise. Er rauchte Zigaretten, eine nach der anderen, und drehte das Autoradio auf volle Lautstärke. Ein syrischer Sender spielte eine Ballade der Fayrouz, in der es darum ging, daß die Araber eines Tages Jerusalem zurückerobern würden. »Die Pforten Jerusalems werden uns nicht auf immer verschlossen bleiben«, sang sie. »Wir werden dich mit unseren eigenen Händen wieder aufbauen. Jerusalem, wir grüßen dich.« Levi kannte die Melodie. Er sang mit.

Levi erschrak einen Augenblick heftig, als er, kurz vor Homs, am Sendersuchlauf drehte und die Laute einer hebräischen Stimme über einen israelischen Sender hörte. Es war ein Werbespruch für eine Bank. Die Melodie ging leicht ins Ohr, und Levi ertappte sich dabei, wie er sie auf hebräisch mitsang. Das ließ ihn in Panik geraten. In diesem einen Augenblick der Nachlässigkeit hatte seine wahre Identität die dünne Membran seiner Tarnung durchstoßen. Er zwang sich dazu, die Melodie zu vergessen, die ganze hebräische Sprache zu vergessen – für einige weitere Tage.

Zum Mittagessen hielt er in Hama an und ging in ein kleines Straßencafé am Ufer des Orontes. Er saß neben dem Fluß, aß ein Kalbsschnitzel und schaute auf die alten Wasserräder, die den

Fluß zu beiden Seiten säumten. Aus dem Augenwinkel bemerkte er einen Militäroffizier in der Kampfuniform der Inneren Sicherheitskräfte, der sein Auto unter die Lupe nahm. Das ist normal, sagte er sich. Sie überprüfen alle Wagen mit ausländischen Schildern. Reine Routine. Der Offizier nahm einen kleinen Block zur Hand und notierte sich etwas. Wahrscheinlich die Autonummer. Er ging weiter und hielt vor einem anderen Wagen mit libanesischen Schildern, einem Mercedes. Auch von diesem notierte er sich die Nummer. Das war einer der merkwürdigen Vorteile, wenn man in einem Polizeistaat arbeitete, stellte Levi fest. Sie ließen einen zwar keinen Augenblick aus den Augen; aber sie ließen auch sonst niemanden aus den Augen.

Levi kam am Abend in Aleppo an und stieg im Hotel Hovsepian ab. Es war ein geschmackvoller alter Kasten, den sich eine vornehme armenische Familie gebaut hatte, die Ende des neunzehnten Jahrhunderts nach Aleppo gekommen war. Levi setzte sich in die Bar und tauschte mit dem Besitzer Geschichten aus, ohne dabei zuviel über sich selbst zu sagen – das wäre dem Mann merkwürdig vorgekommen. Er enthüllte gerade genug, um seine Tarnung auszuschmücken, für den Fall, daß die Sureté in dieser Nacht vorbeischaute, um sich nach den Namen auf der Gästeliste des Hotels zu erkundigen.

Am nächsten Morgen weckte Levi der Gesang des Muezzin. In einem Reiseführer hatte er gelesen, daß man Aleppo die Stadt der tausend Moscheen nannte. An diesem Morgen hörte es sich ganz so an, als stünde das gesamte Tausend geradewegs vor seinem Hotelzimmer. Er badete, ließ sich beim Frühstück Zeit und bat den Portier um Tips für eine Tour durch die Stadt. Dann verließ er das Hotel, um den ersten der vier Briefkästen zu leeren.

An diesem Morgen schien Levi Aleppo der abgelegenste Fleck auf der ganzen Welt zu sein. Im Umkreis von 100 Meilen gab es keinen zweiten Juden. Levi fühlte sich, als hätte er den Rand des Planeten erreicht. In den Straßen sah er die dunklen Gesichter der Türken, Tscherkessen, Armenier, Kurden. Die groben

Gesichter der Händler, der Nomaden und der Bauern, die in dieser Ecke der Welt lebten – so weit ab vom Rest der Welt. Der Morgen belebte sich. Die Straßen füllten sich mit Leuten, und in der Luft lag der Duft von frischem Brot und kochendem Kaffee. Eine ganze Stadt voller Menschen, die Levi noch nie im Leben gesehen hatte, und so Gott wollte, auch nie wieder zu Gesicht bekommen würde. Er kam an einem Waisenhaus für armenische Kinder vorbei. Mein Gott! dachte er. Weiter konnte man vom Garten Eden wohl nicht mehr entfernt sein als ein armenisches Waisenkind in Aleppo.

Levi ging zum Souk, der etwa eineinhalb Kilometer von seinem Hotel entfernt war. Mit seinem Irrgarten von schmalen Gassen und den vielen Ein- und Ausgängen war das ein idealer Ort, um Bewacher zu entdecken – und um sich zu verlaufen. Oft hielt er an und sah sich nach vertrauten Gesichtern um. Er kaufte sich an einem der Stände ein lackiertes Holzkästchen. Nach einer halben Stunde hatte er sich vergewissert, daß er ›sauber‹ war. Niemand war hinter ihm her.

Er verließ den Souk durch eine kleine Gasse und ging in Richtung der Kreuzritterburg, von der aus man einen Blick über ganz Aleppo hatte. Die Burg war ein massiver Steinkasten, der grau und abstoßend die Stadt beherrschte. Sie war Zeugnis der seltsamen Uninteressiertheit der Syrer an ihrer Vergangenheit. Obwohl die Burg ein beeindruckendes Monument war, war sie für gewöhnlich völlig menschenleer.

Levi blieb am Tor stehen, zahlte einem ziemlich verschlafen dreinschauenden Wächter zehn Piaster und betrat die Ruinen der Festung. Er wandte sich nach links und ging zweihundert Schritte, genau wie es die Instruktionen vorschrieben. Dann hielt er an und sah sich nach einer Brustwehr mit einem Kreidezeichen um; das Zeichen dafür, daß der tote Briefkasten gefüllt war. Bei der Markierung sollte es sich um ein Hakenkreuz handeln, was Levi als ziemlich üblen Scherz empfand, einem anderen aber wohl als Zeichen höchster Professionalität vorgekommen sein mußte.

Viele der Zinnen waren bekritzelt; Arabische Namen, von

rechts nach links geschrieben; die eingeritzten Namen von Liebespaaren. Aber kein Zeichen. Vielleicht hatte er sich beim Abzählen der Schritte vertan. Sollte er noch einmal von vorne anfangen? Doch dann sah er es. Ein winziges Hakenkreuz, mit weißer Kreide gezeichnet. Niemand war zu sehen.
Levi ging noch genau fünfundzwanzig Schritte weiter – im Spaziergängertempo schlendernd –, schaute über die Stadt hinaus, wie es ein Tourist gemacht hätte. Dann blieb er stehen. Er sah ihn in einer Spalte im Stein versteckt, genau dort, wo die Instruktionen es angegeben hatten: Einen kleinen braunen Papierumschlag mit vier Rollen Mikrofilm von syrischen Militärdokumenten, die ein verstimmter sunnitischer Armeeoffizier gemacht hatte – in dem Glauben, daß er für die Türken arbeitete.
Levi sah sich um. Noch immer niemand zu sehen. Es war zu einfach. Er ließ den Umschlag in seiner Tasche verschwinden, drehte sich dann um und setzte seinen langsamen Spaziergang um den Verteidigungswall der Burg fort.
Levi kehrte in sein Hotel zurück, packte seine Tasche und zog aus. Er gab dem Hotelpagen ein großzügiges Trinkgeld; der verbeugte sich vor ihm und nannte ihn ›Effendi‹. Er entschuldigte sich beim Inhaber, daß er schon wieder abreiste, aber man erwarte ihn im Haus eines syrischen Landwirtschaftskaufmanns, der dreißig Meilen südöstlich von Aleppo wohnte. Der Syrer war daran interessiert, Tomaten nach Europa zu exportieren, und Levi hatte den Vertrag bei sich. Auf der Straße hinter Aleppo entspannte er sich etwas. Einen hatte er; lagen also noch drei vor ihm.

Der zweite Briefkasten war in Sednaya, einem Dorf in den Bergen zwischen Homs und Damaskus. Das Dorf war aus den felsigen Steilhängen eines Berges gekratzt worden und ähnelte in dem trockenen und staubigen Klima Zentralsyriens einer Höhlenbehausung der Puebloindianer aus dem amerikanischen Südwesten.
Die Bewohner der Gegend waren syrische Christen; ein Ableger der Ostkirche. Sie unterhielten ein Kloster direkt vor dem Dorf,

was das Dorf zu einer Touristenattraktion machte – zumindest für syrische Verhältnisse. Der wahre Stolz und die Freude von Sednaya war jedoch etwas ganz anderes. Die Männer des Dorfes, Väter wie Söhne, waren Lastwagenfahrer, und sie hielten sich für die gewieftesten Schmuggler der arabischen Welt. Waffen, Haschisch, Whisky; was immer der Markt benötigte. Sie kannten die versteckten Straßen, die über den Mount Lebanon führten und die kein Zollbeamter je gesehen hatte. Sie kannten selbst Wege in den weglosen Wüsten Arabiens. Die Männer von Sednaya gaben ideale Agenten ab, weil sie einfach überall hinkamen und alles sahen; aber sie waren auch gefährlich. Ein Schmuggler ist immerhin jederzeit bereit, sich ein besseres Angebot durch den Kopf gehen zu lassen.

Levis Agent war angeblich zuverlässig. Zehn Jahre auf der Gehaltsliste und kein einziger Fehler. Er besorgte gestohlene Militär- und Regierungspapiere ohne zu wissen, daß er für die Israelis arbeitete. Ein Mann, der nur des Geldes wegen dabei war. Ein Mann, überlegte Levi, der womöglich seine Mutter verkaufen würde, wenn nur der Preis stimmte.

Der Briefkasten lag in einer waldigen Gegend einige Meilen vom Dorf entfernt. Levi näherte sich vorsichtig. Immer darauf bedacht, Überwachern zu entgehen, immer darauf bedacht, das Gelände zu erkunden.

Was ihn auf einem Einsatz wie diesem mit Schrecken erfüllte, war die Möglichkeit, daß man den Agenten irgendwie geschnappt und umgedreht hatte. Daß er gefoltert worden war und gestanden hatte, daß an eben diesem Tag, an dieser Stelle, der Agent eines ausländischen Nachrichtendienstes Informationen abholte, die in einem ausgehöhlten Baumstamm hinterlegt worden waren. Daß in genau dem Augenblick, in dem Levi seine Hand in den Stamm steckte, um sein Paket herauszunehmen, ein Dutzend Sicherheitsbeamter aus ihren Verstecken kamen, um ihn zu verhaften und ins Gefängnis zu stecken, wo sie ihn foltern und ihm jeden seiner Knochen einzeln brechen würden, bis er gestand, ein israelischer Jude zu sein.

Levi tastete in seiner Tasche nach dem winzigen Metallbehälter

mit der Giftpille. Er nahm ihn in die Hand, als er sich dem Briefkasten näherte. Er zweifelte keinen Augenblick daran, daß er sie schlucken würde, wenn man ihn erwischte. Das gehörte dazu, wenn man ein Feigling war. Den schnellen und sicheren Tod der qualvollen Unsicherheit der Folter vorzuziehen.
Levi griff nach dem Paket. Er schloß die Augen. Überall Totenstille. Er sah sich um. Nichts. Nur leerer Raum. Zwei erledigt.

Levi näherte sich dem Zentrum von Damaskus, als er die Verkehrsampeln bemerkte; groß und leuchtend an jeder Straßenecke. Das alleine war schon bemerkenswert für die arabische Welt. Das eigentliche Wunder jedoch bestand darin, daß die damaszener Kraftfahrer auch vor den Ampeln hielten, die Kreuzungen freigaben und in den Kreisverkehren dem hereinkommenden Verkehr die Vorfahrt ließen. Vielleicht hatten sie zuviel Angst, sich nicht an die Verkehrsregeln zu halten.
Dies war ein Land, so hatte man Levi gesagt, in dem einer von zehn Bürgern ein Spitzel der Geheimpolizei war. Es war eine Nation, in der die herrschende Baath Partei zu Wahlzeiten die Massen mit einer riesigen Neonanzeige instruierte, die auf einem der Berge über Damaskus aufgebaut war. Das Leuchtzeichen bestand aus nur einem Wort – ›Nam‹ –, dem arabischen Wort für ›ja‹. Es war eine Gesellschaft, die hinter Mauern lebte und ihren Reichtum vor den Augen der Öffentlichkeit versteckte. Die schmuckloseste damaszener Stuck- oder Zementfassade konnte einen mit Gold und Silber ausgelegten Palast verstecken. Syrien lebte nach dem Gebot der *taqiyya* – der zulässigen Lüge. Seine moslemische Bevölkerung wurde von den Alawiten beherrscht, einer Sekte, die den Propheten Mohammed nicht anerkannte. Seine sich nach außen hin sozialistisch gebärdenden politischen Köpfe gehörten zu den habgierigsten Kapitalisten des ganzen Nahen Ostens. Genaugenommen schienen es die Syrer nur mit einem ehrlich zu meinen: mit ihrem Haß auf Israel.
Levi blieb über Nacht in Damaskus, in einem Hotel im Zentrum, das sich das Neue Omayed nannte und wo vor allem Geschäfts-

leute abstiegen. Es war sauber und vergleichsweise komfortabel. Er vergewisserte sich, daß die beiden Päckchen sicher in dem falschen Boden seines Aktenkoffers verstaut waren. Der Koffer war raffiniert konstruiert. Jemand, der ihn durchsuchte, müßte ihn zerstören, um den falschen Boden zu entdecken. Und jedes gewaltsame Eindringen in dieses Geheimfach würde eine Phiole mit Säure zerbrechen, die jegliche dort versteckten Dokumente zerstören würde.

Levi war hungrig. Er ging zu Fuß ins Diplomatenviertel und aß in einem exzellenten französischen Restaurant namens Le Chevalier zu Abend. Er gönnte sich Garnelen, in Knoblauchbutter gegrillt. Er trank fast eine ganze Flasche Wein. Er fühlte sich entspannt, was ihn wiederum nervös machte. Auf dem Heimweg spürte er die forschenden Blicke auf sich, dem leicht beschwipsten Ausländer, der da um Mitternacht die Straße hinunterschlenderte.

Den ersten Briefkasten in Damaskus bediente Levi am nächsten Morgen. Er ging zur Landwirtschaftsausstellung auf der damaszener Handelsmesse. Der Agent, so hatte man ihm gesagt, war ein sunnitischer Professor für Agronomie an der Universität von Damaskus, dessen Vater von den Alawiten getötet worden war. Die Rache, für die er sich entschieden hatte, bestand darin, Dokumente über die syrischen Bemühungen hinsichtlich einer Überwachung des israelischen Fernmeldeverkehrs zu beschaffen.

Levi unterhielt sich zwanglos mit einem der Mitarbeiter des landwirtschaftlichen Ausstellungsstandes. Auf dem Tisch des Standes, genau dort, wo es sein sollte, lag ein Prospekt über neue Techniken der Hühnerhaltung. Er nahm ihn und blätterte darin, bis er einen kleinen Umschlag fand. Als er sich vergewissert hatte, daß niemand hersah, ließ er den Umschlag in seiner Tasche verschwinden. Es war so leicht, so einfach.

Die letzte Übernahme war für den nächsten Morgen angesetzt. Levi verbrachte den Rest des Tages damit, sich die Stadt anzusehen. Vielleicht würde er es doch noch schaffen, wieder nach Hause zu kommen.

Als Levi am Abend in sein Hotel zurückkam, bekam er einen mächtigen Schrecken. Jemand hatte seine Sachen durchsucht. Nicht bloß das Zimmermädchen, sondern ein Profi. Levi hatte den Aktenkoffer verschlossen auf den Schreibtisch gelegt. Jemand hatte ihn geöffnet und die Geschäftspapiere durchwühlt. Es war ganz offensichtlich: Die Papiere lagen nicht mehr in der Reihenfolge, in der er sie zurückgelassen hatte, und das Haar, das er auf die oberste Seite des landwirtschaftlichen Vertrages gelegt hatte, war verschwunden. Levis Herz hämmerte. Schweiß trat ihm auf die Stirn. Er ging ins Bad und sah sich sein Gesicht im Spiegel an. Was er sah, war nackte Angst.

Na und, sagte er sich. Dann haben sie eben meine Papiere durchsucht. Um so besser. Sie bestätigen, daß ich im Import-Export-Geschäft tätig und nach Syrien gereist bin, um einen Vertrag zu unterzeichnen. Sie werden den Tomatenpflanzer anrufen, bei dem ich zum Lunch war, und der wird ihnen mein Alibi bestätigen. Sie werden das Hotel in Aleppo anrufen, und auch dort wird man mein Alibi bestätigen. Also was mache ich mir Sorgen? Sie haben den falschen Boden des Aktenkoffers nicht entdeckt, und anderes Beweismaterial dafür, daß ich irgend etwas anderes als ein französischer Geschäftsmann bin, gibt es nicht – absolut nichts!

Levi nahm den Telefonhörer ab und hörte ein dumpfes Geräusch, als würde irgend etwas gerade so ein kleines bißchen Strom abziehen. Man beobachtet mich, sagte er sich. Irgendwie wissen sie es. Ich bin ein toter Mann.

Der letzte Briefkasten war im Souk von Damaskus. Levi verspürte am nächsten Morgen nicht die geringste Lust, aus dem Bett zu steigen. Er wollte liegenbleiben, sich unter der Decke verkriechen, einen Tag lang krank feiern. Aber er stand auf, ebenso motiviert durch seinen Haß auf diese Arbeit und dem Verlangen, sie endlich hinter sich zu bringen, wie durch irgend etwas anderes. Alles lief ganz normal, sagte er sich. An seinem letzten Tag in Damaskus würde jeder Besucher in den Souk gehen. Auf dem Weg dorthin konnte er keinerlei Überwachung feststellen, aber er fand das nicht beruhigend. Sie haben ihr bestes Team auf mich angesetzt, dachte er.

Der Souk war ein weitläufiger Viehhof voller Waren. Hunderte von Händlern machten ihre Geschäfte in langen Reihen blechgedeckter Anbauten, unter denen sie eine Unzahl von Waren und Kinkerlitzchen feilboten. Da gab es Männer, die feinstes Leinen für die Damen verkauften, karierte Kaffiyehs für die Männer, gehämmertes Messing, exotische Vögel, schlecht sitzende Anzüge aus der Tschechoslowakei, billige Schuhe aus Ägypten, auf deren innerer Sohle es hieß: »Alles Leter«; Zimmerpflanzen, Gartenpflanzen, nachgemachte Papyrusdokumente, echte Papyrusdokumente, Spiegel mit dem Namen Allahs in geschwungenen Zügen ins Glas graviert, Gebetsteppiche mit eingewebtem Kompaß, damit der Pilger sich immer über die Richtung im klaren war, in der Mekka lag. Levi hatte vor seiner Abreise aus Beirut die handgezeichneten Karten des Souks so oft studiert, daß er den Standort eines jeden einzelnen dieser Trödelkrämer auf diesem weitläufigen Quadratkilometer der Geschäftstüchtigkeit zu kennen glaubte.

Seine Instruktionen lauteten, zu einem bestimmten Stand in einem bestimmten Schuppen zu gehen, in dem ein Händler besonders schöne mit Perlmutt verzierte hölzerne Kästchen verkaufte. Er sollte jedoch nicht direkt hingehen, sondern sich umsehen, herumschlendern, auf Verfolger achten. Wenn er an dem speziellen Stand angekommen wäre, sollte er die Arbeiten des Händlers bewundern und ihn nach den besseren Kästchen fragen, die für gewöhnlich innerhalb des Ladens aufbewahrt wurden. Levi sollte sich alles ansehen, bis er ein bestimmtes Kästchen gefunden hätte, auf dessen Deckel das Motiv eines Elefanten eingearbeitet war. Sowohl das Kästchen wie auch das Motiv sollten angeblich sehr ungewöhnlich sein. Im ganzen Souk würde es kein zweites wie dieses geben. Er sollte das Kästchen kaufen, in sein Hotel bringen und das darin versteckte Nachrichtenmaterial an sich nehmen.

Der Händler selbst würde über Levi nicht Bescheid wissen, wer er war und was er machte. Was den Händler betraf, war

Levi nichts weiter als ein Kunde wie jeder andere. Ein Ausländer, was bedeutete, daß er wahrscheinlich das doppelte von dem bezahlte, was die Ware wert war. Der Händler war ein Onkel von Levis Agent. Und der Agent, so hatte Levi erfahren, war wirklich erstklassig. Es war ein Palästinenser, der mit einer der radikalen Splittergruppen zusammenarbeitete, die in Damaskus ihr Hauptquartier hatten. Er war die Mühe wert.
Levi näherte sich dem Unterstand. Der Händler, in dunklen Hosen und Schlafanzugoberteil, schenkte ihm ein zahnloses Lächeln.
»Guter Preis, sehr guter Preis«, sagte der Händler.
Levi nickte. Er nahm einige der billigeren Schachteln in die Hand und legte sie auf das Regal zurück.
»Les grandes boîtes?« fragte er auf Französisch. Dann versuchte er es auf Englisch. »Where are the big ones?«
Der Händler lächelte. Er hatte es hier mit einem kritischen Kunden zu tun. Er begleitete Levi in den Laden. Levi warf einen Blick in die Gasse, ob ihn jemand beobachtete. Einige der anderen Händler bedachten ihn mit finsteren Blicken, aber er nahm an, daß lediglich Neid und Habsucht dahintersteckten. Er betrat den winzigen Raum, der von einer nackten Glühbirne erleuchtet wurde. Gegen die Wand geschlichtet gab es eine Unzahl von weiteren hölzernen Kästchen mit Einlegearbeiten, vielleicht hundert davon. Levi begann sie sich anzusehen, überprüfte jede Schachtel auf das Motiv hin. Er sah einen Tiger, einige Pferde, und eine bedrückende Auswahl von Sternen, Quadraten und Kreisen.
Wo war es? Levi begann zu schwitzen. Der Händler nickte und rieb sich die Hände, während er darauf wartete, daß Levi etwas kaufte. Noch einmal sah Levi das gesamte Inventar durch. Er war jetzt sicher. Der Elefant war nicht dabei. Er warf einen Blick aus dem Fenster des Ladens. Wer war der Mann in dem ausgebeulten braunen Anzug? Hatte er ihn nicht schon einmal gesehen? Hatte er nicht an einem der anderen Ausstellungsstände gestern auf der Landwirtschaftsmesse gesessen? Nein. Viel-

leicht. Levi war sich nicht sicher. Ihm drehte sich der Kopf. Er wandte sich entschuldigend an den Händler.
»Rien. Rien du tout«, sagte Levi.
Der Händler, der kein Französisch verstand, nickte und lächelte.
»Guter Preis, sehr guter Preis«, sagte er.
Aber Levi war bereits zur Tür hinaus.
Die Qualen begannen, als Levi endlich aus dem Souk heraus war und in einem Café saß und sich Zeit nahm, darüber nachzudenken, was passiert sein könnte. Die gesuchte Schachtel war nicht dabeigewesen. Es war dem Agenten nicht möglich gewesen, sie abzuliefern. Warum nicht? War er geschnappt worden? Wurde er verfolgt? Oder hatte er sich mit der Lieferung nur verspätet? Oder hatte er den richtigen Tag verschwitzt? Levi fühlte sich elend. Er versuchte ein Sandwich zu essen, brachte aber nichts hinunter. Alles, wonach ihm war, war, eine Zigarette nach der anderen zu rauchen. Und endlich geschnappt zu werden, damit alles vorbei wäre; das wäre immer noch besser, als dieses billige Drama weiterzuspielen, das ihm den Magen zerfraß.
Die Instruktionen bezüglich dessen, was Levi tun sollte, wenn er den Briefkasten am vereinbarten Tag verpaßte, waren sehr deutlich. Er sollte einen Tag warten und es dann noch einmal versuchen.
Für Levi war es das zusätzliche Warten, das ihm zu schaffen machte. Wir alle können tapfer sein, wenn wir keine andere Wahl haben. In den kurzen Augenblicken, in denen unter extremen Umständen Heldentum gefragt ist, ist es für gewöhnlich auch da. Wenn ein Soldat unter Beschuß steht, dann werden seine Nerven ruhig. Er befolgt Befehle. Die Qualen liegen im Warten. Das Denken und die Angst scheuerten so sehr an den Nerven, daß diese irgendwann einmal zu dünn waren, um die Belastung noch länger auszuhalten.
Vielleicht können wir *einmal* tun, was uns Angst macht. Vielleicht bringen wir genug Mut auf, das, was uns einen solchen Schrecken einjagt, das eine Mal zu tun – mit knirschenden Zähnen und geschlossenen Augen. Aber *zweimal*, das ist

unmöglich. Das ein zweites Mal durchzustehen, nachdem wir unsere Nerven einmal so überdehnt haben, daß wir Angst hatten, sie würden reißen, das übersteigt die Kräfte aller außer die der Furchtlosen – und die haben keine Nerven.
Und doch stand Levi am nächsten Morgen auf, hohläugig nach einer schlaflosen Nacht, und war bereit, es ein zweites Mal zu tun. Er betete, es möchte bald zu Ende sein. In seiner geschlossenen Faust hielt er die Zyanid-Kapsel wie ein Sakrament.

Am nächsten Morgen schien jeder Levi neugierig anzusehen. Er sagte dem Mann an der Rezeption, daß er noch einen weiteren Tag bleiben würde. Er wolle noch etwas einkaufen. Der Mann zog die Augenbrauen nach oben. Kein Mensch bleibt einen Tag länger in Syrien als nötig, es sei denn, er muß, schien der Blick zu sagen. Was für einen schönen Souk Sie hier in Damaskus haben, sagte Levi dem Mann an der Rezeption. Ich denke, ich gehe noch einmal hin.
Bau eine Legende auf, sagte sich Levi. Eine Erklärung für alles außer den letzten Akt. Aber der Mann an der Rezeption bedachte ihn noch einmal mit dem gleichen Blick. Die Augen des Türstehers folgten ihm bis auf die Straße. Der Taxifahrer fragte ihn zweimal, wo er hinwollte. Bin ich drauf und dran, verrückt zu werden? fragte sich Levi. Oder bin ich dem Untergang geweiht?
Dieses Mal nahm er einen anderen Weg durch den Souk. An den Teppichhändlern vorbei, die ihm zuriefen, als er vorüberging. Boukhara. Qom. Tajik. Wie ein verbaler Atlas des Nahen Ostens. Die wollten wenigstens mit ihm ins Geschäft kommen. An den Messinghändlern vorbei, die Töpfe, Pfannen und Aschenbecher feilboten. Am Goldsouk vorbei mit seinen kleinen Buden, wo jeder der knickrigen Händler sein Vermögen am Körper trug – wie eine in ihrem Haus eingebettete Schnecke.
Er kam in die Gegend des Kästchenhändlers. Sein Herz hämmerte; er fühlte das Schlagen seines Pulses gegen das Armband seiner Uhr. Ich schaffe es nicht, sagte er sich. Es ist immer noch Zeit umzukehren, ins Hotel zurückzugehen, mit dem Auto an

die Grenze und in die Freiheit zu fahren. Aber natürlich ging er weiter.
Als der Händler Levi sah, hüpfte er von einem Bein aufs andere. Natürlich freute er sich: Ein Ausländer, der sich umschaut und am nächsten Tag wiederkommt, zahlt *vier*mal so viel, wie die Ware wert war.
»Je retourne«, sagte Levi.
»Spezialpreis!« sagte der Händler und fuhr sich mit der Zunge übers Zahnfleisch.
»Ja«, sagte Levi. »Sehr gut.« Er sah sich um. Der Souk war fast menschenleer, obwohl es Mitte Vormittag war. Hatten sie ihn abgeriegelt, damit die Leute die Verhaftung nicht mitbekämen? Das war dumm. So arbeiteten die hier nicht. Aber wer war der Mann im grauen Anzug, der auf der anderen Seite Kinkerlitzchen verkaufte? War er am Tag zuvor auch schon dagewesen? Es spielte keine Rolle. Es war zu spät.
»Sehr spezieller Preis«, sagte der Händler, und zupfte Levi am Ärmel. Er begleitete Levi nach drinnen und ließ ihn stöbern, während er sich die Hände rieb.
Levi nahm sich die Kästchen langsam und bedächtig vor. Keine Fehler diesmal. Da war der Tiger. Da war das Pferd. Diesmal drehte er jedes der Kästchen um, da er sich überlegt hatte, daß das Motiv auch auf dem Boden sein könnte. Nein, nein. Das Herz wollte ihm versagen. Nein, nein, nein, nein. Zehn Minuten verbrachte er jetzt schon damit, die Kästchen zu inspizieren. Der Händler wurde langsam ungeduldig. Levi hatte alle durch, ohne zu finden wonach er suchte.
Draußen stöberte ein Mann herum. Scheiße!
Levi sah den Händler an. Der Mann erwartete einen Verkauf. Er würde etwas kaufen müssen. Fast schon zu spät kam ihm der Gedanke.
»Mehr Kästchen?« fragte er leise. »Haben Sie nicht noch mehr Kästchen?«
»Mehr?« fragte der Händler.
»Ja«, zischte Levi. Ja, du skrofulöser, läuseverseuchter alter Bastard! Mach schon und hol die anderen Schachteln.

Der Händler verschwand in einem Wandschrank im hinteren Teil des Ladens, der nur aus einem Raum bestand. Er tauchte mit vier Kästchen wieder auf, die ebenfalls mit Perlmuttintarsien verziert waren. Eines zeigte die Große Moschee zu Mekka und den Stein der Kaaba! Ein spezielles Kästchen für saudische Kundschaft. Ein weiteres zeigte eine nackte Houri. Große Brüste und schlaffer Bauch. Eines zeigte die Flagge von Palästina, was das Kästchen subversiv machte.
Und eines hatte einen Elefanten obenauf.
Levi täuschte Interesse für das Kästchen mit der nackten Frau vor. Er sah sie sich genau an. Dann das mit dem Elefanten. Dann die nackte Frau. Dann nahm er den Elefanten in die Hände.
»Wieviel?« fragte Levi.
Der Händler sah ihn durch fast geschlossene Augenlider hindurch an. Was wußte er? Daß ein Ausländer gerade das eine Kästchen kaufen wollte, aus hundert anderen. Daß er auf einem Kästchen bestand, das er erst gestern hereinbekommen hatte und auf dem noch nicht einmal ein Preisschild klebte.
»Wie Sie wollen«, sagte der Händler. Das war der altehrwürdige Beginn einer Verhandlung mit einem Ausländer. Laß ihn das erste Gebot machen, denn in seiner Nervosität wird er fast mit Sicherheit zu viel bieten.
Levi dachte einen Augenblick nach. Er wollte ein vernünftiges Gebot machen, aber er hatte keine Ahnung, was das Kästchen tatsächlich wert war.
»Fünfzig«, sagte Levi. »Fünfzig Pfund.«
Der Händler schnalzte mit der Zunge und bedachte Levi mit einem tadelnden Blick. Er griff nach dem Kästchen, wobei er den Kopf schüttelte.
»Wieviel?« fragte Levi noch einmal.
Der Händler nahm ein Blatt Papier zur Hand. Darauf schrieb er die Zahl 500.
»Was?« fragte Levi mit aufrichtigem Erstaunen. »Fünfhundert syrische Pfund?«

Der Händler nickte.
»Unmöglich«, sagte Levi. Er nahm das Blatt Papier und schrieb darauf: 100. Der Händler schüttelte den Kopf.
»Nein, nein. Vierhundert.«
»Zweihundert«, bot Levi. Ich glaube das einfach nicht, sagte er sich. Das ist der schlimmste Augenblick in meinem Leben. Ich bin vor Angst fast gelähmt; und hier stehe ich und feilsche mit diesem Arschloch von einem Krämer um den Preis eines Holzkästchens.
»Dreihundert«, sagte der Händler.
Du kranker, wahnsinniger Bastard, dachte Levi. Aber eine andere Stimme sagte ihm: Spiel das Spiel mit!
»Zweihundertfünfzig.«
Der Händler sah Levi in die Augen, die Grenzen seiner Erpreßbarkeit abschätzend. Er sah die Angst und das Bedürfnis, ohne zu wissen, warum sie da waren.
»Dreihundert.«
»Also gut«, sagte Levi. Wen zum Teufel kümmert das schon? Das ist doch verrückt!
Der Händler wickelte das Kästchen sorgfältig in Seidenpapier, dann in braunes Papier, und verschnürte das Päckchen dann feinsäuberlich.
»Fatura?« sagte der Händler, indem er das arabische Wort für Quittung benutzte.
»Ja«, sagte Levi. Warum nicht?
»Wieviel?« fragte der Händler mit einem korrupten Lächeln, das nur aus Zahnfleisch und Speichel zu bestehen schien.
Du falscher, arabischer Kameltreiber, du Hurensohn, fragst du mich tatsächlich, ob du die Quittung fälschen sollst? Glaubst du wirklich, daß es mir nur darum geht, ein billiges Holzkästchen mit einer falschen Quittung durch den Zoll zu bringen?
»Dreihundert«, sagte Levi. Er konnte nicht anders; er mußte lachen, als er es sagte. Als ihm die Laute dieses Lachens aus dem ausgedörrten Hals kamen, spürte er, wie etwas in ihm riß.
»Wie Sie wollen«, sagte der Händler.

Levi verließ den Laden, sein Paket fest in der Hand. Er zündete sich eine Zigarette an. Der beste Geschmack, den er je im Mund gehabt hatte. Er sah einen Soldaten die Arkaden hinunterschlendern, ein Gewehr in der Hand. Er hätte Angst haben sollen, aber er hatte keine mehr. Die Absurdität der Begegnung im Laden hatte ihn für den Augenblick von jeder Angst befreit. Er schlenderte langsam durch den Souk, blieb bei einer der Buden stehen, um sich Pistazien für den Heimweg zu kaufen. Als er sie bezahlt hatte, wurde es ihm klar: Ich werde es schaffen. Deshalb habe ich mir die Nüsse gekauft. Die sind nicht zur Tarnung gedacht. Ich werde sie auf dem Heimweg essen.

Er hatte noch einen weiteren schlimmen Augenblick an der syrischen Grenze. Das war immer das schlimmste, ein Land wieder zu verlassen. Die Sicherheitskräfte wissen, daß das ihre letzte Chance ist, und so spielen sie ihre Spielchen mit einem. Sie denken sich Gründe aus, um einem Fragen zu stellen, die einem Magenkrämpfe verursachen.

In Levis Fall war es jedoch die Art, wie er dem Grenzpolizisten gegenüber das Wort *marhaba* – Guten Tag – aussprach. Er rollte das ›r‹ leicht. Was normalerweise völlig in Ordnung wäre. Nur daß das eine, was jeder arabische Polizist über Menschen weiß, deren Muttersprache Hebräisch ist, die Tatsache ist, daß sie ihre »r's« rollen und dabei ganz hinten in ihrem Hals ein Geräusch machen. Aber andererseits machen das auch viele Franzosen in Marseille.

Der Grenzposten studierte Levis Reisepaß. Er schlug in seinem Buch nach. Er nahm den Paß mit nach hinten, um ihn seinem Vorgesetzten zu zeigen, einem fetten Oberst. Der Oberst kam heraus und begann Levi Fragen zu stellen. Was hatte er in Syrien gemacht? Mit wem hatte er sich getroffen?

Levi beantwortete die Fragen seelenruhig. Er wußte auch warum: Seine Nerven waren endgültig gerissen. Er hatte nichts mehr, womit er hätte Angst haben können. Schließlich schickte ihn der Oberst auf seinen Weg. Levi fuhr über die Grenze in den Libanon – und knabberte an seinen Pistazien.

Die Früchte seiner Arbeit bekam Levi erst viele Monate später zu sehen. Es wurde alles nach Tel Aviv geschickt, wo ein Mossad-Offizier die Nachricht entschlüsselte, die in dem Kästchen mit dem Perlmuttelefanten versteckt gewesen war. Sie erwies sich als Nachrichtenmaterial von außergewöhnlichem Kaliber.
Die Botschaft des palästinensischen Agenten in Damaskus besagte, daß die Führung der Volksfront zur Befreiung Palästinas zu dem Schluß gekommen war, daß es innerhalb der Fatah einen amerikanischen Agenten gab. Der Grund, warum sie sich so sicher waren, berichtete der Agent, war, daß der Alte Mann vor wenigen Monaten gegenüber den Volksfrontführern geprahlt hatte, er habe einen geheimen Kanal ins Weiße Haus. Als die Radikalen ihn einen Lügner hießen, sagte der Alte Mann, daß er vor über einem Jahr den geheimen Text eines amerikanischen Friedensplanes erhalten hätte.
Der Agent in Damaskus hatte keine Ahnung, was die Identität des amerikanischen Kontaktmannes in der Fatah anbelangte, aber er berichtete über die Vermutungen der Volksfrontführer. Der amerikanische Agent mußte jemand sein, der im Nachrichtendienst der Fatah ganz oben stand. Nur einem Nachrichtendienstler würde man die Aufgabe eines Mittelsmannes anvertrauen, sagten sich die Radikalen. Der wahrscheinlichste Kandidat, so schloß der Bericht des Agenten, war ein junger Mann, der in dem Rasd besonders schnell nach oben gekommen war – der Liebling des Alten Mannes: Jamal Ramlawi.

TEIL VII

1971–Mai 1972

Kapitel 31
Beirut; Frühjahr 1971

Mohammed Nasir Makawi, bekannt unter dem Namen Abu Nasir, war ein konzentriert wirkender, dunkelhäutiger Mann mit schmalem Gesicht und buschigem Schnurrbart. Er war der Chef des Nachrichtendienstes der Fatah und sah auch ganz danach aus. Seine Augen lagen in tiefen Höhlen und waren von so vielen Ringen umgeben, daß sie ihr Dasein in ewigem Schatten zu fristen schienen. Wie viele der besten arabischen Nachrichtenoffiziere hatte auch er ein ausdrucksloses Pokergesicht, das nicht das geringste verriet.

Abu Nasir wohnte in Beirut, im sechsten Stock eines Hauses in der Rue Verdun, einer belebten Straße, die leicht abschüssig vom Zentrum West-Beiruts aus in Richtung Corniche Mazraa und Meer führte. Er sorgte sich um seine Sicherheit und hatte die Absicht, am Eingang zu seiner Wohnung eine bombensichere Metalltür installieren zu lassen. Er war sich allerdings nicht darüber im klaren, was er gegen elektronische Überwachungsmaßnahmen unternehmen sollte. Einer seiner russischen Freunde hatte ihm mitgeteilt, die einzige Möglichkeit, vor Wanzen wirklich sicher zu sein, bestünde darin, neue Wände, Decken und Fußböden über die alten einzuziehen; das würde eventuell versteckte Mikrofone unschädlich machen. Das schien ihm jedoch zuviel Arbeit. Also ließ Abu Nasir das Radio laufen.

Die Wohnung war nur spärlich möbliert. Ein allzu prall gepolstertes braunes Sofa, ein im gleichen Bezug gehaltener Lehnstuhl, ein großer Fernsehapparat, der das Wohnzimmer dominierte, ein kleiner Holztisch und ein billiger, maschinell gefertigter Wandteppich, auf dem in kunstvoller arabischer Schrift der Name Allahs zu lesen war. Das einzige wirkliche Schmuckstück war eine große Nargileh, eine Wasserpfeife, die neben dem Lehnstuhl stand. Die Jalousien waren dicht geschlossen, was die Düsterkeit und die Trostlosigkeit des Zimmers noch verstärkte.

Abu Nasir saß auf seinem braunen Diwan und sah sich im libanesischen Fernsehen eine banale ägyptische Seifenoper an. Er wartete auf seinen jungen Stellvertreter, Jamal Ramlawi.

Jamal war spät dran. Er ist wieder hinter irgendeiner jungen Frau her, dachte sich Abu Nasir. Das ist seine schwache Stelle. Er hatte Jamal am Morgen in der Wohnung in Fakhani angerufen, in der Jamal für den Augenblick abgestiegen war. Komm heute abend vorbei, hatte Abu Nasir ihm gesagt, ich will mich mit dir unterhalten. Nur wir beide. Ich werde dir erklären, was wir vorhaben. Während er die Einladung aussprach, hörte er im Hintergrund eine Frauenstimme ein italienisches Lied singen.

Es klingelte. Einmal lang, zweimal kurz. Abu Nasir öffnete die Tür und umarmte Jamal. Der junge Mann war ordentlicher angezogen als gewöhnlich; er trug graue Hosen und ein blaues Hemd anstatt der sonst üblichen Jeans und der Lederjacke. Sein Haar war glatt nach hinten gekämmt. Der jüngere Mann küßte seinen Gastgeber zweimal und dann ein drittes Mal. Abu Nasir wirkte fast zerbrechlich in den Armen seines jungen Schützlings.

Abu Nasir entschuldigte sich und ging Kaffee machen. So etwas gehörte zu einem Schattendasein wie dem seinen: Man lernte seine Hosen zu flicken, seine Knöpfe anzunähen, sich seinen Kaffee selbst zu machen. Er füllte den Topf zur Hälfte mit zu feinem Pulver gemahlenem Kaffee, gab vier Eßlöffel Zucker dazu, goß etwas Wasser darauf und ließ die dickflüssige Mixtur dreimal aufkochen. Das Ergebnis war ein dicker, schwarzer Schlamm, der einem wie süßer Sirup auf der Zunge zerging.

Als der Kaffee fertig war, trug Abu Nasir den Topf und zwei kleine Tassen ins Wohnzimmer und goß Jamal eine Tasse davon ein. Eine weitere füllte er für sich selbst; dann setzte er sich in seinen Lehnstuhl und steckte die Wasserpfeife an. Er saugte an dem hölzernen Mundstück, bis sich der Raum mit dickem Rauch gefüllt hatte. Außer seinen eigenen Sorgen schien der hagere alte Mann alles um sich herum vergessen zu haben. Er sog an seiner Pfeife und blies den Rauch in den Raum. Gleichmäßig, geradezu berechnend.

»Habe ich dir jemals von meinem Heimatdorf in Palästina erzählt?« fragte Abu Nasir schließlich und legte das Mundstück der Pfeife zur Seite, um sich eine Zigarette anzuzünden.

»Nein, Onkel«, sagte Jamal.

»Vielleicht sollte ich dir die Geschichte erzählen«, sagte Abu Nasir, als hätte er sich noch nicht ganz dazu durchgerungen.
»Es wäre eine große Ehre für mich.«
»Es ist eine ziemlich lange Geschichte, fürchte ich.«
»Ich würde sie gerne hören, Onkel.«
Der ältere Mann nickte.
Abu Nasir erzählte gerne Geschichten, lange gewundene Erzählungen, deren Bedeutung oder Wichtigkeit oft erst im letzten Kapitel zu Tage trat. Aber in jeder dieser Geschichten steckte eine Lehre – eine präzise, perfekt gestaltete Aussage –, die nach und nach sichtbar wurde, so wie bei dichtem Nebel die Umrisse einer Burg vor einem auftauchen. Kein Mensch hätte sich je erlaubt, Abu Nasir zu unterbrechen. Während er sprach, heftete er seinen Blick auf das Gesicht des anderen. Wolken von Zigarettenrauch schwebten um seinen Kopf und gerieten im Rhythmus seiner Stimme in Bewegung.
»Erinnerst du dich an die alte Jaffastraße in Palästina, die von Jerusalem aus ans Meer führte?« begann Abu Nasir.
»Nein, Onkel, bestimmt nicht.«
»Natürlich; kannst du ja auch nicht. Du warst noch zu jung. Also will ich sie dir beschreiben. Die Straße kletterte von der Küste aus in die Hügel hinauf, die Jerusalem umgeben. Kurz bevor sie die Stadt erreichte, auf dem letzten der steilen Hügel, konnte man, wenn man nach links schaute, ein schönes arabisches Dorf sehen, dessen Steinhäuser sich in einem Halbmond an den Hügel lehnten. Das war Lifta, und dieses Dorf war seit vielen Generationen die Heimat meiner Familie gewesen.
Lifta«, sagte Abu Nasir noch einmal; er sprach das Wort so ruhig vor sich hin, als wäre allein sein Klang schon ein Überbleibsel seines verlorenen Dorfes. »Es kommt mir so vor, als könnte ich mich an jede Einzelheit erinnern, obwohl ich vor über zwanzig Jahren von dort weggegangen bin. Die Kühle eines Steinhauses im Sommer; der Duft des Brotes, das im Hof auf heißen Steinen gebacken wurde; im Sommer mit meinem Vater auf dem Dach zu schlafen; der Geschmack des Wassers aus dem Brunnen, den ich damals für bodenlos hielt.

Ich sah, wie Lifta sich veränderte. Jerusalem breitete sich in den dreißiger Jahren immer weiter nach Westen aus und schob sich unaufhörlich näher. Juden, die aus Europa gekommen waren, siedelten sich entlang der Jaffastraße in einer Vorstadt namens Romema an. Wir machten uns damals keine großen Gedanken darüber. Seit Menschengedenken hatten in dieser Gegend Juden gewohnt. Und abgesehen davon kamen einige Leute aus unserem Dorf zu viel Geld, indem sie den Juden Land verkauften.«

»Ihr habt den Juden Land verkauft?« fragte Jamal.

»Wir waren naiv. Und wir waren gierig. Die Liftawis besaßen so viel Land – fast bis an die Mauern der Alten Stadt –, daß es uns nicht viel ausmachte, ein klein wenig davon zu verlieren. Und noch ein klein wenig mehr. Was kümmerte es uns? Wir wurden reich. Man sagte damals, daß Lifta dabei war, das reichste Dorf in ganz Palästina zu werden, was uns alle sehr glücklich und stolz machte.

Mein Vater war einer der reichsten. Er kam zu Geld und baute sich ein prächtiges Haus auf einem der Hügel, nicht mehr im alten Lifta, sondern mehr in der Nähe der Juden. Das war ein Zeichen dafür, wie erfolgreich er war. Es war das größte Haus in der ganzen Gegend, und oft kamen Leute aus Romema herüber, um es anzustarren. Mein Vater war ein sehr moderner Mann. Er glaubte an den Fortschritt und schickte mich auf eine höhere Schule. Ich ging immer auf der Jaffastraße zur Schule, vorbei an den Geschäften, den Märkten und Kaffeehäusern, und dachte, was wir doch für ein Glück hatten. Wir trafen in jenen Tagen keine Sicherheitsvorkehrungen. Wir dachten noch nicht einmal daran! Um uns herum lebten lauter Juden. Aber wir waren die Herren dieses Landes. Was sollte uns schon passieren?

Als ich älter wurde, fiel mir auf, daß Romema immer größer wurde und Lifta immer kleiner. Man hätte noch nicht einmal mehr sagen können, wo Lifta lag, außer, daß es noch immer die alten Steinhäuser an der Flanke des Hügels gab. Alles war zu einer einzigen Vorstadt geworden. Aber keiner machte sich deswegen Sorgen. Wir bauten und breiteten uns aus und verdienten Geld. Einige Jungen aus dem Dorf lieferten sich von Zeit zu Zeit kleine Scharmützel mit den Juden an der Jaffastraße, und sie versuchten uns beizubringen, daß sich eine Katastrophe anbahnte. Aber keiner in Lifta hörte groß auf sie. Wir waren so gutgläubig und so naiv, als hätte man uns schon in den Schlaf gewiegt.«

»Ihr wart Narren«, sagte Jamal.

Abu Nasir gab ihm keine Antwort. Er sah Jamal mit einem Ausdruck belustigter Toleranz an, wie ihn ältere Männer für ungestüme junge Männer haben, die sich einbilden, sie hätten die Tapferkeit und die Schlauheit erfunden.

»Die Welt von Lifta wurde in einer einzigen Nacht zerstört«, fuhr Abu Nasir fort. »Ich erinnere mich an das Datum. Es war der 29. Dezember 1947. Die Alten aus dem Dorf waren in eines der Kaffeehäuser an der Jaffastraße gegangen, um Kaffee zu trinken und die Nargileh zu rauchen. Sie saßen in einem Zimmer wie diesem hier. Voller Rauch und Worte und Träume.

Die Juden traten die Tür des Kaffeehauses ein und begannen zu schießen. Sechs der alten Männer wurden getötet, einschließlich des *moukhtar*. Ich schlief in jener Nacht, aber ich hörte die Schüsse und das Wehklagen der Frauen. Ich dachte, der Weltuntergang hätte begonnen. Es war, als würde das ganze Dorf mit einem Schlag aus einem tiefen Schlaf geweckt, und wir starben fast vor Angst. Jeder dachte, als nächstes würden die Juden in sein Haus kommen! Keiner schlief mehr für den Rest der Nacht.

Am nächsten Morgen begannen die Leute ihre Sachen zusammenzupacken. Niemand konnte so richtig erklären warum. Aber der Grund war offensichtlich. Sie hatten fürchterliche Angst. Die Welt von Lifta war auf Illusionen erbaut worden; und als die Illusionen zerstört waren, brach alles zusammen. Die Leute nahmen nur kleine Koffer und sagten einander, es sei ja nicht für lange. Sie zogen in die Nähe, nach Ost-Jerusalem oder Ramallah oder El Bireh. In zwei Wochen wollten sie wieder zu Hause sein – spätestens in einem Monat –, wenn sich die Lage beruhigt hätte und die Kämpfe vorbei wären. Aber die Kämpfe hörten nicht auf. Es wurde immer schlimmer, und als der nächste Winter kam, war der Krieg um Palästina vorbei. Wir hatten unser Dorf verloren.«

»Oder verschenkt«, sagte Jamal.
»Du hast recht, mein gescheiter junger Mann. Wir haben unser Dorf verschenkt. Aber das war nicht das schlimmste, was in jener Nacht im Dezember 1947 passierte.«
»Was könnte noch schlimmer sein?«
»Das schlimmste war, daß wir unsere Selbstachtung verloren. Die Männer aus Lifta gerieten in Panik und flohen wie Weiber, und die meisten von ihnen sind noch immer auf der Flucht. Sogar jetzt noch können es viele nicht ertragen, sich einzugestehen, was damals passiert ist. Sie haben sich einen Mythos zurechtgelegt, warum sie damals weggelaufen sind; und den erzählen sie jetzt ihren Kindern und Enkelkindern.«
»Einen Mythos?«
»Einen Mythos des Terrors. Sie behaupten jetzt, sie hätten Lifta erst verlassen, *nachdem* Begin und die Irgun Deir Yassin zerstört hatten! Jeder Palästinenser hat von Deir Yassin gehört. Es ist die Verkörperung allen Übels und jedermanns Ausrede für die Niederlage. Und bis auf den heutigen Tag reden sich die Alten ein, daß sie Lifta erst nach der Abschlachtung der 250 armen Dorfbewohner von Deir Yassin verlassen haben.
Aber, Jamal, ich will dir etwas sagen. Das ist eine Lüge! Die Leute aus Lifta sind vier Monate *vor* Deir Yassin geflohen! Sie sind Feiglinge, sogar jetzt noch! In alle Winde zerstreut, heimatlos, landlos. Sie haben alles verloren. Und noch immer können sie der Wahrheit nicht ins Gesicht sehen.«
»Sie sind erbärmlich«, sagte Jamal.
»Vielleicht. Aber ihre Gefühle sind menschlich und zeitlos. Und das ist der Grund, warum ich dir diese traurige Geschichte von meinem Dorf erzähle. Weil es heute *unsere* Geschichte ist! Zweifelst du an meinen Worten? Glaubst du, wir haben unsere Lektion gelernt und daß so etwas nicht noch einmal passieren kann? Dann hör mir noch einen Augenblick zu.
Nach der Katastrophe von 1947 gingen viele der Menschen aus Lifta nach Amman. Sie hatten ihr Dorf und ihr Land verloren. Aber in Jordanien befanden sie sich immerhin unter arabischen Brüdern, mit Pässen und staatsbürgerlichen Rechten. Die Lifta-

wis bauten sich Häuser und Geschäfte auf. Sie kamen zu etwas Geld, und der ein oder andere kaufte sich ein Auto oder ein größeres Haus, oder er schickte seine Kinder auf eine Universität. Oder vielleicht gingen sie auch nach Kuwait oder Saudi-Arabien und verdienten womöglich noch mehr Geld.«

»Ich kenne solche Leute«, sagte Jamal.

»Natürlich kennst du welche«, antwortete Abu Nasir. »Sie sind überall um dich herum. Sie sind das Gesicht unseres Volkes; sie mühen sich ab, sie hoffen, sie versuchen zu überleben. Die Liftawis waren nicht schlechter und nicht besser als die Leute aus irgendeinem anderen Dorf. Sie freundeten sich mit den Jordaniern an. Sie wurden bequem. Sie glaubten an die Befreiung Palästinas, vielleicht sogar an den Traum, eines Tages wieder nach Lifta zurückzukehren. Sie unterstützten die Fedayeen und gaben uns von ihrem Geld und ihrer Zeit. Sie glaubten, sie hätten die Lektion, daß man, um in einer Welt wie dieser zu überleben, stark sein muß, gelernt.

Jetzt werde ich dir den traurigsten Teil meiner Geschichte erzählen. Während der Kämpfe in Amman letzten September besuchte ich eine Familie aus meinem Dorf. Aus Lifta. Sie lebte in Jebel Hussein, in der Nähe der Stützpunkte der libanesischen Armee. Weißt du, wo das ist?«

»Natürlich«, sagte Jamal.

»Ich bat sie um Hilfe. Ich sagte ihnen, daß unsere Kämpfer ihr Haus bräuchten, um den Vormarsch der königlichen Armee aufzuhalten. Ich flehte sie an, aber sie weigerten sich. Sie sagten mir, die Kämpfe würden bald wieder vorbei sein, und dann wären sie sicher. Sie wollten die Fedayeen nicht so nahe bei sich haben. Was sollten die Jordanier ihnen schon antun? Sie hatten doch schließlich nichts getan.«

»Was geschah mit ihnen?« fragte Jamal.

»Sie sind allesamt tot. Die ganze Familie wurde getötet, als eine Artilleriegranate in ihr Haus schlug. Ich weinte, als ich das erfuhr, selbst nach dem, was vorgefallen war. Diese Leute waren wie Hunde aus ihrer Heimat in Lifta vertrieben worden, nur um wie Hunde in Amman zu sterben!«

Jamal schüttelte den Kopf in einer Mischung aus Traurigkeit und Verachtung.
»Mit dem, was ich dir jetzt sage, werde ich dich wohl schockieren«, fuhr Abu Nasir fort. »Unsere Leute hassen Menachem Begin, das ist doch so, oder? Das gehört zu unserem Glaubensbekenntnis, nicht wahr?«
»Natürlich!« antwortete Jamal.
»Aber ich hasse Begin nicht. Ich bewundere ihn! Sein Volk war gebrochen und demoralisiert. Man hatte sie kreuz und quer durch ganz Europa geschleift und dann stillschweigend in den Tod geführt. Sie hatten den Deutschen vertraut – und auf Vernunft und Fortschritt und Anpassung; und das so sehr, daß sie nicht verstanden, was da passierte. Sie starben zitternd, mit geschlossenen Augen und belogen sich bis zum bitteren Ende selbst. Aber nicht so Begin. Hast du je sein Buch gelesen?«
»Nein«, sagte Jamal voller Verachtung.
»Du solltest es lesen. In diesem Buch brachte Begin das Problem des Überlebens auf einen einfachen Punkt. Er sagte: ›Ich kämpfe, deshalb bin ich.‹ Und damit hatte er recht. Die Juden würden nur überleben, wenn sie bereit waren, ihre Feinde zu töten. Begin vertraute lieber auf die jüdischen Gewehre als auf den guten Willen anderer.«
Jamal nickte. Er begann die Burg aus dem Nebel auftauchen zu sehen.
»Begin verstand auch noch etwas anderes«, fuhr Abu Nasir fort. »Er verstand, daß Terrorismus die Waffe der Schwachen ist. Daß der Terrorismus den Schwachen Macht gibt, indem er ihren Feinden das Fürchten beibringt. Er hatte verstanden, daß man mit der Möglichkeit, Angst zu schaffen, auch Macht hatte.
Ich will dir etwas über den Terrorismus sagen, das aus meinem Herzen kommt, Jamal. Weißt du, was ich fühle, wenn ich in den Zeitungen über palästinensische ›Terroristen‹ lese, die Flugzeuge entführt und Zivilisten getötet haben? Oder wenn ich lese, daß die Palästinenser grausam und skrupellos und unmenschlich sind? Mit dem Verstand reagiere ich kritisch, natürlich, denn Fatahs offizielle Politik besagt, gegen internationale terroristi-

sche Operationen zu sein. Aber weißt du, was ich in meinem Herzen und in meinem Bauch fühle?«
»Was fühlst du?« fragte Jamal fast flüsternd.
»Ich bin stolz! Es macht mich glücklich zu wissen, daß sie Angst vor uns haben. Ich sehe die Angst in den Augen der Leute gerne, wenn ich eine Straße entlanggehe; wenn ich jemanden hinter meinem Rücken sagen höre, ›Nehmt euch vor dem in acht! Das ist ein Wahnsinniger! Er ist ein Mörder!‹ Dann bin ich glücklich für den Rest des Tages.«
Jamal nickte. Ja, dachte er, genauso geht es mir auch. Genauso geht es jedem Palästinenser. Wir mögen die Juden nicht besiegen, aber wenigstens gelingt es uns, ihnen Angst um ihr Leben einzujagen.
»Ich würde dir gerne ein Geheimnis erzählen«, sprach Abu Nasir weiter. »Es ist etwas, was die Ägypter ein Staatsgeheimnis nennen würden. Etwas, was Nasser gesagt hat, und ich habe geschworen, es niemals jemandem zu sagen. Aber jetzt, da Nasser tot ist – Gott gebe seiner Seele Frieden –, werde ich es dir sagen. Nasser traf den Alten Mann zum ersten Mal 1967. Am Schluß ihrer Begegnung, nachdem sie lange hin und her geredet hatten, sagte Nasser zu ihm: ›Warum sollten Sie nicht unser Begin sein?‹«
»Begin?« fragte Jamal.
»Ja. Wir haben Nasser nicht ernstgenommen. Wir dachten, er scherzte. Aber er hatte recht.«
»Was redest du da, Onkel?«
»Unser Volk liegt im Sterben! Das passiert uns jetzt zum zweiten Mal. Der Widerstand ist in alle Winde zerstreut; unsere Moral ist gebrochen; unser Volk ist auf der Flucht. Dieses Mal ist unser Feind ein arabischer Führer, der König von Jordanien; das ist aber auch der einzige Unterschied. Der September 1970 ist nichts anderes als der Dezember 1947. Eine neue Generation ist dabei, eine Verlierermentalität zu entwickeln. Sie sind bereits dabei, die Lügen zu erfinden, die sie ihren Kindern über den Schwarzen September erzählen werden! Als Volk liegen wir im Sterben; wir verschwinden in die Geschichte auf einer Welle der Niederlage und der Selbsttäuschung.

Jamal, mein Freund und Bruder, wir müssen aus diesem Kreis ausbrechen! Um zu überleben müssen wir einen Weg finden, um unseren Feinden Angst vor uns zu machen. Sonst ist es mit uns vorbei. Und genau das ist es, was ich dir sagen wollte: Das wird unsere Aufgabe sein, deine und meine: Unsere Feinde das Messer der Angst spüren zu lassen.«

Die Geschichte endete so ruhig, wie sie begonnen hatte. Inzwischen hatte sich das Zimmer mit Rauch gefüllt – so dick und dicht, daß das Gesicht Abu Nasirs kaum noch zu sehen war. Jamal erhob sich vom Diwan und küßte den alten Mann schweigend. Tränen liefen ihm über die Wangen. Für Jamal war das die Nacht, in der der Schwarze September geboren wurde, eine mythische Organisation, die keine Führer hatte, keine Struktur, kein Ziel und keinerlei Pläne, außer das berauschende und tödliche Gespenst des Terrors am Leben zu erhalten.

Kapitel 32
Beirut; Juli 1971

Während des Frühlings und des Sommers 1971 gab es von Jamal nicht das geringste Lebenszeichen. Unbemerkt schlüpfte er in Beirut ein und aus, ließ sich selten in der Öffentlichkeit blicken, mied alte Freunde aus der Fatah und änderte sogar seine Gepflogenheiten, was seine amourösen Abenteuer anbelangte. Als Zugeständnis an seine Sicherheit nahm er keine Frauen mehr mit nach Hause. Er ging mit ihnen in ihre Wohnung, in ein Hotelzimmer, einen Palast, beschlief sie und machte sich dann aus dem Staub. Diese bescheidene Einschränkung gab ihm ein Gefühl der Tugendhaftigkeit.

Jamal war unablässig auf Reisen, bei denen er Sprachkenntnisse auffrischte, die er fast vergessen hatte. Seine Pässe wiesen ihn für gewöhnlich als Algerier aus. Es waren echte algerische Pässe, die ein kooperativer Angehöriger der algerischen Botschaft in Beirut besorgte. Diesem speziellen Algerier konnte man trauen, hatte Abu Nasir gesagt, weil er noch nie von den Franzosen gefoltert worden war. Das war eine von Abu Nasirs sonderbaren Faustregeln: Traue niemals einem Mann, der einmal gefoltert worden ist, ganz gleich, ob er dabei zusammengebrochen ist oder nicht. Das Opfer einer Folter sieht die Welt in ihrem schlechtesten Licht; das gilt sowohl für sich selbst als auch für die Folterer. Er verliert etwas.

Mit seinem dunklen Haar und seinem europäischen Auftreten gab Jamal einen glaubwürdigen Algerier ab. Einmal war er Chadli bin Yahiya, dann wieder Omar Sahnoun oder Tariq bin Jedid. Die Namen wurden ihm zu neuen Hautschichten, zu Masken über anderen Masken.

Jamals Aufgabe bestand darin, ein Rätsel zu lösen. Abu Nasir hatte ihm aufgetragen, ein solides Gerüst zu errichten, das unsichtbar wäre, die Infrastruktur für eine Organisation aufzubauen, die es gar nicht geben sollte, Operationen zu planen, die planlos erscheinen sollten – Operationen, die eben von jenen Leuten, die sie befohlen hatten, glaubwürdig verleugnet werden konnten. Es war nach Abu Nasirs Ansicht von entscheidender Bedeutung, daß der Schwarze September keine Adresse haben und keine Spuren hinterlassen sollte. In der Folge eines jeden Bombenanschlags oder Attentats sollte es nichts als die Dunkelheit der Anonymität und des puren Schreckens geben.

Anonymität bedeutete Strohmänner. Schichten von Leuten, die bewußt oder unbewußt zwischen dem Befehl und der Tat standen. Das bedeutete, daß in allen wichtigen Städten Europas tote Briefkästen einzurichten waren, die eine diskrete Kommunikation ermöglichten. Ein Postfach in Paris. Eine Briefkastenfirma in Zürich. Eine Reihe von Apartments in London. Es bedeutete, daß man mit einigen in der Sowjetunion ausgebildeten arabischen Nachrichtenoffizieren zusammenarbeiten mußte, denen man vertrauen konnte, um mit Hilfe von Botschaftscodes und der Diplomatenpost ein Kommunikationsnetz aufzubauen.

Ein solches Netz zu organisieren bedeutete für Jamal, die noch immer schwache Infrastruktur, an der er seit vielen Monaten gearbeitet hatte, zu erweitern. Es bedeutete, unter den Tausenden von palästinensischen Studenten in Europa Schläfer anzuwerben. Bei diesen Rekruten handelte es sich fast durchweg um junge Leute, die voller Haß auf die Israelis und voll von dem falschen Mut der Jugend waren. Jamals ›Talentsucher‹ wählten die aussichtsreichsten unter ihnen aus. Ein Anwerber traf sich mit ihnen, vereidigte sie zu Geheimhaltung, bot ihnen ein kleines Gehalt und sagte ihnen, daß die Revolution sie als Gegenleistung eines Tages um einen Gefallen bitten würde. Dann unterzog Jamal die Novizen einer Prüfung. Er schickte ihnen jemanden, der versuchte, ihnen durch Tricks und Überredungskünste genau das aus der Nase zu ziehen, worüber sie mit dem Anwerber gesprochen hatten. Jene, die ihr Geheimnis ausplauderten oder auch nur darauf hinwiesen, wurden auf der Stelle von der Liste gestrichen. Die, die nichts sagten, blieben dabei. Es gab nur sehr wenige, die diese Prüfung bestanden, und selbst diese wenigen erwiesen sich oft als geradezu aufreizend indiskret.

Jamal setzte alles daran, aus dieser unzuverlässigen Bande von Rekruten eine kompetente Nachrichtenorganisation zu formen. Es war ein qualvoller Prozeß, der ihn gelegentlich schier zum Verzweifeln brachte. So vereinbarte er zum Beispiel ein geheimes Treffen in einer europäischen Hauptstadt, nur um seinen Agenten sagen zu hören: »Insha'Allah!« – So Gott es will. Da wiederholte er immer wieder, daß Sicherheit die wichtigste Voraussetzung war, nur um einen seiner Leute in einem überfüllten Café vor seinen arabischen Freunden prahlen zu hören, daß er ›geheime Arbeiten‹ für die Revolution erledigte, über die er natürlich nicht sprechen könne. Er befahl einem seiner Agenten, ihm eine detaillierte Skizze, etwa einer israelischen Ölanlage in Rotterdam, zu beschaffen, nur um dann eine schlampige Bleistiftzeichnung zu erhalten, die genausogut ein Lageplan der ägyptischen Pyramiden hätte sein können!

Jamal wurde die Araber mehr und mehr leid, mit ihrer Faulheit, ihrem Mangel an Disziplin, ihrer Ungenauigkeit, ihrer Anfälligkeit für Bestechungen und Selbstbetrug. Aber sie waren nun mal sein Rohmaterial, und er war entschlossen, daraus eine funktionierende Organisation zu formen. Also hämmerte er und schob und drängte. Wenn die Juden aus den Trümmern von 1945 einen so mächtigen Staat wie Israel hatten schaffen können, sagte er sich immer wieder, dann sollte es doch nicht unmöglich sein, einige Dutzend Araber zu einem einigermaßen effizienten Untergrundnetz zu formen.

Seine Unterführer rekrutierte Jamal aus den Kreisen der palästinensischen Intellektuellen in Europa. In Paris entschied er sich für einen Geschichtsprofessor mit Neigung zur Glatze. In London für einen prominenten Geschäftsmann. In Madrid für einen renommierten Professor der Physik. In Rom war es ein langhaariger Musiker. Wie Jamal waren sie alle in gewisser Weise Aristokraten, die ihr Elitestatus gleichzeitig mit Stolz und mit Scham erfüllte.

Lange vor Jamal hatte Lenin bereits erkannt, daß solche Leute ideale Rekruten für eine geheime Organisation abgaben. Sie denken in abstrakten Begriffen und verwandeln alles alltägliche Material der Politik – das Land, die staatliche Souveränität, die Ausübung der Macht – in idealisierte Bilder. Es dauert nicht lange, und diese Bilder werden so rein und edel, so mit Romantik getränkt, daß der Tod gewöhnlicher Sterblicher nicht länger von Bedeutung zu sein scheint, wenn er nur der geheiligten Sache dient. Palästinensische Intellektuelle gaben perfekte Rekruten ab: Sie hungerten nach Geheimnissen, waren von den edelsten Idealen motiviert und zu den extremsten Gewalttaten fähig.

In konspirativen Wohnungen in ganz Europa begann Jamal seine Operationsakten anzulegen. Die Tagesordnung einer Konferenz der arabischen Liga, die für November in Kairo geplant war; den Grundriß einer deutschen Fabrik, die Elektromotoren für die israelische Rüstungsindustrie baute; Fotos der jordanischen Botschaften in Paris und Bern; eine Karte über die Route, auf der der jordanische Botschafter in London jeden Tag zur Arbeit fuhr; Flugpläne und Fahrpläne der Bahn für ein Dutzend Städte im Nahen Osten und Europa; stapelweise falsche Pässe und haufenweise Geld, dessen Herkunft nicht zurückzuverfolgen war.

In den Augen der Weltöffentlichkeit war die Fatah nach dem Debakel in Jordanien in Unordnung geraten und befand sich in einer Periode orientierungslosen Dahintreibens. Die Führungsspitze der Fatah gab einander widersprechende Erklärungen ab: riefen sie heute nach dem Sturz des Königs, drängten sie morgen schon wieder auf Versöhnung. Jede Seite war auf der Suche nach Sündenböcken; die Syrer gaben dem Alten Mann die Schuld, und der Alte Mann seinerseits schob diese auf eine große Verschwörung, in welche die Jordanier angeblich ebenso verwickelt waren wie die Amerikaner und die Israelis. Anstatt seine eigenen Fehler in Jordanien einer rigorosen Kritik zu unterziehen, verkündete der Alte Mann, daß ›Einigkeit‹ die Probleme der PLO lösen würde.

Es herrschte Sauregurkenzeit. Ägyptens neuer Präsident verkündete, daß 1971 das ›Jahr der Entscheidung‹ über Krieg oder Frieden werden würde; solch markigen Worten folgten jedoch keine Taten. Unter ähnlichen Vorzeichen der Verwirrung debattierte die PLO untereinander darüber, ob man sich der Realität stellen und die Existenz Israels anerkennen sollte; und dann stimmte man im Februar 1971 auf dem PLO-Kongreß in Kairo dafür, jegliche Lösungen außer der Zerstörung »des zionistischen Gebildes« zu verwerfen.

Die nach außen hin sichtbaren Handlungen des Alten Mannes waren so absurd und der Sache so abträglich, daß ein sensibler Analytiker mißtrauisch hätte werden müssen. Bestand nicht die Möglichkeit, daß diese öffentlichen Possen in Wirklichkeit nur Ablenkungsmanöver waren? Passierte da nicht vielleicht etwas im Dunkeln? Es gab winzige Fragmente von Beweismaterial. Im Mai 1971 kam ein Hinweis auf einen neuen Fatah-Untergrund zutage, als die jordanische Regierung etwas enthüllte, was sie einen geheimen Plan der PLO zur Ermordung jordanischer Funktionäre nannte. Aber niemand achtete groß darauf. Es war viel einfacher zu glauben, der Alte Mann sei so inkompetent, wie er aussah.

Der erste auf der Gehaltsliste der CIA, dem da etwas merkwürdig vorkam, war Fuad. Er hatte nach dem katastrophalen Treff mit Marsh im vorigen Sommer in Rom mit Jamal einen sporadischen Kontakt aufrechterhalten. Bei einem dieser unregelmäßig stattfindenden Treffen Mitte 1971, das lediglich deshalb arrangiert worden war, um klarzustellen, daß die Amerikaner immer noch interessiert waren, spürte Fuad, daß Jamal sich irgendwie verändert hatte. Der unkonventionelle Playboy war ernst geworden. Die Frage war nur warum.

Der Treff fand in einem Kaffeehaus in Fakhani statt, und zwar am späten Nachmittag eines Donnerstags, der in der moslemisch-arabischen Welt sowohl Beginn des Wochenendes als auch traditioneller Männerabend ist. In den alten Tagen hatten sich Jamal und Fuad oft am Donnerstagabend zum Kaffee getroffen, auf den dann Whisky folgte, dann das Abendessen, dann Frauen.

Fuad kam zu spät. Mit seiner Wickelsonnenbrille sah er aalglatt aus. Er grüßte einige der Leute im Kaffeehaus. Sie lächelten ihm zu und riefen seinen Namen. Im von der Fatah kontrollierten Fakhani gehörte Fuad mittlerweile zur Szene. Jeder kannte ihn. Er galt als reicher Libanese mit linken Ansichten, als Freund der Revolution.

Jamal wartete bereits auf ihn; in der einen Hand hielt er eine Zigarette, die Finger der anderen trommelten auf die Tischplatte. Mit den dunklen Ringen unter den Augen sah er müde und überarbeitet aus. Der junge Palästinenser schalt Fuad, weil er einige Minuten zu spät dran war. Immer wieder sah er auf seine Armbanduhr.

»Du führst dich schon mehr wie ein Amerikaner auf als die Amerikaner selbst«, sagte Fuad scherzend, nachdem sie sich einige Minuten über dies und jenes unterhalten hatten.

»Und was ist daran falsch?« antwortete ihm Jamal. »Wir könnten von den Amerikanern einiges lernen.«

»Tatsächlich?« fragte Fuad, nicht in der Lage, sein Erstaunen zu verbergen.

»Wir brauchen Hilfe! Manchmal, wenn ich mir meine arabi-

schen Brüder so ansehe, dann denke ich mir, wir sollten unsere Revolution bei den Amerikanern in Kommission geben. Oder bei den Deutschen. Oder gar bei den Schweizern!«
Fuad lachte. Aber er fragte sich: Was erzählt er mir da? Warum ist er so wütend?
»Weißt du, wie das Motto aller Araber lauten sollte?« fragte Jamal.
»Wie?«
»›Fut aleina bukra‹«, zitierte Jamal. Komm morgen wieder vorbei! Es war einer der Lieblingsausdrücke der Ägypter, die nichts lieber taten, als Zeit zu vertrödeln; ein arabisches Gegenstück zum spanischen *mañana*.
»Womit bist du denn in letzter Zeit so beschäftigt?« fragte Fuad.
»Verwaltungsarbeit.«
»Was heißt das?«
»Papierkram«, antwortete Jamal müde. »Der Alte Mann hat mich gebeten, ihm bei den Finanzen zu helfen. Der Märtyrer-Fond. Investitionen. Das Geld von den Saudis und Kuwaitis.«
»Viel Geld?« wollte Fuad wissen.
»Millionen«, antwortete der Palästinenser. »Zigmillionen. Die Revolution ist reich. Aber die Arbeit ist nicht besonders interessant. Immer nur Banknoten, Einzahlungsquittungen und Papierkram. Das Ganze langweilt mich.«
»Die Bürokratie ist der Fluch der Araber«, bemerkte Fuad.
»Da liegst du falsch, mein Freund«, gab ihm Jamal zur Antwort.
»Der Fluch der Araber sind die Araber.«
Fuad sah ihn neugierig an.
»Du hast vorhin gesagt, daß du Hilfe brauchst. Meinst du das im Ernst?«
»Kommt darauf an, von wem.«
»Von meinen Freunden.«
Jamal lachte. Dachte er an Marsh und den Ausdruck auf dessen Gesicht, als ihm ein Aktenkoffer voller Hundert-Dollar-Noten vor die Füße flog? Der Palästinenser senkte die Stimme und sagte zu Fuad.
»Ich möchte deine amerikanischen Freunde nie wiedersehen.

Und ich warne dich: Wenn sie es auf mich abgesehen haben, dann werde ich sie töten.«

Fuad nickte. Er wechselte das Thema. Was hielt Jamal vom neuen libanesischen Kabinett? Es war ein Witz, ein Skandal. Keiner, der nicht zum Verkauf stand. Die Fatah hatte womöglich mehr Libanesen auf ihrer Lohnliste als das Innenministerium. Und die sunnitischen Politiker in West-Beirut taten nicht einmal mehr so, als seien sie unabhängig; sie machten einfach, was die Fatah ihnen auftrug. Dem Libanon würde es besser gehen, wenn er vollständig von den Palästinensern regiert würde! Die beiden brachten einen freundschaftlichen Toast auf die Revolution aus. Einige Minuten später brach Jamal das Treffen ab. Er habe Kopfschmerzen, sagte er. Sie würden sich in einigen Monaten wieder treffen.

Fuad sah Jamal aus dem Café gehen – zu einer der anonymen Wohnungen in Fakhani, in denen er abstieg, wenn er in Beirut war. Es war sinnlos, ihm folgen zu wollen. Ja, schlimmer noch als sinnlos: Es würde einem Selbstmord gleichkommen.

Am nächsten Tag ließ Fuad Rogers eine Nachricht zukommen. Er hinterließ sie in einem Briefkasten im Souk von Tawile.

Fuads Botschaft war kurz, wenn auch nicht sehr schlüssig: Unser alter Freund führt etwas im Schilde. Er erzählt leicht zu durchschauende Lügen über seine Aktivitäten, was natürlich zu erwarten ist. Das eigentlich Seltsame an ihm ist sein Aussehen. Er ist müde und nervös. Seine Augen verraten, daß er sich verändert hat. Er ist zornig. Er spricht davon, Amerikaner zu töten, aber das glaube ich nicht. Passen Sie auf ihn auf, wenn Sie können, denn ich glaube, daß er in den Untergrund geht.

Aber man hatte niemanden, der die Überwachung hätte übernehmen können. Die Beiruter Station hatte zwei diplomatische Tarnpositionen verloren und zehn Prozent ihres Budgets. Man hatte den Nahen Osten wieder auf das Abstellgleis gestellt. Der Krieg in Indochina verschlang einen immer größer werdenden Anteil der Mittel, die der Agentur zur Verfügung standen. Man hatte weder Geld noch Zeit, um eine neue Überwachungsoperation gegen einen palästinensischen Nachrichtenoffizier auf die

Beine zu stellen, nur weil ein libanesischer Vertragsagent glaubte, daß er einen abgespannten und nervösen Eindruck machte.

Mitte Sommer erhielt Rogers einen merkwürdigen Anruf von Pater Maroun Lubnani. Für Rogers war er deshalb so merkwürdig, weil sie sich seit Monaten nicht mehr gesehen hatten.

Der maronitische Priester lud Rogers zu einem Spaziergang in den Hügeln über Kaslik ein. Das wäre eine Gelegenheit, sich zu unterhalten, sagte er. Rogers traf zur vereinbarten Stunde in Tennisschuhen und Bluejeans am Tor der Universität des Heiligen Geistes ein. Er war überrascht, Pater Maroun bereits am Tor wartend vorzufinden – noch dazu in alpiner Ausstattung: Bundlederhose, Kniestrümpfe und Tirolerhut. Der Priester thronte schwankend auf der silbernen Sitzstange eines Jagdstuhls.

Rogers überlegte, was er zu dieser exotischen Kostümierung sagen könnte, ohne den Mann zu beleidigen. Es fiel ihm nichts ein; also hielt er den Mund.

Pater Maroun begrüßte ihn ziemlich förmlich auf Französisch.

Der amerikanische Nachrichtenoffizier und de- libanesische Geistliche machten sich, einer hinter dem anderen, daran, die steilen Hügel von Kesrouan zu erklettern. Der Priester, so massig er auch war, erwies sich als überraschend beweglich. Er schien es zu genießen, den Pfad in Höchstgeschwindigkeit hinaufzulaufen, um hin und wieder anzuhalten und zu warten, bis ihn der Amerikaner eingeholt hatte. Fast eine Stunde lang ging es bergauf. Pater Maroun führte Rogers über einen Bergbach, ein schmales Gesims entlang und durch einen dichten Wald, bis zu einer Lichtung, die von unten unmöglich einzusehen war. Es war eine Hochwiese mit dem weichsten und grünsten aller Gräser. Unter ihnen lag die Universität, die Küste und das blaue Mittelmeer.

Pater Maroun hielt inne und klappte den Sitz seines Jägerstuhls auf. Rogers setzte sich ins Gras und zündete sich eine Marlboro an. Der Priester nahm zu Rogers' Überraschung eine Packung Camels aus seinen Lederhosen.

»Ich wußte gar nicht, daß Sie rauchen, Pater«, sagte Rogers.
»Alle Libanesen rauchen«, sagte der Priester.
Sie saßen da, der Priester auf seinem Ansitzstuhl und Rogers auf seinem Hintern, rauchten ihre Zigaretten und starrten auf die unvergleichliche Schönheit der hochsommerlichen libanesischen Berge.
»Es ist herrlich hier«, sagte Rogers.
Der Priester sah ihn an und nickte feierlich.
»Sie müssen sich daran erinnern«, sagte er, »wenn Sie sich eines Tages fragen, wofür diese verrückten Libanesen denn eigentlich kämpfen.«
Rogers nickte. Er fragte sich, ob ihm eine weitere Aufzählung der Leiden und Triumphe der maronitischen Kirche bevorstand.
»Als Sie mich angerufen haben, Pater, sagten Sie, es gäbe da etwas, über das Sie mit mir sprechen wollten.«
»Aber ja«, sagte der Priester. »Es gibt da in der Tat etwas. Unbedingt.«
Rogers wartete darauf, daß der Priester fortfuhr. Als er es nicht tat, half Rogers nach.
»Nun also, um was geht es?«
»Was?«
»Was wollten Sie mich fragen?«
»Ach ja, natürlich«, sagte der Priester. »Was ich Sie fragen wollte, war, was Sie von der Führungsspitze der palästinensischen Guerillagruppe Al-Fatah halten.«
Diese Frage ausgerechnet von einem maronitischen Priester gestellt zu bekommen, ist ziemlich seltsam, dachte Rogers.
»Das hängt davon ab, wen Sie meinen«, antwortete er. »Einige der Fatah-Leute scheinen mir verlogene Maulhelden zu sein; andere scheinen es durchaus ernst zu meinen. Einige sind intelligent, und andere sind Narren. Nach dem zu urteilen, was ich so höre, sind jedenfalls die meisten korrupt.«
»Ja, das sicher«, sagte Pater Maroun. Die Antwort entsprach offensichtlich nicht ganz dem, was er sich vorgestellt hatte. Er hatte seinen Tirolerhut abgenommen, und Rogers sah, daß seine Brauen schweißbedeckt waren.

Der libanesische Priester zündete sich eine weitere Zigarette an, schluckte umständlich und fuhr dann fort:

»Was halten Sie von Jamal Ramlawi?«

Rogers war sofort auf der Hut. Weder ein Zucken der Nasenflügel noch ein Zwinkern der Augenlider, das aus dem Rahmen gefallen wäre.

»Ich habe den Eindruck, dieser Ramlawi ist ein gescheiter und fähiger Mann, aber allzu viel weiß ich nicht über ihn«, antwortete er gelassen.

»Was macht er denn auf Sie für einen Eindruck?«

»Auf mich?« fragte der Priester. »Oh, mein Gott! Ich weiß wirklich nicht. Ich weiß selbst nicht allzu viel über ihn.«

»Warum fragen Sie dann?« wollte Rogers wissen.

Der Priester fühlte sich sichtlich nicht besonders wohl in seiner Haut. Während Rogers zusah, wie Pater Maroun seine Lederhose und die Kniestrümpfe vollschwitzte, kam ihm ein seltsamer Gedanke: Wäre es möglich, daß der gute Padre eine Wanze bei sich trägt?

»Ich habe mir nur überlegt«, sagte der Geistliche, »ob dieser Mann, dieser Ramlawi, vielleicht jemand ist, mit dem wir, ich meine vielleicht in der Zukunft und natürlich heimlich, mit größter Diskretion unsererseits, vielleicht ...«

»Was?« fragte Rogers.

»Sprechen könnten«, sagte der Priester. »Über die Situation im Libanon.«

»Ich habe keine Ahnung«, sagte Rogers. »Warum fragen Sie ihn nicht selbst?«

»Das wäre peinlich. Sie wissen doch, wie man im Libanon ist. Wir können ja noch nicht einmal mit den Libanesen sprechen, geschweige denn mit einem Palästinenser. Wir bräuchten einen Vermittler. Einen Fürsprecher.«

»Tut mir leid, Pater, aber dabei können wir Ihnen nicht helfen. Wir kennen nur die eine Seite dieser Transaktion. Und das sind Sie.«

»Ich verstehe«, sagte Pater Maroun.

»Vielleicht«, sagte Rogers, bei dem sich eine leichte Verärgerung

breit gemacht hatte, boshaft, »können Ihnen Ihre israelischen Freunde zur Hand gehen.«
Einen Augenblick lang sah es ganz so aus, als würde der Pater von seinem Sitz fallen.
»Ich verstehe nicht.«
»War nur so ein Gedanke«, sagte Rogers. »Wenn Ihnen jemals einige Israelis über den Weg laufen sollten, können Sie ihnen die Frage ja stellen. Wie man so hört, haben die wirklich ausgezeichnete Kontakte zu dem ein oder anderen Palästinenser.«
»*Glauben* Sie?« fragte Pater Maroun mit großen Augen.
»Ich denke schon«, sagte Rogers. »Vielleicht können die Ihnen weiterhelfen.«
»Jesus, Maria und Joseph!« Der Priester schüttelte den Kopf. Er sah aus wie einer, dem zum ersten Mal der Gedanke kommt, daß ihn seine Liebste womöglich betrügt. Er war blaß geworden. Die Nervosität, die ihm noch vor wenigen Minuten ins Gesicht geschrieben stand, hatte dem Schrecken Platz gemacht.
Er tat Rogers leid; aber nicht leid genug, um ihm irgendwie beizustehen.
»Vielleicht sollten wir uns auf den Rückweg machen«, schlug er vor.
»Ja«, sagte der Priester erleichtert. »Lassen Sie uns gleich losgehen.«
Schweigend stiegen sie den felsigen Hang hinunter. Rogers ließ sich diese seltsame Unterhaltung durch den Kopf gehen. Wenn die Israelis Pater Maroun tatsächlich auf einen ›Angelausflug‹ geschickt hatten, dann war das eine ungewöhnlich schlampige Operation. Vielleicht war es nur ihre Art, der Agentur etwas mitzuteilen, der Beiruter Station sozusagen einen Warnschuß vor den Bug zu setzen. Oder vielleicht, dachte Rogers, handelt es sich gar nicht um eine israelische Eröffnung. Vielleicht meinte es Pater Maroun sogar ernst. Er war ein religiöser Mensch, der sein Land über alles liebte. Vielleicht wollte er tatsächlich einen heimlichen Draht zwischen der maronitischen Kirche und den Fedayeen. Wenn dem so war, dann war Jamal Ramlawi ein ins Auge stechender Kandidat. Gebildet, dem Alten Mann sehr

nahe. Vielleicht handelte es sich bei Pater Marouns Nervosität ganz einfach um ein Unbehagen, wie es jeder Außenseiter empfinden würde, der sich auf den Weg in die Welt der Geheimnisse machte, ohne die Regeln zu kennen. Vielleicht war seine Nervosität das deutlichste Zeichen dafür, daß seine Absichten lauter waren.

Aber wie auch immer, schloß Rogers, es wäre wahrscheinlich das Beste, anzunehmen, daß die Israelis von dieser Unterhaltung erfahren würden. Er würde dafür sorgen, daß Hoffman, der auf alles, was eine Liaison mit der Mossad betraf, gereizt reagierte, wegen dieses aussichtslosen Annäherungsversuchs seitens des maronitischen Geistlichen nach Langley kabelte.

Als Rogers an diesem Tag ins Büro zurückkam, erhielt er noch eine seltsame Botschaft. Ein Brief von Solange Jezzine erwartete ihn. Ein Brief auf cremefarbenem Papier, das so steif und schwer war, daß man hätte meinen können, es wäre gestärkt worden; er duftete leicht nach Parfum. Um die obere Ecke der Notiz war ein rotes Band zu einer Schleife gebunden; wie ein rotes Strumpfband über einem Seidenstrumpf.

Der Brief selbst war ebenso provozierend wie die Verpackung. Solange lud Rogers ein, ihr einen Besuch abzustatten – alleine. Rogers seufzte und schüttelte den Kopf. Was für eine außerordentliche Frau. Er schrieb eine kurze Notiz, in der er höflich dankend ablehnte. Ich habe im Moment schrecklich viel zu tun. Das Schlimmste an der Arbeit, so schrieb Rogers, ist, daß sie einem zu wenig Zeit zum Spielen läßt. Vielleicht ein andermal. Als er an diesem Nachmittag das Büro verließ, hatte Rogers den Eindruck, als lächelte seine Sekretärin, die ihm den Brief von Solange nach hinten gebracht hatte; so als teilte sie jetzt ein Geheimnis mit ihm.

Der Terrorfeldzug der Fatah begann am 28. November 1971 in Kairo, als ein Team von vier Palästinensern den jordanischen Premierminister ermordete. Sie erschossen ihn am hellichten Tag vor den Augen einer Gruppe weiterer Würdenträger, als er die Halle des Kairoer Sheraton betrat. Zeugen sagten aus, einer der Todesschützen habe sich über den Körper des sterbenden jordanischen Politikers gekniet und von seinem Blut geleckt. Die Attentäter waren gleich anschließend von der ägyptischen Polizei festgenommen worden. Sie sagten aus, sie seien Mitglieder einer bisher unbekannten Organisation namens Schwarzer September, die sich nach dem Monat der Vertreibung der PLO aus Jordanien im September 1970 benannt habe.

Das nächste Ziel war der jordanische Botschafter in London. Als der jordanische Beamte eines Tages im Dezember in sein Büro fuhr, stand ein Bewaffneter auf einer Verkehrsinsel und schoß mit einer Maschinenpistole auf seine Mercedes-Limousine. Der Botschafter überlebte. Der Schütze, ein Algerier, entkam. Die Jordanier schrieben diese Operation dem gleichen Ring zu, der ihren Premierminister ermordet hatte. Sprecher der Fatah bestritten jegliche Verantwortung und schoben die Schuld dem Schwarzen September zu. Die Untersuchungen überschlugen sich in dem Bemühen, Beweismaterial zusammenzutragen, aber außer Gerüchten förderten sie nichts zutage. Die Gruppierung war erschreckend diskret. Sie war wie ein Tier, das keine Fährte hinterließ.

Einige Monate später begannen in Beirut die Bomben zu explodieren. Es waren keine großen; oft war es nichts weiter als eine Stange Dynamit. Es ging nur darum, die Libanesen zu verwirren und zu demoralisieren. Die Beirutis gaben ihren jeweiligen Lieblingsschurken die Schuld – den Palästinensern, den Syrern, den Israelis; je nach politischer Perspektive. Die schmerzliche Wahrheit war jedoch, daß niemand wirklich wußte, wer dafür verantwortlich war. Es war das Jahr der Bomben.

Dann schlug der Schwarze September wieder in Europa zu. Dieses Mal griff man Ziele an, die etwas mit Israel zu tun hatten. Erdölanlagen israelischer Firmen in Rotterdam und Hamburg; eine Elektronikfirma in West-Deutschland, die umfangreiche Geschäfte mit Israel tätigte. Außerdem exekutierte man fünf mutmaßliche Mitglieder des jordanischen Moukhabarat. Die Terroristen wurden zu Helden der arabischen Welt und riefen

eine ganze Reihe von Nachahmern auf den Plan. Innerhalb der Fatah herrschte Eifersucht, als verschiedene Unterführer ihre eigenen Terroristennetze aufzubauen versuchten.
Es dauerte nicht lange und die Israelis verstärkten ihre Angriffe gegen die Fatah. Nach einem Feuerüberfall der Fedayeen auf israelisches Gebiet fiel die israelische Armee im Süd-Libanon ein. Die Israelis blieben vier Tage. Politiker in Jerusalem behaupteten, daß man einen entscheidenden Schlag gegen die Guerillas geführt hätte. Die israelische Operation verschärfte die innenpolitische Krise des Libanon, als mittellose Flüchtlinge aus dem Süd-Libanon – meist schiitische Moslems – in die Slums am Stadtrand von Beirut strömten. Die Libanesen baten inständig um entschiedene Maßnahmen, zu denen ihre korrupte und gelähmte Regierung jedoch nicht in der Lage war.
Der Schwarze September setzte seinen Rachefeldzug fort. Die Gruppe überfiel das Büro einer jordanischen Luftfahrtlinie in Rom, ein jordanisches Flugzeug in Kairo, die jordanische Botschaft in Bern, die jordanische Botschaft in Kairo. Außerdem zog sie eine spektakuläre, wenn auch letztlich verhängnisvolle Operation gegen Israel über die Bühne. Mitglieder des Schwarzen Septembers entführten eine Maschine der Sabena Airlines auf ihrem Flug nach Tel Aviv und hielten die Passagiere als Geiseln auf dem Flughafen von Lod fest. Israelische Kommandosoldaten stürmten das Flugzeug als Mechaniker verkleidet und töteten zwei der vier Entführer.
Die Israelis griffen den Libanon ein weiteres Mal an; sie flogen Luftangriffe gegen Hasbayah, Marjayoun und andere Städte und Dörfer im Süd-Libanon, die sich zu Guerillabasen entwickelt hatten. Diese Angriffe forderten einen hohen Blutzoll unter der libanesischen Zivilbevölkerung. Die libanesische Regierung dachte kurz daran, von den Franzosen Luftabwehrraketen zu kaufen, um ihr Hoheitsgebiet zu schützen. Das Geschäft brach jedoch zusammen, als die libanesischen Unterhändler riesige Bestechungssummen für gewisse interessierte libanesische Regierungsbeamte zu fordern begannen.
Die neue Welle palästinensischen Terrors wurde zum Lieblings-

thema der westlichen Welt. Die Köpfe der Fatah, die fast völlig aus dem Blickfeld der Öffentlichkeit verschwunden waren, sahen sich mit einem Mal haufenweise von Journalisten aus Europa und Amerika umringt, die nach Interviews schrien. Die Palästinenser waren einmal mehr zu faszinierenden Schreckgestalten geworden. Der Alte Mann erschien mit seiner dunklen Brille und dem Stoppelbart auf den Titelbildern der Magazine. Während seine Gehilfen aus dem Westen ihn drängten, sich zu rasieren und respektabel anzuziehen, blieb der Alte Mann bei seiner Guerillatracht. Er wußte, das wichtigste an der ganzen Übung war es, wie ein Gesetzloser, ein Schurke auszusehen, ein verachtungswürdiges und schreckenerregendes Symbol der Gewalt. Auch Jamal wußte das. Als er seine Runden durch Europa machte und die extravaganten Berichte über die terroristischen Großtaten des Schwarzen Septembers las, die man in den Zeitungen brachte, konnte er nur lachen. Abu Nasir hatte recht gehabt. Die Fähigkeit, Angst zu schaffen, ist eine mächtige Waffe.

Kapitel 33
Rom; April 1972

Omar Mumtazz wurde am 7. April auf dem Flughafen Fiumicino in Rom verhaftet. Er fiel einem Zollbeamten in Zivil auf, weil er eine Zigarette nach der anderen rauchte, während er von einem Flug aus Beirut kommend auf sein Gepäck wartete.
Als der nervös wirkende Araber sich sein Gepäck griff und auf den Ausgang für Passagiere ohne zollpflichtige Waren zuging, hielt ihn der Beamte an und machte ihm Zeichen, zu einem der uniformierten Zollbeamten am roten Durchgang zu gehen. Omar Mumtazz hätte zu diesem Zeitpunkt immer noch eine Chance gehabt, wenn er die Nerven behalten hätte. Aber als der italienische Zollbeamte ihn nach seinem Paß fragte, legte Mumtazz einen Hundert-Dollar-Schein in das Dokument. Das hier

ist ein Mittelmeerland, sagte er sich. So erledigen wir in den Mittelmeerländern unsere Geschäfte.
Der Zollbeamte öffnete den Paß und sah zu, wie der grüne Schein federleicht zu Boden schwebte. Er ließ ein schmales Lächeln sehen und rief seinen Hauptmann. Einige Augenblicke später wurde Mumtazz von drei bewaffneten Männern in ein enges Büro gebracht, wo er mit wachsender Sorge zusah, wie die Zollbeamten den falschen Boden seines Koffers durchschnitten. Aus der Öffnung purzelten vier dicke Beutel voll Heroin.
Mumtazz schrie Zeter und Mordio. Obwohl er nur einen ganz gewöhnlichen libyschen Paß hatte, behauptete er, er sei Nachrichtenoffizier und habe mit den Italienern zusammengearbeitet. Er habe mächtige Freunde! Er wollte – auf der Stelle! – jemanden vom Servizio Informazione Difesa sprechen.
Die Carabinieri hielten ihn lediglich für irgendeinen kleinen arabischen Gauner in einem teuren Anzug. Aber er machte einen solchen Radau, selbst nachdem man ihm ein paarmal in den Bauch geboxt hatte, daß einer der Carabinieri-Offiziere schließlich einen Telefonanruf tätigte. Eine Stunde später kam ein schmuddeliger Major vom SID, und der Libyer begann seine Geschichte zu erzählen.
»Ich weiß etwas, was sehr wichtig ist«, sagte er. Der Major nickte teilnahmslos mit dem Kopf.
»Ich kenne jemanden, der die schlimmsten Verbrechen plant! Die allerschlimmsten! Ein Palästinenser!«
»Dica, dica«, sagte der gelangweilte Major.
»Ich werde meine Informationen nur einem höheren Offizier geben. Nur ihm!«
Einer der Carabinieri trat dem Libyer gegen das Schienbein. Der schrie auf und sah sich verzweifelt im Raum um.
»Der Präsident!« schrie er. »Sie planen den Präsidenten der Vereinigten Staaten zu ermorden!«

Der Major vom SID brachte Mumtazz in eine Zelle im Keller des Verteidigungsministeriums in der Via Venti Settembre. Dort

erzählte der Libyer seine Geschichte einem Hauptmann, der aufmerksam zuhörte und sich sorgfältig Notizen machte.
Der Libyer behauptete, er hätte Informationen über eine neue palästinensische Terrororganisation, die eine Reihe von spektakulären Operationen plante, die ihren Höhepunkt in der Ermordung des amerikanischen Präsidenten finden sollten. Er sagte, er hätte sich vor einigen Monaten in Rom mit dem Operationschef der Gruppe getroffen, der sich Nabil nannte. Er hatte Nabil mit Frauen versorgt, hatte ihm einige deutsche Mädchen vorgestellt, die er in Rom kannte; später dann mit Waffen und Sprengstoff. Während er seine Geschichte ausbreitete, musterte Mumtazz den italienischen Hauptmann, um dessen Interesse auszuloten und zu sehen, ob er sich etwas notierte.
Mumtazz gab eine kurze Personenbeschreibung Nabils. Er war hochgewachsen und sah auffallend gut aus, hatte dichtes schwarzes Haar und ein glattrasiertes Gesicht. Er sprach mehrere Sprachen einschließlich Englisch und einigermaßen gut Italienisch. Er war zurückhaltend, tat ziemlich geheimnisvoll, was seine Arbeit anging, und war hochintelligent. Er rauchte und trank gerne und schien einen unersättlichen Appetit auf europäische Frauen zu haben.
Als Mumtazz auf die sexuellen Gepflogenheiten des Palästinensers zu sprechen kam, bemerkte er, daß ihn der italienische Offizier zweifelnd ansah.
»Jedes Wort ist wahr!« protestierte der Libyer. »Wenn Sie mir nicht glauben, dann fragen Sie doch einen Ihrer eigenen Leute in der Italienischen Botschaft in Tripolis. Giuseppe Rosso! Er kennt mich! Er wird für mich bürgen!«
Der Hauptmann notierte sich den Namen. Aber während er dies tat, hob er die Augenbrauen.
»Ich habe Tonbänder!« sagte der Libyer und beugte sich nach vorne, als verrate er ein großes Geheimnis.
»Tonbänder?« fragte der italienische Hauptmann.
»Ja!« sagte der Libyer triumphierend. »Tonbänder! Wie Nabil mit mir am Telefon über seine Pläne spricht. Verschlüsselt!«

Der Mann vom SID legte seinen Notizblock beiseite und griff nach dem Telefon, um einen Obersten zu benachrichtigen.
»Immunität! Ich gebe Ihnen nichts ohne Immunität!« schrie der Libyer, als der Hauptmann eine Nummer wählte.
»Keine Immunität, keine Bänder!«

Mumtazz erzählte seine Geschichte ein weiteres Mal; zum dritten Mal an diesem Tag und diesmal einem Obersten vom SID. Je höher der Rang des Befragers, desto mehr Details gab er preis. Der Oberst hörte es sich an und rief dann einen anderen Obersten aus einer anderen Abteilung des Geheimdienstes an. Es wurde beraten. Man bat Mumtazz, über Nacht zu bleiben, und gab ihm eine warme Mahlzeit und ein weiches Bett.
Am nächsten Morgen, als man in den Akten nachgesehen und einige Depeschen der Italienischen Botschaft in Tripolis erhalten hatte, trafen sich die SID-Leute noch einmal zu weiteren Beratungen. Ja, sagte einer der Obersten, der Geheimdienst hatte tatsächlich eine – allerdings nicht sehr enge – Beziehung zu einem Libyer namens Omar Mumtazz. Er stammte aus einer der reichen alten libyschen Familien, die mit den Italienern während der Kolonialzeit zusammengearbeitet hatten und später unter König Idris zu Wohlstand gekommen waren. Nach Aussagen des SID-Mannes in Tripolis war Omar Mumtazz ein junger Dilettant, halb Ideologe, halb Zuhälter. Er bewegte sich in ungewöhnlichen arabischen Kreisen – der kriminellen Unterwelt und den radikalen politischen Bewegungen – und hatte gelegentlich kleine Informationen über Libyer, Syrer und Palästinenser geliefert.
Die italienischen Beamten waren sich darin einig, daß man Mumtazz auffordern sollte, seine Geschichte zu beweisen. Sollte er tatsächlich Bandaufnahmen von Nabil beschaffen können, dann würde der SID dem italienischen Innenministerium vorschlagen, die Anklage wegen Drogenschmuggels gegen ihn fallenzulassen.
Das Angebot wurde dem Libyer mündlich unterbreitet. Omar Mumtazz stach jedoch offensichtlich der Hafer und er verlangte

die Zusage schriftlich. Worauf ihm einer der Obersten vom SID zweimal ins Gesicht schlug und den Raum verließ.
Mumtazz ließ seine Forderung fallen. Die Tonbänder lägen in einem Schließfach in einer Filiale der Banca Commerciale Italiana, sagte er. Zwei Soldaten in Zivil brachten ihn hin. Zu ihrer Überraschung tauchte der Libyer nach einigen Minuten lächelnd wieder aus dem Tresorraum der Bank auf; in seiner Hand hielt er eine Tonbandspule. Die Obersten im Hauptquartier waren noch viel überraschter, als sie das Band abspielten und darauf die Stimme eines Arabers hörten, der auf Englisch etwas sagte, das sich nach einem privaten Code anhörte. Der Mann sagte, er benötige vier Anzüge und zehn Paar Schuhe, und er würde alles um acht Uhr abholen. Mumtazz erklärte, daß Nabil in der Sprache des Codes, den er mit ihm ausgearbeitet hatte, vier Pistolen mit Schalldämpfern und 100 Kilo Plastiksprengstoff verlangte und die ganze Lieferung am folgenden Tag um vier Uhr abholen würde.
Es gab noch einige andere Aufnahmen auf dem Band. Die eine war eine Unterhaltung zwischen Mumtazz und dem Araber bezüglich der Arrangements für eine Party; die andere hörte sich nach einem Mann und einer Frau beim Geschlechtsverkehr an. Das Keuchen und Stöhnen zog sich über mehr als 20 Minuten hin, und als die Frau in fließendem Italienisch die sexuellen Fähigkeiten des Mannes zu preisen begann, schaltete einer der Obersten das Gerät ab.
Schließlich übergaben sie den Fall General Armani. Es könnte sich da möglicherweise um eine heikle Angelegenheit handeln. Etwas, das die Amerikaner wissen sollten; oder vielleicht etwas, das die Amerikaner auf keinen Fall wissen sollten. Die Obersten waren sich nicht sicher. Der General würde es wissen. Er war genau so, wie ein italienischer General sein sollte: groß und schlank, mit silbergrauem Haar, höflich und durchtrieben. Selbst wenn er Fehler machte, dann schienen diese jüngeren Kollegen immer die *richtigen* Fehler zu sein. Der General hörte sich das Band an und sprach dann selbst mit Mumtazz.
»Welche Beweise haben Sie für den Plan, den amerikanischen Präsidenten zu ermorden?« wollte General Armani wissen.

»Das ist das Wichtigste, was Sie uns gesagt haben, aber von einem Mord ist auf diesem Band nicht die Rede. Ich denke, Sie sind wohl ein Lügner.«

»Natürlich ist darüber nichts auf dem Band!« sagte der Libyer. »Würde ein Palästinenser so dumm sein, eine solche Angelegenheit am Telefon zu besprechen?«

Sie hätten den Plan, den Präsidenten zu ermorden, während eines Treffs in einem römischen Café besprochen. Bei dem Treff hätte ihn Nabil gebeten, für den Auftrag ein Präzisionsgewehr zu beschaffen. Der Plan sehe vor, den amerikanischen Präsidenten auf einer seiner Auslandsreisen zu ermorden. Wann und wo hätte der Palästinenser ihm nicht gesagt.

General Armani nickte müde, mit einem Blick, der zum Ausdruck brachte: Ich glaube kein Wort. Um die Wahrheit zu sagen, war er sich wegen des Mordplans nicht sicher. Er hörte sich glaubwürdig an. Aber dann wiederum war die Geschichte auch ziemlich unglaubwürdig. Der General war sich nur über eines im klaren: Er hatte hier etwas von beträchtlichem Interesse für die Amerikanische Botschaft. Die Amerikaner waren geradezu besessen, was Attentatspläne betraf. Die einzig sichere Methode, ihre Aufmerksamkeit zu gewinnen, bestand darin, ihnen Nachrichtenmaterial darüber zuzuspielen, daß da jemand vorhatte, ihren Präsidenten aufs Korn zu nehmen. General Armani lächelte.

»Basta!« sagte der General zu Mumtazz. Genug!

»Exzellenz, bitte«, winselte der Libyer. Aber der General war bereits verschwunden, und die Wachen brachten Mumtazz in seine Zelle zurück.

General Armani ließ von dem Band zwei Kopien anfertigen. Eine davon nahm er mit zur Amerikanischen Botschaft an der Via Veneto. Er gab sie dem amerikanischen Militärattaché, zusammen mit einer Abschrift jener Teile von Mumtazz' Aussagen, die sich ausführlich mit dem geplanten Attentat beschäftigten. Der Attaché sagte, er sei General Armani für seine Hilfe zu tiefstem Dank verpflichtet, und er sei sich sicher, daß man seine ausgezeichnete Arbeit in den höchsten Gremien der NATO zu schätzen wüßte.

Da sei Gott vor, dachte sich der General.
Der amerikanische Militärattaché war in Italien der ranghöchste Repräsentant der militärischen Abwehr. Er schickte dem Operationszentrum des Abschirmdienstes ein Blitzkabel und gab das Band selbst in die Diplomatennachtpost. Sein Kabel enthielt die phantastisch anmutende Aussage – »ein palästinensischer Plan zur Ermordung des Präsidenten« –, die sofort in ganz Washington alle Telefone klingeln und die Lichter angehen ließ. Im Nationalen Sicherheitsbüro herrschte jede Menge Aufruhr; man schreckte den Geheimdienst, das FBI und den Nationalen Sicherheitsrat auf – und nicht zuletzt den Erzrivalen des Abschirmdienstes auf der anderen Seite der Stadt, die CIA.

General Armani verstaute die zweite Kopie des Bandes in seinem Aktenkoffer. Er rief seine Frau an und sagte ihr, daß er etwas später zum Abendessen käme. Als er sein Büro verließ, ging er schnell die Via Venti Settembre hinunter in die Via delle Quatro Fontane, wo er blitzschnell in einem Café untertauchte und einen raschen Telefonanruf tätigte.
Der General erreichte seinen israelischen Kontaktmann zu Hause. Sie trafen sich eine Stunde später in einem ruhigen Café in der Nähe der Via del Corso.
»Wir haben diese Woche etwas Interessantes ausgegraben«, sagte der General.
»Und was ist das, mein Freund?« sagte der Israeli. Er lächelte und sah den General mit einem argwöhnischen Blick an.
»Wir haben auf dem Flughafen einen arabischen Schmuggler kassiert. Um seinen Hals zu retten, hat er uns eine interessante Geschichte erzählt. In ihr spielt ein Palästinenser eine Rolle, der sich offensichtlich hier in Europa ein kleines Arsenal anzulegen scheint.«
»Wer hat Ihnen das erzählt?« fragte der Israeli, als hätte er den Namen nicht ganz verstanden.
»Ich kann Ihnen nicht sagen wer. Es spielt ohnehin keine Rolle. Er ist nur ein billiger Gauner. Ich habe etwas Besseres für Sie.«

»Und was ist das, mein Freund?« fragte der Israeli, immer noch lächelnd und argwöhnisch.
»Der Palästinenser. Auf Band«, sagte General Armani. Er deutete mit dem Kinn auf die Zeitung, die er auf den Tisch gelegt hatte, als er in das Café gekommen war. In dieser befand sich eine Tonbandcassette mit der Stimme des Palästinensers.
Der Israeli nickte. Sein Gesichtsausdruck veränderte sich nicht im geringsten. Immer noch der argwöhnische Blick. Der General war schon vor langer Zeit zu dem Schluß gekommen, daß es ihre absolute Gewöhnlichkeit war, die israelische Nachrichtenoffiziere so zuverlässig machte. Ihre schlechten Zähne, der scheele Blick, die armselige Haltung. Sie waren ganz einfach zu gewöhnlich, um die selbstbetrügerischen Spiele zu spielen, die die meisten anderen Nachrichtendienste in die Katastrophe führten.
General Armani erklärte die Bedeutung des Codes, den der Palästinenser benutzte; daß sich die Anzüge und die Schuhe in Wirklichkeit auf Pistolen und Sprengstoff bezogen. Das einzige, was er außer Mumtazz' Namen sonst noch wegließ, war der Plan zur Ermordung des amerikanischen Präsidenten. Dafür sollten die Italiener allein die Lorbeeren einheimsen.
General Armani ließ das Band in der zusammengefalteten Zeitung zurück, als er den Tisch verließ. Der Israeli schickte die Cassette noch in der gleichen Nacht nach Tel Aviv, wo sie der stetig anwachsenden Mossad-Akte über die Aktivitäten des Nachrichtendienstes der Fatah beigelegt wurde.

Kapitel 34
Washington/Beirut; Mai 1972

Die CIA ging das Problem systematisch an. Man stellte eine Liste von einschlägig bekannten palästinensischen Operateuren zusammen, die dem Profil von ›Nabil‹ entsprechen könnten. Als nächstes machte man eine Audioanalyse der Bandaufnahme, um

die Stimme mit anderen Stimmen aus dem Archiv auf Gemeinsamkeiten überprüfen zu können, so als handelte es sich um einen Fingerabdruck. Dann verglichen sie mit Unterstützung der Nationalen Sicherheitsbehörde die Stimme ›Nabils‹ mit den Bandaufnahmen verschiedener verdächtiger Palästinenser.
In weniger als einer Woche war es den Beamten der Agentur klar, daß die CIA da vor einem peinlichen Problem stand. Die Stimme war identisch mit der eines Mannes, den die Agentur sehr gut kannte. Ein Palästinenser, dessen Stimme seit über zwei Jahren in verschiedenen gesicherten Wohnungen der CIA aufgezeichnet worden war und den die Agentur ein Jahr zuvor beinahe angeworben hätte. Die Akten ergaben, daß man dem Palästinenser sogar ein Kryptonym zugeordnet hatte: PECOCK.

Edward Stone brach ein Frühlingsyachtwochenende ab, um sich persönlich mit der ›Nabil‹-Krise zu befassen. Die Situation war Stones Ansicht nach ein Alptraum. An einem Sonntag traf er in weißen Flanellhosen, gut eingelaufenen Topsiders und einem abgetragenen Pullover in seinem Büro ein. Der Chef der Nahost-Abteilung ließ sich die Akten kommen, las sie, las sie ein zweites Mal, und ließ sich dann die Möglichkeiten durch den Kopf gehen. Sann der Palästinenser auf Rache für den erniedrigenden Zwischenfall mit Marsh? Handelte es sich um einen Vergeltungsschlag der Fatah gegen die Amerikaner, weil die Vereinigten Staaten eine Mitschuld bei der Ausradierung der Fedayeen in Jordanien traf? Oder schlugen die Kommandos nur blind nach dem höchsten Symbol amerikanischer Macht? Die Reihe der Fragen war endlos. Eine Drohung, den Präsidenten zu ermorden, war für sich genommen schon ein ernstes Problem. Aber wenn es sich bei dem Attentäter um einen ehemals als potentiellen Rekruten eingestuften Mann handelte – einen Mann, der sich dem Anwerbungsversuch widersetzt hatte –, dann war das ohne Zweifel eine Katastrophe.
Am Montagmorgen ging Stone als erstes zum Direktor. Der Direktor hielt sich in seinem privaten Eßzimmer auf und war beim Frühstück, als Stone eintrat. Er puhlte eben den weichen

Teig aus dem Innern eines Brötchens. Das war eine der exzentrischen Eigenheiten des Direktors: seine Vorliebe für das weiche Innere eines Brötchens. Wie viele Männer mit guter Erziehung hatte er in Sachen Tischmanieren einen eigenen Stil entwickelt. Stone faßte das Nachrichtenmaterial zusammen. Der Mann auf dem Band war fraglos Jamal Ramlawi. Es gab keinen Grund, an der Aussage des Libyers zu zweifeln, daß er dem Palästinenser Waffen und Sprengstoff besorgt hatte. Es handelte sich um einen Fall mit höchst beunruhigenden Aussichten, sagte Stone.

»Was zum Teufel geht da vor sich?« brummte der Direktor. »Dieser Bursche ist doch unser Mann in der Fatah, oder nicht?«

»Ja und nein«, sagte Stone. »Wir haben ihn zu rekrutieren versucht, aber es hat nicht geklappt.«

»Er hätte also ein Motiv.«

»Es scheint wenigstens so.«

»So eine Scheiße«, meinte der Direktor. Er stand auf und ging vom Tisch zum Fenster hinüber. Stone bemerkte, daß die Beine seiner grauen Nadelstreifenhose mit winzigen Bröseln der Brötchenkruste übersät waren.

»Welche Verbindung gibt es bei dieser Geschichte zum Schwarzen September?« wollte der Direktor wissen.

»Ich weiß es nicht«, sagte Stone. »Vielleicht keine.«

»Nun, dann finden Sie es heraus. Wenn wir nämlich einem Terroristenkrieg zwischen dem Schwarzen September und den Vereinigten Staaten zusteuern, dann würde ich das gerne wissen. Um genau zu sein: Ich würde so etwas gerne vermeiden. Verstanden?«

»Jawohl, Herr Direktor.«

»Sie müssen dieses Problem lösen. Auf der Stelle. Wir werden nicht dulden, daß da draußen irgendwelche Palästinenser auf den Präsidenten schießen. Oder auf irgendeinen anderen Amerikaner, wenn wir schon davon sprechen. Wir haben ein Wahljahr. Wir können es uns nicht leisten, daß Terroristen amerikanische Bürger töten, ganz gleich wo. Und schon gar nicht in diesem Jahr. Richtig?«

»Ja, Sir.«

»Finden Sie eine Lösung!« wiederholte der Direktor.

Stone nickte.
»Da wäre noch die Frage, was wir mit den Italienern und den anderen Diensten machen, mit denen wir liiert sind. Was sollen wir denen sagen?«
»Sagen Sie keinem ein Wort«, antwortete der Direktor mit Nachdruck. Er fügte hinzu, daß er für den Augenblick noch nicht einmal daran dachte, die Informationen um die Identität Nabils mit dem Weißen Haus zu teilen, geschweige denn mit ausländischen Regierungen.
Noch am selben Tag schickte der Direktor Stone los, um seine Sachen für einen Flug nach Beirut zu packen. Ein Jet der Luftwaffe stand zu seiner Verfügung.
Während des langen Fluges nach Beirut mühte sich Stone damit ab, einen Aktionsplan auszuknobeln, der dieses Feuer löschen würde und vielleicht auch noch verhinderte, daß sich ein neues entzündete.

Stone war erschöpft, als er in Beirut ankam. In Europa hatte er zwar für einige Stunden Station gemacht, aber nicht lange genug, um sich hinlegen zu können. Als er im Libanon ankam, traf er sich auf der Stelle zu einer Besprechung mit Hoffman und Rogers.
Die Besprechung fand in der abhörsicheren ›Blase‹ tief im Innern der Botschaft statt, die die CIA für besonders sicherheitsgefährdete Konferenzen benutzte. Sie war ganz in Weiß gehalten und mit so viel schalldämmendem Material ausgelegt, daß die Worte in der Luft zu sterben schienen, kaum daß man sie ausgesprochen hatte.
Stone brachte eine Zusammenfassung des Nachrichtenmaterials aus Rom und erklärte, die diesbezüglichen Ermittlungen hätten die CIA überzeugt – und zwar über jeden Zweifel –, daß dieser Nabil, der angeblich die Ermordung des Präsidenten der Vereinigten Staaten plante, mit PECOCK identisch sei, dessen Fall die Beiruter Station ja bestens kenne.
»Was meinen die Herren dazu?« fragte Stone, als er seine Erklärungen abgeschlossen hatte.
»Ich meine, daß uns da einer gewaltig foppen will«, sagte Hoffman mürrisch.

»Und wer könnte das sein, Frank?«
»Das weiß ich noch nicht, aber so ist es jedenfalls. Ich meine, warum sollte ein palästinensischer Kommandomann, dessen Lebensziel darin besteht, weiße Mädels zu vögeln, sich auf einmal einfallen lassen, den Präsidenten der Vereinigten Staaten umzubringen? Das gibt doch einfach keinen Sinn. Golda Meir, meinetwegen. Den König von Jordanien, vielleicht. Aber nicht den Präsidenten der Vereinigten Staaten, um Himmels willen. Nicht einmal ein Palästinenser wäre so dämlich.«
Stone sah Hoffman nicht an. Sein Gesicht zeigte keinerlei Reaktion.
»Tom?« fragte Stone mit einem Nicken in Richtung Rogers'.
»Ich weiß nicht«, sagte Rogers. »PECOCK hat ein Motiv, uns eins auszuwischen. Er fühlte sich nach dem Treff in Rom ganz klar verraten. Aber nicht gleich so, daß er sich zu einer solchen Dummheit hinreißen lassen würde. Ich stimme Frank zu. Der Mordplan scheint mir ein wenig weit hergeholt.«
»Dann ist es also einstimmig«, sagte Stone.
»Ich denke da noch an etwas anderes«, sagte Rogers. Er dachte in diesem Augenblick an eine Nachricht, die er vor einigen Monaten von Fuad erhalten hatte, in der dieser auf die Veränderung in Jamal Ramlawis Persönlichkeit hingewiesen hatte.
»Bitte«, sagte Stone. Er rieb sich die Augen.
»Es ist eigentlich ganz einfach. Wenn wir glauben können, was ›Nabil‹ auf dem Band über die Beschaffung von Waffen und Sprengstoff sagt, dann folgt daraus, daß er in Europa ein Netz aufbaut. Sonst würde er das Zeug hier in Beirut kaufen, was viel einfacher wäre. Er kauft es in Europa, weil er die Absicht hat, es in Europa einzusetzen. Für terroristische Angriffe gegen die Feinde der Fatah.«"
»Was bedeutet?«
»Was bedeutet, daß wir vielleicht in die Randbezirke des Schwarzen September gestolpert sind. Und daß unser palästinensischer Freund einer ihrer Führer ist.«
»Dieser Gedanke ist unglücklicherweise auch dem Direktor

gekommen«, sagte Stone. »Das macht diesen Fall ziemlich unangenehm.«
»Unangenehm, meine Fresse«, schimpfte Hoffman. »Das macht diesen Fall zu einer Riesenscheiße! Wir brauchen doch nicht drumrum zu reden. Mr. John Marsh hat sich bei dem Versuch, einen Palästinenser zu kaufen, ziemlich dumm angestellt; der Palästinenser fühlt sich auf den Schwanz getreten und wird zu einem ganz großen Terroristen, der seine Geschütze jetzt gegen uns auffährt. In meinen Ohren hört sich das nach einem verdammten Pfusch an.«
»Es hilft uns hier auch nicht weiter, wenn du hier Namen nennst, Frank«, meinte Stone.
»Ach nein?« sagte Hoffman. »Es sieht mir aber ganz danach aus, daß wir womöglich nicht in diesem Schlamassel stecken würden, wenn die Genies daheim im Hauptquartier vor einem Jahr auf Rogers gehört und dem palästinensischen Jungen nicht gleich die Daumenschrauben angelegt hätten.«
Stone rieb sich ein weiteres Mal die Augen.
»Weißt du, an was mich das hier erinnert, Frank?«
Hoffman brummte verneinend.
»Es erinnert mich an die alten Tage nach dem Krieg, als wir unsere eigene Mannschaft von ehemaligen deutschen Abwehrleuten leiteten. Erinnerst du dich noch an diesen unglückseligen Tschechen aus Prag? Den, von dem ich so begeistert war und den du ganz richtig als faules Ei eingeschätzt hast.«
»Ich erinnere mich.«
»Tom, habe ich Ihnen diese Geschichte schon einmal erzählt?«
»Ja, Sir«, sagte Rogers und dachte an Stones Erzählung an jenem Abend im Athenian Club und an die Moral der Geschichte: Wenn dir deine Intuition sagt, daß ein Agent unzuverlässig ist, dann laß ihn fallen.
»Erinnert dich dieser Fall nicht ein bißchen an den Mann in Prag?« fragte Stone ein zweites Mal.
»Ein bißchen«, sagte Hoffman. »Aber weit mehr erinnert er mich an den Mann in Budapest. Willy, glaube ich, hat er geheißen. Erinnerst du dich an Willy?«

»Wer ist Willy?« fragte Rogers dazwischen.
»Bitten Sie Mr. Stone, Ihnen bei Gelegenheit einmal von Willy zu erzählen«, sagte Hoffman.
Stone machte plötzlich einen noch müderen Eindruck als zuvor.
»Armer, dummer Willy«, fuhr Hoffman fort. »Er mußte eines der kleinen Geheimnisse des Spionagegeschäfts lernen: nämlich daß wir manchmal unsere eigenen Agenten auf den Scheiterhaufen schicken. Menschen, die uns ihr Leben anvertraut haben. Es paßt uns vielleicht nicht, aber wir tun es. Ist es nicht so, Mr. Stone?«
»Ich werde mir etwas Schlaf gönnen«, sagte Stone und erhob sich abrupt aus seinem Sessel. Ohne ein weiteres Wort verließen die drei Männer den abhörsicheren Konferenzraum.

Nachdem sich die kleine Versammlung aufgelöst hatte, übermittelte Rogers Fuad eine dringende Nachricht. Er ignorierte die üblichen Sicherheitsregeln und teilte ihm die Botschaft mündlich per Telefon mit. Sie war einfach: Finden Sie unseren palästinensischen Freund, ganz gleich, wo er ist. Sagen Sie ihm, wir müssen ihn so schnell wie möglich treffen; auf jeden Fall innerhalb der nächsten 48 Stunden. Warnen Sie ihn, daß er mit ernsten Konsequenzen zu rechnen hat, wenn er sich weigert. Rogers war während der ganzen Unterhaltung ziemlich laut, und gegen Ende schrie er geradezu. Sein Ton ließ nicht den geringsten Zweifel daran, daß es sich um eine Krise handelte.

Die Amerikaner hatten Glück. Der Palästinenser war in dieser Woche in Beirut. Er war zwei Tage zuvor aus Europa zurückgekommen und hatte vor, am kommenden Montag wieder abzureisen. Fuad fand ihn in Fakhani, als er in der Nähe des Campus der Arabischen Universität auf eines der Fatah-Büros zuging. Er begrüßte ihn wie einen verloren geglaubten Bruder und umarmte ihn auf der Straße. Als er den Palästinenser auf die Wange küßte, flüsterte er ihm ins Ohr: »Ich muß dich dringend sprechen.«
Jamal sagte ihm, er sei zu beschäftigt.
»Es muß aber sofort sein!« sagte der Libanese. Sein Ton war

scharf und knapp. Er schob den Palästinenser in Richtung einer weiten, unbebauten Fläche auf dem Weg zum neuen Stadion, wo man sie nicht belauschen konnte.
»Die Amerikaner sagen, daß sie innerhalb von 48 Stunden mit dir über eine Angelegenheit von äußerster Wichtigkeit sprechen müssen«, sagte Fuad. »Sie haben gedroht, daß dir etwas passiert, wenn du dich nicht mit ihnen triffst.«
Jamal schnalzte mit der Zunge. Er murmelte einen arabischen Ausdruck, der so viel bedeutete wie ›Na und?‹
Fuad nahm Jamal beim Ellenbogen und versuchte wie mit einem Freund mit ihm zu reden.
»Die meinen es ernst«, sagte er. »Erinnerst du dich an den Amerikaner, mit dem du dich zuerst getroffen hast? Der, der sich Reilly nannte? Ich habe ihn noch nie so aufgebracht erlebt. Er ist sonst die Ruhe in Person. Du mußt zu dem Treff kommen. Die Amerikaner drohen nicht, wenn sie es nicht wirklich ernst meinen.«
»Ich werde es mir überlegen«, sagte Jamal.
»Nein«, drängte Fuad. »Sie brauchen die Antwort jetzt.«
»Unmöglich. Ich muß erst mit jemandem darüber sprechen.«
»Ich werde hier in Fakhani auf deine Antwort warten«, sagte Fuad.
»Geh zurück nach Hamra.«
»Ich werde hier warten.«
Der Palästinenser gab auf. Er ließ Fuad neben einem Laternenpfahl vor dem Stadion stehen.

Wäre es nach Jamal gegangen, er wäre nicht zu dem Treff mit den Amerikanern gegangen. Rom hatte ihm den Geschmack an Geschäften mit den Amerikanern gründlich verdorben. Aber die Entscheidung lag letztendlich nicht bei ihm. Der Alte Mann mußte entscheiden. Jamal ließ dem Privatsekretär des Alten Mannes eine Botschaft zukommen, in der er um eine dringende Audienz bat. Am späten Nachmittag noch wurde sie bewilligt. Es gab nichts, was der Chef der Fatah seinem Protegé hätte abschlagen können.
Jamal erklärte, daß die Amerikaner eine dringende Forderung

gestellt hätten. Er zitierte Fuad. Eine Angelegenheit von größter Wichtigkeit. Mit der Androhung von Vergeltungsmaßnahmen. Der Alte Mann lächelte, während er Jamal zuhörte. Ein seltsames Lächeln, dem seine Genugtuung anzusehen war.
»Ich will mich nicht mit ihnen treffen«, sagte Jamal. »Man kann den Amerikanern nicht über den Weg trauen. Es ist ein zu heikler Augenblick. Meine Arbeit ist im Moment ziemlich kitzlig. Es wäre viel zu gefährlich.«
Der Alte Mann lächelte noch immer.
Jamal brachte seine ablehnende Haltung mit den verschiedensten Umschreibungen zum Ausdruck. Er sei zu verwundbar. Er besitze wertvolle Informationen. Durch so einen Treff könne man womöglich Operationen gefährden. Was er eigentlich sagen wollte, sprach er jedoch nicht aus: daß er einer der Handvoll Leute war, die um das Geheimnis des Schwarzen Septembers wußten, und daß ihn die Amerikaner dazu zwingen könnten, sein Geheimnis preiszugeben. Aber er behielt das für sich. Die Spielregeln verboten es, in der Gegenwart des Alten Mannes auch nur die Worte ›Schwarzer September‹ zu erwähnen. Jamal stellte fest, daß der Alte Mann nicht wirklich zuhörte, während er ihm das sagte. Seine Augen waren weit geöffnet, und in seinem Blick zeigte sich – konnte es möglich sein? – Hoffnung.
»Ich denke, wir haben gewonnen«, sagte der Alte Mann, als Jamal schließlich fertig war.
»Was willst du damit sagen, Vater?« fragte Jamal.
»Wir haben gewonnen! Die Amerikaner haben Angst. Sie sind bereit, über einen Frieden zu verhandeln. Deshalb wollen sie dich sehen. Sie wissen, daß sie unsere Hilfe brauchen. Du mußt dich mit ihnen treffen.«
»Ich glaube nicht, daß du recht hast, Vater«, sagte Jamal.
»Ich habe recht!« sagte der Alte Mann. Er strahlte den Optimismus aus, der ihm durch die Venen raste wie das Wasser eines reißenden Flusses. »Wir haben gewonnen. Allah sei Dank! Du wirst dich mit den Amerikanern treffen. Das ist ein Befehl.«
Jamal kam noch am selben Abend zu Fuad zurück. Na gut, er würde sich mit den Amerikanern treffen. Fuad konnte seine

Freude nicht verbergen. Er erklärte Jamal die Modalitäten. Sie würden sich am folgenden Nachmittag alle in Fuads Wohnung in Ras Beirut treffen. Einen neutraleren Boden würde man kaum finden. Fuad verbürgte sich mit seiner Ehre als Araber und Moslem dafür, daß Jamal nicht das geringste passieren würde.
»Wenn die Amerikaner irgendwelche Tricks versuchen, erschieße ich sie eigenhändig!« Er schlug mit der flachen Hand gegen einen sperrigen Gegenstand unter seinem Jackett. Es war das erste Mal, daß Jamal Fuad eine Waffe tragen sah.
Fuads Wohnung lag in einer kleinen Nebenstraße der Rue Hamra. Die Straße wimmelte nur so vor Leben. Straßenverkäufer hielten lärmend Lotterielose und Raubkopien von Music-Cassetten feil. Der Metzger des Viertels hackte auf einen Rindskadaver ein, der in seinem Türstock hing. Ein türkisches Restaurant erfüllte die Luft mit Rauch und dem Geruch von Holzkohle und Gewürzen.
Stone, Hoffman und Rogers bahnten sich einen Weg durch diesen Aufruhr und warteten bereits in Fuads Wohnung, als Jamal eintraf. Der Palästinenser erschien in seiner üblichen provokanten Aufmachung: Lederjacke, offenes Seidenhemd und schwarze Lederstiefel.
Rogers begrüßte Jamal an der Tür.
»Keine Waffen«, sagte Rogers.
Jamal nahm eine automatische Pistole aus seinem Schulterhalfter.
»Tut mir leid, aber ich muß Sie durchsuchen.« Rogers tat dies rasch, fand jedoch nichts. Dann begleitete er Jamal ins Wohnzimmer.
Er besorgte die Vorstellung, wobei er Stone ›Mr. Green‹ und Hoffman ›Mr. Brown‹ nannte. Jamal schaute die drei Amerikaner wachsam an. Keiner von ihnen hatte das wichtigtuerische Gehabe des Mannes, mit dem er sich damals in Rom getroffen hatte. ›Mr. Green‹ sah wie ein Engländer aus. Was ›Mr. Brown‹ anbelangte, der war übergewichtig, das Hemd hing ihm aus der Hose, und er hatte einen Suppenfleck auf der Krawatte.
Stone übernahm die Leitung des Treffens. Er hatte die Art eines

Militärs, ganz spontan und natürlich das Kommando zu übernehmen; einfach indem er kleine Veränderungen in Stimme und Haltung vornahm.

»Ich bin so schnell es ging aus Washington angereist, und zwar in einer Angelegenheit, die für die Vereinigten Staaten von größter Bedeutung ist«, begann Stone.

Jamal nickte. Er strich sich das Haar aus der Stirn.

»Es wäre mir lieb, wenn Sie sich etwas anhören würden«, sagte der Amerikaner und wandte sich einem großen Spulentonbandgerät zu, das vor ihm auf dem Tische stand.

Jamal nickte abermals.

Stone legte einen Schalter um. Der Abteilungsleiter beobachtete aufmerksam Jamals Gesicht, als das Gerät die Unterhaltung zwischen ihm und Omar Mumtazz abspielte. Während der ganzen Unterhaltung, selbst während des Wortwechsels bezüglich der Anzüge und Schuhe blieb Jamals Miene ausdruckslos.

»Wir haben nicht den geringsten Zweifel daran, daß dies Ihre Stimme ist«, sagte Stone, nachdem er die Maschine abgestellt hatte. »Ich werde Sie nicht mit einer Erklärung der technischen Analysemethoden behelligen, die es uns erlauben, so sicher zu sein, daß es sich hierbei um Sie handelt. Wir wissen außerdem um die Bedeutung der verschlüsselten Botschaft. Es handelt sich um eine Bestellung von Waffen und Sprengstoff.«

Jamals Augenlid zuckte. Er nahm eine Marlboro aus der Tasche. Stone fuhr fort.

»Es gibt da nur eine Sache, die mich interessiert. Man hat uns gesagt, Sie planen, den Präsidenten der Vereinigten Staaten zu ermorden. Wenn das zutrifft, dann muß ich Sie warnen, daß Sie sich da auf einen äußerst gefährlichen Boden gewagt haben. Das ist etwas, das verheerende Folgen für Sie und Ihre Organisation haben wird.«

Stone neigte den Kopf leicht nach vorne, wie ein Priester, der einem zum Tode Verurteilten eben die Sterbesakramente erteilt hat.

»Möchten Sie etwas dazu sagen?« fragte Stone.

»Ja«, sagte Jamal und seine Augen blitzten vor Zorn. »Der Libyer ist ein Lügner. Wenn Sie ihm glauben, sind Sie ein Narr.«

»Der Libyer?« fragte Stone verständnislos.
»Ja, natürlich, der Libyer! Der Libyer Omar Mumtazz; ein Waffen- und Drogenschmuggler. Der Libyer, der mich als Nabil kennt. Der Libyer, der meine Anrufe aufgezeichnet hat. Der Libyer, der sich die Geschichte ausgedacht hat, daß ich den Präsidenten ermorden will.«
»Ah ja«, sagte Stone.
Jamal entspannte sich etwas.
»Selbstverständlich ohne Ihnen zu bestätigen, daß dieser Bursche – Omar, sagten Sie? – unsere Informationsquelle ist, lassen Sie mich Ihnen einige Fragen stellen. Warum sollte irgend jemand eine Geschichte über einen Attentatsplan erfinden?«
»Um sich wichtig zu machen«, antwortete Jamal. »Um etwas zum Verhandeln in der Hand zu haben. Ich weiß auch nicht warum. Sagen Sie es mir! Warum verkaufen Menschen falsche Informationen an Nachrichtendienste? Das kommt doch jeden Tag vor!«
»Nun, da haben Sie durchaus recht«, sagte Stone. »Ja, in der Tat. Menschen gehen mit falschen Informationen hausieren. Ganz richtig.«
»Natürlich tun sie das«, sagte Jamal.
»Aber lassen Sie mich Ihnen eine andere Frage stellen. Wozu sollten Sie wohl dieses kleine Arsenal zusammenkaufen? Enthielt die Liste nicht vier Pistolen mit Schalldämpfern, hundert Kilo Hochgeschwindigkeitssprengstoff? Wozu sollten Sie diese Dinge erwerben wollen?«
»Das geht die Vereinigten Staaten nichts an!« sagte Jamal.
Hoffman, der bisher schweigend zugehört hatte, beugte sich in seinem Sessel nach vorne auf den Palästinenser zu.
»Bockmist«, sagte er. »Jetzt geht es uns etwas an.«
Stone lächelte Hoffman freundlich an und wandte sich dann wieder an Jamal.
»Vielleicht würden Sie die Freundlichkeit haben, uns zu sagen, warum das die Vereinigten Staaten nichts angeht.«
»Fatah ist eine militärische Organisation«, antwortete Jamal. »Wir befinden uns im Kriegszustand mit Israel. Das ist kein

Geheimnis. Wir sagen es in jeder Erklärung, jeder Rede, ja mit jedem Atemzug, den wir tun. Ebensowenig ist es ein Geheimnis, daß wir uns im Kampf mit anderen arabischen Regimes befinden, die die arabische Revolution zunichte machen wollen. Ich bin nicht bereit, diesen Punkt weiter zu diskutieren. Es geht Sie nichts an.«

»Junger Mann!« sagte Stone scharf. »Sie brauchen mich nicht zu belehren. Ich bin nicht ganz uninformiert, was die logistischen Erfordernisse einer militärischen Auseinandersetzung betrifft. Mir will aber nicht einleuchten, was das mit einem Waffen- und Sprengstofflager in Rom zu tun haben soll – und einem Plan, den Präsidenten der Vereinigten Staaten zu ermorden.«

»Es gibt keinen Plan, den Präsidenten der Vereinigten Staaten zu ermorden«, betonte Jamal noch einmal.

»Ja, natürlich.« Stone lächelte betulich. Er sah aus wie ein Bridge-Spieler, der zusieht, wie die Karten genauso fallen, wie er es haben will, wie jede Karte trotz des Widerstandes der gegnerischen Seite auf dem Tisch landet.

»Mr. Ramlawi«, sagte Stone. Zum ersten Mal benutzte er Jamals tatsächlichen Namen. »Es gibt da viele Fragen, die ich Ihnen stellen könnte. Ich könnte Sie nach einer Organisation namens Schwarzer September fragen und nach Ihren Verbindungen zu dieser. Ich könnte nach der Rolle fragen, welche der Nachrichtendienst der Fatah beim Aufbau dieser Organisation gespielt hat. Ich könnte Sie danach fragen, wo Sie vor einigen Monaten waren, als das Öllager in Rotterdam in die Luft flog. Und ich bin mir ganz sicher, daß ich auf solche Fragen – mit der Zeit – auch Antworten bekäme.«

Jamal warf einen Blick auf Türe und Fenster. Ganz offensichtlich überlegte er, ob er fliehen könnte.

»Denk nicht mal dran, du Arschloch«, sagte Hoffman. »Einen Muckser in deinem Stuhl, und du bist ein toter Mann.«

Der Palästinenser lehnte sich beunruhigt auf seinem Stuhl zurück.

»Was ich sagen will«, fuhr Stone fort, »ist, daß ich Ihnen diese

– sagen wir einmal peinlichen – Fragen stellen *könnte*. Aber ich werde es nicht tun; wenigstens nicht im Augenblick.«
»Gut«, sagte Jamal. »Es geht Sie auch gar nichts an.«
»Lassen wir uns einmal annehmen, nur für den Augenblick, daß Sie recht haben und die militärischen Operationen der Fatah die Vereinigten Staaten tatsächlich nichts angehen. Nicht das geringste. Nehmen wir weiterhin an, nur für den Augenblick, daß die Organisation mit dem Namen Schwarzer September uns nichts angeht. Nun, Sie sind ein kluger junger Mann. Vielleicht können Sie mir ein paar Worte sagen, die mir gestatten würden, davon auszugehen, daß die Fatah und der Schwarze September die Vereinigten Staaten tatsächlich nichts angehen.«
»Ich weiß nicht«, sagte Jamal.
»Die Antwort ist eigentlich ziemlich offensichtlich. Was uns gestatten würde, Ihnen Glauben zu schenken, wäre das sichere Wissen, daß die Vereinigten Staaten und seine Bürger in keiner Weise durch die Fatah und den Schwarzen September bedroht sind. Können Sie mir folgen?«
Jamal legte den Kopf zurück und sah Stone neugierig an.
»Ich weiß nichts über den Schwarzen September«, sagte Jamal.
»Selbstverständlich nicht«, sagte Stone.
»Aber ich kann Ihnen sagen«, meinte Jamal, »daß die Amerikaner nicht zu den Zielen der Fatah gehören.«
»Was Sie nicht sagen«, sagte Stone. »Ach, ich wünschte, ich könnte Sie einfach beim Wort nehmen. Das Problem ist nur, daß es zwischen uns kein Vertrauensbündnis gibt. Wir haben nicht den geringsten Grund, unseren gegenseitigen Versicherungen zu trauen, keinen. Nun, wie können wir dem Abhilfe schaffen? Ich sehe da nur einen Weg, und da liegt es an Ihnen, eine Geste zu liefern, die uns demonstriert, daß Sie die Wahrheit sagen. Eine Geste des guten Willens. Soll ich weitersprechen?«
»Ja«, sagte Jamal.
»Die Frage ist, welche Art von Geste angemessen wäre? Haben Sie irgendwelche Vorschläge?«
»Nein.«
»Dann werde ich Ihnen einen Vorschlag machen. Ich möchte,

daß Sie Ihren Leuten in Rom befehlen, sich der Ausrüstung zu entledigen, die Sie von dem Libyer bekommen haben – ich spreche von den Waffen und dem Sprengstoff –, und zwar an einem Ort, wo wir dies überwachen und die Durchführung bestätigen können. Ihre Leute brauchen ja nicht zu wissen, warum Sie diese Maßnahme ergreifen. Wenn Sie wollen, können Sie ihnen sagen, die Ausrüstung sei defekt.«
Jamal musterte den Amerikaner aufmerksam.
»Welche Bedeutung hätte es schon, wenn wir die Waffen und den Sprengstoff wegwerfen würden?« fragte er. »Wir könnten uns jederzeit andere Waffen aus anderen Quellen besorgen.«
»Ja, selbstverständlich«, sagte Stone. »Sehr richtig. Wie ich sage, es wäre nur eine Geste des guten Willens.«
»Was ist, wenn ich mich weigere?«
»Dann werden wir hingehen und uns die Waffen selbst holen.«
»Ist das Ihr Vorschlag? Daß wir die Waffen und den Sprengstoff abliefern, den wir in Italien haben.«
»Nun, nein«, sagte Stone. »Nicht ganz. Ich denke da noch an etwas anderes. Eigentlich ist das der wichtigste Teil. Es würde sich um eine Art Abkommen zwischen Gentlemen handeln. Es würde das Ergebnis unserer heutigen Unterhaltung auf einen Punkt bringen.«
»Was meinen Sie?« fragte der Palästinenser.
»Wir in Amerika würden das eine ›Abmachung‹ nennen.«
Jamal beugte sich vor, um sicherzugehen, daß er auch jedes Wort mitbekam.
»Ich hätte gerne Ihre Versicherung, daß weder Sie noch Ihre Organisation terroristische Angriffe gegen amerikanische Bürger oder Einrichtungen durchführen. Nicht heute, nicht morgen, nicht nächste Woche, nicht nächstes Jahr. Wie Sie aus meiner Anwesenheit in Beirut ersehen können, nehmen wir solche Angelegenheiten sehr ernst.«
Jamal nickte. Der Alte Mann hatte recht gehabt, dachte er. Sie haben Angst.
»Als Gegenleistung«, fuhr Stone fort, »versichere ich Ihnen, meinerseits, daß meine Organisation Ihren Konflikt mit Israel

als Krieg betrachten wird, in dem die Vereinigten Staaten nicht mitkämpfen werden. Wir werden nichts gegen Ihre Organisation unternehmen, solange sie nicht amerikanisches Eigentum, amerikanische Bürger oder amerikanische Interessen gefährdet. Wir werden uns auch bei den Israelis nicht einmischen. Wir werden sie tun lassen, was auch immer sie tun können, um Sie zu vernichten. Wir könnten sogar die ein oder andere ihrer Aktionen gutheißen. Aber wir werden uns nicht direkt engagieren. Es ist nicht unser Kampf.«

Stone machte eine Pause und lächelte. »Können wir zu einer solchen Abmachung gelangen?«

»Ich kann Ihnen darauf keine Antwort geben«, sagte Jamal. »Das sind sehr wichtige Fragen. Ich bin nicht derjenige, der darüber entscheidet.«

»Selbstverständlich nicht«, sagte Stone. »Das verstehe ich völlig. Aber vielleicht können Sie die Botschaft an die zuständige Person weiterleiten.«

»Vielleicht kann ich das«, sagte Jamal. In seinem Kopf drehte sich alles. Er dachte daran, was der Alte Mann vor über zwei Jahren gesagt hatte, als er zum ersten Mal den Kontakt mit den Amerikanern genehmigt hatte. Wir brauchen eine Türe in den Westen. Jetzt schien sich diese Türe endlich zu öffnen.

»Was soll ich demjenigen sagen, der die Entscheidungen trifft?«

»Genau das, was ich Ihnen eben gesagt habe.«

»Daß die Amerikaner einen Nichtangriffspakt vorschlagen?«

»Nicht gleich so etwas Großartiges«, antwortete Stone. »Wir sagen ja nur, daß die Vereinigten Staaten im arabisch-israelischen Konflikt nicht mitkämpfen. Das ist die grundlegende Prämisse unserer Nahost-Politik, und sie ist es immer gewesen. Wir bitten Sie, in Anbetracht dieses Umstandes, von Angriffen auf amerikanische Ziele Abstand zu nehmen.«

»Bis wann brauchen Sie eine Antwort?« wollte Jamal wissen.

»Heute abend«, sagte Stone. »Bis Mitternacht.«

»Wenn das nicht möglich ist?«

»Dann haben wir ein ernstliches Problem an der Hand.«

»Ich werde mein Bestes tun«, sagte Jamal.

»Gut, sagte der Abteilungsleiter. »Wir werden hier auf Sie warten.«
Stone erhob sich und schüttelte dem Palästinenser die Hand. Rogers gab ihm die automatische Pistole zurück und eskortierte ihn an die Tür.

Sie verbrachten den Rest des Nachmittags und des frühen Abends damit, Poker zu spielen. Hoffman gewann 400 Dollar. Sein Glück war geradezu unheimlich.
Hoffman, von seiner Glückssträhne aufgeheitert, erbot sich das Abendessen zu machen. Er schickte Fuad los, um Lebensmittel zu holen und zwei Sechserpacks Bier zu kaufen. Als Fuad mit den Lebensmitteln zurückkam, machte sich Hoffman aus einem Badetuch eine provisorische Schürze, ging in die Küche und bereitete eine Mahlzeit zu, die aus Spaghetti Bolognese, Knoblauchbrot und Eiskrem mit heißer Cremesoße bestand. Das Essen war exzellent. Die heiße Cremesoße, die aus geschmolzenen Quadraten bittersüßer Schokolade zubereitet war, schmeckte besonders gut. Nach dem Essen schlug Hoffman vor, weiter zu pokern. Da niemand mithalten wollte, spielte er Solitaire.

Kurz vor Mitternacht kam Jamal zurück. Sein Gesicht war gerötet, und er war völlig außer Atem. Rogers unterzog ihn der gleichen Routine wie zuvor, indem er ihm die Pistole abnahm und ihn durchsuchte. Die Wohnung roch nach Knoblauch und Schokolade.
Jamal setzte sich in einen der Sessel. Er hatte inzwischen seine Garderobe in Ordnung gebracht und trug jetzt einen Geschäftsanzug. Es schien fast, als hätte er das Gefühl, einem historischen Augenblick beizuwohnen, etwa der Unterzeichnung eines Vertrages, der einen Krieg beendete.
»Ich habe eine Anwort«, sagte Jamal.
»Sehr gut«, erwiderte Stone.
Jamal atmete noch immer heftig. Er schien Probleme damit zu haben, die Worte tatsächlich über die Lippen zu bringen.

»Also, was ist?« wollte Hoffman wissen. »Wie lautet die Antwort?«
»Ja«, sagte Jamal. »Die Antwort ist ja. Ich bringe Ihnen diese Nachricht von der höchsten Autorität der Fatah.«
»Und zu was sagt die Fatah ja?« fragte Stone.
»Fatah wird weder amerikanische Bürger noch amerikanisches Eigentum angreifen; unter der Voraussetzung, daß die Vereinigten Staaten in unserem Konflikt mit Israel nicht Partei ergreifen. Und wir werden uns der Waffen in Italien entledigen.«
»Ein kleiner Punkt wäre da noch«, sagte Stone. »Ich brauche Ihnen wohl nicht zu sagen, daß ich nicht für den Kongreß oder alle unsere Politiker sprechen kann; ich spreche nur für unsere Behörde.«
»Wer ist mächtiger als die CIA?« fragte Jamal.
»Ja, was eigentlich?« antwortete Stone. »Haben wir eine Abmachung, also?«
»Ja«, sagte der Palästinenser.
»Exzellent!« Stone wandte sich an Rogers.
»Sie beide arbeiten die Einzelheiten aus. Ich gehe davon aus, daß Sie sich von Zeit zu Zeit treffen können, um Ihre Notizen bezüglich der Angelegenheiten, die wir besprochen haben, zu vergleichen. Das wird Ihnen keinerlei Probleme bereiten, hoffe ich.«
»Wir haben uns getroffen«, sagte Jamal. »Wir können uns wieder treffen.«
Stone legte seine Hand auf Jamals Ellenbogen und begleitete ihn langsam zur Tür des Apartments.
»Ich freue mich wirklich, Sie kennengelernt zu haben«, sagte der Amerikaner. Er sagte es wie ein Schuldirektor, der nach einem Tanztee einen der Gäste verabschiedet.

Einige Stunden später bei einigen Drinks in einer Bar an der Rue Hamra ließ sich Rogers noch immer die Ereignisse des vorangegangenen Abends auf der Zunge zergehen. Hoffman hatte das Black Cat vorgeschlagen, aber Rogers hatte es ihm ausgeredet. Irgendwie erschien ihm das nicht der richtige Ort für Stone zu sein, und so waren sie statt dessen ins St. Georges gegangen.

Stones Auftritt hatte Rogers mächtig beeindruckt, und das sagte er ihm auch. Der Abteilungschef hatte den Palästinenser mit so leichter Hand manipuliert und so präzise, als hätte er ihn mit Hilfe von unsichtbaren Fäden unter Kontrolle gehabt. Er hatte den Mann von der Fatah durch einen Irrgarten von Möglichkeiten und Entscheidungen geführt und ihn davon überzeugt, daß die Interessen der Agentur auch die seinen waren. Und er hatte ihm, darauf lief es hinaus, erlaubt, sich selbst zu rekrutieren. Und dieses ganze Wunder hatte er an einem Mann vollbracht, den man im Verdacht hatte, die Ermordung des Präsidenten der Vereinigten Staaten zu planen!

»Es gibt da etwas, was ich Ihnen in aller Aufrichtigkeit sagen sollte«, meinte Stone und leerte seinen zweiten Martini.

»Und das wäre?« fragte Rogers.

»Ich glaube nicht, daß ich Ihnen gegenüber schon erwähnt habe, daß ich auf meinem Weg hierher einige Stunden in Rom Station gemacht habe. Ich ließ einen der Jungs vom Sicherheitsbüro diesen libyschen Burschen – Mr. Mumtazz – einem Polygraphentest unterziehen.«

»Und was kam dabei heraus?«

»Im großen und ganzen hielt er sich gut. Aber bei dieser absurden Sache mit dem Mordplan ist er durchgefallen.«

Hoffman hob sein Glas zu einem Toast.

»Du hast saubere Arbeit geleistet«, sagte Hoffman. »Das ist kein Schmäh! Es ist eine wahre Freude, einem richtigen Profi bei der Arbeit zuzuschauen. Aber ich muß auch sagen, meine Freunde, daß der Spaß in diesem Fall erst noch anfängt.«

Die Gläser klirrten gegeneinander. Kurze Zeit herrschte Schweigen, während sie tranken und sich die außergewöhnlichen Ereignisse der letzten Tage durch den Kopf gehen ließen. Rogers fiel etwas ein, was Hoffman anderntags gesagt hatte.

»Erzählen Sie mir von Willy aus Budapest«, bat er Hoffman.

»Nee, Sie wollen mich doch jetzt nicht etwa diese olle Kamelle erzählen lassen«, sagte Hoffman. »Nicht während wir feiern.«

»Und ob ich das will«, sagte Rogers.

Hoffman warf einen Blick auf Stone. Der Abteilungschef nickte zustimmend. Erzähl ihm die Geschichte.
»Na schön, aber sie nimmt kein besonders gutes Ende.«
»Erzählen Sie die verdammte Geschichte doch einfach«, sagte Rogers, der leicht angetrunken war.
»Schon gut. Also, nach dem Krieg hatten wir einen Agentenring in Osteuropa laufen. Eine Menge von den Leuten hatten vorher für die Deutschen gearbeitet. Es waren harte kleine Männer. Sie haßten die Russen und waren ganz erpicht darauf, für Onkel Sam zu arbeiten. Aber sie hatten auch mächtig die Hosen voll, daß wir sie verkaufen könnten.«
»Warum?«
»Weil sie nicht dumm waren. Sie haben doch gesagt, Sie wollen die Geschichte hören; also halten Sie gefälligst die Luft an.«
»'Tschuldigung«, sagte Rogers.
»Willy war der, der mir am liebsten war«, fuhr Hoffman fort. »Er war Ungar, ungefähr vierzig. Seine ganze Familie war im Krieg umgekommen. In Fetzen gebombt. Anfangs dachte ich, er wollte das abbüßen oder sich rächen oder irgend etwas. Später kam es mir dann, daß er vielleicht ganz einfach ein bißchen Geld verdienen wollte. Wer weiß das schon? Wie auch immer, wir hatten ihn in Ungarn im Einsatz und er leistete Ia Arbeit für uns. Er hatte einen Freund beim ungarischen Sicherheitsdienst, der ihn Dokumente fotografieren ließ. Es war eine nette kleine Operation.«
»Was ist schief gelaufen?«
»Eines Tages haben uns die Tommys angesprochen. Sie behaupteten, sie hätten Beweise dafür, daß unser kleiner Kerl ein Gauner sei. Angeblich schmuggelte er amerikanische Zigaretten nach Budapest, um sich ein bißchen was nebenbei zu verdienen. Das war dumm von ihm, weil es ihn zu einem Sicherheitsrisiko machte. Also waren wir sauer. Wir ließen unsern Mann zu einem schnellen Treff kommen. Wir haben das nicht sehr schlau angefangen. Einen Brief an seine Adresse zu schicken! Keinen hat's gekümmert. Wir dachten, der Bursche hätte uns aufs Kreuz gelegt! Na, jedenfalls zitterte der arme kleine Scheißer wie

Espenlaub, als er zu dem Treffen mit mir und Stone kam. Er war völlig fertig. Auf keine unserer Fragen hatte er eine gute Antwort.
Ich konnte ihn noch immer gut leiden. Ich weiß auch nicht warum. Aber die Briten meinten, er würde uns Ärger machen. Alle waren sich einig. Also sagten wir ihm *sayonara.*«
»Hatten Sie jemals überprüft, was die Tommys da behauptet haben?« fragte Rogers.
»Ach wo«, sagte Hoffman. »Ich habe Ihnen ja gesagt, daß es niemanden auch nur die Bohne interessierte.«
»Was ist aus Willy geworden?«
»Innerhalb von sechs Monaten war er tot«, sagte Hoffman. »Geschah ihm auch recht, irgendwie.«
»Wieso?« wollte Rogers wissen.
»Weil er ein Narr war, uns über den Weg zu trauen.«

Stone schaute am nächsten Morgen auf dem Weg zum Flughafen in Rogers' Büro vorbei. Der ältere Mann sah richtig in Form aus mit seinen rosigen Wangen. Er trug, was in seinen Augen wohl als leger galt: eine Fliege, ein Tweedjackett, eine graue Hose und uralte, aber blitzblank polierte Oxfords. Stone schloß die Tür hinter sich und sah sich nach einer Couch um; als er bemerkte, daß keine da war, setzte er sich in einen der Sessel vor dem Schreibtisch.
»Sie sind couchlos«, bemerkte Stone.
»Ja, Sir«, sagte Rogers.
»Welchen Rang haben Sie im Augenblick?«
»Ich bin R-6«, antwortete Rogers.
»Und wann werden Sie Ihre Ledercouch mitsamt Kirschholz-Kredenz erhalten?«
»Bei R-3.«
»Ah, schön. Das ist doch etwas, worauf man sich freuen kann, oder?« sagte Stone sarkastisch. »Manchmal muß ich mich über die Kleinlichkeit der US-Regierung wirklich wundern. Glauben die wirklich, daß die Leute durch den Wunsch nach zusätzlichen Büromöbeln motiviert werden?«

»Manchen Leuten geht das wahrscheinlich so«, sagte Rogers.
»Hätten Sie gerne eine Couch?« erkundigte sich Stone. »Ich besorge Ihnen eine.«
»Um ehrlich zu sein, ist mir das ziemlich egal.«
»Natürlich; einem wie Ihnen.«
Stone zupfte seine Fliege zurecht, bis die beiden Enden auf den Millimeter gleich lang waren. Dann kam er zum Geschäftlichen.
»Ich möchte mit Ihnen über die Einzelheiten reden«, sagte Stone.
»Was die Behandlung des Palästinensers betrifft?«
»Exakt«, sagte Stone. »Gott steckt im Detail.«
Rogers nickte. Und wo steckt dann der Teufel, fragte er sich.
»Nun, denn«, sagte Stone. »Ich meine, Sie sollten sich alle paar Monate mit PECOCK treffen. Sie oder einer Ihrer Agenten. Halten Sie ihn an der langen Leine. Fragen Sie nicht zuviel danach, was er so treibt. Sie sind nicht sein Kindermädchen.«
»Was tun wir wegen der Israelis?« fragte Rogers.
»Nichts.«
»Aber werden die nicht versuchen, etwas wegen Jamal zu unternehmen?«
»Ich habe keine Ahnung«, meinte Stone. »Ich kann Ihnen nicht vorhersagen, was irgend jemand tun wird. Das gilt für die Israelis, das gilt für uns und auch für unseren palästinensischen Freund.«
»Was ist er eigentlich?« wollte Rogers wissen.
»Wie meinen Sie das?«
»Ich meine, ist PECOCK ein Agent? Ein freier Mitarbeiter? Ein Kontaktmann? Welche Art von Beziehung haben wir zu ihm?«
»Ach so«, sagte Stone. »Komplizierte Geschichte. Worum *geht* es eigentlich? Rein für die Buchhaltung werden wir das, was da gestern vor sich ging, als Anwerbung führen, auch wenn es im üblichen Sinne keine war. Wir werden den Burschen ab sofort als aktiven Agenten auf die Liste nehmen, unter der Annahme, daß er in Rom tut, was wir von ihm wollen. Der Umstand, daß er sich selbst nicht als Agent sieht, kann uns nur recht sein.«
»Wirft das keine Probleme auf?« fragte Rogers und mußte daran

denken, welchen Ärger die gleiche Frage vor zwei Jahren in den Diskussionen zwischen Marsh und Stone ausgelöst hatte.
»Nicht das geringste«, antwortete Stone ihm heiter.
»Verzeihen Sie, wenn ich frage, aber soll das heißen, daß der Palästinenser den Streit gewonnen hat?«
»Niemand hat gewonnen«, sagte Stone. »Es heißt nichts weiter, als daß wir unsere Lektion gelernt haben und daß wir nicht auf Kontrolle bestehen. Im wesentlichen akzeptieren wir seine Definition der Beziehung. Wenn er fragen sollte, dann sollten Sie ihn zu dem Glauben ermutigen, daß wir uns mit ihm als einem führenden Nachrichtenoffizier der Fatah auf eine Art ›Liaison‹ eingelassen haben. Solche Arrangements haben wir mit allen möglichen unangenehmen Leuten. Wie ich schon sagte, das ist kein Problem.«
»Ja, Sir«, sagte Rogers.
»Gut«, sagte Stone. Er erhob sich aus dem Sessel.
»Kann ich Sie noch etwas fragen, Sir?«
»Selbstverständlich.«
»Glauben Sie, der Palästinenser hat etwas mit dem Schwarzen September zu tun?«
»Möglicherweise«, sagte Stone. »Mit ziemlicher Wahrscheinlichkeit sogar.«
»Macht Ihnen das nicht zu schaffen?«
»Wie meinen Sie das?«
»Macht es Ihnen nicht zu schaffen, mit einem Terroristen zusammenzuarbeiten?«
»Oh«, meinte Stone.
Er drehte sich um und starrte aus dem Fenster.
»Lassen Sie mich Ihnen Ihre Frage ganz offen beantworten, und Sie vergessen dafür, daß ich das jemals gesagt habe. Moral als Abstraktum ist ein zu großes Problem, als daß ich damit zu Rande käme. Ich überlasse sie den Moralphilosophen. Wovon ich etwas verstehe, ist die Praxis, das Leben amerikanischer Bürger zu schützen. Ich zweifle nicht daran – absolut nicht –, daß die Beziehung, die wir da eben eingegangen sind, diesem Zweck dienen wird. Alles andere ist mir zu kompliziert.«

TEIL VIII

Juni–November 1972

Kapitel 35
Tel Aviv; Juni 1972

Von seinem Schreibtisch im Hauptquartier der Mossad aus hatte Yakov Levi einen Blick auf die chaotische Stadtlandschaft von Tel Aviv. Das Mossad-Gebäude stand im Zentrum von Tel Aviv in der Nähe des alten Haifaer Bahnhofs, inmitten des Lärms und des Durcheinanders der Stadt. Levi war dabei, sich in seiner neuen Aufgabe als Offizier im Innendienst einzurichten, die darin bestand, Informationen über die palästinensischen Guerillas zusammenzutragen. Er genoß seine Versetzung noch immer in vollen Zügen. Er war ein Held. Er hatte ein eigenes Büro. Er war zu Hause.

Levi sonnte sich in der Gewöhnlichkeit seines neuen Lebens. In Beirut war er jeden Tag aufgezäumt wie eine Weihnachtsgans mit Seidenkrawatte und Geschäftsanzug ins Büro gegangen. Hier trug er ein Hemd mit offenem Kragen, weite Gabardinehosen und im Sommer Sandalen. Auch sein Körper schien sich zu entspannen. Sogar sein Haar wurde wieder weicher und lockerer, als die verkniffenen drahtigen Kringel aus Beirut sich lösten. Und auch der Knoten in seinem Magen schien sich zu lösen; er brauchte keine Magenpillen mehr zu schlucken. Tag und Nacht sprach er Hebräisch und schwelgte darin. Wenn eben eingetroffene Einwanderer sich auf der Straße auf Englisch oder Französisch an ihn wandten, gab er vor, sie nicht zu verstehen.

Zur Mittagszeit machte Levi gerne ausgedehnte Spaziergänge. Für gewöhnlich ging er vom Hauptquartier der Mossad aus die Arlosoroff-Straße in Richtung Meer. Er kreuzte die Dizengoff-Straße, in der viele der besten Geschäfte und Läden ihren Platz hatten, ging dann an der Ben-Yehuda-Straße vorbei weiter, bis er den Strand des Mittelmeers erreichte. Wie sich das Meer hier doch von dem in Beirut unterschied! Es war um so vieles ruhiger und sauberer, rollte auf den weichen Sand Israels herein, anstatt gegen die felsige Küste des Libanon zu donnern.

Was Levi auf seinen Spazigergängen durch die Stadt nicht ganz zu fassen vermochte, war, daß alle diese Leute um ihn herum

Juden waren! Die Leute, die sich den Film im Kino in der Ben-Yehuda-Straße ansahen; die Frauen in den Kaufhäusern, sowohl die Verkäuferinnen als auch die Kundinnen; die hübschen Mädchen am Strand mit ihrer golden gebräunten Haut und die Beachball spielenden Männer, die ihnen mit aller Gewalt zu imponieren versuchten. Alle waren sie Juden! Das kam ihm wie ein Wunder vor. Es gab niemanden, den es zu beeindrucken und zu verführen galt, noch gab es jemanden, der einen zu verführen suchte.

Die ersten Monate, in denen er zu Hause in Israel war, leistete sich Levi zuweilen die ein oder andere Verrücktheit. Eines Tages ging er zu einem Kiosk in der Dizengoff-Straße, an dem man handbedruckte T-Shirts verkaufte. Levi bat den Mann, ihm eines anzufertigen, auf dem in hebräischer Schrift: »Die Araber können zur Hölle fahren!« stand. Er trug es, als er ins Büro zurückkam, wo ihn ein Kollege behutsam bat, es doch wieder auszuziehen.

Das Israel des Jahres 1972 war ein Land, das – wie Levi selbst – zu lernen versuchte, wie man sich entspannte. Die großen Schlachten um den Aufbau des Landes waren geschlagen und gewonnen. Die Probleme, die jetzt anfielen, waren von weniger heroischem Ausmaß; sie glichen denen anderer Länder. Die Bemühungen, dem Land eine Bevölkerung zu geben, brachte eine mächtige Völkerwanderung von sephardischen Juden aus Marokko ins Land. Als Ergebnis davon gab es jetzt in Israel reiche und arme Juden. Die reichen waren weiß und stammten aus Europa, die armen waren dunkelhäutig und kamen aus Nordafrika. Und dann waren da die Probleme, die sich aus der neuen Macht ergaben: Der Krieg von 1967 hatte zur Annexion großer Landstriche geführt, die viel größer waren als das Land selbst; diese mußten bewacht und verwaltet werden. Es war ein neues Gefühl für die Israelis, als Besatzungsmacht zu handeln und die haß- und angsterfüllten Blicke ihrer besiegten Feinde zu sehen. Warum hassen sie uns so? fragten sich die Israelis. Wir kämpfen doch nur für unser Recht zu existieren.

Während der frühen siebziger Jahre ging ein neuer Begriff in den allgemeinen Sprachgebrauch ein, der für das stand, wogegen

Israel kämpfte. Und das waren weder die Ägypter noch die Syrer; die hatte man ja bereits überfahren; und mit Sicherheit waren es nicht die Palästinenser, deren Namen die meisten Israelis lieber nicht in den Mund nahmen. Es waren »die Terroristen«. Sie waren der Feind Israels – und der gesamten übrigen Welt.

Das Israel des Jahres 1972 schwelgte in seiner Alltäglichkeit, aber es fürchtete sich auch vor ihr. Das Land wurde gleichzeitig in zwei Richtungen gezogen: nach innen, in Richtung der besonderen und einmaligen Identität des jüdischen Volkes, die der Judaismus die gesamte Geschichte hindurch gefeiert hatte; und nach außen in Richtung universeller Werte und Gefühle.

Levi überlegte, ob dies das Paradoxon des modernen Israel war: Wenn die Juden jetzt wie alle anderen waren, mit einem eigenen Staat und einer eigenen Armee, wie konnten sie dann immer noch etwas Besonderes sein und sich von allen anderen unterscheiden? Hatte Gott sie dazu auserwählt, nach einem 5000jährigen Leidensweg ein Volk mit so gewöhnlichen Problemen wie dem Kampf gegen den Terrorismus, der Aufrechterhaltung leicht zu verteidigender Grenzen und der Verwaltung okkupierten Landes zu werden?

Levi warf sich auf seine neue Aufgabe. Er war eben in dem Augenblick nach Hause gekommen, als das Trauma ›Schwarzer September‹ begann, und so gab es genügend Arbeit für seine Abteilung. Er verbrachte seine Tage damit, Informationen zu vergleichen und zu analysieren, um hinter der sich verlängernden Kette terroristischer Operationen in Europa ein Schema zu entdecken. Er durchkämmte die Archive auf der Suche nach Namen, Daten und Orten, die dazu beitragen sollten, das Rätsel des Schwarzen Septembers zu lösen.

Er kam nur langsam voran. Es gab Tage, an denen er so viel Zeit damit verbrachte, sich die Fotos verdächtiger Palästinenser anzusehen, die Abschriften abgefangener arabischer Mitteilungen zu lesen oder libanesische Zeitungen zu analysieren, daß er sich fragte, ob er Beirut tatsächlich verlassen hatte.

Levi arbeitete mit zehn anderen Offizieren in einer Abteilung. Er war nicht der ranghöchste, aber dank seines erst vor kurzem zu Ende gegangenen Aufenthalts in Beirut hatte er die größte Erfahrung, was die Analyse der Fedayeen-Organisationen anging, und so unterwarfen sich die anderen Offiziere seinem Urteil. Nach und nach erkannte Levi auch, daß die Alte Garde der Mossad ihn als einen der ihren betrachtete. Levi hätte nicht sagen können, warum dem so war – vielleicht wegen seines europäischen Hintergrundes –, aber es freute ihn. Solche Dinge spielten in der Mossad eine große Rolle. Auf der gesamten Welt gab es keinen Privatclub, der, was Status anbelangte, eine ausgefeiltere Hierarchie aufzuweisen hatte als der israelische Geheimdienst.

Die Mitglieder der Alten Garde waren fast alle außerhalb Israels geboren. Viele von ihnen waren zur Zeit des Unabhängigkeitskrieges von 1948 als Nachrichtenoffiziere für die Haganah, die Lehi oder Irgun tätig gewesen. Sie waren aus allen Winkeln der Welt nach Palästina gekommen. Samt und sonders Flüchtlinge, waren sie in den dreißiger Jahren nach China, Rußland, Indien oder Amerika geflohen – um von dort nach Eretz in Israel zu gelangen. Sie schienen alle Sprachen dieser Welt zu sprechen. Stand eine Operation in Äthiopien an? Kein Zweifel daran, daß es in der Mossad einen Mann gab, der fließend Amhara sprach. Stand eine Operation im Fernen Osten an? Dafür gab es Leute, die des chinesischen Mandarindialektes oder des Kantonesischen mächtig waren; das gleiche galt für Japanisch, Koreanisch oder Thai. Und jeder einzelne hatte während der Kriegsjahre gelitten, bevor er seinen Weg ins jüdische Heimatland gefunden hatte. Die Alte Garde war durch die grausamste Schule gegangen, die diese Welt je gekannt hatte; und sie hatte nicht die Absicht, die jungen Leute das vergessen zu lassen.

Die jüngeren Mossad-Offiziere waren aus einem anderen Holz. Sie waren nicht aus der verzweifelten Welt des Exils der dreißiger und vierziger Jahre in den Sicherheitsdienst eingetreten, sondern stammten aus der israelischen Armee, dem stolzen und selbstbewußten militärischen Arm des neuen jüdischen Staates.

Sie waren der Mossad beigetreten, nachdem sie sich in den Abteilungen für Spezialoperationen in Heer und Marine bewährt hatten. Auf ihre Weise waren sie genauso harte Brocken wie die Männer der Flüchtlingsgeneration.

Wenn Levi sich seine jüngeren Kollegen ansah, sah er harte, muskulöse Körper und dunkelhäutige Gesichter. Viele von ihnen waren orientalische Juden, deren Familien aus Bagdad, Casablanca oder Beirut stammten. Zuweilen hatten sie Schwierigkeiten mit ihrem Englisch oder Deutsch. Aber sie sprachen perfekt Arabisch. Und das, so argwöhnte Levi, war genau das, was der israelische Staat in den siebziger Jahren brauchte.

Die wirklich glorreichen Tage der Mossad gehörten längst der Vergangenheit an. Eichmann und die anderen Naziverbrecher waren gefaßt. Die jüdischen Spionageringe in der Sowjetunion, die es der Mossad ermöglicht hatten, an Chruschtschows geheime Rede auf dem Parteikongreß von 1956 zu kommen, waren größtenteils zerschlagen. Es war kaum noch nötig, vor Angst fast sterbende Kuriere durch Rußland oder Osteuropa zu schicken, um die Informationskrumen zusammenzutragen, die der Mossad früher als Grundlage für Verhandlungen mit westlichen Geheimdiensten gedient hatten. Die Israelis hatten es nicht mehr nötig zu betteln und zu feilschen, nur um am Leben zu bleiben. Dessen wenigstens konnte man sich jetzt sicher sein.

Die Aufgaben waren jetzt anders gelagert. Es galt die Umgebung Israels zu manipulieren. Freund und Feind im Nahen Osten zu belohnen oder zu bestrafen. Die jungen Leute um Levi hatten sich ihre Lorbeeren nicht in Moskau oder Rom verdient, sondern dadurch, daß sie mit dem Fallschirm über Kurdistan abgesprungen waren, um dem Schah von Persien dabei zu helfen, dem Irak das Leben schwer zu machen; oder indem sie heimlich nach Marokko reisten, um der marokkanischen Armee beizubringen, wie man mit den Polisario-Guerillas fertig wurde. Das waren die neuen Herausforderungen, und sie boten genau das, was der neuen Generation der Mossad am besten gefiel: mit den Arabern Spielchen zu spielen und sie dabei zur Verzweiflung zu bringen.

Das Staatssicherheitsestablishment florierte, weil jedermann die Regeln befürwortete. Jeder taugliche israelische Mann diente beim Militär – jeder Journalist, Politiker, Avantgarde-Intellektuelle; und jeder einzelne von ihnen akzeptierte die grundlegenden Gebote der militärischen Disziplin. Die Interessen der Staatssicherheit kamen an erster Stelle: der Journalist ließ sich zensieren; der Politiker erklärte sich damit einverstanden, der Regierung keine Fragen über gewisse sicherheitsgefährdete Angelegenheiten zu stellen; jedermann war bereit, seine schützende Hand über die Sicherheitsdienste zu halten: die Mossad, die Shin Beth, ein israelisches FBI, die Aman, der militärische Nachrichtendienst; die Abteilung 8200 der Aman, die sich um das Abfangen von Funksignalen kümmerte, die Abteilung 269 des Generalsstabes der Armee, welcher die Durchführung geheimer Operationen oblag; und schließlich das Wissenschaftliche Forschungsbüro oder ›Lekem‹. Und von all diesen Eliteeinheiten war die Mossad – das ›Institut‹ – die elitärste. Wenn die Sicherheit Israels die säkularisierte Religion der Nation war, dann waren die Nachrichtenoffiziere der Mossad deren Hohepriester.

Levi tauchte in die Welt des Schwarzen Septembers ein. Er wurde der tägliche Wachoffizier dieses Ressorts; er war der Mann, der die tagtägliche Ernte an Agentenberichten und abgefangenen Mitteilungen sichtete, die den Israelis helfen könnten, den nächsten Angriff abzuwehren. Levi fiel das nicht schwer. Er war ein ordentlicher Mensch. Wenn ihm etwas lag, dann war das, Listen aufzustellen, in alten Akten zu stöbern und seinem Gedächtnis kleinste Informationen zu entlocken, die er dann mit aktuellem Nachrichtenmaterial vergleichen konnte.
Was Levi Sorgen machte, war, daß er den Leuten, deren Spur er verfolgte, immer um einige Schritte hinterherhinkte. Alles in ihm sagte ihm, daß es sich bei diesem Schwarzen September um eine Finte handelte und daß seine Operationen in Wirklichkeit das Werk der Fatah waren. Aber das genügte nicht. Er brauchte Beweise: die Namen jener Leute, die die Einsätze planten, die

Waffen zur Verfügung stellten, die toten Briefkästen bedienten und die Attentäter bezahlten. Er mußte die Schutzhaube abnehmen und die Maschine bei der Arbeit beobachten, wenn er sehen wollte, wie die einzelnen Teile der geheimen Operationen zusammenpaßten.

Als Fingerübung sammelte Levi jeden Anhaltspunkt, den er über zwei bestimmte Operationen des Schwarzen Septembers auftreiben konnte: den Bombenanschlag auf die Elektronikfirma in Hamburg und den Sabotageakt an einem Öllager in Rotterdam. Er begann ein Schema zu erkennen, eine deutlich sichtbare Handschrift, die diese und andere Operationen als die Arbeit ein und desselben Mannes identifizierte. Die Operationen hatten einige offensichtliche Charakteristika gemeinsam.

– So waren sie zum Beispiel bis ins kleinste Detail geplant. Die Bomben explodierten am richtigen Ort und zum richtigen Zeitpunkt. Sie richteten genau den Schaden an, der beabsichtigt war, nicht mehr und nicht weniger. Wenn es angebracht schien, gingen vorher Warnungen ein. Die Verantwortung für den Anschlag übernahm man für gewöhnlich nur wenige Minuten später in einer weit entfernten Hauptstadt.

– Die Attentate waren makellos. Es gab keinerlei sichtbare Hinweise. Man erwischte keine verängstigten Araber auf der Flucht vom Tatort. Es wurden keine Fingerabdrücke gefunden. Nicht eine Waffe mit verfolgbarer Seriennummer wurde sichergestellt.

– Es handelte sich um Profis. Levi hatte den Verdacht, daß es sich bei dem Planer um einen ausgebildeten Nachrichtenoffizier handelte, der seine Fährte zu verwischen verstand. Stichproben in der arabischen Unterwelt Europas und bei Agenten, die am Rande der Guerillabewegung mitarbeiteten, förderten nicht den geringsten Hinweis zutage. Anfragen bei Waffenhändlern, die Waffen und Sprengstoffe geliefert haben könnten, brachten ebensowenig. Wer auch immer die Operationen plante, war geschickt genug, mehrere Schichten von Strohmännern zwischen sich und sein Handwerk zu schalten.

– Es handelte sich um die Arbeit eines Mannes, der Deutsch

sprach. Obwohl der Schwarze September in ganz Europa zuschlug, schien er doch mit einer ungewöhnlichen Regelmäßigkeit in Westdeutschland zuzuschlagen. Wer auch immer diese Operationen plante, fühlte sich dort wohl, beherrschte die Sprache und kam mit der Kultur zurecht.

Die Vorbedingung, daß der Mann der deutschen Sprache mächtig sein mußte, löste in Levis Gedächtnis etwas aus. Da war doch in Beirut dieser palästinensische Funktionär gewesen, der für seinen kontinentalen Charme ebenso bekannt gewesen war wie für seine Fähigkeit, Frauen aus allen Teilen Europas in sein Bett zu kriegen. Levi erinnerte sich sofort an die Stimme des Palästinensers, die im Zuge einer Überwachung von einem Mossad-Agenten aufgezeichnet worden war; die Stimme hatte einem hübschen Fräulein auf Deutsch die Liebe des Palästinensers erklärt. Levi begann seine Nachforschungen auf diesen besonderen Palästinenser zu konzentrieren. Wann immer er sich das Gesicht des Schwarzen Septembers vorstellte, sah er nicht mehr eine anonyme Gestalt im Schatten, sondern einen glattrasierten jungen Mann in einer schwarzen Lederjacke.

Levi hatte noch eine weitere Ahnung; eine, die vor langer Zeit im Libanon Gestalt anzunehmen begonnen hatte. Die Amerikaner sind nicht dumm, argumentierte Levi. Sie mußten ebenso wie wir irgendwann versucht haben, die Fatah zu infiltrieren. Wenn sie nun einen Agenten anwerben wollte, an wen würde sich die CIA wenden? An den Geheimdienst der Fatah natürlich! Genau das ist die Methode von Spionen: Sie werben andere Spione an. Wo läge sonst der Sinn?

Also begann Levi eine zweite, parallel verlaufende Untersuchung. Er bat die Registratur um die Akten, welche die Mossad über die amerikanische Infiltration der Fatah-Spitze zusammengestellt hatte. Der Bibliothekar wurde ziemlich kleinlaut. Es gäbe keine spezielle Akte zu diesem Thema. Mossad-Offiziere hätten zwar Informationen zu diesem Thema gesammelt, selbstverständlich, aber diese wären über sämtliche anderen Akten verstreut. Also begann Levi zu lesen.

Fast durch einen Zufall stieß er auf einen entscheidenden kleinen

Hinweis. Er saß eines Morgens in der Registratur, einem finsteren und fensterlosen Raum im Zentrum des Mossad-Komplexes, und versuchte zu entscheiden, welche Akten er sich für diesen Tag zusammentragen lassen sollte. Er hatte die Registratur bereits unter den Stichworten ›Fatah‹, ›Alter Mann‹, ›Jamal Ramlawi‹ und einem Dutzend anderer Palästinenser durchkämmt.

Auf eine Eingebung hin verlangte er die Akte über die Volksfront zur Befreiung Palästinas. Vielleicht war die PFLP der Möglichkeit einer amerikanischen Infiltration der Fatah nachgegangen. Levi verbrachte den Vormittag damit, Berichte von Agenten und Falloffizieren zu lesen. Mittags arbeitete er durch. Am späten Nachmittag dann, als er schon den Eindruck hatte, den hundertsten Aktendeckel dieses Tages zu öffnen, fiel etwas zu Boden, das ihm auf unheimliche Weise bekannt vorkam. Es war die codierte Nachricht, die damals in jenem mit dem Elefanten geschmückten Holzkästchen aus dem teuflischen Irrgarten des Souks von Damaskus gesteckt hatte. Man hatte die entschlüsselte und ins Hebräische übersetzte Version beigeheftet; er hatte sie noch nie zu Gesicht bekommen.

Levi konnte fast nicht glauben, was er da las. Der geheime Nachrichtenbericht der PFLP schien zu bestätigen, daß die Untersuchungen Levis beide auf das gleiche Ziel hinausliefen. Der Operationschef des Schwarzen Septembers und der amerikanische Infiltrationsagent innerhalb der Fatah schienen ein und dieselbe Person zu sein!

Levi berichtete seinem Abteilungsleiter von diesem ersten Fund.

»Machen Sie mal halblang«, sagte der Chef. »Das ist zu spekulativ.«

»Spekulativ?« fragte Levi und spürte den Knoten in seinem Magen, der ihm noch allzu gut bekannt war.

»Und zu gefährlich, wenn Sie falsch liegen. Schauen Sie sich noch etwas um!«

Also ging Levi zurück zu seinen Akten. Er las sie ein weiteres Mal durch. Er fand noch weitere Einzelheiten. Dann, Anfang Juni, gab es eine alarmierende Entwicklung in diesem Fall. Aus

Europa traf eine Nachricht ein – von einem befreundeten Beamten in Rom –, die so unmißverständlich und so offensichtlich war, daß sie Levis Vorgesetzte zwang, auf das zu hören, was er zu sagen hatte.

Ende Juni 1972 hielt Levi seinen Vortrag über Jamal Ramlawi vor den Leitern des Nachrichtendienstes. Man traf sich nicht in den Büros im Zentrum der Stadt, sondern in einem moderneren Komplex auf einem Hügel über der Haifaer Straße, kurz vor der Abzweigung nach Herzliya. Auf dem Schild vor dem Eingang war zu lesen: »Verteidigungsministerium. Abteilung für Forschung.«

Die Gruppe wurde auf Hebräisch die *Rashai* genannt. Die Chefs. Das besagte genug.

Levi wartete im Korridor vor dem Konferenzraum der Chefs darauf, daß diese einen anderen Punkt der Tagesordnung abschlossen. Er war nervös. Es war nicht die tiefe Furcht, die er kennengelernt hatte, als er in seiner Eigenschaft als Nachrichtenoffizier Operationen im Feindesland durchgeführt hatte. Es war eine Art von Schüchternheit. In Beirut war sein einzig wahres Gefühl die Angst gewesen. Jetzt mußte Levi eine Rede in eigener Sache halten.

Ein uniformierter Mitarbeiter öffnete die Tür und machte ihm Zeichen, hereinzukommen. Er war überrascht, wie hell der Raum war, voll vom Sonnenlicht des israelischen Hochsommers.

Die Männer um den Konferenztisch waren wie Levi gekleidet, Hemden mit offenen Krägen und kurzen Ärmeln. Die meisten rauchten. Einige von ihnen waren kahlköpfig. Es hätte sich um ein Philosophie-Seminar an der Hebräischen Universität handeln können. Die Gesichter und der Raum hätten genauso ausgesehen.

Levis Blick konzentrierte sich auf einen älteren Mann, der am anderen Ende des Tisches saß. Ein kleiner Mann mit buschigen Augenbrauen, der an einer Pfeife sog. Levi nahm an, daß er der Chef der Mossad sein mußte. Levi war dem Chef noch nie begegnet und wußte noch nicht einmal, wie der Mann hieß.

»Also?« fragte der Mann mit den buschigen Augenbrauen. Eine kurze, rein rhetorische Frage, die er sich sofort selbst beantwortete. »Dieser junge Mann ist also Herr Levi, und er ist heute zu uns gekommen, um uns von seinen Nachforschungen in Sachen Schwarzer September zu berichten. Ist das richtig?«

»Ja«, sagte Levi. Seine Stimme klang wie das Krächzen eines Frosches.

»Also?«

»Mein Vortrag befaßt sich mit einem Palästinenser namens Jamal Ramlawi«, begann Levi. »Zunächst möchte ich Ihnen sagen, was wir über ihn wissen. Dann möchte ich Ihnen erzählen, was wir vermuten.«

»Ja, ja«, sagte der kleine Mann mit den buschigen Augenbrauen. »Lassen Sie uns nicht warten.«

»Jawohl, Chef«, sagte Levi.

»Nennen Sie mich nicht Chef«, sagte der kleine Mann.

»Ja, Sir«, sagte Levi. Er muß der Chef des Geheimdienstes sein, dachte er sich. Genau so sollte der Kopf der Mossad aussehen. Wie jedermanns Onkel.

»Zuerst das, was wir wissen«, sagte Levi. »Wir wissen, daß Jamal Ramlawi der Anführer des Schwarzen Septembers ist. Noch vor zwei Wochen handelte es sich dabei nur um eine annähernde Gewißheit. Jetzt sind wir uns sicher, dank einer Nachricht, die wir aus Rom erhalten haben. Ich nehme an, die meisten von Ihnen haben die Bandaufnahme von Jamal Ramlawi gehört. Ja? Ich habe ein Tonbandgerät mitgebracht und kann sie jedem vorspielen, der sie hören will.«

»Wir haben sie gehört«, sagte der Mann mit den buschigen Augenbrauen.

»Das Band aus Rom beweist, was wir seit vielen Monaten vermutet haben«, sagte Levi.

»Und das wäre?« fragte der kleine Mann skeptisch und sog an seiner Pfeife.

»Es beweist, daß Jamal Ramlawi, ein führender Nachrichtenoffizier der Fatah, der Cheflogistiker des Schwarzen Septembers ist. Es beweist, daß er in Italien Waffen und Sprengstoff für den

Schwarzen September erhalten hat und wahrscheinlich auch in anderen europäischen Ländern. Das Band ist der Beweis für das, was wir der Welt immer beizubringen versucht haben, nämlich daß der Schwarze September und Fatah ein und dasselbe ist.«
Ein anderer Mann meldete sich zu Wort. Einer, der Levi nicht aufgefallen war, als er sich im Raum umgesehen hatte. Er sah nicht wie ein Israeli aus; er sah wie ein Amerikaner aus. Ein Professor der juristischen Fakultät von Harvard vielleicht. Er war so groß und schlank und so durchtrainiert, daß sein Körper nur aus Sehnen zu bestehen schien. Er trug weite Khakihosen und ein weißes Hemd aus Oxford-Tuch mit angeknöpftem Kragen. Außerdem trug er eine Brille mit durchsichtigem Plastikgestell, die ihm etwas von dem Aussehen eines Jungen gab. Er sprach mit einer schnellen, scharfen Stimme, die zugleich intelligent und ungeduldig war.
»Das Band beweist das nicht«, sagte der Professor mit dem angeknöpften Kragen. »Was Sie da sagen, könnte zutreffen. Ich persönlich habe keine Zweifel daran, daß es zutrifft. Aber das Band beweist das nicht. Das Band beweist lediglich, daß Ramlawi Vorkehrungen getroffen hat, in Rom vier automatische Pistolen und hundert Kilo Sprengstoff zu beschaffen. Genaugenommen beweist es noch nicht einmal das, aber wir wollen das einmal voraussetzen.«
Levis Hals war trocken. Er nahm einen Schluck Wasser und fuhr mit seinem Vortrag fort.
»Das Band ist nur die letzte Information. Wir haben zusätzliche Beweise für Ramlawis Rolle im Schwarzen September. Wir haben Fotografien, die ihn mit einem Mann zeigen, der letztes Jahr nach dem Attentat auf den jordanischen Premier in Kairo verhaftet wurde.«
»Sooo?« sagte eine andere Stimme von der anderen Seite des Tisches. Ein dicker Mann mit einer gestrickten Jarmulke auf dem Kopf. »Und was beweisen Fotos? Daß er in seiner Nähe war. Daß er Kontakt hatte. Und was ist das schon, mein Freund? Gar nichts!«
»Wir haben die Abschriften ägyptischer Verhörprotokolle, in

denen die Terroristen vom Schwarzen September aussagen, daß sie von einem Mann ausgebildet wurden, dessen Beschreibung auf Ramlawi paßt.«

»Oh, wie schön!« sagte ein großer, dünner Mann, der neben dem Fenster saß. »Wir sind jetzt also schon auf die Ägypter angewiesen, wenn wir etwas wissen wollen? Gott bewahre! Seit wann wissen die schon etwas? Was sind die auf einmal? Genies?«

Alle lachten.

Levi kapierte, daß man ihn aufzuziehen versuchte. Dieser Verein tat nichts lieber, als jungen Offizieren das Leben schwer zu machen. Er stellte sich fester auf seine beiden Beine und fuhr mit seinem Vortrag fort.

»Wir haben zusätzliche Beweise für Ramlawis Verwicklung in den Schwarzen September, aber ich möchte Sie nicht damit langweilen. Nehmen Sie mein Wort dafür. Ich habe die Fakten sorgfältig analysiert, und ich versichere Ihnen bei meiner Ehre, daß alles korrekt ist. Der Mann ist in die Operationen des Schwarzen Septembers verwickelt. Punktum. Nehmen Sie mein Wort dafür oder suchen Sie sich einen anderen Analytiker.«

»Nicht so laut, bitte«, sagte der Mann mit den buschigen Augenbrauen. Er zündete sich seine Pfeife wieder an. Er war zufrieden. Er wollte keine Tatsachen. Nach allem, was Levi wußte, hatten die Chefs mehr Zeit über diesen Akten zugebracht als er selbst. Sie wollten eine Analyse.

»Ich komme jetzt zum interessanten Teil«, sagte Levi. »Wir beschäftigen uns hier nicht mit harten Fakten, sondern mit Spekulationen – Vermutungen –, die auf dem zur Verfügung stehenden Beweismaterial basieren.«

»Wie sieht Ihre Spekulation aus?« fragte der kleine Mann. »Sagen Sie es uns einfach. Machen Sie bitte keine große Schau daraus.«

»Die Spekulation ist, daß Ramlawi ein amerikanischer Agent ist.«

Im Raum herrschte einen Augenblick lang Schweigen, das nur durch das Rücken einiger Stühle, das Zischen einiger Streichhölzer und das Saugen an den Pfeifen durchbrochen wurde.

»Das ist unsinnig«, sagte der kleine Mann mit den buschigen Augenbrauen. »Völlig verrückt. Warum sollten unsere Freunde, die Amerikaner, so etwas tun? Nennen Sie uns Ihre Beweise für diese verrückte Theorie.«

»Das Beweismaterial ist kompliziert«, sagte Levi.

»Sooo?« sagte der dicke Mann mit der gestrickten Jarmulke. »Sehen wir dumm aus?«

»Zunächst einmal wissen wir, daß Ramlawi impulsiv ist. Wir wissen, daß er in Beirut ein wildes Leben geführt hat. Immer hinter den Frauen her. Dutzenden von Frauen. Wir haben sogar Grund zu der Annahme, daß er eine Affäre mit der Frau eines französischen Diplomaten hatte.«

»Sehr schön«, sagte der große, dünne Mann am Fenster. »Die beiden verdienen einander.«

»Wir wissen, daß Ramlawi ein Liebling der Fatah-Führung ist«, fuhr Levi fort. »Wir wissen, daß er einer jener Fatah-Leute war, die man zu einem speziellen Nachrichtenkursus nach Ägypten geschickt hat. Wir wissen, daß er viele Sprachen spricht, einschließlich Englisch, Französisch, Italienisch und Deutsch. Wir wissen, daß er viel herumgekommen ist.«

»Soooooo?« erkundigte sich der dicke Mann. »Und was hat das alles mit der CIA zu tun?«

»Darauf komme ich schon«, sagte Levi. »In Beirut sammelten wir die Reiseberichte eines jeden, der auf dem Beiruter Internationalen Flughafen eintraf oder von dort abflog.«

»Wissen wir, wissen wir«, sagte der Mann mit den buschigen Augenbrauen. »Wessen Idee, glauben Sie, ist das gewesen? Eh?«

»Ich komme nun zum wesentlichen Teil«, sagte Levi. »Wenn wir uns das Kommen und Gehen anschauen, finden wir zwei Fälle, in denen Jamal Ramlawi 1970 zur gleichen Zeit außer Landes war wie ein Falloffizier der CIA, der unter diplomatischer Tarnung in der amerikanischen Botschaft in Beirut arbeitet.«

Der Juraprofessor klopfte mit seinem Füller gegen sein Glas.

»Herr Levi«, sagte er ruhig. »Wie lautet der Name dieses CIA-Offiziers?«

»Rogers. Thomas Rogers.«
»Und wohin verreisten sie, der Terrorist und der CIA-Mann?«
»Nach Kuwait im März 1970 und nach Ägypten im Mai desselben Jahres. Wir können nicht bestätigen, daß sie sich tatsächlich getroffen haben. Aber wir sind sicher, daß sie zur selben Zeit in diese Länder gereist sind.«
»Es könnte natürlich ein Zufall sein«, sagte der Professor mit dem angeknöpften Kragen. »Selbst zweimal im Jahr. Aber es ist interessant, das muß ich zugeben.«
»Ja«, sagte der kleine Mann mit den buschigen Augenbrauen.
»Ja«, sagte der dicke Mann mit der Jarmulke.
»Fahren Sie fort«, sagte der Professor.
»Der zweite wichtige Hinweis ist ein Agentenbericht in unseren Akten über den Besuch eines amerikanischen Nachrichtenoffiziers in Rom im Juli 1970. Ich hätte diese Notiz überhaupt nicht gefunden, da sie nie in die Fatah-Akte gegeben wurde. Ich fand sie, als ich den Hintergrund des italienischen Generals in Rom untersuchte, der uns das Band geliefert hat.«
»Weiter, weiter«, drängte der kleine Mann. »Verschonen Sie uns mit den Details.«
»Laut Aussage dieses Agenten in Rom war der amerikanische Nachrichtenoffizier eigens dorthin geflogen, um sich mit einem arabischen Agenten zu treffen, einem Palästinenser vielleicht. Die Italiener haben nie herausbekommen, mit wem er sich treffen wollte. Aber vorige Woche ließ ich einen unserer Freunde die Luftlinien überprüfen, ob im Juli 1970 jemand von Interesse von Beirut nach Rom geflogen ist. Und wer glauben Sie fiel aus einer der Passagierlisten der MEA? Einer, der mit einem falschen algerischen Paß reiste, den er seither noch mehrere Male benutzt hat.«
»Ramlawi«, sagten einige der Stimmen rund um den Tisch.
»Korrekt«, sagte Levi strahlend.
»Und wer war dieser Amerikaner, der nach Rom kam?« fragte der Professor mit dem angeknöpften Kragen.
»Marsh. John Marsh.«
»Und warum kam Mr. Marsh, und nicht Mr. Rogers?«

Levi überlegte einen Augenblick.
»Ich weiß es nicht«, sagte er schließlich.
»Gut«, sagte der Professor. »Wenn Sie darauf eine Antwort gehabt hätten, dann wäre mir der Verdacht gekommen, Sie hätten sich das alles aus den Fingern gesogen. Manchmal besteht die korrekte Antwort darin, daß wir nicht wissen, wie die korrekte Antwort lautet.«
Rund um den Tisch nickten weise die Köpfe. Levi nickte ebenfalls.
»Machen Sie weiter!« bellte der kleine Mann mit den buschigen Augenbrauen. »Worauf warten Sie?«
»Nach Rom wird alles ein wenig verschwommen«, sagte Levi. »Wir haben da einen Bericht von einem Agenten im Libanon. Ich weiß das eine oder andere über ihn, da ich früher einmal seine Berichte aus den Briefkästen holte. Er ist ein Priester, und in seiner Freizeit so etwas wie ein Amateurdetektiv. Dies mag ein wenig schwierig zu verstehen sein, ich bitte Sie also um Geduld. Der Priester hatte von einem Mossad-Offizier in Europa eine Liste von Leuten bekommen, an denen wir ein gewisses nachrichtendienstliches Interesse hatten. Einer davon war Jamal Ramlawi. Er stellte deshalb Rogers, dem CIA-Mann, auf eigene Faust eine Frage Ramlawi betreffend.«
»Was tat er?« fragte der dicke Mann mit der gestrickten Jarmulke.
»Er bat Rogers, den CIA-Mann, um Informationen über Ramlawi.«
»Was für ein Idiot!« sagte der dicke Mann. »Und was hat ihm dieser Rogers geantwortet?«
»Er sagte dem Priester, er solle die Israelis fragen.«
»Ach!« sagte der dicke Mann. »Und einen solchen Idioten haben wir als Agenten.«
»Was sonst noch?« fragte der Professor.
»Noch eine Sache. Ein Agentenbericht, den ich seinerzeit selbst in Syrien abgeholt habe. Ich wußte das damals nicht, aber es war ein Bericht von einem Palästinenser innerhalb der Volksfront zur Befreiung Palästinas.«

»Ja, ja. Wir kennen den Namen der Gruppe«, sagte der kleine Mann mit den buschigen Augenbrauen. »Was besagte dieser Bericht?«
»Er besagte, daß die Führungsspitze der PFLP davon überzeugt war, daß in der Fatah ein amerikanischer Agent sitze. Die PFLP-Führung war sich nicht sicher, was die Identität dieses Agenten anbelangte, aber sie verdächtigten Ramlawi.«
»Gut, gut, gut«, sagte der kleine Mann. Während er sprach, führte er einen Pfeifenreiniger in den Stiel seiner Pfeife und operierte einen feuchten, braunen Pfropfen heraus. »Wir bekommen unsere Informationen also jetzt schon von Geisteskranken wie den PLO-Leuten! Ist es das, was Sie uns sagen wollen?«
»Wir nehmen sie, wo immer wir sie kriegen können«, sagte Levi.
»Korrekt«, sagte der Juraprofessor mit dem durchsichtigen Plastikbrillengestell. »Und da Sie diese Lebensweisheit so gut kennen, vielleicht können Sie uns da die große Frage beantworten.«
»Wie lautet sie«, fragte Levi.
»Die große Frage lautet, was wir in dieser Sache unternehmen sollen?«
»Wollen Sie eine Empfehlung von mir?«
»Warum nicht?«
»Lassen Sie mich nachdenken.«
»Aber nicht zu lange«, sagte der Professor. »Wenn Sie zu lange nachdenken, dann werden Sie wie die anderen hier. Denken Sie nicht! Sagen Sie es einfach.«
»Wir könnten selbst versuchen, Ramlawi zu benutzen. Ihm drohen, seine Kontakte zu den Amerikanern bloßzustellen, wenn er nicht einwilligt, für uns zu arbeiten.«
»Falsch«, sagte der Professor. »Interessant, aber falsch. Der Palästinenser würde nur annehmen, die Amerikaner hätten ihn an ihre israelischen Freunde verraten. Ihn zu erpressen würde zu nichts führen. Es würde den Amerikanern nur die Verbindung abschneiden. Sonst irgendwelche Ideen?«
»Wir könnten Rogers, den CIA-Mann, angehen. Oder Marsh, den Mann, der in Rom war.«

»Wieder falsch. Zu riskant. Wir wollen nicht damit anfangen, CIA-Leute anzuwerben. Den Ärger können wir nun wirklich nicht gebrauchen. Wollen Sie die korrekte Antwort hören?«
»Selbstverständlich«, antwortete Levi.
»Tun Sie *gar nichts*. Zunächst einmal ist das immer das beste. Nichts zu tun. Einfach beobachten und abwarten. Machen Sie das Wasser nicht trübe, indem Sie darin herumrühren. Haben Sie Geduld.«
»Jawohl, Sir«, sagte Levi.
Das war es. Die Männer begannen sich von ihren Stühlen zu erheben. Levi fühlte sich ausgepumpt: so weit gereist zu sein, all dieses Material gesammelt zu haben, nur damit man ihm sagte, er solle nichts unternehmen. Vielleicht sah man ihm das an, denn als die Gruppe, einer nach dem anderen, den Raum verließ, kamen der Professor mit dem angeknöpften Kragen und der kleine Mann mit den buschigen Augenbrauen beide zu ihm herüber.
Levi beobachtete sie, als sie auf ihn zukamen und fragte sich, wer von den beiden wohl der Chef sei. Welcher von ihnen ist das wahre Gesicht der Mossad? Der listige kleine Mann mit dem sarkastischen Humor oder der Analytiker mit der außergewöhnlichen Selbstkontrolle und der knappen Sprechweise.
Der Mann mit dem festgeknöpften Kragen kam als erster auf ihn zu und schüttelte ihm die Hand.
»Ich heiße Natan Porat«, sagte der Mann mit der hellen Brille. »Ich bin der Chef des Nachrichtendienstes. Sie haben sich heute gut geschlagen. Machen Sie weiter so!«
Er deutete auf den kleinen Mann mit den buschigen Augenbrauen.
»Das hier ist mein Stellvertreter, Avraham Cohen«, sagte Porat.
»Sie haben einen netten Vortrag gehalten, Herr Levi«, meinte Cohen.
Porat nahm Levi zur Seite. Aus der Nähe betrachtet sah er sogar noch amerikanischer aus. Er schwitzte nicht. Sein Haar war sauber geschnitten. Seine Sprechweise war knapp. Er gestikulierte nicht, während er sprach. Levi erschien er fast blutlos. Porat

sah ihn mit seinen klaren Augen durch die Brille mit dem klaren Gestell an. Er sprach mit dem Akzent jener Einser-Schüler, die in der ganzen modernen Welt die Geheimdienste leiten.
»Wir werden wegen dieses Ramlawi etwas unternehmen, das versichere ich Ihnen«, sagte Porat. »Aber Sie müssen verstehen, daß es sich da um eine heikle Angelegenheit handelt. Es ist etwas peinlich, wenn man erfährt, daß ein amerikanischer Agent die Operation der führenden Terroristengruppe der Welt leitet.«

Kapitel 36
Tel Aviv; September 1972

Levi saß an seinem Schreibtisch, als die ersten Berichte aus München eingingen. Acht palästinensische Terroristen waren im Morgengrauen des 5. September in das Olympische Dorf in München eingedrungen und hielten elf Israelis als Geiseln fest. Wie das übrige Israel auch verbrachte Levi den Rest des Tages vor dem Radio. Man konnte sich den Nachrichten nicht entziehen. Levi hatte einen Empfänger in seinem engen Büro. Ein weiterer stand in der Cafeteria. Selbst zwischen den ansonsten so stillen Regalreihen der Registratur lief das Radio. In jedem Bürogebäude und jedem Haushalt in ganz Israel war es genauso. Die Menschen ließen alles liegen und stehen und starrten auf das Radio und hörten die entsetzlichen Nachrichten aus Deutschland.
Stündlich kamen die Verlautbarungen aus München. Es waren nicht elf Geiseln, sondern neun. Die Terroristen hatten zwei der israelischen Jungen getötet, als sie das Gebäude gestürmt hatten. Sie würden sämtliche Geiseln töten, so hieß es im Radio, falls Israel nicht 236 palästinensische Gefangene freiließ. Die Terroristen setzten das Ultimatum auf Mittag fest; dann ein Uhr, dann fünf Uhr, dann zehn Uhr abends. Sie verlangten drei Flugzeuge, die sie und ihre Geiseln in ein arabisches Land ausfliegen sollten. Die Deutschen waren einverstanden. Die Geiseln waren auf dem Weg zum Flughafen.

Israel saß vor dem Radio und hörte betend zu. Die Leute gingen nach Hause, aßen zu Abend, lagen wach im Bett und hörten Nachrichten. Levi blieb im Büro. Kurz nach ein Uhr morgens kam die Ansage. Gott sei Dank! Alle neun israelischen Athleten waren befreit worden! Ein Sprecher der Bundesrepublik Deutschland verkündete, daß eine Befreiungsaktion geglückt war. Der israelische Premierminister, der wie alle anderen Radio hörte, öffnete eine Flasche Cognac, um zu feiern.
Immer wieder brachte der Israelische Rundfunk die Meldung, daß alle Geiseln in Sicherheit waren; bis zum Sendeschluß um drei Uhr. Die Spätausgaben der israelischen Zeitungen brachten die wunderbare Botschaft in Riesenschlagzeilen. »Geiseln in München befreit«, hieß es in der *Jerusalem Post.* »Alle in Sicherheit nachdem Araber auf Militärflugplatz in deutsche Falle gingen.«
Am nächsten Morgen wachte Israel auf und hörte mit Entsetzen, was wirklich passiert war, als der Israelische Rundfunk um sechs Uhr morgens seine Sendungen mit der düsteren Meldung wieder aufnahm, in die früheren Berichte hätten sich irgendwie Fehler eingeschlichen. Ein deutscher Versuch, das Fluchtflugzeug zu stürmen, war fehlgeschlagen. Alle neun israelischen Athleten waren tot. In München hatte es ein Massaker gegeben.
Levi war ebenso erschlagen wie jeder andere in Israel. Vielleicht sogar noch mehr, denn er hatte sich in den wenigen Monaten, die er wieder zu Hause war, gestattet, sich zu entspannen. Er hatte in diesen Monaten vergessen, was er jeden Tag, jede Minute, durchgemacht hatte, die er nicht in Israel gewesen war: das Gefühl der Verwundbarkeit, das Gefühl, jeden Augenblick von gnadenlosen Feinden getötet werden zu können, das Gefühl, daß einen die ganze Welt haßte – und immer hassen würde –, nur weil man Jude war. Diese Gefühle kehrten jetzt in Levi zurück, als wäre eine alte Wunde in seinem Gehirn wieder aufgebrochen.
Levi machte an diesem Tag einen Spaziergang und sah eine Stadt voller Menschen mit roten Augen, die den Tag mit Schluchzen begonnen hatten und noch immer vom Schmerz überwältigt waren. Auf den Parkbänken entlang der Jabotinsky-Straße saßen einige alte Leute und weinten. Vor der deutschen Bot-

schaft hatte sich spontan eine Menschenmenge zusammengefunden. Levi hörte sie schon von weitem. Die Leute sangen ein hebräisches Lied, ›*Am Yisrael Hai*‹, Das Volk Israels soll leben. Jemand hatte die Ziffer elf auf den Bürgersteig geschrieben; die Zahl der Opfer. Ein anderer hatte elf Kerzen mitgebracht. Andere kamen mit Plakaten. ›Nie wieder‹; ›Warum keine olympische Solidarität für Juden?‹; ›Auge um Auge‹. Eine alte Frau verteilte schwarze Armbinden. Levi nahm eine und streifte sie sich über den Arm.

Was war es, was das Land so erschüttert hatte? fragte sich Levi, als er zu seinem Büro zurückging. Die Zahl der Menschen, die ums Leben gekommen waren, konnte es nicht sein. In den Annalen des Terrors gegen den Staat Israel waren elf Opfer keine einzigartige Tragödie, sondern nichts weiter als ein Steinchen in einem sich ausbreitenden Mosaik der Gewalt. Es war auch nicht die Brutalität der Morde. In einem Kugelhagel umzukommen war schließlich nicht die schlimmste Art zu sterben.

Was war es dann, was Levi und alle, denen er an diesem Tag begegnete, durch die Ereignisse in München so niedergeschmettert sein ließ?

Vielleicht war es die Unschuld und die Wehrlosigkeit der Opfer. Sie waren Athleten gewesen: Symbole der einfachsten und reinsten Tugenden der Nation. Die stärksten, die schnellsten, die am wenigsten von den Verderbtheiten des Lebens befleckten. Sie waren nach München gekommen, in dem Glauben, daß Juden 27 Jahre nach dem Holocaust ohne Angst nach Deutschland kommen konnten. Sie waren einer Einladung gefolgt, zu kommen und mit anderen Nationen dieser Welt in Wettstreit zu treten. Und geendet hatte es mit einem Haufen jüdischer Leichen.

Levi ging zurück in sein Büro, todunglücklich; er wollte mit jemandem sprechen, und er wollte sich verstecken. Im Büro herrschte eine trostlose Stimmung. Überall standen kleine Gruppen beisammen, die sich gedämpft unterhielten; Sekretärinnen starrten ausdruckslos auf ihre Schreibmaschinen. Ich sollte etwas tun, dachte sich Levi. Ich sollte nicht hier herumsitzen und Trübsal blasen. Er ging die Akten durch und stellte rasch ein Profil der Anführer des Schwarzen Septembers zusammen. Es war eine Opfergabe an den rachsüchtigen Gott Abrahams und Isaaks. Er nahm das Ganze mit nach oben, wo die Chefs ihre Büros hatten. Der Schreibtisch an der Rezeption war unbesetzt; also ging Levi den Korridor hinunter, bis er an die Tür des stellvertretenden Direktors, Avraham Cohen, kam. Die Tür stand offen. Cohen saß hinter seinem Schreibtisch, die Augen geschlossen. Sein Kopf bewegte sich sachte vor und zurück. Cohen betete. An seinem Arm sah Levi eine schwarze Binde. Schließlich hob Cohen den Kopf. Seine Augen waren gerötet und von dunklen Ringen gesäumt.

»Was wollen Sie?« fragte er. Seine Stimme hatte ihren üblichen Biß verloren.

»Ich dachte mir, das hier könnte nützlich sein«, sagte Levi und reichte ihm die Akte über die Anführer des Schwarzen Septembers.

»Wissen Sie, wo die Schweine stecken?«

»Von einigen weiß ich es«, antwortete Levi.

Cohen sagte nichts. Die buschigen Augenbrauen, die sonst so lebhaft waren, rührten sich nicht. Levi sah, daß er irgend etwas musterte, das vor ihm auf dem Schreibtisch lag. Es war ein Zeitungsartikel, der die Namen der elf Geiseln nannte – jetzt waren es elf – und von jedem eine kurze Biographie brachte.

»Das ist die Geschichte unseres Volkes«, sagte Cohen.

»Ja«, sagte Levi. »Ich weiß.«

Cohen schien nicht zu hören.

»Wahrhaftig«, sagte er. »Das ist die Geschichte Israels. Diese jungen Leute in München waren eine Landkarte dessen, was wir sind.«

»Wie meinen Sie das?« fragte Levi.

»Hören Sie«, sagte Cohen und nahm die Liste vom Schreibtisch. »Lassen Sie mich Ihnen sagen, wer diese Jungen waren. Ein Ringer, der erst vor drei Monaten aus der Sowjetunion nach Israel gekommen war. Ein weiterer Ringer aus Rußland. Ein Trainer der Schützen aus Rumänien. Ein Gewichtheber aus

Polen. Ein Trainer der Ringer aus Rumänien. Können Sie noch mehr vertragen? Eh? Wollen Sie noch mehr hören?«
»Ja«, sagte Levi.
»Ein Gewichtheber aus Amerika. Ein Trainer der Gewichtheber aus Polen. Ein Gewichtheber aus Libyen. Ein Lauftrainer aus Tel Aviv. Ein Fechttrainer aus Rumänien. Ein Ringertrainer aus Deutschland, dessen Eltern die Judenverfolgung überlebt haben, nur um ihren Sohn in München sterben zu sehen!«
Cohen legte die Liste auf den Schreibtisch zurück. Er legte für einen Augenblick seinen Kopf in die Hände, dann wandte er sich wieder an Levi.
»Sie stammen alle von irgendwo anders her. Ist Ihnen das aufgefallen? Eh? Sie sind nach Israel gekommen, um sicher zu sein, und wir haben sie im Stich gelassen. Sie und ich, das Institut. Sie haben darauf vertraut, daß wir sie beschützen, und wir haben sie wie hilflose Juden in Deutschland krepieren lassen.«
»Ja.«
»Und wissen Sie, was wir deshalb tun sollten?« fragte Cohen. Seine Stimme hob sich, seine Augenbrauen setzten zu einem Flug an.
»Nein«, sagte Levi.
»Wir sollten diese Schweine umbringen! Jeden einzelnen von ihnen!«

Die nächsten Tage brachten eine Flut von Informationen über den Zwischenfall in München. Viele davon liefen über Levis Schreibtisch. Die abgefangenen Telefon- und Funkgespräche stapelten sich neben Depeschen aus den israelischen Botschaften Europas, Berichten von Agenten und Informanten in der ganzen Welt; und das alles zu dieser Operation in München. Allein der Umfang des Materials überwältigte Levi. Irgendwo in diesem Berg von Papieren könnte eine Meldung stecken, die besagte, daß das Massaker vom ägyptischen Präsidenten persönlich geplant worden war, aber es würde Tage dauern, sie zu finden. Das Problem, so stellte Levi fest, war nicht, Informationen zu sammeln. In der modernen Ära des Abfangens von Nachrichten war das einfach. Das Problem lag darin, sie rechtzeitig zu analysieren, damit man Konsequenzen ziehen konnte.

Das meiste von dem, was in diesen ersten paar Tagen hereinkam, war vorauszusehen gewesen und nicht besonders hilfreich. Der Schwarze September hatte in Kairo während der ersten Stunden der Operation eine vierseitige hektographierte Erklärung herausgegeben, in der es hieß, die israelischen Athleten befänden sich ›in Kriegsgefangenschaft‹, und die die Bedingungen bekanntgab, unter denen man sie freilassen würde. Die Führungsspitze der Fatah gab in Beirut eine Erklärung ab, die jede Verantwortung für die Münchner Operation weit von sich wies. Arabische Presseberichte legten dem Massaker gegenüber viel Verständnis an den Tag und schrieben, die Schuld liege im Grunde bei Israel, weil es das palästinensische Volk unterdrücke.

Was Levi auffiel, als er all die Meldungen durchzusehen begann, war, daß der Schwarze September die Operation ungewöhnlich raffiniert geplant hatte. Man hatte genau gewußt, wohin man im Olympischen Dorf zu gehen hatte, um zum Quartier der Israelis zu gelangen, wie man die angeblich lückenlosen Sicherheitsvorkehrungen zu überwinden hatte, wann man den Angriff über die Bühne gehen lassen mußte, um einen maximalen Überraschungseffekt zu erzielen. Es war den Terroristen gelungen, unbemerkt ein kleines Waffenarsenal nach Deutschland zu schmuggeln. Es war ihnen möglich gewesen, in Kairo – einige tausend Meilen weg – schon kurz nach dem Angriff präzise Forderungen zu stellen. Und sie hatten in den letzten Augenblicken auf dem Flughafen die List der Deutschen durchschaut und einen blutigen Preis gefordert, indem sie sämtliche Geiseln töteten. Es war ganz offensichtlich, daß das keine Amateure waren.

Die westdeutsche Polizei lieferte den ersten brauchbaren Hinweis. Auf der Suche nach dem Mann, der dem Schwarzen September von innen geholfen haben könnte, durchkämmte sie die Aufzeichnungen aller Firmen und Bauunternehmer, die am Bau des Olympischen Dorfes beteiligt gewesen waren. Bald fanden sie heraus, daß einer der Architekten, die am Olympischen Dorf mitgearbeitet hatten, ein palästinensischer Akademiker gewesen war. Levi ließ seinen Namen und seine Paßnummer durch den Computer laufen und fand heraus, daß die Mossad eine kleine Akte über ihn hatte. Er war in Haifa geboren und in Europa erzogen worden – und er war ein Sympathisant der Fatah. Er hatte die Aufmerksamkeit der Mossad auf sich gezogen, weil er sich einem Agentenbericht nach 1971 mit einem Nachrichtenoffizier der Fatah getroffen hatte. Einem Mann namens Jamal Ramlawi.

Abgefangene Mitteilungen brachten weitere Hinweise. Die Analytiker der Einheit 8200 hatten am Tag der Münchner Operation einen ungewöhnlich starken Funkverkehr zwischen dem Hauptquartier der Fatah in Beirut und einem Transmitter in Ost-Berlin notiert. Die Analytiker versuchten noch immer den Code zu knacken und die Nachrichten zu entschlüsseln. Eine Arbeitshypothese hatten sie jedoch bereits: Ost-Berlin hatte der Fatah für diese Operation als Kommandoposten gedient. Jemand hatte die Show von dort aus geleitet.

Die Israelis baten die Westdeutschen um die Namen all jener, die während des vorangegangenen Monats mit arabischen Pässen von West-Berlin aus nach Ost-Berlin gereist waren. Die Liste landete auch prompt auf Levis Schreibtisch. Unter Hunderten von Namen und Nummern zog einer Levis Aufmerksamkeit auf sich wie ein rotes Tuch. Es handelte sich um einen algerischen Paß, ausgestellt an einen gewissen Chadli bin Yehiya. Ein rascher Blick in die Akten bestätigte, daß der gleiche Name und die gleiche Paßnummer schon früher von Jamal Ramlawi benutzt worden waren.

Levi übermittelte seine Berichte den Chefs, die jetzt tägliche Besprechungen abhielten, um ihre Antwort auf München zu planen. Sie versammelten sich jetzt nicht mehr in einem sonnigen Konferenzzimmer an der Straße nach Herzliya, sondern in einem finsteren Kommandobunker unter den Straßen von Tel Aviv. Im Dunkeln bereiteten sie sich darauf vor, einen Krieg im Schatten zu führen.

Drei Tage nach dem Massaker feierte man Rosch Ha-Schana, das jüdische Neujahr. Es war das Ende des 5732sten Jahres in der Geschichte des jüdischen Volkes. »Wer wird leben und wer wird sterben?« fragte das traditionelle Rosch-Ha-Schana-Gebet. »Wer durch das Feuer, wer durch das Schwert?« Der israelische Präsident hielt eine Neujahrsansprache, um den Beginn des Jahres 5733 zu markieren. Er sprach von der Tragödie in München. »Dem Gewissen der ganzen Welt schreien wir entgegen: ›Laßt keine Ruhe sein, bevor dieser böse Arm nicht abgehackt ist!‹ Den Hinterbliebenen – Eltern und Frauen und Kindern, Freunden und Kollegen – sagen wir: ›Die verwundeten Herzen der ganzen Nation fühlen mit euch. Wie können wir euch trösten?‹« Die Knesset lieferte eine einfache Antwort, als sie eine Woche nach München zusammentrat: Vergeltung.

Das israelische Parlament verabschiedete eine Resolution, welche Terroristen zu ›Feinden der Menschheit‹ erklärte, und schwor, ›beharrlich gegen terroristische Organisationen, ihre Basen und all jene vorzugehen, die sie unterstützten, bis diesen kriminellen Aktivitäten ein Ende gemacht wäre‹. Auf die Bedeutung dieser undurchsichtigen Sprache wurde in einer Meldung des militärischen Korrespondenten der *Jerusalem Post* hingewiesen, in der es hieß: »Man erwartet von Israel, daß es den Terroristen auf ihrem eigenen Terrain entgegentritt, um die wachsende Flut des Terrors zu bekämpfen; mit Hilfe von Taktiken, die sowohl unkonventionell als auch von vernichtender Wirkung sind.«

Mit anderen Worten: Israel griff im Krieg gegen den Terror zu den Waffen seiner Feinde.

Kapitel 37
Tel Aviv; Oktober 1972

Im Oktober, einen Monat nach München, reiste der Direktor der CIA in den Nahen Osten. Die Reise war schon lange geplant gewesen, aber das Problem des Terrorismus verlieh ihr ein schärferes Profil. Das gleiche galt für die Ankündigung, die Mitte September aus dem Weißen Haus kam und derzufolge der Präsident ein hartes neues Anti-Terror-Programm beschlossen hatte. Der Direktor hätte nicht sagen können, um was es dabei ging. Er merkte nichts davon, daß der Präsident tatsächlich eine *neue* Politik gegenüber dem Terrorismus hatte; und genaugenommen hatte er auch nichts von einer alten bemerkt. Nichtsdestoweniger besaß er genug gesunden Menschenverstand, um dem Präsidenten – streng vertraulich – eine Kopie seiner Reiseroute vorzulegen, mit der Notiz: »Hoffe auf meiner Reise Unterstützung für unser neues Anti-Terror-Programm zu finden.«

Diese Reise war der erste Besuch eines amtierenden CIA-Direktors in Israel. Ein Zwischenstop in Tel Aviv war mit Rücksicht auf die Sensibilität, um nicht zu sagen Paranoia der arabischen Geheimdienste nie ratsam erschienen. Der Direktor hatte sich gesagt, zum Teufel mit der arabischen Sensibilität, und hatte eine Reise vorbereitet, bei der Aufenthalte in Jordanien, Israel und dem Libanon eingeplant waren. Damit durfte er wohl durchkommen. In der arabischen Welt betrachtete man diese Länder als hundertprozentige Tochtergesellschaften der CIA.

Der Direktor reiste mit Stil. Er nahm seine Frau mit, Tennisschläger, Smoking, Hausrock, Golfschläger und einen Reflektor für das Sonnenbad am Swimming-pool. Außerdem brachte er einige Sekretärinnen, Kryptographen, Leibwächter, und – zur Unterstützung bei den Leuten vor Ort – den Chef der Nahost-Abteilung der Geheimen Dienste, Mr. Edward Stone, mit.

Sie drängten sich alle miteinander in eine komfortable 707 der Luftwaffe, eine Maschine aus der Flotte, die höchsten Regierungsbeamten für Auslandsreisen zur Verfügung stand. Diese spezielle Maschine wurde wegen ihrer fehlenden Fenster ›die Röhre‹ genannt; und aus diesem Grund wurde sie auch von den meisten anderen der hohen Tiere gemieden. Dem Direktor jedoch war sie die liebste; er hielt sie für behaglich. Innen war die Maschine wie ein kleines Apartment angelegt, mit Bett, Wohnzimmer, Küche, Wohndiele; im vorderen Teil gab es ein ausgefeiltes Kommunikationssystem auf dem neuesten Stand der Technik.

Die Israelis waren vom Kommen des Direktors entzückt und schienen eifrig darauf bedacht, die Araber zu schmähen. Der israelische Luftverkehrskontrollturm in der Nähe von Tel Aviv tat den kühnen Schritt, mit der Maschine des Direktors Funkkontakt aufzunehmen, als diese noch in Amman auf dem Boden stand, und eine Route vorzuschlagen, welche die Maschine schnurstracks westwärts über den Jordan gebracht hätte. Die Jordanier waren über diese Verletzung der Funkverkehrsregeln außer sich und schickten als Geste des Protests einige Jäger in die Luft. Die jordanischen Jäger umkreisten für einige Minuten den Flughafen von Amman, kehrten aber demütig wieder auf den Boden zurück, als die Israelis Alarmstart für eine Schwadron F-4-Phantoms gaben.

Der Pilot der 707 wies den israelischen Flugplan mit der Begründung zurück, die palästinensischen Guerillas zu beiden Seiten des Flusses könnten versuchen die Maschine abzuschießen. Er entschied sich für die etwas längere, aber beträchtlich sicherere Route über Syrien und den Libanon hinaus nach Zypern und dann in einem Bogen über das Mittelmeer nach Israel.

Der Chef der Mossad, Natan Porat, erwartete die Maschine des Direktors auf einem Militärflughafen in der Nähe von Tel Aviv. Auch der Stationschef der CIA aus der Amerikanischen Botschaft war da. Es herrschte kurz Verwirrung darüber, welchen Wagen der Direktor nehmen sollte: den von der Mossad zur Verfügung gestellten oder den der CIA-Station. Die Israelis hatten einen glänzenden neuen Mercedes geschickt, die Station einen etwas heruntergekommenen Lincoln Continental. Zögernd entschied sich der Direktor für den Lincoln.

Der Direktor stieg im Sheraton von Tel Aviv, direkt am Strand, ab, schickte seine Frau mit der Gattin des Botschafters zum Einkaufen, überfuhr Stone in einem Satz Tennis, duschte und rasierte sich; dann machte er sich auf den Weg zu einem formellen Treffen mit den Israelis. Er trug seinen üblichen grauen

Nadelstreifenanzug, der ihn in Tel Aviv aus der Menge hob wie einen Besucher von einem anderen Stern.

»Es ist uns ein Vergnügen, unsere Freunde in unserer Mitte willkommen zu heißen«, sagte Natan Porat.
Er saß in einem kleinen Konferenzraum im Hauptquartier der Mossad in der Nähe des Bahnhofs. Außer ihm waren noch der Direktor, Stone und der stellvertretende Chef der Mossad, Avraham Cohen, dabei.
Porat sah auf seine Art noch amerikanischer aus als der Direktor. Er trug einen blauen Anzug, eine gestreifte Krawatte und schwarze Schuhe. Er hätte auch ein Bestattungsunternehmer von der feinsten Sorte sein können, wäre da nicht die Plastikbrille gewesen. Porat repräsentierte das neue Israel. In Amerika geboren, war er 1946 als Teenager nach Palästina ausgewandert und hatte im Unabhängigkeitskrieg gekämpft. Er war noch vor seinem zwanzigsten Geburtstag in den israelischen Sicherheitsdienst eingetreten.
Porat, scharf wie ein Rasiermesser, hatte sich den perfekten Hintergrund mitgebracht, um sich abzuheben: Avraham Cohen, klein, freundlich, onkelhaft, vertrauenerweckend.
»Ein Willkommen unseren Freunden«, sagte Cohen. »So nennen wir bei uns die CIA. ›Die Freunde.‹ Wußten Sie das?«
»Das wußte ich nicht«, sagte der Direktor.
»Ist aber wahr. Die Briten nennen Sie ›die Cousins‹. Aber wir halten Sie für unsere ›Freunde‹.«
»Nun denn«, sagte der Direktor und sah sich nach etwas um, mit dem er hätte anstoßen können. Da er nichts fand, legte er die Hand aufs Herz. »Es tut gut, unter Freunden zu sein.«
»Ich hoffe, wir können wie Freunde über die Probleme sprechen, denen wir uns gemeinsam stellen müssen«, sagte Porat.
Der Direktor nickte.
»Wie Sie wissen, sind wir nicht immer einer Meinung über das, was im Nahen Osten so passiert. Wir stehen zuweilen im Wettbewerb, wenn es um Aufmerksamkeit und Unterstützung geht. Einige Ihrer arabischen Bekanntschaften, wie etwa

Jordanien, sind unsere Feinde. Aber trotz alledem sind wir Freunde.«
»Zweifelsohne«, sagte der Direktor. »Wir sind nicht immer einer Meinung. Aber auf lange Sicht gesehen bin ich überzeugt, daß wir beide das gleiche wollen.«
Es entstand eine Pause. Die Zusammenkunft hatte ihren angemessenen, wenn auch etwas gespreizten Beginn genommen.
»Sagen Sie«, meldete sich Cohen wieder. Die Ranken seiner Augenbrauen reichten ihm fast bis an den Haaransatz. Sein Gesicht hatte einen fröhlichen Ausdruck, der herzlich wenig zu dem düsteren Anlaß der Zusammenkunft paßte.
»Da wir gerade von Wettbewerb sprechen; das erinnert mich an eine Anekdote über zwei chassidische Juden, die so reich wie Rockefeller werden wollten. Kennen Sie die Geschichte?«
»Ich glaube nicht«, sagte der Direktor. Er warf Porat einen zweideutigen Blick zu.
»Ah, gut«, sagte Cohen. »Zwei chassidische Juden unterhalten sich eines Tages. Einer von ihnen sagt: ›Stell dir vor, wie es wäre, wenn du so reich wärst wie Rockefeller.‹
›Laß mich dir etwas sagen‹, meinte der zweite. ›Wenn ich so reich wäre wie Rockefeller, dann wäre ich *reicher* als Rockefeller.‹
›Wie kannst du reicher sein als Rockefeller?‹ fragte der erste.
›Na, weil ich, sogar wenn ich so reich wie Rockefeller wäre, nebenbei immer noch ein wenig Talmud unterrichten würde.‹«
Der Direktor lachte herzlich. Porat sah ihn mit einem verwirrten Ausdruck an, der zu sagen schien: Kann es sein, daß dieser Mann noch nie einen jiddischen Dialektwitz gehört hat? Sind wir die ersten Juden, denen er je begegnet ist?
»Wir haben ein ganz ansehnliches Programm für Sie vorbereitet«, sagte Porat. »Morgen würden wir Ihnen gerne einige Informationen darüber geben, wie wir hier die Lage im Nahen Osten sehen, und Ihnen erklären, wie unser Dienst operiert. Aber bevor Ihr offizielles Programm beginnt, hatte ich gehofft, wir könnten hier ganz zwanglos über einige Angelegenheiten von beiderseitigem Interesse sprechen.«

»Es würde mich freuen«, sagte der Direktor. »Was können wir für Sie tun?«
»Nun, eigentlich«, sagte Porat, »sind *wir* es, die gerne etwas für *Sie* tun würden.«
Der Mossad-Chef nahm einen braunen Umschlag von einem Tisch neben seinem Sessel und reichte ihn dem Direktor. Er enthielt einige Dokumente auf Russisch, neben einigen Dutzend Fotografien und technischen Zeichnungen.
»Ihre Sowjet-Analytiker dürften das hier für recht nützlich halten«, sagte Porat. »Das Material gibt Aufschluß über einige kürzlich erfolgte Änderungen der Konstruktionsgrundlagen bei sowjetischen Raketenlenksystemen. Ich habe mir von unseren Spezialisten sagen lassen, daß das recht interessant ist.«
»Ich dachte, die Sowjets hätten Ihr Netz aufgerollt«, sagte der Direktor.
»Das denken die Sowjets auch«, erwiderte Porat mit einem Augenzwinkern.
Der Direktor, der vor Jahren ein wenig Russisch gelernt hatte, blätterte sich durch die Sammlung und nickte anerkennend.
»Erstklassige Ware. Gibt es da, wo das herkommt, noch mehr?«
»Wir werden sehen«, sagte Porat.
Der Mossad-Chef nahm einen zweiten braunen Umschlag vom Tisch und reichte ihn dem Direktor.
»Noch mehr Bonbons?« meinte der Direktor, als er den zweiten Umschlag öffnete. Dieser enthielt die Namen, Fotografien und Paßnummern von einem Dutzend Araber.
»Diese Herren da sind palästinensische Terroristen«, sagte Porat. »Die meisten von ihnen sind Mitglieder der Volksfront zur Befreiung Palästinas, wenn auch einige von ihnen Kontakte zur Fatah unterhalten. Einige davon haben mit dem Schwarzen September zu tun. Wir haben allen Grund zur Annahme, daß man innerhalb der nächsten zwölf Monate Angriffe gegen amerikanische Ziele plant. Wir dachten, das würde Sie interessieren.«
»Das tut es in der Tat«, sagte der Direktor. Er reichte das Paket Stone, der wie beiläufig das Dutzend Fotografien durchblätterte. Porat musterte Stone aufmerksam, als er das Paket durch-

sah. Stone hielt einen Augenblick inne, als er das Gesicht von Jamal Ramlawi sah.

»Wir helfen unseren Freunden gerne«, sagte Porat forsch. »Und wir hoffen, daß unsere Freunde uns helfen.«

»Was können wir für Sie tun?« fragte der Direktor noch einmal.

»Israels Problem ist der Terrorismus. Das ist für Sie kein Geheimnis. Was Sie vielleicht nicht wissen, ist, daß wir uns zu den aggressivsten Maßnahmen entschlossen haben, um diesem Problem zu begegnen.«

»Was bedeutet das?« fragte der Direktor. Während er dies sagte, zupfte er kleine Fusseln von den Beinen seiner grauen Nadelstreifenhosen.

»Ich werde Ihnen ganz genau sagen, was das bedeutet«, sagte Porat. »Wir treten in einen Krieg gegen den Schwarzen September. Wir haben die Absicht, seine Anführer zu eliminieren – und zwar jeden einzelnen –, bevor sie noch mehr unserer Leute töten. Und wir werden auf die einzig angemessene Weise jene bestrafen, die das Münchner Massaker geplant haben.«

»Ich denke, ich brauche keine weiteren Einzelheiten, danke«, sagte der Direktor.

»Gut.«

»Ich habe da eine Frage, Nathan ...«

»Natan«, sagte Porat korrigierend.

»Worüber ich mir nicht im klaren bin, Natan, ist, was Sie von uns wollen?«

»Lassen Sie uns offen sprechen«, sagte Porat. »Wenn wir Sie um Ihre Hilfe im Kampf gegen den Terrorismus bitten, dann denken wir da an etwas ganz Spezielles. Wir gehen von der Annahme aus, daß die Vereinigten Staaten ebenso wie wir versuchen, Kontakte innerhalb der terroristischen Organisationen zu entwickeln.«

»Kein Kommentar«, sagte der Direktor.

»Selbstverständlich. Aber Sie haben mich gefragt, was wir wollen, und ich sage es Ihnen. Wir wissen nicht, welche Kontakte Sie haben könnten oder nicht. Das geht uns nichts an. Aber wir wollen Ihre Hilfe – wie auch immer sie aussehen würde – dabei, den terroristischen Arm der Fatah, der sich Schwarzer Septem-

ber nennt, zu vernichten. Wir werden diese Organisation zerstören, mitsamt ihren Anführern, ob Sie uns nun helfen oder nicht. Aber wir würden es vorziehen, es mit Ihrer Hilfe zu tun.«
Der Direktor neigte den Kopf und sah Porat mit einem Auge an.
»Aber Sie haben mir noch immer nicht gesagt, wie unsere Hilfe aussehen soll«, sagte er.
»Wir befinden uns hier im Nahen Osten«, sagte Porat lächelnd. »Hier nennt ein Händler seinen Preis nicht. Überlassen wir also die Frage, wie Sie uns helfen können, Ihrer Phantasie.«
»Sehr gut«, sagte der Direktor. »Überlassen wir es der Phantasie. Wir werden uns melden.«
Es entstand eine weitere Pause.
»Sagen Sie, Direktor«, sagte Cohen. »Wenn ich Sie mit Natan so verhandeln höre, dann erinnert mich das an die Geschichte über den Rabbi und die beiden Freier. Kennen Sie die?«
»Vermutlich nicht«, sagte der Direktor.
»Okay. Es war einmal ein Rabbi aus Lublin, der versuchte, einen Streit zwischen zwei Männern zu schlichten, die beide dieselbe Frau heiraten wollten. Sind Sie sicher, daß Sie sie noch nicht kennen?«
»Ganz sicher«, sagte der Direktor.
»Okay. Der Rabbi bittet den ersten Freier zu sich, damit er seinen Fall vorträgt, und der junge Mann erklärt, daß er das Mädchen bekommen sollte, weil er Geld, einen guten Beruf und ein annehmbares Gesicht habe. Als er fertig ist, sagt ihm der Rabbi, ›Du hast recht; ich bin ganz deiner Meinung‹.
Dann kommt der zweite Freier und trägt seinen Fall vor. Auch er hat eine lange Liste von Gründen, warum die Frau ihn heiraten sollte. Ruhm, Reichtum, ewige Glückseligkeit. Der Rabbi wartet, bis er fertig ist und sagt ihm, ›Du hast recht; ich bin ganz deiner Meinung‹.
Jetzt kommt die Frau des Rabbis, die sich das alles angehört hatte, und sagt dem armen Rabbi, er sei wohl verrückt, beiden Freiern zu sagen, daß er ihrer Meinung sei. Sie sagt ihm, daß er sich entscheiden und wählen müsse.
›Du hast recht‹, sagte der Rabbi. ›Ich bin ganz deiner Meinung.‹«

Dieses Mal lachten alle.
Der Direktor wiederholte die Pointe einige Male vor sich hinmurmelnd.
Die Zusammenkunft verlegte sich vom ernsten Geschäft auf das Zeremoniell. Polnischer Wodka wurde eingeschenkt und Toasts auf Zusammenarbeit und Freundschaft ausgebracht. Stone nahm Cohen beim Hinausgehen zur Seite und sagte ihm, es könnte eine Woche dauern, bevor der Direktor eine Antwort auf Porats Bitte um amerikanische Hilfe bei der Bekämpfung des Schwarzen Septembers hätte.

»Was haben die vor?« fragte der Direktor Stone einige Stunden darauf.
Die beiden spazierten den Strand entlang. Der Direktor wagte nicht, derart sicherheitsgefährdende Dinge in seinem Hotelzimmer zu besprechen, ja nicht einmal in der Amerikanischen Botschaft. In Anbetracht des Standes der israelischen Überwachungstechnik hieße das, den Ärger geradezu heraufzubeschwören. Selbst hier am Strand hatte Stone ein kleines Kofferradio dabei, um ihre Unterhaltung vor etwaigen Richtmikrophonen abzuschirmen.
»Ein Squeeze Play«, sagte Stone.
»Erklären Sie das einem alten Freund, der nie Baseball gespielt hat.«
»Die Israelis wollen, daß wir Ramlawi fallenlassen«, sagte Stone. »Könnte gar nicht offensichtlicher sein. Sie wissen, wir werden nicht offen zugeben, daß wir ihn als Agenten laufen haben, aber allem Anschein nach vermuten sie es. Sein Bild unter die anderen palästinensischen Gaunervisagen zu stecken, ist ein Wink mit dem Zaunpfahl.«
»Offensichtlich«, sagte der Direktor. »Aber worauf?«
»Daß er auf ihrer Abschußliste steht«, antwortete Stone. »Die meinen wahrscheinlich ernst, was sie da sagen. Die scheinen überzeugt zu sein, daß er zum Schwarzen September gehört. Allem Anschein nach vermuten sie auch, daß er hinter der Operation in München steckt. Und wahrscheinlich vermuten

sie, daß Ramlawi Angriffe auf Amerikaner plant. Vielleicht haben sie sogar von ›Nabils‹ angeblichem Plan zur Ermordung des Präsidenten gehört. Aber das ist es nicht, was sie uns eigentlich sagen wollen, die bloße Tatsache, daß Ramlawi ihrer Meinung nach amerikanische Interessen ebenso gefährdet wie israelische.«

»Was *wollen* sie uns denn sagen?«

»Sie wollen uns sagen, daß sie über uns Bescheid wissen. Sie wissen, daß wir Kontakt zu Ramlawi haben. Und sie haben vor, ihn zu töten.«

»Und?«

»Und sie wollen unsere Hilfe, entweder, indem wir das weitergeben, was uns Ramlawi an Nachrichten liefert oder indem wir ihn finden.«

»Und beseitigen.«

»Ja.«

Sie gingen auf eine belebtere Stelle des Strandes zu. Einige Mädchen tollten dort in der Sonne des Spätnachmittags herum. Sie hatten winzige Bikinis an, kaum mehr als eine Schnur mit einem kleinen Stoffdreieck daran. Der Direktor, immer noch im grauen Nadelstreifenanzug, sah sich eines der Mädchen anerkennend an. Obwohl sie nur ein Teenager war, hatte sie die größten Brüste, die der Direktor je gesehen zu haben glaubte. Sie waren so straff, daß sie sich kaum zu bewegen schienen, selbst als sie lief. Das Mädchen lächelte kokett zurück. Allem Anschein nach waren Männer in Nadelstreifenanzügen am Strand von Tel Aviv etwas Exotisches.

»Es gefällt mir hier«, sagte der Direktor.

Er winkte dem Mädchen zu und schlenderte weiter. Er und Stone gaben wahrlich einen sonderbaren Anblick ab. Zwei Männer in Geschäftsanzügen, die den Strand entlang spazierten; und einer von ihnen trug auch noch ein Kofferradio.

»Edward«, sagte der Direktor und nahm die Unterhaltung wieder auf. »Gibt es einen Grund, daran zu zweifeln, daß sie recht haben?«

»In bezug auf was?«

»Daß Ramlawi etwas mit dem Schwarzen September und München und alledem zu tun hat?«
»Nein«, sagte Stone. »Wahrscheinlich nicht.«
»Nun denn, warum sollten wir ihn dann nicht in die Wüste schicken?« sagte der Direktor. »Wir können ihn doch entbehren, oder?«
»Entschuldigen Sie«, sagte Stone. »Ich habe das nicht richtig verstanden.«
»Schicken Sie ihn in die Wüste! Lassen Sie ihn fallen. Geben Sie den Israelis, was sie haben wollen.«
»Ramlawi verraten?«
»Absolut richtig«, sagte der Direktor. »Warum nicht? Hört sich doch ganz so an, als wäre er ein verfluchter Bastard!«
»Vielleicht«, sagte Stone. »Aber er ist unser Bastard!«
»Was hat er für uns getan?«
»Nicht viel, bisher. Aber wir stehen erst am Anfang.«
»Er ist ein großer Junge«, sagte der Direktor. »Lassen Sie ihn für sich selbst sorgen. Muß ich Sie daran erinnern, daß wir ein Wahljahr haben?«
Der Direktor musterte eine junge israelische Schönheit, die eben tropfnaß dem Meer entstieg.
»Ich würde hinzufügen«, sagte Stone, »daß der Palästinenser uns sein Vertrauen gegeben hat. Er ist unser Mann.«
»Jetzt nicht mehr«, sagte der Direktor.
»Direktor«, sagte Stone ruhig. »Ich vermute, die Station in Beirut dürfte einige Bedenken gegen diese Handlungsweise haben. Sie haben die Beziehung zu Ramlawi aufgebaut. Vielleicht sollten wir das Ganze erst mit denen diskutieren, bevor wir ihn über Bord werfen.«
»Sicher«, sagte der Direktor. »Ich bin bereit, mich mit jedem zu unterhalten. Aber ich werde wohl kaum meine Meinung ändern.«
Vor ihnen am Strand kam eine weitere umwerfende dunkelhaarige Frau in einem winzigen Bikini auf sie zu. Der Direktor tippte sich an einen imaginären Hut. Die Frau lächelte.
»Zeit zum Schwimmen«, sagte der Direktor.

Der Direktor machte die große Tour durch Israel. Er besuchte die Klagemauer und setzte sich eine Papp-Jarmulke auf den Kopf. Er besuchte das israelische Kernkraftwerk in Dimona. Er besuchte die Gedenkstätte der Judenvernichtung in Yad Vashem. Er saß mit seinem Sonnenreflektor neben dem Swimming-pool und schaute sich die hübschen Mädchen an.
Porat war der perfekte Gastgeber. Entgegenkommend, freundlich, anspruchslos. Er und seine Frau Naomi, eine Psychiaterin, gaben eine reizende Dinnerparty für den Direktor und seine Frau. Irgendwie, trotz der Anwesenheit vieler israelischer Beamter, kam man sich auf der Party wie zu Hause bei der Familie vor – einige lautstarke Familienstreitigkeiten eingeschlossen.
Kein Wort mehr über die israelische Bitte um Hilfe im Krieg gegen den Terrorismus. Es war nicht nötig, noch mehr darüber zu sagen. Die Amerikaner wußten Bescheid.

Kapitel 38
Beirut; Oktober 1972

»Ich hasse es, das Kindermädchen zu spielen«, sagte Hoffman den Mitgliedern der Beiruter Station. »Aber was soll man machen, wenn es sich bei dem Baby um den eigenen Boß handelt?« Hoffman hatte für den Morgen seine Mitarbeiter zusammenkommen lassen, um mit ihnen die letzten Details für die Ankunft des Direktors am Nachmittag zu besprechen. Er machte einen gequälten Eindruck.
Während Hoffman sprach, mampfte er ein Marmeladen-Donut. Hoffman aß für sein Leben gerne Marmeladen-Donuts, vor allem eine spezielle prall gefüllte Sorte namens Tast-EEE-Kreme von einer Firma in New Jersey. Er hatte es als besondere Glanzleistung empfunden, als er einen alten Kontaktmann bei der Air America aufgetrieben hatte, der sich bereit erklärte, jeden Monat auf seinem Weg nach Oman in Beirut eine Kiste Donuts abzuliefern. Hoffman hielt den Marmeladen-Donut in seiner rechten

Hand, ohne zu merken, daß er jedesmal, wenn er eine Geste machte, um sein Argument zu unterstreichen, die Marmelade aus dem angebissenen Donut auf den Konferenztisch tropfte.

»Wenn die mich gefragt hätten«, fuhr Hoffman fort, »dann hätte ich dem Direktor sagen können, daß diese Reise reine Zeitverschwendung ist. Aber sie haben mich nicht gefragt, und jetzt haben wir ihn hier.« Eine Kryptographin stand auf und wischte mit einer Serviette die Marmelade vom Tisch, bevor Hoffman mit seinem Ellenbogen hineingeraten konnte.

»Im Ernst«, sagte Hoffman zu niemandem im besonderen. »Es ist *eine* Sache, irgendein so ein Arschloch von einem Kongreßabgeordneten aus Illinois zu unterhalten, der einem erzählen will, wie man die Probleme des Nahen Ostens lösen könnte. Damit werde ich fertig. Die Unterhaltung ist ungefähr auf meiner Wellenlänge: Ja, Sir. Nein, Sir. Meine Güte, das ist wirklich ein interessanter Gedanke. Nein, in der Tat, daran haben wir noch gar nicht gedacht.

Aber mit dem Direktor ist das was anderes, liebe Kinder. Wenn der kommt, dann ist es Zeit, das Geplapper abzustellen. Wenn er Ihnen eine Frage stellt, dann beantworten Sie die besser ehrlich. Wenn hier einer glaubt, er könnte sich mit dem Direktor irgendeinen Unfug erlauben, dann sollte er sich lieber gleich nach einem neuen Job umschauen, gleich morgen.«

Hoffmans Verwaltungsbeauftragter übernahm die Besprechung der logistischen Arrangements, während Hoffman in sein Büro ging, den Safe aufschloß und sich einen neuen Marmeladen-Donut herausholte.

Wenn er auch murrte, so hatte Hoffman doch alles für die Ankunft des Direktors vorbereitet. Er hatte die Zimmer der CIA-Station neu streichen lassen – mit einem angenehmen Weißgrau. Er hatte eine Dressurnummer mit dem neuen Chef des Deuxième Bureau arrangiert. Er hatte den Botschafter und Mrs. Wigg gebeten, am Abend für den Direktor eine kleine Dinnerparty zu geben; und, von den Wiggs dazu angehalten, hatte er eine Tagestour in die Berge ins Programm genommen, inklusive eines Mittagessens im Geburtsort von Khalil Gibran.

Als Reaktion auf ein dringendes Kabel, das er am Vortag von Stone erhalten hatte, hatte Hoffman außerdem für einige Nachmittagsstunden den wanzensicheren Konferenzraum der Botschaft für ein privates Treffen mit dem Direktor reserviert. Hoffman hatte keine Ahnung, wer an dem Treffen teilnehmen sollte oder worum es gehen würde. Genaueres würde laut Stones Kabel noch nachfolgen.
Die Maschine des Direktors landete nicht auf dem Flughafen von Beirut, sondern auf dem libanesischen Luftwaffenstützpunkt Rayak im Bekaa Tal. Sicherheitsbedenken. Die Experten aus Langley hielten es für zu gefährlich, die 707 die palästinensischen Flüchtlingslager Sabra und Schatilla überfliegen zu lassen, die sich an den nördlichen Rand des Flughafens anschlossen. Die Experten schienen die Vorstellung zu haben, die Bewohner der Flüchtlingslager hätten die Angewohnheit, so einfach mir nichts dir nichts mit Fla-Flugkörpern auf vorüberfliegende Flugzeuge zu schießen.
Hoffman fuhr zum Flugplatz, um die VIPs zu empfangen. Er hatte seinen besten grauen Anzug an, der unglücklicherweise schon 15 Jahre auf dem Buckel hatte und nicht mehr sonderlich gut saß. Er knöpfte die Hose unterhalb seines Bauches, wodurch eine reichliche Fläche weißen Hemdstoffs zu sehen war, die vom Jackett nicht ganz bedeckt wurde. Um seiner Erscheinung noch die Krone aufzusetzen, sprang auch noch der Kragenknopf von seinem weißen Hemd, als er ihn kurz vor der Landung der Maschine zuzuknöpfen versuchte.
Der Direktor stand oben auf der Treppe und besah sich, was sich da zu einem Willkommenstableau aufgestellt hatte: die Reihe der Limousinen, der Bus für die weniger hochgestellten Mitarbeiter, das offizielle Empfangskomitee mit angekleistertem Lächeln, die Krokodilgesichter des amerikanischen Botschafters und seiner Frau.
»Frank, kommen Sie rauf!« bellte der Direktor Hoffman zu. Hoffman sprang ergeben die Stufen der Rampe zu seinem Boß hinauf.
»Keine Ausflüge mehr!« sagte der Direktor.

»Was?« fragte Hoffman.
»*Keine Ausflüge mehr*, Gottverdammtnochmal!« sagte der Direktor. »Ich habe diese Woche genug Sehenswürdigkeiten fürs ganze Leben gesehen. Wenn ich noch eine einzige römische Ruine zu sehen kriege, laß ich sie von der Luftwaffe bombardieren. Verstanden?! Meine Frau hat diese Ausflüge noch satter als ich, nicht wahr Schatz?« Die Frau des Direktors nickte.
»Okay«, sagte Hoffman. »Aber würde es Ihnen etwas ausmachen, dem Botschafter das selbst zu sagen.«
»Das würde es«, sagte der Direktor. »Erledigen Sie das. Das gehört zu Ihrem Job. Sagen Sie ihm, was Sie wollen. *Aber keine Ausflüge mehr!*«
Hoffman führte den Direktor und seine Frau die Stufen hinunter und zu den Wiggs hinüber, die steif und mit angeschraubtem Lächeln auf sie warteten. Dann kam das übliche Durcheinander mit Händeschütteln und Artigkeiten. Wie war die Reise? Haben wir nicht herrliches Wetter hier? Als der Direktor und seine Frau sich in Richtung ihres Wagens aufmachten, hub der Botschafter erneut an. Er schien den Stundenplan diskutieren zu wollen.
»Wir freuen uns schon *so* auf all die Besuche, die wir für Sie geplant haben, Direktor«, sagte Botschafter Wigg.
»Und wir brennen schon *so* darauf, Ihnen unseren Libanon zu zeigen«, sagte Mrs. Wigg und nahm die Frau des Direktors sachte beim Arm. »Das Land hier hat so einiges für sich, wissen Sie. Skifahren am Morgen, Schwimmen am Nachmittag. Und das Nachtleben ist einfach großartig. Man nennt Beirut ›das Paris des Orients‹. Wußten Sie das? Es wird Ihnen riesig Spaß machen.«
Der Direktor hustete, nicht besonders überzeugend.
»Der Direktor fühlt sich ein wenig, äh, krank«, sagte Hoffman.
»Ach, wie dumm«, meinte Mrs. Wigg. »Ich hoffe, das wird uns nicht unsere Pläne verderben.«
»Ah, um ehrlich zu sein, Frau Direktor ist auch etwas unpäßlich; das Wetter, Sie verstehen. Sie fühlt sich ziemlich elend, um es offen zu sagen.«
Die Frau des Direktors hustete aufs Stichwort.

»Tut mir leid«, sagte der Direktor. »Wir fühlen uns im Augenblick ein bißchen erkältet. Wenn Sie uns entschuldigen würden.«
Der Direktor nahm seine Frau am Arm, und zusammen folgten die beiden Stone und einem der Leibwächter zu einer der wartenden Limousinen.
»Jammerschade!« sagte der Botschafter zu Hoffman. Es hörte sich niedergeschlagen an. Mrs. Wigg schäumte; sie war im Augenblick zu wütend, um zu protestieren.
»Ich hoffe, es ist nichts Ernstes«, sagte Botschafter Wigg. »Was für eine Krankheit haben die beiden denn nun genau?«
»Wir werden es Ihnen mitteilen«, rief Hoffman, als er die Tür der Limousine öffnete und sich zur Abfahrt bereit machte. »Drücken Sie drauf!« sagte er dem Fahrer, und schon röhrten sie davon, den verdutzten Botschafter mitsamt Frau, Motorradeskorte, Sekretärinnen, Kryptographen und Fußvolk zurücklassend.

»Also, was gibt's denn so Wichtiges?« fragte Hoffman später am selben Tag, als der Direktor und Stone in der ›Blase‹ eintrafen, dem wanzensicheren Raum innerhalb eines Raumes, in dem die Station ihre geheimsten Beratungen abhielt. Rogers war auf Stones Bitte hin ebenfalls anwesend.
»Nur die üblichen Gaunereien«, sagte der Direktor. »Ach, Frank, bevor wir anfangen, könnte ich wohl ein Tab haben?«
»Was ist ein Tab?« fragte Hoffman.
»Eine Limonade«, sagte der Direktor. »Ein Diät-Cola.«
»Ich fürchte, sowas haben wir hier im Libanon nicht, Sir«, sagte Hoffman. »Ich kann mal nachsehen lassen, aber irgendwie glaube ich kaum, daß wir sowas finden.«
»Machen Sie sich keine Umstände«, sagte der Direktor. »Wie wär's mit einem Sprite?«
Hoffman warf Rogers einen fragenden Blick zu. Ganz offensichtlich hatte er auch keine Ahnung, was ein Sprite war.
»Tom«, sagte Hoffman. »Schauen Sie mal, ob Sie ein Sprite für den Direktor auftreiben.«

Rogers verließ den Raum. Einige Augenblicke später kam er mit einem Seven-up und einem Strohhalm zurück.
»Das ist genau das richtige«, sagte der Direktor. »Ich danke Ihnen, Tom.«
»Also, was ist los?« wollte Hoffman wissen.
»Ich denke, wir haben da eine Gelegenheit, den Israelis einen Gefallen zu tun«, sagte der Direktor.
»Ach jaa?« sagte Hoffman, sofort auf der Hut. »Worin besteht der?«
»Wie ich erfahren habe, führen Sie einen palästinensischen Agenten, der ein Mitglied des Schwarzen Septembers ist. Ist das richtig?«
»Was unsere Jungs in der Freizeit machen, ist ihre eigene Sache«, sagte Hoffman.
Der Direktor fand das gar nicht komisch.
»Ist er ein Mitglied des Schwarzen Septembers?«
»Da fragen Sie mich zuviel«, sagte Hoffman. »Tom?«
»Ja, höchstwahrscheinlich gehört er dazu«, sagte Rogers.
»Warum fragen Sie nicht Mr. Stone?« sagte Hoffman. »Er kennt den Fall genauso gut wie wir. Er war mit im Zimmer, als sich der kleine Schwanz einverstanden erklärte, mit uns zusammenzuarbeiten. Ist es nicht so, Mr. Stone? Ja, Tatsache ist, wenn mich mein Gedächtnis nicht im Stich läßt, daß Mr. Stone bei der Anwerbung nicht ganz unbeteiligt war.«
»Ich bin mir über Edwards Beteiligung völlig im klaren, Frank, und ich stelle auch nicht in Frage, was bisher geleistet wurde.«
»Tun Sie nicht?« fragte Hoffman argwöhnisch.
»Nein«, sagte der Direktor.
»Gut«, sagte Hoffman. »Weil wir nämlich keine Fehler gemacht haben. Am wenigsten von allen Tom Rogers hier, der, was diesen Fall anbelangt, vom ersten Augenblick an erstklassige Arbeit geleistet hat.«
»Selbstverständlich. Es geht nur jetzt darum, daß wir die Gelegenheit haben, mit dem Einfluß, den wir durch den Kontakt mit diesem Burschen in die Hand bekommen haben, etwas Nützliches zu tun.«

»Wie zum Beispiel?«
»Edward«, sagte der Direktor, sich an Stone wendend. »Warum erklären Sie nicht die interessante Diskussion, die wir in Tel Aviv hatten?«
»Jawohl, Direktor«, sagte Stone. Seine Verlegenheit war ihm anzusehen.
»Die Israelis scheinen über den Umstand gestolpert zu sein, daß wir eine Beziehung zu Ramlawi haben.«
»Na und?« meinte Hoffman. »Das geht die doch einen feuchten Dreck an, mit wem wir uns unterhalten.«
»Vielleicht, aber in diesem Fall glauben sie, daß wir mit jemandem Geschäfte machen, der terroristische Operationen gegen Israel plant. Sie scheinen sogar anzunehmen, daß Ramlawi hinter der Geiselnahme in München steckt.«
»So eine Scheiße!« sagte Hoffman.
Stone warf Hoffman einen schnellen Blick zu, als wollte er ihm sagen: Beruhige dich, Junge. Aber es half nichts. Hoffman war sauer. Rogers verfolgte die Entwicklung des Gesprächs mit wachsendem Schrecken. Ein anderer Stationschef hätte vielleicht versucht, dem Problem auszuweichen, das zu sagen, was politisch vernünftig war und sich bedeckt zu halten. Aber nicht Hoffman.
Der Direktor meldete sich wieder.
»Die Israelis haben uns um Hilfe gegen den Schwarzen September gebeten. Sie haben angedeutet, wenn sie es auch nicht direkt angesprochen haben, daß sie von uns gerne zwei Dinge hätten: entweder, wir liefern ihnen einen Teil des Materials, das wir von Ramlawi erhalten, oder wir helfen ihnen, ihn zu finden.«
»Und was, wenn wir ihnen sagen, sie sollen sich zum Teufel scheren?«
»Sie haben klar durchblicken lassen, daß sie die Anführer des Schwarzen Septembers zu beseitigen gedenken, Ramlawi eingeschlossen.«
»Und was haben Sie ihnen gesagt, Direktor, wenn die Frage gestattet ist?«
»Ich habe ihnen gesagt, daß wir von uns hören lassen.«

»Ich hoffe doch, Sie haben denen ihre Spekulationen, daß wir mit Ramlawi in Kontakt stehen, nicht in irgendeiner Weise bestätigt!«

»Selbstverständlich nicht«, sagte der Direktor. »Das wäre nicht sehr professionell.«

»Da haben Sie gottverdammtnochmal recht, das wäre es nicht, Sir«, sagte Hoffman.

Die Augen des Direktors verengten sich. Er war ein Mann, der sich auf seine Gelassenheit einiges einbildete. Er zeigte nur selten Gefühl, und nur, wenn er wütend wurde.

»Sachte, Frank«, sagte Stone beruhigend.

»Ich entschuldige mich, Direktor. Aber diese ganze Unterhaltung hier macht mich ziemlich nervös, um ehrlich zu sein.«

»Und warum?« fragte der Direktor.

»Weil das, was die Israelis da vorschlagen, zum Himmel stinkt! Wir sollten ihnen sagen, sie sollen uns den Buckel runterrutschen, anstatt uns hier derart verrückt zu machen. Ramlawi mag ja der größte Scheißkerl sein, der je gelebt hat, aber er hat sich mit uns eingelassen, weil er uns vertraut. Wir sollten ihn nicht den Wölfen vorwerfen, bloß weil es vorteilhaft sein könnte. Wenn wir uns dazu entschließen, mit jemandem zusammenzuarbeiten, dann geben wir implizit auch das Versprechen, daß wir ihn nicht an den nächstbesten Burschen verscherbeln, der uns über den Weg läuft.«

»Jetzt hören Sie aber auf«, sagte der Direktor. »Werden Sie erwachsen. Wir verscherbeln jeden Tag Leute. Das gehört zu unserem Geschäft.«

Diese Bemerkung schien einen besonders empfindlichen Nerv in Hoffman zu treffen. Sein Gesicht lief rot an.

»Ich brauche keine Vorträge darüber, wie die Welt wirklich ist, Direktor. Ich bin ja vielleicht nicht in Yale gewesen, stimmt, aber das heißt nicht, daß ich nicht kapiere, wie diese Welt funktioniert. Ich führe jetzt schon seit dreißig Jahren Agenten. In dieser Zeit habe ich genug Leute aufs Kreuz gelegt, weil einer aus Yale es mir angeschafft hat: Ich mag es nicht mehr tun!«

»Strapazieren Sie Ihr Glück nicht, Mr. Hoffman«, sagte der Direktor.

Hoffman ignorierte die Warnung.
»Beim FBI hatten wir eine Redensart«, sagte er. »Die war ziemlich simpel: ›Schütze deine Quellen!‹ Sogar der dämlichste FBI-Agent hat das kapiert. Er weiß, daß man einem, der einem vertraut, kein Messer in den Rücken rennt. Aber wir hier in der Agentur scheinen dafür zu clever zu sein.«
Der Direktor, der seine Haltung wiedergefunden hatte, nahm einen müden Gesichtsausdruck an.
»Frank, wir brauchen das hier nicht zu einer Gruppentherapie ausarten zu lassen. Es ist ganz einfach. Die Israelis haben uns um Hilfe gebeten. Ich habe mich entschlossen, positiv zu reagieren. Die einzige Frage, über die Sie sich Sorgen zu machen brauchen, ist, wie Sie das durchführen.«
»Was durchführen?«
»Die Israelis mit den Informationen zu versorgen, die sie über Ramlawi haben wollen.«
»Damit die unseren Agenten umbringen?«
»Ich habe keine Ahnung, was sie mit den Informationen anfangen werden. Das ist deren Problem.«
»Lassen Sie die Israelis sich ihre Informationen verdammt noch mal selber besorgen!«
»Frank«, sagte der Direktor. »Das Thema steht überhaupt nicht zur Debatte. Es handelt sich hier um einen Befehl!«
Hoffman erhob sich vom Konferenztisch. Seine Krawatte hing ihm wegen des abgesprungenen Knopfes lose vom Kragen, und sein Bauch hatte sich noch weiter über den Hosenbund geschoben. Er sah erschöpft aus. Er schlenderte die durchsichtige Wand der ›Blase‹ entlang, tief in Gedanken, während Rogers, Stone und der Direktor ihn schweigend beobachteten. Jeder von ihnen fürchtete sich vor dem, was ihres Wissens nach jetzt kommen würde.
»Tut mir leid, wie ein Unruhestifter zu klingen, Direktor«, sagte Hoffman langsam. »Aber was Sie mir da vorschlagen, klingt einfach nicht richtig. Ich wollte, ich könnte Ihnen einfach sagen, was Sie hören wollen. Aber noch heute morgen habe ich meinem ganzen Stab gesagt, daß jeder auf der Stelle gefeuert wird, der

den Direktor belügt. Also muß ich Ihnen wohl die Wahrheit sagen, und die ist, daß ich kein gutes Gefühl dabei habe, Ramlawi an die Israelis zu verschachern. Auch wenn es ein Befehl ist.«

Rogers atmete tief durch. Es kam ihm so vor, als hätte er da eben jemanden sein Entlassungsgesuch diktieren hören.

»Wie steht's mit Ihnen, Tom?« sagte der Direktor. »Sie sind Ramlawis Falloffizier. Sehen Sie die Sache genauso wie Frank?«

»Können wir den Jungen da nicht rauslassen?« fragte Hoffman.

»Ich würde die Frage gerne beantworten«, sagte Rogers.

»Tun Sie's nicht«, sagte Hoffman. »Sie haben eine gute Laufbahn vor sich. Vermasseln Sie sich die nicht!«

Rogers ignorierte Hoffmans Rat und wandte sich an den Direktor. Seine Stimme war ruhig und gleichmäßig.

»Ich stimme mit Frank überein«, sagte er. »Ich denke, wir sollten Ramlawi nicht verraten. Ich denke, die Israelis werden das verstehen. Die verraten ihre Agenten auch nicht; nicht einmal, um ihren Freunden zu helfen. Und wir sollten es auch nicht tun.«

Stone, der zugesehen hatte, wie sich die Konfrontation während der letzten Minuten immer näher an den unwiderruflichen Bruch heranbewegte, entschloß sich, an diesem Punkt einzugreifen.

»Vielleicht sollten wir ein paar Minuten Pause einlegen«, schlug er vor, »und uns ein bißchen abregen.«

»Eine gute Idee«, sagte der Direktor.

»Mit Ihrer Erlaubnis«, sagte Stone leise zum Direktor, »würde ich gerne einige Worte unter vier Augen mit Ihnen sprechen.«

Der Direktor nickte. Hoffman und Rogers verließen den Raum.

»Was um Himmels willen ist in Frank Hoffman gefahren?« fragte der Direktor, als er mit Stone alleine war. »Das war glatte Befehlsverweigerung, was er sich da eben geleistet hat.«

»Ja, Sir«, sagte Stone. »Ich weiß.«

»Nun, was werden wir deswegen unternehmen?«

»Direktor«, sagte Stone sanft, »wir sind drauf und dran, zwei hervorragende Leute zu verlieren. Bevor wir es so weit kommen lassen, meine ich, sollten Sie sich anhören, was die beiden zu sagen haben. Frank wird von Zeit zu Zeit ein bißchen gefühlsduselig, aber er meint es gut. Und Rogers ist einer unserer besten jungen Offiziere.«

»Das bekomme ich die ganze Zeit zu hören. Bis vor fünf Minuten war ich noch geneigt, dem zuzustimmen.«

»Vielleicht hat Rogers nicht ganz unrecht.«

»Was?«

»Vielleicht hat er nicht ganz unrecht. Die Israelis jedenfalls sagen uns nicht, wer ihre Agenten sind. Sie könnten den Respekt vor uns verlieren, wenn wir einen der unseren verraten.«

»Den Respekt verlieren?« sagte der Direktor. »Das bezweifle ich doch sehr. Menschen verlieren nicht den Respekt vor einem, der ihnen hilft. Sie sind dankbar.«

»Nicht immer. Nicht wenn man etwas Fragwürdiges macht.«

»Edward«, sagte der Direktor scharf. »Verlieren Sie dabei nicht die Tatsache aus den Augen, daß wir einen Agenten führen, der womöglich der führende Terrorist auf dieser Welt ist? Ist Ihnen dabei nicht etwas flau im Magen?«

»Ein wenig«, sagte Stone. »Aber das ist nur Wasser über den Damm.«

»Nicht über meinen Damm.«

»Wir haben uns entschlossen, uns mit ihm einzulassen, in der Annahme, daß wir so dazu beitragen würden, amerikanische Leben zu retten. Er hat uns bereits einige nützliche Informationen gegeben, und wir bekommen mit Sicherheit noch weit mehr. Ob die Entscheidung, mit ihm zusammenzuarbeiten richtig oder falsch war – wir haben sie getroffen. Und ich bin nicht sicher, ob wir sie widerrufen sollten.«

»Die Rebellion der Truppe scheint sich auszuweiten«, sagte der Direktor.

»Lassen Sie uns das Ganze von der praktischen Seite aus betrachten.«

»Schön, betrachten Sie mal.«

»Wenn Sie Hoffman befehlen, Informationen über Ramlawi weiterzugeben, dann geht er.«

»Allem Anschein nach. Ein prächtiger alter Bursche. Ist wohl hier in Beirut etwas aus dem Leim gegangen. Tut mir leid, ihn gehen zu sehen. Weiter.«
»Wenn Sie Rogers befehlen, Informationen über Ramlawi weiterzugeben, geht vermutlich auch er.«
»Jammerschade. Hätte eine ausgezeichnete Karriere vor sich. Er wäre ein Narr, wenn er ginge. Aber ich kann ihn nicht aufhalten. Also das wäre es dann wohl.«
Stone schluckte trocken. Er hatte gehofft, die Diskussion würde nicht so weit kommen. Er dachte einen Augenblick an seine Pension, seine Freunde, seine Karrierepläne, dann stürzte er sich von der Klippe. Es gab kein Zurück mehr.
»Da ist noch ein letzter Punkt, Direktor.«
»Und der wäre?«
»Wenn Sie mir befehlen, Informationen über Ramlawi weiterzugeben, werde auch ich gehen. Mit größtem Bedauern und widerstrebend, aber ich werde keinen Befehl ausführen, von dem ich glaube, daß wir ihn später mit einiger Wahrscheinlichkeit bereuen würden.«
Der Direktor war wie vor den Kopf geschlagen.
»Das kann doch nicht Ihr Ernst sein«, sagte er, nachdem er einen Augenblick überlegt hatte.
»Ist es aber.«
»Aber ich *will* nicht, daß Sie gehen. Ich baue auf Ihr Urteilsvermögen. Ich bin auf Sie angewiesen!«
»Dann hören Sie auf mich.«
»Also schön«, sagte der Direktor.
»Ich denke, ich kann einen vernünftigen Kompromiß vorschlagen.«
Die Haltung des Direktors änderte sich schlagartig bei dem Wort ›Kompromiß‹. Sein Gesicht kam wieder in Form; man konnte geradezu sehen, wie er sich anpaßte und seine Einschätzung des Problems Ramlawi revidierte.
»Ich höre«, sagte er.
»Der Kompromiß ist ganz einfach. Wir werden den Israelis nicht helfen, Ramlawi zu töten. Aber wir werden Ramlawi auch

nicht helfen, am Leben zu bleiben. Wir werden unser Bestes tun, in diesem Krieg neutral zu bleiben.«

»Was sagen wir den Israelis?«

»Wir sagen ihnen, daß wir ihnen selbstverständlich helfen werden. Sie sind unsere Freunde und Verbündete. Und wir geben ihnen etwas, was mit Ramlawi nichts zu tun hat. COMINT. Oder Satellitenaufnahmen. Sie fragen ohnehin ständig nach Satellitenaufnahmen.«

»Und wenn sie speziell nach Ramlawi fragen?«

»Sagen Sie Ihnen, Sie hätten keine Ahnung, wovon sie sprechen. Wir hatten nie etwas mit dem Mann zu tun.«

Der Direktor besah sich seine Fingernägel; als suchte er nach Schmutz.

»Das ist nicht unvernünftig«, sagte er schließlich.

Es klopfte an die Tür.

»Lassen Sie sie herein«, sagte der Direktor.

»Stone und ich haben uns einen Plan ausgedacht«, verkündete der Direktor. »Etwas, womit wir auf unsere israelischen Freunde eingehen, ohne die empfindlichen Stellen der Beiruter Station anzutasten. Edward, warum erklären Sie nicht, was wir beabsichtigen?«

Stone lieferte eine kurze Erklärung seines Plans. Das einzige, was klar wurde, war, daß die Krise von vor einigen Minuten vorüber war. Rogers entspannte sich und lächelte erleichtert. Aber Hoffman schaute noch verschlossener drein und verbrachte den Rest der Zusammenkunft damit, gegen die Wände zu starren.

Kapitel 39
Beirut; Oktober–November 1972

Die Dinnerparty für den Direktor und seine Frau an jenem Abend verlief ganz nach Programm. Gastgeber waren der Botschafter und seine Gattin, die beide entschlossen die Zähne zusammenbissen und die Abfuhr vom Flugplatz ignorierten.

Die Gästeliste war ziemlich lang: Frank und Gladys Hoffman; Tom und Jane Rogers, Youssef Majnoun, der Chef des libanesischen Deuxième Bureau und seine Frau Brigitte; der erst kürzlich zum Stellvertretenden Chef des Deuxième Bureau ernannte Samir Fares und seine Frau Hoda; Edward Stone, der den Direktor begleitete und, um den Tisch zu komplettieren, als zusätzliche Frau Solange Jezzine, die von ihrem Mann getrennt lebende Frau des früheren Chefs des Deuxième Bureau.
Der Abend verlief durchaus angenehm. Die Amerikaner machten einen etwas abgespannten Eindruck, vor allem Frank Hoffman. Der Chef des Deuxième Bureau, Majnoun, war derart versessen darauf, dem Direktor zu imponieren, daß er zur Nervensäge wurde. Samir Fares und seine Frau erwiesen sich als klug und geistreich und machten auf jedermann den besten Eindruck, vor allem aber auf die amerikanischen Nachrichtenoffiziere am Tisch, die ihm während der vergangenen Jahre ein großzügiges Gehalt gezahlt hatten.
Was der Direktor am meisten zu genießen schien, war seine Unterhaltung im Salon nach dem Essen mit der charmanten ›Extra‹-Frau, Madame Jezzine. Sie war eine strahlende Erscheinung; sie trug ein umwerfendes, tief ausgeschnittenes Kleid, das ihre Figur überaus gut zur Geltung brachte; ihr Haar trug sie auf eine Art hochgesteckt, die ihren langen Hals und die hohen Backenknochen betonte. Sie sah aus wie eine arabische Prinzessin, wie der Direktor gegenüber Mrs. Wigg bemerkte.
Solange flirtete elegant mit dem Direktor, fragte ihn nach seinen sportlichen Interessen, erklärte sich überrascht ob seines Alters. Jane Rogers, die mit Edward Stone in ein Gespräch über Beirut vertieft war, konnte nicht umhin, diese Unterhaltung mitanzuhören und bewunderte sowohl die Raffiniertheit als auch die Schönheit ihrer Freundin Solange. Der Direktor selbst schien bereit, den Rest des Abends mit der libanesischen Schönheit zu verbringen. Er war deshalb einigermaßen entsetzt, als sich Solange Jezzine nach 20 Minuten entschuldigte und in den Garten hinausschlenderte, wo Tom Rogers sich mit Samir Fares unterhielt.

»Platze ich in etwas hinein?« fragte Madame Jezzine.
»Aber nein«, sagte Fares. »Ich war eben dabei, Mr. Rogers von dem Dorf zu erzählen, in dem ich geboren bin. Er muß sich ziemlich langweilen, ständig von libanesischen Dörfern zu hören. Warum retten Sie ihn nicht vor mir?«
»Überaus gerne«, sagte Solange Jezzine.
»Hätten Sie noch gerne etwas zu trinken, Tom?« fragte Fares.
»Nein, danke«, sagte Rogers. »Wir müssen bald gehen.«
Fares ging nach drinnen und ließ die beiden allein im Garten zurück.
»Warum gehen Sie mir aus dem Weg?« fragte Solange. Sie stellte die Frage wie ein verwöhntes kleines Mädchen und verzog dann schmollend die Lippen.
»Tu ich nicht«, sagte Rogers.
»O ja, das tun Sie, und das ist nicht nett von Ihnen!« Sie hatte ihren Arm bei Rogers eingehakt und führte ihn langsam auf dem kiesbestreuten Weg tiefer in den Garten, weg vom Haus und den Lichtern.
Rogers spürte das Pochen seines Herzens. Er fühlte sich traumtänzerisch und leicht benommen. Es war angenehm, sich ausnahmsweise in der Gewalt der Persönlichkeit eines anderen Menschen zu fühlen. Solange neigte ihren Kopf etwas näher dem seinen zu, während sie den Weg entlangspazierten. Er konnte das Parfum hinter ihrem Ohr riechen.
Solange blieb stehen. Sie wandte den Kopf und sah zu ihm hinauf.
»Ich brenne«, flüsterte sie.
Sie küßte ihn auf den Mund. Oder er küßte sie. Es war unmöglich zu unterscheiden, wie es kam. Während sie sich küßten, legte Solange ihren Arm um seinen Hals und strich zärtlich über das Haar in seinem Nacken. Rogers spürte, wie sie ihn erregte, was ihm peinlich war. Solange preßte sich noch fester an ihn, als wollte sie ihm sagen, Ja, ich spüre es. Ich will dich. Dann entzog sie sich ihm und lächelte schüchtern und königlich zugleich.
»Sie müssen mich besuchen«, sagte sie. Sie küßte ihn zärtlich auf die Wange und ging alleine zum Haus zurück.

Rogers versuchte seine Haltung wiederzugewinnen. Als er in den Salon zurückkam, war die Party eben dabei, sich aufzulösen. Der Direktor, der Gesellschaft von Madame Jezzine beraubt, war mit einem Mal müde geworden und verabschiedete sich von den Wiggs.

Jane Rogers unterhielt sich noch immer angeregt mit Stone. Es hatte sich herausgestellt, daß Stone Janes Vater, den Oberst, während des Krieges in London kennengelernt hatte. Jane erzählte mit gedämpfter Stimme von ihrer Arbeit als freiwillige Helferin in der Frauenabteilung des palästinensischen Makassed-Krankenhauses, was Stone von ganzem Herzen guthieß. Die beiden lüpften gerade ihr zweites Glas Brandy, als Rogers dazukam und andeutete, daß es langsam spät wurde. Jane gab Stone einen Kuß, sagte gute Nacht und ging nach oben, um ihren Mantel zu holen.

»Eine prachtvolle Frau«, sagte Stone zu Rogers. »Ich habe ihren Vater während des Kriegs kennengelernt.«

Was für ein wunderschöner Abend das war, meinte Jane auf der Heimfahrt. Was für ein angenehmer Mensch Mr. Stone doch ist.

»Er hat mir heute den Job gerettet, denke ich«, sagte Rogers. Jane wartete auf eine Erklärung, und als diese nicht kam, nahm sie an, daß es sich um eines jener Dinge handelte, die ihr Mann ihr erzählen würde, wenn er könnte.

Eine Woche nach dem Besuch des Direktors brach Hoffman zu einer Reise nach Saudi-Arabien auf. Die Reise hätte sich ganz plötzlich ergeben, sagte er. In ein paar Tagen würde er wieder zurück sein. Rogers hatte kein gutes Gefühl dabei. Seit dem Treffen mit dem Direktor und Stone hatte sich Hoffman zurückgezogen, und wann immer Rogers ihn aus der Reserve zu locken versuchte, riß Hoffman einen derben Witz oder wich seinen Anfragen auf andere Art aus.

Als er zurückkam, machte Hoffman einen überschwenglichen Eindruck. Er schaute gleich in Rogers' Büro vorbei, als er vom Flughafen kam, und im ersten Augenblick dachte Rogers, Hoffman wolle ihm einen Streich spielen. Hoffman trug einen gut

geschnittenen Seidenanzug und rauchte eine dicke kubanische Zigarre.
»Wie seh ich aus?« wollte Hoffman wissen. »Nach 'ner Million Dollar, stimmt's?«
»Sie sehen großartig aus«, sagte Rogers. »Was ist denn in Riad passiert? Haben Sie beim Kamelrennen den großen Tip gekriegt?«
»Noch besser«, meinte Hoffman. »Noch viel besser.«
»Was ist noch besser als Geld?« fragte Rogers.
»Noch mehr Geld!« sagte Hoffman. »Und genau das sehen Sie vor sich.«
»Vielleicht erklären Sie mir lieber, was da vor sich geht«, schlug Rogers vor.
»Gern«, sagte Hoffman. Mit einer großartigen Geste zog er eine Geschäftskarte aus der Tasche seines Jacketts und reichte sie Rogers.
›Arabisch-Amerikanische Sicherheitsberatung, Inc.‹ stand auf der Karte und: ›Frank Hoffman, Präsident‹.
»Heiliges Kanonenrohr!« entfuhr es Rogers.
»Gefällt Ihnen der Name nicht?« fragte Hoffman. »Ich wollte sie eigentlich ›AA-Amerikanisch-Arabische Sicherheitsberatung‹ nennen, damit ich im Telefonbuch ganz vorne stehe. Aber dann ist mir eingefallen, daß die Araber keine Telefonbücher haben, und da hätte es ja wohl wenig Sinn gehabt.«
»Ich spreche nicht von der Karte«, sagte Rogers. »Ich spreche von der Tatsache, daß Sie die Agentur verlassen. Ich kann es einfach nicht glauben!«
»Ach was«, sagte Hoffman. »Daran werden Sie sich schon gewöhnen.«
»Werde ich nicht«, sagte Rogers.
»Wie Sie wollen«, sagte Hoffman. Er zündete sich seine erloschene Zigarre wieder an.
»Was ist passiert? Wann haben Sie es gemacht? Ich dachte, zwischen Ihnen und dem Direktor sei wieder alles in Ordnung.«
»Lassen Sie uns den Tatsachen ins Auge sehen«, sagte Hoffman. »Ich mußte einfach gehen. Ich meine, im Ernst, wie hätte ich

bleiben können, nach dem, was passiert ist? Ich hatte keinerlei Recht, in einem solchen Ton mit dem Direktor zu sprechen. In einem Laden wie dem unseren gehorcht man einem Befehl oder man geht. So einfach ist das. Der Direktor hätte mich wegen Insubordination hinauswerfen sollen. Ich habe mich entschlossen, ihm die Mühe zu ersparen.«

»Jetzt warten Sie mal«, sagte Rogers. »Lassen Sie den Direktor dabei nicht etwas zu gut wegkommen?«

»Vielleicht«, sagte Hoffman. »Aber ich will Ihnen die Wahrheit sagten. Der Direktor mag ja letzthin etwas daneben gelegen haben. Aber das ist nicht unbedingt seine Schuld. Die Wahrheit ist, daß das hier ein verkommenes Geschäft ist. Man macht schreckliche Dinge und für gewöhnlich denkt man nicht darüber nach. Und dann eines Tages hat man ganz einfach die Schnauze voll. Man beschließt, daß man in dieses Scheißesandwich einfach nicht mehr hineinbeißen will.«

»Was wollen Sie also jetzt tun?«

»Sicherheit! Haben Sie die Karte nicht gelesen?«

»Schon. Aber was bedeutet das?«

»Für den Anfang«, sagte Hoffman, »bedeutet es, wirklich große Mengen Geld mit saudischen Prinzen zu verdienen, die vor Angst fast sterben, daß ihnen ihre arabischen Brüder eines Tages die Kehle durchschneiden. Ich habe die Absicht, diesen feigen Mistkerlen das Neueste in Sachen Sicherheitstechnik zu verkaufen. Was immer es ihnen möglich macht, in halbwegs vernünftiger Sicherheit weiterzuhuren und zu saufen. Leibwächter, kugelsichere Limousinen, Alarmsysteme. Woher zum Teufel soll ich wissen was? Ich bin schließlich erst seit ein paar Tagen im Geschäft.«

»Also deshalb sind Sie nach Saudi-Arabien gereist.«

»In unserer Branche nennen wir das Kundenentwicklung«, sagte Hoffman. »Und ich kann Ihnen sagen, diese Saudis stehen bei Fuß, wenn es darum geht, sich von mir entwickeln zu lassen. So wie ich mir das ausrechne, kriegen die es um so mehr mit der Angst, je reicher sie werden, und das bedeutet wiederum mehr Geld für Mutters Sohn. Nach nur einer Reise habe ich schon

Verträge über fast eine Million Mäuse in der Tasche. Wie gefällt Ihnen das?«
»Frank, wenn ich auf dieser Welt einem wünsche, daß er reich wird, dann Ihnen.«
»Ich nehme nicht an, daß Sie sich mir bei diesem Überfall auf die saudischen Schatzkammern anschließen wollen? Ich könnte einen Partner gebrauchen.«
»Ich denke nicht«, sagte Rogers. »Ich bin noch nicht ganz so weit, hier einzupacken.«
»Dann scheren Sie sich doch zum Teufel.«
»Haben Sie es dem Frontbüro schon gesagt?«
»Natürlich habe ich«, sagte Hoffman. »Nur weil ich Geschäftsmann geworden bin, heißt das wohl noch lange nicht, daß ich unehrlich geworden bin. Ich habe es dem Direktor und Stone vor zehn Tagen gesagt, kurz bevor sie Beirut verlassen haben.«
»Das haben die sich aber wirklich nicht anmerken lassen«, sagte Rogers.
»So sind die eben, falls Sie das noch nicht gemerkt haben sollten. Die sagen der Truppe nicht mehr als unbedingt nötig.«
Rogers musterte Hoffman, der in seinem neuen Anzug erstrahlte, ein Seidentuch in der Brusttasche und ein Paar teurer Alligatorenlederschuhe an den Füßen. Rogers schüttelte den Kopf. Er konnte das alles nicht so recht begreifen.
»Wissen Sie Frank, irgendwie hatte ich Sie mir nie als Geschäftsmann vorgestellt. Um ehrlich zu sein, wäre es mir noch nicht einmal in den Sinn gekommen, daß Sie derart am Geldverdienen interessiert sind.«
»Das Leben steckt voller Überraschungen, mein Junge«, meinte Hoffman. »Von Zeit zu Zeit tun wir etwas aus keinem anderen Grund als der simplen Tatsache, daß es uns gottverdammtnochmal Spaß macht. Und wissen Sie was? Das tut gut!«
Damit machte sich Hoffman auf den Weg in sein eigenes Büro, einen Strauß Blumen für seine Sekretärin, Miss Pugh, in der Hand. Rogers betrachtete die Visitenkarte mit dem Aufdruck ›Arabisch-Amerikanische Sicherheitsberatung‹ in seiner Hand

und lachte aus vollem Hals; und es schien dies das erste Mal seit einer ganzen Weile zu sein.

Einige Tage nach Hoffmans Ankündigung, daß er aufhören würde, fuhr Rogers in die Berge östlich von Beirut, um sich mit Samir Fares vom Deuxième Bureau zu treffen. Es handelte sich um ein Routinetreffen, das zum Teil aber auch dazu diente, Fares und seinen Kollegen im libanesischen Nachrichtendienst zu versichern, daß Hoffmans Abschied keinen Wechsel in der Politik der Agentur gegenüber dem Libanon oder dem Nahen Osten mit sich bringen würde.

Er fuhr die Straße entlang und besah sich die Landschaft, als ihm aufging, daß er sich in der Nähe des Dorfes befand, in dem die Jezzines wohnten. Ohne groß darüber nachzudenken, ohne die Konsequenzen für seine Ehe, für sein Leben oder sonst irgend etwas abzuwägen, entschloß er sich, Solange Jezzine einen Besuch abzustatten. Er hatte oft genug davon geträumt, eine Affäre mit ihr zu haben, wenn auch nicht sehr intensiv. Aber diese müßigen Phantastereien hatten kaum etwas mit dem impulsiven, aber entschiedenen Entschluß an diesem Tag zu tun, das Lenkrad des Wagens hart nach rechts zu reißen, eine andere Straße in die libanesischen Berge zu nehmen und aufs Gaspedal zu treten. Es hatte in diesem Augenblick weniger mit sexuellem Verlangen zu tun als mit Neugierde, mit einem Impuls, etwas anderes zu tun, etwas, dessen Ergebnis weder vorhersagbar noch zu kontrollieren war.

Als Rogers den Wagen die von Zedern gesäumte Auffahrt zum Haus der Jezzines hinauffuhr, fühlte er sein Herz rasen. Die wildaussehenden jungen Männer mit den automatischen Waffen, die früher, als General Jezzine noch das Deuxième Bureau geleitet hatte, den Besitz der Jezzines bewachten, waren verschwunden. Das Tor war statt dessen mit einem Mann besetzt, der wie ein Gärtner aussah.

Rogers nannte dem Mann seinen Namen und sah, wie dieser über eine Wechselsprechanlage mit dem Haus telefonierte, um Rogers dann durch das Tor zu winken. Rogers parkte seinen Wagen vor dem großen Steinhaus. Nichts erinnerte mehr an den

General; niemand war zu sehen. Als Rogers aus dem Auto stieg, sah er das Gesicht einer Frau von einem der oberen Fenster auf ihn herunterspähen.
Er klingelte an der Tür. Ein Hausmädchen öffnete ihm und begleitete ihn in das Wohnzimmer, wo sie ihn aufforderte, auf Madame Jezzine zu warten. Auf dem Kaffeetisch lag ein dicker Stapel europäischer Modemagazine. Rogers bewunderte die Bilder. Viele der Frauen, dachte er, hatten das strahlende und exotische Aussehen von Solange. Er blätterte ein wenig. Seine Handflächen waren feucht. Das Hausmädchen kam fünf Minuten später zurück und brachte auf einem silbernen Tablett einen Briefumschlag aus Velinpapier. Er glich aufs Haar dem Brief, den sie Rogers viele Monate zuvor geschickt hatte. Steif und mit einer roten Schleife. Innen steckte eine Nachricht: »Liebster. Endlich bist du gekommen. In wenigen Minuten gehöre ich dir.«
Die Verführung begann schon, als Rogers noch auf der Couch saß, das samtige Briefpapier in der Hand, und sich Solange vorstellte. Er sah ihren Körper vor sich. Die langen geschwungenen Linien ihrer Beine, das strahlende Gesicht. Den Geruch ihres Körpers, nicht nur den des in Paris gekauften Parfums, sondern den Duft von Oliven und Jasmin auf ihrer Haut. Der Blick ihrer dunklen und tiefen Augen, der Verführung und Lust verhieß.
Von der Treppe her kam ein Geräusch. Rogers wandte den Kopf und sah sie auf sich zukommen, in einem Seidenkleid, noch schöner, als er sie sich vorgestellt hatte. Ihre Lippen hatte sie zu einem Kußmund geöffnet. Sie ging schweigend auf Rogers zu, nahm seine Hand in die ihre, und führte ihn in einen Raum, der einmal eine Bibliothek gewesen, jetzt aber in eine Art Haremszimmer umgestaltet worden war. Es gab keine Sofas, nur große Kissen auf dem Boden. Eine breite Lichtflut strömte durch die gazeartigen Vorhänge, die die Fenster bedeckten; ein leiser Windhauch durchzog den Raum.
Solange machte die Tür zu und verschloß sie. Rogers bewegte sich hungrig auf sie zu, aber sie hob einen Finger und bedeutete

ihm einzuhalten. Ich werde dich nehmen, sagten ihre Augen. Sie nahm ihn bei der Hand und führte ihn zu einem der großen Kissen und bat ihn, sich zu setzen. Sie zog ihm die Schuhe aus, ganz langsam. Dann die Socken. Sie knöpfte sein Hemd auf, langsam einen Knopf nach dem anderen, öffnete dann zärtlich seine Hose. Sie war jetzt eine Kurtisane, die anmutig vor ihm auf dem Boden kniete. Als sie sich ihm zuneigte, sah Rogers durch das Seidenkleid hindurch die Wölbung ihrer Brüste. Alles an ihr war weich.

Als Rogers nackt war, erhob sie sich und stellte sich schweigend vor ihn hin. Sie ließ das Seidenkleid von ihren Schultern gleiten, so daß es für einen Augenblick an ihren Brüsten hing; dann fiel es sanft auf den Boden. Sie war vollkommen nackt außer einer goldenen Kette um ihre Taille, die sich in einer Kurve an die Wölbung ihres Bauches schmiegte.

Rogers dachte einen Augenblick lang an die Folgen dieser verwirrenden, von seiner Lust diktierten Handlungsweise. Aber wirklich nur einen Augenblick.

»Komm zu mir«, sagte Solange Jezzine, als sie sich auf einem der dicken Kissen auf dem Boden zurechtlegte. Und Rogers tat es. Er gab sich dieser Frau, ihrer Schönheit, ihrer Erotik bedingungslos hin. Er schloß die Augen und spürte eine Flutwelle der Lust. Es war ein berauschendes Gefühl, als stürzte er im Traum von einer hohen Klippe.

Teil IX

Juni 1978–Januar 1979

Kapitel 40
Washington; Juni 1978

»Der kompetenteste Nachrichtendienst der Welt ist heutzutage die Mossad«, verkündete John Marsh vom Podium eines kleinen Konferenzsaals in Arlington, Virginia, aus. »Nach all den Jahren so etwas sagen zu müssen, schmerzt mich zwar, aber es ist die Wahrheit.«

Donnernder Beifall kam aus dem Publikum, das sich aus konservativen Intellektuellen, Mitarbeitern republikanischer Kongreßabgeordneter, vertrauenswürdigen Diplomaten und ehemaligen Nachrichtenoffizieren zusammensetzte. Man hatte sich zu einer Konferenz zusammengefunden, die vom Center for the Study of Responsive Intelligence veranstaltet wurde. Das Zentrum war eine Art organisierte Claque für das Netz der ›Ehemaligen‹ aus der CIA. Es schien hauptsächlich zu dem Zweck zu existieren, Konferenzen abzuhalten, auf denen man dem gegenwärtigen CIA-Management gehörig das Fell über die Ohren zog – vor allem dem neuen Direktor, Charles ›Chuck‹ Hinkle.

Das Thema dieser speziellen Zusammenkunft lautete »Reorganisation der CIA: Wie und warum.« John Marsh, der sich kürzlich aus der Agentur zurückgezogen hatte, war der Hauptredner. In seinem blauen Nadelstreifenanzug, das Haar an den Kopf geklatscht und nach hinten gekämmt, hatte Marsh durchaus etwas von einem Gangster. Er drohte dem Publikum mit erhobenem Zeigefinger, als er in seinem Vortrag fortfuhr.

»Sie wissen alle, was mit der CIA passiert ist«, ermahnte Marsh seine Zuhörer. »Die Agentur ist von ihren Kritikern über glühende Kohlen gezogen worden. Ihre Geheimnisse sind der ganzen Welt enthüllt worden. Sie ist zum Gespött aller anderen westlichen Nachrichtendienste geworden. Es ist eine traurige, aber wahre Geschichte.

Sicherlich ist es in der Vergangenheit zu der ein oder anderen Übertretung gekommen. Sicherlich gab es den ein oder anderen übereifrigen Offizier, die ein oder andere unkluge Operation. Und sicherlich wäre das ein oder andere zu korrigieren. Nie-

mand will das in Abrede stellen. Für Verbesserungen ist immer und überall Platz. Aber könnten wir uns nicht alle darauf einigen, daß einer verantwortungsbewußten Kritik Grenzen gesetzt sind? Sollten unsere Kritiker aus Kongreß und Presse nicht lieber einmal daran denken, daß sie ohne einen starken Nachrichtendienst nicht einmal die Freiheit hätten, so kritisch zu sein?«
Weiterer Beifall aus dem Publikum. Ein 25jähriger Mitarbeiter eines Kongreßabgeordneten in einem grünen Dartmouth Blazer rief, »Hört, hört!« Marsh mußte feststellen, daß ihm sein neues Leben als Vortragsreisender recht gut gefiel.
»Ich würde gerne mit den hier Anwesenden eines meiner kleinen Geheimnisse teilen«, sagte Marsh. »Keine Verschlußsache, versteht sich. So etwas würde mir nicht im Traum einfallen, auch nicht vor einer Versammlung von Freunden. Aber ich würde Ihnen gerne mit eigenen Worten sagen, warum ich die CIA vor einigen Monaten nach fast zwanzigjähriger Zugehörigkeit verlassen habe.
Wie viele von Ihnen wissen, habe ich den größten Teil der siebziger Jahre damit zugebracht, an einem guten Verhältnis zwischen der Agentur und dem Kongreß zu arbeiten. Unser Büro versuchte den Kongreß davon abzuhalten, Pandoras Büchse zu öffnen, und ich muß Ihnen gegenüber eingestehen, daß wir versagt haben. Sie verlangten unsere schmutzige Wäsche zu sehen, und trotz der Bemühungen einiger von uns gab die Agentur sie ihnen. Wissen Sie, was mir am meisten Kummer machte? Der Umstand, daß es uns an einer politischen Führung fehlte – im Kongreß, im Weißen Haus, ja, auch in der CIA –, die bereit gewesen wäre, nein zu sagen.«
Weiterer Applaus.
»Nachdem ich mir diese Prozedur der Selbstgeißelung lange genug angesehen hatte, sagte ich mir, daß es genug ist, daß alles seine Grenzen hat, und ich nahm meinen Abschied.«
Noch mehr Beifall. Marsh nickte dankbar mit dem Kopf.
Was Marsh da von sich gab, entsprach nicht ganz den Tatsachen, zumindest nicht der Teil, in dem von seinem Austritt aus der Agentur die Rede war. Es traf zwar zu, daß er die siebziger Jahre

auf dem Abstellgleis der Public-Relations-Arbeit im Kongreß verbracht hatte, nachdem man ihn als Operationschef der Nah-Ost-Abteilung hinausgeworfen hatte; aber selbst auf diesem bescheidenen Posten hatte er sich nicht gerade mit Ruhm bekleckert. Seine Kollegen beklagten sich darüber, daß er nur bei den konservativsten Abgeordneten von Repräsentantenhaus und Kongreß Erfolg hatte; Leuten, bei denen er, man konnte es nicht anders sagen, ohnehin offene Türen einrannte. Und so war Marsh von seiner Kontaktpflege im Kongreß wieder abgezogen worden und zu Hause in Langley auf einen Sackgassenposten an einem Schreibtisch des Sicherheitsbüros gesteckt worden. Und schließlich, als er sich kurz vor seinem zwanzigjährigen Jubiläum befand, hatte man ihm eine vorzeitige Pensionierung mit großzügigem finanziellem Arrangement nahegelegt; die er dann auch angenommen hatte.
»Was wir heute bei der CIA beobachten, ist nichts weiter als ein Beispiel mehr für die Unordnung in unserem Lande«, fuhr Marsh fort. »Wir sehen sie in diesem Land in allen Lebensbereichen: In den Schulen mangelt es ebenso an Disziplin wie auf den Universitäten und bei den Medien. Es mangelt an *Kontrolle*. Es herrscht ein Gefühl des Dahintreibens und der Unsicherheit. Ein Gefühl, daß wir Amerikaner sowohl zu Hause als auch im Ausland herumgestoßen werden.«
Marsh näherte sich dem Ende seiner Rede. Er legte die Hände auf die beiden Außenkanten des Rednerpultes, wie ein Schiffskapitän, der bei rauher See das Ruder fest umklammert hält. Auch wenn sein Publikum keine Ahnung davon hatte, John Marsh wußte sehr wohl, wovon er sprach, wenn er von der Anarchie dieser Zeiten redete. Seine eigene Familie war ein Chaos. Seine Tochter war vom College abgegangen, um sich einer Kommune anzuschließen. Sein Sohn war aus einer Privatschule relegiert worden, weil man ihn mit Drogen erwischt hatte.
Aber John Marsh sprach an diesem Tag nicht über seine eigenen Probleme; er sprach über die Probleme Amerikas.
»Wir müssen hart bleiben«, verkündete er. »Wir müssen dem

Verfall entgegentreten. Und beginnen müssen wir bei unseren Nachrichtendiensten, die Schwert und Schild unserer Freiheit darstellen.«

Er bekam lauten und anhaltenden Beifall, auf den Glückwünsche all jener folgten, die sich um das Podium versammelten. Ein konservativer Zeitungskorrespondent bat Marsh um eine Kopie seiner Rede. Der Direktor des Studienzentrums bot Marsh die Gelegenheit, dem Kollegium beizutreten. Ein Professor trat an Marsh heran und erbat seine Hilfe bei einem Buch über sowjetische Nachrichtenoperationen, an dem er gerade arbeitete.

Die Szene belegte zumindest einen Teil der Realität des Washington der späten siebziger Jahre. Die Konservativen hatten die Kunst des Durchsickernlassens und der Selbstförderung gelernt. Und im Laufe dieses Prozesses war einiges von der alten Disziplin auf der Strecke geblieben. Die konservativen Nachrichtenoffiziere, die ihre ganze Laufbahn damit zugebracht hatten, die Geheimnisse der Nation zu schützen, verbrachten jetzt im Ruhestand ihre Tage damit, mit Journalisten zu Mittag zu essen, befreundeten Denkfabriken sachverständige Berichte über Geheimdienstangelegenheiten zu liefern oder Positionspapiere für politische Kandidaten zu schreiben. Irgend etwas war aus den Fugen geraten.

Als sich die Versammlung zu zerstreuen begann, kam ein kleiner, fast schon kahlköpfiger Mann auf Marsh zu. Sein Gesicht war leicht gerötet und sommersprossig, seine Augen waren scharf wie die eines Habichts.

»Eine wirklich interessante Rede«, sagte der Mann mit einer Stimme, der man einen leichten europäischen Akzent anhörte. »Aber ich glaube, Sie schmeicheln uns Israelis ein wenig zu sehr.«

Er reichte Marsh eine Karte.

»Mein Name ist Avidor«, sagte der Mann. »Ich arbeite an der israelischen Botschaft.«

Marsh nickte mit dem Kopf.

»Vielleicht könnten wir dieser Tage einmal zusammen zu Mittag essen«, sagte Avidor. Marsh, der sich in all der Aufmerksamkeit sonnte, nahm das Angebot an; und er war hocherfreut, als Avidor einige Tage darauf anrief und ihm Zeit und Ort vorschlug.

Ze'ev Avidor war der Chef der Washingtoner Mossad-Station. Er hatte mit einer bestimmten Absicht Kontakt zu Marsh aufgenommen, und zwar mit einer, die ihm vom Berater für Terrorfragen des neuen israelischen Präsidenten zugeteilt worden war. Seine Aufgabe bestand darin, eine Angelegenheit wieder anzupacken, die während der letzten Jahre geruht hatte – die Frage nach einer amerikanischen Infiltration der PLO –, und soviel wie möglich über einen bestimmten im Verdacht stehenden Palästinenser herauszufinden.

Die neue israelische Regierung spielte mit dem Gedanken, einen alten Plan wieder zum Leben zu erwecken, so hatte der Berater für Terrorfragen Avidor erklärt. Sie wollten endlich die Arbeit zu Ende bringen, die man vor sechs Jahren in Angriff genommen hatte; nämlich jene zu bestrafen, die für das Massaker in München verantwortlich gewesen waren. Es war da noch einer am Leben – und zwar ausgerechnet jener Mann, der die Operation geplant hatte; und das bereitete der neuen israelischen Regierung die größten Sorgen.

»Wir müssen unbedingt erfahren, ob dieser Mann noch immer unter der Kontrolle der CIA steht«, hatte der Berater Avidor mitgeteilt. »Wir haben zwar keine Angst davor, die Amerikaner zu kränken, wenn uns nichts anderes übrigbleibt. Aber wir wollen ihnen die Möglichkeit einräumen, nein zu sagen. Und vielleicht ist es gar nicht so schlecht für uns, wenn dieser Kontakt zwischen den Amerikanern und der PLO in die Brüche geht.«

Der Berater für Terrorfragen gab Avidor eine Liste von Leuten, die mit den Einzelheiten des Falles vertraut sein dürften. An der Spitze dieser Liste stand der Name ›John Marsh‹.

Sie trafen sich in einem weit vom Schuß gelegenen chinesischen Restaurant in der Nähe der Wisconsin Avenue in Bethesda. Nur einer der anderen Tische war besetzt.

»Wir haben Ihre Arbeit sehr bewundert«, sagte Avidor leise, nachdem sie sich gesetzt hatten. »Vor allem, als Sie den Nahen Osten unter Ihrer Leitung hatten. Wir waren schockiert, als Sie den Aufgabenbereich wechselten.«
Marsh fühlte sich geschmeichelt. Es war schon Jahre her, daß ihn ein anderer Nachrichtenoffizier wegen seiner Arbeit gelobt hatte.
»Ich habe versucht, das zu tun, was ich für richtig hielt. Aber es gab Leute, die anderer Ansicht waren.«
»Ich habe so etwas läuten hören«, sagte Avidor. Er verfolgte das Thema nicht weiter. Er wollte Marsh in keiner Weise drängen.
Der Kellner kam und nahm ihre Bestellungen entgegen. Marsh schwankte zwischen Rind à la Szechuan und Rind à la Hunan und entschied sich dann für Ente in Orangensauce. Avidor bestellte sich Ei foo yung.
»Ich nehme nicht an, daß Sie eventuell an ein wenig Beraterarbeit interessiert wären?« fragte Avidor.
»Ich fürchte nein«, sagte Marsh. »Danke für das Angebot, aber ich glaube nicht, daß das angebracht wäre.«
»Selbstverständlich. Ich wollte die Frage einfach nur mal gestellt haben.«
»Nur damit wir beide uns richtig verstehen«, sagte Marsh. »Sie fragen und ich gebe Ihnen die Antworten. So ist es mir am liebsten. Geradeheraus auf den Tisch, ja oder nein. Ich denke, wir können in unserem Geschäft schnell in Schwierigkeiten kommen, wenn wir das ABC vergessen.«
»Wir sehen die Dinge genauso«, gab Avidor zur Antwort. »Das ist es, was uns bei unserer Arbeit mit Amerika solche Angst macht. Unsere Geschäfte mit Ihnen sind oft so ungeschäftsmäßig. Wir wissen nie so recht, wo wir eigentlich stehen.«
Marsh nickte ernsthaft. Ihm war, als hätte er eine verwandte Seele gefunden. Das ist genau der Grund, aus dem die Israelis die besten sind, sagte er sich. Weil sie verstehen, daß die Nachrichtenarbeit ein Geschäft ist; ein Geschäft, in dem Kontrolle das oberste Gebot ist.
»Wir befürchten, daß uns die Vereinigten Staaten am Ende verraten werden. Sie werden uns bis zum letzten Augenblick versi-

chern, daß sie uns niemals im Stich lassen werden, nur um mit den Arabern ins Geschäft zu kommen. Und dann werden Sie uns doch im Stich lassen und ein Abkommen mit den Arabern schließen.«

»Nicht so lange Ihre Freunde etwas zu sagen haben.«

»Sie sind sehr freundlich«, sagte Avidor. »Aber ich werde Ihnen ein Beispiel für das geben, was uns solche Sorgen bereitet.« Er beugte sich über den Tisch hinweg nach vorne.

»Wir glauben, daß Sie sich letztendlich doch mit den Palästinensern handelseinig werden. Sie werden den Terrorismus bald ebenso über haben wie die Androhung eines Ölembargos; und deshalb werden Sie einen Handel mit der PLO abschließen. Wir sehen bereits die Zeichen davon.«

»Welche Zeichen?«

»Ich werde Ihnen ein Beispiel nennen«, sagte Avidor nüchtern. »Wir nehmen schon seit einigen Jahren an, daß Sie einen Agenten in der Führungsspitze der Fatah haben; einen Mann namens Jamal Ramlawi.«

»Kein Kommentar«, sagte Marsh.

»Das macht uns ziemlich nervös, so eine Beziehung.«

»Kein Kommentar«, wiederholte Marsh.

»Wissen Sie, daß wir mehr als einmal versucht haben, diesen Burschen, diesen Ramlawi, zu beseitigen? Nicht weil er für Sie arbeitete, sondern weil er ein Terrorist ist.«

»Ich bin mir darüber im klaren, daß Sie versucht haben, ihn zu beseitigen, ja.«

»Und wir versuchen es womöglich wieder. Aber wir haben da eine Frage, die uns Sorgen bereitet. Ist der Mann tatsächlich ein amerikanischer Agent? Und wenn dem so ist, warum können Sie ihn dann nicht kontrollieren? Warum scheint es ihm möglich zu sein, zu tun und zu lassen, was ihm gefällt?«

»Ihn kontrollieren?« fragte Marsh. »Haben Sie gesagt, ihn zu kontrollieren?«

»Jawohl, kontrollieren.«

»Das ist genau das Problem«, sagte Marsh, fast unhörbar leise. »Daß wir ihn nie unter Kontrolle hatten.«

»Ich verstehe«, sagte Avidor. Er schloß einen Augenblick die

Augen und dachte nach; dann öffnete er sie wieder und lächelte.
»Sie verstehen natürlich, daß es mir nicht erlaubt ist, diesen Fall zu diskutieren«, sagte Marsh.
»Natürlich verstehe ich das«, versicherte Avidor. »Und ich würde das auch gar nicht von Ihnen verlangen.«
»Gut«, sagte Marsh. Er war erleichtert; erleichtert darüber, endlich einmal jemandem gegenüber angedeutet zu haben, was an jenem Tag damals in Rom schiefgelaufen war. Und erleichtert darüber, daß er ›nichts gesagt‹ hatte.
Sie beendeten ihre Mahlzeit unter angenehmen Plaudereien und kamen überein, sich bei Gelegenheit wieder einmal zu treffen.
»Es ist ein Vergnügen, mit einem Profi zu tun zu haben«, sagte Avidor, der den Knopf kannte, den man bei einem Mann wie Marsh zu drücken hatte.

Avidor setzte noch am selben Nachmittag ein Kabel an das Büro des Premierministers auf. Das Kabel gab an, daß eine Quelle der CIA mit Kenntnissen aus erster Hand zur Operation Ramlawi angedeutet hatte, daß Ramlawi doch kein kontrollierter amerikanischer Agent sei, sondern etwas anderes. Die Implikation dessen war offensichtlich: Fangt an! Tut es! Bringt ihn um! Der Berater für Terrorfragen des Premierministers jedenfalls kam zu dieser Ansicht. Aber der Chef der Mossad, Natan Porat, war etwas neugieriger. Er wollte einen weiteren Annäherungsversuch gegenüber den Amerikanern. Insbesondere gegenüber einem ganz speziellen Amerikaner.

Kapitel 41
London; September 1978

Levi stieg in einem kleinen Hotel in Sussex Gardens ab, einige Schritte nördlich vom Hyde Park. Eigentlich war es noch nicht mal ein Hotel, eher eine Frühstückspension. Die Verwaltungsabteilung des Instituts in Tel Aviv hatte das Zimmer für ihn reserviert. Sie behaupteten, er sei hier sicherer als in einem richtigen Hotel, aber das war barer Unsinn. Die Pension war ganz einfach billiger. Levi beschwerte sich nicht. In jenen Tagen der rasanten Talfahrt des Schekels war eine Dienstreise nach London ohnehin schon ein Extrabonbon.

Der israelische Nachrichtenoffizier packte seine Reisetasche aus, und als er damit fertig war, betrachtete er sich im Spiegel. Er hatte in den letzten Jahren einige Pfunde zugesetzt, so daß sein Körper nicht mehr aussah, als käme er eben von einer Folterbank. Und die Haare gingen ihm aus. Er stand vor dem Spiegel und kämmte sich sorgfältig einige lange Strähnen über das Haupt. Er entschloß sich zu einem Spaziergang. Seine Route führte ihn die Sussex Gardens hinab, vorbei an den Schlangen der Touristenbusse aus Holland und Frankreich in der Bayswater Road. Straßenkünstler reihten sich einer neben dem anderen an dem schmiedeeisernen Gitterzaun, der den Hyde Park umschloß, und boten leichtgläubigen Passanten ihre Werke feil. Die Exponate waren abscheulich: wirre Metallkonstruktionen, die eher den Teilen einer Klimaanlage ähnelten als einem Kunstwerk; stilisierte Gemälde von Wellen, die bei Sonnenuntergang gegen die Küste donnerten: die obligaten Porträts von reizenden, unterernährten Kindern und flaumigen Kätzchen, die mit Wollknäueln spielten. Levi betrat den Hyde Park und schlenderte in Richtung des Wasserbeckens, das man gemeinhin als The Serpentine bezeichnete. Er dachte an Rogers, versuchte sich vorzustellen, wo er jetzt war und was er in diesem Augenblick wohl dachte. Das war ein altes Spiel Levis; eines, das er nun schon beinahe zehn Jahre lang spielte. Er versetzte sich gerne in Rogers' Lage, gab sich dieselben Karten wie Rogers und versuchte sich vorzustellen, wie der sie ausspielen würde. Wenn Levi das amerikanische Agentennetz im Nahen Osten zur Verfügung stünde, wie würde er es leiten? Würde er seine Leute dazu auffordern, zusammen mit Israel für den Frieden zu arbeiten? Oder würde er ihnen raten, sich militant antiisraelisch zu geben, um die Tarnung aufrechtzuerhalten?

Und wenn sich einer seiner Agenten als Terrorist entpuppte, was würde er in diesem Fall unternehmen? Wahrscheinlich nichts, stellte er fest. Es gab immer einen guten Grund dafür, nichts zu tun.

Levi spazierte am Ufer der Serpentine entlang. Enten paddelten durch das trübe Wasser. Andere kamen herausgewatschelt, um sich zu ihren im Gras schlafenden Artgenossen zu gesellen.

Die Frage lautete im Augenblick jedoch nicht, was er selbst tun würde, wenn er das amerikanische Agentennetz im Nahen Osten leiten würde, mußte sich Levi ermahnen, sondern was Rogers tun würde. Was würde der große Rogers tun, wenn sich zum Beispiel in London ein Nachrichtenmann des israelischen Sicherheitsdienstes aus heiterem Himmel an ihn wandte und ihm andeutete, die Israelis hätten einen alten Plan wieder zum Leben erweckt, nämlich den Mann zu eliminieren, den die CIA in der PLO hatte? Was würde er dazu sagen? Welche Gefühle würde man ihm ansehen?

Levi ging zurück in Richtung seines Hotels, wobei er den Reitpfad überquerte, der den Hyde-Park umkreist. Eine Gruppe von Mädchen auf Pferden trabte vorüber, angeführt von einer Reitlehrerin mit einem Gouvernantengesicht und hohen, schwarzen Stiefeln. Nicht ein einziges Mal fielen die Pferde in einen Kanter, ganz zu schweigen von einem Galopp. Im Hyde Park war so etwas nicht gestattet. Nur ein langsamer, gleichmäßiger Trab.

An jenem Tag war das Rogers-Spiel von mehr als nur akademischem Interesse für Levi. Nachdem er sich fast zehn Jahre lang in sein amerikanisches Gegenstück versetzt hatte, würde Levi ihm nun endlich gegenüberstehen. Beide standen sie auf der Teilnehmerliste einer Antiterror-Konferenz, die das britische Foreign Office ausrichtete. Levi war nervös. Er kam sich wie ein Spanner vor, der kurz davorstand, einem Menschen die Hand zu schütteln, den er so oft heimlich beobachtet hatte, daß er längst Bestandteil seiner täglichen Träumereien geworden war.

Die Araber waren in jenem Sommer in London allgegenwärtig. In den vornehmen Geschäften von Knightsbridge kauften sie

Anzüge und Schuhe; in den weniger vornehmen Läden der Oxford Street kauften sie Fernsehgeräte; und sogar bei Marks & Spencer sah man sie – beim Kauf von Unterwäsche. Sie waren die vollendeten Parvenus: unermeßlich reich und gleichzeitig zum Verzweifeln unsicher. Sie waren der Traum eines jeden Ladenbesitzers. Die Juweliere rund um die Hotels an der Park Lane gewöhnten sich daran, auf Araber gefaßt zu sein, die mit ihren Mätressen einfach von der Straße in ihre Läden kamen und vom Fleck weg Diamantenkolliers im Werte von 50000 Dollar kauften. Nach oben schienen einfach keine Grenzen dafür gesetzt, was ein Araber für das zu zahlen bereit war, was er haben wollte. Je teurer es war, desto mehr Freude schienen sie daran zu haben. Vielleicht hatten sie erkannt – und das besser als sonst einer –, daß die Welt mit dem Ölboom der siebziger Jahre aus den Fugen geraten war. Die Werte standen nicht mehr lotrecht. Die Araber hatten ein Sprichwort, das die Lage vorzüglich auf einen Nenner brachte: »Wenn der Affe herrscht, dann tanz für ihn.«
In den verschiedenen Hotels der Stadt trafen zur bevorstehenden Terrorismustagung nach und nach andere Sicherheitsoffiziere ein. Einige Franzosen vom SDECE, die so beinhart und gerissen aussahen wie Zirkushilfsarbeiter; eine kleine Gruppe Westdeutscher, außerordentlich kompetent, aber sehr darauf bedacht, sich dies vor ihren NATO-Kollegen nicht anmerken zu lassen, um nicht schlimme Erinnerungen zu wecken; die Italiener, angeführt von einem eleganten, weißhaarigen General namens Armani, der so viele Säuberungen und Umorganisierungen des italienischen Sicherheitsdienstes überlebt hatte, daß ihn mittlerweile selbst seine Feinde für unersetzlich hielten. Sämtliche Konferenzteilnehmer – außer Levi – bewohnten herrliche Hotelzimmer, hatten Fahrzeuge zu ihrer Verfügung nebst großzügigen Spesenkonten. Terrorismusbekämpfung hatte in jenem Jahr ebenso Hochkonjunktur wie Öl.

Auf der Levis Pension gegenüberliegenden Seite des Parks traf Rogers in einem Grand Hotel an der Park Lane ein. Das Hotel war beschämend luxuriös. Eine Schlange Rolls-Royces wartete vor dem Eingang. Der Türsteher des Hotels blickte verächtlich auf jedes Trinkgeld, das kleiner als eine Fünf-Pfund-Note war. Durch die Hotelhalle spazierte eine Reihe völlig übertrieben aufgemachter Blondinen, viele von ihnen am Arm eines Mannes, der zwei- oder dreimal so alt war wie sie selbst. Professionelle, dachte Rogers. Eine der Frauen, eine Blondine in einem geschlitzten Rock lächelte ihn verführerisch an. Er wandte seinen Blick in eine andere Richtung.

Rogers hatte eigentlich nicht die Absicht gehabt, in einer derart noblen Herberge abzusteigen, aber Hoffman hatte darauf bestanden. Das Hotel gehörte jetzt einem seiner saudischen Klienten, hatte er ihm erklärt. Warum sollten sie dessen Gastfreundschaft nicht annehmen? Wenn die Welt schon verrückt genug war, den Arabern so einen Haufen Geld in den Schoß zu werfen, argumentierte Hoffman, dann konnten die Amerikaner doch wenigstens die Krümel genießen, die dabei abfielen. Rogers sagte, er würde es sich überlegen und buchte dann ein Zimmer in einem bescheideneren Hotel, das dazu näher an der Amerikanischen Botschaft lag. Als jedoch Hoffman noch einmal nachfragte und ihm mitteilte, er würde eigens von Riad anreisen, um mit Rogers zu Abend zu essen, hatte er nachgegeben. Wie hätte er Hoffman etwas abschlagen können?

Der Hotelpage trug seinen Koffer zum Aufzug und konversierte über das Wetter. Rogers war noch immer benommen vom Flug, unrasiert, halb schlafend und leicht verkatert.

Als der Page den Knopf für den fünften Stock drückte, betrat eine umwerfende Frau den Aufzug. Sie war äußerst bemerkenswert; olivfarbene Haut und dunkles Haar; sie trug ein elegantes Pariser Kleid und war in der Porzellanpuppenart einer libanesischen Prinzessin geschminkt. Das kann doch nicht sein, dachte Rogers.

Er betrachtete die Frau von der Seite her: die Konturen ihres Körpers, die schwarze Wimperntusche rund um die Augen, das teure Parfum.

Das konnte doch nicht sein, dachte Rogers noch einmal. Die Tür des Aufzugs schloß sich eben, als ein mit einem schwarzen

Bally-Mokassin beschuhter Fuß dazwischentrat und sie wieder aufstieß. Ein dunkelhäutiger Mann kam herein und stellte sich neben die Frau. Er rieb die Nase gegen ihre Wange und flüsterte ihr etwas ins Ohr. Rogers gab sich alle Mühe, etwas zu verstehen. Der Mann sprach italienisch, und die Frau antwortete ihm ebenfalls auf italienisch. Rogers atmetete tief ein und langsam wieder aus. Es war also doch nicht Solange.

Die Tür des Aufzugs öffnete sich im dritten Stock und das Paar verschwand im Korridor. Rogers fühlte sich erleichtert. Diese Wunde hatte lange gebraucht, um zu verheilen.

Rogers sprach in Gedanken ihren Namen aus. Solange Jezzine. Womit er nicht gerechnet hatte an jenem Tag, an dem er sich Hals über Kopf in Solanges Armen in den Abgrund gestürzt hatte, war der Verlust seiner Selbstachtung. Es war, als hätte er einen Spiegel zerschlagen. Er hatte das Bild zerstört, das er von sich selbst gehabt hatte. Er hatte bei Jane zwar nicht dafür bezahlt, zumindest nicht direkt, aber eben das war es, was ihn so verwirrt hatte. Er hatte die vorhersehbaren Szenen erwartet: Die eifersüchtige Frau entdeckt den Seitensprung ihres Gatten und zerbricht daran; der Gatte beichtet seine Missetaten und bekommt schließlich die Absolution zugesprochen. Aber genau das trat nicht ein. Rogers blieb statt dessen mit seinem schlechten Gewissen alleine. Jane wußte zwar, daß etwas nicht stimmte, aber sie wußte nicht, was es war. Sie nahm an, es hätte wieder einmal mit seiner Arbeit zu tun und sprach ihn nicht darauf an. Der Gedanke, ihr Mann könnte mit einer anderen Frau schlafen, kam ihr ganz einfach nicht in den Sinn.

Diese Loyalität war zugleich Fluch und Heil für Rogers. Das Bild, das Jane von ihrem Mann hatte, schloß die Möglichkeit der Untreue nicht ein. Für sie war er die Tugend in Person, und sie nahm daher an, daß auch sein Verhalten tugendhaft sein müsse. So einfach war das. In ihren Gedanken überlebte das edle Bild von ihrem Mann, aber nicht in denen von Rogers. Und das war das Problem. Während die Wochen und Monate vergingen, schmerzte es ihn mehr und mehr, die Kluft zu sehen zwischen dem, was er in den Augen seiner Frau und dem, was er tatsächlich war. Und so beichtete er schließlich. Jedoch nicht seiner Frau und auch keinem Priester. Er ging damit zum Chef der Nahost-Abteilung, Edward Stone. Und der erteilte ihm die Absolution.

Hoffman begrüßte Rogers mit einer kräftigen Umarmung, als sich die beiden im Hotel am Eingang zum Grillroom trafen. Das ungestüme Begrüßungsritual schreckte einige der anderen Gäste auf, die darauf warteten, einen Tisch zu bekommen, aber Hoffman schien das egal zu sein. Der Oberkellner sprach ihn mit ›Monsieur Hoffman‹ an und eskortierte ihn an einen Tisch in der der Tür gegenüberliegenden Ecke. Am Nebentisch saß ein arabischer Herr mit einer kurvenreichen Blondine in einem enganliegenden Kleid und hohen, spitzen Absätzen.

»Die Nutten in diesem Laden sind einfach Klasse«, sagte Hoffman, als er sich setzte.

Rogers lachte. Er hatte Hoffman mehrere Jahre nicht gesehen und hatte seine zotige Redeweise und seine Respektlosigkeit irgendwie vermißt. Hoffman sah immer noch aus wie der alte, ja, womöglich sah er mehr nach Hoffman aus als je zuvor. Sein Körperumfang hatte etwas zugenommen, aber er hatte jetzt einen besseren Schneider, so daß es weniger auffiel. Er rauchte eine Zigarette mit goldenem Filter.

»Mein Freund, wir leben im Zeitalter der Unmäßigkeit!« sagte Hoffman.

»Allah sei Dank«, meinte Rogers auf arabisch.

»Ich werde Ihnen ein klassisches Beispiel neueren Datums dafür geben – kaum zwei Stunden alt, um genau zu sein –, das auf die Tiefen schließen läßt, in die unsere Brüder aus dem Lande Allahs gesunken sind. Eine Geschichte voll Gier und Verkommenheit. Könnte das für einen prominenten Regierungsbeamten wie Sie von Interesse sein?«

»Hat es etwas mit Sex zu tun?«

»Selbstverständlich!« sagte Hoffman. »Und persönlich ist sie auch! Heute morgen steige ich in Dhahran in das Flugzeug der British Airways, um mich mit meinem alten Freund Tom Rogers

zu treffen. Ich setze mich auf meinen Platz in der ersten Klasse in der Absicht, mich ein wenig aufs Ohr zu legen, als ein werter orientalischer Herr sich neben mich setzt. Er stellt sich vor. Er ist ein Saudi. Irgendeine Art Prinz. Auweh, denke ich mir. Mit meinem Nickerchen ist es jetzt wohl Essig.
Kaum ist die Maschine in der Luft, bestellt sich Abdul einen Drink. Es ist erst halb neun morgens, aber der Herr möchte einen Whisky sour. Eine Stunde später ist er blau wie ein Veilchen und erzählt mir seine Lebensgeschichte. Was kann ich tun? Ich denke mir, vielleicht ist es gut fürs Geschäft. Also höre ich mir seinen Bockmist an, trinke ein paar Runden mit ihm, erzähle ihm auch ein paar Geschichten. Als wir über dem Ärmelkanal sind, bin ich schon sein bester Freund auf der Welt. Er kann gar nicht genug für mich tun.
›Mr. Frank‹, sagt er zu mir. ›Wenn wir in London landen, wissen Sie, wer da in meinem Hotel auf mich wartet?‹
›Nein, Abdul‹, sage ich ihm. ›Ich habe keine Ahnung.‹
›Mr. Frank, in meinem Hotel warten auf mich zwei schöne französische Huren. Und weil Sie und ich so gute Freunde sind, Mr. Frank, werde ich gleich, wenn wir zum Flugplatz kommen, ein Telefongespräch führen.‹
Großartig, denke ich mir. Er gibt mir eines seiner beiden Mädels ab. Aber, nein, nein. Das ist ganz und gar nicht seine Absicht.
›Mr. Frank‹, sagt er. ›Wenn wir nach London kommen, werde ich meine Freunde anrufen und für Sie auch zwei französische Huren besorgen.‹«
»Zwei?« fragte Rogers.
»Diese Leute sind geisteskrank!« antwortete Hoffman. »Ich meine, was ist daran faul, nur *eine* französische Nutte zu vögeln, um Himmels willen? Ehrlich, diese Araber sind völlig übergeschnappt. Wie ich schon gesagt habe, wir leben in einem Zeitalter der Unmäßigkeit.«
Der Kellner kam, um ihre Getränkebestellung entgegenzunehmen.
»Ich nehme einen Whisky sour«, sagte Hoffman.
Rogers, der Whisky sour eigentlich nicht besonders mochte,

glaubte zu wissen, daß jeder Widerstand zwecklos war. Es war, wie Hoffman gesagt hatte, das Zeitalter der Unmäßigkeit.

»Für mich auch einen«, sagte Rogers. »Einen doppelten.«

Das Restaurant füllte sich mit Gästen. Zwei Männer mit sehr langen Haaren kamen herein. Sie sahen wie Rockstars aus.

»Tunten«, sagte Hoffman nicht eben leise, als die beiden an ihrem Tisch vorbeigingen.

»Wie geht denn so das Geschäft bei der Arabisch-Amerikanischen Sicherheitsberatung?« fragte Rogers.

»Großartig«, sagte Hoffman. »Außer daß wir den Namen in Al-Saud Sicherheitsberatung ändern mußten.«

»Warum?« fragte Rogers.

»Mein saudischer Partner fand, daß ihm der andere Name besser gefiel. Was sollte ich tun? Dort unten hat jeder einen saudischen Geschäftspartner. Er ist kein schlechter Kerl. Verbringt die meiste Zeit in Monte Carlo.«

»Ich nehme an, sein Name ist Al-Saud«, sagte Rogers.

»Sie haben's erfaßt!«

»Und Sie verdienen anständig?«

»Ich scheffle! Eigentlich müßte ich mich ja schon genieren. Ich habe wirklich noch nie in meinem Leben solche Einfaltspinsel gesehen wie die dort unten. Raten Sie mal, was derzeit unser heißester Verkaufsschlager ist.«

»Sagen Sie's mir!«

»Ein 10000 Dollar teurer Apparat, der Ihnen sagt, wer anruft, wenn das Telefon klingelt. So können sie sich's aussuchen, ob sie rangehen wollen oder nicht.«

»Klingt großartig«, sagte Rogers.

»Das sagen auch die ganzen Saudis, wenn ich ihnen das Ding zeige. Aber die sind so gottverdammt blöd, daß sie nicht kapieren wollen, daß das Ding nur funktioniert, wenn man es vorher programmiert, damit es die Telefonnummern von all den Leuten kennt, die einen möglicherweise anrufen. Und wissen Sie was? Keiner von denen beschwert sich! Manchmal frage ich mich, ob sie das Ding überhaupt anschließen. Vielleicht stellen sie's nur auf den Kaffeetisch, um ein Gesprächsthema zu haben.«

»Der perfekte Markt.«
»Allerdings«, sagte Hoffman. »Obwohl ich zugeben muß, daß ich auch ein paar Pleiten hatte.«
»Zum Beispiel!«
»Ich hatte einen Plan, Donuts aus New Jersey in Saudi-Arabien zu importieren. Frische, leckere Donuts! Ich hatte den denkbar besten Burschen aufgetrieben, der mir das Zeug dort hinunterflog. Wir haben eine Firma gegründet, die Arabisch-Amerikanische Aero-Konditorei. Ich habe eine Menge Geld hineingesteckt. Aber es war ein Schuß in den Ofen.«
»Warum?«
»Weil diese verdammten Saudis keine Donuts mögen, deshalb.«
Der Kellner kam mit den Drinks zurück.
»Haben Sie Beugel?« fragte ihn Hoffman.
»Was sind Beugel, Monsieur Hoffman?« fragte der Kellner.
»Lassen Sie's gut sein«, meinte Hoffman.
Er trank einen großen Schluck von seinem Whisky sour.
»Und wie steht's mit Ihnen?« fragte Hoffman. »Die Flüsterparolen besagen, daß Sie jetzt ein großes Tier sind.«
Rogers sah sich um. Der Araber am Nachbartisch betatschte unter dem Tisch seine Freundin und sah völlig in Anspruch genommen aus. Ansonsten war niemand in der Nähe. Trotzdem senkte Rogers die Stimme.
»Die Flüsterparolen sind falsch«, sagte Rogers. »Ich bin lediglich ein Assistent zur besonderen Verfügung des Direktors.«
»Hinkle?«
»Korrekt. Chuck Hinkle. Und das bedeutet, daß ich zwar in der Nähe der Macht bin, selbst aber herzlich wenig davon habe.«
»Wer ist dieser Hinkle überhaupt«, fragte Hoffman.
»Er ist ein Freund des Präsidenten. Er leitete dessen Wahlkampagne in Kalifornien. Vor Jahren war er einmal kurz als Geschäftsmann getarnt bei der Agentur; er gab sich als Überseevertreter einer der Luftlinien aus; und da glaubt er natürlich, er wüßte alles übers Geschäft. Sonst ist er kein übler Kerl. Ein bißchen kapriziös manchmal. Er verbringt zu viel Zeit damit, uns Vorträge über ›Management durch Zielsetzung‹ und ähn-

liche Perlen der Weisheit aus der Geschäftswelt zu halten. Aber er lernt dazu.«

»Und was reitet er für ein Steckenpferd?«

»Technik«, sagte Rogers. »Das ist heutzutage jedermanns Hobby. Die Leute haben die Nase voll davon, Agenten zu führen. Es ist viel zuviel Arbeit, und wenn man nicht aufpaßt, kriegt man auch noch Ärger mit dem Kongreß. Die Leute denken sich heutzutage, warum sollen wir Risiken eingehen. Maschinen sind so hübsch und sauber. Sie hören bei Unterhaltungen rein. Sie schauen in Gebäude hinein; sie machen Bilder vom Himmel und studieren sie, und dann sagen sie einem, ob sich auf dem Boden etwas verändert hat, seitdem sie es das letzte Mal versucht haben. Man muß sie nicht anwerben, braucht sie nicht zu führen oder ihr Händchen zu halten, wenn sie nervös werden. Man braucht sie bloß einzuschalten. Damit verbringe ich eigentlich den größten Teil meiner Zeit, mit technischer Aufklärung.«

»Was für eine Zeitverschwendung!« meinte Hoffman. »Nehmen Sie's mir nicht krumm, wenn ich das sage.«

»Ich mische aber immer noch mit«, sagte Rogers. »Einmal im Jahr oder so gehe ich für einen kurzen Auftritt mit unserem alten Freund nach Beirut. Aber grundsätzlich habe ich damit nichts mehr zu tun.«

»Wie geht's denn unserm alten Affenschwanz?« fragte Hoffman.

»Wem?«

»Na dem Palästinenser.«

»Oh. Dem geht es gut. Ja, genaugenommen war er für uns die letzten Jahre über von unschätzbarem Wert.«

»Hat er immer noch so einen Schlag bei den Weibern?« wollte Hoffman wissen.

»Er ist jetzt verheiratet«, sagte Rogers.

»Na und?«

»Nein, im Ernst«, sagte Rogers. »Der Bursche hat uns eine Menge Leben gerettet, seit im Libanon der Bürgerkrieg ausgebrochen ist. Davor waren wir eine Zeitlang ziemlich übel dran.

Der Schwarze September brachte 1973 in Khartum zwei unserer Diplomaten um, und bis auf den heutigen Tag ist sich bei uns keiner sicher, ob unser Mann wußte, was da vor sich ging. Aber heute ist er ein Held. Erinnern Sie sich an die Räumung der Beiruter Botschaft 1976? Nun, er hat damals die Sicherheitsmaßnahmen geleitet. Heute ist er jedermanns Kumpel. Sogar die Christen verhandeln mit ihm.«

»Ja, ja«, sagte Hoffman. »Aber das deutsche Mädel mit den großen Pietzen; bumst er die immer noch?«

»Sein Geheimnis ist«, fuhr Rogers fort, die Worte seines früheren Chefs ignorierend, »daß er das Nachrichtenwesen der Fatah zu einem Verein ausgebaut hat, der etwas zu tauschen hat.«

»Sie nehmen mich wohl auf den Arm. Diese Burschen hätten doch nicht mal einen Stiefel voll Pisse ausleeren können, wenn man ihnen die Gebrauchsanweisung auf den Absatz geschrieben hätte.«

»Die Zeiten haben sich geändert«, sagte Rogers. »In den letzten fünf Jahren hat uns der Nachrichtendienst der Fatah geholfen, das Leben der Staatsoberhäupter von Ägypten, Marokko und Jordanien zu retten. Die tauschen jetzt Informationen mit jedem in der arabischen Welt, und sie wissen einfach alles. Sie erzählen alles unserem Mann und der erzählt es uns. Es ist eine Goldgrube. Wenn er davon erfährt, daß gegen einen unserer Diplomaten ein Attentat auf dem Programm steht, wissen Sie, was er dann tut?«

»Was?«

»Er schickt seine eigenen Leute los, um die Terroristen festzunehmen, weil sie gegen die Politik der Fatah verstoßen.«

»Bockmist!« meinte Hoffman.

»Stimmt aber«, sagte Rogers. »Daheim in Langley ist der Bursche ein Held. 1976, nachdem der Bürgerkrieg zu Ende war, hat ihn der Direktor nach Washington eingeladen. Das war im Dezember, gleich nach den Wahlen. Unser Junge traf sich mit dem scheidenden Direktor der CIA und dem frischgebackenen Minister. Zwei ziemlich schwere Kaliber.«

»Wie hat er abgeschnitten?«

»Aalglatt«, sagte Rogers. »Mr. Vernünftig persönlich! Er hat sich eine Menge Freunde gemacht.«
»Sind Sie sicher, daß wir von ein und demselben Kerl sprechen?« fragte Hoffman. »Die Person, an die ich mich erinnere, war ein wildes Kind, das genug damit zu tun hatte, seinen Stengel in der Hose zu halten. Der Bursche, über den Sie da reden, hört sich an, als hätte er in Yale studiert.«
»Es ist derselbe«, sagte Rogers. »Nachdem Sie weggingen, ist irgend etwas mit ihm passiert. Er ist erwachsen geworden.«
»Ich sage Ihnen, was dem passiert ist. Die Israelis haben ihm eine Scheißangst eingejagt. Der Mistkerl kann doch von Glück reden, daß er noch am Leben ist. Wenn der jetzt so ein Herzchen geworden ist, dann liegt das vielleicht daran, daß er glaubt, er bleibt am Leben, wenn er sich an Onkel Sam ankuschelt.«
»Das ist längst Geschichte«, sagte Rogers. »Die Israelis sind nicht mehr hinter ihm her.«
»Seien Sie sich da nicht so sicher«, sagte Hoffman. »Die Israelis haben ein sehr gutes Gedächtnis, mein Freund.«
Der Kellner schwebte neben dem Tisch und wartete darauf, daß Monsieur Hoffman und sein Gast ihre Bestellung aufgeben würden.
»Ich nehme das Seezungenfilet«, sagte Hoffman. »Und ein Steak.«
Der Kellner bekam große Augen, als er die Bestellung auf seinem Block notierte, aber er sagte nichts.
»Nur das Steak für mich«, sagte Rogers. »Und Salat.«
»Haben Sie Schokoladensoße?« fragte Hoffman.
»Selbstverständlich«, sagte der Kellner.
»Die nehme ich als Nachspeise«, sagte Hoffman. »Kein Eis; nur die Schokoladensoße. Heiß, bitte.«
Der Kellner lächelte. Ganz offensichtlich betrachtete er Hoffman als kulinarisch gebildeten Trottel.
Rogers hatte während dieses Zwischenspiels über eine Frage nachgegrübelt, und als der Kellner gegangen war, sprach er seine Gedanken aus:
»Da ist nur eines, was mich stutzig macht«, sagte er.

»Und was ist das, mein Junge?« fragte Hoffman.
»Ich frage mich manchmal, ob die Israelis tatsächlich versucht haben, unseren Mann aus dem Weg zu räumen.«
»Sie behaupten es jedenfalls. Sie protzen sogar damit! Wie sie zwölf der Anführer des Schwarzen Septembers erwischt haben. Wie sie sich Abu Nasir in seiner Wohnung geschnappt haben. Wie sie unseren Jungen in Skandinavien umzubringen versucht und es vermasselt haben. Sie brauchen doch bloß das TIME-Magazin zu lesen.«
»Und warum haben sie es nicht geschafft?« fragte Rogers. »Wenn sie sich soviel Mühe gegeben haben, unseren Mann nach München zu liquidieren! Warum ist es ihnen nicht gelungen?«
»Vielleicht sind sie doch nicht ganz so brillant, wie Sie glauben«, sagte Hoffman.
»Oder sie sind noch raffinierter.«
»Bockmist«, sagte Hoffman. »Wenn Sie meine Meinung hören wollen, dann werden die überschätzt. Sie sind Spieler mit einer gehörigen Portion Glück. Das erzähle ich jedenfalls immer meinen saudischen Klienten. Die hören das für ihr Leben gern.«
»Glauben Sie es denn?«
»Eigentlich nicht«, gestand Hoffman. »Die Israelis haben da einen netten kleinen Geheimdienst. Aber sie machen Fehler. Jeder macht Fehler.«
Der erste Gang wurde aufgetragen. Der Kellner filetierte geschickt den Fisch, während ihm Hoffman beifällig zuschaute.
»Was ist mit uns?« fragte Rogers, als der Kellner gegangen war. »Und wie stehen wir in Ihren Augen da, jetzt, wo Sie weg sind?«
»Wollen Sie wirklich die Wahrheit hören?«
»Ja.«
»Jämmerlich.«
»Warum?«
»Seien wir doch ehrlich«, sagte Hoffman. »Die Vereinigten Staaten haben genaugenommen keinen Nachrichtendienst mehr. Wenn der Nachrichtenausschuß des Senats und der Geheimdienstausschuß des Kongresses damit fertig sind, an den Fäden zu ziehen, dann ist von dem Pullover nicht mehr viel

übrig. Mal ehrlich, würden Sie Ihr Leben einem Nachrichtendienst anvertrauen, der seine Geheimnisse einer Blase gottverdammter Kongreßabgeordneter übergibt? Diese Leute müssen doch verrückt sein!«

»Und was sind wir dann, wenn wir kein Nachrichtendienst sind?«

»So weit ich Ihnen das sagen kann, ist die Agentur heute eine Ansammlung von Anwälten, Buchhaltern, Lobbyisten und Bürokraten. Aber wenn es drauf ankommt, daß da draußen etwas passiert, dann ist nichts mehr übrig. Ein Haufen Amateure. Meiner bescheidenen Meinung nach.«

»Das ist ja großartig«, sagte Rogers. »So etwas hebt die Moral doch ungemein. Ist das auch die Meinung Ihrer saudischen Freunde?«

»Die kapieren doch sowieso nicht, was da vor sich geht. Die sind von Amerika so hypnotisiert, daß ihnen noch nicht mal der Gedanke kommt, wir könnten so inkompetent sein, wie wir aussehen. Jedesmal wenn wir was verbocken, erfinden sie eine neue Verschwörungstheorie, nach der es sich in Wirklichkeit wieder mal um einen hinterhältigen Trick der Amerikaner gegen die Araber handelt. Wollen Sie die neueste Verschwörungstheorie hören?«

»Unbedingt«, sagte Rogers. »Vielleicht heitert mich das wieder auf.«

»Die Saudis glauben, daß wir hinter dem Aufstieg Khomeinis im Iran stecken.«

»Aber das ist doch kindisch«, sagte Rogers. »Warum sollten wir unseren eigenen Kunden bedrohen?«

»Denken Sie drüber nach. Vielleicht ist das gar nicht so verrückt.«

»Frank«, sagte Rogers, »Sie sind zu lange in der Wüste gewesen. Sie fangen schon an zu denken wie die.«

»Vielleicht«, sagte Hoffman. »Vielleicht. Aber eines kann ich Ihnen sagen. Ich bin verdammt froh, daß ich keiner von denen bin. Jawollja! Ich danke jeden Abend meinen Glückssternen, daß ich kein vernünftiger prowestlicher Araber bin, der alles tut, um nicht verrückt zu werden. Und wissen Sie warum?«

»Warum?«
»Weil, wenn ich einer wäre, dann wäre ich auf die Vereinigten Staaten angewiesen, wenn ich mal Hilfe bräuchte. Und in dem Fall, mein Freund, hätte ich schon von vornherein verloren.«

Kapitel 42
London; September 1978

Levi ließ seinen Blick forschend über die Gruppe aus mehreren Dutzend Männern schweifen, die sich in einem der Korridore von Whitehall versammelt hatten; er suchte nach Rogers. Er erinnerte sich noch an ihn aus der Zeit in Beirut: hochgewachsen und schlank, im Cordsamtanzug, hatte er einen vernünftigen, selbstbeherrschten Eindruck auf Levi gemacht, so wie er über den oberen Rand seiner Brille spähte. Aber das war fast zehn Jahre her, und diese allgemeine Beschreibung schien auf die Hälfte der Männer im Korridor zuzutreffen.

Selbstverständlich trug hier niemand Namensschildchen. Es war nicht diese Art von Tagung. Allein die Tatsache, daß diese Konferenz stattfand, war ein Geheimnis. Offiziell traf man sich unter der Schirmherrschaft des britischen Foreign Office; und das in einem abhörsicheren Konferenzraum in einem der großen grauen Kästen an der Whitehall. Die Vorbereitungen für das Treffen, die Liste der Vortragenden sowie die Gästeliste waren samt und sonders von Offizieren des britischen Nachrichtendienstes, MI 6, erledigt worden.

Als Levi näherkam, servierte ein junger britischer Beamter eben Kaffee aus einer silbernen Kanne.

»Milch oder schwarz?« fragte der Beamte.

»Milch«, sagte Levi. Als er die Unmengen von Milch sah, die in den Kaffee flossen, wünschte er, er hätte schwarz gesagt. Seine Hand zitterte, als er den Kaffee entgegennahm, so daß eine kleine weiße Woge über den Rand der Tasse in den Teller schwappte.

Levi war nervös. Nicht auf die gleiche Weise wie früher, als er Geheimdienstmaterial aus toten Briefkästen in Kiew oder Aleppo geholt hatte und ihm vor Angst der Schweiß die Arme hinuntergelaufen war. Das hier war etwas anderes. Es war die Angst vor dem Mißerfolg. Levi hatte trotz seiner langen Laufbahn nur sehr wenige Leute selbst angeworben. Wie sollte er zu Rogers Verbindung aufnehmen? Was würde er zu ihm sagen, nachdem er ihn so viele Jahre über aus dem Schatten heraus beobachtet hatte? Es war eine Angst, wie man sie vor einer Verabredung mit einer Frau verspürt, die man noch nie gesehen hat.

Die Gespräche im Korridor drehten sich, soweit Levi dem vielsprachigen Gemurmel entnehmen konnte, um zwei jüngste Entwicklungen im Nahen Osten: das Friedensabkommen zwischen Ägypten und Israel, das zwei Wochen zuvor in Camp David unterzeichnet worden war, und die sich rasch verschlechternde Lage im Iran. Einer der Deutschen pries die kühne Diplomatie des amerikanischen Präsidenten. Ein Franzose beklagte die Schwäche des Schahs. Es hörte sich an, als handelte es sich um zwei Seiten ein und derselben Münze: die kompetente und die inkompetente Seite der amerikanischen Außenpolitik, die Seite an Seite nebeneinander hergingen.

Der junge britische Offizier hatte die Kaffeemaschine stehenlassen und läutete jetzt mit einer kleinen Messingglocke zum Beginn der ersten Sitzung dieses Vormittags. Von Rogers war noch immer nichts zu sehen. Levi schloß sich der Schlange an, die sich in den Konferenzraum bewegte. Er nahm seinen Platz am Tisch ein, der anstatt mit seinem Namensschild mit einem kleinen israelischen Fähnchen markiert war.

Ein hochgewachsener Mann im blauen Anzug betrat in eben diesem Augenblick den Raum und nahm den mit einem amerikanischen Fähnchen markierten Platz ein. In seinem Haar zeigten sich die ersten grauen Strähnen, aber ansonsten entsprach er Levis Erinnerung. Levi versuchte ihn nicht anzustarren. Der Amerikaner lächelte, schüttelte einige Hände, studierte das Programm, kritzelte ein paar Notizen darauf. Dann starrte er,

wie Levi auffiel, einen Augenblick lang in die Luft, ohne sich etwas Spezielles anzusehen, in einer Wolke von Gedanken verloren.
Der erste Vortrag kam aus dem spanischen Innenministerium und beschäftigte sich mit den Erfolgen im Kampf gegen den baskischen Terror. Welchen Erfolgen? war Levi versucht zu fragen. Aber er sagte nichts. Für so etwas war das hier viel zu sehr eine Versammlung von Gentlemen. Der spanische Beamte war sehr ruhig und ernst. Er unterließ es, dem französischen Beamten, der ihm auf der anderen Seite gegenübersaß, die peinliche Frage zu stellen, warum Frankreich diesen baskischen Schweinen gestattete, nach Belieben die Grenze in den Pyrenäen zu überschreiten. Das wäre selbstverständlich unhöflich gewesen.
Nach einer Stunde mit dem Baskenproblem genehmigten sich die Delegierten eine Kaffeepause. Der junge Beamte von vorhin kam zurück an die silberne Kaffeemaschine. Trotz der fehlenden Namensschildchen schienen die meisten der Delegierten einander zu kennen. Eine Versammlung alter Hasen. Mach dich an Rogers heran, sagte sich Levi. Er sah sich nach dem Amerikaner um und sah ihn zu seiner Erleichterung in einer unschlüssigen Betrachtung der Delegierten versunken alleine im Korridor stehen.
Vorsichtig machte sich Levi an ihn heran; er wollte Rogers nicht verscheuchen.
»Was steht denn als nächstes auf dem Programm?« improvisierte Levi.
»Mal sehen«, sagte Rogers und schaute auf das Programm. »Ein Vortrag von den Holländern über den südmolukkischen Terrorismus.«
»Vielleicht wird das interessanter«, sagte Levi.
»Vielleicht«, sagte Rogers.
Es entstand eine Pause. Mach schon, ermahnte sich Levi. Frag ihn.
»Sind Sie nicht Tom Rogers?« fragte er endlich.
»Stimmt«, sagte Rogers. »Woher wissen Sie das?«

Levi lächelte.
»Ich heiße Yakov Levi«, sagte er und streckte seine Hand aus. »Ich bin von der Mossad.«
»Erfreut«, meinte Rogers.
»Ich habe schon viel von Ihnen gehört. Ich brenne seit Jahren darauf, Sie einmal persönlich kennenzulernen.«
»Tatsächlich?« fragte Rogers und sah Levi von der Seite her an. »Sollte ich Sie kennen?«
»Vielleicht. Vielleicht unter einem anderen Namen.«
»Vielleicht«, sagte Rogers, obwohl er das Gesicht nirgendwo unterzubringen vermochte.
Die beiden schwiegen. Rogers sah auf die Uhr.
»Was machen Sie hier?« sagte Levi in dem Versuch, Konversation zu machen.
»Das gleiche wie Sie«, antwortete Rogers.
Levi starrte auf seine Schuhe und sprach weiter.
»Um die Wahrheit zu sagen, ich habe früher einmal im Libanon gearbeitet. Zur gleichen Zeit, als Sie dort waren. Deshalb weiß ich über Sie Bescheid.«
»Tatsächlich?« fragte Rogers mit einem Aufflackern echten Interesses. »Wollen Sie damit sagen, daß Sie in der Beiruter Mossad-Station gearbeitet haben? Wir haben immer angenommen, daß es eine solche geben müßte, aber wir haben nie herausbekommen, wo sie war.«
»Wir sind eben besser als Sie, wenn es darum geht, ein Geheimnis zu bewahren«, sagte Levi.
»Wo waren Sie, wenn Sie die Frage gestatten?«
»In West-Beirut.«
»Aber wo?«
»Tut mir leid«, sagte Levi. »Aber das ist ein Geheimnis.«
Der britische Gastgeber klingelte ein weiteres Mal mit seiner Glocke.
»Ich nehme nicht an, daß Sie Lust hätten, die nächste Sitzung ausfallen zu lassen?« fragte Levi. »Wir könnten einen Spaziergang machen.«
»Ich fürchte nicht«, sagte Rogers. »Ich würde mir den Vortrag

der Holländer gerne anhören. Sie hatten letztes Jahr eine Geiselbefreiung, die wirklich erstklassig war. Von israelischer Qualität.«
»Ich weiß«, sagte Levi. »Wir haben sie ausgebildet.«
Zusammen gingen die beiden in den Konferenzraum zurück.
»Vielleicht könnten wir uns später treffen«, sagte Levi.
Rogers dachte einen Augenblick lang nach. Warum nicht? Dieser wißbegierige israelische Nachrichtendienstler, der da behauptete, so viel über ihn zu wissen, hatte ihn neugierig gemacht.
»Sicher«, sagte er. »Wir treffen uns draußen, wenn der Ausschuß hier Schluß macht. Am Ausgang zur Whitehall.«
Levi nickte.

Die Geheimnisse der holländischen Anti-Terror-Politik wurden gebührend erörtert, und eine Stunde später schlenderten Rogers und Levi die Whitehall hinauf in Richtung Trafalgar Square. Es war ein frischer britischer Herbsttag, kalt, fast schon eisig; der Himmel war klar. Rogers fiel auf, daß Levi schneller ging als er selbst; er machte kurze, schnelle Schritte, die ihn gegenüber Rogers' langsamerem Schlenderschritt schneller vorwärtsbrachten.
Die Unterhaltung entwickelte sich ohne bestimmte Richtung; jeder der beiden Männer sondierte den anderen; keiner war sich sicher, worauf der andere hinauswollte. Es war ein Katz- und Mausspiel; nur daß sie beide Katzen waren.
»Wann waren Sie im Libanon? fragte Rogers.
»In den späten sechzigern, Anfang der siebziger«, antwortete Levi.
»Vor der Sintflut.«
»Ja, vor der ersten Sintflut.«
»Wird es noch eine geben?«
»Natürlich«, sagte Levi. »Im Libanon wird es immer wieder Sintfluten geben.«
Es entstand eine Pause. Ein Doppeldeckerbus voller Touristen dröhnte vorüber. Was versucht er mir zu sagen? fragte sich Rogers. Worauf will der Mann hinaus?

»Es ist jetzt Ihre Veranstaltung«, sagte Rogers über das Dröhnen des Busses hinweg.
»Was?« fragte Levi.
»Der Libanon. Er gehört jetzt euch. Wir haben uns zurückgezogen. Israel hat sämtliche Spieler.«
»Wir haben einige«, räumte Levi ein. »Wir haben die Christen.«
»Denen kommen Sie gerade recht«, meinte Rogers und mußte an einige seiner alten Kontakte denken.
»Aber Sie haben ja auch einige Spieler«, sagte Levi.
»Zum Beispiel?«
»Die Palästinenser.«
»Ich bin nicht sicher, ob ich Sie richtig verstehe«, sagte Rogers mit leicht zusammengekniffenen Augen.
»Ach, nichts«, antwortete Levi.
Sie gingen schweigend nebeneinander her; jeder der beiden Männer versuchte dahinterzukommen, was der andere mit jedem Stückchen dieser entnervenden Unterhaltung hatte sagen wollen. Es war, als wollten sie sich auf ein Schachspiel einlassen mit nichts als Bauern auf dem Brett.
»Wofür genau sind Sie eigentlich bei der Mossad zuständig?« fragte Rogers. »Wenn Sie mir die Frage gestatten.«
»Ein bißchen für dies, ein bißchen für das«, sagte Levi. »Aber hauptsächlich beschäftige ich mich mit den Palästinensern.«
»Ich kenne mich ein wenig mit den Palästinensern aus.«
»Dessen bin ich mir sehr wohl bewußt, Mr. Rogers.«
»Sie müßten doch dieser Tage ziemlich beschäftigt sein.«
»Womit?« fragte Levi.
»Mit Camp David.«
»Nicht so beschäftigt, wie Sie vielleicht glauben«, sagte Levi. »Meiner Meinung nach ist weniger daran, als es von außen aussieht.«
»Wie das?« wollte Rogers wissen.
»Mißverstehen Sie mich nicht. Wir sind hocherfreut darüber, endlich einen Friedensvertrag mit den Ägyptern zu haben. Aber alles übrige, was etwa die Palästinenser anbelangt, ist bedeutungslos. Ich muß Ihnen ehrlich sagen, daß unsere Regierung

nicht im Traum daran denkt, den Palästinensern in Judäa und Samaria eine neue Heimat zu geben. Aber ich bin sicher, Sie verstehen das, oder nicht? Sie wissen sehr wohl um die Feindseligkeit unserer neuen Regierung gegenüber den Palästinensern.«

»Was wollen Sie mir damit sagen?«

»Lediglich, daß die neue Regierung gewillt ist, die extremsten Maßnahmen zu ergreifen.«

Was meinte er damit? Rogers ließ es dabei bewenden. Er wartete ab, bis sich in Levis Fragen ein Muster abzuzeichnen begann, aber alles, was er bis jetzt erkannte, war, daß er, Rogers, das Ziel für irgend etwas darstellte. Der Israeli versuchte ihm eine Botschaft zu übermitteln. Aber worin bestand sie?

Sie erreichten den Trafalgar Square. Auf den Statuen hatten sich die üblichen Heerscharen von Tauben versammelt, die mit der üblichen Masse an Touristen um den zur Verfügung stehenden Platz rangen. Rogers sah sich nach einem Flecken um, an dem man sich hätte setzen können, aber jeder freie Platz war voller Taubendreck. Er nahm eine Schachtel Zigaretten aus der Tasche und bot Levi eine an. Der Israeli nahm an. Rogers zündete ein Streichholz an und schützte es mit der hohlen Hand vor dem Wind. Er steckte Levis Zigarette an, dann die seine. Sie setzten ihren Spaziergang die St. Martin's Lane hinauf fort.

»Mr. Rogers«, sagte Levi. »Ich würde gerne etwas zur Sprache bringen.« Er räusperte sich.

Na also, dachte sich Rogers. Jetzt kommt's!

»Es gibt da einen Palästinenser, für den wir uns ganz speziell interessieren.«

Rogers' Augenbrauen zogen sich etwas zusammen. »Ach ja? Um wen handelt es sich?«

»Er heißt Jamal Ramlawi. Er ist der Chef des Nachrichtendienstes der Fatah.«

»Ich weiß, wer er ist«, sagte Rogers. »Was ist mit ihm?

»Sie wissen doch, daß wir ihn für das Massaker in München verantwortlich machen, oder?«

»Ja«, sagte Rogers. »Aber das ist jetzt sechs Jahre her. Ich dachte, das wäre alles längst vorbei.«

»Nicht für uns.«
»Was soll das heißen?«
»Ramlawi steht immer noch ganz oben auf unserer Liste.«
Rogers sah ihn neugierig an. Warum wollen sie ihn unbedingt kriegen? Warum gerade jetzt? Und warum fragen sie ausgerechnet mich um Erlaubnis? Das alles hatten wir doch schon einmal, und sie kennen die Antwort. Die Antwort ist Schweigen. Was wollen sie von mir hören? ›Nein! Laßt ihn leben! Er gehört zu uns!‹ Eben das konnte Rogers, den Spielregeln gemäß, nicht sagen.
Rogers setzte ein undurchdringliches Lächeln auf.
»Tatsächlich?« antwortete er ausdruckslos. »Immer noch ganz oben auf Ihrer Liste, was?«
»Ja.«
»Um welche Art von Liste könnte es sich dabei handeln?«
»Sie wissen, wovon ich spreche, Mr. Rogers. Sie wissen, was das für eine Liste ist.«
»Lassen Sie mich mal eines klarstellen«, sagte Rogers. »Sie wollen mir also mitteilen, daß die neue israelische Regierung mit dem Gedanken spielt, Jamal Ramlawi zu beseitigen?«
Levi sagte nichts. Sein Gesicht lief rot an. Er nickte kaum merklich.
»Und warum erzählen Sie *mir* das?«
»Weil ich dachte, es würde Sie interessieren.«
Levi sah Rogers an, der die ganze Unterhaltung über besonnen geblieben war und sich jedes Wort hatte aus der Nase ziehen lassen. Er wollte ihn bei den Schultern packen und schütteln: ›Sag es! Sag es! Sag nein! Sag, daß wir ihn nicht umbringen dürfen, weil er euer Mann ist! Sag, daß ihr ihn lebend braucht! Sag es einfach! Das ist alles, was wir verlangen!‹
Aber Rogers sagte nichts. Er ging ungefähr eine Minute lang schweigend weiter, sein Gesicht völlig regungslos, in Gedanken verloren. Schließlich meldete er sich wieder.
»Ich weiß nicht, wovon Sie sprechen«, sagte er. »Sagen Sie das bitte Ihren Kollegen daheim in Tel Aviv. Sagen Sie ihnen, daß Tom Rogers keine Ahnung hat, wovon hier die Rede ist.«

»Meinetwegen«, sagte Levi. Er machte einen niedergeschmetterten Eindruck. Er hatte versagt.
»Es ist Zeit, daß wir wieder umkehren«, sagte Rogers. »Wir haben noch die Kanadier mit ihren Separatisten in Quebec vor uns.«
Sie überquerten ein zweites Mal den Trafalgar Square und gingen schweigend die Whitehall hinauf. Rogers zündete sich eine weitere Zigarette an. Dieses Mal bot er dem Israeli keine an. Als sie sich dem Foreign Office näherten, entschuldigte sich Rogers und setzte sich auf eine Bank auf dem Parliament Square. Er hatte ein ungutes Gefühl in der Magengegend; ein Gefühl, wie man es verspürt, wenn man sich an ein Versprechen erinnert, das man vor langer Zeit einmal gegeben und fast wieder vergessen hatte. Rogers ließ in Gedanken seinen Terminplan für die nächsten paar Wochen vorüberziehen und stellte fest, daß er einige Tage abzweigen könnte, um einige alte Freunde in Beirut zu besuchen.

Kapitel 43
Beirut; Oktober 1978

Fuad saß in seinem Hotelzimmer; er wartete auf Rogers. In Gedanken sprach er ein Gebet; nicht auf dem Boden und mit dem Gesicht gen Mekka, sondern vor dem Spiegel stehend, in einem T-Shirt. Fuad fehlte seine alte Wohnung, aber was konnte er tun? Sie existierte nicht mehr; sie war einem verirrten Artilleriegeschoß aus dem christlichen Ost-Beirut zum Opfer gefallen. Rogers kam! Das war ein großes Ereignis. Man hatte Fuad nicht mitgeteilt, warum er kam, aber dieser Tage sagte ihm niemand mehr etwas. Sie sagten nur, daß Rogers wegen einer kurzen Mission nach Beirut kam und daß er sich gleich nach seiner Ankunft mit Fuad treffen wollte. Was konnte das bedeuten? Fuad hoffte, es hätte nichts mit Camp David zu tun, das in West-Beirut bereits zum Schimpfwort geworden war.

Einige Minuten nach acht Uhr morgens sah Fuad in der Ferne eine vertraute Gestalt auftauchen. Es war Rogers; unverwechselbar. Groß und schlank; das Haar wehte leicht im Wind; sein Gesicht war zugleich konzentriert und gleichgültig. Rogers näherte sich Fuads Hotel. Er trug einen grauen Flanellanzug, ein blaugestreiftes Hemd mit offenem Kragen und ein Paar Cowboystiefel. Für Fuad sah er zerknittert und alterslos aus; wie eben Amerikaner so aussahen. Auf seinem Gesicht hatte er eine Art Lächeln und einen geistesabwesenden Ausdruck. Als er das Hotel betrat, verschwand er aus Fuads Gesichtsfeld.

Fuad lauschte auf Rogers' Schritte. Er kannte dieses Geräusch auswendig von Hunderten von Treffen in konspirativen Wohnungen und Hotelzimmern. Rogers würde die Treppe nehmen, nicht den Aufzug, um sicherzugehen, daß niemand mitbekam, in welchen Stock er wollte. Der Tritt seiner Schuhe würde verstummen, wenn er oben an der Treppe angelangt wäre, weil er sich umsehen würde; dann würde er einige Schritte weiterschlendern, um schließlich schneller zu gehen. Dann ein leises Klopfen an der Tür und die Codeworte.

Es klopfte.

»Bin ich zu früh dran?« sagte eine Stimme auf der anderen Seite der Tür.

»Nein, Sie kommen auf die Minute pünktlich.«

Der Amerikaner trat in das Zimmer, schloß hörbar die Tür hinter sich, um sie dann gleich wieder einen Spaltbreit zu öffnen; er wollte sichergehen, daß man ihm nicht gefolgt war. Der Flur war leer. Die beiden Männer, der Falloffizier und sein Agent, umarmten einander, tauschten auf arabisch Höflichkeiten aus und boten einander Zigaretten an.

»Sie sind zurückgekommen!« sagte Fuad.

»Viel ist ja nicht übrig, zu dem sich zurückzukommen lohnt«, bemerkte Rogers. Er ging ans Fenster, zog die Vorhänge ein wenig zur Seite, um sich die Ruinen der Stadt anzusehen. Alles hatte sich verändert. Der Amerikaner starrte auf den nierenförmigen Swimming-pool des Hotels hinab, der jetzt mit Schutt gefüllt war, dann auf die von Granateinschlägen wie von Pok-

kennarben verunstaltete Silhouette der Stadt dahinter; je näher man der ›Grünen Linie‹ kam, die die christliche und die moslemische Hälfte der Stadt voneinander trennte, desto schlimmer sah es aus. In den letzten Monaten war durch die Artillerieduelle zwischen den Christen im Osten und den Palästinensern und Syrern im Westen erheblicher Schaden hinzugekommen.
Rogers fluchte verhalten.
»Ich bin froh, daß Sie zurückgekommen sind«, sagte Fuad. »Ich wußte, Sie würden wiederkommen! Beirut ist ein Teil Ihrer Natur.«
»Ist es nicht«, widersprach Rogers. »Es ist Teil meines Jobs.« Er machte eine Geste in Richtung des Fensters. »Dieses Land ist völlig verrückt geworden.«
»Doch, es liegt in Ihrer Natur«, insistierte Fuad, der weitersprach, als hätte er Rogers' letzten Satz nicht gehört. »Sie kommen dem nicht aus.«
Fuad deutete auf eine Ausgabe des Koran auf dem Kaffeetisch und rezitierte etwas Arabisches. Es war eine Sure aus dem Koran: ›Gott ist das Licht des Himmels und der Erde. Sein Licht kann mit einer Nische verglichen werden, in der eine Lampe steht; die Lampe ist unter Glas, und das Glas glänzt, als wäre es ein Perlmuttstern.‹
»Sie werden immer religiöser, Fuad«, sagte Rogers. »Das ist vernünftig.«
»Wir sind alle Gefangene unseres Schicksals.«
»Wie Sie meinen«, sagte Rogers. »Aber ich sollte Sie warnen, daß ich nicht allzu lange bleibe.«
Sie setzten sich auf die Couch und schwelgten in Erinnerungen. Während sie sich so unterhielten, fiel Rogers auf, wie doch die Zeit verging und welche Veränderungen sie mit sich brachte. Selbst in jemandem wie Fuad, der immer den Anschein erweckt hatte, die Zeit könnte ihm nichts anhaben. Rogers konnte sich noch gut an den eifrigen jungen libanesischen Agenten von 1969 erinnern, der in Amerika verliebt war und in alles, was für dieses Land stand; versessen darauf, seine arabische Identität abzustreifen wie eine ungeliebte Haut; bereit, Amerika dabei zu

helfen, die arabische Welt aus ihrer Starre und ihrer Rückständigkeit zu befreien. Der Fuad aus dem Jahr 1969 hätte ebensowenig den Koran zitiert, wie er aus dem Fenster gesprungen wäre. Aber die Zeiten hatten sich geändert.
»Ich brauche in einer bestimmten Sache Ihre Hilfe«, sagte Rogers.
»Ich stehe zu Ihren Diensten«, antwortete Fuad.
»Ich muß mich so schnell wie möglich mit Jamal Ramlawi treffen. Noch diese Woche. In den nächsten Tagen, wenn es geht.«
»Warum nicht? Ich denke, er ist in der Stadt. Ich werde sehen, was sich arrangieren läßt.«
»Bitten Sie ihn nicht lange«, sagte Rogers. »Befehlen Sie es ihm!«

Während Rogers darauf wartete, daß Fuad das Treffen mit Jamal arrangierte, stattete er Samir Fares einen Besuch ab. Fares war zwei Monate zuvor zum Chef des ehemaligen libanesischen Deuxième Bureau ernannt worden. Als Rogers zu Hause in Washington davon gehört hatte, hatte er sich gefreut. Aber die Nachricht hatte ihn auch an ein Versprechen erinnert, das er Fares vor langer Zeit gegeben hatte.
Fares schlug vor, daß Rogers ihn in seinem neuen Büro im Palast des Präsidenten in Baabda, in den Hügeln über Ost-Beirut, abholen sollte. Die Beiruter Station stellte ihm einen Wagen mit Fahrer, einem hartgesottenen kleinen Christen namens Youssef. Die Fahrt verschaffte Rogers eine bedrückende Tour durch die Stadt. Es war, als besuchte man einen sterbenden Bekannten.
Die Fahrt begann im Geschäftsviertel von Hamra, einst der elegante Treffpunkt von Ost und West, jetzt so heruntergekommen wie das kosmopolitische Ideal, für das es einst stand. Sie fuhren an dem Laden vorbei, in dem Rogers Geburtstagsgeschenke für seine Frau gekauft hatte, und an einem anderen, in dem er in einem Anfall von Leichtsinn eine Perlenkette für Solange Jezzine gekauft hatte. Beide Geschäfte hatten jetzt geschlossen und waren mit Läden versehen.
Sie fuhren weiter, vorbei an ganzen Zeilen ausgebombter

Gebäude; ein Niemandsland, das jetzt nur noch von Heckenschützen und kurdischen Flüchtlingen bewohnt war und das Nahen der ›Grünen Linie‹ signalisierte. Rogers steckte sich eine Zigarette an. Der Fahrer tat das gleiche. Im Libanon, so erinnerte sich Rogers, war das Rauchen eine Art ritualisiertes Sakrament, das man sich einige Dutzend Mal pro Tag verabreichte.
Rogers hatte die ›Grüne Linie‹ schon früher überquert, aber er fand es immer noch enervierend. Rogers haßte Heckenschützen. Sie waren das Symbol der Krankheit, die von diesem Land Besitz ergriffen hatte: gelangweilte Teenager, die sich zu beiden Seiten der Linie hinter Sandsäcken versteckten, Aufputschmittel schluckten, um wach zu bleiben, 100 Dollar im Monat verdienten und als Bonus Gelegenheit bekamen, mit automatischen Waffen in der Stadt umherzustolzieren und Leute abzuschießen, ohne auch nur zu wissen, um wen es sich da handelte. Der einzige Trost, fand Rogers, war, daß sie nicht allzu gut schossen. In dieser Hinsicht waren sie durch und durch Libanesen: erstklassige Maulhelden, die versagten, wenn es wirklich darauf ankam.
Sie befanden sich jetzt in der Nähe der Linie. Einen Häuserblock entfernt hörte Rogers Gewehrfeuer. Er kauerte sich tief in den Sitz, als der libanesische Fahrer das Gaspedal in den Boden trat, und hielt den Atem an, bis der Wagen sicher auf der anderen Seite war.

Auf der anderen Seite der ›Grünen Linie‹ lagen die Hochburgen der Christen von Ost-Beirut und dahinter die Berge. Hier gab es mehr Hinweise auf eine funktionierende Regierung und auf Wohlstand als im Westteil der Stadt: die städtischen Parkplätze und die von der phalangistischen Partei organisierten Mülldeponien, den Verkehr, in dem BMWs, Jaguars und Mercedes-Limousinen Stoßstange an Stoßstange fuhren. Halsabschneiderterritorium war es allerdings trotz allem noch.
Als sie den Hügel hinaufkletterten, auf den Präsidentenpalast in Baabda zu, sah Rogers die Stadt unter sich ausgebreitet wie eine zerlumpte Flickendecke. Er konnte die verschiedenen Gürtel

der Zerstörung erkennen, die der Stadt während der letzten vier Jahre umgelegt worden waren und die jüngste Geschichte des Libanon ebenso präzise markierten wie die Schichten in Sedimentgestein.

Die Zerstörung begann im Herzen der Stadt und ging strahlenförmig nach außen wie eine gestreute Geschoßgarbe aus einem Maschinengewehr. Die ersten Opfer waren die großartigen Fassaden des alten Geschäftsviertels gewesen, dessen Gebäude während der schlimmsten Tage des Bürgerkrieges sowohl vom Osten als auch vom Westen her mit Granaten beschossen worden waren. Jetzt waren die einst herrlichen Gebäude abbrökkelnde Ruinen, auf denen Farne und Moos wucherten; auf den Straßen wuchs das Unkraut.

Als nächstes kamen die arg mitgenommenen Wände der Wohnviertel in der Nähe der Grünen Grenze – Sioufi in Ost-Beirut und Ain el-Mreisseh im Westen –, die während des letzten christlich-moslemischen Aderlasses schwer unter Artilleriebeschuß geraten waren. Daran schlossen sich im Südwesten die palästinensischen Flüchtlingslager Sabra und Schatilla an. Von den Christen mit Granaten beschossen, von den Israelis zuweilen mit Bomben beworfen, bildeten sie trotz allem noch immer das lärmende Herz palästinensischen Exils. Und schließlich kamen die weit draußen im Süden gelegenen Vororte mit den scheinbar völlig willkürlich zerstörten Slums der schiitischen Moslems, die in Armseligkeit vor sich hinbrüteten – jederzeit bereit zu explodieren.

Rogers überblickte diese Verwüstung mit einer Mischung aus Resignation und Ekel. Ein Satz, den eine der christlichen Milizen vor einigen Jahren populär gemacht hatte, fiel ihm ein: ›Al Arab Jarab‹ – ›Die Araber haben die Lepra.‹

Der Präsidentenpalast, modern und in strahlendem Weiß gehalten, schien Rogers fast eine Parodie der libanesischen Situation: großartig, aber leer. Es war ein Ort voller totenstiller, marmorverkleideter Korridore; mit vielen großen Schreibtischen, an denen die wenigen libanesischen Regierungsbeamten, die zu

sehen waren, zu arbeiten vorgaben; mit Bürofluchten, die bei näherer Betrachtung nur Leute beherbergten, die dem Pascha am Ende des Flurs Tee und Kaffee machten.
Rogers behagte dieser Besuch im Palast ganz und gar nicht, und er war froh, als er sah, daß Fares ihn am Eingang erwartete. Der Chef des libanesischen Nachrichtendienstes trug, was er auch früher immer angehabt hatte: Tweedjackett mit Fliege. Er sah aus, als wäre er eben dem Fakultätsaufenthaltsraum einer amerikanischen Elite-Universität entflohen. Er sah gesund aus, aber überarbeitet.
Rogers schlug vor, eine Spazierfahrt zu machen, sie beide alleine. Er setzte den Botschaftsfahrer in einem Café in der Nähe des Eingangs zum Palast ab und setzte sich selbst hinters Steuer.
»Mabruk!« sagte Rogers, indem er das libanesische Wort für ›Glückwünsche‹ benutzte. »Sie haben es geschafft!«
Fares lächelte gnädig und legte die Hand aufs Herz.
»Ich bin meinen Freunden dankbar«, sagte er.
»Wir hatten damit nichts zu tun. Machen Sie sich da nichts vor.«
»Das Ganze ist eigentlich eine ziemlich zweifelhafte Ehre«, sagte Fares. »Ich bin der Kopf eines Nachrichtendienstes, der kein Land hat. Wir sind wie ein Gehirn ohne Körper.«
Rogers sagte ihm, er sei zu bescheiden. Sie unterhielten sich einige Minuten lang über Belanglosigkeiten, erkundigten sich nach ihren Frauen, tauschten Tratsch über alte Freunde aus. Schließlich kam Rogers zur Sache.
»Ich komme aus einem bestimmten Grund zu Ihnen«, sagte er.
»Da ich Sie kenne, habe ich nicht angenommen, daß Sie mir nur einen Höflichkeitsbesuch abstatten wollten«, sagte der Libanese.
»Vor Jahren habe ich Ihnen einmal etwas versprochen. Erinnern Sie sich noch, was das wahr?«
»Selbstverständlich.«
»Ich habe Ihnen versprochen«, sagte Rogers in einem langsamen Rhythmus, als rezitierte er aus einem Katechismus, »daß wir Sie, falls Sie jemals Chef Ihres Dienstes werden sollten, aus dem Arrangement entlassen würden, das Sie mit uns eingegangen

sind, um Ihnen zu gestatten, Ihrem Land mit einem reinen Gewissen zu dienen.«

»Ja«, sagte Fares. »Das haben Sie gesagt.«

»Ich möchte dieses Versprechen halten.«

»Ich bin gerührt«, sagte Fares. »Aber so einfach ist das gar nicht, oder?«

»Warum nicht?«

Fares sah Rogers seltsam an.

»Lassen Sie uns ehrlich miteinander sein. Sie können mir sagen, daß ich frei bin, daß ich nicht länger Ihrer Kontrolle unterstehe. Aber was passiert, wenn Sie sich in extremen Schwierigkeiten befinden, in denen Sie jemanden brauchen, der Ihnen einen Gefallen tut? Dann werden Sie zu mir kommen – das heißt, ich hoffe wenigstens, daß Sie zu mir kommen werden – und werden mich bitten, Ihnen zu helfen. Sie werden mir sagen, daß ich jederzeit nein sagen kann, aber wir beide werden es besser wissen.«

»Ein Versprechen ist ein Versprechen«, sagte Rogers.

»Genau das ist das Problem, Tom«, antwortete Fares mit einem traurigen Lächeln. »Ein Versprechen ist ein Versprechen – und weiter nichts.«

Rogers schaute gekränkt drein. Er war einen weiten Weg gereist, um Dinge mit Leuten in Ordnung zu bringen, die ihm am Herzen lagen, und bereits sein erster Versuch schlug fehl. Fares sah, daß er aufgebracht war und versuchte die Unterhaltung wieder zusammenzuflicken.

»Sie machen sich zuviel Sorgen deswegen«, sagte er. »Sie tun gerade so, als wäre es ein Todeskuß, hier im Nahen Osten mit den Amerikanern zusammenzuarbeiten. Aber das stimmt nicht. Es ist sehr wertvoll! Ich bin der beste Beweis dafür! Jeder im Libanon weiß, daß ich mich mit den Amerikanern gut stehe. Sie kennen keine genauen Einzelheiten, aber es ist kein Geheimnis, daß ich gute Verbindungen zur Amerikanischen Botschaft habe. Und wissen Sie was? Es hilft mir! Die Syrer nehmen mich ernster. Die Ägypter nehmen mich ernster. Weil sie Respekt davor haben, daß ich für die CIA arbeite.«

»Blödsinn«, sagte Rogers. »Kein Mensch traut einem Spion. Nicht einmal im Libanon.«
»Da liegen Sie aber falsch«, sagte Fares. »Im Libanon nehmen wir einen Menschen ernst, wenn wir sicher sind, daß einer aus dem Westen darauf aus ist, ihn zu kaufen.«
Rogers machte einen verärgerten Eindruck. Er wollte das Problem gelöst sehen.
»Ich mache Ihnen einen Vorschlag«, sagte er. »Ich habe das mit dem Direktor abgesprochen. Der Handel sieht folgendermaßen aus: Sie sind ab sofort gekündigt. Die jährlichen Zahlungen für Ihre Frau und die Kinder bleiben bestehen. Aber Sie schulden uns nichts mehr. Wir gehen davon aus, daß unsere Beziehung beendet ist.«
»Schön«, sagte Fares. »Und ich gehe davon aus, daß unsere Beziehung weiterläuft.«
»Ich gebe es auf«, sagte Rogers.
Sie erreichten Ashrafiyeh in Ost-Beirut und fuhren die Küste entlang auf Jounie zu, in Richtung der Wohnung am Strand, wo sie sich einst mit einem verängstigten libanesischen jungen Christen namens Amin Shartouni getroffen hatten, der ihnen von etwas erzählt hatte, das er *la puissance occulte* genannt hatte – und schließlich davon getötet worden war.
Rogers war in Gedanken verloren. Fares warf einen Blick auf seine Uhr.
»Ich fürchte, ich muß zu einer Besprechung in den Palast zurück«, sagte er entschuldigend. Rogers kehrte um und fuhr nach Baabda zurück.
»Übrigens«, sagte Rogers, »was ist eigentlich aus dem palästinensischen Christen geworden, der damals Amin Shartouni ausbildete? Der Mann, den wir den ›Bombenmacher‹ nannten?«
»Wir bekommen seine Bomben zu sehen, aber nicht den Mann selbst. Er hat sich in den letzten Jahren noch tiefer im Untergrund vergraben. Wie alle anderen auch. Es ist jetzt viel schwieriger, herauszufinden, was so vor sich geht. Wenn Sie heute einen Stein aufheben, dann finden Sie darunter keine Käfer mehr; Sie finden nichts als Schmutz.«

»Der Bombenmacher lebt also noch?« fragte Rogers in einem Ton, dem man die Enttäuschung anhörte.
»Mit ziemlicher Sicherheit. Nach dem bißchen zu urteilen, was wir so mitkriegen, ist er beschäftigter denn je. Sämtliche Gruppierungen arbeiten jetzt mit Autobomben; und er ist auf diesem Gebiet der Meister.«
»Man sollte meinen, es würde ihn jemand aus dem Weg räumen«, bemerkte Rogers.
Fares lachte.
»Wer sollte das tun, Tom? Jeder hier macht seine kleinen Geschäfte mit ihm, wenn er ihn braucht. Was für einen Sinn hätte es, ihn zu töten? Er weiß nichts, außer wie man Bomben macht. Und selbst wenn er sterben würde, seine Schüler sind überall, in allen Gruppierungen. Es gibt heute im Libanon viele, viele Leute, die wissen, wie man Bomben macht.«
Rogers schüttelte den Kopf. Der Rest der Fahrt zurück nach Baabda verlief größtenteils schweigend. Als sie sich dem Tor zum Palast des Präsidenten näherten, richtete Fares noch einmal das Wort an Rogers.
»Erinnern Sie sich an eine Frau namens Solange Jezzine?« fragte er. »Die Frau meines Vorgängers?«
»Aber sicher erinnere ich mich«, sagte Rogers. »Sie ist keine Frau, die man vergessen könnte.«
»Sie haben Sie ein wenig näher gekannt, nicht wahr?« fragte Fares. Er sagte das ganz nüchtern, als kenne er die ganze Geschichte.
»Ein wenig«, gab Rogers zu. Er dachte an ihre stechenden Augen und an ihren weichen Körper. »Was ist denn aus ihr geworden?«
»Sie hat wieder geheiratet«, sagte Fares.
»Ach, wirklich?« fragte Rogers. »Wen denn?«
»Einen sehr reichen jungen Mann. Er ist ein Waffenhändler; ein Agent des saudischen Verteidigungsministers. Waffen sind ein sehr lukratives Geschäft, wie Sie sich vorstellen können. Er ist auch im Libanon sehr aktiv. Verkauft Waffen an beide Seiten.«
»Lebt sie noch immer im Libanon?«

»Nein. Meist ist sie jetzt in Paris. Und in Marbella. Hätten Sie gerne ihre Adresse? Ich bin sicher, ich könnte sie irgendwo im Büro auftreiben.«

Rogers schwieg, um nachzudenken. Wollte er die Adresse, die Leidenschaft, den erfrischenden Sturz von der hohen Klippe und die lange Genesung?

»Nein«, sagte Rogers schließlich. »Ich glaube nicht.«

Sie erreichten den Eingang zum Palast. Rogers brachte den Wagen zum Stehen. Fares saß einen Augenblick lang da und versuchte auf etwas zu kommen, was er hatte sagen wollen.

»Wir haben im Libanon eine Redewendung«, sagte er schließlich. »Wie so vieles andere, handelt es sich um eine, die wir von den Franzosen ausgeborgt haben.«

»Wie lautet sie?« fragte Rogers.

»›Seul le provisoire dure‹«, antwortete Fares. »Nur das Vorübergehende dauert. Auf Wiedersehen, mein Freund.«

Als Fares zusah, wie Rogers' Wagen vom Platz vor dem Palast fuhr, kam es ihm in den Sinn, daß Rogers ein ziemlich untypischer Spion war. Er war ein Mann, der sich nach Dauer sehnte, und das in einem Geschäft, in dem Dauer unmöglich war. Er schien Verbindungen zu wollen, die auf Vertrauen, Ehrlichkeit, einem Gefühl für die gegenseitige Verantwortung basierten. Fares vermutete, daß es diese idealistische Qualität war, die Rogers so amerikanisch erscheinen ließ – und vielleicht auch gefährlich für jene, die mit ihm arbeiteten. Rogers hatte den festen Willen, an Dinge zu glauben, die in Wirklichkeit nicht immer existierten.

Kapitel 44
Beirut; Oktober 1978

Rogers wartete auf Jamal in einer sicheren Wohnung im West-Beiruter Viertel Ramlet el-Baida. Als er das Apartment betrat, hatte er das schauerliche Gefühl, schon einmal hier gewesen zu sein. Auf dem Sideboard standen die gleichen Blumen, die

gleiche Flasche Whisky; auf dem Tisch lagen die gleichen Zigarettenpackungen. In der Wand befand sich ohne Zweifel noch immer das gleiche Tonbandgerät.
Rogers sah auf seine Uhr. Jamal war spät dran. Während er wartete, dachte Rogers um acht Jahre zurück an einen anderen Treff mit Jamal, in einem anderen sicheren Haus in Kuwait. Und daran, daß er Jamal zum Abschluß seiner Anwerbeaktion ein Versprechen gegeben hatte. Wir machen keine Fehler, hatte er ihm gesagt. Wir werden die Tatsache, daß Sie eine Beziehung zu uns haben, geheim halten. Und daß er hinzugefügt hatte: ›Ich habe in zehn Jahren keinen Agenten verloren.‹
Ein lautes Klopfen kam von der Tür her, worauf der Austausch der Codeworte folgte. Jamal kam herein. Rogers machte sich nicht mehr die Mühe, ihn nach seiner Waffe zu fragen. West-Beirut war jetzt in der Hand der Fatah. Alle trugen hier Waffen.
»Ahlan, Reilly-Bey«, sagte Jamal.
»Hallo, Jamal«, antwortete Rogers.
Jamal sah älter aus. Immer noch in Form, immer noch ein ansehnlicher Bursche, aber das Alter und die Belastungen hatten ihre Spuren hinterlassen. Das einst wilde, schwarze Haar war jetzt ordentlich nach hinten gekämmt. Sein Gesicht hatte das teigige Aussehen von Ton, den man einmal zu oft durchgeknetet, neu geformt und wieder zurechtmassiert hatte. Die schwarze Lederjacke war verschwunden; sie war durch eine braune ersetzt worden. Noch etwas anderes fiel Rogers auf. Zum ersten Mal, soweit er sich erinnern konnte, sah er den Ausdruck von Jamals Augen.
»Ganz schön frech von Ihnen, sich gerade jetzt mit mir treffen zu wollen«, sagte Jamal.
»Was soll das heißen?«
»Nach Camp David?! Der Alte Mann ist sehr wütend. Er sagt, Sie hätten ihn verraten. Nach all unseren netten Geheimgesprächen darüber, wie die Probleme der Palästinenser zu lösen seien, nach unserer Unterhaltung 1976, als ich in Washington war, um mich mit dem großen Direktor der CIA persönlich zu treffen! Was tun Sie nach alldem? Sie lassen die Israelis und die Ägypter

einen separaten Friedensvertrag unterschreiben, der uns draußen vor der Türe läßt.«
»Damit habe ich nichts zu tun. Da müssen Sie mit dem Präsidenten sprechen.«
»Das würden wir sehr gerne tun«, sagte Jamal. »Aber man läßt uns ja nicht!«
Jamals Auftreten war aggressiv und beharrlich. Insofern hatte er sich also nicht verändert. Er sprach in ernstem Ton, wie ein Schüler, der seinen ehemaligen Professor davon überzeugen will, daß er es im Leben zu einigem gebracht hat; der zeigen will, daß er eine ernsthafte Persönlichkeit geworden ist, die man nicht unterschätzen sollte.
»Camp David ist nicht das letzte Wort in dieser Sache«, sagte Rogers. »Da kommt noch mehr nach.«
»Das sagen Sie seit acht Jahren. Wir werden es langsam müde, uns das anzuhören.«
Das war ganz und gar nicht die Art von Unterhaltung, die Rogers haben wollte. Er legte eine andere Gangart vor.
»Ich überbringe Ihnen Grüße von unserem neuen Direktor, Mr. Hinkle«, sagte Rogers. »Er sendet Ihnen seinen persönlichen Dank dafür, daß Sie uns helfen, unsere Diplomaten und unsere Bürger zu schützen. Er sagt, daß das amerikanische Volk eine Dankesschuld bei Ihnen hat, die im Augenblick leider nur im Geheimen zum Ausdruck gebracht werden kann.«
Jamal legte seine Hand auf sein Herz. War es arabische Höflichkeit oder ein Beispiel für die unerklärliche, hypnotisierende Macht, die automatisch auf jeden überging, der den Posten eines Direktors der CIA bekleidete?
»Das ist sehr freundlich vom Direktor«, sagte Jamal. »Bitte, überbringen Sie ihm meine Grüße. Sagen Sie ihm, daß wir bei unserem Versprechen bleiben werden, amerikanische Bürger zu schützen; unabhängig von unseren politischen Differenzen.«
»Er wird sehr erfreut sein, das zu hören«, sagte Rogers.
Jamal nickte. Er brachte eine Zigarette zum Vorschein und zündete sie an.

»Jamal«, sagte Rogers. »Es gibt da etwas, was ich Ihnen sagen will.« Aber Jamal hörte nicht zu. Die Erwähnung des Direktors und der Zusammenarbeit in Sachen Sicherheit hatten seine Gedanken in eine neue Richtung gelenkt.

»Ich habe eine Spionagegeschichte für Sie«, sagte Jamal. »Sie können Sie dem neuen Direktor erzählen, wenn Sie wieder zu Hause sind.«

»Ich glaube kaum, daß er Spionagegeschichten zu schätzen weiß. Und außerdem muß ich Ihnen etwas Wichtiges sagen.«

»Diese wird ihm gefallen«, sagte Jamal. »Erinnern Sie sich an Wadih Haddad?«

»Den Mann von der Volksfront?« fragte Rogers. »Den Super-Terroristen?«

»Ja. Sie haben gelesen, daß er umgekommen ist, nicht wahr?«

»Ja«, sagte Rogers. »Er soll an Leukämie gestorben sein. In einem Krankenhaus in Ostdeutschland.«

»Ist er aber nicht«, sagte Jamal mit einem dünnen Lächeln.

»Ach nein?«

»Nein. Er wurde ermordet!«

»Wie?«

»Er wurde zu Tode bestrahlt.«

»Was zum Teufel reden Sie da? Was soll das heißen: zu Tode bestrahlt? Von wem? Wo?«

»In Bagdad.«

»Wie?«

»Aha. Jetzt interessiert es Sie also doch. Ich werde es Ihnen erklären. Haddad arbeitete für den Moukhabarat des Irak. Immer, wenn er hinging, um sich mit dem Chef des Moukhabarat zu treffen, wurde er in einem speziellen Wartezimmer empfangen, das man extra für ihn gebaut hatte; man hatte es mit Blei abgeschirmt.«

»Blei?«

»Ja. Blei. Die Iraker ließen Haddad jedesmal dreißig Minuten lang in diesem Raum sitzen, vielleicht auch eine Stunde. Haddad dachte sich nichts dabei. Sie wissen ja, wie die Araber sind. Sie lassen einen immer warten. Aber während der ganzen Zeit, die

er in diesem Raum wartete, beschoß man ihn mit einer Röntgenmaschine, durch ein Loch in der Wand.«
»Und was passierte mit ihm?«
»Er wurde krank und zwar immer schlimmer. Genau wie die Zeitungen damals geschrieben haben. Aber er wußte nicht warum. Er ging nach Algerien, um sich behandeln zu lassen. Und schließlich nach Ostdeutschland.«
»Wo man Leukämie diagnostizierte.«
»Ja«, sagte Jamal. »Aber nachdem er in Ostdeutschland gestorben war, nahm man eine Autopsie an ihm vor. Und dieser ostdeutsche Autopsiebericht ist sehr interessant. Da ist von ›unnatürlichen Komplikationen‹ die Rede. Wir haben eine Kopie dieses Autopsieberichts, falls es Sie interessiert.«
»Selbstverständlich interessiert mich das«, sagte Rogers.
»Würden Sie gerne erfahren, was man den Irakis dafür bezahlt hat?«
Rogers nickte.
»Sehen Sie sich die Zahlen der gesamten Ölproduktion der OPEC-Länder in den Monaten vor und nach Haddads Tod an. Sie werden einen hohen Anstieg in der irakischen Förderung feststellen und einen in etwa gleich großen Rückgang der saudiarabischen.«
»Das ist die verdammteste Geschichte, die ich je gehört habe«, sagte Rogers. »Warum wissen *wir* nichts davon?«
»Weil *Sie* nicht mehr so gut sind wie früher«, sagte Jamal mit einem wissenden Lächeln.
Es entstand eine Pause.
»Jamal«, sagte Rogers noch einmal, diesmal eindringlicher. »Ich habe um dieses Treffen gebeten, weil es da etwas gibt, was ich Ihnen unbedingt sagen muß.«
»Schön«, sagte der Palästinenser. »Um was geht es?«
»Ich möchte, daß Sie sehr vorsichtig sind«, sagte Rogers. »Ihr Leben ist in Gefahr.«
Der Palästinenser lachte laut auf.
»Sie haben den weiten Weg hierher gemacht, um mir das zu sagen? Das ist mir nun wirklich nicht unbekannt, Mr. Reilly.«

»Ihr Leben ist in Gefahr«, wiederholte Rogers, »und zwar durch die Israelis.«
»Die Israelis haben es längst aufgegeben, mich erwischen zu wollen! Sie wissen, daß ich unverwundbar bin.«
»Seien Sie sich da nicht so sicher, daß die es aufgegeben haben«, sagte Rogers. »Bedenken Sie, daß es in Israel eine neue Regierung gibt und daß immer noch alte Pläne existieren, von denen man nur den Staub zu pusten braucht.«
»Und was dann? Unser aller Schicksal liegt in den Händen Allahs.«
»Hören Sie mit diesem Blödsinn auf!« rief Rogers. »Ich versuche Ihnen das Leben zu retten. Also hören Sie mir zu!«
»Ich höre.«
»Ich möchte den Israelis sagen, daß Sie für uns gearbeitet haben. Daß Sie also tabu sind.«
»Nein.«
»Warum nicht? Ich denke, daß sie das ohnehin bereits vermuten.«
»Nein«, wiederholte Jamal.
»Aber warum nicht?«
»Weil das, was Sie da sagen, nicht zutrifft: Ich habe nie für Sie gearbeitet! Ich arbeite für mein Volk.«
»Ja, natürlich. Aber Sie sind in Gefahr –«
Jamal unterbrach ihn.
»Meine Antwort lautet nein! Ich will nicht von der Gnade der Israelis abhängig sein. Lieber würde ich sterben.«
Rogers erkannte, daß er so nicht weiterkam.
»Ich habe einen anderen Vorschlag«, sagte der Amerikaner.
»Und der wäre?«
»Ich möchte, daß Sie Beirut verlassen.«
»Vielleicht haben Sie mich nicht verstanden«, sagte Jamal; seine Stimme wurde lauter. »Ich stehe nicht unter Ihrem Befehl. Sie haben mir nicht zu sagen, wohin ich gehen soll!«
»Ich weiß. Ich verstehe. Ich schlage ja auch nur vor, daß Sie jetzt – vorübergehend – daran denken könnten, irgendwo hinzugehen, wo Sie sicherer sind als in Beirut.«

»Für mich gibt es keinen Ort, an dem ich sicherer bin.«
»Sie sind unmöglich!«
Jetzt lächelte Jamal zum ersten Mal.
»Ja«, sagte er. »Das bin ich.«
»Schauen Sie«, sagte Rogers. »Wenn Sie nicht auf Vernunftgründe hören wollen, dann können wir nicht viel für Sie tun. Aber es gibt da vielleicht das ein oder andere. Was für ein Auto fahren Sie?«
»Einen Chevrolet«, sagte Jamal.
»Kugelsicher?«
»Ja.«
»Wir können Ihnen etwas Besseres besorgen.«
»Na schön«, sagte der Palästinenser. »Ich nehme an.«
»Welche Art von Sprechfunkgeräten haben Ihre Leibwächter?«
»Ostdeutsche.«
»Die sind Mist«, sagte Rogers. »Die Israelis können die Signale mit Leichtigkeit abhören. Wir werden Ihnen neue Geräte besorgen. Fuad wird Sie Ihnen bringen.«
»Prima«, sagte der Palästinenser.
»Sonst noch etwas?«
»Das ist genug«, sagte Jamal.
»Nein, das ist nicht genug!« sagte Rogers. »Was brauchen Sie noch, verdammt noch mal?«
»Mr. Reilly«, sagte Jamal und legte eine Hand auf Rogers' Schulter. »Wenn die Vereinigten Staaten ihre Freunde im Nahen Osten nicht am Leben halten können, dann sind *sie* es, die ein ernstes Problem haben, nicht ich. Ich werde also auf Ihre guten Dienste vertrauen.«
»Ich habe Ihnen in Kuwait einmal gesagt, daß ich noch nie einen Agenten verloren habe«, sagte Rogers. »Und ich habe nicht die Absicht, jetzt damit anzufangen.«
»Ja«, sagte Jamal. »Das haben Sie mir gesagt. Und wissen Sie auch noch, was ich Ihnen geantwortet habe? Ich habe Ihnen gesagt, daß ich nicht Ihr Agent bin.«
Sie unterhielten sich noch eine Weile; dann entschuldigte sich Jamal. Er habe ein Treffen mit einem zu Besuch weilenden

japanischen Nachrichtenoffizier. Das Ganze werde langsam zu einer Industrie, meinte Jamal, dieses Geschäft der Zusammenarbeit in Sachen Sicherheit.

Nachdem Jamal gegangen war, saß Rogers noch eine Weile in der Wohnung und dachte darüber nach, was Jamal gesagt hatte. »Ich bin nicht Ihr Agent.« Rogers mußte sich eingestehen, daß er nicht wußte, was Jamal nun wirklich war. Er war kein Agent der CIA. Er war mit Sicherheit kein Verbündeter der Vereinigten Staaten. Er war irgend etwas Sperriges dazwischen. Die Beziehung, die die Amerikaner zu ihm hatten, war in diesem Sinne tatsächlich außer Kontrolle.

Kapitel 45
Beirut; Januar 1979

Die israelische Spezialtruppe reiste größtenteils über den Internationalen Flughafen von Beirut in den Libanon ein. Einer nach dem anderen trafen sie ein, als Geschäftsleute, mit Pässen verschiedener europäischer Staaten. Sie waren ausgezeichnet ausgebildet und überaus motiviert. Der Cousin eines jener israelischen Athleten, die in München ermordet worden waren, befand sich unter ihnen.

Ihre Mission bestand darin, ein für allemal eine Aufgabe zu Ende zu bringen, die vor Jahren in Angriff genommen worden war – und dabei keine Fehler zu machen. Aber selbst Profis machen Fehler.

Es gab kleine Hinweise, rechtzeitige Winks, Beweismaterial. Das erste Indiz kam von einem für die Beziehungen zu den libanesischen christlichen Milizen verantwortlichen Mossad-Offizier in Ost-Beirut. Anfang Januar stattete er dem Chef des Nachrichtendienstes der christlichen Milizen einen Besuch ab und sagte ihm, er würde für einige Wochen verreisen. Er fügte hinzu, daß es nicht das dümmste wäre, sich eine Weile von

Beirut fernzuhalten. Als der libanesische Christ ihn nach Einzelheiten bedrängte, zwinkerte ihm der Mann von der Mossad nur zu.
Was der Israeli nicht sagte, war, daß man dabei war, den größten Teil der Mossad-Station aus Beirut herauszuschaffen. Es wäre nicht sehr gescheit, sie dort zu lassen, leicht verwundbar und ohne gute Alibis, während die Spezialeinheit ihre Arbeit tat.
Dem christlichen Milizmann kam der Zwischenfall merkwürdig vor. Also schickte er seine eigenen Agenten los, die die Bücher der Beiruter Hotels und der Autovermietungen sowie die Listen der eingeflogenen Passagiere überprüfen sollten, um festzustellen, ob sich etwas Ungewöhnliches tat. Es dauerte eine Woche, dann hatte er seine Informationen. Die meisten davon waren unbrauchbar. Aber schließlich fiel ihm doch eine seltsame Einzelheit auf. Bei einer bestimmten Autovermietung in Ost-Beirut waren in dieser Woche von Inhabern ausländischer Pässe drei Autos gemietet worden. Das erschien ihm ungewöhnlich. Besucher aus dem Ausland mieteten normalerweise keine Autos im Libanon. Sie fuhren mit dem Taxi. Noch seltsamer war der Umstand, daß alle drei Wagen von demselben Pariser Reisebüro gebucht worden waren. Als der Milizmann die Nummer dieses Reisebüros anrief, war sie bereits abgemeldet.
Der christliche Nachrichtenoffizier war sich nicht sicher, was er mit der Information anfangen sollte, und so tat er, was Nachrichtenleute für gewöhnlich in so einem Fall tun. Er tauschte sie ein. Es ergab sich gerade, daß er dem Chef des militärischen Nachrichtendienstes Samir Fares einen Gefallen schuldete, da dieser seinen Leuten erst kürzlich zu einer elektronischen Überwachungsausrüstung aus Amerika verholfen hatte. Also gab er sein dürftiges Beweismaterial dafür, daß die Israelis etwas im Schilde führten, einfach an Fares weiter.
Fares war in jenem Monat mit dem in West-Beirut eskalierenden Straßenkrieg zwischen Syrern, Israelis und libanesischen Agenten beschäftigt. So schenkte er dem Tip des Milizmannes nicht weiter Beachtung, bis er eine weitere Information in die Hände bekam – dieses Mal von seinem Agenten in einer kleinen und

äußerst geheimen christlichen Untergrundgruppierung namens Al-Jabha, der man enge Beziehungen zu Israel nachsagte.
Irgend jemand versuchte das Monopol zur Herstellung von Bomben an sich zu reißen, beklagte sich der Agent. Al-Jabhas Bombenwerkstatt in den Bergen war von einem Mitglied der Organisation für sich requiriert worden, das den Israelis besonders nahe stand. Der Mann hatte eine spezielle Schweißausrüstung in die Werkstatt mitgebracht und außerdem schwere Stahlplatten. Das waren Materialien, wie man sie für Autobomben nach dem neuesten Stand der Technik benötigte, erklärte der Agent. Die Metallplatten wurden unter den Wagen geschweißt, und zwar auf drei Seiten um die Bombe herum, so daß die gesamte Wucht der Explosion in eine bestimmte Richtung geleitet wurde.
Das war nicht fair, meinte der Agent. Der Libanon sei ein Land des freien Unternehmertums. Niemand sollte versuchen, das Bombengeschäft zu monopolisieren.
Dieses Nachrichtendienstmaterial machte Fares nervös. Irgend jemand – der offensichtlich mit den Israelis zu tun hatte – plante, einen Schlag gegen ein wichtiges Ziel in West-Beirut zu führen. Aber Fares hatte keine Ahnung gegen wen und warum. Er stellte in Gedanken eine Liste von möglichen Zielen zusammen: der sunnitische Premier, der schiitische Parlamentssprecher, einige drusische Kabinettsmitglieder. Die Sicherheit dieser libanesischen Funktionäre unterlag Fares' Verantwortungsbereich. Er rief die Offiziere zusammen, die für den Schutz dieser Leute verantwortlich waren, und schlug Alarm: Die libanesischen Moslems sollten ihre üblichen Fahrtwege bis auf weiteres ändern – und sich von den Straßen West-Beiruts fernhalten.
Fares dachte noch an andere mögliche Ziele. Es gab da verschiedene drusische, sunnitische und schiitische Führer aus Politik und Religion, natürlich. Aber die wahrscheinlichsten Ziele mußte man wohl unter den Palästinensern suchen. Der Alte Mann plante in dieser Woche nach Damaskus zu reisen, zusammen mit einer Reihe anderer Fatah-Führer. Aber Jamal Ramlawi, der Chef des Fatah-Nachrichtendienstes, war noch in der

Stadt. Fares fragte sich, ob er Ramlawi eine Warnung zukommen lassen sollte.
Fares machte etwas anderes. Er schickte einen kurzen Bericht an den neuen Stationschef in der Amerikanischen Botschaft, einen Mann namens Bert Jorgenson, der kürzlich aus Kuwait gekommen war. Er legte eine Bitte bei, man möge eine Kopie des Berichts an Tom Rogers in Washington schicken.

Keiner dieser Hinweise oder Winke wäre Rogers je zu Ohren gekommen, wenn Pater Maroun Lubnani nicht in Panik geraten wäre.
Der maronitische Priester war zu einem Treffen mit seinem israelischen Falloffizier gegangen, wie er das einmal im Monat zu tun pflegte. Seitdem Bürgerkrieg herrschte und Beirut eine geteilte Stadt war, trafen sich die Israelis viel offener mit ihren Agenten im christlichen Ost-Beirut. Warum auch nicht? Die Israelis hatten ein offenes Bündnis mit den Christen geschlossen. Sie waren die neuen Könige Ost-Beiruts!
Pater Maroun war wie immer zu einem südlich von Jounie an der Küste gelegenen Apartmentkomplex gegangen. Er hatte sich wie jeden Monat seine Badekleidung angezogen und an den Swimming-pool gesetzt, um dort auf den Israeli zu warten. Er hatte gewartet und gewartet. Aber der Israeli hatte sich nicht blicken lassen. Also hatte er nach Befehl gehandelt. Er war am nächsten Tag ein zweites Mal zu dem Apartmenthaus am Strand gekommen, zur gleichen Zeit, hatte sich wieder an den Pool gesetzt – in zunehmendem Maße in Verlegenheit gebracht durch die mannbaren christlichen Mädchen, die in ihren Bikinis an ihm vorbeistolzierten.
Die Israelis machten niemals Fehler, sagte sich Pater Maroun. Aber auch an diesem Tag vergingen die Stunden, und der israelische Kontaktmann kam nicht. Schließlich, nachdem er zu lange in einem schlecht sitzenden Badeanzug neben dem Pool gewartet hatte, geriet Pater Maroun in Panik.
Pater Marouns Falloffizier war ein einfacher und verzeihlicher Fehler unterlaufen. In seiner Eile, aus Beirut zu verschwinden,

hatte der Mossad-Mann ganz einfach vergessen, seinen Kontaktmann aus der maronitischen Geistlichkeit davon in Kenntnis zu setzen, daß ihr Treffen für diesen Monat verschoben werden mußte.

Pater Maroun machte sich Sorgen. Der israelische Offizier würde doch kein Treffen versäumen, wenn nicht irgend etwas Wichtiges schief gelaufen wäre! Also tat er, was man ihm für den Notfall eingeschärft hatte. Er rief in der israelischen Botschaft in Paris an und fragte namentlich nach seinem speziellen Kontaktmann für Notfälle.

Eine Stimme meldete sich.

»Was ist los?« fragte Pater Maroun mit bebender Stimme. »Ich bin hingegangen, mich mit meinem Freund zu treffen, aber er ist verschwunden.«

»Beruhigen Sie sich«, sagte die Stimme. »Ihr Freund ist beschäftigt. Es ist etwas Wichtiges dazwischen gekommen, das es nötig machte, das Treffen zu versäumen. Alles ist in Ordnung. Ihr Freund wird in einigen Wochen auf die übliche Weise mit Ihnen Kontakt aufnehmen.«

»Sehr gut«, sagte Pater Maroun, wirklich erleichtert.

»Bitte rufen Sie diese Nummer nicht mehr an«, sagte die Stimme. Dann wurde aufgelegt.

Ein knapper Nachrichtenbericht über dieses Gespräch landete zwei Tage später auf Rogers' Schreibtisch, inmitten eines hohen Stapels anderer Berichte aus allen Ecken der Welt, mit einer Notiz vom wachhabenden Offizier: ›Zur Kenntnisnahme‹. Nach seinen Besuchen in London und Beirut letzten September hatte Rogers darum gebeten, so viel wie möglich ›rohes‹ Nachrichtenmaterial aus dem Libanon vorgelegt zu bekommen.

Der Anruf war also vom amerikanischen Nachrichtendienst abgefangen worden. Man hörte sämtliche Anrufe ab, die bei der israelischen Botschaft in Paris ein- und ausgingen, ebenso wie einen Großteil des Telefonverkehrs in den und aus dem Libanon. Der Nachrichtendienstbericht notierte die wesentlichsten Details: der Anrufer war ein maronitischer Priester namens

Maroun Lubnani; die Person, die er angerufen hatte, war ein Mossad-Offizier in Paris, von dem man annahm, daß er das libanesische Ressort unter sich hatte.

Was Rogers ins Auge stach, war der Name Maroun Lubnani, der ihm die untersetzte Gestalt eines libanesischen Geistlichen in Lederhosen ins Gedächtnis rief. Als er jedoch den Bericht las, regte sich sein Interesse. Warum in Panik? Was hatten die Israelis vor? Warum kamen sie nicht zu den Treffs mit ihren Agenten?

Rogers spürte den Aufruhr in seinem Magen. Er entnahm einem der Ordner einen anderen, erst vor wenigen Tagen auf seinem Schreibtisch eingegangenen SIGINT-Bericht aus dem Libanon. Die Leute vom Fernmeldekorps hatten den Funkspruch eines Hochgeschwindigkeitstransmitters abgefangen. Ein solches Gerät funkte verschlüsselte Nachrichten in stark gebündelten, raschen Garben. Es war das neueste auf diesem Gebiet, und die Methode kam nur bei stark sicherheitsgefährdeten Angelegenheiten zur Anwendung. Als er den Bericht gesehen hatte, hatte Rogers zuerst angenommen, daß die Russen etwas im Schilde führten.

Jetzt richtete sich sein Verdacht gegen die Israelis. Und er glaubte zu wissen, was sich da tat.

Es war spät. Fast fünf Uhr nachmittags in Washington. Als erstes schickte Rogers ein Kabel an Jorgenson, den neuen Stationschef in Beirut. Jorgenson war kein Genie, aber Rogers mußte sich für den Augenblick mit ihm begnügen. »Brauchen Ihre Hilfe in einer sicherheitsgefährdeten Sache«, hieß es in dem Kabel. Jorgenson rief von seiner Privatwohnung aus über eine nicht gesicherte Leitung zurück. Das war ein schlechtes Zeichen.

»Wir können euch da nicht helfen, mein Freund«, sagte Jorgenson. »Wir haben diese Woche alle Hände voll zu tun. Es tut sich was ganz Großes.«

»Ich habe das Gefühl, daß dies hier wichtiger ist«, sagte Rogers. Jorgensons letztes großes Projekt war ein Treffen arabischer Volkskünstler gewesen.

»Vielleicht, vielleicht auch nicht«, sagte Jorgenson. »Aber wenn Sie sagen, daß es sich um etwas Sicherheitsgefährdetes handelt, dann brauche ich was Schriftliches. Ein Memorandum vom Generalkonsul. Eine Bestätigung, daß Sie die zuständigen Ausschüsse benachrichtigt haben.«

»Aber wir haben dazu keine Zeit mehr, Bert. Bis dahin könnte jemand tot sein.«

»Tut mir leid, Tom. Aber Regeln sind Regeln. Die Tage der großen Einzelgänger sind vorbei!«

»Um Himmels willen!« entfuhr es Rogers. Er schrie fast.

»Tut mir leid, Kumpel«, meinte Jorgenson liebenswürdig. »Kann Ihnen da nicht helfen. Vielleicht kriegen Sie ein paar Talente vor Ort auf die Beine. Einige Ihrer alten Kumpane. Wir haben mit denen ja kaum noch was zu tun. Ich habe nichts dagegen.«

Rogers fluchte. Jorgenson legte auf.

Rogers' nächster Anruf galt Fares. Es war in Beirut schon nach Mitternacht, als er ihn erreichte.

Rogers entschuldigte sich dafür, den libanesischen Nachrichtendienstchef zu wecken. Er hätte überhaupt nicht angerufen, sagte er, wenn er nicht den Hinweis bekommen hätte, daß im Libanon irgend jemand eine ganz große Operation plante.

»Haben Sie denn keine Nachricht bekommen«, sagte Fares verschlafen.

»Welche Nachricht?«

»Ich habe vor fast einer Woche eine Nachricht in die Botschaft geschickt, in der ich einige interessante Informationen weitergegeben habe, die mir in die Hände geraten sind. Ich hatte die Botschaft gebeten, sie an Sie weiterzuschicken. Haben Sie sie nicht erhalten?«

»Nein«, sagte Rogers. Er kochte vor Zorn. Beruhige dich, sagte er sich.

Rogers dachte einen Augenblick nach. Er war in Schwierigkeiten. Alle seine Karten waren schlecht. Er hatte keine Zeit mehr, nach Beirut zu fliegen. Die dortige CIA-Station würde ihm nicht helfen. Die Zeit lief ihm davon. Es gab nur eine Möglichkeit.

»Samir«, sagte Rogers. »Vor einigen Monaten habe ich Ihnen versprochen, daß ich Sie nicht mehr um Hilfe bitten würde.

Aber Sie müssen mir einen Gefallen tun. Würden Sie etwas für mich tun?«

»Selbstverständlich«, sagte Fares. »Sagen Sie mir, um was es sich handelt.«

»Können Sie jemanden, dem Sie vertrauen, zu einer Adresse schicken, die ich Ihnen gebe? Wenn Ihr Mann dorthin kommt, wird ein Freund von mir namens Fuad ihn erwarten. Könnten Sie Ihrem Mann sagen, daß er Fuad die Informationen übergeben soll, die Sie mir über die Botschaft geschickt haben?«

»Ich werde selbst gehen«, sagte Fares.

Rogers gab ihm Fuads Adresse und Zimmernummer in West-Beirut und bedankte sich zögernd.

»Nicht der Rede wert«, sagte Fares. »Wir sind Freunde.«

Schließlich rief Rogers Fuad an. Er sprach sehr eindringlich.

»Marhaba«, sagte Fuad schlaftrunken auf Arabisch, als er den Hörer abnahm.

»Hier ist Ihr alter Freund«, sagte Rogers. »Der Mann, den Sie zum ersten Mal am Strand getroffen haben.«

»Ja«, sagte Fuad. »Ich weiß, wer Sie sind.«

»Ich glaube, daß jemand dabei ist, einem anderen unserer Freunde Ärger zu machen.«

»Wem?«

»Dem Mann, den ich in Amman getroffen habe.«

»Der Mann in Schwarz?«

»Ja«, sagte Rogers.

»Großen Ärger?«

»Den schlimmsten!«

»Wann soll es passieren?«

»Ich weiß es nicht. Vielleicht bald.«

»Was soll ich tun?«

»Ich schicke Ihnen heute Nacht jemanden vorbei. Er wird Ihnen sagen, was er weiß. Sie können ihm vertrauen. Er ist verschwiegen. Aber sagen Sie ihm nicht, wen wir zu schützen versuchen. Das geht ihn nichts an. Das ist ausschließlich unsere Sache.«

»Okay«, sagte Fuad. »Soll ich mich an die Leute Ihres ehemaligen Büros um Hilfe wenden?«

»Nein«, sagte Rogers. »Die sind untauglich.«
Fuad schwieg.
»Viel Glück«, sagte Rogers. Er legte auf.
»Auf Wiedersehen, Effendi«, sagte Fuad.

Fares traf kurz vor Morgengrauen in Fuads Hotel ein. Als Fuad die Tür seines Zimmers öffnete, trat beiden Männern ein Ausdruck des erstaunten Wiedererkennens ins Gesicht. Jeder kannte den anderen vom Hörensagen, aber keiner hatte bis zu diesem Augenblick gewußt, daß sie beide eine Verbindung mit Rogers gemeinsam hatten.
Fares beschrieb Fuad die Nachrichtendienstberichte. Ein Führer der christlichen Milizen war von einem Israeli gewarnt worden, sich von Beirut fernzuhalten. Ein anderer Christ hatte sich beschwert, daß ein Neuling sich in das Autobombengeschäft gedrängt hatte. Eine Autovermietung in Ost-Beirut hatte Reservationen eines nicht existierenden Pariser Reisebüros erhalten. Irgend jemandem, so sagte Fares, stand ein Anschlag bevor, und er wollte wissen wem.
»Versucht man einen von Rogers' Leuten umzubringen?« wollte Fares wissen.
»Ich kann Ihnen das nicht sagen, General«, sagte Fuad.
Rogers schützt einen seiner Agenten, dachte sich Fares. Einen moslemischen Agenten in West-Beirut.
»Ich befehle Ihnen, es mir zu sagen«, sagte Fares.
»Ich kann es Ihnen trotzdem nicht sagen.«
»Ich kann Sie verhaften lassen.«
»Ich hoffe, Sie werden es nicht tun«, sagte Fuad kühl.
Fares stellte fest, daß ihm Fuad sympathisch war. Er war ein Rogers' würdiger Agent.
»Nein. Selbstverständlich werde ich Sie nicht verhaften«, entgegnete Fares. Er zündete seine Pfeife wieder an. Er dachte darüber nach, wer wohl das Ziel sein könnte; in Gedanken ging er eine Liste der Leute durch, die die Israelis gerne tot sehen und die die Amerikaner gerne schützen würden. Und mit einem Mal war es ganz offensichtlich für ihn, wer der Agent war. Und

ebenso offensichtlich, warum Fuad Befehl hatte, seinen Namen nicht dem Chef des libanesischen Nachrichtendienstes zu verraten, der völlig von Israelis durchsetzt war.
»Wie kann ich Ihnen helfen?« fragte Fares.
»Haben Sie die Zulassungsnummern der Autos, die von diesem Reisebüro in Paris gemietet wurden?«
»Ja«, sagte Fares. Er reichte Fuad einen Zettel mit den Nummern. Es waren drei Wagen – ein Ford, ein Volkswagen, ein Mercedes; zu jedem gab es eine Nummer.
»Wir müssen diese Autos finden«, sagte Fuad. »Wenn wir das Auto mit der Bombe finden, dann brauchen wir uns um das Ziel keine Sorgen mehr zu machen.«
»Ich werde noch heute morgen ein Team losschicken«, sagte Fares. Fuad sagte ihm, er würde sich an der Suche beteiligen.
»Wie bald werden die Israelis losschlagen?« fragte Fuad.
»Ich habe diese Informationen vor einer Woche bekommen«, antwortete Fares. »Es könnte schon sehr bald sein.«

Als Fares gegangen war, rief Fuad in Jamals Wohnung an. Seine Frau meldete sich. Jamal sei nicht da, sagte sie. Er sei vergangene Nacht nicht nach Hause gekommen. Er hätte wohl arbeiten müssen. Dann rief Fuad in Jamals Büro an. Einer der Leibwächter nahm den Anruf entgegen. Nein, Jamal sei nicht da. Nein, er wisse nicht, wo er sei. Fuad versuchte es im Fitness Club, wo Jamal zuweilen vormittags hinging. Nein, er sei nicht dagewesen. Er rief zwei Frauen an, von denen er dachte, daß sie vielleicht wissen könnten, wo sich Jamal aufhielt. Als er nach Jamal fragte, legte die eine auf; die andere lachte.
Es war bereits neun Uhr dreißig. Es wurde langsam spät. Fuad verließ sein Hotel und machte sich auf die Suche nach der Nadel im Heuhaufen.

Fuad versuchte sich in einen israelischen Nachrichtenoffizier hineinzuversetzen. Wenn ich versuchen würde, Jamal Ramlawi mit einer Autobombe zu beseitigen, fragte sich Fuad, wo würde ich den Wagen abstellen? Nicht in der Nähe seines Büros. Diese

Gegend war von den Fedayeen zu gut bewacht. Die Chance, erwischt zu werden, war dort zu groß.
Nein, dachte Fuad. Wenn ich versuchen würde, Jamal zu töten, dann würde ich die Bombe in der Nähe der Wohnung des Palästinensers plazieren. Auf dem Weg zwischen seiner Wohnung und seinem Büro; oder auf dem Weg zwischen seiner Wohnung und seinem Fitness Club; oder auf dem Weg zwischen dem Fitness Club und seinem Büro.
Fuad nahm ein Taxi und fuhr in das Viertel, in dem Jamal wohnte, einen Beiruter Distrikt namens Verdun. Das ganze Viertel strotzte nur so von Autos. Einige davon waren geparkt; einige hupten und drängten sich durch den Morgenverkehr. Sie kamen nicht vorwärts. Tausende von Autos waren zu überprüfen, und Fuad steckte in einem Verkehrsstau. Er stellte fest, daß es besser wäre, auszusteigen und die Gegend zu Fuß abzusuchen. Im Gedränge von West-Beirut würde er zu Fuß schneller vorwärtskommen.
Zuerst suchte er die Rue Verdun ab, zwischen Jamals Wohnung und seinem Büro. Er hielt den mittlerweile zerknüllten und schmutzigen Zettel mit den Zulassungsnummern in seiner schweißnassen Hand. Aber es war egal, wie der Zettel aussah: Ein Ford, ein Volkswagen, ein Mercedes; die Zulassungsnummern eines jeden Wagens hatten sich nach wenigen Minuten in sein Gehirn eingraviert. Er bewegte sich so rasch er konnte die Rue Verdun entlang, überprüfte jeden Ford, Volkswagen, jeden Mercedes, den er entdecken konnte. Obwohl es Januar war, schwitzte er gewaltig. Die Überprüfung der Rue Verdun kostete ihn eine Stunde. Er fand nichts. Keines der Nummernschilder stimmte mit denen auf seiner Liste überein.
Er verschwand in einem kleinen Haushaltswarengeschäft an der Rue Verdun und rief noch einmal in Jamals Büro an. Ja, er sei endlich angekommen, sei aber schon wieder fort. Nein, er habe nicht gesagt, wohin er ging. Vielleicht nach Hause. Vielleicht in den Fitness Club.
Fuad nahm ein Taxi zurück zu Jamals Wohnung und überprüfte die Gegend noch einmal nach den Autos. Neue waren hinzuge-

kommen. Dutzende. Vor allem Mercedes. Er starrte sie wütend an – haßte sie –, jedes dieser Autos war ein Feind, jedes ein potentieller Mörder. Es waren einfach zu viele Autos, um sie alle zu überprüfen. Was war mit dem Fitness Club?
Fuad überkam mehr und mehr ein Gefühl der Verzweiflung. Er bahnte sich einen Weg die Rue Abdallah al-Sabbah entlang, in Richtung des Fitness Clubs. Er rannte an den Autos vorbei, so daß sie fast vor seinen Augen verschwammen. Fußgänger blieben stehen, um ihm nachzustarren. Auf den Straßen von Beirut lief man nicht; es sei denn, es stimmte etwas nicht. Ein Polizist hielt ihn an und fragte nach seinen Papieren. Fuad mußte ihm zwanzig libanesische Pfund in die Hand drücken und eine Anspielung auf den Chef der Sureté machen, bevor ihn der Beamte gehen ließ. Er verlor Zeit. Die Uhr tickte. Auch in der Rue Abdullah war nichts zu finden.
Wo dann?
Scheiße, dachte Fuad. Was machte Jamal am Morgen an Tagen, an denen er nachts nicht zu Hause gewesen war? Er ging zuerst in sein Büro, um sich nach den Geschäften zu erkundigen, dann in seine Wohnung, um zu schlafen, die Kleidung zu wechseln, seine Frau zu sehen. Mein Gott! Es mußte die Rue Verdun sein! Fuad sah sich nach einem Taxi um. Er wartete. Keine Taxis! Wo waren sie alle? Endlich tauchte eines auf. Es hatte bereits einen Fahrgast, aber Fuad hielt es dennoch an. Der Fahrer sagte, er fahre zur Corniche Mazraa. Verdun! schrie Fuad. Der Fahrer meinte, er würde ihn am Ende der Straße aussteigen lassen.
»Y'Allah!« sagte Fuad. Fahr zu!
Als sie nach Verdun kamen, wollte der Fahrer über den Fahrpreis feilschen. Fuad warf ihm eine Zehn-Pfund-Note hin und begann die Rue Verdun hinaufzurennen, sich nach neu hinzugekommenen Mercedes, Fords und Volkswagen umsehend. In seinem Kopf drehte sich alles. Er überquerte die Rue Bechir Quassar, die Rue Anis Nsouli, die Rue Hassan Kamel. Scheiße! Wo war der Wagen? Die Straße machte eine Kurve nach rechts, vorbei an der Rue Habib Srour, vorbei an der Rue Nobel. Er näherte sich Jamals Wohnung. Er rannte den Gehsteig entlang,

den Kopf gesenkt, den Blick auf die Nummernschilder gerichtet, als er ein lautes Hupen hörte. Er ignorierte es das erste Mal und wandte den Kopf erst, als der Wagen in hoher Geschwindigkeit vorbeifuhr, gefolgt von einem Landrover voller Bewaffneter.
Es war Jamals Chevrolet, der die anderen Autos aus dem Weg hupte und die Straße hinauf in Richtung seines Apartments raste. Fuad hörte das Röhren der Maschine und das Lärmen der Hupe. Er schrie so laut er konnte, aber der Wagen war schon vorbei.
Fuad blieb stehen und hielt den Atem an. Er zählte zehn Sekunden, dann fünfzehn.
Dann hörte er die Explosion, einige Blocks weiter. Ein Krachen und dann ein Grollen, das ihm wie Donner in die Ohren fuhr und sein Echo durch die bevölkerten Straßen hallen ließ. Dann das Geschrei vieler Leute und das Heulen von Sirenen.
Fuad setzte sich mitten auf das Pflaster und schluchzte.

Es war eine große und ausgeklügelte Bombe, die über Fernzünder zur Detonation gebracht wurde; sie enthielt die Sprengkraft von 50 Kilo TNT. Die Explosion war gewaltig, selbst für Beiruter Verhältnisse. Sie tötete zwölf Menschen und verletzte siebzehn.
Fuad erhob sich schließlich von der Straße und ging zu seinem Hotel zurück. Er brachte es nicht über sich, sich dem Ort des Attentats zu nähern. Die Gegend von Verdun wimmelte jetzt nur so von Menschen. Leute vom Fatah-Sicherheitsdienst, Leute vom libanesischen Sicherheitsdienst, Journalisten, Schaulustige. Fuad wollte, er wäre irgendwo anders. Er blieb auf seinem Zimmer und zog die Vorhänge zu, so daß es mittags dunkel war.
Als das Radio einige Stunden später verkündete, daß Jamal Ramlawi auf dem Weg ins Krankenhaus gestorben war, schnitt sich Fuad das Handgelenk auf. Er sah zehn Minuten lang zu, wie er blutete; dann legte er eine Aderpresse auf. Selbst sein Schmerz war sinnlos.

TEIL X
EPILOG

London; 1984

Epilog
London; 1984

Fuad kam über die Qualen hinweg, in die ihn das Attentat auf Jamal gestürzt hatte. Rogers' Tod durch den Bombenanschlag auf die Botschaft dagegen brach ihn vollends. Er entschied, daß er vom Libanon – ebenso wie von den Amerikanern – genug hatte, und ging nach London. Die Agentur bot ihm ein annehmbares Arrangement; sie verlangte, daß er einen Vertrag unterzeichnete, in dem er sich zu ewigem Schweigen verpflichtete, was seine nachrichtendienstlichen Aktivitäten anbelangte. Dann wünschte man ihm noch viel Glück mit auf den Weg. Es fiel ihnen nicht schwer, Fuad ziehen zu lassen; außer Rogers hatte eigentlich keiner je richtig mit ihm zu tun gehabt.

Fuad kaufte sich in London ein Apartment, und zwar im ›Pentangle‹, einem modernen Gebäude nördlich des Hyde Parks. Eine seltsame Gegend, in der einst die Prostituierten zu Hause gewesen waren, die den Herren südlich des Parks zu Diensten gewesen waren. Jetzt setzte sich die Bevölkerung fast ausschließlich aus Ausländern zusammen: Saudis, Nigerianer, Iraner, Libanesen, Kuwaitis, Venezolaner. Eine moderne Klasse von Huren. Leute, die ihr Geld im Ausland verdient und es aus irgendeinem Grund für klug gehalten hatten, sich in London niederzulassen. Fuad liebte dieses Viertel. Für einen, der sich verstecken wollte, war dies der ideale Ort.

Er kaufte sich einen Hund, einen enthusiastischen Yorkshire Terrier, mit dem er gerne im Park spazierenging. Und während dieser Spaziergänge unter dem freien Himmel Londons ließ er sich die Ereignisse durch den Kopf gehen, deren Zeuge er im Libanon geworden war; den Tod von Jamal und den von Rogers und den von vielen tausend anderen.

Die Nachrichten aus dem Libanon schienen sich von Woche zu Woche zu verschlechtern. Im Oktober 1983 explodierte eine LKW-Bombe vor der Kaserne der Marineinfanterie am Flughafen von Beirut und tötete 241 Menschen. Die Vereinigten Staaten reagierten wie ein verwundeter Zyklop, brüllten, schlugen um sich, machten viel Lärm, richteten aber wenig Schaden an. Ein Schlachtschiff aus dem Zweiten Weltkrieg beschoß die drusischen Milizen in den libanesischen Bergen mit Granaten von der Größe von VW-Käfern. Marineflugzeuge warfen Bomben auf syrische Stellungen. Diese Zurschaustellung von Feuerkraft beeindruckte die dortigen Kriegsherren jedoch wenig. Der Außenminister Syriens brachte die Gefühle der betroffenen Staaten auf einen Nenner, als er bemerkte, daß die Amerikaner etwas ›außer Atem‹ zu sein schienen. Im Februar 1984 bauten die Amerikaner ihre Zelte ab und flohen aus dem Libanon, was niemanden weiter überraschte. Sie ließen das Land in einem weit chaotischeren Zustand zurück – und in unendlich größerem menschlichem Elend –, als dem, in dem sie es einige Jahrzehnte früher vorgefunden hatten, als sie begonnen hatten, die Rolle eines wohlmeinenden Prokonsuls zu übernehmen.

Eines Tages, nachdem Fuad schon fast ein Jahr lang in London gelebt hatte, ging er in einen Elektronikladen in der Edgeware Road und kaufte sich einen Cassettenrecorder. Er nahm ihn mit nach Hause und begann eine Nachricht aufzuzeichnen, und zwar für den einzigen Amerikaner, dem er eine Erklärung schuldig zu sein glaubte – Frank Hoffman, der Mann, der ihn entdeckt und angeworben und dann mit Tom Rogers zusammengebracht hatte. Er nahm eine Reihe von verschiedenen Versionen seiner Botschaft auf und entschied sich schließlich für die, die am ehesten zum Ausdruck brachte, was er fühlte. Er schickte sie Hoffman nach Saudi-Arabien.

Als Hoffman das Band erhielt, hörte er es sich einmal an, ließ es von seiner Sekretärin abschreiben und vernichtete es. Es hätte niemandem von Nutzen sein können. Er schickte die Abschrift an Edward Stone in Washington. Sie lautete folgendermaßen:

»Effendi:

Ich versuche seit langem dahinterzukommen, was für meine Freunde, die Amerikaner, im Libanon schiefgelaufen ist. Jetzt sehe ich einen Teil der Geschichte, und ich habe das Gefühl, ich

sollte Ihnen sagen, was ich weiß. Einem Araber fällt es schwer, sich klar auszudrücken und vor allem ehrlich. Meistens tun wir gerade das Gegenteil. Aber ich will es versuchen.
Ich beginne mit einem Sprichwort, das ich meinem Freund Tom Rogers gesagt habe – an jenem Morgen, bevor er starb, als wir zusammen frühstückten. Es handelt sich um ein *hadith*, ein Sprichwort des Propheten Mohammed, und es geht folgendermaßen: Ein einfacher Beduine in der Wüste fragt den Propheten: ›Soll ich mein Kamel frei laufen lassen und auf Gott vertrauen?‹ ›Nein‹, sagt der Prophet. ›Binde dein Kamel an und vertraue auf Gott.‹
Dieses *hadith* drückt etwas aus, was wir Araber verstehen, nicht aber ihr Amerikaner. Versprechungen und gute Absichten sind weniger als nichts. Dies ist ein Land der Lügner. Vielleicht verstehen Sie die Bedeutung dieses Sprichworts, Mr. Hoffman? Ich würde gerne glauben, daß Tom es verstand, aber ich bin mir nicht mehr sicher. Bei ihm hatte ich immer das Gefühl, daß er alles verstand; aber später, als ich zurückzudenken begann, war ich mir nicht mehr so sicher. Als ich ihm an jenem Morgen in Beirut von dem *hadith* über das Anbinden des Kamels erzählte, sagte er: ›Vertrauen Sie uns.‹ Aber genau das, glaube ich, war das Problem. Sie sehen ja, was passiert ist. Er ist tot.
Was ich gelernt zu haben glaube, Mr. Hoffman, ist etwas, was die Vereinigten Staaten betrifft. Im ersten Augenblick nach Rogers' Tod hielt ich Sie alle für inkompetent. Aber jetzt sehe ich, daß alles viel komplizierter ist.
Ich werde das zu erklären versuchen. Als Sie mich kennengelernt haben, war ich in Amerika verliebt. Ich war erst zwanzig. Amerika ist ein Land, in das man sich in diesem Alter leicht verlieben kann. Wenn wir zwanzig sind, glauben wir, daß einfach alles möglich ist, und wir machen uns keine Sorgen über das Scheitern, weil wir immer eine zweite Chance haben. Das war es, was an Amerika so befreiend schien – das Gefühl, unbegrenzte Möglichkeiten zu haben; aber vielleicht war ich auch nur in die Jugend verliebt.

Gab es jemals einen, der leichter anzuwerben war als ich, Mr. Hoffman? Ich habe mich praktisch selbst angeworben. Und ich habe es nie bedauert, für Sie zu arbeiten. Nicht einen einzigen Tag. Ich weiß, daß viele Araber Sie jetzt kritisieren, aber zu denen gehöre ich nicht. Die Agentur war der Teil Amerikas, den ich am liebsten mochte, der Teil, der die Welt so versteht, wie sie ist. Es ist leicht, die Ideale eines Zwanzigjährigen zu haben, aber es bedarf der Raffinesse eines Fünfzigjährigen, sie zu verwirklichen. Als ich Sie kennenlernte und durch Sie Mr. Rogers, dachte ich: Vielleicht gibt es doch eine Chance? Vielleicht haben diese Amerikaner die nötige Härte. Ich dachte: Diese Männer sind zynisch genug, Gutes zu tun. Und damals dachte ich, die Amerikaner können die arabische Welt tatsächlich befreien.

Ich hatte unrecht. Amerikaner sind keine harten Männer. Selbst die CIA hat ein weiches Herz. Sie wollen so sehr Gutes erreichen und die Welt verbessern, aber Sie haben nicht die Nerven dazu. Und Sie kennen Ihre Grenzen nicht. Ihr seid die Unschuld in Person. Ihr seid Agenten der Unschuld. Deshalb richtet ihr soviel Unheil an. Ihr kommt in ein Land wie den Libanon, als wärt ihr Missionare. Ihr überzeugt die Menschen davon, ihre alten Bräuche und Bündnisse aufzugeben und die Bande zu zerbrechen, die das Land zusammenhalten. Mit eurem Geld und euren Schulen und euren Zigaretten und eurer Musik überzeugt ihr uns davon, daß wir wie ihr sein könnten. Aber das können wir nicht. Und wenn der Ärger richtig beginnt, dann seid ihr fort. Und ihr laßt eure Freunde, die, die euch am meisten vertrauten, zurück und laßt sie sterben.

Ich habe darüber nachgedacht, warum Jamal sterben mußte und warum Rogers. Und ich habe schließlich eines erkannt: Man kann den Tod des einen nicht von dem des anderen trennen. Es handelte sich beide Male um ein und dieselbe Geschichte.

Jamal starb wegen dem, was ich gerade über Amerika gesagt habe. Ihr verführt uns, mit euch zusammenzuarbeiten, aber ihr

seid nicht stark genug, uns zu schützen. Jamal sagte mir einmal etwas, an das ich mich immer erinnern werde. Es verfolgt mich. Wir stritten uns darüber, ob man für die Amerikaner arbeiten sollte oder nicht. Er sagte mir, ich sollte den Amerikanern nicht über den Weg trauen, weil sie die Araber nie wirklich lieben würden. Ich sagte ihm, daß er unrecht habe. Rogers und die Agentur meinen es ernst, sagte ich ihm.
Jamal antwortete mir: ›Du hast recht. Amerika liebt uns. Aber es ist die Liebe eines Mannes zu seiner Mätresse. Wir sind das Vergnügen für eine Nacht. Vielleicht sogar für einen ganzen Monat. Aber vergiß niemals, daß dieser Mann, Amerika, mit jemand anderem verheiratet ist und daß er am Ende immer wieder zu seiner Frau zurückgehen wird.‹ ›Und wer ist diese Frau?‹ fragte ich ihn. Aber ich kannte die Antwort. Diese Frau ist Israel. Und genau das hat Jamal getötet. Die Frau ist eifersüchtig geworden und hat die Mätresse getötet.
Wir sind im Grunde solche Narren, wir Araber. Wir haben wirklich verdient, was wir von euch bekommen. Deshalb kann ich mich auch nicht zuviel beklagen. Es ist unsere eigene Schuld.

Ich dachte, Mr. Rogers würde ewig leben. Ich liebte ihn wie meinen eigenen Bruder, und als er starb, starb auch der Teil in mir, der hoffte. Ich konnte für niemanden sonst arbeiten. Also versuchte ich zu verstehen, was ihn getötet hat.
Eine Antwort ist leicht. Er wurde von der Sache getötet, die er aufzuhalten versuchte. Die Krankheit des Terrorismus begann dieses Land etwa zu der Zeit zu infizieren, als er in den Libanon kam. Er sah es. Er verstand, wie gefährlich diese Krankheit war. Er hat es mir viele Male gesagt. Er wußte, daß die Leute lernten, wie man kleine Bomben macht, dann große Bomben, dann Autobomben. Es würde mich nicht einmal überraschen, wenn er irgendwann genau den Mann kennengelernt hätte, der die Bombe gemacht hat, die ihn tötete. Der Libanon ist ein kleines Land und Mr. Rogers kannte jeden. Die Leute, die für die Bombe bezahlten, waren wahrscheinlich Iraner. Aber sie hatten sich von den Libanesen mit der Krankheit infiziert. Im Libanon

hat alles angefangen. Sogar die Iraner kamen in den Libanon, um dort ihre Kriege auszufechten.
Vielleicht hat Rogers der Umstand getötet, daß er unglücklich war. Er sah überall um sich herum die Trümmer fallen, und er vergaß ganz einfach, aus dem Weg zu gehen.
Aber je mehr ich darüber nachdachte, was passiert war, desto mehr kam ich zu der Überzeugung, daß etwas anderes Rogers getötet hat. Es hatte mit Jamal zu tun. Vielleicht war es eine Art Fluch.
Sie denken vielleicht, daß es Rogers' Fehler war, sich mit dem Teufel zu verbünden. Ich weiß, was Sie denken. Sie sagen, daß er einen Pakt mit einem Mann hatte, der ein Terrorist war, und daß dieser Pakt die Türe geöffnet hat, durch die der Wind kam, der schließlich das ganze Haus zerstört hat. Wenn man einen Pakt mit einem Mann schließt, an dessen Händen Blut klebt, dann bleibt etwas davon an einem kleben. Und wenn die Amerikaner Jamal nicht geholfen hätten, hätte der Libanon die Krankheit vielleicht überlebt. Vielleicht wäre der Bürgerkrieg, der das Land zerstört hat und all diese Wahnsinnigen auf die Beine brachte, nicht ausgebrochen. Ich weiß, was Sie sagen wollen, aber Sie haben unrecht.
Die Wahrheit ist sehr einfach, Mr. Hoffman. So einfach, daß ich viele Monate brauchte, um sie zu sehen. Sie sieht so aus: Der einzige Mensch auf der Welt, der Tom Rogers an jenem Tag in der Botschaft hätte retten können, war Jamal Ramlawi. Er war der einzige, den die Amerikaner im Libanon je gekannt hatten, der die terroristische Zelle hätte infiltrieren und von dem Plan hätte hören und das Auto mit der Bombe hätte anhalten können, bevor es die Botschaft erreichte. Aber Jamal Ramlawi war tot – und es gab keinen anderen, der Tom Rogers hätte retten können. Jetzt wissen Sie, was ich weiß.

Effendi:
Wissen Sie, was ich eben im Radio gehört habe? Es war eine Nachricht aus dem Libanon. Das Radio sagte, daß die Libanesen beschlossen hätten, daß sie einen Verbündeten gegen die Syrer

brauchen könnten. Also erlauben sie den palästinensischen Kämpfern, wieder in den Libanon zurückzukehren, um gegen die Syrer zu kämpfen. Können Sie sich das vorstellen? Zehn Jahre lang haben wir Krieg geführt, Christen wie Moslems. Wir haben hunderttausend Menschen getötet, weil die Christen glaubten, daß es nötig sei, die palästinensischen Kämpfer für immer aus dem Libanon zu verdrängen. Und jetzt wollen sie, daß sie zurückkommen!
Jetzt wissen wir also, um was es in diesem Krieg ging, Mr. Hoffman. Es ging um nichts.«

Danksagung des Autors

Ich danke all jenen Freunden, die sich kritisch der verschiedenen Fassungen dieses Romans angenommen haben: meiner Lektorin Linda Healey, meinem Agenten Raphael Sagalyn, meiner Frau und ersten Leserin Eve Ignatius, meinen Eltern Paul und Nancy Ignatius, Lincoln Caplan, Mark Lynch und ganz besonders jenem Mann, der seit zwanzig Jahren mein Freund ist und mich von Anfang an zu diesem Projekt ermutigte: Garrett Epps.